人生就像一本書。愚蠢的人，一頁頁很快地翻過去。但是，聰明的人，會仔細的閱讀。因爲，他們知道，這本書只能讀一遍。(德・金保羅)

白夜

賈平凹 著

前言

從《廢都》到《白夜》

當小說成爲一門學科，許多人在孜孜研究了，又有成千上萬的人要寫小說而被教導着，小說便越來越失去了本眞，如一杯茶放在了桌上，再也不能說喝着的是長江了。過去的萬事萬物湧現在人類的面前，賢哲們是創造了成語，一句萬紫千紅被解釋爲春天的景色，但如果我們從來沒有經歷過春天，萬紫千紅只會給我們一張髒兮兮畫布的感覺。世界變得小起來的時候，一千個人的眼裡卻出奇地是一千個世界，就不再需要成語。小說是什麼？小說是一種說話，說一段故事，我們作過的許許多多的努力——世上已經有那麼多的作家和作品，怎樣從他們身邊走過，依然再走——其實都是在企圖着新的說法。在相當長的時間裡，從開始作爲一個作家，要流言的時候，我們似乎已經習慣了一種說法，即，或是茶社的鼓書人，甚至於街頭賣膏藥人，嘩衆取寵插科打諢，渲染空氣，製造懸念，善於煽情。或是坐在台上的作政治報告的領導人，慢慢地抿茶，變換眼鏡，拿調拖腔，作大的手勢，慷慨陳詞地教導。

這樣的說話，不管正經還是不正經，說話人總是在人群前或台子上，說者和聽者皆知道自己的位置。當現代洋人的說法進入中國後，說話有了一次革命，洋人的用意十分地好，就是打破那重隔着的說法，企圖讓說者和聽者交談討論。但是，當我們接過了這種說法，差不多又變了味，如幹部去下鄉調查，即使臉上有着可親的笑容，也說着油鹽柴米，鄉下人卻明白這一切只是爲了調查而這樣的，遂對調查人的作僞而生厭煩。眞和尙和要做眞和尙是兩回事。現在要命的是有些小說太像小說，有些要不是小說的小說，又正好暴露了還在做小說，小說眞是到了實在爲難的境界，乾脆什麼都不是了，在一個夜裡，對着家人或親朋好友提說一段往事吧。給家人和親朋好友說話，不需要任何技巧了，平平常常只是眞。而在這平平常常只是眞的說話的晚上，我們可以說得很久，開始的時候或許在說米麵，天亮之前說話該結束了，或許已說到了二爺的那個氈帽。過後想一想，怎麼從米麵就說到了二爺的氈帽？這其中是怎樣過渡和轉換，一切都自自然然過來的呀！禪是不能說出的，說出的都已不是了禪，小說讓人看出在做，做的就是技巧，這便壞了。說平平常常的生活事，是不需要技巧，生活本身就是故事，故事裡有它本身的技巧。所以，有人越是要想打破小說的寫法，越是在形式上想花樣，適得其反，越更是寫得像小說了。因此，小說的成功並不決定於題材，也不是得力於所謂的結構。讀者不喜歡了章回體或評書型的小說原因在此，而那些企圖要視角轉移呀、隔離呀，甚至直接將自己參入文本等等的作法，之所以並未獲得預期效果，原因也在此。

《白夜》的說話，就在基於這種說話的基礎上來說的。它可能是一個口舌很笨的人的說話，但它是從柗子上或人圈中間的位置下來，蹲着，眞誠而平常的說話。它靠的不是誘導和賣弄，結結巴巴的話裡，說的是大家都明白的話，某些地方只說一句二句，聽者就領會了，比如我說：「穿鞋吧」，你就把鞋穿了，再用不着我來說人和動物的區別在於穿鞋，鞋的發明人是誰，甚麼是鞋底，甚麼是鞋幫，怎麼個法兒去穿。這樣的說話，我是從《廢都》那本書開始的，寫完《白夜》，我覺得這說法並不彆扭，它表面上看起來並不乍眼，骨子裡卻不是舊，平平常常正是我的初衷。︿廢都﹀完成後，不管它曾經掀過甚麼風甚麼波，我一概不想去說，而有一點，即以︿廢都﹀引起的紛紛揚揚的對號入座，它在給了我相當沉重的壓力後，我卻也想，這好嘛，證明了我的一種追求的初步達到：畢竟讀者讀︿廢都﹀使他們覺得他們不是在讀小說，而是在知道了曾經發生過的一段故事。他消解了小說的籬笆。當然，小說仍是小說，它是虛構的藝術，但明明知道是小說卻不是了小說，如面對着鏡子梳頭，刮臉或擠臉上的癤子時，鏡子的意義已經沒有，面對的只是自己或自己臉上的癤子。

現在，我該說明一些與︿白夜﹀有關的事了。

一、在︿白夜﹀裡，穿插了許多目連戲的內容，而目連戲對於許多讀者可能是陌生的。目連救母是一個很古老的民間故事，將目連救母的故事搬上戲劇舞台，可以追溯到北宋時汴梁的雜劇。在近千年的中國文明史上，目連戲以其獨特的表現形式，即陰間陽間不分，歷史現實不分，演員觀衆不分，場內場外不分，成爲人民群衆節日慶典、祭神求雨、驅魔消災、婚喪嫁娶的一種獨具特色的文化現象。它是中國戲劇的活的化石。一九九三年秋天，我悄然入川，在綿陽參加了中國四川目連戲國際學術研究會，觀看了五台目連鬼戲。我太喜歡目連戲的內容和演出形式，當時竭力搜集有關目連戲的資料。在︿白夜﹀中所寫到的部分劇情文字，便是從那次會議上獲得的︿川劇目連戲綿陽資料集﹀中由楊中泉、唐永嘯、米澤秀等先生執筆整理的四本目連戲中摘錄的。同時，也參照了杜建華女士所著的︿巴蜀目連戲劇文化概論﹀一書中所提供的劇目劇情。在此，向他們致謝。在九五年的夏天，我出遊到了蘇州東山，有幸參觀了金家雕花大樓，翻閱了這裡的簡介材料。︿白夜﹀中關於所描寫的民俗館的建築文字便是引用了這簡介材料的部分內容，但我實在不知道這些簡介材料爲誰整理，在此不能提名道姓，僅作以說明並致謝意。一九九三年的十月，突然收到了嘉峪關市一個署名爲張三發的來信，他在信中給我傾訴他的苦悶和無奈，同時，信的最後附有一頁他所編寫的《精衛填海》的寓言，讓我更進一步懂得他的心緒。這次寓言改寫我覺得不錯，從而觸發了我要開筆寫《白夜》的衝動，當然，我們誰也沒有見過誰，《白夜》寫成後，我將他改寫的《精衛塡海》寓言引用在了結尾，我要向這位朋友道謝了。

二、《廢都》的寫作是在流浪中完成的，懷裡揣着一枝筆，幾卷紙，脖子上繫一塊天然形成的有一個「大」字的小石頭，靠的是我的韌勁和三朋四友。構思《白夜》的時候，我是因《廢都》的風雨逃在了四川綿陽的一座山上，那是綿陽師專的所在地，山中有校，校裡藏山，風景極其幽靜。我常常坐於湖邊的一塊石頭上發呆，致使腿上、胳膊上被一種叫小咬的蚊子叮得一片一片疙瘩。湧動一部朦朧中的作品，伴隨的是巨大的歡樂和痛苦，我明顯地削瘦下來，從未失眠過的卻從此半夜要醒來一次。但是，在長長的六七個月裡，《白夜》的設計，卻先後推翻了三次，甚至一次已經動筆寫下了三萬餘字，又徹底否定了。直到一九九四年，住過了半年多的醫院，我要寫的人事差不多已經全浮在眼前，我決意正式動筆。當然，《廢都》的風雨並沒有過去，每日有朋友送來散見於國內外各種報刊上的各類評論，每日有讀者上門來爲《廢都》簽名或並不是讀者的卻也來簽名以書作禮品贈親戚朋友和作爲貢物送有關人士有關部門來疏導關係打通關節的。而不停的盜版本在市面上出現，我的書架上差不多擺上了二十七種了。更令朋友們躭心的是社會上時不時流布的謠言，一會兒說我自殺了，一會兒說我封筆了。那些關於〈廢都〉引發的所謂人命案，那些因報道了我的情況的報社領導接二連三地檢討，那些因給我在電視上點歌的讀者被整得差不多要倒閉了自家企業，那些自發地爲我舉辦創作二十年紀念酒會的讀者被一次一次地責難……他們不願意告訴我，又不能不告訴我。告訴了，勸我再到鄉下去吧，在鄉下寫作，眼不見，耳不聞，心裡清靜。我不去的，我說，大隱於市，我就要在鬧市裡寫呀！寫作是我的生存方式，寫作是最好的防寒和消暑，只要我面對了稿紙，我就會平靜如水安祥若佛，而且，西安城裡已經有一所可以供我借居的房子了，這是我的母校借我的，他們願意收留我，我掛了個兼職教授的名兒就心安理得地住下來。這所房子的所在，正爲唐時「太平坊」裡「實際寺」的舊址，「實際寺」是當年鑒眞和尙受具足戒處，它太適宜於供我養氣和寫作。

從這所房子的北窗望去，古長安城的城牆西南角就橫在那裡，城牆高聳，且垛口整齊排列，雖然常常產生錯覺，以爲是呆在監獄之內，但一日看出了那牆垛正好是一個凹字一個凹字一直連過去，心情便震奮不已。房子裡過日子的家具是沒有的，但有讀者贈送我的一枝一人多高的巨型毛筆，一把配有銀鞘的龍泉寶劍和一架數百年的古琴，這足以使我富有了！每日焚香敬了這三件寶貝，澆淋了粗瓷黑罐裡的朋友送來的鮮花和絢花，就靜心地去寫〈白夜〉了。每次動筆，我都要在桌子的玻璃板寫上五個字：請給我力量！我喜歡那個動畫片中的英雄希瑞，每次默喊着這五個字，如咒語一般，果然奇效倍生。日子就這麼一天天過去，病依然在糾纏，官司在接二連三的出現，全書終於讓我寫完了。不論〈白夜〉寫成是個什麼模樣，我多麼感謝在九三九四年間爲我治病的醫生、護士，感謝去醫院和家裡給我送飯、送菜，料理日常生活的朋友和讀者，感謝因我而受過種種牽連、麻煩，始終在鼓勵我的人。生活着是美麗的，寫作着是歡樂的，人世間有淸正之氣，就有大美存焉。

書寫成後，我並沒有立即拿去出版，我習慣讓我在西安的一些評論家、作家先讀讀，我反覆說明這樣作並不企望他們說什麼好話，而叮嚀他們萬萬不要對外聲張，我只乞求他們以平常心來讀這部作品，提出寶貴的意見，因為我要再修改一次。他們的意見提得眞好——我幸運我有這一批同道的朋友，我的許多作品的修改全得着他們——我認眞地進行了三次修改。一九九五年的三月中旬，我在一間小小的私人複印室裡工作到了夜裡四點，第三天就背着沉重的皮箱北上。我來到了京城，京城是大地方，那裡有一大批我仰觀的人，但我第一個要見的就是田珍穎。她曾經是《廢都》的責任編輯，我信賴她的見解和對作品的總體把握，我希望我們能再次合作，讓她再作這部書的責編。我的願望達到了！她連夜就讀稿，幾個晚上都讀到三點，一讀完就來找我，我們談了一個下午，一九九五年三月二十八這一個下午充滿着激情和智慧，使我想到了三年前談《廢都》的那個下午。我設想，這應該是一幅莊嚴的油畫，將珍存於我的歷史檔案裡。

寫到這裡，我不能不說明我的內疚，《白夜》在寫到一半的時候，許多一直關心我的出版家們就來電來函甚至人到西安約稿，因為多年的交情，我不敢慢怠這些尊敬的師長和朋友，直到稿子寫完，我更不知該交到哪個出版社，但稿子畢竟只能在一家出版社出版發行，這使我不得不逃避許多眞摯的朋友，我在此拱手致歉，也以此發奮，勤於寫作，在日後的時候回報他們了。願我們的友誼長駐。

寬哥認識夜郎的那一個秋天，再生人來到了西京。

再生人的胸前掛着鑰匙，黃燦燦的一把銅的鑰匙——掛鑰匙的只有迷家的孩子——端直地往竹笆街七號，去開戚老太太的門上鎖。鎖是暗鎖，左一擰右一擰啓不開，再生人就吶喊了。阿惠，阿惠。戚老太太的乳名叫阿惠，街坊鄰居都不知道的；戚老太太從裡邊把門打開，當下就怵住，正編織的竹門簾子將一頭綫繩往架子鈎上掛，没掛住，唏哩嘩啦掉下來。我是口口，你上一世的男人呀，阿惠，一夜夫妻百日恩的，一直想來見見的，就來了，這鑰匙怎麼就開不開鎖了？再生人懷裡還抱着一架古琴的，是彈《陽關三疊》那類琴，「叮咚」一地撥了一下，就「嘿嘿」地笑，説這條街没大變化嘛，過去家家以竹編過活，現在還是，他那時編門簾，編篩籮，編扇子，編牀蓆，十二層的小蒸籠不點燈搭火也能摸黑編的。再生人看見了櫃下放着的一個蛐蛐罐兒，熱愛的樣子，一口氣將罐口上的蜘蛛網吹開了，開始説許多當年做夫做婦的隱私。譬如戚老太太怎樣是糧莊吳掌櫃三姨太的丫鬟，臉黃蠟蠟的，卻一頭好頭髮，八月十八的清早他去買糧，她是蹲在馬路邊的石條上，呱啦呱啦用竹刷子涮便桶，涮完了，揭底一倒，浮着泡沫的髒水隨石板街石往下流，水頭子正好濕了他的鞋。他穿的是白底起跟皂面靴的，跺着腳，才要駡，阿惠仰頭先吐舌頭，又忙陪了他一個笑。這笑軟軟和和的，這就是緣份，從此他就愛上了她。譬如，臘月二十三，夜裡没月亮的，兩個人在城牆下幽會，靠的是龍爪槐樹，樹嘩嘩地抖，抖一地的碎片葉子。心急也没顧着近旁的草裡還有人坐着，悄没聲地扔了半塊磚頭過來，磚頭砸着他的肩，他不疼的，是阿惠的臉上有了黏乎乎的東西，聞了聞叫起來，才知道他流血了。再生人還説，阿惠呀，你真的忘了嗎？你背上那個肉瘊子，是我二月二在城隍廟裡求的彩花綫，回來勒住了脫落的。後院那堵矮牆還在不在？你每次梳頭梳下的頭髮繞成一團塞在牆縫，我的一顆槽牙也塞在牆縫。——戚老太太不等他說完，就哭出了聲。口口！口口！你真的是你，你挨刀子的又活人了？哭了一場，做了飯吃，還要收他在家住。

這本是一段傳奇，小小的竹笆街立刻傳開，新聞又很快蔓延全城。寬哥在酒店裡和夜郎吃酒，吃熱了，將這事說出來。夜郎冷笑一下，歪起頭聽店堂裡的琵琶聲。僱用的琵琶女彈得並不好聽，夜郎就來了做曲的興趣。做曲應該是坐在鋼琴邊上的，獅子般的長髮披半個腦袋，俯了，仰了，一張口唱眼睛就要閉上；然而這裡是一堆碎紙片上寫了一二三四五六七，掬起來撒在桌上，要以順序記錄着爲曲譜……寬哥提了提警服的領口，搖着頭，看不慣了那一張刮刀長臉上的冷笑。這冷笑透着一股傲僻，傲僻之人執一不化，剛強自恃，哪裡能合了世道人心？寬哥低了頭去吸吮灑在桌面上的酒，吸吮得吱吱響，也莫名其妙了自己怎麼就親熱他，認作朋友？莫非自己生來就有扶植他的義務嗎？再吸吮了一口，鼻子裡長長出氣，吹飛了那一堆紙；不怕他鑾臉作怒，偏要治他，偏要證明自己沒有誆言謊語，拉了夜郎往竹笆街七號去見戚老太太。兩人到了竹笆街，七號門首上卻弔着一柄白紙傘——戚老太太已經過世了。

夜郎至此也感嘆了一聲，頓時酒勁攻心，乾嘔一陣，吐出一堆污穢來。這當兒，街南頭的丁字路上一片喧嘩，黑鴉鴉一堆人湧在那裡，有銳聲驚叫：「這是要自焚了？」便見人群呼地一退，又呼地一進，如六月的麥浪，半空裡果然嘭嘭地騰一個火蘑菇，有篩筐般大的，圍觀者啊地散開，散開了又不逃去，彼此叫嚷。寬哥說：「出事了！」一碎步跑去。待夜郎趕近，寬哥已喝開人群，衝進一家餄餎店，提了一桶泔水潑。沒想水也如油一般，哄起一個更大的餤團，且餤團粉紅，極其透亮，外邊包一層藍光，有人在裡邊端坐着，看上去如一個琥珀。都在叫「快救人，快救人！」卻再沒人敢前去。夜郎忙問誰自焚了，還未看清自焚人的形狀，寬哥就罵罵咧咧地讓他快去撥火警電話。一條街上，偏偏都是小本買賣人家，沒個電話，夜郎疾步到了另一條街去撥，又在街口立等了四十分鐘，引消防車過來，自焚人已焦縮爲一截黑灰。消防警察沒有再浪費滅火的噴料，數百人目睹了烈餤自熄，水泥馬路上只留一個黑色的人形。

自焚的就是再生人。原來戚老太太善心念舊，留下再生人在家吃飯，那頓飯是新上市的槐花拌了麵粉做就的悶飯，戚老太太又用竹竿在後院的香椿樹上夾下一些嫩香椿芽兒來做小菜。槐花是蜂吃的東西，拌了麵蒸出來如銀團玉塊，這樣的飯菜以前西京城裡人家常吃，而今已屬罕物。戚老太太那日做得特別多，又等着孩子們都回了家來，飯桌上也能叫一聲爹的。但是，孩子們卻不，當下把碗摔了。孩子們都比再生人大的，小的也大出十一歲，他們雖然覺得蹊蹺，卻學習過唯物論，不迷信，更是覺得在街面上都是吆三喝五的角兒，太難看人，不肯認爹，並且推出門去，揚言要到公安局報案的。戚老太太臊得老臉沒處擱，流着淚到後院去，於香椿樹上上了吊。戚老太太一死，再生人抱了琴在街上逢人就訴苦，訴一陣，操一陣琴，聲淚俱下，捱過三天，死過了的人又再一回自盡死了。

再生人的骨骸在馬路上，用掃帚掃不起，又是寬哥拿添煤的鏟子去鏟，鏟了許久鏟不淨，黏膠得像塗了層瀝青。但寬哥收穫的卻是在骨骸裡撿着了那枚鑰匙。

寬哥並不喜歡這枚鑰匙，遺憾那古琴的毀滅，也遺憾那時太是緊張，沒能逮聽住再生人自焚時彈的琴曲，只記得那尾音，標出節奏，恰恰是詩詞的格律：

平平仄仄平平仄

仄仄平平仄仄平

偏巧那天夜郎騎了自行車的，去給消防警察打電話，回來被人偷了鈴蓋，一腔怨恨，在存車處瞧瞧四下無人，也索性擰下旁邊自行車的鈴蓋裝在自己車上。這陣聽了寬哥說話，問平平仄仄的是什麼意思，寬哥也說不出來。夜郎就拿了那枚鑰匙去開許多的鎖，開不開，於是想，在西京城裡，人都是有兩件必有的東西，一是自行車鈴，一個是鑰匙。鈴就是自己的聲音，丟了鈴就是丟了聲；鈴蓋是常常被人偷的，我的丟了，我就擰下你的鈴蓋，你沒有鈴蓋了，你又擰下他的鈴蓋，城裡見天有人嚷道丟失鈴蓋，其實全城只是丟失了一個鈴蓋吧？而鑰匙，卻是只打開一把鎖的，打開了，就是自己的家，不屬於自己的，怎麼又能打開呢？打開了也只能是小偷。——這枚鑰匙，肯定有這枚鑰匙的一把鎖的，再生人卻尋不着了。夜郎玩弄着鑰匙，咕嚕了一會，沒有丟棄，拴在自己的一個鏈環上了。鏈環上拴着的還有一枚鍍了銀的小耳勺，每當在人稠廣衆間，掏出耳勺來挖耳屎，便把鑰匙亮出來，要長長短短地說一段再生人的故事。

再生人死後，竹笆街築起了一座賓館，因爲正好在自焚的地方，又要取名吉利，就叫作「平仄堡」——一段殘酷的悲劇衍變成了美麗的音樂境界。西京城裡的高級賓館很多，城西南方位裡「平仄堡」還是第一座，建築師別出心裁，將樓蓋成仲尼琴形，遠看起起伏伏，入進去卻拐彎抹角，而沿正門的兩側一字兒排列了五對大青石獅子。常見的獅子是一種憨，捲毛頭，哈蟆的嘴，玩一個綉球要作女兒擇婿狀，這獅子卻前腿直立，兩目對天，看着就覺得那眼睛要紅了。這工程是一家裝璜公司承接了。由陝北的綏德僱請工匠打鑿的；夜郎就打雜在這公司，具體負責去押運和回來安建，先後就在賓館包住了一間小屋。

那時節，社會上的會議繁多，平仄堡的生意非常興隆，見天呼啦啦一群人在餐廳吃包席，夜郎則不動聲色也去坐了吃喝。一個會議結束了，一個會議又開，夜郎竟吃白飯了二十餘天。餐廳服務員就奇怪了。問一個人：「那是個什麼領導嗎？」那人說：「怎麼着？」服務員說：「開什麼會他都參加的！」夜郎聽了，當下起身要走，那人卻說：「當然囉，你瞧他那披掛！」夜郎的披掛並不好，但夜郎長面修身，仍得意自己的可久可大之相，就口吐了烟圈，放滿一世界烟霧，然後去牙籤瓶裡抽一支牙籤，隨手又拿了那一盒精緻火柴在兜裡捏了，走出餐廳，孤單而高傲地仰着乾淨的頭。剛一進電梯，那人就跑進來，當懷戳了一拳說道：「你算是狗屁領導！倒會鑽這等空子！可你不說謝我，說走就走了？——你知道我是誰？」夜郎忙拱手抱拳，說：「我是你的戲迷！」那人說：「你甭誆我，南丁山是南丁山的最大戲迷！」於是，夜郎和南丁山從此認識。南丁山是秦腔名丑，往日的光景裡長衫水袖地演了丑旦，兩片紅胭脂夾住個瓊瑤鼻，蘭花指扭過來，扭過去……然而現在的天上，紅太陽已不再是毛澤東，星星只有了三種，一種是影星，一種是球星，一種是歌星；大小的歌星，是西京本土的或外地來西京的，都在體育館裡演出，唱秦腔的已無人看戲，南丁山只好做個小穴頭，逢着賓館有會，辦個清唱的節目——爲着掙個小錢，也爲着過癮。兩人是帶膻的羊，着了氣味就認了同類，一來二往熟忒起來，南丁山就替夜郎抱打不平，說夜郎的相貌氣質完全是將軍的材料，如今卻淪落成一個馬崽。夜郎也就去捏捏他那只有稀稀幾根黃須的嘴唇，笑他長一個虛胖胖的婦人臉是不是個同性戀者？南丁山就說他小時讓道士算過命的，原本要做大官的，可祖墳選的不是真穴，這輩子只有在戲台上演官人或官人娘子了。

南丁山還有着一個本事，能撇兩筆蘭草，結識了一幫書家畫家，與市府的秘書長祝一鶴也拉扯上了關係。一日裡北京有要人到了西京，祝一鶴又讓南丁山召集書畫家在平仄堡作贈禮書畫，南丁山也畫了一株蘭，衆人叫好，說該題上「一花一世界，一葉一菩提」，南丁山卻寫着「居在深山人不識，西京市上賤如草」。祝一鶴笑道：「你是名演員，市寶一樣的待你，還哭什麼屈！」南丁山有意薦夜郎，便說：「我算什麼角色，我爲我這兄弟鳴不平的！」當下介紹了夜郎，如此這般地說了一堆能耐。也活該夜郎出頭，祝一鶴詢問了許多事，夜郎不卑不亢，對應自如，祝一鶴即刻愛惜起來，送了名片，又給了電話號碼，歡迎去他家做客。事後，夜郎果然去祝家數次，送去了特意從綏德買來的一對小石獅子，樂得祝一鶴也說：「政府裡那麼多人，抬頭不見低頭見，可就是合不來。怎麼回事嘛，一見你倒喜歡上了！」如此往來，祝一鶴把夜郎介紹到圖書館，作爲招聘人員使用，圖書館長宮長興也當面拍了腔子，說招聘按慣例要使用一年，這全是爲了遮人耳目，半年之後就保證作爲正式職工接收，便安排夜郎作他的助理：收文件，寫材料，負責外事接待。夜郎没想浪跡數年，有此落腳，自然視祝一鶴爲知遇之人；祝一鶴年過半百，孑身一人過活，少不得常去照應，跑些小腳路。在平仄堡安建完石獅，又聯繫了在賓館髮廊打工的顏銘，每日去祝家作鐘點保姆，連南丁山也不無嫉妒地戲謔他和顏銘是祝家的金童玉女。

平仄堡門口的石獅安裝了兩月，見天有人來瞧稀奇景。居住在竹笆街丁字路口的居民卻生了怪事，先是幾乎各家有人夜夢獅子咬人，再是接二連三地有人死去，都是患了心肌梗塞，便傳出是賓館門口的獅子對着這些人家，風水太硬的緣故。於是就在門首懸掛鏡子，又是夜裡用紅綫繩縛住石獅。但人還是在死，居民便聯合了去賓館鬧事，賓館只好搬移了石獅。又被迫請秦腔劇院來演鬼戲。演過一場《白神》，南丁山飾的那個無常。演畢了，遂生出念頭：秦腔裡有演《目連救母》戲文的傳統，那是集陰間和陽間、現實和歷史、演員和觀衆、台上和台下混合一體的演出，已經幾十年不演了。如今不該説的都敢説了，不該穿的都敢穿了，不該幹的都敢幹了，且人一發財，是不怕狼不怕虎的，人卻只怕了人。人怕人，人也怕鬼，若演起目連戲系列必是有市場的。再者，演員可以當一回他們的表演藝術家了，又能賺錢，十倍百倍地强過走穴來清唱的。就停薪留職，組織戲班，一方面着人四方收覓戲本，整理改編，一方面討問好角。光問好角還不夠，跑過龍套的、管過行頭的、管過水鍋的都問。風風火火地要成氣候，夜郎即推薦寬哥來班上吹塤，寬哥不肯，自己倒過去濫竽充數。

夜郎在圖書館領了一份工資，在戲班領一份工資，人就顯得神氣，仰頭從街上走過，手總放在兜裡，捏一根火柴。又與顏銘日漸親近，沒了規矩，遂一日説出「你肯不肯嫁我？」顏銘也涎了臉，反問了：「你肯不肯娶我？」雖是戲謔，自此顏銘卻更多收拾，節衣縮食地購置化妝用品，一早一晚，將一粒維生素E服了，再擠破一粒塗擦在臉頰。一日又去見她，顏銘切了黃瓜片兒在臉上敷，夜郎進去悄悄地說：「你沒去樓下那電綫桿上看招領啓事嗎？」顏銘側着貼了黃瓜的臉，不敢動，問：「什麼啓事？」夜郎說：「有人拾了一張臉皮，你不去領嗎？」顏銘舉手就打，打過了，卻說：「女人活的就是一張臉嘛！」夜郎就生出惡作劇來，說：「你有一張好臉，我卻不敢娶你的。」顏銘問：「這是啥意思？」夜郎說：「我不能害你。」暗自在褲檔裡將塵根後夾起來，竟大了膽拉顏銘的手去那裡摸。顏銘頓時臉耳炭紅，半推半就去摸了，果然一片平坦，再問怎麼回事，夜郎說他自小就是殘疾，顏銘當下背削肩蹇，如雨中鷄，默坐在客廳勾頭落淚。夜郎只覺得好笑，偏不說破，日後卻不敢了無度胡鬧。看那顏銘，雖未惱怒疏遠，也未有過分親昵，但覺得這般也好，待將來有了正式工作，出人頭地，再言好事，日子就一日一日平靜而整齊地過去。

不想，西京城領導層裡鬧起矛盾——領導層有矛盾是所有地方所有單位的普遍規律——西京城的書記和市長卻僵得難以調和，上溯省裡，乃至北京，下涉各局部門，派系分明，告狀迭起，已不能坐一條板凳上論政了。人事幾經週折，市長就調離西京。市長一走，樹倒猴猻散，祝一鶴便被撤職，分配去邊遠郊縣任職。祝一鶴原是師範專科學校的講師，棄教從政，今知失了依靠，遭受貶斥，政途渺茫，就辭職欲回舊校，要求評個教授職稱。但因數年不執教鞭，又是牆倒衆人推，職稱數次評定不上，便突發了腦溢血，五日昏迷不醒。祝一鶴沒有親戚，夜郎和顏銘去守了五天五夜，只說人已無救，夜郎一怒之下，寫了一聯貼於病房門框，成心要給在位的人示威的。

對聯是：

學問能強國黃泉君眼可閉
職稱堪殺士紅塵吾意難平

人還未死，卻有悼聯，新任市長就不滿了，着人撕去了，聯語卻不脛而走，一時嘩然。新市長以安慰爲名，令職稱評委會重新評定，教授的名銜是通過了，祝一鶴果真第七日清醒過來，但從此失聰亡音，他背牀板，牀板背他，純粹將肚腹作了好吃好喝的墳墓，一個人身的廁所。

祝一鶴一癱，夜郎即被圖書館解僱，宮長興懶得再見夜郎，只派通訊員捎口信給顏銘，讓顏銘轉告夜郎不要再去上班了事。夜郎得知消息，阿嗚一聲，慌的顏銘千聲萬語的安慰，夜郎半日不語，將一顆牙咯咯吱吱地咬碎，連痰帶血地吐出來，就去了戲班再不在外露面。六月初六日，戲班組建完成，即於是日準備了香燭，三牲福禮，果品……同拜菩薩，宣佈行當角色。那小花臉先拜，大花臉再拜，後是老生、小生、青衣、老旦、小旦，立下盟誓，務要親同手足，同舟共濟，苦學苦練，將戲排好。最後分享三牲福禮，同吃麵條。夜郎卻是不吃肉的，南丁山說道：「你不吃肉？從小就不吃肉？瞧你這形狀，是該吃生肉的傢伙，可你偏就不吃肉！」夜郎說：「我吃麵條就好，綿長不絕嘛。」一窩絲地在嘴裡不咬了下咽。南丁山說：「有人活的，也就有鬼活的，你跟着哥哥，只要有戲演，就少不了你夜郎吃的飯！」夜郎口裡應着，到底年輕臉嫩，再也敷衍不下去了，原是堆上來的一層笑，這時候就僵扯着，使一張長臉越發地長弔。

一日，南丁山的師父，那個鷄皮鶴首的丑老腳，替了鼓板師，拿出總綱，讓各行當分抄單角腳本，限定了在三日內抄完，自個又去着人做行頭、紙紮，市政府卻通知他去平仄堡吃宴席。丑老腳納悶：我這下九流的人物，哪裡受得了市政府吃請？將一身衣褲熨得平整，又着了一雙黑平絨休閑軟鞋，去了才得知是台灣來了一位巨商在西京投資，市政府設宴款待，特召了一些各界名家來作陪的。等得那台商到了餐廳，他不看則已，看了臉面頓時變色，故意做出個噴嚏出來，唾沫鼻涕噴了一桌，退出來就回家了。原來三十多年前他還是個毛頭小伙，同此人一道保家衛國去朝鮮作戰，一次戰鬥中被俘，在戰俘營裡他們預謀着逃跑，此人中途告密，逃跑計劃只得提前，結果僅僅逃出三人。但千辛萬苦地逃回來，竟被審查得沒完沒了，只好窩在劇院裡演個丑角，學打鼓板，而此人則去了台灣，現在卻是座上賓的設宴招待了。丑老腳一口氣咽不下，人就病倒了，一病竟又不能起，戲班人都很焦急，推遲了排演鬼戲，吆喝着去給丑老腳衝喜。

小小的四合庭院，圍了兩張方桌吹打唱吟，捱過三個時辰，後邊屋裡喊：「人不行了！」鼓樂停止，人都往後跑去。夜郎那日學着敲板，竹棍兒總敲不準那一點空豬皮，被衆人譏笑了，以敲碗替代鈴鐺；當下也跑去看了。丑老腳腹脹如鼓，吐了半盆鮮血。南丁山急催夜郎去通知師叔。師叔也是丑角，正在對面街上坐飯館，師兄師弟二人一生愛吃羊肉泡饃，每日一頓去飯館，把掰好的饃蛋送鍋上煮了，又買了新饃來掰，煮饃端來，新饃掰完，吃畢帶回，趕明日再來送上饃蛋又掰新的饃。夜郎說了情況，師叔已等不及煮饃做好，當下用紗布包了新掰的饃蛋過來，一條腿跪於牀下，拱了拳，高聲說：「哥吔，真的吃不動啦！」師父要搖頭，已搖不動，頭從枕頭這邊翻到枕頭那邊。師叔再說：「喝不動啦！」師父的頭從枕頭那邊又翻過枕頭這邊。師叔又說：「也口不動啦！師父頭不翻了，掙掙巴巴伸了手，也在下巴拱個拳，那麼難看地一笑，眼球就翻上去死了。一時人哭，師叔把那包饃蛋放在師父的脖下，招呼人分頭發喪，辦理後事，戲班不再吟唱《小宴》，一聲兒的嗩吶吹打開了《逼霸》。

到了晚上，靈堂設起，兩把紙傘掛在院門堖上，十二丈的白縵黑紗在院空拉扯了三道，戲班全體人員都戴孝磕頭，上香，奠酒，哽哽咽咽地在當院燒化紙錢——要開鬼路了。夜郎沒有見過這陣勢，也不懂開鬼路的曲牌，只屈了腿兒用柳樹棍兒翻動燒紙，南丁山諸人各持了鑼鼓，一面敲打，一面繞了靈堂轉，一面就唱了起來：

鏘哩哐，鏘哩哐，哐，哐。人活在世上算什麼？說一聲死了就死了，親戚朋友都不知道。鏘哩哐，鏘哩哐，哐，哐。親戚朋友知道了，亡人已過奈何橋。奈何橋三寸來寬萬丈的高，中間抹着花油膠。大風吹來搖搖擺，小風吹來擺擺搖。有福的亡人橋上過，無福的亡人打下橋。鏘哩哐，鏘哩哐，哐，哐。亡人過了奈何橋，陰間陽間路兩條。鏘哩哐，鏘哩哐，哐，哐。社會主義這麼地好，你爲什麼死得這樣早！

夜郎「噗哧」笑了一下，怕人發覺，忙低頭將柳棍兒在紙灰上一戳，沒想火「嘭」地騰上來，紅紅的紙灰落了一身一頭，燒没燒着，卻把眼窩迷了。這當兒，院門口有人一透一透，一粒小石子就打着了坐在條凳上的康炳，康炳回頭看看，兩人打一陣手語，康炳就過來小聲對夜郎說：「人找哩。」夜郎說：「誰個？」康炳說：「這兒晚了還能是誰？」夜郎抬頭看了，顏銘半個臉在門縫處，正衝他笑。低頭說道：「可不敢胡說，人家是正經主兒。」出來拉顏銘走到門外燈影處。原來顏銘租居的房子就在對面街上，白日裡請了氣功師爲祝一鶴治病，天黑了招待人家在前邊素菜店裡吃飯，聽得戲班在這裡開鬼路，氣功師提出要見見夜郎，顏銘就來了。夜郎問：「效果怎麼樣？」顏銘說：「氣功師發功，總問祝老有感覺没，祝老口不能說，只搖頭，我看也是不行的。」夜郎說：「敢情是個混混客？大醫院都治不了，氣功有什麼用？你總不聽我的！」顏銘說：「氣功是老傳統的，他說包給他了，病多重的人他都治好了的。」夜郎說：「西醫推，中醫吹，老傳統的那些門道，秉性裡没有不吹大話！」——「啪！」在臉上打了一下，手往光亮處展展，上邊一個稀爛的蚊子，用指頭彈了。顏銘就說：「不管怎樣，人家没有功勞也有苦勞，你還是去打個照面的好。」夜郎不去。顏銘說：「你硬是不去，那也罷了……還有個事不知該不該對你說——你要生氣，我就不說了。」夜郎說：「已經是死豬了還怕燙水？」顏銘說：「宮長興着人送來十元錢，說是你未領的午餐補助費……這不是要噁心人嗎？你不會生氣吧？」夜郎說：「我肚子疼。」顏銘立即緊張了，說：「都怪我多了嘴！哪兒疼的？你吁吁氣，夜郎，吁吁氣或許就好了。」慌手慌腳地竟來給他揉。夜郎也不推辭，甚至還挺了挺肚子，那隻手就匀着在肚上揉，三揉兩不揉的，就碰着了一根硬東西，嚇了一跳，說：「你有的！」夜郎笑着，小聲說：「我也只有它啦？」顏銘舉了拳頭就在夜郎的胸上捶，說：「你壞蛋！你騙子！

你真會騙我！」用手去打了一下，低低罵句「流氓」，卻說：「你不生氣我好高興的……你倒有這興勁兒？」夜郎說：「你不是要讓我高興嗎？」顏銘說：「你要高興，你是要高興的！」夜郎一下將她摟起來，唇咬開了唇，兩人都靜下來，鼻孔和鼻孔出着粗氣。嘭地一聲，院牆裡騰起一團火來，一定是誰用柳棍戳翻一下焚燒的紙，燦爛的禮花般的灰屑從牆裡飛飄過來，顏銘急把身子躲在夜郎腋下，但灰屑落下來再無光亮，顏銘睜着驚恐的眼，渾身打了一個哆嗦。開路歌唱完了，一段一段的孝歌在鼓樂中又唱，夜郎說：「別怕，没什麼可怕的。」的確没什麼可怕的，顏銘說：「你去吧，你快去吧……你要真需要我，戲班的事完了，你到我那兒去……我得到飯店呀。」說畢，一邊理着頭髮，一邊就匆匆走了。

夜郎仰頭看了一會夜，回到院中，孝哥還在唱着，他們已經不是在爲亡人而悲哀放聲，幽而深地吟唱似乎心身墜入到了藝術的境界，一邊繞着圈子整齊地踏了節奏，臉面生動，唱得有板有眼，委婉幽美。敲碗的差事康炳在那裡替了，歪頭給他一個很奇怪的笑，夜郎心虛，掉過眼去，將那顏銘給他的十元錢捲了烟卷，到屋裡靈桌上的蠟燭上對火。丑老腳靜靜地仰睡在桌後靈牀上，遮在頭上的一張麻紙不知怎麼揭開了半邊，露着似笑的青臉，半合半張的嘴裡含着一枚銅錢。亡人就在眼前，死卻離夜郎那麼遙遠，想着剛才的細節，瞬間裡卻覺得迷失了，迷失了時間，也迷失了所在。夜郎，夜郎。康炳把青磁碗和竹棍兒往他懷裡塞，他接住了，機械地也加入了唱孝歌的隊列，而叼着的十元錢烟捲嗆得他流下了淚。

没完没了的孝歌從盤古一路唱下來，數盡了明君聖主的功德和奸雄盜首的罪孽，丑老腳的家屬做好了一大鍋的羊腥湯麵片，才唱到了彎弓射大雕的成吉思汗。滿院裡人蹲着立着都在吃飯，夜郎趁機出來，過了馬路，匆匆往顏銘住處走來。髮廊的兩個妹子合租了一間小屋，恰恰是那一位今日回了娘家，顏銘新換了一襲玉色團花軟旗袍，卻在一個電爐上面煎魚哩。夜郎站在那一掛竹簾，癡癡地看了一會美而妙的身形，默不作聲地包起了那一張廢報紙上剖宰的魚翅魚鱗，去撂到垃圾堆，又到街口的小店裡買了一瓶酒來。

坐在了牀沿上，一邊吃酒，一邊嘬魚，兩人都有些神情醺醺。顏銘用筷子夾了魚眼珠，能補腦明目的，白而圓的一顆，要夜郎吃，夜郎沒有用碟子接，湊過嘴來，吃下了魚目，人目卻波水汪汪。倏乎，一隻手將顏銘的腰一撥，腰卻如安了軸兒一般，上半身子就側過來。一時手腳都亂了，顏銘還要說：「別，別……」一個舌頭能說的，有兩個舌頭在一起了，唔哇得什麼也說不清，筷子還在手裡拿着，後來就壓在了身下邊，有一根便折斷了。夜郎咬着舌根，迫不急待地解旗袍紐門，老式的紐門解不開，一枚已扯壞。顏銘站起來自己脫，脖臉彤紅，便說：「不許看，不許看嘛！」夜郎低了頭，但立即仄眼瞧見了那麼頎長的身子，他從未見過這般好的身架兒，立即有了見着林中如鹿的小獸的感覺，牙齒就又咬了舌根，汪出滿口的水來，顏銘卻咯噔扯了電燈開關繩兒。

黑暗裡，夜郎已經鑽進了被單，顏銘還在屋角外用水洗滌，消消停停好大一會，才一靠近牀，夜郎就拉了過去。夜郎竭盡其能，已不顧了一切，顏銘卻「噓」了一聲，兩人都靜下來，並沒有聽到什麼響動，撲楞地一聲是屋後窗外的銀杏樹上，棲着了一隻雀。夜郎說：「我不管的，地震了我也不管！」就又手腳忙亂開來，嘴裡還要再說什麼，顏銘忙把枕巾拉下來墊在身下，一隻手就捂了夜郎的口。夜郎去把那捂口的手指噙住了，歡樂異常。他意識裡他也是一隻小雀了，小雀歡樂的是有了新築的巢，小雀鑽進巢去，又探出巢來，鑽進去，探出來，進去，出來，進出進出。牀就如酒席上擊鼓傳花喝酒一般地響，鼓點越來越快，越來越快，突然地停住了，牀聲安靜了。那小雀是鑽進了巢裡再不出來，是小雀屙在巢裡了嗎？顏銘先是怎麼也放不開，心裡緊張，不停地掙扎着身子，拿手在下邊探着，她叫喊着疼痛。在夜郎停下來要開燈看時，她卻又摟緊了夜郎，開始了昏昏迷迷的哼嘰。直等到夜郎滾在一旁大聲地喘氣，那結實的身體一下子軟得如蛋柿。她輕輕地替他拉蓋了被單，說：「你好好睡吧。」自己起來將身下的枕巾取出來，窸窸窣窣地放到牀下去，重新睡下。卻怎麼也睡不着了，只想到世事的奇妙：兩個人的世界說大是那麼樣的大，說小，又是這麼地小，小到了如一枚杏？

五更時分，夜郎被顏銘捂住了口鼻而憋醒過來，才知道了自己的鼾聲太大。在這樣的時候，這樣的地方，一個人竟能如此坦然，使顏銘又愛又恨。她告訴他，她失眠啦，從不熟悉守候的人卻獃獃地守候了一個男人。這守候怕要從此開始，而家的概念也就是一個人在守候着一個人嗎？夜郎迷迷登登地只是笑着，伸了四肢在牀上打挺，把骨骨節節中的乏困逼出來，他不願意去想丑老腳家的喪事如何，瞧着桌面上那一條骨翅完整的魚說：「我就是那條魚了！」顏銘說：「那我哩，那我哩？」羞嗔着用枕巾捂了他的口，坐到鏡前塗擦臉油，抹粉底，勻胭脂，描眉修口——女人把臉當作了畫布，什麼顏料都用上去了。妝好了，回過頭來，問：「好看不？」夜郎說；「城裡開了化妝品店，街上就流行醜女人了！」顏銘說：「我是不敢素面朝天的。女人麼，是要哄的，別人都說我長得像外國人，你卻沒說過一句好聽的話。」夜郎說：「哪用得着別人哄，化妝還不是女人自己哄自己？說你像外國人，誰說的？」顏銘說：「藍夢時裝表演團的老闆說的。我原本想到時候再告訴你，讓你吃一驚的，可我哪裡又能守住秘密！你聽不？」夜郎說：「莫非你當模特了！」顏銘說：「你知道啦？阿蟬告訴你啦？阿蟬嘴長，叮嚀不讓說的偏就說了！」夜郎說：「什麼阿蟬？」顏銘說：「那老闆到髮廊吹頭，她就看上我啦，問我去不去藍夢？我當然想去的！他就讓我先到模特訓練班去學習，我已經去學了一個禮拜了！」夜郎真的高興了，說：「我思謀着你是當模特的坯子，真的就要當模特了！你走走，讓我瞧瞧？」顏銘果直走了幾下台步，喜得夜郎從牀上下來又要摟抱，顏銘按他在牀上，說：

「你乖乖睡好，不要起得早了讓外人撞着，九點十點了起來誰也不注意的。」

「我得去訓練班了，祝老那裡有阿蟬，是我從勞力市場僱的，你得空去看看吧。」嫣然一笑，走出去，卻又返回來，悄聲說：「牀下那塊毛巾，你不要動的，我回來了洗。」才重重地拉閉了門。

夜郎歪頭又睡下去，又是一覺，醒來滿窗陽光。穿衣起來，一夜間長成了一個丈夫。他在牆上的日曆牌上尋查着這個日子，就想起顏銘不讓他動的那塊毛巾。毛巾是那時墊在牀上的，從牀檔下的盆裡拉出來，紅紅的染了一片。夜郎並沒有把毛巾放回盆裡，卻用報紙包了要帶走，這是一個男人的得意之作，更是一個純真處女的證明，他將要在他那個借居的大雜院裡當院晾出，宣佈在這個城市裡，他什麼也沒有了，但他擁有了愛情；一切都骯髒了，而他的女人是乾淨的？夜郎包裹毛巾的時候，甚至低下頭去聞了一下，偏就在這瞬間，發見了血跡並不像是血！心中疑惑，忙在屋裡尋找，便於靠牆處的牀腿後發現了殘留有紅顏料水的魚的尿泡，腦子裡立即想起顏銘睡前偏不開燈，且消消停停才上牀來的細節，知道是顏銘在欺騙了他，以魚尿泡灌紅水塞在身上充處女的。——大失過望，極度悲哀，夜郎把毛巾和尿泡丢在牀上，灰沓沓離開了小屋。

夜郎重新走回丑老腳的家，院外停放着一輛繫着黑紗的車，院子裡跪滿了人，在爲將去火化的丑老腳焚紙、奠酒，做最後一次的告別。夜郎膝蓋一軟也跪下去，身旁的南丁山才說了一句「你到哪兒去了？」他就「哇」地哭起來，一時控制不住，鼻涕眼淚全都下來了。丑老腳的老伴過來拉他，說：「孩子，別太傷心，他已經是死了的人了，哭也哭不活的，你傷了身子倒讓大娘不安哩！」夜郎卻還是哭聲不止。衆人將屍體抬上了車，戲班人送着去火葬場，夜郎也要去，老太太硬讓人把他拉住，怕他再去火葬場傷心過度，一邊叮嚀着家人燒些薑湯給他喝下好生休息，一邊抹了眼淚感嘆老頭子不虧背了一世人皮，衆心是秤，九泉下靈魂也能安妥了。

靈車一走，夜郎並没有去喝薑湯，揣了戲班的塤，獨自上街在一家酒館坐喝，讓酒使黃昏黯淡下來，才往街的那頭去了。這是一條南北街，走到盡頭便是南城牆。夜郎上去混混沌沌吹了一陣，不圓不癟的月亮就浮過城門樓的滾道檐，正好是女牆的影子印下來，一個凹字套着一個凹字。風貼着垛豁在颳，乾枯在地鋪磚縫裡的草莖，窸窸窣窣地顫。塤聲真是招得鬼來了嗎？遠處的車輛從城河石橋上返往不息；車燈的白光倏地打到城垛上來，又倏地收聚而去，凹字的女牆影和女牆裡的他忽大忽小地跳躍，一直跳躍到城牆下馬道過去的一片四合院的房頂上。這時候，有孩子就驚哭起來，聲聲俱厲，接着「咿呀」一響，一所屋頂如漏斗的小院裡跌出一塊長方形的光亮，人影閃動，而且罵道：「喂！

城牆上的，睡不着了，到城河沿的柳樹上上吊去！成夜在那裡吹你娘的口口！——咚！」

「咚」是那人放了一槍，這是裝着霰彈的鳥槍，放槍人一定是那一類閑徒，星期天背了槍去城外的樹林子裡打麻雀的——吃了麻雀的肉壯陽，火氣比夜郎還要爆的。夜郎下意識裡第一個動作是用手護住了下體，同時緊閉了眼睛，當第二下槍聲在等待中卻沒有打響後，他摸了摸身下的部位，安然無恙，抬頭看見了不遠處的門樓上的宿鳥一鬨而散，知道眼睛還好，一時怒起，就撲起來在地上摸磚，一塊塊磚都鋪在那裡掏不起，便將一隻鞋脱下來擲過去，銳聲吼叫：「你娘的口，有本事的往這兒打吧，老子正煩着哩！」

夜郎已經作好了準備，只要那人再敢開槍，或許跑上來和他交手，他今日就魚死網破在城牆上了。但是，那人並沒有開槍和跑上來，甚至一聲也沒吭，人影也躲在暗處沒個動靜。夜郎一時粗野不堪，日娘搗老子地罵，把一肚子的恨氣怨氣全變了詞兒罵了出來。那邊界還是寂靜無聲，自己便感到了勝利者的孤獨，氣也消下來，覺得自己無聊了。末了，一步步從漫道上走下來，沒有鞋的一隻腳墊得生疼，自己嘲笑了自己，兀自在馬路上尋找擲打下來的那隻鞋。鞋沒有尋到。窄窄的馬道上，一半月光，一半城牆的陰影，夜郎就踩了黑白交綫上走，似乎感覺到光的邊緣如是玻璃，割得身子疼；回頭看看，一時沒人走過，掏出一股尿來邊走邊搖着撒，心裡說：我給西京題題詞吧。——尿撒出來是一串歪歪扭扭的「要在西京！就要在西京！」

尿完了，馬道也到了盡頭，前面就是南門裡，三角地帶的小小的公園。如果是兩千年前，城牆頭上插滿了獵獵的旗子，站着盔甲鐵矛的兵士，日近暮色，粼粼水波的城河那邊有人大聲吆喝，開門的人髮束高梳，穿了印有白色「城卒」的短服，慢慢地搖動了盤着吊橋鐵索的轆轤，兩輛或三輛並排的車馬開進來，銅鈴喤喤，馬蹄聲脆，是何等氣派！今日呢，白天裡自行車和汽車在街上爭搶路面，人行道上到處是賣服裝、傢具、珠寶、水果和各種各樣小吃的攤位。戴着髒兮兮口罩的清潔工，揮着掃帚，有一下沒一下地掃，直掃得塵土飛揚。時常有人騎了車子，車子一左一右跑動形如虎豹的狼狗。哪裡又像是現代都市呢？十足是個縣城，簡直更是個大的農貿市場嘛！公園裡燈火通明，那個算卦的又出現了，剝淨了的上身，一呼一吸，筋骨條條凸着，卻始終不願摘下橢圓的墨鏡，咕咕噥噥着說：「兩元錢一個籤還貴嗎？不貴的，青菜都一元一斤了。」或許是咕咕噥噥已經時間許久，四週的人已麻木不仁，或許他也覺無聊之極，歪了頭觀看不遠處的小吃攤上，三個女孩子和三個男孩子在那條白色木凳上翹來翹去，麻辣燙的紅油染了嘴，也染了下巴。卦先生抿了一下上嘴唇。這情形那一堆圍着打撲克的人並不注意，他們默不出聲地出牌，全神貫注，只有哄地一聲，是輸贏分曉了，年紀大點的，贏家就從腳上脫下臭哄哄的破鞋放在輸家的頭上，輸家皺了眉，用手搧着鼻子，老實地接受懲罰。年輕者則乜眼瞅着背了手在公園門口與一個女人說話的警察，極快地計算竹籤兒，等全部結束後去別處兌換現金。左邊的圍觀了秦腔清唱的一群，其中有人指點了卦先生嗤笑，卦先生將頭扭過去，那人發窘，卻喊一個「阿毛」，似乎是看到了就在卦攤後的某個熟人。封先生回頭，身後只有彎脖子樹，再看那人時，已擠進人窩裡去，知道受騙，嘴裡咕咕咕一陣子響，一股清水從門牙豁口射了出來。包拯的臉黑與不黑看不清楚，唱「王朝馬漢——！」兩聲應道：「在！」包拯又唱「去陳州賑災去哇——！」立即聽眾散開，原是有兩個光頭端了草帽見人討錢，卦先生眼盯了水泥台上立着的三個婦女，始終還堅守着看熱鬧：身子背着，腳被路燈照見一個是米粽般的三角青面深幫小鞋，一個是塑料平底黑鞋，一個是白色高跟牛皮鞋——卦先生一定想到這是一家三代吧，或者也想到了一段歷史，微笑着走過來。走過來的卦先生步履雀躍，夜郎就隔着公園欄桿的水泥方格鄙夷了這是貧賤人的步法，算得了別人卻不爲自己算算。卦先生走過了那棵塔一樣的雪松，停在一叢冬青邊，身子走出了方格，頭還在格裡往後看，「唰唰唰」地便響起了小便的聲。

夜郎罵了一句，終於起身往回去了。

這是城西區的保吉巷，巷窄而長，透着霉氣。一個趿着拖鞋的人從那頭踱進，人還老遠，叭嗒聲就響過來。有家開了門，端盆出來，「嘩」地潑水，月光下一片碎亮，且濃濃的腥味，是剖了魚，明日老的或少的要過生日了。夜郎才要認清是誰個，一個長髮的腦袋扭動着看看，退回去，門「砰」地又關上了。一隻貓就撲上了那段矮牆，淒苦叫春。七號院的門虛掩着，泡釘銅環上貼着門神，其實門並沒有關子，走進去，各家都安睡了。夜郎踏着院門邊的斜梯上到二樓，捅開了租借的那間房子，橫着就撲倒在牀上。現在，夜郎實在不願再回想一整天來的是是非非，只說會沉沉地睡去，睡去如死，卻依然聽到巷道裡的貓叫。朦朧的光亮裡，四壁皆空，那面擋風擋雨擋光的以牀單代用的窗簾，老鼠又在上邊撒了新尿，一角的掛鈎也掉了，軟沓沓地垂着。牀那邊的牆根，堆放着鍋、盆、碗、米袋子、涼鞋、書籍和一堆髒衣髒襪，牀的這邊是兩把坐椅，鄉下人用柳木烤彎製作的那一種，中間放一個裝啤酒的木箱，上邊一個電爐，兩隻粗杯，算是廚房和茶案了。「哦，荒園。」夜郎突然笑起來，那時候，一居住到這屋子裡，遠大的志向已離他而去，他只是在這裡擁抱金錢和女人。可是，金錢和女人並沒有安妥他的靈魂，甚至壓根兒就不曾有錢，顏銘曾經坐過了那矮椅的，身子後仰的時候險些裂開了椅子的一條腿的。但顏銘也欺騙了我，這世上，所有的人怎麼都在算計我？

夜郎想到這裡，一時萬念俱空，感覺到了頭髮、眉毛、鬍鬚、身上的汗茸都變成了荒草，「叭叭」地拔着節往上長，而且那四肢也開始竹鞭一樣伸延，一直到了盡梢就分開五個叉，又如鬚根。荒蕪了，一切都荒蕪了，《聊齋》裡的荒園是讓鬼狐出沒的，今夜裡是鬼狐要來嗎？夜郎靜靜地看着那窗的三角處，盼望着突然有一張很俏的臉出現，他向她笑，她也含笑，向她眨眼，她也回眸，一招手，悄没聲息地就進來了！

但是，今夜無鬼無狐，月下的影子也不願到荒蕪園來；他能聽到的，是一陣敲門聲。

窗外是新砌的一座樓，主人李貴是某家銀行信貸員。夜郎是在祝一鶴家認識了這李貴的，一個嘴如鳥喙的窮酸鬼，纏着祝一鶴給他調換單位。可許多單位見了他的人就不喜歡了他而告吹了。夜郎也是如此，不知怎麼看不得他那張嘴！自國家銀根緊縮後，銀行單位卻是吃香了，小小的一個信貸員，開始穿着筆挺的西服在街上晃蕩。見着夜郎了雖然還笑，但絕無當日的乞相。要請夜郎去鼓樓下新開設的麥當勞飯店吃西餐，而且騎上了一輛摩托，後座上擁坐了新娶的小妻。小妻長身窄腰，又穿了短裙。咧着嘴吃冰糖葫蘆，只怕弄没了口紅。夜郎不知道他靠什麼竟買了這塊地皮蓋了三層小樓，卻不止一次地看見了那些國營工廠的小車停在巷口，有人提大包小袋走進他的新樓裡。現在，他正在尋人鬧事，聲音粗魯地訓斥樓旁那間平房的人家，説是叫春的貓干擾了他。「你怎麼管不了你家的貓？我家的咪咪是純種波斯，怎能讓一個野種壞了她的血統！」平房的主人吱吱唔唔地回着話，接着有女人喊小兒起來尿尿，小兒一定是睡迷糊了，女人在罵：「這兒是廁所嗎？這兒是廁所嗎？」李貴就說：「你這是要罵我！」女人說：「我罵兒哩！叫他起來尿，他立在牀沿上就出水了。尿吧尿吧，咱是掏大糞世家，也不怕不衛生的！」再接着有打貓的聲音，有老人咳嗽，長長地咳不出，幾乎沒了氣，令人提心吊膽，以爲從此人要過去了，卻又一個咳，重重地吐了一口。——篤篤篤，這又是誰在敲門的？

夜郎終於聽得明白，敲動的正是自己的門。夜郎患上了一種病，常常覺得有人敲門，先是門開了，門外卻並無人，詢問院子裡的人，他們都不曾來過，也未見過有什麼人來，就明白是患了病的。以後凡是聽見敲門聲，並不立即起來開，但時常將真正的敲門聲也當作了幻覺，惹得四鄰的窮朋友在門外說：「噢，你忙啊！」以爲他蓄了什麼女人在裡邊。他是懷疑過這間屋子的風水的，南丁山也說重租一所房子去住，他卻又捨不得這間屋。只有在這間屋裡他的想象才被激活，感到特有的自慰，寬哥就曾說過他這是類於吸毒。夜郎靜靜地聽了一會兒，門還在輕輕地敲，就疑惑不定了，問誰？

夜郎再問：誰？回答道：我。夜郎問：我？一時獃住，隔會兒把門打開，門口站着一個英俊的男人，夜郎立即驚疑他是從中國戲曲舞台上走下來的小生。夜郎拿眼睛盯着他的胸脯——已經是多少年了，西京城的人都在崇拜真正的男人，以爲真正的男子漢必是五大三粗，胸口長着毛的——但他穿着西服，瘦卻得體，繫着條紫紅小花的真絲領帶。他完全是不該穿這樣的西服的，西服是油厚臉、大肚皮人穿的，他穿什麼好呢？「我叫吳清樸。」吳清樸說着，雖然在笑，掩遮不住的一份天生的憂鬱和羞怯，「這麼晚了來打擾你，實在過意不去。」月光下雙手搓着，左手上戴着一枚戒指。

夜郎讓吳清樸進了門來，門沒有再關，月光就勢進來跌出白的三角，吳清樸就站在白三角裡，他的意思是要在暗處的夜郎看得清在明處的他，又一次介紹他是吳清樸，還雙手遞過了名片。名片上寫着他是考古所研究員，是文物考古三隊的隊長。又害怕夜郎不能相信他，從口袋掏身份證來。夜郎嗤地笑了，見面送上名片又以身份證來證明，這在夜郎所有的與人會見裡是沒有的事，就說：「你坐吧。」吳清樸坐下。那把矮椅立即吱吱響，吳清樸又站起來，說他本不該這麼晚來的，可他已經買好了去關中西府的車票，他們在那裡發掘出了秦華清宮的遺址，要在那裡獃很久的時間的。夜郎換了一把椅子給他，拉了燈，開始在身上摸，沒有摸出香烟來，提了被子抖，被窩裡還有半盒，抽一支讓他，他說我沒有那個壞毛病，找了個女朋友，女朋友竟也抽烟，他是看不慣女的抽烟，就自己先作表率戒了，所以才是說抽烟是壞毛病的。夜郎只是笑，從水壺裡倒水沏茶，茶末沏開，又在電爐上熬開。吳清樸說：「你真好，竟肯信得我。現今社會治安不好，上個月口口賓館殺了人，是日本游客在街上碰上個倒換外幣的，領到賓館去就被掐死了……你沒有裝防盜門？連個『貓眼』也沒安的？」夜郎說：「賊要是窮而爲賊的話，我是比賊還窮的人。我更不怕誰來打我，我手癢得還想打人呢！」吳清樸笑笑，說：「這也是。有錢的人怕賊，沒錢的人怕鬼。茶好釅喲，得加些水，要不晚上失眠了。」夜郎說：「你們知識分子細省！上禮拜二我在屋裡吹塤，樓下那禿子就害病了，眼睛不睜，口吐白沫，說是怪我的塤聲陰氣重，招了鬼了！我說我去看看，掐人中掐不醒，筷子撬牙撬不開，我說，沒出息，就是有鬼怕牠怎的，活着都不怕，還怕着死！禿子卻睜開眼緩醒過來了。」吳清樸說：「鬼怕是聽了你的話也羞了。」說完了，卻問道：「你說這世上真的有鬼？」夜郎說：「你知識多，你說呢？」吳清樸說：「按科學來說，我是不信的，但現在到處說着再生人的事，說得有鼻子有眼的……聽說你經見過那個再生人，還有着再生人的一把鑰匙？」夜郎說：「你是要搞研究的？」吳清樸說：「如果真有一把鑰匙，我倒想看看是什麼樣兒，現代的還是過去的？聽說你在祝一鶴家住，我去了，還是那個顏銘姑娘說你是住這兒。」夜郎說：「再生人我没親眼看過，可真有鑰匙。」就解了掛子，從腰上取下那繫着的鑰匙。吳清樸湊近燈前看了許久，又拿牙咬了咬，放在耳上聽，說：「這就怪了，真是一把舊式鑰匙。是再生人用這把鑰匙去開戚老太太家的鎖嗎？」夜郎說：「具體情況我倒說不清，是寬哥給我的。」吳清樸說：「寬哥？」夜郎說：「我的一個朋友，姓汪叫寬的，你想見他了我可以給你們約約。」吳清樸說好的好的，又翻來覆去地把鑰匙看了一時，還是交還了夜郎。兩人就坐下無語，坐了許久。夜郎重新把鑰匙掛在腰上的鑰匙串裡，給吳清樸的茶杯裡續水時，不經意地張了一下嘴，用手揉揉鼻子。吳清樸趕緊說：「實在對不起，耽擱你瞌睡了。」夜郎說：「哪裡。」吳清樸說：「你該笑話，就爲這事來尋你。」夜郎說：「我在圖書館幹過，和知識分子打交道多了，你們這類人做事認真的。」吳清樸說：「你不見怪，我就高興；但你是要瞌睡了，我得回去了。」就站起來。夜郎留他不住，要送着到院門口去，他謝絶了，並且順手拉閉了門，已經快要走下樓梯了，卻拿手直敲自己腦門，返來取了一張名片讓轉交給汪寬，然後說：「那我就走了。」才一步一回頭地下樓走了。

轉給寬哥的名片一直放了七天。

七天裡，一直在落雨，原本不大的城區，從郊外的土路開進城來的卡車、轎車、三輪車，輪胎帶進了大量泥漿；整個夏天興起的房地產業的開發，各地的四合院平房一大片一大片地拆除了，拆除了又沒有足夠的資金很快建設，到處是土坑和沙堆，在雨季裡稀軟撲沓。小巷胡同裡已經泥濘不堪，下水道不暢通，隨處可見漂着垃圾的積水潭。每一行人的褲管上都濺着黑點，亂蜂一般地去擠公共汽車，未擠上去的叫喊：「再擠一下嘛！嫌擠？坐在你家炕上就不擠了！」擠了上去的卻罵：「拱什麼呀！没長個長嘴拱着急得去回高老莊哪！」擁擠的上班族們在交通堵塞的半個小時裡或一個小時裡，站滿了人行道和店鋪檐下的台階上，一邊將泥腳在石階上、人行道樹上、路燈桿上蹭來蹭去，一邊用最污穢的粗話罵天罵地，罵只圖賺錢的房地產商，罵市長，也罵自己没本事。戲班卻樂於這淫雨没完没了地下下去。南丁山料理完了師父的後事，借用了劇院閑置着的排演廳，先請了把式教練幾個主要角兒。夜郎閑着無事，拿了塤坐在後邊木樓欄桿上吹。這泥捏的葫蘆疙瘩發出的是一種土聲，綿長幽遠，直吹得嘴唇發木了，「嗚嗚」地只像鬼叫，就斜了眼看下邊場子裡的打叉。那兩個把式乾癟如柴，身腳輕便，一個手提了三把明晃晃的鋼叉反復講授身姿手勢，叉走的綫路，胳膊的力度，就讓另一個作「觀音坐蓮」，兩腿半蹲，雙手合掌，又打過其頭頂栽到樓板上，再作「二仙傳道」，身一跌倒，叉又打過頭頂，在兩腰邊各栽一把，又作「三羊開泰」，三把叉一把打過頭頂，兩把叉打栽在左右臂的兩側。夜郎看得心驚肉顫，不願再見識那「四桿彩旗」，「五梅花」、「步步高」，「釘活門神」，「陰陽鎖喉」，下了樓欄桿，往前面門過道處乘涼吃茶。茶是那個丑角師叔的，偌大的茶缸在火爐上熬得咕咕嘟嘟響，便一邊指教着女演員穿了三寸金蓮尖角高靴在門坎沿上蹦來跳去作身手。夜郎喝了人家的茶，說：「師叔——」丑老腳說：「我沒教過你，我不是你師叔！」夜郎笑着說：「你是南哥的師叔，也就是我的師叔！」丑老腳說：「當面叫師叔，背後撂磚頭，南丁山是個白眼狼！」女演員停了蹦躂，說：「狼是白眼？我還沒見過狼哩，師父幾時領我去公園看狼去！」丑老腳說：「看狼去？小時候，炎天晌午有狼坐在麥田埂上嚎，嚎得像婦人哭，誘吃過好多人，以至於夏夜在場畔睡涼蓆，孩子們全被大人們圍着……幾十年我也沒見過了，還怪……」夜郎說：「瞧師叔說的，還怪想狼的？！」丑老腳說：「可不，有狼的時候，人有危機，人也不寂寞，突然間發覺沒有了狼，人倒活得不重要了似的。」夜郎說：「狼不吃人了，車卻吃人哩！今日十字路口又軋死了一個女的。」丑老腳說：「這你說得對！現在人愛穿皮衣皮鞋，小麗，你換下的那雙鞋是什麼皮的？」女演員說：「羊皮。」丑老腳說：「可憐小麗你是羊託生上世的。世上這麼多人是牛羊豬鷄上世的，自然會有狼也上世，你不見那些公配的自購的汽車都附了狼的魂嗎？」女演員說：「那我生活在城裡原來是與狼共舞啊！」夜郎就笑着說：「那小麗就不必去公園看狼了！」女演員說：「那爲什麼？」丑老腳說：「這傻女子，你沒夜郎懂得城市，你見過城裡的貓嘛，不逮老鼠的貓還算是貓嗎！白眼狼來啦！」丑老腳突然低了頭，吹茶缸上的一層霧氣。夜郎抬頭看了，見是南丁山一晃一晃敞着懷過來了。女演員便盯着南丁山的眼睛看，說：「班主果然是三白眼！」南丁山說：「嚼我什麼舌頭了？」夜郎說：「說你三白眼好看哩！」惹得丑老腳也笑了，才喝到口裡的茶也噴出來。南丁山就說：「夜郎，師叔忙着哩，你只管在這裡嗑閑牙！你在圖書館寫過材料的，沒事了你幫着整理腳本去吧。」夜郎說：

「寫材料是一把剪刀一瓶漿糊照抄報上社論和文件的，哪裡就會了編戲！」但還是拍着屁股上的塵土去戲班的辦公室了。

編劇的是僱請的一個老學究，一副水晶老鏡，一嘴花白鬍子，捻綢褂子的前胸和衣襟滿是烟火燒成的小洞。夜郎去了，提水，買烟，洗換那擦汗的毛巾，老學究也不理會他，一邊整理繕寫腳本，一邊吭吭哧哧唸唱。夜郎便取過整理出的看了，是第一頁，上面寫道：「搬目連五本」。夜朗說：「目連戲就是目連戲，怎麼還有個搬字？」老學究說：「你不懂！」夜郎說：「這是爲啥？」老學究說：「搬目連與演出其它劇目的不同之處在於，搬目連所搬來的絕不僅僅是若干本戲，與之一同被搬來的，還有鎮台的靈官，提鬼的五猖，做法事的和尚道士，以及分管陰事陽事的掌教師，就是驅鬼避邪，保佑平安的作用。還不懂嗎？舉個例子，你去商店買了一尊菩薩，爲什麼不叫買，叫請？懂了吧？」夜郎還是不懂。又問：「聽班主說。目連戲是四十八本的，這怎麼才五本？」老學究「哼」了一聲，說句「戲是戲班的兒，願意怎麼演就怎麼演！」不再言語了。夜郎就不敢多說，拿過第一本《靈官鎮台》來看：

人物（以出場先後爲序）

太白金星／王善／二化身／掌教師／寒林／管事／大爺／二爺／三爺／掌標子／五猖／一報馬／二報馬／三報馬／執聲／雲牌、金童玉女。迎神儀仗隊若干人。

〔打「粉火」跳雲牌（堆「天下太平」），接太白金星上場。〕

夜郎看得眼花，又取了第二本來看，上邊寫道：

《劉氏出嫁》

人物

付崇／付妻／劉氏／付相／劉母／劉賈／姨娘／二儐相／掌教師／廚師／媒婆／舅爺／打報場，化緣和尚。轎夫、家院、丫頭各四。伴娘。迎親客人若干人。送親客人若干人。

〔「打游台」。〕

夜郎禁不住又問出口：「這麼多神神鬼鬼的角兒，『打游台』是什麼意思？」老學究不寫了，將硬腿水晶老鏡往桌上一丟，嘆了一口氣。夜郎知道是討厭了，順門就走，從窗外往裡一瞧，老人家從懷裡掏了一小瓶白酒來喝，兩片嘴唇咂得梆梆響，便小跑着去街上買了一碟醬狗肉，一碟香菜青椒蘿蔔芥末三鮮絲，無聲地放在桌上了，兀自又去看那些腳本。老學究各樣吃了幾口，說：「你是問『打游台』嗎？所謂『打游台』，即是在正式演出前，觀衆及戲班內的人，手執黃裱紙三角小旗，踩着曲牌節奏，在『陰台』上繞台行走。『陰台』就是在舞台前臨時搭起的台子。在『陰台』上繞台行走，是戲先演給鬼看，後演給人看，可保證戲演出無事故。民國三十五年有戲班在關中東府華州搬目連，沒有打游台，結果戲演到一半台子起火，燒死了五個人。這『陰台』，凡人上台一走能消災免難，逢凶化吉的。」夜郎覺得稀奇，又問起「打報場」是什麼角色，「掌教師」的身份是什麼，「五猖」有無具體名目，如何紙紮吊籠，如何挽訣、噴咒水、貼禁符？老學究就笑了，說：「你得慢慢來嘛！這整理出的前二本你拿去複印十份吧。」夜郎去街上複印了，又買了一瓶白酒，一包鷄腳，一包鴨掌，一包豆腐乾，交給老人家，自己往別處閑逛去了。

夜郎騎了車子先去了祝一鶴家。祝一鶴比先前更是癡傻，卻也白白胖胖。自從被撤了秘書長職務後，他就蓄了鬍子。夜郎嫌那鬍子黃而發捲，並不好看，祝一鶴就是不肯，現在越發蕪雜，滿嘴連同下巴毛烘烘罩着如茅草。夜郎進去，祝一鶴才吃畢飯，向他注目，說不出話來，嘴是否動着，鬍子擋着也看不清，上邊沾着米粒。夜郎就訴說保姆阿蟬怎麼不把鬍子擦乾淨？阿蟬便用濕毛巾在祝一鶴半個臉上捂捂，然後拿兩個掛衣的小竹夾，將鬍子分兩邊夾了兩撮，點一支烟讓叼了，靠在牀頭上吸。夜郎陪着祝一鶴坐了一會，祝一鶴的烟還在嘴上叼着，人卻頭歪了靠牀瞌睡了。他取下烟頭，瞧阿蟬在廚房裡叮叮咣咣洗滌鍋碗，有些話想對她講，又不知怎麼講，心裡酸酸的。斜對面的房門開着，原本是保姆一張牀的，現在卻多了一張，夜郎心下疑惑，走過去看了，卻認得那牀上的被褥是顏銘的，她的那一件玉色團花軟緞旗袍也掛在牀邊衣架上。阿蟬從廚房過來，手在圍裙上擦，說：「我怎麼稱呼你的？」夜郎說：「就叫黑哥。」阿蟬說：「銘姐老說你，卻不見你來的……你姓夜，怎麼叫個黑字音？」夜郎說：「一叫夜字，音成了『爺』了，誰肯叫的？夜也是黑，所以都叫黑字音。」阿蟬就仰着蠅面發笑，一嘴的牙齦都露出來，說：「今日早上醒來，銘姐說你今日要來的，我問是打來電話了嗎？她說是她剛才做了個夢，我說那才不來了的，前半夜的夢是正的，後半夜的夢是反的，人家在戲班裡，吹吹打打，又快活又發財，怕是把這邊都忘了的！沒想你倒還真來了呢！」夜郎說：「戲班才組建，雖是打雜，也夠忙的。」阿蟬說：「忙麼，戲班裡有漂亮演員，有說不完的話嘛！」夜郎說：「我這嘴臉。立腳都立不穩，心裡還能長什麼花草？顏銘也睡過來啦？」阿蟬說；「這你還不知道嗎？她去時裝表演啦！先前租借的房子她說風水不好，睡着只害心口病，我就讓她住過來，反正祝老家地方寬，我也有個說話的人——要不一年出去，我也不會說話了！」夜郎說：「這也好。」坐在顏銘的牀上。牀靠了西南牆角，牆上用圖釘釘着白底藍花紗牀圍，牀單是純白棉布，枕頭也是白枕頭。阿蟬說：「銘姐乾淨，她一來倒顯得我窩囊了。」夜郎欲說是夠窩囊了，祝一鶴身上衣服也該換洗了，話到口邊，又覺得還是見了顏銘，讓顏銘說給她爲好，卻一時有了過去的長長短短回憶，側了頭去，不讓阿蟬瞧見他的傷感。但這一側頭，卻發現了那枕頭邊的牀圍處，有着密密麻麻的一片小字，字是用圓珠筆寫的，極不正規，卻都是「不死」，「不去死」，「活下去」，「一定要活下去」的話。夜郎心裡咯噔一下，就覺得渾身的肉都在驚跳。他明白這是什麼意思，明白這是爲了什麼而寫出的字：在那多少個不眠的夜晚，燈光熄滅了，黑色的眼光卻在黑暗裡閃亮，這潔白的枕上是輾轉磨斷了多少頭髮，流下了多少眼淚？或許她想到了繩子，想到了電燈的插銷，那樓台，大街上呼嘯而來的汽車……但她終於在黑暗中從被窩裡伸出手來，握了筆在牀圍上提醒自己，鼓勵自己，解救自己！更使夜郎吃驚的是，他只說痛苦是他一個人的，原來顏銘受到的打擊竟也如此悲而且哀！這個時候，夜郎才覺知自己做得太過份了，不管如何，那一夜裡，即使是一次意外吧，兩人都畢竟是真實，以後的發展姑且不論，朋友仍是朋友，稱哥呼妹的也仍是哥妹吧。夜郎一時額如鷄卵，印帶懸針，不願讓阿蟬看出破綻，低頭站了起來往客廳去，說：「祝老睡着了，我得走了。」阿蟬跟出來，疑惑地說：「你說走就要走了？你還沒喝口水哩麼！」夜郎已經出門下樓去了。

街上雨暫住了，立即就有賣冰棍的女孩兒的嗓音，行人都將頭從雨披裡伸出頭來，爭先恐後湧塞在十字街口，許多人便掉身往小巷裡繞道。小巷恰屬於被拆之區，雖未拆除，每隔五步，牆上就用黑墨畫有大的圓圈，裡邊寫着「拆」字。差不多的人家已經移居，門窗洞開，能看得清屋裡牆上貼着年畫和揭去了孩子的獎狀、玻璃相框的白的痕跡。有幾家拒不搬遷的，所謂的釘子户，門上貼着派出所限令搬遷日期的告示，户主趁機向行人訴苦，咒罵房地產商是某某長的小舅子，官商一體，將舊房折價太低，是借改造舊區發橫財。一條狗就卧一所空屋門口，一動不動，好事者擲磚頭也攆不走——許多人都感動了狗的忠誠。夜郎推着車子，凡是見着還乾淨的牆，抬舉了腳去蹬，一蹬一個骯髒腳印，要不是街上人太多，他差不多都要解了褲帶去那乾淨的地方撒一泡尿拉一堆糞的。這種見潔白就想污染的心態，夜郎也覺得怎麼會這樣？便騎上自行車急駛，泥水嘩嘩飛濺了近旁的人，討得一陣唾罵。不想就與迎面來的一輛自行車相撞了，雙方同時倒在地上。夜郎是認得那人的，賓和酒樓的苗經理，請祝一鶴和他去吃過生猛海鮮席，臨走了還送了蛇膽酒的，——忙着陪笑，要說個不是。那人爬起來瞧車子已經變形，遂大發了雷霆，訓斥坐不了小車總得會騎車吧？騎這麼個爛車子還要耍威風，是越南戰場回來的功臣，是給別人日下了孫子，是活煩了急得去火葬場呀？夜郎強忍着沒有說話，卸下前輪在地上用腳踩正，重新安裝能騎駛了，竟一把揪住了那人領口，一枚扣子也就蹦了，蹦在旁邊的電燈桿上，再蹦回到水泥路台上，跳了跳，滾在腳下。吼道：「姓苗的，你罵吧！我聽着你罵哩！」那人立即笑起來，裝出很驚奇的樣子，說這不是夜郎嗎？怎麼是夜郎呀？瞧我這眼睛，自家人認不得自家人了！夜郎說：「你認得圖書館的夜郎，認不得我這個夜郎！」

又是禮拜天，佛的休息日。雨没有再下，院中的那蓬紫薇還濕着，花開了一層，葉子也肥肥厚厚亮起來。戲班要做許多紙紮，小麗認識一家紙紮店的老頭，老頭是世傳的手藝，以前城隍廟會，八仙庵廟會所抬動的「金山」、「銀船」、樓閣、人物、麒麟、白鶴、蓮花座，十之六七是他家紮製，如今廟會不興，只賣花圈，又兼營了出售壽衣爲生。小麗領夜郎去的時候，老頭正在吃飯，小女兒在後院的場子裡立於一個石碌碡上骨骨碌碌滾動着碾蘆葦。夜郎把南丁山所開的紙紮的項目單一宗一宗講述着給老頭，老頭也不看他，兀自在飯碗裡放了鹽，放了醋，放了辣麵，放了味精，又放了一勺白糖和一盅白酒攪和起來，呼呼嚕嚕地吃。夜郎吃了一驚，也不敢多問，說：「師傅，這是戲班要用的，你可紮過？」老頭說：「不就是囚寒林的吊籠嘛，『火爆葵花』裡的旋轉葵花、紙吊嘛，總不會還讓紮個紙的鐵圍城吧！」夜郎說：「師傅是知道目連戲的？」老頭說：「看過，没演過。」夜郎落個紅臉，搭訕着去和那女兒說話：「你爹這吃的什麼飯，酸辣鹹甜一鍋煮？」女兒說：「我爹脾氣不好，你可別往心上去。他一輩子都是這麼個吃法，身體倒好，七十七的人了，滿口牙没掉一顆的！」正說着門裡進來一個小伙，老頭劈頭問道：「賣啦？」小伙說：「没有。」老頭說：「不是說得好好的，怎麼就不賣啦？」小伙說：「不是我不賣，是人家不買……他擼了我，我也得擼了他！我得去尋王魁了，上個月見王魁，王魁就讓我給他攬生意……」老頭說：「這年頭啥人都成經理了！」小伙說：「王魁說了，如果誰需要，割某某的耳朵，卸某某的腿，他絕對幹得漂亮的。」老頭罵道：「你入黑道呀！」夜郎莫名其妙，悄聲問那女兒怎麼回事？女兒說，前日有人到他家，看中了一把太師椅子，要買的，說好了第二天來一手交錢一手取貨的，可那天晚上他卻動手把斷了一條腿的太師椅子重安了一條腿，還刷了一層油漆，人家來了卻不買了。原來那椅子是明代的紅木傢具，人家是文物古董商。那女兒說罷就也罵了；「你還去找人家什麼呀？丟人死了！我要是人家，你就是不要錢給我，我用那生爐子呀！」小麗忙給夜郎使眼色，兩人退出來。小麗說：「你看清那小伙嗎？」夜郎說：「孬種小白臉。」小麗說：「他是這家未婚的女婿。你知道這人是誰？」夜郎說：「誰？」小麗說：「就是不認再生人的，戚老太太的小兒子。」夜郎叫道：「你怎麼不早說！」要返回去再看。小麗一把拉住，說：「你也是個神經病！那有什麼看的？」夜郎才作罷了。

往後，夜郎每日去紙紮店去看看紮製的情況，等寬哥，寬哥還是未來，應人事小，誤人事大，心想自己没能夠聯繫到寬哥，怕那吳清樸已經去關中西府了，就多少有了內疚。這個中午從紙紮店提回了吊籠，便懶得出去逛，吆喝着在屋裡要打麻將。

菜販小李剛剛賣完菜回來，因爲久雨方晴，販菜的並不多，小李賣得好價，情緒十分地好。夜郎去叫他的時候，他正拿了一瓶啤酒用牙啓蓋，藏躲不及，說：「老兄你這是什麼牙口，這樣有福？我每次喝酒都心裡說別讓你知道，可每次你都來了！」牙咬啓不開，努力得臉都變形了。夜郎不屑地奪過瓶子，拿一根筷子頭壓在虎口去撬，只一下，蓋兒就蹦了，提起瓶子偏第一口先喝了，筷子敲着小李的頭顱說：「你小子嗇皮是嗇皮，可你前世欠着我的酒，你不讓我喝也由不得你！」小李的頭顱極小，脖子卻粗，又喜歡常年剃個光頭，剃刀刮得青光光的，如果沒有那一雙招風大耳，真像是伸出來的龜頭。見夜郎先喝了一口，忙喊：「甭急，甭急。」手從脖子領口往裡伸，掏出一個塑料紙包兒，解開了裡邊有一塊臭豆腐一根牙簽。便拿牙簽插了一點臭豆腐在嘴裡，很響地吮吮，喝一口酒，說：「老兄，你就口菜才香哩！我倒不是成心嗇的，常想着幾時買它一箱啤酒回來，把我灌醉，也把你灌醉，讓我享一享喝醉了是什麼樣個福！可去買啤酒的時候由不得想到家裡，老娘和我是分了家，老人家糧還湊合着不缺，錢卻緊得要命，三個月才吃一斤鹽的，我就捨不得買了。」夜郎說：「小李還是孝子，那今日就捨得了？」小李的三角眼翻着白，撩起髒兮兮的紅方格衫子一邊擦油汗臉，一邊得意了，說他今日是賺了錢了，販了一三輪車的黃豆牙去口口口口大學，學校伙食科長和他捏碼子，豆芽菜一般是一元錢一斤，科長付給一元一角五分，一斤多出一角五分，販了二百斤是多出了三十元，科長要回扣，讓買二十五元一條的「金鳳」烟，買就買吧，爲了以後長期合作，他也將餘下的五元錢買酒來喝了。夜郎便再沒喝他的酒，看着他喝畢了，重新包好還有一半的臭豆腐塊，又放好了可以賣錢的空酒瓶，才說出約他打麻將。小李當然十分高興，主動地將他的那張方桌搬過來，還把一口茶垢極厚的大瓷缸泡滿了磚茶端着。兩人鋪展了檯布，壘好了牌，小李就狼一樣地吼叫樓下的五順，待到五順接了話頭，又鬼兮兮地說：「老兄，你今日不得贏哩。」夜郎說：「等着瞧吧，你今日菜錢是多少，我今日就收取多少，打你個裸體來！」小李說：「情場上得意，牌場上失意，你和顏銘又那個上了！」他拿兩個指頭往一塊碰。夜郎說：「扯毬淡！」小李說：「你把你那牀也支穩點麼。五順——

你他娘的是什麼官員嗎?成三番五次地請你!夜郎你成夜折騰,我也得成夜睡不成,我這是給你當警衛員哩麼?」夜郎說:「我睡不着也不准翻身了?」小李說:「那算我想邪了。」樓梯口就響起撲沓撲沓的趿鞋聲,五順頭在那裡一冒,小李就說:「瞧你那個蔫勁,昨晚又到火車站吃野食了?」五順說:「我有那份賊心還沒那個賊膽,有那賊膽也沒個賊力氣,你没見我這幾天拉肚子嗎?把它的,咱個子不長外什麼都長了,一包黄連素先頭是二三角錢的,現在怎麼着,三元五!收一天破爛等於一包藥,誰還知道是真藥假藥?」小李說:「我也不借你,哭甚窮?你偷一個小水道井蓋就是多少錢!」五順倒變了臉:「誰偷井蓋了?」小李說:「我也不去派出所報你的案!你去請房主來,叫你贏幾把,你也好有些錢去吃藥!」五順說:「我哪一次不是給你們送的?夜哥怕是又來領工資了!」五順下樓請房主,小李又在說顏銘腿長,他從來没有見過那麼長腿的女人,說不定是鶴變的。再要擠眉弄眼說什麼,五順已上來回復:房主不在,女主人在屋裡應了馬上就上來的。

三個人坐下來等,先丟點子定了東西南北方位,又宣佈了幾條規定,各人都把錢數點了,女主人還没有上來。世上最想念的人,差不多就是麻將桌上的三缺一了,平日裡,他們夫婦一分一厘計較房錢、電錢、水錢,該他們找錢了,五分以下就捨,該房客掏錢了,多一分卻要上進,憑家傳的這一塊地皮蓋了房外租,就永遠不勞而獲,肥得流油似地,可現在突然覺得這個女人是那樣可愛和重要,猜想她是在屋裡與人又作什麼黑道兒生意了嗎?小李和五順是已經懷疑她家在販毒的,莫非又是什麼人來取貨款,或是發生了危險要堵她的口,會不會被人用繩索捆了,拿血刀子捅了?還是來了情人,關了門在那裡忙的?直等得這幾個人心急如焚,樓下那間正房,雙扉門吱兒砰地兩聲,五順伸頭往下看，女人頭髮上掛着長柄木梳，卻慢慢騰騰往樓梯後邊的廁所裡去，然後從廁所又返回屋去，罵罵咧咧五順拉肚子把糞噴到廁所牆上，才上得樓來。五順說：「甭罵了，甭罵了，今日這麼漂亮的人說粗話影響形象哩！」女人說：「你又笑我胖嗎？給你說哩，我年輕時仍是走到哪裡亮到哪裡的！」五順說：「今日真的漂亮，腰身不胖，奶子越發胖了。」女人哼了一聲，竟從胸前奶罩裡抓出一把錢來說：「五順，老娘今日就拿這些陪你！」四人碼牌開張。正到了三家停牌，按倒了十七頁，開始摸着要自扣，院門的鐵環拍響，似乎有人進來，一直在院裡殺鷄燙毛的禿子在喊：「夜郎，夜郎！」夜郎低聲說：「都不吱聲。」小李說：「怕是誰要找你的。」夜郎說：「誰來也不讓位，換人如換刀，只能在旁邊『下魚』。」不一會兒，禿子走上來，悄聲說：「夜郎，有人找你的。」夜郎說：「就你嘴長！就說我不在！」禿子說：「我也這麼說的，可人家好像有急事，你去看看，我替你摸幾圈。」五順說：「你好好殺你的病病鷄去，晚上別誤了賣燒鷄。」話未落，樓梯上卻走上來康炳，罵道：「夜郎，我還以爲顏銘在這裡你不出門，原來『搬磚』哩！班主到處尋你，你倒躲着不見！」夜郎站起來還在摸牌，沒有摸中，讓禿子替了位，拉康炳到過道裡。

夜郎問：「有甚事等不到天晴路乾？」康炳說：「唱鬼戲要敬神貼符的，組班以來咱沒行這規矩，這不，老師父就死了！班主讓咱倆求些符去的。」夜郎說：「在哪兒求？」康炳說：「他說給陸天膺老先生去了電話，陸老先生會領咱到一個地方的。」夜郎說：「那改日去吧。」康炳說：「陸老先生今日在家等着。」夜郎罵了一聲「你個白虎星！」過去對禿子說：「禿子，你狗日的是啥命，我打江山你坐皇帝！我出去了，你今日贏了錢，晚上提一隻燒鷄上來。」就叮嚀打完牌後把門鎖上的話，兩人下了樓去，還聽得樓上禿子在說停得這麼早没有和！女人笑道：「起得早不一定拾上糞，我和了！」五順在罵：「只說人起得早，没想狗比人還早就吃了糞了！」

康炳領着夜郎過了東西大街，往北穿三條巷子，到了個叫教場門的農貿市場。這裡專是交易土特產的，古時作教場的偌大的場面裡，四週蓋設了十六個折角呈圓形的三層樓貨棧，古香古色的，是仿明的建築。場中又是井字樣的臨時攤位，全部出售陝北沙漠來的甘草、枸杞、紅棗、毛氈、烏色洋芋、老南瓜、發菜、粉絲；陝南山地的木耳、山萸、板栗、核桃、木炭、龍鬚草編、地板條；關中東府西府的烤烟、瓷器、花椒、火紙、花生、辣麵。亂七八糟，應有盡有，都掛的是某縣或某鎮的名。康炳歷來用烟斗，而烟絲只有這地方有售，就在二層樓的一家烟店裡討價還價。烟店櫃檯上一溜擺着十多個瓷缸，分盛着各類質量、形狀、香型的烟葉和烟絲，一一捏了點在烟斗裡嚐，皆不中意。掌櫃領他到後邊暗室，於一口盛滿水的瓦缸邊地上端出一個瓷盆來，半盆烟絲軟軟地，發焦黑色，掌櫃笑着用三指捏了些，揉成一丸，按壓在康炳的烟斗鍋裡，劃了火柴讓他吸，夜郎即聞到一股奇香，叫道：「這麼香的？」掌櫃說：「這是取下的第三至六片葉子做的料，蒸了晾了，又切絲在這濕屋陰一星期返潮，再拌上上等白酒、小磨香油、茉莉花粉、糖、鹽、椒麵。怎麼樣？」康炳點頭稱好，倒責怪這樣的貨怎不在外邊擺？堂櫃說：「世上抽烟的人一層，又有幾個真正抽烟的主兒？我一瞧你這烟斗，滿口的黑牙，眼神兒，才肯把你領進來。」康炳歡天喜地，買下一包，掌櫃用塑料紙包了，叮嚀回去裝在瓷罐裡陰晾着，康炳說「這個自然」，下得樓來。兩人出了市場，回頭正看那一面純木的高脊飛檐仿古牌樓門，一輛摩托猛地從一條窄巷衝着他們急拐彎兒，夜郎「啊」地叫了一聲，泥水倒濺了一身。康炳說：「撞着你了？」夜郎說：「撞沒撞着，倒想起一宗事了。」原來這條巷中段正是寬哥的住家處，夜郎忽然想起給吳清樸聯繫的事，就勸說康炳替他跑幾步路，去叫了寬哥出來見他。康炳說：「你們是哥兒弟兄，你怎麼不去。」夜郎說：「我怕我那嫂子的。」在耳邊嘰嘰咕咕說了許多，康炳就笑道：「咋能這樣當男人？我那老婆也是母老虎，可我卻是武松！」一晃一晃地去了。

汪寬家是中段四號樓西單元的一層中門，木板門沒有關，防盜門卻內鎖了。因爲防盜門上的欄格上釘有紗網，屋裡發暗，傳出極響的鼾聲。康炳叫了兩下「寬哥」，沒有反應，臉貼紗網往裡看了，當廳的地上鋪有竹蓆，一個穿着寬裙的女人睡在那裡。康炳嚇了一跳，心想還有女人打鼾聲，而且這麼巨大！就退出幾步，又咳嗽又跺腳，喊寬哥。屋裡的鼾聲住了，問：「誰個？」康炳說：「我嘛！」防盜門開了，一個髮如火焦的毛頭伸出來看了，立即縮回去，卻在說：「進來呀！」康炳進去，女人已在用梳子梳頭，左邊的半個臉上還印着竹蓆的人字紋，然後將一個壺的冷茶在杯裡倒了些汁，再添上新開水，端過來說寬哥不在，找他甚事？康炳就介紹說自己是寬哥的朋友，來說一件事的。寬嫂就說：「有緊事你去他單位找他，人家是共產黨的人，只在我這兒寄託着給吃給住，我們也是兩頭不見面的。他夜半一點兩點進門，我已經睡了，天明我上早班，人家還睡着。就是偶爾中午回來吃飯，和我也是沒話，只是脊背癢了要換藥才用得上我！」康炳說：「寬哥有病？」寬嫂說：「這你不知道？他患了牛皮癬，先是在腿上，現在脊背上也全是，人又黑，真是黑蟒托生的。我說你瘋什麼，想當官哩還是想發財的，一天到黑跑得不停點，也不說好好住院去治病，整日幫了這個幫那個，落下什麼了？昨日我去商店，好衣服五顏六色的，咱喜歡來喜歡去，看看又放下，咱沒錢麼，只好去布匹批發市場買一截布回來做。他回來一見櫃上放着布，倒說：是誰送咱的？我就氣上來一頓好罵：你倒想得好，誰送來的？鬼送來的！沒想想什麼時候人送過一條綫！他這人腦子越來越滲了水，二兩豬腦子！前邊那個巷裡有個吸大烟土的，吸讓他吸去，與咱屁事？可他爲人家戒烟買藥呀，請中醫呀，聯繫去鄉下緩衝呀，最後是進了戒烟所，人家父母都不去看，他倒去。我和他吵，他說拯救人哩，我說你是毛主席？他說我是警察。哼哼，是警察！我說原來你還知道你只是個警察呀？」康炳說：「寬哥是優秀警察，那日我路過他們所，宣傳欄上有他的照片哩。」寬嫂說：「那頂吃頂喝？他每年拿回來幾張獎狀，還要貼在牆上，我說你少在牆上貼，那地方我還掛掛曆的！」寬嫂把地上的水壺提了往廚房走，一邊走一邊把幾件扔在沙發上的髒衣服揉一團拋向水龍頭下的木盆裡，同時腳一勾，把一個殘破的搪瓷盆嗞啦啦勾到櫃子下。說：「瞧這屋子，亂得還能插進腳嗎？他只是個糟蹋，我跟在後邊拾掇都拾掇不清！」又嘟囔別人家的房子都裝修了，他們家的牆三年也沒刷過，這傢具是逐漸添置的，式樣不同，色調也不一樣，是難看吧，連夜郎來也說該統統換了。」提起了夜郎，就說夜郎是個浪蕩鬼，百心不生，他竟然和夜郎好得狗皮襪子沒了反正！康炳聽得腦殼滿滿的，幾次想告辭，寬嫂越講氣越大，說：「我遲早要死在他手裡！」康炳說：「那他不敢打你的？」寬嫂說：「他要打我也倒好了！他是死不作聲地來氣我，只有讓我罵他的份，從結婚到現在，他是天生的在罵聲中成長的坯子！」寬嫂說着，氣得胸脯一抖一抖的，康炳趕緊看了一下錶，說：「哎呀，我怎麼忘了，口口約我給他打個電話的！」起身就告別。寬嫂說：「我這陣瞌睡才清醒了，你這麼急的，不等他啦？」康炳生怕她送出來又說個沒完沒了，一出樓道就說「改日我再來的」，小跑着先去了。

巷口裡夜郎等得發急，買吃了一碗滷汁涼粉，見康炳一人過來，就問：「寬哥不在？」康炳點頭。夜郎就說：「人不在還耽擱這麼長時間？我以爲你犧牲了！」康炳說：「我哪裡走得脫？他老婆說話沒個逗號，直可憐寬哥有這樣的老婆！」夜郎嘿嘿地笑了，就發感慨：人上世來如在旅途，最要緊的是伴侶，可是查查週圍，哪個是盡善盡美？上帝就會日弄人，一個哭的就給搭一個笑的來看熱鬧，人都給上帝做游戲，做着游戲痛苦，不做着也是痛苦，真正的愛情少則三年，多則十年就消滅了，剩下的只是整齊而乏味的日子！康炳突然神經兮兮地說：「聽說你以前也離過婚？」夜郎怔了一下，狠狠地說：「聽誰說的？」康炳倒沒了勇氣，看夜郎的臉色。夜郎沒有出聲，默默走一段路了，說了一句：「人要會勝利，也要會失敗。」康炳莫名其妙。

走進玄武巷，靠右一條拐來拐去的胡同，第三個四合院就是陸天膺家。陸天膺一頭銀髮，半胸美髯，已經坐在廳裡喝茶等客。夜郎早知道畫虎出名的陸天膺，祝天鶴房裡也曾掛着一幅他的下山虎的，今日見了，果然威嚴，心先怯了半截，招呼入座後只是老實不動，聽康炳與老者寒暄。不一會兒，錦屏後閃出一個女人，三十出頭光景，也不知是陸翁的年少嬌妻還是保姆，木漆盤上端着兩杯龍井清茶。夜郎接了茶，不敢往臉上去看，只瞧了那一雙腳沒有穿襪子，瘦瘦溜溜蹬着一雙平跟船形皮鞋，露着三個腳趾根兒。便聽陸天膺問道：「這位年輕人貴姓？」康炳說：「黑郎。」陸天膺說：「不是黑字，是夜字吧。」康炳說：「陸老好學問，正是。」陸天膺說：「也有讀作墨字音的。這姓少見，說不定祖上也是個弄字弄畫的。」夜郎只是笑着，陸天膺也笑了一下，不再理會，與康炳又問起戲班的事。康炳拿出新買的烟絲讓老者抽，那小婦人就從後屋取了一竿三尺長的烟管來，康炳誇說了一番這麼長的，將烟絲掘了一丸按在那黃銅烟鍋裡，陸天膺便將嘴上的長鬍分兩邊一掛，原來耳朵上早套有細鐵絲鈎兒，如掛蚊帳簾子，又劃了火柴插在烟丸上，把烟管一頭塞進口去「叭叭」地吸。夜郎正瞧得出奇，卻見一隻小得可愛的猴子忽地跳上陸天膺肩上，不覺啊了一聲。陸天膺說：「你沒見過這猴子吧？這叫墨猴，專養了磨墨的。」那墨猴賊溜溜閃着眼，理了理鬍子，又落在陸天膺手腕上，陸天膺咳嗽了一下，墨猴就張了口，接住了一點濃痰吃了。夜郎心想：真是個老古董，近八十高壽的人了，活得有滋有味的。便不覺惋惜了祝一鶴是在政途上白白地糟蹋了一生。康炳待陸天膺吃過兩鍋烟，問起符的事，陸天膺說：「江浙來了一幫古建築隊，翻修市中心的鐘樓的，這幾天老是請劉逸山去現場挽訣唸咒的，我昨日對他說了，再忙也要幫這個忙的，恐怕夜裡已畫好了符，喝罷茶咱去取就是。」話音未落，院子裡踉踉蹌蹌進來一個人，喊：「爹，爹，人找哩！」陸天膺變臉訓道：「又去爛喝了！」那人道：「沒，沒……你來聞聞。」卻啊地嘔出一堆污穢，身子歪倒在台階下的石路子上，一株君子蘭連盆壓碎了。夜郎和康炳忙去攙扶，小婦人忙出來跑過去拉動，那人卻甩手不理，小婦人落個沒趣，抽搐着後肩低首又進了屋去。陸天膺吼了一聲：「還不給我滾後去！」就又恢復了平靜，卸了耳邊的鐵鈎，理順鬍鬚，四平八穩去了院門口，立於半開的門邊與人說話，回來手裡拿一沓黃裱紙條，對康炳說道：「劉先生託人把符送來了。你查查，二十四幅。」康炳看了，果然二十四幅，上邊用硃砂寫就的似字似畫的圖案，當下給陸天膺鞠躬致謝。陸天膺合眼微笑，步入錦屏後去。夜郎和康炳以爲老者去取什麼東西，小婦人卻出來說：「先生到休息時間了，不能久陪，望諒望諒。」

兩人出來，面面相覷，康炳說：「老頭能這樣，全是讓兒子壞了情緒。那是個癡傻貨，只有七成，人真是不可聰明透頂，一人佔盡了家脈，後輩就不中了！」夜郎說：「那女的是老頭的什麼人？」康炳說：「聽說老頭喪了妻後娶了個年輕的，不知是不是她？瞧那傻兒子待她的脾氣，八成倒是了……老頭有的是錢，錢有了什麼樣的女人都有。」夜郎說：「只剩下我這沒錢的，甲男配丁女了。」康炳說：「你還彈嫌顏銘呀？！」夜郎不接話茬，說：「今日算是開了眼界，只遺憾未能親眼見到那個劉逸山，不知那又是何等人物！」旁邊就有人輕聲叫「夜先生」。夜郎扭頭看了，卻是吳清樸，驚叫道：「呀，碰上你了！你也住在這胡同裡？」吳清樸說：「在前邊那條巷裡。剛才我去劉先生那兒，劉先生讓捎一些符給陸老前輩，我瞭見你在院裡，就專在這裡等你。真是山不轉水轉，那一夜尋得多辛苦，今日卻這般容易碰上！」夜郎說：「原來是你捎過來的符？你認識劉先生？」吳清樸說：「認識的，去開了個處方。」將一張紙拿出來，夜郎看了，上邊寫着：「用爛羊肉四兩，細切，加人參末一錢，白茯苓末一錢，大棗二個，黃芪五分，連同粳米三合以及精鹽二至三分一起煮粥。」夜郎說：「這是什麼處方？」吳清樸說：「我讓劉先生號脈，他說不用吃藥的，是藥三分毒的，就讓我食療，說這羊肉粥能治身體羸弱。」夜郎說：「劉先生還是個醫生？」吳清樸說：「他原本就是醫生，測字算卦唸咒畫符那是暗中來的。」夜郎噢了一聲，羞於自己孤陋寡聞，又問：「幾時從西府考古回來的？」吳清樸說：「我還沒去哩。」苦笑了笑，有些不好意思，低首答道：「上次我沒給你說，我找了個朋友，就在平仄堡賓館做巴台工作，她硬要我停薪留職搞生意，我哪兒是做生意的料，可她心熱，非要依她不行。拿不定個主意了，她讓我求劉先生算算的。」夜郎說：「你也信這個？算得怎樣？」吳清樸說：「他讓我拈一個字來測測，我一時不知說什麼字好，忽然看見他家門上有銅打的鉚釘，就寫個『鉚』字，没想寫到一半，筆没水了，先生眉也皺起來，拿去細看，正有米蛾兒飛在紙上，他就笑了說：『若問生意，字裡有金旁最好，這生意是能發了財的。你這字體如鷺立，有孤單之嫌，而筆畫輕快，諸事還算通泰。寫字的時候，墨水不能斷的，墨斷有田土散之象，當時我皺眉，要決定勸你不停薪留職爲好，卻後來飛來蟲子，這又是吉兆，心想你這人畢竟爲貴，福可抵災，正可壓邪，生意仍是可作的。只是要防一點，鉚字一半爲柳，柳又不全，柳不全者爲敗柳，殘花敗柳爲妓，莫有錢栽在妓女身上。』」說完臉先紅了，嘿嘿地笑。夜郎說：「你要辦旅店還是歌舞廳？」吳清樸說：「辦飲食店的。」夜郎也笑了，說：「那這先生是先有個妓女……」卻不說了，駐腳凝聽起什麼。吳清樸問：「你說什麼？」夜郎說：「我說他是拉你充嫖客呀！你聽到了嗎，哪兒有音樂？」三人側耳來聽，又似乎没有聲息，舉目四顧，週圍都是樓房，誰家的姑娘在陽台上大聲鋭叫：「八點半呀，不見不散呀——拜拜！」一家就傳出哭罵聲，有玻璃杯摔碎的響動，一隻紅色的高跟鞋從窗口飛出來，有麻將聲音，有喝酒划拳聲音……康炳說：「哪裡有音樂？是前邊一家歌舞廳的卡拉OK吧。」遂就唱「愛你一萬年……溫柔同眠……」夜郎「噓」地一下，叫道：「你聽！」果然有幽怨蒼涼之音飄來，極遠又若極近，如雲也亦如水，足風標，多態度，立即使人高古孤獨。吳清樸說：「這是姜白石的《霓裳中序》。」夜郎說：「姜白石？」夜郎是讀過書的，書上講，南宋的姜白石是個詞曲家，極善推敲文字，斟酌聲律，有過十七首保存下來，可都是工尺譜，竟然有人能彈唱，而且就在這個城裡！夜郎驚奇起來，問吳清樸：「你怎麼識得是《霓裳中序》？」吳清樸說：「我表姐喜歡彈唱，多聽了幾次。」夜郎不知怎麼心怦地一跳，一股酥酥之氣從腿部竄向頭頂，於髮旋處飄忽而去——要說什麼，又沒有說出口，側身靠在路旁的一株梧桐樹上，一段詞曲就又清清楚楚逮在耳裡：

亭皋正望極，亂落紅蓮歸未歸，多病卻無氣力。況紈扇漸疏，羅衣初索。流光過隙，嘆長梁雙燕如客。人何在？一簾淡月，仿佛照顏色。幽寂！亂蛩吟壁，動庾信清愁似織。沉思年少浪跡，笛裡關山，柳下坊陌。墜紅無信息，漫暗水涓涓流碧。漂零久，而今何在？醉臥酒壚側。

夜郎聽不得這詞這曲，回首往事，腹內俱翻，臉上也不是個顏色上來。康炳說：「你算什麼文人雅士，也要神經？時候也不早啦，拉閑話改日約朋友上家去。」吳清樸說：「着急什麼，今日涼爽，又沒下雨，上去喝口茶去，表姐家就在那樓裡。」夜郎說：「寬哥在就好了，他識得譜的。」就說了吳清樸託他找寬哥的事一直還未約到，剛才也是去了一趟寬哥家，人仍是逮不住影的。吳清樸說：「這倒怪我無緣，咱們去歇歇麼。」康炳已不耐煩，使眼色給夜郎，夜郎就說：「這樣吧，康炳你把符拿去，我去認個門兒隔會便來。」康炳不滿，卻故意說：「行麼，你的顏銘要找你了，我讓她等着就是。」夜郎把符交給康炳，暗裡擰了一把，小聲罵道：「小人之心！」掉頭同吳清樸進了一條胡同。

胡同口是市民俗博物館，門口也是蹲了兩尊石獅，近去看了，雖雕刻不比平仄堡的石獅高大，卻生動活潑。左邊一頭公獅，身上四個小獅；右邊一頭母獅，身上五個小獅。母獅斜前百步處有一尊拴馬樁，一人半高，頂端雕有羅漢。羅漢半踞一腿，雙手抓着臉，臉是笑着，卻從中分開，如是剝開了皮，而裡邊又是一臉，則橫眉豎眼。吳清樸介紹說這是石工當年雕刻時不慎將羅漢臉雕壞了，急中生智，又在臉裡雕了另一個臉的。夜郎似乎不信，疑心這是故意爲之，人原本就有兩面性，倒驚嘆這石匠的大膽和深刻。繞過館前場子，又沿一段紅牆碧瓦走過，往右一拐是一圈高樓，樓正貼了博物館東牆，吳清樸表姐的家就在一層的頂西頭。推門進去，彈唱早已停了，兩個女人在屋裡說話，旁邊半身直立地坐着一條黑狗。

臨窗的矮桌上放着一部音響，音響前橫有一琴，琴下的石鼓坐凳上坐着一個女人，三十一二年紀，齊眉的短髮，白胖皮面，套一件純白圓領西式裙衣，下着白色緊臀短裙，笑眯眯地說：「來客人啦？」廳北牆下一件三人坐的長皮沙發，一女人側身躺在上邊，也是三十出頭光景，卻是一身黑色連衣長裙，也是黑色軟底真皮拖鞋，一隻掛在腳尖，一隻脫放地上，光腳斜斜地支在沙發沿上，長長的頭髮攏在腦後，有些泛黃，如一條狐尾，見夜郎他們進來，瘦骨薄肉的臉上也明麗着笑。夜郎猛地進去，不知哪位是這房子和琴的主人，一時手足無措。吳清樸就介紹道：「這是我表姐！」沙發上的女人已經起身，一隻鞋一時穿不及，就光腳纏絞在另一條腿上和夜郎握手。白胖女人就說：「虞白今日還禮貌，站起來招呼人了！」虞白一隻腳就跳着去尋另一隻鞋，說：「那當然，今日來的什麼人嘛！」胖女人說：「什麼貴客？我認識你多少年了，遲早來你都擁在沙發裡。」虞白說：「白馬進堂。」胖女人不解，虞白指了自己的臉，兩手作個拉長的動作，說：「笨豬！」胖女人恍然大悟，哈哈而笑，說：「可惜臉黑了些，要不真應是白馬王子！」夜郎這才聽出她們是在取笑自己的臉長，頓時窘起來。吳清樸說：「別嘻嘻哈哈慣了，見誰都這樣。」胖女人說：「我們不是研究員麼，飲食男女的能說什麼天下大事！」虞白說：「對，孔聖人說『飲食男，女性之大慾存焉！』」胖女人更笑個沒死沒活。吳清樸也笑了，說：「這位是丁琳，表姐的朋友。」丁琳說：「不是你的朋友啦？」吳清樸說：「我不敢高攀哩。你們知道這是誰嗎？那天夜裡我去拜訪的夜郎先生。」虞白「噢」了一聲，讓夜郎在沙發上坐了，衝一杯清茶過來說：「今日是擺圍棋了嘛！」夜郎和清樸都没醒悟，未再說話，丁琳說：「你別說你那幽默，幽默没反應話比水還淡哩！一個名字裡有黑，一個名字裡有白，你說這話的潛意識是什麼？」虞白臉倒紅了，夜郎也拘謹，一時在沙發上端端正正坐着不動。虞白就給狗招手，狗仍一本正經直着身子，兩隻前爪軟軟地垂在胸前，說：「醜醜，醜醜，你是狗子聽佛嗎？」把狗倒抱過來在懷了，說：「天下還有這麼個姓！那天夜裡清樸去拜訪了你，第二天就來給我說了，他說你在屋裡問『誰』，他在屋外說『我』，你倒在屋裡也迷糊了，說『我？』——我聽了笑了半天。」夜郎也笑了，這一笑，身心都放鬆了，說：「那一刻裡，我一定是腦子進水了，清樸在門外回答我時，我覺得怪了，『我』是在屋裡的，怎麼卻在屋外？」虞白說：「卡夫卡的小說就寫過這種事，一直在追問『我是誰？』許多批評家說卡夫卡的提問是多麼哲學，其實，卡夫卡是有病了，他患的病恐怕和你一樣，迷糊了！那些批評家——一旦成爲批評家，他們就像所有的領導一樣，無所不通，無所不能，農業會上講農業，工業會上講工業，科技、稅務、建築、文學、刮宮流產、微機上打字，他們都是內行，要作指示，你還得老老實實地聽着，拿筆作記錄——他們根本不細讀人家的小說，或許要把極複雜的事情搞得極簡單，或許要把極簡單的事情搞得極複雜，或許僅僅是爲了評定職稱和獲得稿費而又要滿足發表慾的文章而已。當然，丁琳不是這樣！」丁琳罵道：「虞白，你嘆息你無福無壽，你言詞尖刻哪能有福有壽？我不是批評家，我只是寫些小玩意兒的評價文章，用不着你損我！」虞白便不反駁，卻一頭只問夜郎：「聽說你有一枚再生人的鑰匙，能瞧瞧嗎？」夜郎說：「當然行的，只是我說不清它的來龍去脈，約寬哥又没約到。」卸了鑰匙讓虞白看，兩個女人就寶貝一樣地爭起來。吳清樸說：「你喝茶。」夜郎端了茶杯，瞧起房子並不大的，一廳兩室，傢具簡樸，佈置素淨，唯北牆一張長而窄的木案上供奉一尊偌大的石雕佛頭，雙耳塔頂的赭石透鏤香爐裡有香烟裊裊如絲。琴桌後邊的窗子極大，灰白的簾布沉沉垂地，靠窗有一門，裝有細眉竹，竹竿斜撐了，可以看出是通向後院，院頗小，幽然安靜，正與民俗博物館的主廳相接，有磚封的門洞，而廳東檐的錯綜複雜的一角磚木直伸院中。一株白皮松斜着衝向高空，到了門框上角還不見枝葉。似乎還有假山矮樹，夜郎不能歪了身去窺探，吳清樸已把開水又續在他的茶杯裡。

虞白和丁琳嘰嘰喳喳看過了鑰匙，虞白便從脖子上掏出繫掛着的真絲繩兒，將鑰匙就拴上了。丁琳說：「你好要臉，誰的東西也要佔領?!」虞白說：「你哪裡稀罕這?你有瑪瑙戴哩！」丁琳說：「我哪兒有瑪瑙?」手扯着領口，露着脖子。虞白說：「你讓夜郎和清樸瞧瞧，那幾塊紅紅的東西不是瑪瑙是什麼?」夜郎看了，是三處皮膚充血泛紅。清樸卻說：「吔！吔！這是要把脖子咬斷了嘛！」丁琳突然害羞，忙把領口提起，說：「清樸你怎麼知道？你怕咬斷過鄒雲的脖子吧？」夜郎笑了一氣，說：「人家都是披金掛銀的，你們倒爭着戴一個鑰匙？」虞白說：「金銀的屬性俗哩，人佩戴得多了就顯得髒。」吳清樸說：「白姐你是酸葡萄！」虞白說：「現在是誰也不敢得罪的，犯着鄒雲了，清樸就不願意！五行上說土生金的，土有清濁二氣，清氣生出竹來做笛做簫，濁氣生出金銀，金銀只能配作錢幣。」丁琳說：「這話說得好，昨日晚上電視看了沒有？市個體户協會舉辦晚會，有一個女老闆唱歌，人是方臉，五短的身材，走路像是鴨子划水，身上衣服並不好，可左手右手十個指頭竟戴了六枚金戒指，全是最笨重的那一種，看着真噁心，她怕是時裝店的高檔時裝全不合適穿，只有披金掛銀來顯富了！現在是有錢的沒有好身材，有好身材的沒有錢！」虞白說：「現在流行金銀首飾也流行醜人嘛！」大家一哄而笑。虞白說：「夜郎，我戴這鑰匙好看不？」夜郎說：「好看。」虞白說：「這麼說你是捨得了？」夜郎說：「可以吧。」虞白說：「還是捨不得的。」夜郎就說：「捨得。這是我日夜保存在身上好長時間了。」虞白說：「你是保存好長的時間，我可是等待了三十年！這鑰匙一定也是在等待着我，要麼怎麼就有了再生人？又怎麼你突然就來到我家？這就是緣份！世上的東西，所得所失都是有緣份的。」夜郎說：「這麼說，我是永遠沒有個鑰匙了。」虞白說：「憑我一見這鑰匙就愛，就又能從你那裡獲得，也憑你這句話，我也就知道你的身世經歷了。你冬天戴帽子是不是在帽子裡墊紙，把帽頂撮得很高？」夜郎說：「你冬天見過我？」虞白說：「你一定還單身漢！」丁琳說：「巫勁又來了！用這一套拿了別人的東西，還要讓別人覺得東西應該給你？」虞白說：「那你問問他是不是事實嘛？」夜郎笑笑點頭，說：「鑰匙活該給你，遺憾是寬哥沒來，要不他會講出許多故事哩。」虞白就說：「你那個寬哥會音樂？」吳清樸說：「夜先生也會的，他就在戲班裡吹塤。」丁琳樂了，嚷道：「這真沒看出，來一段吧！」夜郎忙推辭，說：「我跟寬哥還沒學好的，虞白琴彈得那麼好，剛才不是聽到樂聲我還來不了的。」虞白說：「你聽到的或許是音響上放的，我只是跟着用琴溜溜，唱還是丁琳唱的。」吳清樸說：「琳姐再唱唱我們聽！」丁琳說：「不唱。」吳清樸說：「又拿架子啦？」丁琳說：「乘興而唱，興盡而止。夜郎，我要問你，聽說是再生人自焚時也用琴彈過曲子？」夜郎說：「寬哥在場的，他那時不會記譜，只聽出節奏是平平仄仄平平仄，仄仄平平仄仄平，也弄不清是什麼意思。」吳清樸說：「平仄堡就是以此起的名，所有知道平仄堡的人都在問怎麼叫平仄堡？鬼知道。」虞白玩弄着狗，舉了前爪在自己肩上，說道：「好笨？」吳清樸說：「你知道？」虞白說：「你問丁琳！」丁琳說：「我知道什麼？」虞白說：「你是引無數英雄競折腰，你咋不知道！」丁琳呀了一聲，伸掌打過來，虞白一閃，打在狗臉上。吳清樸和夜郎莫名其妙，越發要問，丁琳說：「我去年結婚，許多人送了對聯，有『鴛鴦同臥，龍鳳翻騰』，有『風靜聞荷香，雲渡看松直』，虞白送來的就是『洞房花燭夜，風雨平仄人』，只有她賊怪腦子想得出這詞！」說畢，四人嘩地都笑了。

吳清樸去街上買了一瓶白酒，四包乾果，回來見三人還在操琴說話。夜郎是將琴撫來撫去愛不釋手的，虞白越發了得意，翻過琴腹讓看上邊的刻字。字是老宋體，以拙爲美，夜郎讀了，是：「此門下楊小山遺琴曾攜游燕蘇閩廣西江鄂諸知音器重餘孫大門其冢坦於歸助嫁撫物動今昔之思爰筆以記乾隆六十年除夕前二日也。」驚得叫道：「這是一塊靈木麼！」嚷着要了紙鋪在字上，拿鉛筆在上面來回塗抹，清清白白地拓出一張字帖出來，說回去要讓寬哥瞧個稀罕。遂問：「你是音樂世家？」虞白說：「這倒不敢。我爹年輕時做什麼他都不肯，就迷上學琴，師傅是青羊寺的常古和尚，常古師圓寂前，將這琴送了他。琴是不是常古師的家傳不得知。我爹得了這琴，至死沒有離過身，我記得他每天清早起來都要彈一彈的，爲此娘和他沒少吵嘴。音樂使人窮的，這話我親自體驗過——那時我們在外縣鄉下，家裡什麼也沒有了，爹死了是買了一個舊櫃，鋸了櫃腿盛殮的，娘要把琴也放到櫃裡去，我舅說留一個作念給孩子吧，這琴才留下來的。」吳清樸說：「高高興興的又提那些舊事。」虞白說：「不說了，吃酒去！」屋裡的光綫已暗下來，丁琳把廚房的小矮桌搬到後院，四個相對坐於白皮松下。酒是一人一盅，不敬不讓，自酙自飲，乾果也不用筷子，隨手去捏。夜郎自然不敢挽了袖子划拳吆呼，一時沉默了許久。夜郎抬頭看虞白，虞白已喝下三盅，看見他在看她了，微微一笑，說：「喝麼。」夜郎就喝了，說：「剛才在屋子裡，我就覺得這院子裡有假山，果然這麼好的假山！住樓房還有個後院，後院裡又這麼多景致，真是難得！」虞白說：「是好吧？你瞧瞧這院裡是些什麼景致？」夜郎扭頭四下看了，南面的牆很高，牆端有明瓦暗磚雕飾，上盤滾道溜脊，臥有琉璃鳳，牆壁正中，嵌一塊方方正正磚雕，凸透着一條欲出雲霧的龍，刻工嘆爲觀止。回頭東面，也正是房的後門，卻正好矮牆與樓接在一起，原是在牆頭斜伸過來一面門樓的後檐，想像那裡應該是另一院落入口，上有橫額，書着「半園」二字。地是用各色小石子鋪就，有許多圖案。假山不大，千瘡百孔，旁有一高一低數米長的石柱如枯木。假山過去，或者就在假山的下面，有一泓水，綠幽幽的，竟通過那堵牆而不知了來去。再是奇木異草。夜郎說：「這假山是太湖石，水上短橋是藍田玉雕的，石礅是硯石材料，地上石子鋪的圖案……我看出來了，是拐杖，笏板、笛子、葫蘆、花籃、長劍……這是暗八仙。園子叫半園，名字起得好。」虞白說：「雖是半園，卻是四季景色，這假山下一蓬迎春花爲春，池裡有浮蓮爲夏，那株海棠是秋，白皮松卻是冬了——你沒看出來！」夜郎說：「瞧這樣子，半園應是民俗館的，怎麼竟肯做民宅？」虞白說：「說出來你也嚇一跳的。這民俗館原本也是虞家的，我二老爺手裡是西府的首富，以農爲本，以商興家，商號遍及陝西、甘肅、四川、江蘇，曾是馬走外省不吃人家草，人行西京不歇人家店。這裡最早是商號『天成合』，二老爺晚年捐了個省參議，才改成住宅常住西京的。但二老爺家人丁不旺，傳到兒子手裡沒了兒子，過繼了堂兄的兒子，這就是我的父親。父親生性不願做官理財，只喜音樂，家道就稀哩嘩啦敗下來。解放後這所住宅被收沒，成了階級鬥爭教育館，文革中又全家趕到鄉下，父母死後，我招工在外縣，再是調入城裡，形勢開始變了，要求落實政策，這住宅又變成民俗館，我自然不能捏說宅院歸虞家繼承——你提也是白搭，世上的錢物從來就是多了就又還之社會的——但我總得有個住處，我去找信訪局，也是虧了丁琳幫忙，分得這所樓的一所房子。這所房子怎能比得館裡的一所倉室？上邊便念及父親雖是過繼，但畢竟還是虞家的後代，就封了半園通往館裡的後門，將樓房這邊打通，那水池還通在館院裡的……」夜郎雖未聽得詳盡，大致都知道了，不覺說道：「難怪你有這等氣質，原是大户的人家，要不改朝換代，你是千金小姐，見你倒難了！」丁琳說：「除非你是土匪！」就拿眼睛乜虞白，虞白臉刷地一紅，二人竊笑不已。夜郎說：「笑什麼？」拿手彈爬在衣襟上的一隻七星瓢蟲。虞白說：「這蟲子上身吉利哩。別聽她的，喝酒吧！」自己先又喝了一盅。

天氣暗淡，瓶裡的酒也喝剩下二指高低，半園裡有了花腳蚊子，嗡嗡嚶嚶在頭上盤旋。虞白兩腮微紅，細目半睜，便說：「夜郎，我要醉了，你且回去；如果不討厭，改日你們戲班演出，來請了我們去。」自個起身，果然頭重腳輕，進內屋去了。夜郎便也起身，吳清樸卻要留下，說喝完剩酒再走，給夜郎一盅，丁琳一盅，把乾果也吃淨了，方才分手。回到屋裡，虞白已橫臥在沙發上沉沉睡去，黑狗就臥在腳下。夜郎笑了笑，才要讓丁琳把手巾涮濕敷在她額上，房門被敲響，夜郎就勢在開門見客時告辭。來者正是一個女人，極其明艷，丁琳先叫道：「今日賓館辦晚會啦？」女的說：「沒的呀！」丁琳說：「那臉上的油彩怎這麼厚的？！」女的一時很窘，從吳清樸腋下鑽進屋裡去了。

虞白暈暈沉沉，聽着臥室裡有人說話，聽聲知道是鄒雲來了，想睜眼問候，又懶得睜不開，翻個身去，聽得鄒雲在說：「今日請客，明知我要來的，也不留點殘湯兒給我，到底不是一家人，皮兒外的！」丁琳說：「你要是皮兒外，我更是八竿子打不着了！是不是在嫌棄我了？我可給你說，小雞腸兒，我吃的是白姐的酒，倒沒沾你老公的一點腥的！」鄒雲說：「打嘴！誰是誰的老公了？」丁琳說：「提前叫個老公又有何妨？沒行禮卻行實，你騙得過我去？」吳清樸說：「琳姐，可不敢亂說！」鄒雲叫了一聲，說：「你看，你看，看出什麼了？」丁琳說：「你瞧你那眉毛，中綫都散開了，你當我是外行！」一陣謔笑，鄒雲說：「白姐今日請的是什麼酒，是你給她尋着那個了？那個男人只打個照面，五官還行，可一看倒像個街上的閑人！」丁琳說：「你不是說男不壞女不愛嗎？」鄒雲說：「男人看怎麼個壞法，瞧他那皺皺巴巴的褲子就知道是——出力的不掙錢！」吳清樸說：「你們賓館的人眼也看饞了，只認得名牌衣服，人家是我請來的客，是鬼戲班的，哪裡又是給白姐物色的，小心白姐聽着了擰嘴！」鄒雲就喚「白姐，白姐」，說：「她還醉着。她怎麼就能醉了？鬼戲班我知道，那個南丁山請了華州的一個老把式教演員打叉，把個女演員屁股就扎傷了，老把式就住在我們賓館，叫了扮無常鬼的那個演員罵了狗血淋頭！做什麼不好，卻去演鬼戲？這酒不是爲那男人請的，又是有什麼好事了？是你算了好卦了？」吳清樸說：「……劉先生說生意還是能做的。」鄒雲說：「這下你該拿定主意了吧？別捨不得你那研究員呀，考古呀，都什麼時候了，腦子還不開！我就看不上你們知識分子，優柔寡斷！」吳清樸說：「你說得容易，你哥哥店開得好好的，我插進去，名不正言不順的，就是你入着股，分開幹真有聯手着好？」鄒雲說：「我不是給你說了，有箍了盆子桶的箍不了人麼，已經鬧得烏眼鷄了，咱又爲啥不幹？琳姐你說？」丁琳說：「我也優柔寡斷。」鄒雲笑道：「没想一句話又傷着你了，瞧這知識分子的心眼！」吳清樸說：「那說好，和你哥哥談判我是不參加的，房子呀，營業證呀，僱人呀，各種交涉我都不管，我只撐個門面，出力……」鄒雲叫道：「這就好了！老婆再能幹，還得靠老公做主心骨！——噢啊！」吳清樸說：「這，這……」丁琳說：「吱，慢着慢着，讓我先走開了你們再忙。」「吱呀」，門拉合了，丁琳的釘着鐵釘的皮鞋聲響到內屋來。

丁琳見虞白眼睜了，低聲說：「你醒過來了？」虞白說：「清樸是決意要停薪留職了？」丁琳說：「他太愛鄒雲了。」虞白嘴角皺了一下，算是笑了。清樸自和鄒雲戀愛後，鄒雲就是這裡的常客，每日從平仄堡下班，便來吃頓飯或說說話兒。她人長得漂亮，臉多含笑，視人注情，只是聲不好，又立坐不安的活潑，使得虞白這樓上四鄰都認得她，更是在東什街有着聲名。東什街有幾間門面房，原是鄒家開個土產門市部，生意並不好的，自市政府指定東什街爲小吃街後，這裡寸土如金，鄒雲就和大哥二哥合伙辦了個餃子飯店，幾年間發了財。後雖鄒雲去了平仄堡巴台工作，仍入了一股參加分紅，因爲鄒雲從賓館還能拉來大批的吃客。但是，正應了可以同苦不能共甘那句話，自鄒家財大氣粗後，兄妹三人卻生出矛盾。先是管帳的大哥帳項不清，眼見得大嫂手上有了金戒指，金戒又換成鑽戒，且大嫂的娘家裝飾了房子，又安了電話，鄒雲和二嫂氣就不順，苦於沒有證據，不好明說，只叫嚷怎麼一月利潤不如了一月？再是二哥見大哥如此，採購原料時買低價報高價，動不動就從收款的抽屜裡拿了錢去打麻將，跑歌舞廳，還包了旅館房間泡妞兒。這些鄒雲並不清楚，洗碗的小工保祥告訴了她，她就出主意：如果二哥再讓他去那旅館送夜宵，就去告訴二嫂。果然二嫂一夜裡趕到旅館，和那女的大打出手。二哥知道了是保祥露的消息，回來差點沒把保祥揍死。大哥看不慣了就吵起來，吵到最後紅了眼，烏七八糟的醜事全兜了出來，一個就說合不成了分開來！一個說分了就分了，誰也離得開誰！一份囫圇圇家業分成三份，一個飯店也開了三個門。鄒雲要吳清樸停薪留職來頂她所得的一份，給虞白說了聽取意見，虞白不置可否，只應道「這你和清樸商量」。現在見他們已合手定了主意，只是耽心吳清樸的經營能力。說：「丁琳，你也權衡權衡，不要讓貓拉車，把車拉到牀下去。」丁琳說：「清樸獃是獃些，可專心幹起什麼了，卻有鑽頭。」虞白說：「那就讓他折騰去，不折騰鄒雲心也不甘的。」

起身去拉了燈，燈光下胸前鑰匙亮亮地發光，就把它塞進脖下的裙領裡。丁琳說：「你真的要把它戴在脖上？」虞白說：「我喜歡哩。」丁琳說：「小孩才戴這些，你是怕尋不着家了，還是怕丟了自己？」虞白說：「都怕。人活在世上好像什麼都能幹，其實一個人能扭動的也只是鎖孔那麼大個空間。」丁琳說：「你又想做詩了？」虞白說：「剛才在睡夢裡我倒真的有了兩句詩：拿一把鑰匙，打開每一個房間。」丁琳說：「是好詩，題目可以叫『單相思』，單相思就是這樣，真是好詩，你擴展擴展，我託人送報上發表了。」虞白說：「我没有發表慾！現在報上的詩，將一句有詩意的話擴展成一首，還美其名曰『一首詩有一句精語就可以不朽』！那還算詩嗎？詩是每句都要明白如話，整體卻有模糊性的含義。我這兩句算什麼？況且我哪裡就是要單相思？」丁琳說：「我可没說你對那個夜郎有單相思！」虞白笑道：「那我不成了老牛要吃嫩草嗎？」

聲音一大，卧室裡的鄒雲就問白姐你醒來了？吳清樸没有過來，先去廚房看煤爐上的水開了没有，說句「窗台上的虞美人又孕骨朵了」，趁機洗了臉，梳了頭。鄒雲拿了一件時裝走過來，叫嚷着說是託人從深圳買的，要給白姐推薦。這是一件三件式的套裙，藍底白花的裙子，薄亮輕柔的體恤袖裙衣，又有一件藍黑色麻紗的馬夾，没領無扣，質量高檔，款式極好。丁琳就讓吳清樸在廚房裡不要出來，吳清樸說他乾脆上街買些什麼吃的來，就走了。虞白就脱了身上的裙子，鄒雲一邊幫她穿新的，一邊說：「白姐你知道你最好看的是什麼地方？」虞白說：「哪裡？」鄒雲說：「就這屁股以上。我已經看過多少次了，你要坐在那裡，簡直像一個提琴？」虞白說：「世上男人眼睛都瞎了，没有一個來彈這琴的！」丁琳說：「真不要臉！」手擰了某一處，疼得虞白踮了腳在地上跳。就一邊穿一邊對黑狗說：「醜醜，你說是不是？女人就是一架琴麼，逢着好男人了彈出的是音樂，遇到孬男人了只彈一片噪音。」黑狗兒醜醜竟頭一點一點的，三個人都吃了一驚。丁琳說：「這狗好通人性！」虞白說：「我總疑心醜醜前世是個美人，你們瞧瞧那眼睛上一圈黑綫兒，我敢說現在哪個女人還都畫不出那麼好的眼綫哩！」穿着了，自己先到鏡子前照，連聲叫：「不行不行，片片扇扇的太多，不適應我！」鄒雲說：「講究的就是這樣，這是意大利的名牌，你個子高，穿上呼呼啦啦，又飄逸又瀟灑。我有你這身架，早當模特去了！」虞白說：「我才不當模特哩，虞家的女子穿了好衣服讓別人去欣賞！我也不想要那麼多錢！衣服好是好，我太瘦了，撐不起來。」鄒雲看了看，也覺得是，仍說：「不急的！」將自己的一雙深灰色有帶的高跟皮涼鞋脫了給虞白穿，把口袋裡的一副金色橢圓墨鏡戴在虞白臉上，左右找什麼，又去臥室取了一條有淺藍、赭紅、白的條格兒頭巾包住虞白的頭髮，說：「現在瞧瞧，走到街上回頭率不高才怪哩！」虞白說：「倒像是個傍大款的了！丁琳，你和鄒雲是一個型的，你試試。」當下脫了，去換另一件。另一件是灰白的長裙，純麻質量，後背有一道小布條帶兒交叉成的裝飾，虞白在鏡前扭着看了，欣賞腰部的裝飾，屁股微微蹶着，細腰凸現，交叉的小布條帶兒乍貼不貼的好看。丁琳也將那件穿上了，讓虞白看，虞白說：「好，你這活潑性格該這麼打扮，越發倉庫潤澤，印堂黃明，耳額也增白了！」丁琳說：「我也覺得好，鄒雲到底在賓館，見得多了，會買衣服。你穿這件也好。」虞白說：「這顏色說白不白的，自來舊，我喜歡，只是後背露得太多。」鄒雲說：「人家前邊露到什麼地方了，還有人穿的！後背上又沒長東西！」虞白說：「我比不得你們年輕，乾骨頭脊梁，露什麼的！」自己把頭髮取了皮筋，披撒下長髮來照着看，還是搖頭，就脱下來了。丁琳卻捨不得脱了，説：「知識女姓穿這還可以的，真的，白姐！——這件多少錢？」鄒雲説：「一千三。」丁琳説：「你給我説笑話？」鄒雲説：「我哪是説謊，你看看發票吧。」在口袋裡掏了，果然上邊是一千三，丁琳形容忽變。鄒雲説：「買一件吧，作老公的誰個不希望自己的老婆穿得漂亮？」丁琳説：「他那窮教書匠，一件裙子一千三把他不嚇昏才怪的！」虞白説：「教書匠嚇住了，總還有嚇不住的人吧？」丁琳忙給虞白使眼兒，不讓再多説，自己卻低聲道：「我又不是傍大款……我從不花他錢的，他給我錢我還嫌掉我的價兒……」鄒雲還在説：「穿得好了，一日他多愛你幾次，總比省下錢來，卻見了不刺激、没反應，日子一長夫妻不像個夫妻了强吧？琳姐，婚後最危險期是二至三年，男人的新鮮勁兒就没有了，咱作女人的就得不斷地改變自己，常變常新。」丁琳説：「男人要是那樣，乾脆和衣架子過活去！——你要覺得我穿着好，那我就不脱了，今日回去亮亮他的眼，就説是三百元買的。」鄒雲説：「我讓人去深圳就這個樣子、尺寸再捎一件來。」丁琳説：「你倒捨不得了！這件就先讓你美吧。」也便脱下來。

三個女人爲了衣服興趣鑾高，就又説到街上現在流行什麼款式，北大街的唐都商場又開了服裝自選廳，靠南千米距離的地方，又有了一家貴夫人服裝店，而且南湖路服裝街上的門面越來越多了，全是由廣州、深圳、上海進貨——廣州、深圳的貨現在比過上海了，雖然假冒名牌的多，但款式絕對地新潮！虞白就翻箱倒櫃，取了幾截布料出來，讓兩位參謀做了什麼好？比比劃劃了半天，鄒雲説他們賓館小唐的婆婆在電影製片廠裡當服裝師，手藝高得很哩，拿這一截絲綢去做件晚禮服吧。虞白説：「我喜歡自己裁了自己做……白日都懶得怕出門，還做什麼晚禮服的？」丁琳説：「那我有幾冊新款式裁剪書的，改日給你捎過來。」虞白說：「鄒雲，你最近去福樂商場了沒有？見着什麼好的內衣？」鄒雲說：「白姐和人不一樣，外邊衣服平平常常，內衣卻總是要高檔的！——貴夫人店裡新進了一批褲頭，款式、色調絶對地好，明日我就給你捎回來。褲頭買得那麼好，給誰看的？」說畢了，便覺得不那個了，忙看虞白和丁琳的臉。兩人似乎並沒在意，丁琳說：「女人麼，就那一塊私處，當然要穿好些！我在洗澡間見過許多女的，外邊的衣服花裡胡梢的，可一脫胸罩皺皺巴巴，褲頭破破爛爛，反倒讓人看淡了。知識女姓，最講究的是內艷外素！」鄒雲說：「琳姐動不動就是知識女性，我都沒份兒和你們說話了！」丁琳說：「你別多心，我這是說慣了嘴——你怎麼不算知識女性？就是不算，嫁了知識分子也是知識分子老婆麼！」鄒雲低聲說：「不瞞你說，我穿的褲頭就是清樸的。」丁琳罵道：「我說你那清樸老公，你還嫌是胡說！」鄒雲就捂了丁琳的嘴，兩人不說了，拿一件黑底白小圓塊的布料搭在虞白的肩上，比劃着說做件裙衣怎麼着？虞白也眯了眼在鏡子裡看了看，卻「噗」地笑了，說：「這就是女人！咱們平日還笑別的女的俗氣，咱也免不了俗，再過一兩年了，你們怕又該津津樂道孩子了！」丁琳說：「女人再往前走，總是走不出衣服和孩子的。說穿了，女人也可憐，活着都是爲了別人，一是看孩子，二是穿了衣服給男人看。」鄒雲說：「這我倒不同意，穿了衣服給男人看，男人喜歡還不是圍了你轉？」丁琳說：「男人圍着轉了，他沒有不想要了你身子和心的。」鄒雲說：「他要了你，你也要了他麼，也說不上桶掉在井裡還是井落在桶裡了，白姐，你說是不？」虞白說：「這我没經驗。」鄒雲就和丁琳笑着罵「瞎饑！」鄒雲說：「琳姐，咱也得給她個拉郎配，讓她經驗經驗！」虞白說：「那我只戀愛不結婚，看誰還能來？」丁琳說：「你這半生總是眼頭子高，月亮老是追求圓滿哩，月亮總是一次次隕落和殘缺。可話說回來，你總是失戀，卻又總是被人愛上。」虞白說：「誰愛上我啦？我也不想讓人愛上，孔聖人說女爲悅己者容，我悅我自己，所以這房子裡鏡子多，至於生孩子，我覺得防老已成了扯淡事，傳繼脈火那也是自我欺騙，你想想，有幾個人知道他爺爺的父母叫什麼名字？只是三代，後邊就不知前邊了，作前邊的人還講究有自己的後邊人頂什麼用？生孩子唯的好處是生個孩子來玩罷了。」一句話說得二人没了話。

丁琳說：「剛才是說衣服來着，現在卻扯到養孩子，這其中是怎麼轉折過渡的，竟一點生硬也没察覺，這簡直是和寫文章的道理一樣嘛！」虞白說：「得了，得了，別批評家的意識那麼强！——天這麼晚了，清樸不知給咱買什麼山珍海味去了不回來？」鄒雲說：「我去看看。」換上了那一件套裙，又對鏡塗了唇膏，出去了。丁琳瘺着嘴給虞白看，虞白說：「丁琳，從明日起咱們作美容按摩去。」丁琳說：「喲，虞白也要美容了？要美容，乾脆去做手術割個雙眼皮，把法令上那個痣也取了。」虞白說：「那倒不必，臉上有臉上的風水的。鄒雲是洗一次頭吹一次髮的，一星期去按摩一次，已經半年多了。人家年紀輕的都這樣，咱再不收拾，老得出不了門了！」丁琳說：「你不是說你就敢素面朝天麼！」虞白說：「不知怎麼，我現在倒没自信了。」人一時蔫下來，伸了瘦長的指頭在鏡面上做畫，畫一個人頭，——不願凝視，便塗掉眼睛。丁琳卻死眼兒看着她，更是一言不發。虞白在鏡子裡瞧見了，「哧」地笑了一下，掩飾道：「看見眼角的皺紋能捕了魚啦？」丁琳說：「世上如果没有女人，男人是不會去修廁所的，世上如果没有男人，女人就想不起去美容了——你老實說，這會兒心裡想着什麼了？」虞白說：「想着什麼？」不看丁琳，也不看鏡子，站起來就往後門去，一邊關門一邊覺得心跳，立於燈影裡臉發着燒。

夜郎回去後，個把禮拜都忙在戲班，南丁山集中了各色演員，和二師叔安場導戲，夜郎除了吹塤和雜務外，也充當各種小配角兒。先是讓做打雜師，不說一句台詞的，也不在鼻梁上塗白，穿對襟過膝白褂，黑布大襠燈籠褲，地瓜帽，起跟鞋，人顯得矮了半截，搬動台上道具。鬼戲的道具都是實物，換場不拉幕的，扮着掌教師的南丁山只是喊：「打雜師！」夜郎和另一個矮子就應喏而上。掌教師說：「抬下桌子，拿上壺來！」夜郎和矮子就抬下桌子，拿上壺來。除了做打雜師，還要扮小鬼，鬼頭兒是三塊瓦的臉譜只留下在右眼角各有一條黑色，在近額角兒處又畫上小小的白蝴蝶花紋，正額當中和鼻尖處用粉紅畫圓點；小鬼是一臉黑，滿頭紅髮，手拿了鐵索走横步，一步鑼鼓一響，噹噹一串前跑，單足斜立靜場亮相。夜郎的獨立總不穩，立穩了雙手抬起如撲，而將額角突出的兩撮赤髮搖動不起，挨過二師叔的一教桿。最難受的是讓他演雲童，一行八人，左四右四，每人手持畫有雲朵的紙板，人在板後作矮子功。八人中七人是女演員所扮，皆功法精到，夜郎便發了恨，一有空就練。二師叔用教桿在屁股上一捅，夜郎腿酸疼支持不住，咕碌碌翻了個跟頭。二師叔笑道：「真委屈了夜郎！歇下吧，歇下吧。」夜郎坐在那裡也不起來，說：「做人難，做鬼更難！」南丁山說：「你倒能幹個啥嘛？！憑你這能耐，只能做個官去省心！」把一包烟丢過來。夜郎說：「不是我『夜郎自大』哩，那可是真的，我在圖書館的時候，宮長興做報告，報告是我寫的，下邊的人執行得認認真真的！」說畢了，臉也不笑，拿做得老老的，吸了烟看老把式教惡鬼打叉。

正排練的是《劉氏回煞》一折；

劉氏：（白）回煞之期，來到家門，門神阻擋，如何進去？

小鬼：站在身後。（向門神）門神請了。

門神：請了。哪裡來的？

小鬼：劉氏青提回煞之期，請你二位讓她進去。

神甲：生從大門入，死從大門出，人既已死，不得從大門而入了。

小鬼：我奉閻王命。

門神：我奉玉帝差。

小鬼（對劉）：他即不肯，我就揭去陽瓦三匹，呼動孽風，做個乘風而起，從空而下。隨我來！

〔小鬼舉叉將劉氏打進。劉氏身罩陰衫被釘在柱上，着緊身衣入內。小鬼下。〕

小鬼打叉是連打三次的，第一次劉氏不欲進，小鬼揚手，三把明晃晃的鋼叉「嗶」地打出，劉氏就勢一低頭，又從頭上三指高的空中打下，「哐」地扎在舞台的木板上。小鬼拔了叉，劉氏在地打滾，滾三下了，第四下剛翻過身，三把叉又「嗶」地打去，「哐」地扎在滾過的地方。小鬼再拔叉，劉氏已驚恐萬分伏於台柱下，要將陰衫揚起企圖覆體之瞬間，叉再打出，恰釘住陰衫，劉氏褪衫入門。這一連串的動作，夜郎正看得心顫肉跳，那小鬼突然「嗷」地一聲，揚手將一把叉朝台下打去，夜郎和台下看排戲的人銳聲驚叫，打下來的卻是一把紙作的叉。夜郎虛驚了一場，悄悄說給南丁山：「才學了幾天功夫，叉打得這般好！」南丁山說：「這是一天兩天能學到的？你看看那扮小鬼的像不像老把式？」夜郎看了，有些像，都是梆子頭，鷹嘴鼻。南丁山說：「那是父子。咱先頭的演員，怎麼也掌握不了時間和速度，先是老把式用滾筐教他，打得還可以，讓真人扮劉氏了，他就怯了，傷了演員屁股。多虧只傷了點皮，不礙事的，氣得老把式大罵，那演員越發怯場，再不打叉；不打叉演什麼鬼戲？老把式就把兒子叫了來，現在是萬無一失了。」老把式排過了打叉，仍對整個動作不流暢而發了火，要女演員放了膽子去做，一邊做一邊注意表情。女演員面有難色，老把式說：「再來！傷着你了，我父子兩張皮換你一張皮！」於是又來了一遍。接下來是劉氏整容後環顧舊時廳堂，無限凄楚，兩淚潸然。抬頭望，發現了昔日鳳冠、霞披，有些高興。尋找臉盆，洗臉，梳髮，一雙金蓮小腳跳來跳去，極盡地扭揑和妖。然後對鏡去化妝，兩片胭脂夾住個長長的粉鼻，去戴鳳冠，鳳冠正了，去着霞披，霞披也正了——鳳冠和霞披是幕後有人用竹竿挑走的。劉氏驚愕，悵然，由於連日來水米不進，爲飢餓催迫，開始覓食，就發現了桌上的供物，僅有素食，氣惱，怒髮上衝，抓起供桌上燃着的蠟燭，一邊啃一邊端碗喝酒——暗地裡把蠟吐到碗裡去——直到把兩支點燃的蠟燭啃完。酒碗放桌上時發現了自己的靈牌，瞠目注視，不勝驚駭，轉瞬間用吹灰的辦法變爲黑臉，唸道：「故顯妣劉氏青提之靈位。」突然一聲吶喊：「劉氏，你就死了！」「騰」地雙足跳上供桌，足上是穿了三寸金蓮的套靴，一腳撐住，一腳高舉，頭髮也一下子直立起來。接着，身子連轉一週，如鷂子空中翻身，衣袂飛動，噓噓有聲，忽直立，僵死不動，全場音響頓停，燈光俱滅，只用一柱射光照得劉氏陰衫青白，大哭：「來嘛，來嘛，庭堂依舊，你就成了無依無託的游魂了！」

戲排一段落，老把式和演員們都坐於台側的椅上歇息了，夜郎還坐在那裡仰面獃着。南丁山說：「夜郎。」夜郎還是不動。南丁山手在夜郎的面前是晃了晃，以爲他没知覺了，夜郎打了一下手，南丁山說：「還活着？劉氏的游魂附了你體了！」夜郎才站起來，閉了眼仍出現白衣白褲白巾的淒苦鬼相，說：「頭痛的厲害，我得回去吃些去痛粉了。」說罷就走。

出了劇院大門，往左三百米處是個菜市場，小李蹬着半車韭苔正黑水汗流過來。夜郎往旁邊柳樹後一閃，瓮聲瓮氣道：「賣菜的！韭苔多少錢一斤？」小李光着上身，一把破蒲扇別在褲帶上，正抓了肩頭上的濕毛巾擦汗，順口說：「一元二。」夜郎說：「你要吃人呀？」小李說：「我不吃人，你要吃菜！」一抬頭見是夜郎，駡了：「大熱天的，你日弄我說什麼話？怎麼浪到這裡，敢情在裡邊排戲？」夜郎說：「嗯。」小李說：「滿街都是鬼了，還排鬼戲！」夜郎說：「瞧這神氣，今日是霉了？」小李說：「早上送了豆芽去學校，得知這幾日韭苔價好，心又沉了，又販了半車，卻怎麼也賣不動，還叫人把秤錘收了。」夜郎說：「收得好，你那假秤錘哄得了十個人哄不了十一個人，人家没揍了你吧？」小李說：「做小買賣的，誰個不在秤上做鬼？那買菜的是個大高個，我問在哪兒上班，他說□□鞋廠。我說，啊，是大老闆！他說什麼大老闆！集體的廠子，區鄉鎮企業！我說你們鄉鎮企業搞不搞不正之風？他說啦，没不正之風就没鄉鎮企業！正因爲說過這番話，他買了三斤韭苔，又返身來說少了四兩，要查秤。我知道遇上壞人了，提了一小捆菜塞給他，說：老兄，這和你的企業一樣麼！那大高個先氣哄哄的，這下倒笑了，說，你卻不能虧到我頭上！順手便把秤錘拿走了。我追着去要，他竟也悄聲說：兄弟，你真要嚷啊？我還嚷什麼？老子褲帶上還備有一個的！可我哪裡還能再在這裡賣？」夜郎聽得好笑，小李就問：「劇院裡有沒有水龍頭？」夜郎說：「進門靠左的廁所邊有一個，我看着菜，你進去洗洗。」小李說：「菜也熱得要洗了。」兩人推車進了院，小李就用一截水皮管接了龍頭在菜上澆水，又把苫着的草簾子澆個精濕，才自個爬上去喝了一氣。這時便見一個警察進了院，東張西望。小李低聲說：「警察來了！」夜郎說：「怕甚的，咱這陣犯了罪？」把車推過來，警察卻是寬哥。

寬哥一身警服，早汗濕了前胸後背，低而濃的髮際下留着拔火罐的痕跡，一見夜郎，倒威嚴了，說道：「夜郎，國家主席每晚電視上還見一次哩，可你就是難尋着！」夜郎說：「是你尋不着我，還是我尋不着你？我讓人去過你家，嫂子沒有說？」寬哥說：「好多天她不理我了。」夜郎說：「過不成了就離婚，寬哥又不是找不下個黃花閨女，就是找不下，一個人打光棍也比整日吵鬧着安逸！」寬哥說：「胡說！老婆又不是帽子，天冷了戴上天熱了丟掉！她在更年期的，過一半年會好的。小李，把菜弄得這麼濕怎麼行啊？」小李說：「水菜麼，不淋些水就能點着火了！」寬哥說：「買賣可得公道哇。」夜郎說：「你們警察，把治安抓好就得了，賣菜的能壞了啥事？」給小李使眼色，小李飛快去了。夜郎遞過一支烟給了寬哥，說：「找不着你，你就把一壺酒冷喝了！前幾日我認識了一户人家，家裡有一把琴的，樣子和你見到再生人焚的那把差不多，都是仲尼琴，上邊還有一行文字，記着琴的歷史，起碼是明朝的貨了！」寬哥說：「有那麼久的？前日我去文物市場，買了幾個漢朝瓦當，回來才發覺全是假的，現在複製假文物的人多哩！文字怎麼說的？」夜郎說：「原話記不得，我拓了個紙片兒，在家裡，去看看。」寬哥說：「你先等會兒，我去問問事兒。」就走過街對面和擺冷飲攤的老太太說話，老太太直搖頭，又去問屋檐下一對下棋的人，人家也是搖頭，寬哥垂頭喪氣過來。夜郎問：「什麼事？」寬哥氣咻咻地没言語，拉夜郎走到這條巷和北大街交叉的路口，那裡有一個路燈桿，桿下豎着木板牌子，上寫了「便民免費打氣處」，正站了幾個人。寬哥問：「没人送來吧？」那幾個人攤攤手，似乎還笑嘻嘻的。寬哥就又進了旁邊商店。夜郎問怎麼回事，那幾個人說了，原是寬哥要做好事，自己買了兩個打氣管放在這裡，專供過路騎自行車的人充氣，頭一天，氣管安然無恙，今日中午卻突然没有了。夜郎聽了，也是没有生氣，咧嘴笑了。寬哥從商店出來，又買了一把新氣管，還買了一個鏈子，說：「你笑什麼？這事你竟還笑得出來？」夜郎說：「只要你是雷鋒，大家就盼你永遠是雷鋒麼！」寬哥用鏈子一頭拴了氣管，一頭鎖在路燈桿上，說：「正因爲都是你這種思想，才有不自覺的人哩！我再買一個，他偷了讓他心理琢磨去，說不定明日就又送了回來。」夜郎說：「那咱就等着黄瓜菜涼吧。」寬哥也調子低下來，說：「咋就成這樣了？自己不做好事也就罷了，別人做好事還這麼損着？」夜郎說：「你没看天氣都成什麼樣了？」寬哥說：「與天氣屁事！」夜郎說：「冬天越來越不冷，夏天也不比往年熱，冬不冷夏不熱，五穀都不結，人發生變化哩。」寬哥說：「怎麼變化？」夜郎說：「現在患癌的人多吧？癌是什麼，聽醫生講是人的細胞增生，我想，人一定是在發生進化呀！人要適應這天氣，身子就得相應變化，這細胞首先在變，這才有癌，患癌的人是第一批進化的人。原先人從猴子變成了人，尾巴是慢慢沒有了，說不定將來人的額上又長出一個眼來，鼻子不在臉中間，長在頭頂上。」寬哥說：「哪兒來的邪思胡想？到了鬼戲班也成活鬼了！夜郎，說正經的，那户人家有琴，會彈不？」夜郎說：「當然會彈。你知道人家怎麼解釋『平平仄仄平仄，仄仄平平仄仄平』來着？」附了耳說了，寬哥說：「能這麼解釋？再生人死時怪悲壯的，也會是這麼個想法？」夜郎說：「你把什麼簡單的東西都處理成了複雜的東西，爲啥不成哩？性是那樣，人生還不是那樣，把複雜的東西處理成簡單的東西，也恐怕只有活了兩世的再生人能這樣做的。」寬哥說：「你現在倒能得不行，腦子裡盡是怪念頭！」夜郎說：「你不是說我是活鬼嗎？今日你有空沒，我領你去看看那琴去，人家還要問再生人鑰匙的來龍去脈的。」寬哥說：「晚上去。」夜郎說：「人家是女的，三更半夜警察去抓賭呀還是查嫖呀？人家不說，四鄰怎麼說？」寬哥說：「女的？你怎麼認識的？瞧你這精神頭兒，敢情真是瞎了心！」夜郎說：「我夜郎也不是沒見過女人！就算是猴急了，夜郎看上街上的女人不下百人千人，你看上了又怎麼着，人家就跟你來了？」寬哥說：「嚷那麼高聲幹啥？去看琴的事以後有日子，我這幾日找你就是爲顏銘的事，你嫂子和我鬧，也是顏銘給她說了你們的矛盾，她就嘟嘟囔囔問我交的你這是什麼朋友？你知道不？顏銘已經開始上台了，那女子真是不錯，幹什麼都有着較真勁兒，不出多久，我估計她會成爲『藍夢』的台柱子哩！這幾日是在平仄堡歌舞廳表演，我認識那兒的經理，你在那兒也熟，咱去開個房間，你們好好談談，我也去洗洗澡。」夜郎沒想到寬哥說出這件事來，不覺心裡沉起來，說：「顏銘給你全說了？」寬哥說：「她只給我哭訴你們鬧別扭了，別的事還是她給你嫂子說的，你嫂子又說給了我。男人麼，得有個責任，一夜夫妻百日恩，你和人家睡了，說分手就分手了？」夜郎一時無言回對，倒被寬哥硬拉扯着去了平仄堡。

熟人的到來，賓館的經理開了一間房間，寬哥立馬就去了洗漱間，喊叫夜郎進來。推了門，寬哥已脱得精光，使夜郎吃驚的是寬哥的牛皮癬越發嚴重了，整個脊梁和兩肋間都起了甲片。寬哥說：「實在癢得不行，快幫我上上藥。」夜郎從他的口袋取了一短截筷子和一瓶藥膏，先在地上鋪了幾張衛生紙，用筷子的棱角在背上刮，一片一片銀屑如雪花一樣落下來。寬哥很羞耻了，說：「夜郎，你說我怎麼就得了這種病？」夜郎說：「幹壞事的人活該得怪病，寬哥卻得的什麼？或許是寬哥你爲了革命累得脱皮哩！」氣得寬哥說：「我脱皮，你應該脱胎換骨！噢，往上、往左，對，就那兒，多刮幾下。」夜郎使勁刮了，刮下了白甲，肉就赤紅赤紅的。夜郎說：「我突然想起個事了！古人講杞人憂天，你說天應不應憂？」寬哥說：「天有啥憂的？」夜郎說：「人身上落白甲是人病了，天上落雪片，雪片就是天在落白甲，那個杞人一定是看見了天上落雪而想到天在患牛皮癬而憂了！」寬哥說：「你腦子總有一天要犯毛病的！」一跳進水池，淋浴起來。

洗好了，夜郎給寬哥塗了藥膏，兩人回坐到客廳吃茶說話。夜郎就說了他去陸天膺家託要符，如何見到吳清樸，又如何去了虞白的家，還說了劉逸山的醫術和卦術，他想請劉先生去爲祝一鶴治治病，也建議寬哥也去治牛皮癬。寬哥只是搖頭，說現在到處都是治牛皮癬的個體診所，但沒有能根治的良方，愈是不能治的病，在治這類病的方面就愈多名醫。這當兒，服務員進來招呼，說是經理在飯廳等二位去用餐。寬哥說：「還真在這兒吃飯？」夜郎說：「吃去，吃了白吃，不吃白不吃。」去餐廳吃罷飯，天就黑下來，賓館裡外燈光輝煌，經理邀去歌舞廳，說顏銘他們一會兒表演，有什麼話去那兒也好說。寬哥不，還是讓經理去看顏銘來了没有，讓她先到房間來說說話。

經理去了，兩人乘電梯到四樓。剛出電梯，一個女服務員拿眼睛看夜郎，夜郎也迎目注視了，腳下便遲疑了。寬哥捅了一下，悄聲說：「你這毛病倒多！」夜郎說：「覺得面熟。」寬哥說：「漂亮女人都分不來的，此人肉過於骨，一副媚態，你知道是什麼人？少黏乎！」兩人低了頭快步就走。服務員卻在後邊攆來，皮鞋聲碎碎的，說：「先生，先生，你是不是在戲班？」夜郎駐足了，回頭說：「你是……」那人說：「果然是，我的眼睛還是毒！你不記得啦？那天咱們見過面的。」夜郎忽然記起，說：「是我和吳清樸在一起……？我覺得面熟，又怕認錯了人引起誤會。」那人說：「我是吳清樸的未婚妻，叫鄒雲，就在這兒巴台上。」夜郎高興地說：「寬哥，你要尋吳清樸和虞白，容易得很麼，鄒小姐就在這兒！這是寬哥，他會樂器哩。」二人握了手。鄒雲說：「警察也懂音樂！」寬哥說：「警察只會捉人！」三人都笑了。鄒雲說：「要見白姐，我指揮不動她，要找清樸我隨叫隨到。現在叫他來嗎？」寬哥說：「這方便嗎？」鄒雲說：「有啥不方便的，寬哥是警察，以後要求你的事還多哩。我嚇嚇他，給他打個傳呼，就以派出所的名義讓他立即到賓館來！你們是幾號房？」夜郎說：「四〇二。」鄒雲就去拐彎處的服務台叮嚀服務員：送些飲料和水果到四〇二；自個才乘電梯下去。

回到房間，夜郎問：「這女的漂亮吧？」寬哥說：「我看不如顏銘。」夜郎說：「你別意氣用事，漂亮是實際存在的，顏銘好是好，可没人家的城市味。」寬哥說：「夜郎，我告訴你，今日和顏銘只能談好，不能談崩，你要是連顏銘都不滿意，我看你徹底地沒救了！」夜郎說：「你別給我扮警察臉，我又不是你的罪犯。」寬哥說：「那說不準。過一年半載，你破罐子破摔下去，什麼壞事也要幹了，到時候我也就認不得你了！」一陣敲門聲，經理進來，說顏銘他們是來了。但很快就要表演，正在化妝，她說表演一完就立即來的。經理便取了象棋與寬哥對弈。

連下了四盤，顏銘來了，久日不見，夜郎幾乎認不出她來，人已經不再披髮，光溜溜的腦門上頭髮往後梳去，軟軟地盤個小髻，耳前膚色嫩白，鬢毛稀疏，顯出了一顆以前並未注意到的黑痣。妝還未卸，長眉粉鼻，紅唇皓齒，上身穿一件黑色棉綢無領短袖緊身小衣，下身是發白的牛仔褲，更突出了兩條長腿如椽一樣挺直結實，幾乎是全身的五分之三，光腿光腳蹬了一雙細高跟深幫皮鞋。站在那裡微笑，房間裡也明亮了許多。經理說：「人還是要經見世面，顏銘在髮廊的時候，只是個俊女子罷了，瞧現在，容光煥發，光彩照人，這站相就不一樣了！我真後悔沒留下她在公關部裡。」顏銘趕緊坐下來，將雙腿絞了放在沙發下，說：「經理是笑我還是模特的站勢吧？我也討厭了我自己，稍不注意就站了台步，真耽心以後走到哪裡人都能認出是當模特的。其實我是個啥嘛！」寬哥說：「我不滿意的就是你這自卑！我早給你說了，不要無端的長吁短嘆，不要老覺得自己不行！顏銘哪一點比人差？拿出滿城的女子來，有幾個又能比過你了！」顏銘說：「別人不誇自己誇。」低首倒不好意思。寬哥說：「頭抬起來！仰頭的女人低頭的漢，那才是厲害人的！」顏銘仰了頭，笑了說：「笨狗紮個狼頭勢，這樣行了吧？」寬哥就也笑了，說：「顏銘老實，見了我們也不說些熱乎話，也不問我們吃了沒喝了沒，還得我當大哥的給你倒水？」顏銘趕緊要去倒水，說：「都是兄妹，我熱乎過火了也顯得假來。吃飯還用得着我嗎？老闆在這裡嘛。」寬哥說：「有個好工作也不容易，好好幹，將來給咱當個名模！站台步有啥？站有站相，坐有坐相，演芭蕾舞的出來一看就是演芭蕾舞的，當模特就要走到哪兒都看出是作模特的。夜郎，你說是不？」夜郎一直未說話，便說：「那當然，警察當慣了，看誰都是壞人的。」顏銘就笑，說：「你不耐夏，似乎瘦了。」夜郎說：「是嗎？」摸摸下巴，毛烘烘的，又說：「怕是沒刮鬍子——年紀大了，一日不刮鬍子就面目全非了！」顏銘說：「貓一生下來就有鬍子的——誰說老過？你給我充大還罷了，當着寬哥面說這話臉紅不紅？」寬哥說：「人家進了個鬼戲班，就眼高心高，哪裡還有我？他是瘦了，多久沒見顏銘了，也是操心，幾次說顏銘去模特隊習慣不習慣，要來看看，可我哪裡有時間？今日硬被他拉了來。」顏銘說：「他怕沒這份心吧？你瞧他那褂子，髒得像抹布了，自己管不了自己，還會操心人呀！」寬哥說：「也是的，女人需要照顧，男人比女人更需要照顧。夜郎，把衣服脫了，讓顏銘洗把水。——光膀子怕啥？自己的妹子麼。」顏銘也說：「熱天好乾，誤不了你走時穿的。」拿了褂子就進洗漱間裡去了。

經理收拾了棋盤要走，在過道的門口蹲着一個人，打問四零二房間裡是不是住有派出所的人？經理以爲是報案的，就耽心是賓館失了盜或是歌舞廳裡有流氓滋事，盤問了一陣，知道是外邊的人，就說派出所的人住在賓館幹啥？先攆着走了。人一走，忽想着汪寬也是派出所的警察，就進來問有沒有相約的人？夜郎說：「有的。」出來看了，過道的那頭還疑疑惑惑地站着吳清樸。就喊：「吳先生！」吳清樸喜歡地問：「你怎麼也在這兒？」夜郎說：「派出所也叫我來的。」吳清樸臉就變了：「出了什麼事？派出所也讓我來的。聽說火車站那兒發現了被害的屍體，可與咱有什麼干係？咱沒有犯什麼事麼！」夜郎瞧他的緊張樣，就不忍作弄，耳語了一番，吳清樸才笑起來，身上已經是汗水淋淋的了。領進房間作了介紹，顏銘也把衣服洗好晾好在風扇前，寬哥就說：「夜郎，我給經理說好的，房間給咱開了，晚上不回去也可以在這休息，你們說說話，記住了没！我和吳先生去大廳聊呀，末了我再來。」「砰」地把門拉關上了。

門一關上，夜郎倒笑了，看顏銘，顏銘也笑，就過去又試拉了一下門，没有拉開，把門鏈就拴上，回坐在牀沿上，還說：「寬哥這人……」顏銘也說：「寬哥這人……」對視了一會，眼睛都垂下來，久久地卻不說話了。顏銘就從對面的牀沿上又站起來，去把風扇上的濕衣服挪了個地方，又放好，眼睛不看，卻在說：「夏天不穿襪子就不穿襪子，可指甲也該剪剪吧？」夜郎忙把嵌着黑長指甲的腳收到了燈影裡。顏銘也没有再說下去，卻問：「你來找我有事要說嗎？」夜郎說：「也没甚大事，久日不見了，來看看。」顏銘說：「多謝你，你看吧」。夜郎說：「你真漂亮。」顏銘說：「來看漂亮，去歌舞裡看麼。」夜郎說：「你不讓我來看的？」顏銘說：「時裝表演，百人千人看，還不讓你看？」夜郎便噎住，一時百無聊賴，自己給自己尋話：「到戲班裡真他娘的窮忙。」顏銘說：「也是的，你有空能去祝老家，阿蟬說我快回來了，你就忙得趕緊走了。」夜郎又没了話，想起那次見到牀圍上的字，心裡泛上不舒服，就揚了頭說：「顏銘，你是把咱的事全說給寬嫂啦？那是個忽拉海人，她要一知道，滿世界就都知道了。」顏銘說：「我是說了。」夜郎便來了氣，說：「你知道不知道這又傷害了我？」顏銘說：「你要這麼說話，真爲此傷害了你，咱們就拉平了。」夜郎說：「什麼？我傷害你了？」顏銘眼淚唰地流了下來，說：「夜哥，人說話要講良心的，我是感謝你把我介紹到祝老那裡去做活，但我一個女兒身接待了你，你也總不能這麼無情寡義！不知你怎麼看，在那一夜之前，也包括那一夜，我是真心要同你結婚的，我永遠不能説我是虛僞的，假情假意的。那天我回去，牀上的東西攤了一堆，你故意來羞我，又一走了之，再不閃面。今日再見到你，果然平平淡淡，好像什麼事都没發生過！——我真服了你竟能做得好像什麼事都没發生過！」夜郎説：「我不能讓人都欺騙我！」顏銘説：「哪個是在欺騙你了！也正是我知道你以爲我在騙你，我才去給寬嫂説的，寬嫂嘴長，我原本準備不説與她，可我在這個城裡還有什麼人肯聽我的委屈？我説着説着就不能控制，説過了又後悔。我是一直要把話給你明說的，你卻不閃面麼。今早寬哥來説他一定要尋着你，要不是寬哥，你怕也不會來的，來了也不會獃這麼久。我之所以同意他領你來，我就是要給你説清楚，説清楚了，你就是殺我剮我，笑我賤我，還是不肯信……我心裡也就清靜了。」顏銘説着，鼻梁上、嘴唇上已是淚和細汗，進洗漱間取了毛巾擦了，扔給夜郎，夜郎更是滿頭滿臉的汗。顏銘説：「小時候我愛體育，在學校裡打籃球，踢足球，運動量大，後來看了一本書，説運動量大的女孩處女膜常會破裂的，我知道男人是講究處女膜的，又聽説過許多結婚的男人第二天偏要把弄髒的牀單掛在院中曬，讓人知道自己的媳婦是處女。正因爲這樣，我看你神色恍惚，情緒低落，才同意把我就給你，讓你忘記煩惱，也正是耽心我萬一没了處女膜，給你無故地增加心理負擔，才想到去買魚，半夜殺魚給你吃，拿了那魚尿泡……我真蠢，我弄巧成拙，我給誰説清去！」

夜郎吃驚地看着顏銘，顏銘氣咻咻地敘述了一切，最後已是淚流滿面，用毛巾擦了淚又擤鼻涕，眼淚鼻涕卻不住地流，而且開始打嗝。夜郎無法相信她的話的真實，也無法不相信她的話的真實，但夜郎感到心疼。如果顏銘說的是真話，他夜郎就太傷害了她；如果她還在欺騙他，夜郎也不是不設身處地地爲顏銘的自尊作想。他夜郎是愛着顏銘的，直到現在心裡仍是愛着，正因爲愛着她，所以才因蒙受她的欺騙而極度地痛苦。他雖然是一個豪氣的男人，但他內心深處是脆弱的，需要關心和安慰，即使是她說的這一切仍在哄他，他也會爲這哄話來欺騙自己，樹立男人的尊嚴和自信的。更何況，一個女人，一個失身過自己的女人，能這樣地對自己說話，他夜郎即使鐵石的心腸也不能再硬了。

夜郎站起來，顏銘也站起來，燈將他們的影子塗映在兩面空曠的牆上，如是對坐了的神像，默然兩忘。樓下大廳北角的歌舞廳裡聲樂飛揚，在賓館門外的街上，賣燒鷄的小販高一聲低一聲地吆喝，奇怪的是一聲貓叫，似乎就在樓外牆根或那片草地上，十分清晰而陰冷，兩人打了個哆嗦。鳥的求愛是以自己的歌音取悅，獸的求愛是以毛髮取悅，貓卻是一種艾怨和哭訴。——夜郎無聲地向顏銘挪移腳步，眼瞧着她緊貼在牆上，胸脯一起一伏，那「呃兒呃兒」的聲越發響得緊。突然，電燈熄滅了，電扇也停止了。電燈電扇的熄滅、停止是夜郎走過時腳碰着了插綫板，屋子裡刹那間一片漆黑，只拉了一半簾布的大塊玻璃窗透了月光，月亮看不見，多半已在了樓頂，屋子裡朦朦朧朧。「你要幹什麼？」顏銘看着站在了她面前的夜郎，身子沒有動，樣子淒慘，猶如十字架上的受難者。她竭力在控制着打嗝兒，可嗝兒還是打出來，打一下身子就顫一下。夜郎說：「掐掐中指，掐中指會好的。」顏銘在那裡左手掐着右手，很爲自己的不雅行爲而有了幾分害羞。夜郎終於抓住了她的手，手綿軟而冰冷，說：「我幫你掐掐。」顏銘驚悸了一下，眼睫毛撲撒下來，腳步移動了，又貼靠在牆上。這一挪動，身子正在了那一片白光的邊沿，頭髮和上衣與黑暗的牆一個顏色，而臉顯得那麼白。——今夜的月亮也是這個色調吧？夜郎小心地說：「顏銘，能原諒我嗎？」眼前的月亮卻搖曳了，慢慢地往下墜，往下墜，最後，她的手開始有了份量，開始滑出，整個身子軟滑下去倒臥在牆根。房間裡全然黑暗了，夜郎聽見了有低低的聲音在地上說：「你不認爲我還在欺騙你嗎？」聲弱得如蟲在鳴。

夜郎說：「那天早上，我是悲愴地哭了，顏銘！說句心裡話，我並不在乎你是不是處女，現代的都市裡，女孩子凡有過戀愛的經歷，没有幾個是未體驗過性的，更何況我也是結過婚……我傷心和痛恨的是你用魚尿泡欺騙我，把我當無知的男人來欺騙！我已經被騙得夠多了，別人騙我我還想得開，你騙我我就接受不了！」顏銘聽着，說：「我是處女！真的我是處女，這你要信的，要信的！」夜郎說：「我信的。其實何必那麼計較處女不處女呢？即使以前與別人怎樣，那是我們之前的事，你只要以後能對我忠貞。」顏銘卻又一次哭了。夜郎說：「怎麼又哭了？」顏銘越發哭得厲害，竟「嗚嗚」出聲：「我爲什麼要欺騙你？我爲什麼要欺騙你？」夜郎見她傷心，反過來倒安慰她道：「在這個世上欺騙的事也太多了，真的也成假，假的也作了真，甚至自己也需要欺騙自己，我還不是常常這樣？」顏銘不哭了，從牆根往起站，站了一下没站穩，夜郎就勢抱住了。——一抱什麼話都有了，什麼話也都没有了，越抱越小，抱了很長時間。

如果這時候突然發生地震，整個的平仄堡將陷落地層深處，這一抱將是上千年……但是，當電燈重新插好了接綫板，夜郎便赤了身子去洗淋浴。顏銘還没有起來，頭髮蓬亂地趴在那裡，在賓館的留言簿上寫着什麼，說：「我這是送羊到虎口了！」夜郎用大浴巾揉着濕淋淋的頭髮，輕輕地笑，心想：是的，乾柴遇見烈火，勢必要燃燒的；重新的相好，是顏銘主動來到這房間的，他夜郎之所以再次接受了她，除了上邊的種種原因，最重要的是一種消釋，如同去爲別人辦件事情，事情完全可以按規定辦的，也肯定能辦成，但你必須接受他的禮品，接受了禮品對方才可相信你會真心去辦的。再是，夜郎是無法抗拒顏銘的美麗的，顏銘除了有西歐人的臉龐外，體形更是絕妙，該瘦的地方都瘦，該胖的地方胖而結實，她躺在那裡，檯桌上的燈光從燈罩裡照過來，夜郎想到了爲平仄堡運石獅去過的陝北的沙漠，沙漠上風吹過形成的起伏優美的沙梁。那也是一個月光很好的夜晚，沙梁下有稀稀的毛拉子草，草窩裡有一個精巧的鳥巢。

夜郎俯過頭去，要看她寫的什麼，顏銘卻用手捂住了。要感謝這個賓館嗎？不知怎麼，夜郎想起了再生人自焚時的琴聲，也想起了虞白對平平仄仄平平仄的解釋，就覺得這賓館與自己有着奇特的緣份。他坐下來吸烟，一直等顏銘寫好了，又撕下來折成小方塊要裝進自己的口袋時，他也沒有提出要看。顏銘卻說：「你看不看？」夜郎接過紙塊展開，上面竟是記錄了剛才一幕的經過。使夜郎吃驚的是女人的感覺是那麼豐富和細膩，又那麼熱情和衝動！其中也夾雜了擔憂和多疑。夜郎是有着長長的接觸女人的歷史的，事情幹了也就幹了，但顏銘這樣的女人，卻把這樣的事看得如此莊嚴和神聖，她是在竭盡了全部的生命去品嚐，去享受的。文字的最後一句是這樣寫的：「我們作過了該作的事，我們沒有辜負這下半夜的月光，平仄堡的愉快的時光將長留我的記憶中。」夜郎抬起了頭，顏銘水汪汪的眼睛正看着他，臉色紅如火炭，說：「我文墨淺，心裡翻騰得什麼都有，就是尋不到詞，」夜郎說：「謝謝你！」卻劃火柴把紙燒了。顏銘叫道：「你把它燒了？」夜郎說：「這樣的事是不能寫的，寫了總會被人看到。雖然人人都幹過這事，但不能說破，不能寫出，不說不寫就是完人、賢人、聖人，說了寫了就是庸俗、下流，是可惡的流氓。」顏銘說：「這就是你們男人！」起身穿衣梳頭，收拾臉面，問夜郎：「和剛才是不是一模一樣？」夜郎說：「不一樣。」顏銘問：「髮畔不齊？」夜郎說：「你身上有了我。」顏銘罵道：「壞蛋！這髻兒順溜吧？」夜郎說：「晚上了，還梳那髻兒幹啥？」顏銘說：「寬哥還在大廳裡，他要見我變了髮型，該怎麼想？」夜郎這才記起了還有那一個大哥。

大廳裡卻沒有了寬哥。總台的服務員告訴說是有一個警察的，早就走了。夜郎怔了怔，便會心笑了，返回來，這一夜兩人再沒有走。

天未明，顏銘就趕緊離開了平仄堡，夜郎睡到九點，起來衝了澡，低頭便尋找什麼。夜郎尋找的是那枚鑰匙。那枚鑰匙以前戴在身上習慣了，洗完澡每每就先要戴上的，現在尋了一氣，突然記起已送了人，倒笑自己的荒唐。穿了衣服回躺在牀上吸烟，就想到了送給了鑰匙的那個虞白。夜郎與女人的交往裡，虞白可能是特別的一個，這是一個豪門的後代，又是一個有知識的女性，夜郎的意識裡有着自卑，那日從一聽到樂聲就自慚形穢，無論如何，像夜郎這樣的人是無法接近這女人的，但夜郎卻神使鬼差般走進了她的家裡，並吃了酒，說了那麼多話。昨天夜裡，他把虞白的事說給了顏銘，顏銘就說：「人家高貴嘛！」不無一種醋意。但說過了，卻又說：「多接觸接觸這樣的人好哩。人家一回兩回待頓咱，三回四回就不知怎樣，只怕是心裡瞧不起你我這班人呢。」夜郎那時是「哼哼」地笑了兩下，現在想起來，仍是笑了。夜郎雖然不是流氓，夜郎有豪氣，夜郎怕誰的？越是這樣不爲他夜郎能接近的女人，夜郎才更有興趣去接近！更何況，夜郎又想，虞白對他並沒有什麼反感，那言語、眼神，以及每一個小小的舉動，夜郎看不出她的絲毫厭煩——夜郎反倒喜歡了那一種自在適意的作風；請人吃酒，自個先醉了睡去。於是，那一句頭次見面就説夜郎是馬面的話反倒令夜郎難以忘懷，從牀上起來，走到鏡子前端詳自己的臉，確實是一張過長的臉，眉毛濃重，有着大眼，但太靠上了，聳而長的鼻子佔據了臉面的三分之一，使嘴和眼遙遙相望。這樣的一張臉，爲何在西京城裡誰也没説破過是「馬面」呢？

夜郎回坐在牀上整理牀單，牀單上有三根長長的頭髮。他把它們撿起來，繞作一團放在烟灰缸，還拿烟頭去燒成幾節，就不免又指責自己：自己還坐在留有顏銘體溫的牀上卻想着別一個女人，是不是有點兒那個了？他努力地張了張雙臂，吁着氣，要把五臟六腑的乏勁全吁出來，也把腦子裡的亂七八糟的念頭也吁出來，但在出門的時候，又以是一匹馬而自足了。

夜郎自有了馬的意識，偶爾一次翻日曆發現自己的生辰屬相也是馬，就越發覺得自己一定是馬托生的。那麼，自己以前是怎樣的一匹馬呢？是草原上的野馬，還是每晚可以看到的，郊區的農民用膠輪板車往城裡建築地區上馱運磚塊和水泥樓板的老馬呢？一次在排演場黑水汗流地繼續作持雲朵牌的矮子功，心裡就覺得窩火：馬是奔騰長嘯的，怎麼能委屈着身子作矮子功呢？一氣就坐在了一旁，惹得老把式又開口臭罵，直到南丁山説夜郎實在不行也就不頂這個角色了，才算作罷。夜郎也就問南丁山：「人到底是什麼變的？」南丁山説：「女媧用泥捏的。」夜郎就在褂子裡的胸膛上搓來搓去，搓出一撮垢甲：「怪不得怎麼洗都有泥。」南丁山說：「要不是泥捏的，就是猴子變的——這可是書上寫着！」夜郎說：「唔，我說動物園是猴子越來越少了！」南丁山氣憤地說：「你說是啥變的？」夜郎說：「世上有什麼東西，就有什麼東西變人，你瞧瞧老把式父子，像不像魚、鯰魚？他們原籍是南方，在海邊的都是水裡的魚鱉海怪變的。康炳像不像狼？在山區生活的人都是飛禽走獸、石頭草木變的。」南丁山說：「那你是啥變的？」夜郎說「馬。」南丁山說：「那你別給我撂蹶子！」一指頭彈在夜郎的額顱上。「吹埧把你吹出邪勁來了！今日是馬，馬有龍馬一說，趕明日怕又該是龍了！你沒事去看看這條馬吧！」南丁山扔給他的是一本書。

書是《搜神記》，南丁山常裝在口袋，在裡邊尋關於鬼的故事要改編戲。夜郎在目錄上就翻到了一篇叫《蠶馬》的文章，拿到了排演廳後的山牆根去看。天氣悶熱，不遠處的垃圾堆裡，西瓜皮和爛西紅柿散發着酸哄哄的臭氣，夜郎還是一氣兒讀下去。《蠶馬》寫的是有一户人家，父女兩人，家境貧寒，卻養着一匹强健的白馬。後來發生戰亂，父女在逃難時走散，女兒帶着馬到了一地，不知父親生死下落，常在家獨自啼哭。一日，一邊飼馬一邊說：「馬呀馬呀，你如果能尋着我父回來，我就嫁了你。」馬突然一聲長嘶，脱繮而去。三天後，馬果然在幾百里外找着了女兒的父親馱了回來。父女團聚，十分驚喜，重返家園生活。但是，女兒卻再不提起嫁馬的事，馬終日眼裡含淚，半年後便死了，馬一死，父女將馬剝皮，釘在牆上晾乾，不料，女兒路過釘有馬皮的牆下，馬皮突然掉下，忽地將女兒裹住。等父親聞聲趕來，那裹了馬皮的兒女卻成了一隻蠶，蠶頭酷似人首，蠶身又似馬體，人稱之爲蠶馬。夜郎看了，心裡說不出是什麼滋味，抬頭看天，天上正飄過一朵黑雲，四週的人喜歡地叫：「這下好了，要落雨涼快了！」但黑雲停駐了半日，一陣風吹來，卻又飄遠不見了。

快快地，夜郎去了祝一鶴家。

祝一鶴英武的時候，夜郎一有空就往祝家來，西京城裡沒有丁點親戚，心裡的話只有給祝一鶴說。給顏銘說。祝一鶴並不過多地聽他的訴苦和委屈，總是拉他喝酒，用謔語戲弄他，而顏銘則要做一頓滷麵的。夜郎已經習慣了這條道路，雙腳下意識地走到了巷口，才不禁長嘯起來，感嘆昨日像那東流水，離我遠去不復回了。他拐進菜市，買了些菜，給老頭提去。

顏銘恰好也在，正給祝一鶴擦澡，見了夜郎喜歡地說：「快來幫個手，去換盆水。」祝一鶴似乎病又重了一些，口裡不停地往出流涎水，阿蟬要剃了那鬍子，他又不讓，就把一個小瓷缸兒拴了繫兒從頭上掛下來弔在下巴下。夜郎心裡更是難受，不明白他爲什麼要遭這樣大的罪！擦洗了身子，祝一鶴就靠在牀上不動了，阿蟬也去廚房收拾飯菜，夜郎和顏銘坐到了卧室來說話。夜郎說：「顏銘，今日這一身好看！」顏銘其實穿得很隨便，上午洗澡，臨時換上了阿蟬的一條咖啡平面布的短褲，上衣是一件白汗衫，汗衫塞在短褲裡，勒一條寬皮帶。顏銘說：「我穿什麼都好看！」夜郎說：「是的，臉上如果再没有那些紅疙瘩，就更好看！」顏銘忙一捂臉，說：「討厭！討厭！」遂即偏仰了面，說：「有紅疙瘩也好看！就是好看！」夜郎說：「嚯，顏銘也自信了！」顏銘用防過敏霜在臉上塗了，說：「當模特把我也當大膽了，表演上要求一出台眼睛要掃視觀眾，轉身往回走時，眼光要從觀眾席上往回收，開始我很怯的，眼睛不知往哪兒看，指導說：『要自信，要覺得這陣兒自己是最漂亮的！』果然這麼想着，什麼也不怕了！尤其在台上，台下是一陣陣的掌聲，叫好聲，有人就給獻鮮花的，上來要合影的，我就來了感覺——」夜郎說：「感覺披了被子要上天呀！」顏銘瞪了一眼，說：「我感覺我活成人了！」夜郎說：「我突然也有了感覺！」顏銘說：「『什麼』？夜郎說：「——我想吻你！」顏銘氣得才要罵句什麼，夜郎卻上來抱住了她，同時用腳把門輕輕地勾合了。顏銘接受了那一雙手，一雙手卻得寸進尺，且把顏銘抱起來往牀上去。顏銘掙扎了一會，力氣不支，乾脆一動不動了，說：「你真是膽大，阿蟬一會要進來了！」夜郎咽着唾沫，也不回答，只急得手腳忙亂。廚房裡阿蟬在剁餃子餡兒，刀和案板哐哐價響。顏銘說：「祝老在牆那邊躺着，咱都是客人，就在人家家裡幹這事呀！」一句話將夜郎手停住，身子慢慢軟下來，坐到牀沿上了。顏銘扣好了衣服，一邊理頭髮，一邊說：「聽我話，噢，幾時我過你那邊去。」夜郎說：「一說祝老的病，我這心裡就難受了……他現在下巴上掛個缸子，樣子實在不忍心看。」顏銘說：「多少醫生來看過了，他們都是沒辦法，是不是再請個氣功師來……」夜郎沒有言傳，悶了一會，突然問：「祝老的生辰年月是幾時？」顏銘說：「不知道，這可以從他的身份證上查。你是說他的生日快到了嗎？」夜郎說：「我想起那個劉先生了，他這病中西醫不行，氣功也不行，恐怕得想想別的門道。」顏銘說：「鄉下人常用捉鬼弄神的那一套也真的治了些怪病的。」夜郎說：「你在鄉下也歎過？」顏銘頓了一下，說：「聽說的唄。」就去找祝一鶴的身份證，陽曆是一九三二年五月二十七日，又去日曆牌上查出陰曆爲四月二十三日。夜郎就用筆寫在胳膊彎上。這當兒，阿蟬在廚房喊着來包餃子呀，兩人便去了廚房，不再言語。

餃子餡剁得很多，滿滿地裝了一大盤子。顏銘拿勺子挖了些用舌頭舔着嚐鹽的輕重，便說：「阿蟬，你放蝦皮了？」阿蟬說：「嗯。」顏銘說：「我不是給你說過嘛，祝老是不吃蝦的。」阿蟬說：「我放得不多，多少放一點有味的。再說你們都在。」夜郎說：「我們吃不吃是閑事，伺候祝老，就以祝老的口味爲準。他現在說不成話，咱不能虧了他。」阿蟬就沉了臉，說：「夜哥這麼說，我虧了祝老了？」夜郎說：「我沒有說你虧了祝老，意思是他已成了這個樣子，咱儘量做好些，他喜歡吃什麼就做什麼。天也熱，多擦身子，梳好頭，那涎水缸子要勤換着洗着，不說來個人看了好看些，咱心裡也安然。」阿蟬說：「我哪天不是換洗幾次缸子？涎水味兒真難聞，我吃飯一想起來心裡都嘔的——夜哥沒有伺候過人，不知道伺候人的難哩！」顏銘說：「辛苦我知道，夜哥這麼說也是說氣話的，都不說了，阿蟬，你取些肉和韭菜來，咱給祝老重弄餡兒來。」阿蟬從冰箱取了肉和韭菜，才要去洗，有人敲門，阿蟬去開門，和來人在廳裡說話。顏銘看了夜郎一眼，夜郎便去洗肉，聽得廳裡在說：「阿蟬，餃子熟了沒有？那邊吃漿水麵的——掙那麼多錢，卻是窮肚子，就愛吃個漿水麵，我可是吃得不想吃了！專空了肚子……」噓地一聲，是阿蟬在說：「有人哩。」來者說：「那還算人，活着和死了一樣！」阿蟬說：「不是，不是的。」接着腳步聲去了卧室，門吱地掩了，兩人嘻嘻格格地在裡邊做什麼。夜郎低聲說：「她叫了誰來吃餃子？」顏銘說：「前邊樓的，叫小翠，是她介紹了小同鄉在那家也當保姆，常過來的。」夜郎說：「我說今日餡兒這麼多，她還會招了人來吃飯，怎麼這般做保姆？」顏銘說：「你少說兩句，晚上了我和她說。」夜郎洗好了肉，又洗了韭菜，切了一半，阿蟬還沒有過來，就過去要叫阿蟬，但卧室的門卻插了，叫道：「阿蟬、阿蟬，調料在哪兒？」門開了，牀沿上坐着一個女子，瓜子臉、丹鳳眼，燙着頭髮，一邊倒地梳過來，攤在右耳一大堆，上邊別着一個有着花的紅塑料卡子，滿臉彤紅，忸怩不安。阿蟬趕忙往廚房去。那女子就站起來要走，到客廳了，叫道：「阿蟬，我走呀！」阿蟬說：「在這吃些吧，今日餃子多的，銘姐也回來啦，你不陪陪？」顏銘只好說：「急什麼，飯快要熟了，吃點吧。」那女子就說：「銘姐留我，那我就不走了，銘姐今日好漂亮喲！」阿蟬說：「銘姐什麼都佔得齊，個兒高，臉兒好看，咱們要有人家一個方面的好處，咱現在也不當個保姆，天南海北哪兒都敢去了！」

餃子煮熟後，夜郎吃了一碗就告辭而別。

原本去找南丁山，託南丁山找陸天膺再聯繫劉逸山來治病的，夜郎卻到清水巷虞白家來。那日是吳清樸把符從劉先生家帶到陸天膺家的，吳清樸肯定與劉逸山熟悉，但吳清樸還會不會在虞白家，夜郎心裡沒底，只覺得應該到這裡來。從西大街騎了車子並不快地駛過，靠右的店鋪門窗玻璃上，自己就看到了自己：一副長長的馬臉，蓬着亂髮。夜郎心裡突然慌起來，腳下遲疑着，車子一扭一扭像醉了似地要倒。他一邊暗自罵自己沒出息，一邊把車子停在一家理髮店門口，進去要理一下髮。理髮店裡，靠裡邊的是美容按摩牀位，躺着一老一少兩個女人，美容師一邊在她們臉上塗什麼油膏，一邊有秩序地反復揉搓按敲，夜郎坐在那裡讓剪着髮，一邊聽四個女人說話。三個女人一台戲的，那小女子只是嗤嗤笑。一個說：「我們店開張了兩年，還沒有母女倆一塊來按摩的。」一個說：「是嗎？噢，輕點，那兒放輕點。」一個說：「鼻子發炎了嗎？」一個說：「你沒發現鼻子是硬的嗎？我墊了鼻梁了。」一個說：「墊得真好，倒看不出來！前日有個人來吹頭，鼻子卻是歪的，現在到處開美容手術院，技術不過關，圖了掙錢竟害人，哪裡有二十多年前的手術質量？」小女子又是嗤嗤地笑。一個說：「二十年前哪裡有美容這詞兒？這是年初才做的。」一個說：「年初呀？你是演員嗎？」一個說：「我哪兒能當了演員？是機關的文書。」一個說：「那我真佩服你了，這麼大年紀還做美容手術？」小女子說：「我左額上原有個暗紅色肉瘤的，我媽領我去做了三次手術，現在看不出痕跡吧？我做的效果好，我媽才把買空調的錢省下來，去給她墊鼻子了，我媽五十四歲的人了，是顯得年輕吧？」一個說：「是年輕。」一個說：「原本我這把年紀了還做的什麼，可我想，就爲了這個塌鼻子，我是一輩子沒了自信心，走不到人前去的，那份罪你們漂亮女孩是體會不到的。」一個說：「怎沒體會？我之所以開這個店，就是長得不好，到深圳、海南去闖蕩，心想憑自己的能幹總能混個名堂的，可一去，三個月就回來了。那裡的女人，都是有姿色做資本的，哪裡有咱的世事？一氣之下去上海做了手術，將一臉麻子打磨平了，才發誓開這個美容項目，咱雖沒動手術的手藝，按摩按摩也好麼。」一個說：「我那死老漢倒不同意，說人都老了，還美什麼容，又不是我嫌棄你！這死老漢，我活着就不是只爲一個死老漢活着嘛，雖然老了，可遇上這年代，我怎不也漂亮一回？能漂亮一天是一天，這一天裡心情好，活着就有精神麼！」夜郎睜開眼，從面前的玻璃鏡裡看過去，那年紀大的女人躺在那裡在笑着，笑得一身肥肉呼呼地顫，他倒被這女人感動了。等理完髮，看着母女倆按摩畢了高高興興出門去了，夜郎說：「這女人好。」理髮員笑了，說：「那你怎麼不去手術？我給你刮臉，別人是一刀就下來，你得兩刀子才到嘴角。」夜郎也笑了：「我這是牛頭馬面呀！」

出得理髮店，對面的路燈桿下卻圍了一大堆人——中國人有圍觀扎堆兒的秉性，一個人在街上走着，偶爾往天上一看，立即就會有無數的人也仰着看天。那一回，夜郎路過鐘樓，江浙一帶來的匠人正修飾鐘樓的八角飛檐，小個子的老繪工爬在腳手架上，把筆蘸上顏料了，在嘴上備一備，再一下一下描那山水人物，嘴就五顏六色地像小孩的屁股。夜郎低了頭看樓下豎着一面石碑，碑上記載了這座城市原是一條河從中分開的，河後來卻乾涸了，河面上修成了這條大街，而爲了紀念這段歷史，城的圍牆修建成了一個船形，這鐘樓就築成塔的模樣，來象徵船的桅桿了。夜郎讀完碑文，才知道西京城原是一隻擱淺的船，幾分嘲笑，幾分嘆息，有許多的感慨，極想和人聊聊，行人卻側目而視，沒有一個肯接他的話茬。他便有些生氣了，故意蹴下身去，往一個暗水道口去瞅，果然過道的人都往暗水道口瞅，他就冷冷笑着回去了。有兩個小時吧，賣燒鷄的禿子回來說，街上殺了人了，驚得他問殺的是誰，誰人所殺，怎麼殺的，殺在哪兒？禿子說，他是禿子，不好意思擠到跟前，可鐘樓那兒湧了許多人，聽說是有人被殺了，從下水道裡撈出了兩條人腿，兩條人腿又是一順順的——這就是兩條人命了！他忙跑去看，人卻是集聚在那暗水道口，才知道是他惡作劇的結果，自己捉弄了別人也捉弄了自己，害氣回來臭罵了禿子一頓。而現實的是路燈桿下又圍了一大堆人，夜郎心想這又是誰在惡作劇了，或是那裡有人在擺棋吧，扭頭要走，但聽得有「嗚嗚」的哭聲，同時有人在安慰，有人在咒罵，有人在笑着說：「沒腦子！鄉下人到底差成色！」夜郎便推車過去，果然人群中有三個鄉下男人哭得眼淚汪汪，一邊哭一邊頭往地上碰，額頭上都碰出血來。夜郎蹴過去問：「怎麼回事？」三個男人爭着說：「這不是要人命嗎？這不是要人命嗎？俺們把他當好人，給他烟吸，請他飯吃，他要喝酒，俺們還買了酒，他就敢一走沒了，沒個影兒了！」拿頭又在地上碰。夜郎明白鄉下人一定在城裡是受了什麼欺負了，卻見不得那鼻涕眼淚的行狀，吼道：「哭啥的，大男人在這兒哭着好看？來回話都說不來，連吃帶喝的！」三個男人竟被鎮住，一時駐了哭，卻突然三雙手抓住他，說：「你是好人，你要救我們！」週圍一片哄笑。夜郎一扯那個年紀稍大的，拉到一邊，遞過一支烟了，說：「你先吸烟，別惹得那些閑漢再過來——你說吧。」

原來，這是三個洛州來的農民，山區的日子苦焦，聽說西京城的□□路藥材市場上茯苓搶手，便東借西湊萬把元收購了幾麻袋運來。一進城裡，兩眼墨黑，螞蟻湊堆似的人，沒一個能認識，宿了一家小客棧裡，每日去藥材市場上尋找買主。一連轉游了三天，逢着的都是些小宗主兒，三人思謀：咱不是長年做這買賣，一次來得尋大宗買主，否則零敲碎打，光在城裡吃住花銷太大，就賺不了多少利的。第三天的傍晚，碰着一個買主，西服領帶的，手提着移動電話，是有錢的派頭，接上碼子了，果然人家口大氣粗，一次包買。三人喜歡得唸了佛了，當下就論價錢。他們說別人的貨是一斤四角五分，可整個藥材市場上，卻誰也沒他們的貨好，四角五是不賣的。開口價扳得很硬，甚至還編排說有人來買一半，給價四角六分五，他們要四角七，交易才沒成的。他們說：「既然你是整袋兒走，也瞧着你這人是乾脆人，你開個價吧！」便把頭上的帽子摘下來，手伸在帽底要與人家捏碼兒。那人說，他並不是專做藥材生意的，小買賣一樁，只求個貨好，一分半分的倒不在乎，也見毬不得捏碼兒，明說個價吧。就拿了移動電話高一聲低一聲說話，似乎是對方彙報一筆款到了，就指示收到款給辦理公文的科長十萬元手續費吧。他們聽得面面相覷，交換了眼色，就放了膽說出個四角七，只等人家能降到四角五分五就燒高香了。可那人一闔電話，說：「四角七就四角七！今日天晚，我又沒帶那麼多錢，明日一早把貨拿來就在這兒等我！」這一夜，三人好不高興，籌劃着這宗買賣可以純賺三千二百元，一人分一千還剩二百，刨除客店錢還有七十元，索性晚上也到卡拉OK廳裡去看看世面。便一人花去十元買了門票，進去没有唱歌，也没跳舞，給眼過了一下生日，只喝了一杯茶水，結果六十元就没有了。豁出去了，餘下二十元買了一條烟，在客棧裡吸了一夜，也听了一夜舞廳裡的妖女人。最後意識到說女人不吉利，才不說了睡覺。頭才挨着枕頭，天就亮了，又起來把幾麻袋藥材背到那路口，那人果然來了，是坐着一輛小白色麵包車的。三人把藥材搬上車了，那人交給他們的是一張支票，說可以到東大街人民銀行裡取現款。他們心也鬼，兩個人陪着人家去飯館吃飯，一個人還偷偷到附近一家儲蓄所讓櫃檯裡的人看看這支票真不真。儲蓄所人多，一個人接過去看了一下說真的，就回來又買了酒給人家喝。吃罷飯，那人要走了，還說：「把支票拿好，小心丢了！」他們把支票就放在鞋殼裡去東大街，並商量取了現款，一人走在中間，兩人一前一後護着，以防壞人打竊。結果去了銀行，銀行說支票是作了廢的，他們就急了，忙去那人所說的公司，可哪裡有尚武街甲字一七八號？三人抱頭哭了一場，罵那騙子，罵西京城，罵自己昨晚上說女人！罵畢了，就去派出所報案，派出所的警察讓寫了材料，說：「好了，回去吧。」他們說：「這一寫就完了？」警察說：「這不完又怎麼着？騙子又不在派出所，我們總得去查訪呀！」又是一日三次去派出所查問抓到騙子了没有？没有。三個人就在三天裡在城中東跑西竄，希望能碰上那個狗日的。也真巧，竟在德安巷口的酒館裡碰見了！狗日的坐在店裡喝蛇膽燒酒，下酒的菜也是油炸的蝎子。他們隔玻璃窗瞧見了，一下子撲進去就按倒了。那人個頭不大，力氣是没他們大的，按在地上擰蹭都没擰蹭的，就扭到派出所來。那天已是晚上十點，派出所只有一個姓黄的警察值班，當時審問了，騙子也承認下來，姓黄的就把他用銬子銬在房裡。騙子卻說他沒有錢，讓給他的小姨打個電話，他小姨在一個賓館工作，讓她帶了錢來贖他。後來那個小姨就來了，畫藍眼圈，染的黃頭髮，一身的香水氣，薰得他們直噁心。騙子銬在裡間，姓黃的和女的在外間，姓黃的原讓他們夜裡不要走，就守在門口看護騙子，但姓黃的和女的談的時間長了，把外邊的門也關了。關就關了吧，人家在裡邊做什麼，他們不敢看的，只要能把錢追回來，人家幹什麼事咱管毬他了？再後來，那女的就出來走了，姓黃的出來送女的，說他肚子飢了，讓他們去買些熱包子來吃。事情就出在了這裡——一個人出去買包子，到底買多少，錢要三人分攤的，總耽心去一個人買了，將來以少報多，三個人心奸了，就一齊去買。但是，等把包子買了回來，騙子卻沒有了！姓黃的說他去上廁所，回來便沒見了人，銬子是用一顆釘子撬開的，還拿了撬開的銬子給他們看。他們知道姓黃的做了手腳了，拉住他說不行，姓黃的就兇起來，說他們打鬧派出所，掏出電棒擊他們。他們哭着出來，也不敢再住客棧，從昨日夜到現在只是在街上訴哭，討起零錢好回去呀。

夜郎聽他們囉囉嗦嗦說了半天，一把把鼻涕捏下來甩在地上，髒手在路燈桿上摸摸，又在腿面上擦，逢着幾個人過來了，就拉了哭腔訴苦，說：「大叔，大叔，行行好，給個幾角錢好作盤纏啊……」夜郎「啪」地一聲搧了一巴掌，那年輕的叫道：「你打我？你為什麼打我！」夜郎罵道：「孬種！在這兒哭鬧讓誰同情你？為什麼不再去派出所？派出所也不只是那姓黃的一個人開的！就是派出所不管，怎麼不去找分局，找公安局！」那人說：「到哪兒去找？去找誰呀？日他娘，這西京是啥毬城嘛，我再不來啦！」夜郎說：「你就是再不來，也得回去後再不來，你現在怎麼回去？」那人說：「我怎麼回呀，回去了那一萬元的債我拿啥去還？實在不行，我就去撞車啊，讓車壓死我，我掙個屍體錢。」夜郎說：「像你這號人，死了賠命價是一千元也多了。」那人聽了，就嚎着哭起來。夜郎搖着頭要走，又不忍心走，瞧街上有没有警察，没有，就罵了寬哥，該用上你了你不在，幹那些少鹽没醋的事頂個屁用！就說：「你們在這兒等着，我去找個人來。」那人說：「你可再不敢騙了我們，我們跟了你一塊去。」夜郎說：「我真想再搧你個耳光，這陣倒這麼多心眼！我騎車子，你們三個人怎麼走？」那人說：「我僱個三輪車，咱一塊坐上，車子也坐上。錢我掏麼！」四人趕到掛有「免費打氣」牌子的地方，寬哥果然在那裡。寬哥似乎更高興，一見面就拉夜郎在一邊，悄悄地要借錢哩。

夜郎看着寬哥臉上有一道傷痕，說：「和嫂子又打架了？」寬哥說：「男不跟女鬥，鷄不跟狗鬥——我讓着她的。」夜郎瞧他說得認真，也不敢笑了，說：「好，男子漢大丈夫！得多少錢？」寬哥說：「五十。」錢給了，夜郎說：「和嫂子一吵嘴你就没錢了，你得給你攢些私房錢哩，出門在外，一分錢難倒個英雄漢哩！」寬哥說：「我没空和你油腔滑嘴！」就跑過馬路，瘦高高的個子一晃一晃地躲閃着車輛，一隻鞋就脱了，蹴了去繫帶兒，一時繫不及，一條腿就跐着到了馬路的那邊。柵欄上趴着一個女人，二十四五，腆着個大肚子，接了錢，不停地給寬哥點頭。過會兒，他過來了，洋洋得意，嘴裡哼着小調兒，對夜郎說：「你瞧着那女子嗎？」夜郎說：「長得好！」寬哥說：「你個色狼！這女子是從寧夏跑過來的，手裡拿了張紙條，來問我：有這個紙條，車站能不能坐車？我看了那條子，是寧夏收容站出的證明，上面寫着：雖係騙婚，但身懷有孕，放其回原籍。我說快把這條子收了裝好，還不嫌丟人嗎？今年多大啦？她說二十二了。哪裡人？安康西鄉的。她是没錢，說嫁給人家的錢寄回給她爹了，如果我能借給她錢，她一到家就把錢郵還回來。可我身上偏偏没錢，不借她吧，她以為我這個警察不借她——警察都不肯借，誰還會借？借她吧，到哪兒找錢去？你來的正是時候，是雷鋒哩！」夜郎說：「我是個瓜髁！」寬哥說：「怎麼啦？」夜郎說：「那樣個女子，能去騙婚，還能給你還了錢？」寬哥說：「你別把世上看得太骯髒了，那女子就是個騙子，那肚子裡的孩子總不會也是個壞種吧？錢我會還你。」夜郎氣得說：「你真真把年代活錯了，活到古時候你是個賢人，活到六十年代，也是個雷鋒，活到現在麼……」寬哥說：「我只當好一個警察。」夜郎說：「好，好，好警察！那我現在就尋你吧。」便把三個農民上當受騙的事說了一遍。寬哥氣得就在身上抓起癢來，手在背上夠不着，從地上揀了個樹棍兒從後領伸進去撓，說「人呢？」夜郎回頭看時，三個農民卻去商店買烟，急急跑過來，拿烟給寬哥散，寬哥說不抽，農民說抽吧抽吧，把一支烟架在了寬哥的耳朵上。寬哥問：「是哪個派出所？」農民說：「□□路派出路。」寬哥說：「你們可要說真話，派出所一般是執法行事的，你們要說謊污衊了他們，那我是不依了你們，若真是那回事，我倒容不得一顆老鼠屎壞了一鍋的湯！姓黄的能認得嗎？」農民說：「燒成灰也認得他，麻桿子腿，狼掏的臉！」寬哥說：「狼掏的臉？」農民說：「臉是個凹形，一看見那種臉，我們就來氣兒了！」寬哥說：「那跟我去分局吧。」去擋了一輛出租車。農民卻不上，說要步行。夜郎吼道：「不讓你們掏錢，不坐白不坐！」推進車裡，看着走開了。

忙活了大半天，夜郎才到了清水巷，吳清樸在，虞白卻出去了。

夜郎心下有些快快，但人卻放鬆了，寒暄了數句，就直接了當地說明了來意，吳清樸當然願意幫忙，當下就相跟了去找劉逸山。

吳清樸與陸天膺並不熟，但與劉逸山是世交，走到巷口，他買了一瓶「五糧液」帶着，夜郎這才想起自己空手，也要去買些禮品，吳清樸制止了。趕到劉家門口，門前馬路邊的花壇水泥台沿上，陸天膺和劉逸山正坐在那裡聊天哩。吳清樸說：「瞧見沒，那個戴墨鏡的就是我劉叔。他脾氣古怪，見不得在人多的地方說他會陰陽的，你在這兒蹲着，我給你招手的時候你再過來。」夜郎就蹲下來，裝作無事，偷眼兒看劉逸山腿長身高，腦袋卻很小，鬍子和眉毛都白了，卻一頭黑髮；一把扇子撲撲地在腿上搧打；鞋卻是脫了的，盤坐在台沿上，台沿下的一雙板兒鞋弓都朝外，形如X；身邊放着一根藤杖，陸天膺卻裸着懷，手捧了宜興壺，一邊呷，一邊拿腳去踢那藤杖，藤杖的一頭就撞得一株月季花一搖一搖地動。吳清樸走過去，向兩位老者彎腰問候，那劉逸山頭並未向着夜郎的方向，卻說：「你帶了人來，卻怎地不讓見我？」吳清樸說：「劉叔叔怎麼就知道了！」陸天膺說：「你能瞞得你劉叔？你劉叔是貫通了的人，貫通了的人是什麼？就是老得成精的狐狸麼！他出門戴墨鏡，不戴眼鏡眼睛也要眯着，外人還以爲他傲慢，其實他是不願意睜眼看人，看人就是蝦，腸腸肚肚的全透明着！」劉逸山說：「我要真是你所說的老狐狸，你也是老虎，我狐假虎威了！」陸天膺嗬嗬大笑。吳清樸已招手讓夜郎過去，夜郎給劉逸山鞠躬了，也給陸天膺鞠躬，陸天膺說：「這小伙子在南丁山的戲班？」夜郎說：「陸老好記性！上次我沒跟你老多說，我雖認識你老遲，但你老的名聲卻早知道。我跟祝一鶴先生熟，我在他家看見過你老的畫。」陸天膺說：「噢，祝一鶴，聽說他病了？」夜郎說：「中風不語一年多了，我就是爲他的病來求劉先生的。」陸天膺說：「逸山，這你得給治治，是祝一鶴病了。」劉逸山說：「哪個祝一鶴？」夜郎說：「原來是市府的秘書長。」劉逸山說：「我不認識他。」

這當兒，有三個人從馬路那邊走過來，一人殷勤地說：「劉先生您好！」劉逸山說：「不好。」那人噎住，又說：「吃過飯了？」劉逸山說：「没吃。」那人一時尷尬，陸天膺就說：「中國人見面總是問吃了没有，窮肚子把人也坑苦了！」劉逸山舌頭一頂，伸出的舌尖上有一片人參，又收回舌底含住了，說：「我吃了，你也吃了，那一個人卻是三天没吃了！過去是有牙没鍋盔，現在是有鍋盔没了牙！」那人忙說：「劉先生真神，你瞧出他病了？」劉逸山說：「没病你能給我問候？明日去我診所吧，現在没筆没紙的。」夜郎說：「我這兒有。」從懷裡掏出遞上。劉逸山說：「你倒會落好！」竟站了起來，將紙貼於牆上寫方子，寫好了，說：「先吃三服，吃完了來換方子——現在萎縮性胃炎咋這多的！」那三人謝天謝地去了。

吳清樸趕忙說：「劉叔，別人不救，祝先生你得救的！當年多英武的人，現在快成植物人了，夜郎今日特來找你，這瓶水酒不算什麼禮，也是夜郎一個心吧。」就勢把酒放到劉逸山身邊。夜郎也說：「實在不成敬意，也不知陸老先生在這裡……」陸天膺笑着說：「我没有看見，我没有看見。」劉逸山說：「拿來了就喝吧，現在酒也就屬於我了，咱回去喝了去！」陸天膺說：「我只說逸山高古是不會收人禮的，說出政府官員也不願治病的，没想也是凡人嘛！」劉逸山笑了說：「那好，天膺比我清高，這酒你就不喝了，看着我們喝吧。」故意招呼清樸、夜郎進門去，不理陸天膺。陸天膺卻也跟了來，說：「我怎麼忍心只讓你一個人犯受賄的錯誤呀！」

四人進門入堂，堂上赫然一幅對聯：寶鏡高懸，物來自照。心裡森然，自不敢亂說亂動。在桌邊坐下，劉逸山就從廚房拿了一盤東西，說：「正好有稀罕下酒菜，炭豆，吃過沒有？」夜郎正不知炭豆爲何物，端來看了，才是一盤炒焦了的花生米。四人一邊吃喝，劉逸山便說：「受不受禮，給不給當官的看病，那是另一回事。就說當官的吧，現在人一提當官，心裡就嘀咕是醜惡的事，聽說誰在仕途上混蹚，就背地裡瞧不起，這都是當不上官的人的不平衡心理。當官不是說有能力有本事的就能當官，但當官又有什麼不好呢？當官可以是貪官，也可以是清官，反對當官就說明你清高了？前些年興工農兵，誰出來都說：「咱是老粗！說老粗好像就光榮。現在腐敗的官多了，一些人出口愛說：「咱是直杠子，巴結不了領導！這用得着嘛！喝，這酒裡也不見有什麼不好的氣味麼！」別人喝一口，他倒喝兩口，不一時臉色就赤紅了。夜郎見劉逸山能喝，提了瓶子雙手要敬，劉逸山擺了擺手，夜郎只好放下說道：「劉老身體真好，雖然鬍子眉毛白了，頭髮還這麼黑！」劉逸山說：「我有不白之冤麼！」夜郎見劉逸山如此開朗風趣，也放鬆了許多，漸漸隨形適意，也多喝了幾口，劉逸山就問：「幾兩酒量？」夜郎說：「最多喝過八兩。」劉逸山說：「好，以後常到我這裡來，咱做個酒肉朋友，現在能喝八兩白酒的人越來越少了。天膺年輕時能喝，現在嚇得不敢喝了。」吳清樸說：「陸老身體不好？」劉逸山說：「身體不好？一頓吃過我三天的！他是喝醉了酒就想畫虎，年輕時被人騙了不少的畫，如今畫值錢了，怕喝醉了又把錢給了別人。」陸天膺說：「好狗賊，三年不打自招，你那裡有我那麼多畫，原來卻是騙我喝了酒得的？」笑一回，說：「他是個酒鬼，一日不喝幾次，腿都立不起筒子哩。」劉逸山說：「我這是吸毒哩。」嚇得吳清樸一跳，說：「劉叔吸鴉片！」劉逸山說：「你只知道個鴉片！人無嗜好不能交的，但這所有的嗜好其實都是毒品，我愛酒是吸毒，你賭博是一種吸毒，貪色也是一種吸毒。夜郎，你那個祝一鶴好好地當他的秘書長，怎麼就病成那樣？」夜郎說：「還不是秘書長當的！」把得病的原因粗粗談了一遍。劉逸山說：「瞧瞧，當官當到這個份上，不也是吸毒嗎？」吳清樸說：「劉叔，祝先生的病能不能治好？」劉逸山說：「請醫生看過沒？」夜郎說：「中醫西醫都看過了，氣功師也發過功，都是效果不好，似乎越來越不行，人已經全癡傻了，又流起涎水。」劉逸山「嗯」「嗯」了一陣，說：「如果一種病長時期得在身上，說治治不好，說死死不了，那就要想想這一定是有原因的了。」說着問夜郎：「懂了吧？」夜郎說：「不懂。」劉逸山說：「不懂我也不給你解釋了。喝酒，你把這剩下的酒都喝了，明日一早，我去看看，好了，算他的命大，不好了是我本事不强。你知道他的生辰年月嗎？我晚上得準備準備的。」夜郎伸胳膊腕說了生辰年月，提瓶把酒喝乾了。

翌日天明，夜郎僱了一輛出租車到劉家門口，劉逸山正坐在院中一塊石頭上養氣，見他進門，便拉了到屋裡，桌上已放了一沓硃砂畫就的符，和一把龍泉寶劍，一個秤錘，讓夜郎把劍和秤錘在一個長口袋裝了，說：「你也看看。」引進卧室，劉逸山點了燭，打開了牆上一個小小的暗櫥。暗櫥裡是一尊泥塑神像，夜郎認不得是何種神仙，而神像下放着六七枚印章。劉逸山取出兩枚，按了硃砂印，一一蓋了在符上，說：「這是用正月十日天雷擊轟的棗木刻製的，蓋上了符才起靈的。」夜郎頓時莊嚴，喏喏點頭，看着他又把兩枚印用黃裱紙包了揣在懷裡，一徑走出院子，腦子還恍恍惚惚的。上了車，劉逸山說：「你今日來得倒早。家裡有蠟燭嗎？」夜郎說：「有蠟燭的。我怕堵車，避開上班時間，沒想街上還是堵得厲害。」劉逸山說：「不妨的，我今日不讓再堵的。」劉逸山就坐到了司機旁邊，一手拿了那裝符的紙包，一邊掐出個青劍訣來，出租車從巷子開出去，果然一直暢通。夜郎說：「真神！」司機說：「到十字路口就不行了！」車往十字路口去，遠遠看見前邊堵住了，車前五百米處又有一輛大卡車，司機故意加大油門要靠近卡車，可卡車卻一拐彎鑽進旁邊的一條小巷去，那十字路口的堵着的車卻開通了。如此駛過幾條街，不但沒有被堵，且每到十字口綠燈就亮，直到了祝一鶴的居樓下。驚得司機說：「老先生你是不是人？」劉逸山說：「你去買個燒鷄來看我會不會吃？」司機說：「哎呀，老先生，你能不能給我個什麼東西，讓我開車不堵就好了，這堵車坑我一天少掙百十元哩。」劉逸山說：「錢是有定數的，我讓你多嫌了，別人就要少賺了。」說說笑笑，兩人下了車。

夜郎問：「劉老，你說的定數是說錢固定有數的？」劉逸山說：「可以這麼理解，世上什麼逃得了數字？祝先生是幾號樓幾單元？」夜郎說：「七號樓二單元四層七號。」劉逸說：「七二四七就是祝先生的數，別人怎麼不住在這兒偏他住在這兒？」說到七二四七你是不是就想到祝先生？」夜郎說：「你這是不是『周易』？」劉逸山說：「不是『周易』，也是『周易』。」夜郎說：「『周易』到底是怎麼回事？你給我說說。」劉逸山說：「周易是把最複雜的事變成最簡單的一本書，要給你解釋，就把最簡單的又說得最複雜了。你背得過八卦？乾三連，坤六斷，震仰盂，艮覆碗……你聽不懂！金木水火土總知道吧，金克木，木克土，土克水，水克火，火克金……」夜郎說：「噢，那就像喝酒打老虎杠子，老虎吃鷄，鷄吃蟲，蟲吃杠子，杠子打老虎嘛！」劉逸山氣得半晌不言語，說：

「你說的不是『周易』，是周一！」

到了祝一鶴家，敲了半天門，阿蟬把門開了，她那個同鄉也在，兩人正在玩跳棋。見了夜郎，忙把跳棋收了，就去換了祝一鶴下巴上的涎水缸。夜郎沒個好顏色，冷冷地說：「請了先生給祝老治病的，你燒好開水泡上茶了，都出去到門外，誰來也不讓進！」就領劉逸山在客廳坐了。一會兒。阿蟬泡了茶來，出門去了，夜郎說：「你也看見了，祝先生就成了那個樣！」劉逸山扭頭往那間屋裡看了看，沒有言語，只是喝茶，喝了一杯又一杯。後來，讓夜郎取蠟燭，又取了小碗盛了米，就在桌上擺神位，點燭，燃香，拿了香火去祝一鶴頭頂上繞了繞。祝一鶴睜着眼，嘴裡吱吱唔唔說什麼，說不清，劉逸山一揮手說：「你當官的不信這，你睡着好。」祝一鶴果然就睡着了。劉逸山把香插回米碗裡，拜了幾拜，便默坐一邊，半晌口裡唸唸有辭，然後雙手掐成一個咒訣，夜郎看清是反了掌把十個指頭套成一個蓮花狀，突然雙膊交成一個阿拉伯數字的八字，竟將最小的圈兒往頭套去。這簡直令夜郎不可思議，那麼小的圈兒怎能套過頭，且老頭子硬指硬胳膊的！劉逸山的臉色都變了，越是套不進去，口裡唸聲越大，最後套過脖頸，僵住了半天，說：「好了，擺台了！」臉面嚴肅森然，一手掐了陽劍手印，一手持了龍泉劍，從門口往桌案方向，起右腿，行七步，怒目炯炯，殺氣騰騰，立腳於桌案前，唸道：「吾奉上方諸天神，十萬菩薩開法門，奉佛奉祖奉大道，又奉古天真牌位，玉皇敕令男共女，金牌掛號躲閻君，七十二面金牌到，我是龍華會上人，天護星斗地護神，三災八難離澤門！吾奉太上老君，急急如律令。」唸畢，猛一跺腳，隨口吼出一個「嗨！」再收劍伺立，面帶微笑，將一張金牌符在神位前焚化。如此，再退回原處，又持劍七步上台，唸七遍咒，焚七張符。夜郎早已大氣不出，如木如石獃立，直到劉逸山說：「你把秤錘、紅紙和筆墨拿進來。」夜郎一一拿了，劉逸山又讓他退出往卧室去吧。夜郎一進卧室，房門便被拉閉，夜郎便又聽得一陣窸窸窣窣響，但見祝一鶴仍沉沉不醒，面有微笑模樣。過了好久，劉逸山讓夜郎出來，說已有千斤秤錘鎮壓住災病了，把一個紅紙包交給他，要求放在最僻靜的地方。夜郎按按紙包，知道裡邊有秤錘，還有什麼，一概不知，藏於卧室的牀頭櫃裡。劉逸山已經是滿頭大汗，又用紅紙包了一張特大的符，過來裝在祝一鶴的貼心衣袋，將其餘四張，大門後貼一張，牀頭牆上貼一張，廳裡貼一張，廚房門口貼一張，方坐回客廳，長長地吁氣。夜郎趕緊重泡上茶，讓先生歇息，劉逸山卻讓端了開水來，將一靈符點着化灰，和在碗裡，要讓祝一鶴喝下。夜郎說：「他睡着了怎麼喝？」劉逸山說：「已經醒來了。」

夜郎端了符水過去，祝一鶴真的睜了眼睛在看天花板，便扶着讓喝下。一切完畢，開了大門放阿蟬進來，阿蟬已經蹲靠着門板瞌睡了，門一開，咕碌滾進來，羞得滿臉彤紅。劉逸山就將一沓七張的靈符交阿蟬放好，囑咐此後七天，每天子夜焚符化水給病人喝，焚符前需面向東，右手掐蓮花手印，唸服靈符咒語。阿蟬聽了一遍，說她記不住，劉逸山就寫在紙上。阿蟬看了，認得是「謹請龍庭古佛僧，三陽老主法持增，諸佛下界來擁護，衆位菩薩保安寧，天也增壽地也增，五方五佛救衆生。」卻不信，說：「唸這詞兒，祝老病就好了？他這怕是中了吃死鬼的邪，躺着不動，飯量倒大哩！」夜郎窩了她一眼，說：「你快去收拾飯菜吧。」阿蟬去了廚房，劉逸山一邊整理他的法器，說了一句：「這保姆不該托生個女的。」

祝一鶴服過了三次符水，人還是癡傻着，但明顯地胖了起來，也白了許多，阿蟬用手指在他的額上按下一個坑兒，坑兒立即就恢復，認作不是浮腫，就覺得奇怪。在服第四次符水時，把咒語放在牀邊一邊看着唸，一邊擦火柴點符，火燒到手邊了未及時理會，待燒到手，急一扔，殘火紙竟落在祝一鶴的鬍子上，「嗤啦」就燒焦了一撮。嚇得阿蟬抓了枕巾去捂，總算沒有燒掉全部的鬍鬚，就慌亂從地上撿了那符灰條攪在水碗裡，給祝一鶴喝下。祝一鶴睡着後，那焦了一撮的鬍鬚怎麼看也難看，阿蟬害怕顏銘和夜郎知道後責怪，要趕了她走，就機靈了，去街上請來個理髮師，將祝一鶴頭髮理了，把鬍鬚剃了個精光。剃了鬍鬚的祝一鶴，吃飯喝湯乾淨了許多，更顯得白胖，服過第七張符，臉上嫩紅如婦女，皺紋也沒有了，一張嘴卻縮小，上下唇紋似乎比先前多，常常窩陷下去，猶如嬰兒的屁眼，倒慈祥得如睡佛了。這變化喜得顏銘在平仄堡表演時裝時說給了賓館經理，經理又到處張揚，鄒雲就過來告訴了吳清樸和虞白，兩人都覺得稀罕。

一日，丁琳他們的公關協會要組織一次企業和文化的聯誼活動，刊物上需要一篇關於民俗博物館的文章，就想到最合適的撰稿人該是虞白，在電話裡給虞白說了，虞白只是不肯應承，丁琳便去肯德基店買了兩包炸鷄，搭乘了出租車過來。

門虛掩着，敲了幾下沒人應聲，推了進去，虞白照舊在沙發上卧着，人已經瞌睡了，一條胳膊垂吊在沙發下，一條胳膊搭在心口，還拿着一本書。丁琳悄悄走近，才要抽出來要看那內容，虞白醒了，說：「取回來了？」丁琳隨口應道「嗯」，卻莫名其妙，看虞白時，眼並未睜，就明白把她當作另外一個人了，索性要戲弄，從提包裡取出炸鷄，撕了一片，放在虞白嘴邊。虞白急地睜了眼，恍惚間瞧見一個人坐在身邊，冷丁就翻起來，極快地跳坐在沙發扶手上。待看清是丁琳，駡道：「你把我嚇死了！你個賊東西！」丁琳笑道：「真是神經質，就是個要來强暴你的人，也不至於嚇成這樣吧？還說害病哩，身手捷快得很麼！」虞白重新卧在沙發上，額上已是一層細汗了，說：「正是有病，心才驚的，你怎麼進來的？」丁琳說：「你門虛掩着我怎麼進不來？」虞白說：「這清樸混帳，走時連門也不帶上，我還以爲他把藥丸帶回來了。」虞白患神經衰弱七八年了，她把病没辦法，病把她也没辦法，時好時壞，就這麼僵持着。前一個星期日，兩人相約着去美容按摩，虞白情緒很高，她還說：「你今夏氣色好。」没想才過了五天，虞白眼眶都發黑了。丁琳說：「老毛病又犯了？」虞白說：「就是，連着四個晚上失眠。你說是睡着了，老鼠從電綫繩上往上爬都聽得着，你說醒着，卻是做夢，一個夢連一個夢，竟然内容還能繼續——你以爲我在哄你哩！民俗館有什麼寫頭，記錄個房子建築，我倒提不起勁的，讓誰誰都可以完成的，偏尋上我！」丁琳說：「哎呀，本來要同情你的，活該不讓人同情！自己有一點點才氣，倒看不上寫份材料，想像力好些，可怎麼不去寫個長篇小說來？」虞白也覺失口，噗地笑了。從沙發上坐起來，一邊翻丁琳的提包，撕了一塊鷄肉嚼着，一邊吮了有油的指頭，說：「我倒推薦個人，絕對給你完成得圓圓滿滿的。」丁琳問：「誰個？」虞白說：「夜郎。他原是個寫過材料的，又從未去過民俗館，看了又是新鮮，寫起來有興奮感，再是……」卻不說了，眼睛一眨一眨看丁琳。丁琳才要問，吳清樸回來了，提了一包藥丸，領着黑狗醜醜，與丁琳招呼了，醜醜卻徑直往後院裡去。虞白叫道：「醜醜，醜醜你没禮貌，阿姨來了，也不行個禮的！」丁琳怒嗔了：「我是狗阿姨，你該是狗娘了！」醜醜便從後門跑進來，嘴裡叼着一雙塑料涼拖鞋，放在沙發下了，就面向丁琳坐直，兩隻前爪合起來一舉又一舉的。虞白說：「醜醜給阿姨作揖了！去吧，去吧！」讓狗去了，笑着說：「我將來要有孩子，就生個像醜醜一樣的，醜是醜，男孩子醜着了好！」丁琳說：「好不要臉，不說尋個丈夫的話，倒謀着要孩子！」吳清樸把藥丸放在桌上，一丸一丸放到一個盤裡，也笑了，說：「真是怪事，白姐這次犯病，什麼都覺得醜着好，說這桌子腿兒太細，應該做一件憨憨笨笨的，把屋裡那些瓷瓶兒都收起來，倒買了幾個黑陶回來……連我也瞧着不順眼，嫌梳頭啦，刮臉啦……」虞白頓時脖臉泛紅，說：「你盡是胡說！——丸藥弄好了？」吳清樸把藥方單兒拿給虞白說：「丸藥是弄好了，十七味都全的，只是藥枕裡配的藥，仁慶堂裡沒有肉蓯蓉、川芎、烏頭。」虞白說：「這不行的，缺一樣效果就差了。」丁琳說：「又是自個配的，真個久病成醫了。」拿過藥方看了，見上面寫着：

飛廉，薏苡仁，款冬花，當歸，白芷，辛夷，木蘭，蜀椒，柏實，防風，人參，桔梗，白薇，荆實，蘼蕪，白蘅，杜蘅，官桂，川芎，肉蓯蓉，蔓木各五錢。烏頭，附子，藜蘆，皂角，䕡草，礬石，半夏，細辛各五錢。

丁琳認得各味藥的名字，卻不識各自的形狀，更不懂其性能作用，只佩服虞白是狐狸精，沒有她不會的，就說：「仁慶堂沒有了，南大街西邊闖明路中巷有家天和堂，那兒藥較全的。」吳清樸說：

「路我能跑的，只是仁慶堂的抓藥的看了方子，說毒性藥這麼多樣幹啥？我說做藥枕的，他直搖頭。我心裡倒犯嘀咕，才回來了。」虞白說：「這你不管，你姐要是毒死了，丁琳在這兒做證，與你無干係的。你就再去天和堂跑一趟，那兒正好是黃陽區工商局所在地，也可再找找人家，多說好話，看還有沒有可能批下來。」丁琳問：「還是那個營業證？」吳清樸點點頭，要出門又去了，卻說：「白姐，你要再不找個姐夫來，把我就累了！」虞白罵道：「這話是鄒雲的意思吧？你是她的對象，還不是她的正式老公，她就要獨霸呀？你是我的表弟，我偏讓她吃些醋水不可。」吳清樸趕緊說：「這可不是鄒雲的意思，你不要說給人家呀！」虞白說：「給鄒雲屁大個事你都跑前跑後的，到我這兒就累了你了！丁琳，你瞧瞧，這將來是不是個懼內的坯子？」吳清樸着急出去了。虞白就笑着收拾藥丸，藥丸蜜摻得多，外層濕黏黏的，大小如桐子，當下吃下了七丸。讓丁琳吃，丁琳不吃，虞白說：「這是補腎茯苓丸。心悸，惡夢，澀目失眠，都是腎虛冷所致，我翻了許多藥書配的，或許能頂用的，你吃了也無妨。」丁琳說：「治腎的，你虧了腎了？」虞白說：「你知其一，不知其二，你還要作踐我？我知道你的意思，你一定以爲房事多了人才腎虧的，虞白又沒個男人虧的什麼腎？！你要這麼欺負我，趕明日我就真要給你那個小白臉去信勾引呀！」丁琳說：「我放心的很哩，你看不上小白臉，你要個醜的！」嗆得虞白又是個紅臉。

丁琳偏不饒她，故意正經臉色了說：「你剛才推薦了個夜郎嗎？你推薦夜郎，又說了個『再是……』還再是什麼？我不懂的！」虞白說：「我說過夜郎？——我說過夜郎的話，我已忘了，你還這麼記得着？」丁琳說：「你這精鬼！自己偷了牛讓我拔樁！」虞白說：「那天夜郎來，我看你倆挺能說得來的，你要給他吩咐任務，他才不知怎麼個輕狂勁兒給你幹哩！他一來勁兒，枯燥的材料都會寫得一片燦爛，哪裡還用得上我病蔫蔫的人，寫出來也是有氣無力。」丁琳再次提起夜郎，有心要證實一件事的，聽虞白這麼說，便開悟了，卻想這鬼東西又要套子，要我為她墊底，又還要把我先抬舉起來！入夏以來，雖未犯了舊病，身子骨仍是虛弱，但見了夜郎，酒也喝醉了，又提出美容呀，精神得很哩，這幾日卻又一落千丈，病得這樣，多半是一時把精神提了起來，過度興奮了又陷入到另一個痛苦境界中去了！再說，我託她寫民俗館，這對她易如反掌，她偏要拿派做勢，騙得我來，來了借題提到夜郎……丁琳心裡這麼琢磨，一方面為老朋友難得這般的情景而高興，一方面又為她的花招而發笑，便故意要逗她，說道：「初次見人家，多說幾句話算了什麼？我心裡沒冷病，吃西瓜就不在乎了！」虞白說：「我服了你這一點！」丁琳說：「你還能服我？」虞白說：「你是把真事做得和假事一樣的。」丁琳說：「這才胡說八道！那你是把假事做得像真的一樣了？」虞白說：「可不是這樣！這幾日鄒雲來說，夜郎請了劉逸山去給祝一鶴整治，祝老頭服過靈符水變得又白又胖，面帶桃花，睡着了還笑着，像個彌勒佛似的。我就想約你到那兒瞧瞧去，卻又害怕在那裡見着夜郎！你說多沒出息，要是你，早去了十回八回的——或許你早已經去見過夜郎了。」丁琳就笑。虞白說：「你笑啥？」丁琳說：「是把假事做得像真的一樣的，那咱何不就把真事做得就是個真事！今日就去！」虞白才知被丁琳套住了，羞口羞眼，慌張無措，隨即起來卡丁琳的脖子。丁琳說：「你別卡死我，說破了就說破了，也省得再吃藥！——你的毛病就是彎彎繞，聰明常被聰明誤。」虞白卻不答話。

默了許久，虞白喊丁琳去臥室牀櫃下取一瓶洗劑藥水，丁琳取了送去。後來，兩個女人說了許多女人身體上的話，重新回坐到客廳裡了，虞白說：「現在倒離不得這洗劑了。丁琳，或許我上一世是個壞女人的，這一輩裡才害得這樣。」丁琳說：「既然上一世裡是壞女人，這一輩裡就能重新做人！」虞白看了丁琳一眼，就對着鏡子照，一照半天，說：「老了！」丁琳說：「老了還一天十二次地照鏡子？鏡子是有鏡鬼的，你好好照着，攝了你的魂去！」虞白說：「鬼也不要我的。」又說：「你剛才說什么來着——『說破了就說破了』，破了什麼？」丁琳說：「虛僞！今日咱去看那個彌勒佛去！」虞白說：「去就去！你來的時候，我做了一個夢，夢見我去一個地方，是一個房子的，房子裡一個大炕，像西府農村的那種大炕，炕角放着一沓沓疊上去的被子，鋪着人字紋的草蓆，左手有一個土台子，蒙了牀圍子，上邊是兩個大木頭箱子。我是從門口往裡去，房裡光綫很暗，借着開門的光，先看見的是炕下的鞋，一雙是大號的牛皮鞋，一雙是細高跟的皮鞋，我意識到不對了，趕忙要退出來。退到門口心卻不甘，想炕上睡着誰嘛？回頭一看，炕上坐着夜郎。我又要走，夜郎看了看我，卻下了炕從我身邊走出門去。我也要走出去，但發覺我腳上沒了鞋，剛才還穿着鞋怎麼就沒有了？我到處找，找不着。你說怪不，前日夜裡一直睡不着，天明時睡着了還做了個夢，也是咱們說好去找夜郎的，可就是尋不着我的鞋，最後就醒來了。瞧這是怎麼啦，與人家不生不熟的，卻給人家做的什麼夢？」丁琳說：「愛上人家了嘛！」虞白說：「這叫愛上？」哈哈大笑。又說：「我早已不是二十來歲的小姑娘了，輕易就愛上一個人？那日夜郎來，有一點就使我看不上眼的。」丁琳說：「是那張馬面？」虞白說：「他右腳尖的襪子磨破一個洞兒，露出來的指甲那麼長的。」丁琳說：「我說你是神經質你倒不愛聽，指甲沒剪就影響整個人啦？愛上不愛上夜郎，那得有緣份，就是不往別的發展，交個朋友也是。」虞白說：「男人是容易產生錯覺的，發展發展，真要假事做成真的了。」丁琳說：「那不是天大的好事！」虞白說：「我這人没有男人會要的，孤獨慣了……誰敢來？」丁琳說：「你也說孤獨？這我就想起王濤說的話了！」虞白說：「王濤是誰？」丁琳卻笑而不語，雙目流彩，又忍不住了，附耳說了什麼，虞白叫道：「又一個英雄折腰了！狗賊，我告小白臉去！」丁琳說：「又不是幹什麼見不得人的事，他没情趣，還不允我找個說話的朋友啦？」虞白說：「王濤說什麼了？」丁琳說：「王濤是見過夜郎的，說了一句：蓋世的醜陋，曠世的孤獨。」虞白說：「這倒說得好，夜郎這人我感覺就是這樣，有人領好了會不是平地卧的人，領得不好就可能是個禍害。」丁琳說：「嗬，你們都孤獨嘛！」虞白說：「孤獨有什麼好？我們羨慕你白白胖胖，隨隨和和，小鳥才依人哩！」丁琳說：「喲，自誇也不是這麼個誇法吧？我是麻雀，嘰嘰喳喳，你們孤獨，是狼才孤獨，是鷹才孤獨呀！」虞白說：「豬也孤獨哩！」

兩個人正嬉鬧成一團，門被敲着響，以爲是吳清樸，開了門，卻是噘嘴噘得多長的鄒雲，手裡捏了一包藥。丁琳說：「什麼事成了這樣？多漂亮的人也要成豬八戒了！」鄒雲把藥交給虞白，腳一蹬，就把一雙高跟鞋蹬飛了，說：「工商局那個苟矬子，姓這個姓就讓人不順氣！他吃了我那狼虎二哥的黑食了，故意不給我辦營業證，我和清樸嘴都能磨破，你瞧人家怎麼了？帶理不理，腳架在辦公桌上剪指甲！什麼東西！」丁琳說：「是你渠没滲透吧？」鄒雲說：「我提的茅台酒！我爹還没喝過哩！還要怎麼滲渠？我上了他的牀去，就爲一個營業證！」虞白說：「難聽不難呀？清樸呢？」鄒雲說：「我們倒氣得吵了一架，他到飯館裡去吃羊肉泡饃了——他怎麼是越氣越能吃！」虞白没吱聲，也没聽她再說下去，喊着「醜醜，醜醜，把藥枕拿來！」黑狗在後院裡「喔」了一聲，如僕人應喏，竟真的叼了一個木枕回來。虞白抽開枕蓋，將帶回的藥末分盛了幾小包往裡裝。一時都尷尬，鄒雲駐了口，丁琳也不知說什麼，湊近來看。這枕是紅色的柏木心做成的，一尺二寸長，四寸高，枕蓋上鑽着粟米大的小孔三行，每行四十孔。丁琳無聊搭訕：「手工這麼精巧的，買的？」虞白說：「託民俗館修繕工特製的。」丁琳又說：「配的什麼藥，味兒好大呀！」虞白說：「二十四味。」丁琳說：「二十四味？」虞白說：「二十四種藥與四時二十四節氣對應，另加有毒性的藥物八味，以應八風，估計對失眠有作用。」丁琳說：「只怕藥枕這麼硬，越發墊得睡不着的。鄒雲，也不要急的，咱可以多想些辦法，好事多磨麼。」鄒雲已去廚房水池上洗臉，說：「白姐這麼能的，連藥都自己配，可清樸咋恁沒本事的？要是別個男人，甭說十個八個營業證，要個原子彈也揀着光溜溜的拿回家來了！」虞白說：「哼，原子彈要是棉麻做的，你早穿了衣服了！」鄒雲水剛淋到臉上，噗地笑了，說：「我臭美，白姐也不也去美容按摩了嗎？」三人笑了一氣，衝淡了剛才的不快，丁琳就埋怨吳清樸怎麼還不回來，等不及了，她要和白姐去看祝一鶴呀！虞白卻說她不去啦。丁琳說：「你提出要去的，我是陪你，你倒不去了？」虞白說：「我咋覺得不妥？」丁琳說：「豌豆心又來了！」虞白用嘴努努廚房，低聲說：「我這心怎麼虛虛的，怕見着他。」丁琳說：「心虛了好，心虛了更該去見的。」虞白想了想，還是搖搖頭，說：「你去吧，你去讓他寫民俗館，也好拿錄音機讓他吹吹塤，錄回來我聽。」丁琳說：「想吃杏又拍酸了牙，活該二十世紀只留下最後一個老處女！」鄒雲洗完臉，突然跑出來叫道：「我想出一件事了！」虞白說：「慢點，小心牙掉了！」鄒雲說：「你們要到祝一鶴那兒去，定能見上那個夜郎的，他在社會上跑得多，保不準認識工商局的人！」虞白說：「誰說我們去祝一鶴那兒的？」鄒雲說：「琳姐不是才說了？」虞白說：「聽她說的，這麼晚了，與人家不熟，兩個女人去人家家裡！要找夜郎幫忙，清樸與夜郎認識，讓清樸自己去。」

吳清樸去保吉巷七號院找夜郎，夜郎的門上着鎖。問隔壁賣菜的小李，小李盤問了他半天，才說你找顏銘去，說完還怪怪地一笑。吳清樸問問顏銘是夜郎的什麼人，小李說：「你讓我犯錯誤呀？」吳清樸明白了幾分，就按小李提供的地址尋了去，還特意爲那個顏銘買了一瓶香水。在門口敲了一會，門不開，想着裡邊兩人忙着哩，到樓下又獃了一會再上來，又是咳嗽又是跺腳，爲的是給屋裡人招呼。開門的是阿蟬。吳清樸說：「你就是顏銘？」阿蟬問：「有什麼事？」吳清樸說：「我來找夜郎，夜郎認得我的。實在打擾了，這份小禮物請你收下吧。」阿蟬當下和氣了，讓客進屋，還沏了茶水。從另一個卧室就出來一個嬌小的女子。嘴裡嗑着瓜籽，看見了小禮物，便拿過來拆開，見是一個小瓶，不知是什麼？阿蟬問：「是啥玩意？」女子說：「一堆英文字母。」又進了卧室。吳清樸納了悶，也不好問，聽見一陣咳嗽聲，扭頭看了，另一卧室門開着，牀上躺着個肥胖的老頭，嘴一窩一窩地蠕動，忽然醒悟這該是祝一鶴的家，自己那一晚是來過的，顏銘似乎是那次見過的保姆，印象雖然模糊了，但絕不是這兩個。才要說話，門里又進來一個高女人，深目聳鼻，高顴闊嘴，寬肩蜂腰長腿，髮在腦後梳成小髻，上穿彈力緊身汗衫，下着喇叭型薄牛仔長褲，一雙半高跟的寬頭白涼鞋。吳清樸倒被鎮住了，心想：還有比鄒雲講究穿的人！但立即看出沒有鄒雲的富貴相：脖子上沒繫項鏈，手腕上沒有手鐲，戒指有，不是鑽戒，小背包也不是真皮的。那女人提了一包人參蜂王漿飲品，進來怔了一下，說：「來客人了？」阿嬋說：「銘姐，有人找夜哥的。」那臥室的女子聞聲就出來往門外走，顏銘說：「什麼味，小翠用外國香水啦？」那女子也不答話，出門一溜風下樓去。顏銘便低聲對阿嬋說：「我已經說過，不要讓她來，她怎麼又來了？你是成心要鬧出醜聞嗎？」阿嬋說：「是她自個來的。銘姐，銘姐！」示意有客人在，不要多說了。顏銘「唔唔」應着，便對吳清樸說：「找夜哥嗎？你是夜哥的朋友？」吳清樸真正明白自己弄錯了，一是不該把香水送錯了人，二是顏銘一口一個「夜哥」，壓根也不是夜郎的那個，——站起來作了介紹，掏了名片和身份證，說明爲什麼要找夜郎。眼前的顏銘已不是了昔日保姆的模樣。顏銘也忘記了她是見過吳清樸的，但顏銘卻知道吳清樸這名字，也就說你的女朋友是不是平仄堡的鄒雲呀，便誇說了鄒雲的美麗，然後說夜郎幾日都未來過，五天前見他時，是說他們戲班由公關協會聯繫着要去南郊的太白機電演出了。吳清樸有些遺憾，就留下條子，寫明了託辦的事，讓顏銘待夜郎一回來就及時交付他。臨走時紅着臉問顏銘的褲子在哪兒買的？顏銘就又誇鄒雲的福份，說這褲子是託人從廣州買的。

三日後，夜郎回來，機電廠付給了戲班一筆豐厚的演出費外，因從深圳運回了一批荔枝，又分給了每個演員一小紙袋。在西京是難於吃到這稀罕物的。夜郎就提回來，一顆顆剝了喂給祝一鶴。顏銘把吳清樸的留條當即給了夜郎，夜郎沉吟了半晌，問這幾日還有什麼事情？顏銘便抓了兩顆荔枝給阿嬋，讓她到廚房裡吃去，就掩了門說起吳清樸來的那天小翠還來過，嘁嘁啾啾地道出一場是非。原是顏銘覺得小翠常來，保姆家的串門不妥，說過幾次阿蟬，說過了也便作罷，没想一次回來，因她新配了鑰匙，直接開了門進來，阿蟬和小翠精赤赤的身子睡在一張牀上。她又噁心又氣憤，把卧室門就反鎖了，嚇得阿蟬求饒半天，她把門打開，兩人跪在地上給她認錯，發誓再也不敢了。可是，明着小翠不敢來了，等她去上班了，小翠還是偷偷來的。夜郎當下變臉，要打阿蟬，顏銘拉住，說阿蟬近來伺候祝老還勤快。要嚷開去，阿蟬肯定在這裡獃不住，祝老便没人照顧了，也讓外人耻笑的。只勸夜郎有空去對面樓上找找小翠，嚇唬着不讓她再來就是了。夜郎覺得有道理，没再發作，但仍氣得呼呼喘氣，說：「這號事只聽說外國有，阿蟬倒會的，真是醜人多作怪！」顏銘說：「你這話說得難聽！這事與醜不醜没什麼關係，醜又怎麼啦？！我也想了，這都是因有了小翠才導致的。阿蟬從鄉下來到城市原本寂寞，又伺候祝老，一天到晚地不能說個話，才悶得尋小翠來聊的，我遇過幾次，阿蟬都是給小翠化妝來着，一邊畫，一邊又呵斥又欣賞着好。那小翠年紀輕些，聽說在鄉下已有個男朋友，被愛過的，怕是來了又常在阿蟬面前做小撒嬌，阿蟬慢慢地學着男人樣兒要保護她，一來二去地就……」夜郎說：「你只會把人往好處想！」顏銘說：「你才回來，不該把這噁心事說給你。——不說了，你瞧瞧我這褲子怎麼樣？」夜郎說：「剛才一進門我就看見了，真好，身材的優點全暴露出來了！」就剝了一顆荔枝塞在顏銘口裡。顏銘說：「這條褲子特別合體，誰見了眼都亮的，那日吳清樸還問在哪兒買的，要給鄒雲也買一條。」夜郎說：「鄒雲是個艷乍人，搭眼一看好漂亮的，細看倒不如了清樸的表姐。她個頭矮的，能穿了這褲子嗎？」讓顏銘又站遠站近讓他看，說：「你說說，別人看了都說些什麼？」顏銘說：「是不是男人都喜歡聽別人說自己老婆的好話？——當然盡漂亮話，今日在街上就有人尾隨我了半條街，嚇得我出了一身汗，虧得碰着我們隊的一個搞燈光的師傅，才擺脫了。」夜郎說：「世上瞎男人多，別心軟上他們的當，他們說你漂亮，或者肯幫你點小么零碎，那都有企圖哩。」顏銘說：「瞧你那小心眼，又愛聽別人說我漂亮，又怕別人企圖我，那你怎不把我養起來？你要是個大款，我什麼也不幹了，專買好衣服給你穿了看！」噎得夜郎半天沒話。顏銘說：「生氣啦？」夜郎說：「我掙不來錢，可我見過暴發了的人，他們有了錢吃喝嫖賭抽，你得小心着這些人，知道不？」顏銘一指頭點在夜郎額頭上說：「知——道——了！」

飯桌上，夜郎說：「顏銘，今晚有空沒？」顏銘以爲夜郎要約她去保吉巷那邊，臉紅了一點，拿腳便踢夜郎，夜郎一時醒悟不了，顏銘就讓阿蟬去看看祝一鶴是不是枕頭枕高了，怎麼有鼾聲？阿蟬一走，顏銘說：「什麼話也在飯桌上說？」夜郎說：「下午我去興慶區政府，羿副區長我認識，讓他去工商局說說情的。你買些燒紙在這裡等我。咱晚上到城牆上燒紙去！」顏銘說：「燒紙？」知道才想到了別的一幕，就不敢看夜郎，別轉了頭望那邊卧室，卻瞧見阿蟬在卧室裡極快地剝了一顆荔枝在嘴裡。顏銘回過了頭，說：「燒紙？不逢年過節的燒什麼紙？」夜郎說：「鬼節麼。」顏銘說：「沒到冬至，你過的什麼鬼節？」夜郎說：「你只知道冬至是鬼節，你是西京人，你不知道七月十七日是西京的小鬼節？」顏銘說：「我父母死得早，我倒沒有燒紙的習慣。怪不得昨日街上就有人賣燒紙，我還嘀咕，大熱天的誰買你的紙呀？——可晚上我們要去鴻達紡織品公司去表演的呀！」阿蟬出來，悄悄問顏銘道：「銘姐，那荔枝是樹上結的還是地下長的？」顏銘不搭理，說：「你下午了去買一刀紙來，晚上陪夜哥去燒燒。」阿蟬說：「夜哥肯要我不？」夜郎說：「你又不是艾滋病患者，我怎不要你？」顏銘說：「你這……！」夜郎說：「你買了紙，晚上六點鐘我能過來就過來了，六點鐘沒來，你拿了紙直接在南門口門洞裡等我。」

夜郎吃過飯就去了興慶區，區政府羿副區長正在開會，夜郎託辦公室的幹事去會場叫了出來，羿區長一出門就瞧見了夜郎在走廊一頭站着，遲疑了一直，卻嘟囔着幹事：「是誰呀？正開着會的，是誰來找嘛？」夜郎迎過去說：「羿區長，是我。」羿區長「噢」「噢」兩聲，立即四面看了，急拉夜郎到自己的辦公室，隨手把門關了，說：「是夜郎！好長時間没見了你！上個禮拜，西郊農場又邀去釣魚，我還想起了你，你那次是一次釣了二十斤吧？」去年的夏天，羿就調動到興慶區政府，農場的負責人開設了一個魚池，專供市上的一些領導星期天去釣魚，羿便來約祝一鶴秘書長，祝一鶴當然也把夜郎叫去了。那一次，夜郎與羿認識，羿殷勤地跑前跑後，在魚池邊給祝一鶴安坐椅，撐陽傘，還跑着去買了冷飲，祝一鶴每釣上一尾，就大呼小叫，誇獎說祝一鶴的技術好。其實那一次夜郎釣的最多，羿幾乎坐不住，僅僅釣上來三條。祝一鶴中午在招待所休息的時候，羿和夜郎在那裡下棋，他拍了腔子給夜郎說：「兄弟，以後祝秘書長有什麼事用得着我，我包了！你有什麼事也只管來找我！老哥官不大，可在基層，凡我管的地盤上還有辦不成的事？就是在我不管的地方有什麼，咱也有辦法託了別人！說句實話，有什麼事你去找書記、市長，他們也不一定能辦得了，他們還得請我們來辦麼。就是送禮，書記市長也不見得有人去送，一是不敢去送，二是想送尋不到門。咱基層幹部就不一樣嘍！」當時夜郎倒覺得此人還直率，也就說：「基層幹部離百姓近，事情辦好了，老百姓的口就是碑，辦壞事，老百姓也是一眼眼看着的。」羿說：「可不是，現在風氣不好，如果老百姓要造反，首先掉腦袋的也就是我們這些人了！解放初，槍斃最多的是什麼人？不是國民黨那些大官，也不是毛毛隨從，是縣長，七品官這一級離百姓近，民憤大麼。舊戲上一寫縣官都是些白臉——爲什麼？——一是寫戲的人只熟悉七品官，也只敢寫到七品官，二是寫了七品官，老百姓看了戲能共鳴嘛！——七品官，芝麻大個官！嘻嘻，咱革命了幾十年，還是個副的，嘻！」夜郎還真服了他這一席話，說：「過幾年副的就成正的了！」羿說：「誰給你正的？你問問祝秘書長，爲啥姓羿的現在還是個副的？」說完就嗬嗬地笑。現在羿又提到釣魚的事，夜郎想起了這一幕，不免心裡酸酸的，說：「羿區長還記得這些？你去年夏天去釣魚，今年夏天也去釣魚，祝一鶴他就没這個福份了。」羿說：「早聽說老祝是病了，我一直還說去看看的，就是走不開身；當個屌區長，還是個副的，卻一天到黑忙得尿都尿不淨，褲襠都是濕的了！老祝也倒霉，政治生命就輕易讓別人犧牲了！我現在算看透了，要在仕途上混，不跟人不得上去，跟了人危險性大，咱是與誰也不近不遠，當然誰也不會重用了咱，誰也不會太陷害咱哩。」正說着，走廊裡喊：「羿區長！羿區長！」夜郎就起身要去開門，羿「噓」了一聲，不讓夜郎動，自個把門開了個縫，探出腦袋，問：「誰個？」立即又把門打開，笑着說：「楊書記呀，我來了個客人，馬上就來。」夜郎看見門外站着一個黑壯漢子，手上的烟吸到一指長了，從口袋裡又摸了一支接上，十個指頭蛋卻焦黃黃的。一口濃烟就噴過來，說：「我以爲你上廁所了，我也去了，隔着隔板說了幾句話没回應。廁所裡怎麼又畫了那麼些烏七八糟的東西？」羿說：「誰知道哪個又畫上了，他娘的，去年我到哈爾濱，今春到廣東，廁所裡都是這些東西，總不會是一個人的作品吧？內容和形式竟一模一樣！」黑壯漢子說：「剛才叫你，門開得那麼一點，我想是不是來了相好的了？原來也和我一樣黑包公！他好像我在哪兒見過？」夜郎也正疑惑，羿說：「你哪裡見過他？他不是西京城的？」黑壯漢子「噢」了一聲，說：「你那就快點來，時間不早啦，還有三個問題沒研究的。」羿說：「鄉裡幹部忙的是催糧催款，刮宮流產，咱整日忙收稅，完不成任務，市上只怪罪咱，咋還能想個啥辦法？你們先研究吧，研究成啥我也沒意見——我馬上就來的。」便把門重新關了，悄聲說：「是區委楊書記，年紀倒比我輕，是市委諸葛書記的秘書下來的。」夜郎想起就是原市長和諸葛書記鬧的那一場矛盾才使祝一鶴從此完結了政治生命的，就苦笑了笑，說：「好像我也見過他的……你怎麼哄人家我不是西京城裡的？」羿說：「他是知道你名字卻記不準你的人的，要是知道咱們還熟，他可能又要懷疑我也是原市長綫上的。原市長在的時候咱沒沾過他的光，他人走了，我卻帶了他的災，要不怎麼到現在了這副字像膏藥一樣還貼着揭不去呢。」夜郎聽了，心裡一陣陣發顫，眼前這個羿是把他當作禍害而對待了，一時感到侮辱，臉色就難看起來。羿瞧夜郎生了氣，趕忙說：「你別介意，多一事不如少一事，我要真正賤看你，也不會讓你來我辦公室的。你不在仕途上不知老哥的爲難，祝一鶴的下場你不是不知道的！給我說，有啥事要我辦的？」夜郎原要拂袖就走的，但念及吳清樸拜託的事，只好又坐下來，說：「我有個朋友開辦餐館，你們工商局就是爲難不給辦營業證，來找你關照關照。」羿頭歪起來，沉思了半會，說：「話可以去說說，但也不一定說了能頂事……你的朋友人沒來嗎？」夜郎說：「你領我去見見工商局長，或者你寫個條我去找，事情有個眉目了，我讓朋友來辦手續。」羿說：「是這樣吧，你還是讓你那朋友來，你在這不好。」夜郎說：「那好吧。」站起來就走，走到門口了，說：「祝你很快把副字去掉！」開門出去了。

夜郎「咚咚」地從樓梯往下走，樓梯上鋪着紅地毯，每個轉彎處都放着痰盂，牆上寫了「吐痰入盂，注意衛生」。夜郎吐了一口，又吐了一口，全吐在地毯上，下到一層，竟抬了腳高高往那白牆壁上蹬出一個鞋印。臨出大門，大門口坐着收自行車牌子的老太太，剛才推了車子進來時領過牌子，現在出門要交牌子；夜郎推着車子就出，老太太喊：「牌子，牌子！」夜郎吼道：「我就是賊！」把硬鐵皮牌子摔在院子裡。

車子從區政府門口一直騎着往北，到了北城牆根了，夜郎才恨起自己是氣糊塗了，騎到這兒來幹什麼？掉過車頭又往寬哥家裡去，發誓不找他羿區長，卻非要把營業證辦出來不可。半個小時後，夜郎氣也消了許多，趕到寬哥家，寬嫂正在廚房裡攤釀皮子，案板上放着一大盆麵水糊糊，兩個小鑼般的鐵皮平底盤，麵水糊糊倒進一勺，搖勻了，輪流放進開水鍋裡去煮。天氣很熱，人胖汗多，額顱上擦着了麵粉，麵水糊糊也灑得案板上、鍋台上、她的皮鞋面上斑斑點點。夜郎靜了靜氣息，故作興奮狀，說：「人有福了，跌一跤都能拾錠銀子的，嫂子怎麼知道我愛吃釀皮，人還沒到就做上了？」胖嫂見是夜郎，没好氣地說：「你閃遠吧！」夜郎偏去抓了做好的一張，對空耀了，薄亮亮地透明，自個先切成條狀，調了油鹽醬醋辣子蒜茸，端在一邊吃起來。胖嫂說：「真不要臉！」夜郎說：「嫂子是大方人，今日怎麼啦，總不是嫌我吃了？」胖嫂說：「我問你，你寬哥不識了時務，你也是瓜啦傻啦？你明知我夫妻鬧得烏眼鷄了似的，吃飯不上一個桌子，睡覺不枕一個枕頭，你作為兄弟的，卻要害得我們夫妻離婚不成！」夜郎嚇了一跳，釀皮也吃不進去了，問：「這是怎麼回事？」胖嫂說：「你是不是讓你寬哥管那農民受騙的事來？」夜郎說：「有這回事，那農民太可憐的……」胖嫂說：

「你寬哥不可憐了？他是個什麼官呀長呀的，他竟去分局彙報，分局說好是要抓了那派出所姓黃的，可後來分局卻不抓了，只把騙子扣起來，追回那批藥材就完了。其實呀，完了也就完了，農民沒有吃虧麼，你寬哥卻上勁了，說為什麼不抓那姓黃的？知法還犯法？目下公安系統搞整頓哩，這樣的事都不了了之，還整頓個什麼？——問題就在公安系統搞整頓的，分局怕影響自己的工作和聲譽，要捂住見不得人的事哩。而你寬哥卻以為他是正確的，他是真理，真理就要戰勝邪惡……你笑什麼，這是他說的，他一說都要說書本上的話，或者像領導人的話——可他把自己是張三還是李四忘了！五十年代他會說個保家衛國，七十年代他會說社會主義好，到現在了，不再說世界上還有三分之二的人民沒解放，可變得這樣看不慣，那樣看不慣！他要是個國家主席就好了，可以制定國策了，但他不是麼，他能管了誰？他連他老婆我都管不住還想管誰？」夜郎說：「這一鑼兒熟了，得換另一鑼兒了。」胖嫂忙去開水鍋裡提鑼盤兒，燙，手在冷水裡蘸了一下，提出來，翻倒在案上一張釀皮子，說：「我不知道熟了沒熟用得你說！我說到哪兒了？」夜郎說：「他連你都管不住。」胖嫂說：「胡扯淡，我說的是他仍較勁兒，又彙報到公安局裡，局裡領導發了火，責令分局去抓了那姓黃的！姓黃的是抓了，分局的領導就嫌他告狀了，不滿意了，明裡話不說，暗裡恨他，現在分局新住宅樓快竣工了，如果到時候想個點子，這房子就分不上我們了。夜郎，你記住，若分不到房，我是饒不了你寬哥的，要是鬧得離了婚，這想根發苗的罪孽就是你弄成的！」夜郎說：「豬屙的狗屙的都是我屙的……你把後果也想得太嚴重了，寬哥是老警察，又是先進，能不給分房子？」胖嫂說：「太嚴重？如今就收拾起他了，局長家的兒媳把自行車停在局長家的樓下被賊偷了，局長發了火——也真是，這賊你誰的車子不能偷，偏偏要偷局長家的——局長整日抓社會治安，賊偷到他家了，難怪他不發火！局長住的那片樓區歸你寬哥這個分局管的範圍，局長給分局發火，分局就把追拿小偷的差事交給了你寬哥，他已經在那片樓區潛伏觀察了三天兩夜了，就要瞧他怎麼個完成任務呀？」夜郎不言傳了，放下碗就要走。胖嫂說：「你怎麼不說了？你要走呀？你惹下漏子了，你就要走呀？」夜郎也不回頭，出門到街上，街上已過了下班時間，路燈也開始亮起來。擺夜市的小販三三兩兩從各自家推出三輪車，架子車，上邊放着烤羊肉串的炭槽，燉砂鍋的爐子，搓麻食的案板，以及羊肉、魚肉、粉條、青菜、啤酒和各種冷飲。賣冰棍的女孩子嗓音很好。夜郎不停地與他們相遇，車子停停騎騎，心想：今日倒霉了，遇誰生誰的氣，是鬼節不宜辦事嗎？還是先祖的鬼魂在催我快去燒紙？悶悶不樂地就往南門口門洞裡去。

阿蟬抱了一沓燒紙，已經在那裡等得不耐煩了，夜郎到的時候，她指着手錶說：「夜哥，都七點二十五分了，鬼都等不及了！」夜郎說：「路上人多，我緊騎慢騎地差點讓汽車軋死了。」阿蟬說：「是嗎？軋死了這紙就給你燒了。」夜郎笑了一下，說：「真死了，你還會想着給我燒紙？」兩人在南門口立了一會兒，城門裡的小公園裡依舊燈火輝煌，人群熙攘，那個長脖子算卦師還是那張破桌那副打扮。而人行道上已經有人在燒紙了，有一人一燒的，有兩三人一起燒的，都是在地上劃一個圓圈，燒起來火光鮮亮，照着燒紙人毫無表情的油汗臉。阿蟬才說了一句：「夜哥，你去那算卦師那兒算過嗎？」卻聽得公園雪松後的一堆人中有了歌唱，接着是一哇聲地起鬨叫好。兩人駐腳聽了，已唱到：

擺擺要參加紅軍，紅軍不要擺擺，因爲擺擺的屁股翹，容易暴露目標。

阿蟬就吃吃笑，說：「夜哥，擺擺是人名嗎？」夜郎說：「這怕是江西人唱的，江西人把跛子叫擺擺的。」就聽着又唱下去了。

擺擺去找政委，政委也是個擺擺，擺擺同情了擺擺，擺擺就參加了紅軍。

擺擺去送情報，走到半山腰，因爲擺擺屁股翹，就被鬼子發現了。

擺擺蹶起屁股就跑，鬼子上來就是一刺刀，爲了革命爲了黨，擺擺就光榮犧牲了。

歌聲越唱越緩慢深沉，反復出現「擺擺」的字眼，阿蟬也笑個不止，一仄頭看夜郎，夜郎卻眼淚花花的，便不敢笑了，說：「夜哥，你哭了？」夜郎說：「我想起我爹了。」阿蟬說：「你爹也是個擺擺？」夜郎說：「我爹是個駝子。那唱歌的八成是江西人來西京出差，看見城裡到處燒紙，想起他的老先人了……我爹没參加過革命，他只是農民，我記事起他就是個駝子，腰彎得幾乎是個直角，他上世好像欠了別人什麼，一生都没直過腰……」說罷就隨了那漫道往城牆上走。阿蟬說：「人家都在街道旁燒，咱要上城牆？」夜郎說：「人家都是老西京人，我在這裡都站不住個腳兒，我爹還能來佔一塊地？」

城牆上靜寂無人，磚塊鋪就的牆頂如街，在朦朦朧朧的夜色裡泛着青光。兩人順西走了數百米，來到的正好是那一次遭人打槍的地方。夜郎讓阿蟬放下燒紙，自己卻說：「阿蟬，你怕鬼不？」阿蟬說：「不怕。」夜郎說：「那我讓你看看鬼。」阿蟬說：「你用氣功嗎？你能用氣功打開我的『天眼』嗎？」夜郎卻從懷裡掏出塤來，嗚嗚咽咽吹起來。他吹得十分忘情，今夜，氣又特別幽長，幾乎一下午鼓在肚裡的氣，這陣正好絲絲縷縷全呼出來派了用場。阿蟬從未聽過塤音，也從來不知道夜郎也會懂得樂器，當夜郎掏出塤來，她還以爲是什麼泥塊，但第一聲嗚然而起，發出了那麼長那麼沉那麼古怪的音，渾身就顫了一下，越往下聽，越感到夜黑，城牆上空曠陰森，不知了身在哪裡，恍惚像是做夢，夢裡又這般恐怖，又記起夜郎說過要讓她看鬼的，又記不清夜郎是夢裡說的還是不在夢裡說的，看天上的黑雲如鬼，看城樓的角檐如鬼，看夜郎也如鬼，不覺「啊」地長聲銳叫，跌坐在了那裡。夜郎收了聲，問：「怎麼啦？」阿蟬說：「夜哥，夜哥。」夜郎說：「你說話嘛。」阿蟬還是看了看夜郎，爬過來還摸了一下夜郎的臉，終於證明了一切在現實中，就說：「你把我嚇死了。」夜郎發笑，笑的是今夜那個放槍人沒有放槍，卻使阿蟬失魂了，說：「你不是不怕鬼嗎？鬼才要來的，這一停，看不見了。」阿蟬說：「你這吹的什麼？」夜郎說：「塤。」阿蟬說：「塤這麼怕人的！」夜郎說：「你聽出什麼來着？」阿蟬說：「我只覺得我糊塗了，我好像在一個山溝溝走，前不着村，後不着店，下着雨，路上泥又深，走一步聽見身後還有誰也走一步……遠遠的崖畔上有燈，孤孤的一顆燈，狼也開始叫了……」夜郎說：「阿蟬還有音樂才能！將來了到我們戲班去學樂器去。」就蹲下來點火燒紙。

夜郎看過電影，電影上似乎放映過西方鬼節的情景，那是家家刻了南瓜，點了鬼燈，所有的人，男，女，老人和小孩，都從屋裡走到街上，穿亂七八糟的怪衣，戴五色六彩的面具，裝扮了各式各樣的鬼。人突然在這一夜都成了鬼，鬼沒有一個是美麗的，都面目可憎，猙獰暴戾。夜郎想，真有意思，中國的鬼節卻不一樣，鬼永遠是鬼，人永遠是人，人鬼不能混淆。人怕鬼，也厭棄鬼，雖然自己的亡去的爺娘老子都是鬼，懼怕和厭棄又無法擺脱他們而產生敬畏，說是一種孝道，實則是求得自己的心理平衡罷了。夜郎默默地燒着紙，蹲在一邊的阿蟬在一眼一眼看着燒着紙的夜郎，心裡仍充滿了恐懼。這一個夜裡，天奇怪的陰黑，沒有月亮，有風，風不大，該是鬼行走的好時候；城市裡沒有墳墓，鬼不能如在鄉下在自己的墳頭接受活人的貢獻，鬼是游蕩的，如街上游蕩的人。阿蟬不明白的是，這一夜要祭鬼，爲什麼卻不讓親戚的鬼進家門，都要到樓與院前的十字路口，街道兩邊的人行道上燒紙呢？遠遠近近的巷道的燒紙火光中，人影在晃動着，都在地上劃圓圈，這是爲了防止混亂，還是劃地爲牢，這一片地就屬於某一個鬼了？阿蟬能聽到的，似乎是鬼在城牆下的街巷胡同，院外樓前，熱鬧地跑，像體育館裡舉辦了搖滾音樂會，裡邊的演出已經開始了，外邊的人在跑着喊，大步小步地不停，甚至能聽到鬼們在得到了錢後嚯嚯而笑，或用指頭蘸了唾沫，背過身急急地清點款數，硬的錢紙在窸窸嘩嘩地響。而城牆頭上鬼少，又孤寂，悄悄地是已立在了那截女牆邊，還是坐在了那搖動着一根枯莖的地磚塊上？

那一刻裡，火的亮光照在夜郎的臉上，他默默地禱告着自己的父親，他希望在他唸叨着父親的名字時，父親就會從千里之外的那個黃泥崗上的墳丘裡趕來。風吹了一下，紙一直暗紅，突然「嘭」地一聲，像憋了一口氣，紙堆騰起更大的明燄，如花怒放。夜郎的頭髮忽地乍起來。他知道父親是趕來了，不自覺地摸了一下頭髮，頭髮竟叭叭地有火星。這響聲阿蟬也聽到了，也看到了小小的燦爛的火星，她叫了「夜哥！」夜郎沒敢回應，已明白自己的不孝——是不能用陽氣嚇駭亡父的。便將一直跪着的單腿變爲雙腿下跪。雙腿下跪的時候，左膝蓋正跪在了一塊瓦礫上，墊得生疼，他沒有移動，定睛了看紙變紅變黑變白，然後裊裊起飛，有幾片落在臉上，像烟盒的錫紙在牆上吸着，久久不墜。這一定是爹的舌頭了，在吻自己。他拿過了阿蟬帶來的小瓶白酒，說：「爹，城是人家的城，兒子只能招你到城牆上來，錢你就收去花吧，酒還是我喝了！」提起瓶子咕嘟嘟全灌了下去，突然淚水婆娑，想到了遙遠的故鄉，遙遠的歲月。

——爹死的時候，他還小，他沒有哭，頭上的白巾，白巾沿上綴掛的一串棉球擋住了眼睛，他走在出殯隊伍的前邊，被教導着抱了紙灰盆，率領着哭天嚎地的衆親戚去村口。他的堂哥要他一定得哭，說不哭是招別人笑話的，親兒子難道不哭自己的親爹嗎？他也決心要哭，卻隨着響器一響，怎麼也哭不出來，越是要哭越沒有哭聲和眼淚，直站在了十字路口，堂哥在後邊擰了一下他，他還是哭不出來。端了紙灰盆要摔，堂哥又說：用力摔，摔得越碎對你爹越好，再不會爲牽掛家裡而靈魂不安。堂哥說罷了還撿了一塊石頭放在路上，他就將盆子朝石頭上摔去，但目標不準，幸好盆子還是碎了。孝子不哭，着實讓村人恥笑了多年，直到爹過三週年忌日，娘和他去上墳燒紙，從彎彎曲曲的田埂上往坡根走，荒丘上長了一蓬荆棘，荆棘沒有開花，只有被雨水淋腐了的已貼在荆蓬上如一道道白印的幡紙，田野裡的麥子已經起身，有兔子跳躍遠去。他問娘：「這地裡怎麼不長包穀了？」娘說：「種的麥子當然長麥子唄。」他說：「那麼，是種什麼長什麼嗎？」娘說：「乖。」他就說了：「爹埋在這裡怎麼不再長出個爹呢？」娘說：「爹永遠是沒有了。」他在這時是哭了，爹死過三年他才真正哭了。

現在的爹，隨他來到城裡，爹的鬼是游蕩的鬼。夜郎在默念着爹的好處，覺得對不起爹，請爹原諒他，他還要留在城裡！夜郎這時想起了中學課本上曾經學過的「精衛填海」的故事，但爹並不識字，不知道什麼是精衛填海，他就嘰嘰咕咕給爹在那裡唸說起那個故事來了。

燒完了紙，兩人往回走，阿蟬問：「夜哥，你剛才燒紙是在唸說什麼了？」夜郎說：「我給我爹說話哩。阿蟬，你學過『精衛填海』的課文嗎？」阿蟬說：「學過。」阿蟬就背誦道：

發鳩之山，其上多柘木，有鳥焉，其狀如烏，文首，白喙，赤足，名曰精衛，其名自詨；是炎帝之少女名曰女娃。女娃游於東海，溺而不返，故為精衛。常銜西山之木石以堙於東海。

夜郎說：「你還行麼，我就給我爹說精衛的故事哩。」阿蟬說：「給你爹說一個小鳥的事？精衛填海，那多徒勞無益的，給你爹就說這些！」夜郎說：「你懂個啥！」不理了阿蟬。這時候一輛出租車「嘎」一地就在前邊停下，車裡走下了一個濃妝艷抹的女人，朝他們銳叫了一下。阿蟬還以為這女人是認識夜郎的，回頭看去，就在他們身後不遠處，一個持着手機的男人在那裡淫淫地笑，攬了那女人的腰往近旁的酒樓去了。從大街往西的窄巷裡，兩旁的槐樹濃蔭交錯，路燈在濃蔭裡激射如雲中的陽光，樹後檐牆的黑暗處，有人在擁抱。遠處的水管下水流嘩嘩，是倭腰的老婦人在洗衣服。一群赤着膀子趿着拖鞋的閑漢橫着過來，叫嚷着你贏牌了就得請客，那東勝街夜市上令狐家的餛飩餡嫩，賣餛飩的小妞更嫩。

早五點，照例是小院子裡的吵鬧的時分，先是樓下院門角的那家癩瘡禿頭，燒起了牆根下煮鷄的鍋竈，火光明亮地照閃着每扇玻璃窗子。這是陝南山區的竈型，西京城裡不可能再有第二，竈道長若三米，斜坡而上，依次按有三口大鍋，一把火在下邊的膛裡燒起，三口鍋同時受熱，熱烘烘的腥臭味就瀰漫院子，烟也隨着院牆往上爬，濃重的黑烟溶入夜空。禿頭老婆是白日在街上擺燒鷄攤的，禿子只管去收購鷄，收購了在院子裡拔毛剖肚，天黑下來，穿一身拈綢褂兒，灰不灰白不白的，戴一個小小的草帽，挎了背盤去沿巷叫賣。昨天晚上，又收購了幾大筐鷄，在院牆根的，夜郎回來後聽見小李在和禿頭談話：「又弄到死死鷄了？」「話可不敢這麼說的！」「算我不會說話。殺鷄怎麼鷄不叫喚——啞吧鷄？」「用竹棍捅鷄耳朵，來不及叫就咽氣了。」「你腳底好着的？」「好着的。——啊，你罵我？」「我怎麼罵了？」「你要說是『頭上生瘡，腳底流膿』！」「這是你說的，怎麼算我罵了？」這禿子住在院裡，是全院的災難，也是週圍人家的災難，居委會已經來干涉過幾次了，但房東沒意見，禿頭的房租比所有客户高出一倍的。禿頭只是悄無聲息地燒自己的火，小李就起來了，他是一邊把屋中的青菜往三輪車上裝，一邊開了水龍頭，拿長長的皮管子往菜上澆，一邊嘴裡小聲哼豫劇

《周仁回府》。河南人是中國的吉普賽，街面上那些擺攤耍猴的、練拳的、做硬氣功、賣老鼠藥的，差不多都是同一口音。小李常在街上碰着同鄉就領回來住宿，惹得房東也不高興，無奈，他一張好嘴，無遮無攔，與那房東女人插諢打科，這女人倒不依了掌櫃，且家中無事，夫妻見天搓牌，若三缺一，小李再忙，也會成全，是個隨叫隨到的人物。小李的豫劇一唱，房東的女人準時就醒了，已養成了習慣，起來要大解，穿一件寬大的睡衣，趿沓了拖鞋，掖懷往廁所去，然後叫房東去送手紙。房東慢慢騰騰，咕囔不已，拿了紙揉一團隔廁所門扔進去，小李就笑着說：「做生意的辛苦，做房主兒的也辛苦，你要伺候老婆，每日把尿桶拿回房中，你只消跑一次差事就好了！」廁所裡的女人聽見，高聲說：「小李，快住了你的□嘴，我這是讓他表現情意哩，別人想來給我擦尻子，我還不讓哩！」小李說：「這倒也是。——『若把嫂獻上去，周仁不是□□的！』——禿子，給我開開門！」蹬着車子出院去了。院子下邊的一響動，樓上隔壁的五順也就起身了，叮叮咣咣開爐子，提水壺。他是拾破爛的，卻養得很高貴的習氣，每日清晨要熬了茶喝。果然就來敲夜郎的門，端偌大的一個搪瓷缸，撲撲閃閃地把半缸茶倒給夜郎，詢問今日做甚呀？

夜郎坐在那小椅上，瓷頭悶腦，好像還沒完全的醒。這差不多成了習慣，每日早晨一睜開眼，常要以那裡的情緒的來決定全天的，有時莫名其妙的情緒低沉，這一整天就幹什麼也提不起勁了。夜郎扭頭看看窗外，天並不算好，他腦子裡依然還縈繞着夜裡的夢境，感到沉悶和驚奇。已經是許多的天日了，他隔三岔五地就做同樣的夢，夢境都是他在一所房子裡，房子的四堵牆壁很白，白得像是裝了玻璃，也好像看上去什麼也沒有，可他就是不得出去，幾次以爲那是什麼也沒有，走過去，砰，腦袋就碰上了。後來那牆又平鋪開來，他往出走，走出來了，腳下的牆卻軟如浮橋，一腳踩下去，再提起，牆又隨腳而下隨腳而起使他邁不開步。他只好又在房子裡，大聲呼喊人，房子外就站着了祝一鶴、顏銘，還有那個五順、吳清樸和鄒雲、丁琳，但怎麼也沒有虞白。他想問丁琳，沒好意思問明，丁琳似乎不願意把話引申。誰也不得進去，他也不得出來。他聽見五順在說：「把門打開，夜郎，鑰匙呢？」他不敢說鑰匙虞白拿着，因爲他怕引起寬哥不高興，也引起顏銘的懷疑，他沒有言傳。五順還在說：「鑰匙呢？鑰匙呢？」這樣的夢境，出現一次是可以理解的，夜郎驚異的是竟有三至四次了，他想，平仄堡建好的時候，最高的第十二層裡全部安裝了意大利的玻璃的，他第一次上去觀看，就發生過以爲前邊有個門要走過去，結果是玻璃反映了對面的門，使他砰地碰過一次。過去的記憶殘留在大腦裡，才發生自己在玻璃房子裡的夢來，可是，虞白怎麼不出現在夢裡呢？根本連想也不曾想的五順卻在那裡詢問鑰匙！

迷迷怔怔着的夜郎坐着不動，五順就讓夜郎喝喝茶，清醒清醒。夜郎就說五順，你還去收破爛嗎，我跟你去。五順就說，哈，你拾破爛？光你這張臉就不行！夜郎便問：「你說我這馬面？」五順說：「像個市井無賴。」夜郎在鏡子裡照了一下，自己也笑了。說他馬面的只有虞白，說他像個打手卻不止五順一個人了。臉是黑，而且粗糙，眉長入鬢，亂髮遮目，知道他的人說他是不修邊幅，不知道的人就以爲他是個浪子閑漢的——現在是好人怕壞人，壞人怕不要命的，這張臉幾乎是他的通行證了。有一次，他路過北大街，兩個人爲撞了一下自行車而興致蠻大的打架，許多人在圍觀着而不敢去勸架，他那時也站在一邊看的，就聽見旁邊一個女人在對他的丈夫悄悄說：「咱快走開，你瞧瞧這個……」那丈夫扭頭看他一眼，兩人脖子硬硬地立即就走開了。那一回他受了極大侮辱，本欲要罵出一聲，但隨之又笑了：這也好，女人是爲自己的一張臉來世的，可以走遍天下，中國以前的標準男人都是戲曲上的小生，都是賈寶玉式的溫文爾雅，現在卻一味喜歡粗野硬錚之徒，我的臉天生蒼黑，形狀三棱暴翹，出門在外倒用不着怕了他人了！夜郎現在聽五順說「光你這張臉就不行！」拿眼看了看五順，想五順的話或許是對的，可我能幹些什麼呢？戲班混個差兒，也不是長久之計，以後總得有個事去幹呀，就說：「收破爛或許是收不來，別人要以爲我是個打劫的强盜。封涼台呀、粉刷房呀的木工油漆工一類咱又没手藝，可給某個老闆當馬崽，我還行的。」五順說：「你得了得了，你能當馬崽？你是當個科員就想顛覆科長，是個科長就想顛覆處長，是個處長就想顛覆廳長，即使當了林彪也要造毛澤東的反的！」兩人就哈哈大笑。樓下的小吳也是一晃一晃地上來了，一邊走一邊拿竹蔑子掏耳朵，五順就說：「又掏耳朵，没出息！」小吳說：「把他的，睡起來老是硬的。」夜郎說：「誰知道呢，櫃子裡邊或許是空的哩！」小吳的房子是房東家的一個套間，一面大立櫃檔住了套間門，這邊住小吳，那邊則住了一個女的。小吳笑着說：「我是把立櫃後邊的一頁板撬開了，可那邊的櫃門卻鎖了個死！」突然「噓」了一聲，眼乜着院下，院子裡的那女的端了一個尿盆往廁所去，蓬着卷髮頭，上身一件開口極大的汗衫，能看清那一對咕咕湧湧的奶。五順說：「這女的到底是幹什麼的？」小吳說：「誰也不知道，反正來找的人不少。」五順說：「那個大蓋帽再來没？」小吳說：「前日中午還來過，來了三個人，一來就把門關了。」五順說：「房東怎麼能讓這種人住在這兒？」小吳說：「房東原先嫌她家來人多，不三不四的，說給了派出所，可派出所把她叫去過一次，很快又回來了，以後那大蓋帽的就常來，還帶着人來的……是用嘴的，又快又不傳染病……房東現在才不管了，有派出所的人常來，咱這院子裡才安全哩！」不提派出所還罷了，一提到派出所，夜郎就立即想起了寬哥，他站起來，說：「好了好了，以後少給我說這些！——我得去戲班。」

趕走了五順和小吳，夜郎並沒有去戲班，徑直去了公安局長居住的那片樓區，轉了幾個來回，碰不着寬哥，喪氣得剛要再去寬哥家，樓區對面的一家雜貨鋪裡卻有人叫：「夜郎！」夜郎一看，正是寬哥。寬哥没有穿警服，一身便裝，額頭上卻貼着創可貼，一個眼睛也烏青了。夜郎便笑了，說：「穿便服也就是了，還化妝成了個受傷的！」寬哥忙使眼色，拉夜郎出了雜貨鋪，一邊盯着那樓區的路口，一邊說：「我真的受傷了。」這讓夜郎倒嚇了一跳，以爲被什麼罪犯報復了，寬哥才說昨日晚上下夜一點多了，他就藏在前邊那個樓前的冬青樹叢裡，蚊子叮咬倒還能忍受，只是肚子發餓，便去夜市要買幾個燒餅的，騎了車子往南走，那裡的路燈全没亮，一下子就掉進一個下水道坑裡去了。這下水道坑的鐵蓋被人偷去賣破爛了，坑兩米多深，一掉下去人便跌昏了。不知過了多久醒來，他先摸摸下身，下身還好，又抬頭往上看，看到發白的一個圓圈，知道眼睛還没滅了燈，又在全身摸，額上就黏乎乎有血，心也放下來，就坐在坑裡吸了七根烟自己給自己壓驚。後來爬出來，自行車還在旁邊摔着。夜郎聽他說了，揭了創可貼看看傷也不重，就說那日在城牆頭上遭人放槍，他也是先摸下身再看眼睛的，人怎麼都先要顧這兩樣東西？就說：「嫂子不知道吧？」寬哥說：「我從坑裡爬出來去醫院買了創可貼，覺得没事，也便没回去。」夜郎說：「這我可以給嫂子說故事了！——你掉下去以後，怎麼也不出來，到了後半夜，正吸烟着，咚！又掉下來一個人，你說：嗨，哥們，真有緣份，一看卻是個女的。兩個人就在這下水坑裡說了長長久久的話，……但寬哥是警察，寬哥是學過習的，寬哥沒有愛情！」寬哥說：「油腔滑調！正經事讓人糟心着，你還有這份閑心說笑話！」夜郎說：「小偷還沒抓住？」寬哥說：「或許昨夜他是出現過，可我卻失職了。他娘的，什麼時候不可以往坑裡掉，偏偏昨天夜裡！」夜郎說：「算了，爲一個自行車值得這樣嗎？西京城裡出了那麼多兇殺案還沒破明，卻把一個自行車看得這般重要！」寬哥說：「這是個影響公安局形象的大事！」夜郎說：「大事？昨晚上如果坑要更深，把你摔死在裡邊，現在怕還沒人發覺哩！」寬哥說：「沒死就得完成任務麼。」夜郎見他嚴肅異常，就說：「你告訴我，是什麼牌的車子，什麼型號和顏色？我幫你也找找去。」寬哥說：「這還像個樣。我也懷疑小偷是不會再來了，看樣子並不是專要報復局長的，那小偷哪裡知道他偷的是局長家的車子？偷過了也就不再來了。」把車子的型號顏色說了一遍，車子是新買的，還未輒鋼印。

夜郎離開樓區，盲目地只往一條街走去，心裡想：西京城裡每日不知丢多少自行車，有誰管過，又能追回多少？局長家丢了車子讓寬哥到哪兒去尋偷車人？既然非找回不可，我不防去弄一輛來幫他了結！於是找了一節小鋼管揣在懷裡，在巷裡閑游，觀察到處存放的自行車裡有沒有一個二六型的黑色「鳳凰」車。此類型號的車子倒是發現了不少，偏偏都是輒過了鋼印。夜郎就又鑽了一個家屬樓區，驚喜的就在一座樓的拐彎處，發現一輛嶄新的未輒鋼印的二六型黑「鳳凰」，瞧瞧四下無人，拿鋼管一頭套住鎖子頭兒，那麼一按，鎖子就打開了，騎上去旋風般地去了。

一氣騎到了城河沿上，夜郎才鬆了一口氣，看看時間尚早，不能急於就交給寬哥，坐於路邊一家賣漿水麵魚魚的小攤上吃飯。夜郎畢竟第一回做這種事，心裡依然「咚咚」跳動，而且不敢多看路上的行人。在小吃攤後的一堆土丘上，有三個孩子在那裡玩耍，玩的是一顆自行車鈴蓋，賣漿水麵魚魚的老太太唬道：「崽子，哪兒來的鈴蓋？」孩子們正往鈴蓋裡裝了土，又尿上尿在裡邊攪和，說：「撿的。」老太太說：「撿的，在哪兒撿的，再撿一個我看看？這麼小的就偷人了！？」嚇得孩子們慌忙將鈴蓋一揚手，丟進城河裡，一鬨逃散了。夜郎臉先紅了，將頭別向城河，城河裡水涸了許多，幾乎成了臭水坑，陽光下，平靜的稠黑水面上呈現了無數處黑白相間的紋團。心裡亂糟糟地，騎了車子去找寬哥。

寬哥見夜郎竟能這麼短的時間找回被丟的車子，雖然未抓住小偷，但已喜出望外。詢問是怎麼找到的？夜郎扯謊說他分析現在的偷自行車的人，十有八九是吸大烟土的混混兒，他們是偷了車子又到「鬼市」去賣的。「鬼市」在城東門外的巷裡，原先是破爛舊貨市場，後發展到了小偷們的銷贓地。夜郎就有聲有色的描繪了他在那裡查看，果然見一年輕人推了這輛車子要以二百元賣給一個收廢品的老頭，他一瞧車子的模樣，又見没輒鋼印，就虎了眼追問車子的來歷，年輕人心先虛了，丟下車子就跑，他把車子就騎回來了。寬哥說：「你這腦瓜子還行，我倒没想到去『鬼市』！只在這兒守株待免哩！」夜郎倒嗆着寬哥說：「小偷要有你這麼笨，也去當警察了！」氣得寬哥直翻眼白。夜郎說：「你看看，局長家丟的是不是這輛？」寬哥說：「都是這型號，又是新的，咱倆去他家讓認認。」夜郎說：「我不去。」寬哥說：「這是你的功勞你不去，我怎麼貪功！」夜郎還是不去，又叮嚀不要說是他找回來的，自個就蹲在一幢樓前的院角等寬哥回來。寬哥去了，一等卻等不來，他就蹴在那裡熱得一頭一身的汗。這幢樓距院牆四米遠近，住在一層的人家都修有鷄籠在院牆根下，夜郎蹴着看一個小籠裡的一隻老母鷄，身上的羽毛已剝落了一半，赤着瘦瘦的屁股，環境的狹小和熱氣的蒸灼，鷄已經是由焦躁不安變成無奈的平靜了嗎？牠靜靜地站立在籠子裡，一動不動，夜郎用嘴發出一個聲來，牠没理會，揀一粒小石子擲去，牠僅挪了一下腳又恢復了原狀，樣子木訥而癡獃。夜郎就不願再逗牠了，一眼一眼還是看着，頭上的汗珠便叭叭地掉在地上。寬哥返來了，嘴裡叼着一顆香烟，興高采烈的樣子，說：「你怎麼還獃在這裡，没到那邊樹底下涼着？」夜郎說了一句：「我看這鷄的。」卻並未經意地還說了一句「把鷄都要熱死了還能下蛋？」寬哥看了一眼鷄，說：「鷄就是下蛋的品種麼，不下蛋她倒會憋死的。」夜郎說：「車子是局長家的？」寬哥說：「果然是的。局長不在，他兒子說就是的，就留下車子了！夜郎，你出了大力，哥倒去白喝了一杯龍井，還有這顆烟，你嚐嚐，這是市面上多少錢也買不到的『熊貓』牌！」夜郎說：「你不用謝我，我還得找你辦宗事哩！」兩人出了樓區，去茶鋪子要了一壺茶喝起來。

夜郎寄希望於寬哥去區工商局能馬到成功，寬哥也拍了腔子說辦個營業證有什麼，何况他仍管着這一方地面，行業的不正之風再不好，也不至於不看僧面也不看了佛面！但是，寬哥第一次去找區工商局的局長，局長不在，辦公室的小文書接待了他，並且讓他留下條子。以後，又去了第二次，第三次，局長仍是不在，小文書接待的一次比一次熱情。寬哥見小文書殷勤精幹，很有好感，雙方就天上地下聊開來，小文書百般羨慕警察的工作，一味數說工商局的任務重，外邊人都在講工商局是肥得流油的部門，其實不然，也是好不到什麼地方去。就說局長吧，兒子開辦了一家玩具廠，廠房是有了，技術也沒問題，鄉下招來的民工才幹了半個月，資金就發生了困難，貸款貸不出，來尋他爹，他爹有什麼辦法？他爹的頭還大着哩，你瞧瞧——小文書拉開局長辦公室的抽屜——這裡壓有上百張條子，都是有關上級領導、親戚朋友的關係信，不是要調人進來，就是要申請營業證。辦吧，不可能；不辦吧，又要得罪人，真討厭死了，外邊人哪裡知道這些苦楚！你們警察卻好，管這一地區，卻從未提出過什麼要求！寬哥聽小文書這麼說了，就不好意思張口說出自己來的目的，喝了幾杯茶，返回來。把這一切原原本本告知給夜郎，夜郎沒有說不是，倒後悔這事不該讓寬哥去辦理，那個局長一定是知道了他的意圖，又不願當面回絕，就託故不見，讓小文書故意旁敲側擊了。寬哥還在說：「人家不辦理營業證總有不辦理的原因吧？」夜郎說：「原因是他兒子貸不了款！」寬哥說：「你怎麼能這樣聯繫？」夜郎就說：「好了，好了，不說這些了。」兩人坐着無聊，又玩起以擲紙片兒作曲的游戲來。

下午去戲班了一趟，得知城東區的玉雕公司的老闆死了岳母，安仁街的一户包工頭兒被人綁票才返回，兩家都來請戲班去演出，人手一時拉不開，南丁山將戲班分爲兩攤，要讓夜郎也去綁過票的那家。夜郎不願去，認爲那是同伙之間的矛盾所致，他欠了人家的錢不還，遭人綁票也是活該，咱去吹吹打打的影響不好；如果這樣，以後若哪個罪犯被政府槍決了，搬屍在家裡，請咱們去演出難道也去？南丁山說：「怎麼不去？只要他付錢，咱管他是什麼人？」夜郎就生了氣，說自己胃病犯了，請了假。悶悶不樂地回來，不想在保吉巷口碰着了那個銀行信貸科長李貴。李貴是坐了一輛車的，巷道窄，車不得進去，才從車裡下來，說：「夜郎夜郎，去買油呀？」夜郎說：「買什麼油？」李貴說：「不去買油，嘴嘶得那麼長要掛什麼瓶子？」夜郎笑了一下，說：「你幾時撥些款麼，把咱這巷道擴修一次，這麼窄，車不能開到樓下。」李貴說：「這你就不知道了，車不得進巷，那些大小廠礦的人來了，文武大臣必須下馬嘍！」夜郎說：「你活出人了，見天都有廠長來朝見……」李貴說：「嘻！他廠長在廠裡說一不二，到咱這裡他卻要乖着！什麼廠長負責制，應該是信貸員領導下的廠長負責制哩！」夜郎心下突然想起：工商局長兒子不是要貸款貸不成嗎，求他去那裡一趟，辦營業證的事不就水到渠成？這麼想着，臉上就生動起來，說：「你一天總是忙，這麼晚了回來，又去哪兒了？」李貴說：「化肥廠把我接去吃飯了。兄弟，人都說吃請着好，可天天這樣，實在是負擔啊！山珍海味的東西是好東西，可咱有多大肚子？」夜郎上來拍拍那副滾圓肚皮，說：「頂住我三個了！裡邊埋葬過幾百條魚了？」李貴笑道：「再要胖下去，這心臟就受不了了。祝老最近怎樣？」夜郎說：「他三天兩頭地提說你哩！」李貴說：「我何不想着他？可哪裡又走得開身！聽說他癡獃了——會說話了？」夜郎知道一時失口，說：「還是說不了，只是在紙上寫。寫了幾次你的名字，我對他說了，李貴讓我問候你多次了，祝老就笑，又寫着字，要我去你家當面致謝哩！」李貴說：「夜郎你來麼，咱倆樓連樓的，你没事就來麼。」夜郎說：「我可没有好東西給你拿！」李貴說：「要你拿什麼？你來了咱哥們好好喝一場，什麼也不用拿，把嘴拿來就是，我那兒有的是茅台酒！」夜郎就說：「那我晚上就來啦，可別到時候不開門！」

晚上，夜郎果然去了，李貴拿了茅台來喝，可打開一瓶是假的，又打開一瓶還是假的，李貴臉上不得下去，撩了牀單讓夜郎去挑自己愛喝的酒。夜郎一看，牀下嚴嚴實實立栽了一層名酒，就大呼小叫了一番，討得李貴的喜歡，才取了一瓶五糧液來喝。酒過三巡，夜郎掏出一個條子來，彎彎扭扭一片字，是讓李貴幫着辦營業證的內容，夜郎就說這是祝一鶴拜託他的事：祝一鶴的親戚要辦個餐館營業證，可工商局一直卡着，因爲人家的兒子辦工廠貸款貸不來。李貴乘着酒勁就駡工商局長，說他兒子要貸多少錢？一百萬五十萬不可能，十萬二十萬算個啥？夜郎聽了心下高興，又怕酒桌上李貴說過就忘了，還要强調，李貴就說他哪裡是醉話，他從來没醉過的，一邊就問祝一鶴的親戚姓甚名誰？夜郎說了吳清樸的名字，又說了平仄堡巴台服務員鄒雲是吳清樸的未婚妻。李貴說鄒雲是不是平仄堡最漂亮的那一個？是不是左頰上還有三顆淺白麻子？我没醉吧？夜郎說没醉，是海量，就又舉了杯子敬酒。李貴喝過了，卻駡起來，說：「世上的好女人都讓狗口了！」夜郎嚇了一跳，不知道該怎麼接話。他聞聽着這李貴是離過婚的，但李貴找没找下新的，李貴没有說，夜郎也不便問，這個晚上也未見有什麼女人出現的。李貴就歪了頭，問道：「兄弟，你還是打光棍的？」夜郎說：「嗯。」李貴又問：「有没有性夥伴？」夜郎搖搖頭。李貴就說了：「没個媳婦也得有個性夥伴的哩，兄弟！女人是狗性的人，誰和她睡了就和誰親！……咱不急的，世上總有好女人的，我倒不信我這般年紀比不過那半截子入土的老頭！陸天膺除了畫個虎還能幹什麼？他老頭就是再服人參、枸杞子，甚至狗寶鹿鞭，他還能威風多久！」夜郎先是不明白他話的意思，待說出個陸天膺來，忽地想起那一日在陸天膺家見過的年輕女人，心有所悟，知道這其中必有一段曲曲折折的傳奇故事的，便要試探着問李貴，李貴卻說：「兄弟，你說說福貴是什麼？福貴福貴是連一起的，哪裡會有福而不貴的道理！古時候都有過拿錢捐官的，那官就不算官了！……不說了，不說了，世上的好女人多得很哩，來，乾了，乾！」酒杯直戳過來和夜郎碰，自個喝乾了把酒杯杯子口翻過來讓夜郎瞧，夜郎只好又喝下一大杯。

酒一直喝到下半夜，兩個酒瓶子都空了，李貴說：「再取一瓶，再取一瓶！」夜郎低頭從牀下取酒時，就趴在那裡不動了，他聽見李貴在說：「你不行了？你還講究在社會混哩，喝這麼一點就熊下了？小李——李谷勝——！」他迷迷糊糊是聽着了李貴在吶喊前邊樓上的小李，多半是讓小李來背他回去吧，後來什麼都不知道了。

翌日，夜郎醒過來的時候，是躺在自己的牀上的，小李正用拖把拖地，見他坐了起來，就咕囔不迭着他昨日一夜所受的罪孽。夜郎只是嘿嘿地笑，罵了幾聲李貴，掏了錢讓小李到街上買了糟糕去吃，自己則去找到工商局長的兒子，讓其去找李貴貸款。李貴雖收了幾條「紅塔山」香烟，拿派作勢了一番，但還是貸了款，當場提出辦營業證的要求，那兒子滿口答應，甚至發誓起咒，總算把一場事安妥下來，夜郎便覺得胸悶頭暈，回來扳倒頭又睡。

睡起來，才要去清風巷通知吳清樸，卻有人在院門口打問夜郎是不是住在這裡？早惹動得全院的人都出來看稀罕。五順跑上來說：「夜郎，來了花格楞登的要找你！」夜郎說：「這麼多的事！我成國家總理，日理萬機啦！」立在樓梯過道往下一看，見是丁琳，沒有聲張，先返身進來把衣服穿好，就提了牀上的毛巾被來疊；丁琳就上來了，說：「夜郎你好大架子，滿院人都出來迎我，你倒絲紋不動！」夜郎趕忙讓坐了，又端了臉盆要去打水，五順便奪了盆子去了樓下，他就笑着說：「我哪能想到是你，你瞧瞧，你來了人都殷勤了！」丁琳說：「我是『毛主席來到咱們農莊』麼！你就住在這兒？」夜郎說：「貧民窟，不習慣吧？」丁琳說：「房子不錯，只是院子裡有股腥味。——你把扣子扣好。」夜郎低頭看了，忙亂中衣服的扣子沒有扣齊，臉就紅了一半，說：「這院裡男人多，你要不來，我們還都赤着膀子的。」丁琳說：「有女人才有文明，這麼說，你是希望我常來哞！近日忙什麼呀？那日見面你答應了戲班演出要請我們票的，聽說你們去了電機廠了，盼你送票的，盼得眼裡出血了也沒個影！不給我還罷了，吃了人家虞白酒，也不給虞白一張票？」夜郎噎得沒話可說，起身給一個茶缸倒水，嫌茶缸不乾淨，正好五順端了清水來，又讓五順再去洗洗缸子。丁琳說：「我帶有杯子的。」從手提包掏出一個空咖啡瓶子來。夜郎說：「到底是文明人！」把茶水沏了，讓丁琳洗臉。丁琳洗了一下問有沒有香皂，夜郎說：「我長這麼大從沒用過香皂的。——五順，你給咱出去買塊！」丁琳說：「別支使人了。」洗好了，笑着說：「我說你臉黑，原因是不用香皂袪垢甲嘛！」夜郎說：「把這張臉皮剝了裡邊還是黑的！」丁琳就看着夜郎的臉，又笑，說道：「虞白眼就是毒，說你是馬面真是馬面！你不送票是不是嫌路遠怕我們不去的？你知道不，虞白原先就是那個廠的。」這使夜郎有了驚訝，便說：「她在那兒幹過？那是個大廠呀，效益還可以，怎麼就調離了？」丁琳說：「她哪裡是調離，她現在是吃了勞保。近日老毛病又犯了，你也不去看看。」夜郎說：「什麼老毛病，嚴重不？」丁琳說：「神經衰弱，睡不着覺，人常說白日夢，她真的是白日也做夢的。」夜郎說：「你們女人家夢多，女人夢，狗屁蹦——沒意思的！」丁琳說：「你說這話可傷人心啦！虞白連着給你做了幾個夢，還夢見過她一次進了一間房子，房子裡有一個大炕，炕沿上坐着你，炕裡邊背身睡着一個穿紅衣的女人。夜郎，得說實話，你有沒有一個穿紅衣的女人，或許那是你老婆呢？」夜郎笑道：「我老婆？瞧我這樣子還能有個老婆？」一直站在門口的五順說：「夜郎，顏銘是有件紅衣的。」夜郎瞪了五順一眼，五順沒趣便下樓去了。丁琳看在眼裡，說：「顏銘？這名字蠻脆的！」夜郎說：「他說的是我的一個乾妹子，原在祝一鶴家當過保姆。」就端了洗臉水往樓下水池去倒。

走下來，院子裡立了好幾個人，聽見五順在說：「……我是說了，說顏銘有件紅衣的。」小李說：「你這不是讓夜哥難堪嗎？」五順說：「我怕夜郎一見那女子心裡長出草了，偏要這麼說！」夜郎嘩地潑了水，低聲說：「五順，你小心我過後揍你！」五順說：「你敢揍我，我就告了顏銘！」拿手指戳自己的腮，羞夜郎。夜郎怕他再說出什麼，忙上了樓。丁琳說：「夜郎，好好坐下來說一會兒話——我有好事告訴你。」夜郎說：「你能來就是好事，還有什麼？」丁琳說：「我要託你寫一篇文章的。你先不要推辭，我知道你寫過材料！民俗博物館你知道吧？這就好！其實很簡單，寫寫民俗館的建築，費不了多少神的，目的也不外乎是想讓你拿些稿費了好招待我們。你曉得不，這是虞白的主張。」夜郎說：「你說是虞白的主張，我就不信了，那民俗館虞白能不熟悉，偏偏讓我去寫，我連民俗館去都沒有去過。」丁琳說：「我也知道虞白是什麼意思，她恐怕讓你去那裡看了，館又離她近得很，變個法兒邀請你的。」一對眼睛就看着夜郎。夜郎心下高興，卻把臉歪過一邊，說：「你又要作踐我！其實我正要去她那兒的，你就來了。」丁琳說：「你們早聯繫好了的，這賊狐子只會捉弄我！」夜郎忙說：「哪裡！清樸和鄒雲託我幫忙辦營業證，通融好了，通知他們去辦手續呀。」丁琳說：「夜郎這麼積極呀，清樸是虞白的表弟，你就替人家辦事，我來上門求你寫材料，你還吱吱嚀嚀的！」夜郎說：「只要你不嫌我寫的蹩腳，我哪裡敢不遵命！」丁琳說：「說話算話，現在咱就過長褲，剪了指甲。

丁琳要夜郎換換衣服，夜郎没有什麼變好的衣服要換，丁琳倒責備了他：「總得先脱了短褲換條長褲吧？總得穿襪子吧？不顧穿襪子也該把指甲剪一剪。」夜郎紅着臉，讓丁琳先到門外，自個換了去。」

兩人來到清風巷，並没有急着去民俗館，敲了虞白的家門，虞白在，吳清樸、鄒雲都在，正玩撲克。丁琳第一句話就是：「虞白，我把人給你領來啦！」虞白說：「怎麼是把人給我領來啦？你們兩個是雙雙對對逛大街逛渴了來我這裡喝茶的吧？」丁琳罵道：「你這没良心的！」卻到了廚房水管前洗臉，故意嚷道毛巾哩，虞白過去了，她說：「我是旁敲側擊了，他是没結過婚的，只有一個相好的，那也是認的乾妹子。你今日好好瞧瞧，别說人家襪子破了，指甲多長，我看人家指甲剪得乾乾淨淨的嘛！」虞白說：「你這意思，好像要告訴我，你是媒人？」丁琳說：「是想穿雙媒鞋的。」虞白說：「想死你去！」走出來，夜郎正給吳清樸和鄒雲講去辦營業證的事。鄒雲喜歡地說：「白姐，證可以辦啦！我說誰都比清樸强，你還不信！」夜郎說：「我是爛套子塞了個牆窟窿，要不是認識信貸科長，我也是無腳蟹。」鄒雲說：「你認識信貸科長，那給咱也貸些款麼。」虞白說：「别得寸進尺！」鄒雲就笑了，夜郎也笑起來，他隻字未提自己和寬哥去見工商局和區長的碰壁經過，掉了話頭，問吳清樸籌備餐館的情況。吳清樸頓時認真，像向上級彙報工作一樣，一宗一宗講給夜郎聽：請到了一名廚師，河北保定人，手藝好得了得，能做四十多種餅子，餡兒配料奇特，外形精巧美觀。白姐也見了這廚師，也來家做了樣品嚐過了，建議打出個新名字叫宮廷餃子宴。中國的八大菜系，大多都是南方人創造的，西北以各類小吃出名，推出宮廷餅子宴，你説是什麼菜系還不是，説是什麼小吃也不是，可這正是介乎兩者之間的席面，就類似河南一帶的「水席」。夜郎聽了，也是一番喜歡，連連稱好。吳清樸更來了勁，拿出一沓紙來，上面密密麻麻記着各種設想，比如飯館門面的裝飾，兩層樓的，下層三間和上層三間的佈置，餐桌的形狀和顏色，操作室的餐具配置，管理制度的制定，聘用服務員的標準及工資支付，一條一條説給夜郎聽，徵詢夜郎的意見。這邊談得起勁，卧室裡三個女人卻挽纏成一團嘻嘻哈哈個不停，原是丁琳拿了三張彩照，説是一家雜志社要選一張做封面照的，自己拿不定主意，讓虞白和鄒雲參謀着用哪一張着好？虞白取笑這不是來讓挑選的，是丁琳故意要得意的，就追問丁琳和那雜志的美術編輯是什麼關係，年輕女郎的照片不用偏用三十出頭女人的照片。丁琳就説年輕女孩漂亮是漂亮，可一臉的没文化，這份雜志的檔次高，特意要在封面上用成熟女性的照片。鄒雲先是羡慕不已，要丁琳推薦了她的照片去，聽了丁琳説這話，臉面上不悦了，説有文化没文化臉上怎麼看得出來？大前年她仍是有一幅彩照還用在掛曆上的。虞白也説是的，又説出一段笑話，是那年秋天，她還在南郊機電廠的，一天廠外村子裡死了人送葬，棺木拉在拖拉機上，拖拉機前的扶手上用蘆葦紮了棚子，棚上糊着一個美人圖像，她近去看了，卻正是有鄒雲照片的那頁！三個人都嘎嘎地笑，拿了照片要讓男人們來挑選——女人是不能評價女人的，女人也不懂女人！卻見夜郎在説：「……我再没了别的能耐，若聘用服務員，或者是出苦力打雜的，我倒要推薦了給你；我住的那個大院裡，有幾個蠻適合的，試探人家肯來不？」虞白就説：「好了好了，用人也不能用得太狠，一天到黑都説的餐館，我耳朵都聽出繭子了！」吳清樸就收了那沓紙，五人坐下來看了照片就喝起茶。

茶是陝南紫陽富硒茶，裝在一口耀州燒的黑瓷罐裡，虞白就收了桌上的一套青花細瓷杯，將五個麻色淺底粗碗拿出來，一一撮分了茶葉。清樸作踐表姐過得仔細，龍井也捨不得，青花細瓷杯也捨不得，虞白就罵道：「這個沒良心的！你以爲龍井和細瓷杯就好嗎？紫陽富硒茶是本土茶，看着粗糙，卻味重味長，又防癌袪邪。南方茶雖好，那卻要南方的水沖沏才好，我蓄的雪水沒了，能喝出什麼味來？喝紫陽富硒茶就得配粗茶碗。」夜郎就笑道：「這一套正配得我，清樸細皮嫩肉的，你就給他用細瓷杯！」丁琳說：「給我也用細瓷杯，我喝龍井的。」虞白就說：「好哦，才子配佳人，你們兩人用細瓷。」就換了杯子，注了開水。第一遍沖起，將水潑了，第二遍再注水七成，清綠之色就透出來，清香滿室了。虞白問夜郎味道如何，夜郎說「好」。虞白又問：「好在哪裡？」夜郎咂咂舌頭，端碗又猛喝了一口，茶碗裡已是一半下肚，虞白笑道：「你這喝法是戲曲老藝人的喝法，不是品是飲。我見過一些老藝人的，都是一個大搪瓷缸子，裡邊茶漬一層，黑如鐵銹，穿一雙拖鞋，或者不是拖鞋也當拖鞋趿着，有凳子也不坐，褲管抹上來蹲在那裡，一邊抽黑卷烟。——你怕再有一年半載也是那架勢了！」夜郎就笑道：「對着的，南丁山就是那樣，我現在也是茶越濃越好，光你這茶碗我倒不習慣。」鄒雲說：「白姐這茶是今年清明前的茶，別人送來的。我總計算，她就是不讓喝，今日倒捨得了，夜郎卻不領情。」夜郎說：「情哪敢不領，只是粗人享不了細福的。」鄒雲說：「白姐，你倒不如拿了酒來給客人喝，夜郎鼻子紅紅的，怕是酒量不小，什麼酒也該辨得出來！」虞白說：「我是有客清待茶，無事亂翻書的人，你要想喝別搭夜郎的名，何況夜郎今日給你辦事，卻讓我出酒，我當然要捨不得了！」鄒雲說：「我欠夜郎的情我自有還的時候，可說是我想喝就冤枉了。說得好，有茶清待客，有酒了也怕是「我欲醉眠君且去」吧。」說得虞白倒臉紅起來。丁琳笑道：「鄒雲這一句用得好，李白詩的下一句是什麼來着？」鄒雲說：「我不知道，這一句我也不知道是李白的詩，聽我們總經理說過這話。」丁琳又問清樸，清樸說：「要鑒定文物你問我。」丁琳偏不問虞白，虞白便說：「好笨！「有情明日抱琴來」都不知？」丁琳說：「喲，我明白了，那次醉後第二天，你說過抱琴要去夜郎那兒，原來真的是這層意思呀！」虞白更是臉紅如了火炭，撲過來擰丁琳的嘴。鄒雲和吳清樸莫名其妙，又瞧着夜郎尷尬，就說：「白姐什麼都好，就是太毒，那琴我動也不能動的。既然說到琴，白姐你彈上一曲。」虞白說：「那你洗耳朵去！」鄒雲說：「你只會作踐我是俗人，我再也不聽你的琴了，你自己給自己快樂去！」虞白說：「彈琴哪是快樂的事？學琴三年，精神寂寞，精神寂寞的人才學琴的，你是熱鬧夥裡的人，你要快活，多和夜郎要目連戲票去！目連戲是真物器上台，什麼也都是寫實動作，像過會一樣，露天場上，紅男綠女的多，你又能趁機露臉兒，顯擺衣着，又賣各類小吃，能嗑瓜籽！」說得鄒雲咯嚀兒扭轉了身子，慌得吳清樸就偷偷戳她的腰，她又轉過了身子對丁琳說：「琳姐，這你要給我作主，她眼裡總瞧着我不是呢，平仄堡裡，大款也有，領導也有，洋人也一撥撥的，誰不說鄒雲氣質好，死皮賴臉的還要來合影，可到家裡，她卻看我是俗物了，只配看下裡巴人的目連戲了！」丁琳笑道：「你這麼說那目連戲，夜郎也不愛聽了！清樸沒爹沒娘的，當表姐的就要充大，要當婆婆哩嘸！她也是夜郎的戲班演了一次鬼戲没給她送票，說的是你，讓聽的是夜郎呢！」虞白就噗地笑了，說：「丁琳倒會說話，挑撥了這個，又離間那個！鄒雲和我嘔氣是家常便飯，狗皮襪子没了反正，怕你挑撥？夜郎送不送票我就那麼在乎？他就是送來，我還是不去的，現在的戲，不論演人的演鬼的，能演出什麼好東西來？不是沒『戲』，就是沒『氣』，欣賞戲的興奮點要在『戲』『氣』之間，你問問夜郎，他們的戲也最多有個目的性，唱唸做打結合劇情達到個生理和心理的滿足罷了，離開了劇場還能獲得心靈上的什麼陶冶？」鄒雲就拉了吳清樸站起來，說：「嚇，說白姐腳小，白姐就扶了牆走，說起戲也是一套一套的，這麼說我去看目連戲也是狗看了星星。清樸，我可是聽不懂人家說話，我去街上找裝飾工去，你是還在這裡高雅呀，還是陪我去街上呀？」吳清樸說：「我得陪陪夜先生。」大家哄地又都笑起來。虞白說：「你去吧，夜先生過會和丁琳要去參觀民俗館的。你得罪了鄒雲，鄒雲可不就把我咬着吃了！」鄒雲抱了那黑狗忽地往虞白懷裡一塞，人和狗就倒在沙發上，咯咯咯地笑着把吳清樸拉出門去了。

鄒雲和清樸一走，虞白一掠額前的頭髮，說：「夜郎，你說我說得對也不對？」夜郎說：「我對戲也不懂，戲班排目連劇，這倒是老劇目，南丁山和他師叔導演的，他們倒强調那旦角學汪派唱腔，汪派的錄音我聽了，那女主角還學得像，整個戲還真排得不錯的。」虞白說：「汪派？就是秦腔老角汪虹美吧？如果學得一模一樣那有什麼意思，我是不推崇流派傳人的，現在戲曲界是只强調誰是誰的傳人，學得再像那也只是學別人，自己的特點哪兒去了？戲曲不景氣，也就在缺乏創造，走投無路了，怕才有你們這個戲班出現吧。」夜郎說：「也就是混得有一碗飯吃。」丁琳說：「哎呀，你倆是來討論戲曲的嘸！鄒雲和清樸走了，看來我也得走！」虞白說：「你是嫌把你行當岔了還是嫌我逞了能？我只是和夜郎說幾句白話，你就不高興了？好了，好了，你和夜郎去民俗館吧！」丁琳說：「民俗飯要是我丁家的，我當然陪的。」虞白說：「丁琳，你今日老裝了我，你平日笨頭笨腦的今日怎麼這樣靈醒！」丁琳說：「我在一本書上看過，說人有情人了，寫文章就十分地燦爛，也有人說，愛上一個人了，倒緊張得笨口拙舌了！」虞白說：「你先是見到夜郎時笨口拙舌的，這次又出言燦爛，誰知道你怎麼啦？你要夜郎寫文章，反倒要我陪，那你得領我的情了！」丁琳說：「夜郎，她要把咱倆往一處拉，我不怕的，不知你怕不怕我丈夫來找你？」夜郎笑了說：「我不怕。」虞白說：「這就好，你們都不怕，我也豁出去了，就犯個拉皮條的錯誤啦！」便去臥室梳頭換衣，與夜郎去了。

民俗館是清末民初的建築，門樓係水磨青磚拼貼鑲嵌而成，下以單坡板瓦頂的花崗石做了石庫門框。夜郎首先看到磚額上「天錫純嘏」四字，不知其意，虞白說取自古語「天錫公純嘏」，意思就是天賜大福吧。門樓的上枋，中枋，下枋，均飾有磚雕，上有陽刻綫條，陰刻平面，以及浮雕、圓雕、透雕着的靈芝、牡丹、石榴、佛手、菊花、祥雲等。入得門樓回看，夜郎直嘆爲觀止的是這一面單檐翼角、斗拱重印的清水磚雕。虞白不無得意，指點頂脊正中的那個豆青色古瓷方盆寓意了洪福齊天，上枋横幅圓雕的八仙喻壽，中枋横幅圓雕鹿十景以喻祿，下枋左側肚兜圓雕堯舜傳讓而喻賢，右側的文王訪賢則喻德，再是墊拱板透雕的五個圖案，正中的喜喻以雙喜臨門，兩旁的如意及兩端的綑袋，喻以如意傳代，門樓南側磚雕錦鷄荷花喻以揮金護鄰，北側磚雕鳳穿牡丹喻以富貴雙全，兩旁蓮花垂掛上端雕和合二仙寓意瑞祥，門樓兩邊圍牆高處闢有的四孔漏窗，分別了纖絲、瑞芝、藤景、祥雲，寓意福壽綿長，圍牆用板瓦築的百花脊寓意花開四季，富貴長長，果子脊寓意百果結子，子孫多多。

夜郎叫道：「這多虧是你來，要不我怎能看出名堂！真是有錢的人家，一個門樓修成這樣，不知當年耗了多少銀子！」虞白說：「我爹聽奶奶說，花了多少銀子她也不知道，這門樓光請匠人吃辣麵吃了一擔二斗。那時人修造認真，規定每一頁磚都要細細打磨，一個工匠一天只准磨兩頁磚的，打地基時，今晚打個坑兒，灌上水，明早起來水不滲才算坑砸得合格，否則還得重來。先祖是指望這房子百年千年傳給後代的，可哪裡知道這房子如錢一樣，没有錢不行，錢多了就成社會的。一個門樓挖苦心思地要寓意這個寓意那個，表面上似乎很雅的，其實俗氣不堪！」夜郎說：「不管這樣，畢竟留下這個建築，也留下當年西京本土的民風民俗的。我就有個感慨，如今就業難，看孩子對父母孝順不孝順，就看能不能考上大學，看一個歷史上的人物功過，就看他死後還給人民造福不造福？秦始皇就是個好皇帝，現在一個秦兵馬俑坑給中華民族爭了多少的光，賺了多少旅游錢！人活在世上需要房子，就連人死了也需要房子，鄉下的要做棺，要拱墓，城裡的有骨灰盒，過去的地主富農買房買地，現在鄉下一般的農民省吃儉用，也是第一個建設就是蓋房，活着没有蓋新房子，好像一個總統没有治理好國家一樣，很丢人的。時下的西京城裡房地產熱，大款們也都廣置房產哆。」虞白說：「其實呀，人是從泥土裡來的，最後又化爲泥土，任何形式的房子生前死後，裝什麼呢？有一個字，人被四週圍住了，你說是什麼？」夜郎說：「『囚』字」。虞白說：「你真聰明，是個囚字，房子是囚的，人尋房子，自己把自己囚起來——這倒有點像投案自首。」夜郎笑道：「你說的有意思，把它寫出來倒是一篇好文章！」虞白說：「丁琳向你要的不是這個，你還是好好記着這建築的模樣，寫那民俗的事吧。」

兩人踏過碎石鋪成的庭院，往前樓大廳來。前樓是單檐二層硬山造，泥塑紋頭脊，承重隔欄通體雕刻福祿壽三星和劉海戲金蟾圖案。月梁兩端雕鳳凰，梁墊刻牡丹，包頭梁的三個平面都是黃楊木，共飾三國演義的故事四十八幅，人物都是上半身大於下半身，人大於馬。大廳兩側牆壁貼砌磨細方磚，左右耳室門岩製作精細，橫額磚刻居仁、由義。檐口六扇長窗的中夾堂板、裙板及十二扇半窗的裙板上，又是二十四孝圖。沿前天井門扉的六塊山水障板上，更有浮刻的山水畫，合之好似山水屏風，拆開如同山水册頁。沿後天井的門窗上，裝有雙龍搶珠銅質搭紐，北瓜形插銷，下檻用海棠形銷眼，而沿前天井的門窗上，則裝仿古幣銅質搭紐，雙桃形插銷，下檻用蝙蝠形銷眼。夜郎一一看得仔細，待看出廳內梁柱上的四隻木雕紗帽翼後，忽然醒悟，說：「那頂脊上的聚寶盆是進門有寶，磚雕門樓內上枋的八仙是抬頭有壽，廳內梁柱上的木雕帽翼是回頭有官，門窗上的古幣搭紐和門檻上的蝙蝠形銷眼該是伸手有錢，腳踏有福了！」虞白撫掌叫道：「說得對，說得對，民俗館開辦了這麼多年，來參觀的上千上萬人，倒還沒一個看出這層名堂的！」

民俗館的服務員已迎出來，見是虞白，自然都熟悉，便要去沏茶，虞白問道：「小魏，那個剪花婆婆還在不？」小魏說：「還在的。大姐昨日捎來的兩包奶粉，我交給她了，她只是感激，卻捨不得吃，她說她剪完了『剪花娘子』，要給你剪一幅的。」虞白說：「那使不得的，我送她奶粉可不是要換了她的畫！」小魏說：「那也是平等交易麼。市上來過許多畫家，還不是誰說個她剪得好，她就送人家一幅的。」虞白說：「都是些騙子！」就對夜郎說：「夜郎，這民俗館裡是死房死牆的，沒多大意思，最值得看的，如果要寫最值得寫的，倒是剪花婆婆哩！」夜郎說：「什麼剪花婆婆？」虞白說：「了不得的一個人物！我領你去見識見識。」領了夜郎就到廳後，沿木梯上了廳二樓上。樓上五個隔間，分別是幾間辦公室，靠西頭一間原是會議室，門開着，桌椅板凳集中了半屋，一個老太太正側了臉坐在裡邊，頭一搖一搖地仰視着什麼。虞白叫了一聲「大娘！」老太太仄了頭，木獃獃的，突然一臉生動了，說：「女子，女子，快進來坐！你也瞧瞧，我把『剪花娘子』弄出來啦！」就扯了虞白近看遠看，左看右看，如瘋了一般。夜郎這才注意到一面牆上懸掛了兩丈多高一幅剪紙畫。畫面上只是一個女人坐着，頭戴鳳冠，肩繫霞披，窄襖寬褲，尖手小腳，那衣褲鞋襪上綴滿了奇奇怪怪的花朵，而圍繞着女人的週圍則是各種飛禽，走獸，爬蟲，色彩大紅與大綠，造型奇特而簡練。虞白說：「怎麼樣？」夜郎說：「好。」虞白說：「怎麼個好？」夜郎說：「我也說不清，只覺得看着舒服。」虞白說：「這就叫氣功了！」夜郎說：「氣功，這怎麼是氣功？」虞白說：「什麼事情你投入了，認真了，進入了境界，這就產生了氣場；好的藝術品都可以稱之爲帶有氣功，你一接觸到它，就會感到一種愉悅的。」夜郎還在疑惑不解，老太太聽得高興了，說：「女子，那我這是藝術品啦？」虞白說：「當然是囉，大娘，這件作品可不要輕易送人哩！」老太太說：「這是給民俗館剪的，館長說了，這幅給五十元……」虞白說：「才五十元？」老太太說：「五十元還少呀？咱吃在這兒住在這兒，還落五十元不少哩！館長說，館裡沒錢，能不能再住下去，還說不定，讓我回去剪下畫了，以後民俗館要全部收購的，女子，我唸了佛了，誰作想剪紙還剪出錢了！」老太太說着就拿出一幅畫要給虞白，虞白不要，老太太臉上不高興，說：「女子看不上？」虞白說：「不是看不上，我不敢要的。」老太太哪裡信這話，篤頭夯腦又坐到那裡去了，嘴裡嘮嘮絮絮「你看不上的，你看不上的」。

虞白不好再說什麼，畫仍是沒要，和夜郎就退下樓來。

服務員已沏了茶在廳裡桌子上，兩人一邊吃茶，一邊看那堂櫃上擺設的夏樽、周鼎、瑪瑙盤、琥珀盃、玉燈、珊瑚樹、金枝玉葉。夜郎說：「那老太太是哪兒來的，倒一手好剪紙？」虞白說：「西府旬邑人，姓庫，老太太一生過日子不是好婦家，卻就愛剪紙，惹得村裡雞嫌狗不愛的。前幾年縣文化館的人去下鄉，偶然發現了她的一幅剪紙，驚訝得了得，買紙送去她剪，她竟瘋了一樣，日夜剪了不停。那些作品到西京展過一次，幾乎轟動了美術界，以後常有人去她那兒套購她的畫，民俗館知道了，就把老太太接了來剪紙的。你看看，那麼大的一幅作品，要剪七八天的，卻只給五十元，太不像話了！」夜郎說：「鄉下有些怪人哩……瞧她欣賞自己作品的那個得意勁，真有些神經兮兮。」虞白說：「她也是太愛她的作品麼，一般人以為她是個瘋老太太，其實是她的思維與常人不一樣罷了，你也瞧見了，她在人頭上剪了個月亮吧，竟能剪成一環套一環的一串月亮，我還沒見過哪個畫家敢這樣處理的！她的畫在鄉下常送人，誰有病，就剪一幅，一邊剪還一邊唸口訣，一字不識的人卻也出口成章像跳神一樣，可那畫掛在屋裡就能治病的。」夜郎說：「你這是說得過份了吧？」虞白說：「你不懂。」就不言語了。不言語了，又覺得不妥，說：「夜郎，你看看這廳上的對聯，能補齊缺的字嗎？」夜郎看去，左聯為「知足不辱，知止不殆，□一步樂意無窮」，右聯是「以讓為得，以屈為伸，忍三分物情□順」，因年事已久，殘缺二字，不可得知。」夜郎說：「看那意思，上聯缺的像是『退』字，下聯可能是『乃』字，你說呢？」虞白說：「是『自』字更好。這聯語倒好，……整個民俗館我只喜歡一些對聯，尤其後邊居室有一閑聯，寫的是「促拍敲棋，雅人所事；高梧修竹，靜者之居」。夜郎說：「那幅對聯應該掛在你房子才是。」虞白定定地看着夜郎，說：「是嗎？」嘴角皺了一下，紋路極好看，是要笑了又沒有笑的那種，遂之消失，身子也懶起來，仰躺在高背椅上，說：「夜郎，我是有些累了，你往後邊看去。」夜郎說：「我倒忘了你是病人。」自個往大廳左右書房去看。右邊一間進深較淺，開間也狹窄，中間的步柱不落地，柱端雕有花籃，插牡丹，荷花、蘭、菊。左邊一間內設立柱，用銀杏隔扇與飛罩劃分內外，紅木壁櫥上刻有隸、篆、草、楷各式書法，除過一套紅木傢具外，牆上也有一聯：「蔘香細讀斜川集，候火烹煮顧渚茶。」穿過大廳，是夜郎未料到的竟是偌大一個庭院，足以容納上千人的，院中蓄一水池，池上亭樓橋廊山水花樹一應俱全，且佈局恰到好處。院東西各有廂房，西廊下有水，一頭與水池相通，一頭暗過花牆，廊房南端處有園門則封了。夜郎猜想：被封的那邊便是虞白的小院吧，那這水就連着了假山下的水的。

過了庭院，後邊便是更大的主樓，看二層前廊二十根檐柱一律雕成竹節形，柱頂又呈希臘科林新式，柱間有鑄鐵欄桿，上鑄「延年益壽」篆字並嵌太極圖，天井四週飾以葡萄、卷葉、綬帶、花環、纓絡紋掛落。步上樓去，前中樓二層間有走馬樓相連通，在前樓的後廊上可清楚看到中樓三樓窗檐下的八幅大型壁畫。樓上有幾處卧室，皆配古式紅木沙發，銅質烟缸、西式座鐘以及桌椅、榻、几及麻將、烟壺。另有幾室展出着老西京的特產樣品，各類小吃、手工藝品、陶瓷、玉器、絆絲、竹編。有喜堂的模型，有社火賽會的模型，這些夜郎一看就明白，用不着多留神，而驚訝的竟有一室展出了西京城昔日出演《目連戲》的盛況的模塑，傅羅卜其醜無比，劉氏四娘妖艷絕倫，更壯觀的是陰曹地府的鬼國、鬼都、鬼城、鬼街、鬼巷裡的鬼君、鬼后、鬼官、鬼吏、師、將、民、卒、以及男鬼、女鬼、老鬼、小鬼……要麼青面獠牙，要麼披頭散髮，要麼赤目突出三寸，要麼長舌吐出半尺。牆上有一說明，上面寫道：目連救母的故事在西京家喻户曉，婦孺皆知，它不僅故事情節生動感人，而且很多祭祀活動貫穿於表演之中，體現了濃厚的民風民俗和地方特色。戲中的靈官鎮台、放猖捉塞、耿氏上弔、娶劉四娘、請巫禳解、地獄救母數場戲中的祭台、清場、找替身、立郗氏幡、回車馬、童子數花、祭叉等法事，那種半陰半陽，人鬼神交織糅雜的氛圍使目連戲更充滿了神秘色彩。在半個多世紀前，目連戲在西京專演的有寶和班、安慶班、康興班，劇目擴編到四十八本之多。據西京記載：七月初，先數日市井買冥器……及印賣《尊勝目連經》，又以竹竿砍成三腳，上織燈窗之狀，掛搭衣服冥錢在上焚之，構肆樂人，自過七夕，便搬《目連救母雜劇》，直至十五日，觀者倍增。——夜郎低了頭便在泥塑人鬼模型中尋自己扮演的打雜師，心想以後若再有人要泥塑現在的戲班，以他的形象來捏，那才真有了意思！又發現櫥櫃玻璃內還放有幾卷目連戲本，有的僅有一半，有的僅存兩頁，而那兩頁上正刊印一出《扯謊過殿》，上有代理閻王聶正倫上台的七句半：

今日裡遂心願，我跛爺坐中間，代理閻王掌大權，過去當吏啃骨頭，如今官高找大錢，適才我問一案，二鬼把財貪，兩人各罰三弔五，拿與太太縫衣衫……

夜郎便想，戲班還沒有排過這出戲，到處搜尋本子，怎麼就不知道來這兒看看。一時心情激動，才要叫服務員開了櫥櫃披覽劇本，卻一眼在另一卷裡看到了一行字，字裡有「馬面」二字。虞白說自己是馬面，自己也以馬自足，且看看這戲裡的馬面做什麼。便看了，原是甘脱身吹牛撒謊，連哄帶騙謀取了牛頭的職位，這一段獨白寫道：

甘脱身：馬面，你說你會搞啥子？

馬　面：我會打條編筐子。

聶正倫：判官，你又說你會搞啥子？

判　官：我會到處扯把子。閻王，你又會做啥子？

聶正倫：問案我會裝傻子。

夜郎惱喪了臉，罵道：「娘的！」臉拉得更長，從展室步行下來。

虞白還在大廳裡喝茶等他，因爲無聊，也是雙臂趴在桌上，脖子上的掛鏈就露出來，正癡眼兒看吊搭在桌沿上的那枚鑰匙，夜郎進來的時候也沒理會。夜郎其實並沒有看到她玩着鑰匙，虞白趴坐在那裡，背身實在像琴，心裡便有了癢，一時把持不住，向她走去，站在身後了卻怯下來，只用指頭戳了一下她的脊骨，戳得有意也無意。虞白轉過身來，忙收了鑰匙，臉已經紅了半邊，卻要說：「怎麼了，氣色倒不好的？」夜郎第一回觸着了她的身子，又平安無事，心裡爲自己的勇敢而幸福。聽虞白說氣色不好，想是剛才看目連戲本惹的懊喪還在臉上，就說了剛才的事。虞白已從窘裡恢復，連說：「是嗎，是嗎？」看着他笑。夜郎可以看着別人，看很長的時間，卻經不得別人這樣地看他。虞白看着他笑，眼拉得很長，光芒越發激射，他就發虛，似乎是一尊泥塑耐不住雨淋，一棵秧苗子受不得烈日曝曬，腦袋蔫下來，說：「能在陰曹的肯定都醜怪——偏偏我長這個臉。」虞白說：「這臉怎麼啦？男人要那麼好看幹啥？」夜郎笑了一下，說：「要好看也來不及了……原來西京城裡早就演過目連戲的，南丁山到處搜尋資料，倒不知道來這兒看看。」虞白說：「先前這裡還有幾把祭叉的，後來也不知弄到哪兒去了。你們戲班能拿出打叉的絕活嗎？」夜郎說：「還可以的……」話還未說完，虞白卻起身匆匆往廳西北角的那間服務室裡了。夜郎才在疑惑，一群人嘰嘰喳喳從門樓進到廳裡來了，便有幾個婦女斜眼瞧着他在說：「這是戲班人，沒錯，是那個打雜師。」「是嗎？戲子都是俊哥靚姐的，他這麼個長臉？！」「長臉總比你個沒臉的好！」「我晚上去歌舞廳陪陪舞就沒臉呀？他們戲班說得那麼好聽，到咱廠還不是爲了賺幾個錢？聽說這次給了他們一萬五千元的！」「那分攤下來又能有多少？劇團現在都發不了工資。難爲他們來演了鬼戲！搞文化需要經濟，但現在卻反了，興『文化搭台，經濟唱戲』。」「這也好嘛，這些戲子就可以當一回他們的表演藝術家了嘛！」「別那麼損人！他要聽見了。」「聽見了咱去握握手唄！」果真就過來和夜郎搭訕，火辣辣地眼睛把夜郎從頭看到腳，嘴上說了「我們認得你，燒成灰也認得你，我們都是追星族」，耳咬耳地又批點了他的頭髮沒有焗油，衣服不是名牌。夜郎終於弄明白這是南郊機電公司的工人；與她們握了手，打哈哈，她們就到庭院裡去大呼小叫了。虞白便從服務室出來，一邊招呼着夜郎，一邊就走出民俗館，夜郎攆上來，說：「你猜我見到誰了？」虞白說：「我看見了她們了，才躲了的。」夜郎說：「聽丁琳說你原是那個廠的，見了她們倒躲了？」虞白說：「離開那廠我就不願再回去，誰也不想見的。」夜郎說：「那是個大廠，效益還挺好麼。」虞白說：「你去了一兩天了解什麼？那麼一個大廠，正因爲大，有自己的醫院、影院、俱樂部、福利區，從托兒所一直到中專，四週又盡是農村，成了個獨立王國。建廠幾十年了，人員不動，子弟又都是頂班，結果夫妻同一車間的，父子一個部門的，裙帶關係盤根錯節，你要得罪一個人了，說不定就得罪了一大片，你想想這樣的大企業能有活力？現在報紙上、書本上到處批判中國的封建村社文化，批來批去，可城市裡卻成了樓院文化，單位文化，那樣的環境還培養什麼工人階級的先鋒隊．只產生小市民！」夜郎見她說得動了氣，倒不好言語，說：「我沒在工廠獃過。」虞白說：「我給你說這些幹什麼？全參觀完了嗎？你說，參觀完了，是立馬回去給丁琳寫文章呢還是回我那裡去？還是到街上再去轉轉？」眼睛又盯住夜郎。夜郎說：「你說。」虞白說：「我要你請我吃飯，敢不？」夜郎說：「行嘚，你要吃什麼？」虞白說：「如果心疼錢，就不勉强了，可我給你要說的——讚美女人是一種高尚，請女人吃飯也是一種高尚！」

兩人隨巷往東走，虞白說：「我要吃粵菜，吃大龍蝦，吃片皮鴨，吃蟹黃包子！」夜郎說：「吃啥都行，你點菜我掏錢！」到了大街上，行人都拿眼光瞧他們，夜郎就故意退後，拉開一段距離，虞白就停下來，等他走齊了，說：「你個大男人倒沒我走得快。」夜郎說：「過來過去的人都在看你……你真美，在家的時候倒不覺的，一出門，人與人一比就出衆了。」虞白說：「是嗎？」夜郎說：「真的是，我剛才退到後邊，就是看看你的美法，也不想讓我這醜男人並排與你走了，影響你形象。」虞白說：「那你怎没想到和我並排走了，你更襯托我美呢！」偏不讓夜郎或前或後，自己又說：「我美什麼，我知道並不美，我只是氣質好些罷了。」在大街上走，自行車只能推着，虞白就說她腳疼，兩人就鑽一條巷子，瞧瞧没有警車，夜郎騎車，虞白坐後。夜郎的感覺裡，虞白在後坐着，就如被他背着，他的後脖根有了一絲熱烘烘的呼出來的氣息，酥酥地癢，他就興奮異常，車子騎得飛快，且不停地瞄着路上的小石子或那些坑坑窪窪碾過去，虞白的胳膊自然彎過來抓着了他的前右衣襟，叮嚀了慢些慢些，別把她顛得撂下去了。夜郎說：「技術好得很哩！」偏雙手也撒了把，嚇得虞白一陣小叫，夜郎才老實下來。車子一騎得慢下來，夜郎低頭就看着虞白拉衣襟的手。手並不小，極其肥胖，奇怪的是指根粗而指尖細如刀削，且小拇指竟短於無名指一半。夜郎說：「虞白！」虞白說：「嗯。」夜郎說：「你這手真好。」虞白立即把手收了。說：「你別取笑我，我恨我這腳手了，這麼瘦的人，腳手卻肉乎乎的。」夜郎說：「胖是胖，指頭卻那麼尖長的，這就好看了。」虞白把手又彎過去抓着衣襟，五指在動着。夜郎說；「小姆指頭真好玩，那麼一點！」手又要退回，但離開衣襟了又抓住，說：「我也不知道怎麼回事，從來照像手都要放到身後的。」夜郎說：「我想到是鷄爪子了！鷄的一個腳趾就長在小腿上的。」虞白另一隻手在夜郎的背上捶了一下，罵道：「你真壞！」夜郎越發得意了，說：「不是鷄，是鳳——行吧？」虞白在後邊說：「你們男人會説話。」夜郎突然有了衝動，臉先紅了一下，脱口說「我能摸一下嗎？」虞白說：「不行！」夜郎一隻手已經離了車把，又落回車把，多少有些難堪了，說：「那我就多看看，」虞白卻把手完全地抽回去，再也不抓衣襟了，兩人一時無話。巷道不平，出現了一截一截污水蝕陷的坑，車子左拐右拐，車輪還是碾進坑裡，没有倒，卻「咯噔」顛了一下，虞白的手又彎前來拉緊了衣襟，在說：「不讓拉還要拉哩！」夜郎知道她在解嘲，爲剛才的行爲作台階下，心裡倒感謝了這凸凹不平的路石，卻不知還再說些什麼好。心裡裝了鬼，這麼騎着，身子便不自在起來，先是覺得後座上的虞白一定在看着自己，有被人審查的尷尬。他的頭髮粗亂，後領或許有了污垢，她是不是在嘲笑和討厭他呢？車子終於在一家粵菜館門前停下來，虞白卻指着斜對面的一個小吃攤說：「我要吃麵皮！」夜郎說：「麵皮有什麼吃的？」虞白說：「你以爲我真要吃粵菜嗎？我是試你捨得不捨得的——我要吃麵皮，只吃麵皮！」夜郎似乎有些泄氣，說：「吃個麵皮，何必跑這麼遠的地方？」虞白說：「你後悔帶我走了路！」嫣然一笑，已去了小吃攤，將張票子遞上去，叫道：「來兩碗！」

吃罷，兩人都是紅油嘴唇，虞白從小挎包裡取了衛生紙來各自擦了，夜郎說：「我真丟人，倒讓女的掏錢。」虞白說：「我最看不起的就是男女吃飯，吃多吃少必須要讓男的掏錢，說得也好聽，是給男的一次愛的機會。」夜郎說：「我没這個機會了。」虞白說：「你不是又給了我機會？」說過了，又說：「你笑什麼，别把玩笑當真的！」夜郎不語，跨上車子狠勁地蹬，巷裡人躲閃不及，有人罵街，虞白的臉面就過不去，說：「夜郎二桿子！你瘋了？」夜郎說：「你見過鹿嗎？」虞白說：「没。」夜郎說：「八月的鹿在山上跑起來就瘋了似的。你知道牠爲什麼？」虞白說：「爲什麼？」夜郎說：「八月份麝生成了，牠爲它的香而狂哩！」虞白說：「瞧你老實，倒這麼貧嘴！這是往哪兒去呀？」夜郎說：「風往哪兒咱到哪兒，我馱你天上去！」車子到了東城牆根，折頭隨牆根的馬道又向前，虞白腳一踩地，跳下來了，夜郎只好停了車，說：「在這裡也好，城河沿的樹林子裡，有許多消夏的園子，咱也去坐坐。」兩人過了東門洞，繞到城河沿上，樹林子裡果然有數處小園子，園內的條椅皆隱於樹叢或遮有大的陽傘，燈已經亮起來，一對一對男女進去了，買了座位就鑽進陽傘和樹叢去，送冷飲的只管送去冷飲，別的就不再有了眼睛和耳朵，坐在園中那一盞乍明還暗的燈下數點鈔票了。夜郎和虞白進去，只有北角落的一個帆布篷下才離開了顧客，夜郎即去交納座位錢和買冷飲，虞白四下裡看了動靜，先進去坐了。篷子極小，面對着城河斜坡上的樹林子，樹密得黑影幽幽，看不見城河水卻聽見水裡的青蛙喚，篷的左邊和右邊恰有兩株小樹遮掩，如丫鬟伺立，裡邊是一張兩人坐的木椅。虞白才坐下，一隻螢火蟲就從密林子飛過來，燈不照牠牠自照，停在篷的柱上。虞白伸手去捉，卻怎麼也捉不住，模模糊糊看見柱上刻有聯語，一邊是「樹林深處情意多」，一邊是「帆布篷裡幽夢長」，正想着我怎麼到這裡來了？就聽得近旁有人在嘻嘻不已，扭頭看去，透過樹葉，不遠處的一叢樹中也坐了一男一女，女的正蹲在那裡，頭偎在男的腹下，嗚囁有聲。虞白先不知是在幹什麼，猛地醒悟，心慌氣喘，噁心要吐。夜郎端了冷飲過來，說句「這地方我也是第一次來的」，虞白臉脖頓覺火燙，起身即往外走。夜郎連問「怎麼啦？怎麼啦？」她不答話，走出園子已經到了馬路了。夜郎只好拿了兩瓶芒果汁追出來。虞白說：「你就領我到這樣的地方！你常來這兒嗎？你是不是常來這兒？」夜郎問是什麼地方，虞白說：「都是些狗男狗女，下賤死了！」夜郎也不再問，只好說：「是你要去的，怎麼是我領了？你嫌那裡骯髒了，咱到前邊那個歌舞廳去，反正時間早的。」車子一個帶一個又走，夜郎在前邊「噗」地笑了。虞白說：「你笑什麼？」夜郎說：「你怕是把我當壞人看了，哪就又敢去歌舞廳？」虞白在後邊悶了一會，說：「那裡畢竟人多，你就是壞人，我也不怕你壞的！」

到了歌舞廳，買了票剛進去坐下，夜郎立即低了頭，悄悄說：「今日這是怎麼啦？這裡也獃不成的。」虞白說：「嗯？」夜郎說：「前邊那桌上坐的都是戲班的幾個女演員，我得去打招呼，要不看見了咱們，不知該如何糟賤我了！」虞白說：「是我給你丟人啦？」轉別了身子，生氣了。夜郎說：「那好吧，咱們跳——我又不是賊，怕誰的！」虞白卻說：「你去吧，人心沒二用的。過會來跳舞，我在這兒等着。」舞曲就響了，旋轉燈光立時使廳裡花花點點，恍惚迷離。夜郎走過去，那桌上一片驚叫，嘻嘻哈哈說着什麼，幾個手就把夜郎往座位上拉，夜郎不好意思往女人群裡坐，扭過頭朝虞白這邊看了一下。一個女的在說：「和誰來的？哪個漂亮妞兒？叫過來認識認識！」夜郎說：「我是瞧見你們進來了，來尋你們的。」一個女的說：「別耍花嘴！你真要這樣說，我們就把你霸佔了！」夜郎好像在推辭，那女的就叫道：「不會？不會你來幹什麼？來來來！」夜郎就被拉進舞池。夜郎的舞姿實在不好，似乎只會往前往後，往左往右，機械地走。虞白抿嘴兒偷笑。一曲剛完，有女的就把一杯冷飲遞給了夜郎，說：「夜郎跳得不錯麼，如果賞臉，咱跳一場。」便又拉夜郎去了舞池。

一連三個曲子，夜郎都是陪戲班的演員在跳，虞白先在尋着夜郎的身影，後來就尋不着了，自己去買了一包瓜籽，無聊地嗑起來。

夜郎擺脱不了那些同行的糾纏，與每人都跳了一曲，心急得火燒火燎，又不好說明，只扭頭看遠處獃坐着的虞白。後來，那張桌前似乎不見了虞白，一回頭卻見她從自己身邊走了過去，心想：她一定在暗示我了！這一曲跳完無論如何得去她那兒坐了。心下分神，腳步就亂了，幾次踩了女伴的腳，女伴罵夜郎笨牛，偏要教他，還挽了許多的花子。夜郎也故意越發笨拙，只會慢四步，說毛主席就只踏慢四步，那女的說：「毛主席是天生帝儀，不怒自威，誰又怕了你的？——跟你跳真累！」好不容易一曲結束，那女的倒不高興，埋怨夜郎和別人跳得還挺好的，怎麼和她就不行，是她不漂亮嗎？還是壓根兒就瞧不起她？夜郎笑着直道歉，還特意買了一杯咖啡讓她喝，然後推辭要去洗手間，幽靈般地退到虞白的桌上來。

虞白卻不在那裡了。

夜郎心裡着急，表面上還作着平靜，銜了一顆烟一邊吸着一邊往舞池裡看，還是未見虞白與他人跳舞的身姿，就懷疑是換了座位。站起來繞舞廳轉了一圈，還是沒有，身上就一層汗，出來去洗手間解手，估計虞白在隔牆那邊的廁所裡，故意咳嗽了幾聲，不見反應，出來站在過道，一眼一眼斜視了從女洗手間出來的人。足足一刻鐘，仍是沒有虞白的踪影。夜郎有了不好的預感，又一次去舞廳轉着看了一圈，忙去大門口問門衛，門衛說是有一個高個女人剛才獨自走了的。夜郎攆出來，門外空空蕩蕩，自己的那輛舊自行車橫倒在牆根。

虞白早早離開舞廳回到家裡，幾天裡心情凄涼。她怨恨夜郎是和自己去的舞廳，卻將自己冷落在一旁不理不睬；看夜郎的步姿雖是笨拙，但絕不是一次兩次到過這種場所；自己畢竟是年紀大了，是沒有了那些女孩子的青春和活潑，既然人家那麼歡樂，何必自己也摻進去尷尬呢？一肚子的煩悶無人訴說，清樸和鄒雲雖也隔三岔五地來家，可只是喋喋不休地說他們餐館的事，虞白也懶得過問，只對琴獨坐，古琴是彈撥少，撫摩得多，每每彈過，屏息以聽，似覺波濤蒼茫，木葉蕭寥，自己也被自己感動了，淚潸滿面。便作想：我這成什麼形狀，總爲細枝末節的小事流淚，現今的人了，又這般年紀，偏有林黛玉那些多愁善感，倒令人噁心！就出了門，在街上走，讓熱風吹着，出一身的汗，圍着捏糖人兒的老頭看熱鬧，然後去民俗館瞧庫老太太的剪紙。庫老太太是個好說的人，一邊剪紙，一邊提說鄉下的怪事：哪一年下冰雹，大者如拳，小的也是核桃般大，包穀苗全砸趴在地上，王小在溝腦放牛，牛也被砸死了；哪一年發洪水，畜死了一半，人也死了一半，他和老伴是爬上了麥秸堆頂上的，眼看着水湧進她家門，門扇就倒了，水再一退，屋裡的東西便隨水而去，幾乎沒有響聲，像水裡有什麼怪獸，輕輕地一呼又一吸，什麼都沒有了；哪一年，臘月二十八了，天上卻打雷，要過年了打的什麼雷？她是去後坡劉海家買了一個豬頭的，才路過岸畔就見一個火球「呼」地砸下來，她就往石頭窩裡鑽，火球就追着她砸，左一砸，右一砸，都砸在石頭上，那個豬頭就砸着了，燒焦得像一疙瘩炭，回了家老漢倒罵她把豬頭沒藏好……庫老太太喜歡說這些異災怪事，一邊嗬嗬地笑着，一邊要不時地插進有關老漢的事情，罵罵咧咧幾句。虞白對庫老太太說的事極感興趣，並且在她的每一幅剪紙裡都能發現她經歷過奇異之事的感覺和印象，兩個人就合了脾氣。庫老太太說她請客，還是辣子開水泡石子饃，一人一碗。虞白見她飲食差，以爲没錢，倒掏了一百元給她，庫老太太收了，解開紮褲管的帶子，把錢塞進襪筒裡。老太太還是個小腳，夏天裡依然穿襪子，紮褲管，襪子裡鼓鼓囊囊竟塞了四五百元錢。虞白埋怨她有這麼多錢卻只吃開水泡饃，老太太神神秘秘地說：「這你不要給任何人提說啊！我那死老漢送石子鎮來了，也不要說的。錢攢下來，我要控制着給他花，他是一輩子嫌我不會過日子，一次給他了，過後就又嘟囔我，一次給他一點，他就不怪我剪紙了！再者，我吃這開水泡饃，館裡人也同情我，會讓我在館裡多獃呢。」虞白聽了，又好氣好笑，好笑的是老太太到底是個農民，小心眼，愛佔個小便宜，好氣的卻因貪小利把自己的作品那麼賤地送人！就提出讓她住到自己家去，吃的用的，剪紙的彩紙顏料，自己一盡兒全包了，卻並不拿她的畫。老太太說：「那不行的，花館裡錢是國家的，花私人錢我昧良心哩！」不願來家住，卻感激虞白待她好，說虞白是多麼漂亮，而她年輕時也漂亮，腰也像虞白這麼細的，辮子便比虞白長，長到了屁股蛋上，給她騷情的人就多囉！說到這兒，老太太嘿嘿嘿地笑，問虞白有沒有個相好的？虞白搖頭，老太太卻說：「我有的，是個貨郎擔兒……他現在該是老了吧，可一做夢，還是那個笑嘀嘀臉，丹士林褂子繫條腰帶，嘭嘭嘭，嘭嘭嘭，在我家門口搖小鼓兒！」虞白吃驚地看着眼前的庫老太太，越發喜歡了這個小個子女人，倒不好意思看她的臉，卻偏要問：「後來呢？」庫老太太說：「那還不是吹了？村裡人在毛柳壩上捉了我們，他就被打跑了……我這一輩子，來騷情的人多，真安心要娶的不多，只好嫁了來福。他來什麼福，死犟活犟的，只是身體好，早晨拾糞起得早……」庫老太太說到這兒便不說了，手裡就開始剪紙，一邊嘴裡竟嘮嘮叨叨道：

奴命苦吔奴命兒苦吔，小奴家沒有個好丈夫，別人家的丈夫擔烟販鹽，做的那個買吔賣呀，咱的那個丈夫日夜不回家，搓得那個雀雀牌呀。

一個曲子嘮叨完，剪紙也好了，庫老太太就把剪紙交給虞白，叮嚀壓在枕頭下會對你好哩。虞白照此辦了，也天天過去跟了庫老太太學，心裡的煩悶是少了，回想老太太的話，也覺得自己的命運或許與老太太差不多，是不宜做合格老婆的女人的。於是，對夜郎的怨恨又少了幾分。但是，越是要提醒自己減少對夜郎的怨恨，越時時想到夜郎；盼望夜郎能來了說明那天的情況，而夜郎偏又沒來。虞白甚至想到自己去找，苦於不知道夜郎的住址，更覺得難爲情，就電話催了丁琳過來，硬不讓丁琳回去，兩人睡在牀上說了一夜話。

又過了七天，虞白再去民俗館，庫老太太卻拉了她的手就哭，嚇得虞白一跳，問明了，庫老太太說她和館長吵了架，她要求一幅作品多付十元錢，館長解釋說我把你接來就是要保護你的作品的，錢雖少了，可國家收藏總比那些畫販子拿去要好，能把作品保存下來，以後館裡有錢了，自然會另外追補的。老太太卻威脅了，說不答應她的要求她就走呀，館長也是生了氣，說要走就走吧的話，庫老太太說：「他說出那樣的話了，我還怎麼在這兒獃？女人都是要哄的，他要再說一句『以後多給你補些』的假話，我也就留下了，可他偏是不肯說！」虞白就不禁感嘆了，女人怎麼都有讓人哄的這一說？心裡一時酸楚，說：「那就住到我那兒去吧。」庫老太太就住了過來。可是，等老太太已經住過來了，館長來找虞白，倒怨虞白怎麼把庫老太太叫走了？虞白說：「是你們不要人家了嗨。」館長說：「什麼時候我們不要了她？她要走當然是她的自由，可也得給我們提前說說。」自此，虞白才知道庫老太太騙了她。但庫老太太既然已住了過來，也就不再說破，只暗笑老太太的小狡黠，愈發覺得有趣可愛，待她更顯了親熱。

庫老太太的牀鋪支在客廳，終日就偎在牀鋪上剪紙，和黑狗醜醜鬧着玩，醜醜的身上總繫掛了紅紅綠綠的碎紙串兒，說醜醜眼睛亮，眼綫生得好，模樣像她小時候和初來西京城時，在春光酒樓上見過的阿楚。老太太說過便說過了，虞白卻聽着有意，她是以前聽鄰居的老頭說過阿楚的，阿楚是當年的名妓，賣藝不賣身的，紅透了西京城，後來被北京來的一個軍閥看中，硬搶了去，可憐年方十七，還花而不實，就吞鴉片死了。虞白是沒能見過阿楚的形容，抱了黑狗卻想：古時候，有態的女人都是聲名顯赫的妓女，妓女在那時是以男人而着的附屬物，但往往棋琴書畫俱佳，卻成了與男人平等的活得最自由的人。這黑狗像阿楚，莫非就是阿楚的托生？何況我怎麼就起了名叫牠醜醜，醜醜和楚楚是同一韵脚呢。於是，把醜醜改名了楚楚，和庫老太太一起寵牠。一老一少兩個女人和一個曾是女人的狗在一起玩鬧，剪紙，常常都不理會去做飯和打掃房間，鄒雲來過幾次，怪起虞白怎麼收留了一個鄉下婆子，心裡不悦。幫着做了飯來吃，老太太不習慣炒菜的油重，直嚷浪費，而吃飯的碗又嫌小，要端大碗，吃完了還習慣着舔碗，說他們那兒興這個，過去千頃田萬畝地的大財東家吃飯也舔碗的。鄒雲就看不慣，每每將她的碗單洗另放，覺得噁心。虞白暗地訓過她幾次，說老太太是個天才，但畢竟是鄉下老太太，心眼小的，言語上臉面上稍有個變化，老太太就要犯了心思呢。鄒雲說：「一個瘋老婆子，你倒說成是天才！當客的哪裡像她這樣子，飯也不做，菜也不摘，一天到黑只剪那些紙，那是閑得沒事了剪剪玩的，她倒當正經事哩。她神經了，你也神經了，連狗也神神經經地不像個狗了！」

一日，丁琳來，滿屋子一股檀香味，見虞白在窗前彈琴，庫老太太一邊看着虞白一邊剪紙。地上鋪開着一幅作品，是一個操琴的女子，女子已剪貼出，頭部是側面的，卻出現兩隻眼睛，雙手撥了弦，手指竟爲二十個指頭；琴無琴座，安放在一隻卧伏的紅狐背上。丁琳看了，一下子抱住也蹲坐在一邊看着的楚楚，驚得說道：「這簡直是畢加索的作品麼！」庫老太太說：「你說這鼻子太勾了嗎？」就極快地用剪刀鉸綠紙，鉸成了，將原來的鼻子揭去，重貼新的，竟是一支未開綻的梔子花，花下彎曲的葉瓣正好做了兩個鼻翼。丁琳大加讚嘆：「虞白，真是畢加索，畢加索！」庫老太太說：「什麼鼻加鎖，鼻子上加上鎖不好看的。」丁琳和虞白哈哈大笑，前俯後仰的。庫老太太說：「你們城裡人笑話我了？」虞白說：「這是丁琳，我的好朋友，她是誇獎你哩。畢加索是個人名，外國的大畫家，她說你比洋人的畫還要好！」庫老太太一高興，反倒謙虛了，說：「我一個瞎老婆子比洋人好？不好，不好，我那死老漢没說過我一句好的話，別人家的媳婦自家的娃，他總瞧着我不入眼哩！你們還說我好，好了就給你丁同志剪一幅來！」丁琳說：「就叫我丁琳。——我可不敢白要你的，我要買的。」庫老太太就看虞白，說：「這不行了，你是虞白的朋友，我怎能收你的錢？」當下剪完了虞白彈琴那一幅，問丁琳想要些什麼內容的畫？丁琳說：「你佬兒隨便。」庫老太太說：「你額上髮際有個三角，是美人坯子，我年輕時就有的，你瞧瞧。」她撩起自己的頭髮，額頭上並没有那個三角髮際。庫老太太說：「女人活在世上也就是活男人哩，長得不好，晚上連蚊子都不來咬的。可你長得好了，狼也叼你，狗也吠你，什麼樣的男人都要來騷情，惹得是是非非，你的命也就不好了。你的下巴長得尖，錢倒攢不下哩！你想不想多要錢？」丁琳說：「我不嫌錢多。」老太太就抓過一張油光紅紙，左一折，右一疊，「咔嚏咔嚏」剪起來，等剪出來了，是一張完整的圓形圖案，圖案正中是一個老太婆，一手指天，一手捂胸，胸上有一隻彩鷄；説，指天是説古論今，捂鷄是心中守機。繞着老太婆的是山川，是古木，是五穀成熟，是五毒出動。虞白和丁琳迭聲叫好，老太太不笑不理，耷眉搭眼，嘴裡卻在説：

撳個火，點個燈，婆婆給你説古經。羊肉膻，鷄肉頑，豬肉好吃咱沒錢。核桃空，棗兒蟲，丢下柿子還沒成。紅蘿蔔，賣瘋啦，今年生薑膛空啦。

丁琳説：「你説的什麼？」！虞白説：「她常常這樣，剪到興處嘴裡就唸叨，她是一字不識的，順嘴往出説，還都能押韵，過後問她，她倒記不得了。聽民俗館裡人説，她在鄉下剪紙還爲人治過病，就是這樣又説又剪的。她給我剪了那麼多，出言倒只一次；初見你就給你這麼辦了！」丁琳説：「我有福嘛，大年初一，我到隔壁人家去，餃子裡只包了一枚錢的，一家人誰也吃不到，偏我去了讓我吃，我不吃，硬夾了一個要我嚐，一嚐就嚐出個錢來！」虞白説：「就你有福！可你別得意，大娘給你剪紙指天捂胸畫，是讓你『守口如瓶，心繫一處』，你別三心二心五花八門的心，死貓爛狗的都吃！」丁琳叫道：「我又咋啦，我又咋啦？愛情難道只有一次嗎？」虞白説：「那些大款，整日陪人去飯店，一頓飯千兒八百；那些做大官的，整日開會坐主席台，你以爲那就是福嗎？那叫瞎福，算不得真正的福！」丁琳説：「什麼算真正的福？」虞白説：「真正的福是清福，人常説，人生難得半日閑；心境閑靜之人才能享受到清風呀明月呀的，清風明月這麼地好，就是有些人享受不了，整日忙忙碌碌，身累心累，守倒守的是一個高工，高工卻只迷他的研究，自個睡在高級蓆夢思牀上想如何發篇稿件呀，想約一個什麼人呀，夜夜無眠！」丁琳說：「好麼，你挖苦嗬！我沒有清福，你有清福怎地也害神經衰弱，眼圈發黑？或許要說這是內分泌紊亂，不找個老公有不找老公的自在，可沒問一問，爲什麼内分泌紊亂？身體不好着哪裡還有濁福清福能享？再說大自然中除了清風明月還有人，人是天地之靈，連一個男人都沒享受過，還談得上什麼清福！」說得虞白臉上紅一片白一片，發急了說道：「好呀丁琳，笑話我没個男人了！你瞧着我找一個男人給你看！」說罷倒羞於看丁琳和老太太，抱了楚楚到窗前，將楚楚放置在窗台上，操琴彈一曲姜白石的「玉梅令」：

疏疏雪片，散入濱南苑，春寒鎖舊家亭館。有玉梅幾樹，背立想東風，高花未吐，暗香已遠。

丁琳見逗起了虞白心海波瀾，也不驚動她，掏了一百元錢要給庫老太太。老太太嚇了一跳，不敢接收，悄聲說：「我不能收的，住在她這兒白吃白睡，收了錢裝自家腰包，她怎麼看我？」丁琳把錢往她懷裡塞，她不，走過去到廚房門口了，卻給丁琳招手。丁琳過去，老太太說：「你真的要給我這麼多錢？」丁琳說：「全是真心，你拿着了也買個零嘴吃。」老太太收了錢握在手心，一邊扭頭看着虞白的背影，一邊彎下身去，把錢極快地塞進襪筒裡，拍拍打打衣襟，似乎是拍打灰塵般走出來，立即又返身來對丁琳說：「我心裡總慌慌的，我得出去轉轉的。」就放了聲說：「你坐着喝茶呀，丁琳！我要去街上的茅房子了，這裡的馬桶我坐不慣，坐上去拉不出來的。」也不等丁琳回話，拉門就出去。

琴聲突然一駐，虞白還是那麼坐着，卻說：「丁琳，你落下好人緣了！」丁琳說：「落誰的好了？」虞白說：「你要真對老太太好，就買些好吃好喝的來，你給了她錢，她只是攢着不花。」丁琳說：「你知道我給她錢了？」虞白說：「你們鬼鬼祟祟避我，可楚楚用爪子撓鏡子，鏡子就告訴了我。」丁琳這才發現那窗台上就有一面小鏡子的，只好說：「我也應該付了她錢的，再說鄉下老太太，就是愛惦記個錢，也好打發她個喜歡。」虞白說：「你既然也覺得老太太的畫好，你們搞民俗文化活動，怎不寫寫她？」丁琳說：「我正要說這話，你就說了！——我已不止一次地測驗了，不是我正想着你就說出來了就是我要說的正是你在想的！」虞白說：「都是英雄，所見略同嘛！」丁琳說：「可惜夜郎那個文章已寫好了，要不讓他一併兒寫了，他的文筆……」虞白說：「不要提他！」丁琳就笑了說：「是你介紹了我認識的，卻怪我提他？不提就不提！——你近日用的是什麼粉？」虞白說：「我能用什麼粉，哪有你送洋粉的人多！」丁琳說：「那膚色怎麼白多了？」虞白說：「氣白了。」丁琳就又笑嘻嘻地說：「唔，原來氣還是這麼好的化妝品！那麼，我要送你一盒法國的化妝品，你是用不着了！」虞白拉過丁琳的紅色真皮提兜，在裡邊果然尋出一盒化妝品來，打開了，聞了聞，又蓋上了，嘆了一口氣說：「三十多歲的人了，我還抹這張臉幹啥？女爲悦已者容，誰還肯悦一個三十多歲的女人？女人真可憐，爲了取悦男人把什麼都往臉上抹了！」丁琳說：「也就是，一到街上滿到處都是爲女人服務的東西，商場好像就只是給女人開設的，似乎這個世界是母系社會了，其實這一切全是男人製造出來讓女人打扮了供他們欣賞的，幾時男人全死完了，咱也就都不化妝了！」虞白說：「男人都死了，你不是也沒有個高工了嗎？」丁琳說：「死了就死了唄！——偏偏男人都不去死，只要還有一個不死，咱還得在臉上抹。來，都抹！」一把化妝盒打開，就給虞白打扮起來，虞白說自己來，兩人各自在一張鏡前化起妝，頓時容光煥發，相對笑個不止。虞白卻拿了眉筆去給楚楚畫一畫的，楚楚竟順從地仰了頭，虞白就說：「咱化妝也不是給他們男人化的，既然世界是男人的世界，咱更要活着爲自己活，活得越要自主越是自由！」丁琳說：「你知道男人心理。」虞白說：「這怎麼說？」丁琳說：「男人朝三暮四，喜新厭舊，你越討好他，依附他，他越煩厭你，疏遠你，可你按你的主意活，常活常新，自己精神提起來了，他倒越發來親近你。孔子說女子和小兒難養，其實最難養的是男人，他永遠追踪的是追不到手的女人，是最賤的動物。——我現在才知道你爲啥對男人總有魅力的原因了！」虞白說：「你是飽漢不知餓漢的飢，自己吃飽了男人倒來作踐我，我要有魅力，倒不至於總是失戀。」就悶了半天不吭聲了。

廚房裡煤爐子上的水壺「吱吱」地響，一股白水霧從廚房門口飄出來。虞白說：「水開了，你喝什麼茶的？——楚楚，楚楚，把小凳子拿了你阿姨坐！」楚楚聽話地跑着去了後院，卻在假山之後乍腿撒了尿，叼着小木凳進來。丁琳說：「我不喝茶，我要喝咖啡的。」虞白抿了嘴笑，說：「前日鄒雲從平仄堡得了一個測驗人性格命運的方法，其中就有一條問對茶和咖啡的態度，若回答喜歡茶，就是喜歡與丈夫的性愛，若回答喜歡咖啡，卻是喜歡婚外的性愛。——這真是準的！」丁琳說：「這準了什麼？世上最喜歡喝茶的，也是最講究喝茶的，是山中那些和尚，可和尚卻是沒有老婆的！」虞白也笑了，說：「這說得好，這說得好，你這麼一說，我也不再喝白開水了！」將一杯咖啡冲了端過來，漫不經心地說：「哎，那個民俗館的文章寫得怎麼樣了？」丁琳定睛看着虞白，心裡想：你終於按捺不住了吧？偏板了臉說：「你不要提他，我就不提他。」虞白說：「他是誰？」丁琳說：「我也不知道，只是有一個人給我打了電話，給我解釋來解釋去，我說，我知道了，人是受冷落了！」虞白說：「我受什麼冷落了？他夜郎就是和我跳，我還不願意上那個場子的！」丁琳說：「這可是你說的夜郎！——夜郎說了，他没辦法應付人家，後來四處尋你尋不到。你也真是，豌豆心，咕嚕嚕上來，咕嚕嚕下去，誰個能適應了你，是我我也受不得的！可夜郎還好，讓我試探你還肯見他不見？——他是骨子裡真自卑了！我就說了，你要見得正式邀請啊！」虞白說：「好呀，背了我你拉皮條！」丁琳說：「狗咬呂洞賓了？好吧好吧，就算我是拉皮條，我給你拉客嘛！」羞得虞白眼都睜不開，才說了一句「人家都傍大款的，我這裡看上他什麼了嘛！」庫老太太從街上回來，趕緊打岔，問中午做什麼飯來吃。庫老太太說『隨便』，虞白就喊丁琳去廚房，說：「頓頓做飯，就發熬煎做什麼吃好，『隨便』飯不好做哩！」趁機在丁琳屁股上擰了一把。

再是五日，夜郎果然寄了信來。信是明信片，上邊只有一行字：十七日晚七點來南門城頭上作樂。信是十五日發寄的，收到正是十七日上午。虞白一看完信，心裡就緊張得怦怦直跳，先對了鏡子端詳了半日，用手去揉搓眼尾的皺紋，又皺了皺眉，看額頭上皺紋的深淺，就思謀着要洗洗頭了。在洗頭的時候卻又想：夜郎誠心要邀請，本該是登門來清，人卻不來，是不好意思呢，還是怕來了我不給台階下而尷尬？女人要臉面，男人倒也更要臉面！那麼，寫了信來，爲什麼不寄密封的信，可以說些抱歉之詞和邀請的熱情話的，單單寄了明信片？虞白就覺得夜郎這是在應酬她。如果純粹是在應酬，她虞白這麼大的人了，還會像小姑娘一樣就風風火火地跑去應約嗎？越想越覺得無聊，心就冷下來，洗了頭，用毛巾裹了濕髮歪倒到真皮沙發上灰灰地翻看一本閑書。

庫老太太卻激動異常，一會兒問還有油光紅紙沒，一會兒問有綠色皺紋紙吧，說她要剪畫呀，剛才午休她是突然夢到一個場面的，她得趕快剪出來。虞白說了「紙都在臥室大磁缸裡」，就懶得再理會。庫老太太並不看虞白的臉色，只是把各色紙全抱出來，盤腳坐地，一邊搖頭晃腦，一邊喀嚓喀嚓剪，口裡又唸叨開來。虞白一個字也看不進眼裡去，先是和楚楚眼對眼兒看了一會，都看出陰鬱來了，就人與狗一起瞧着老太太剪好了，又用漿糊往一張硬紙上貼，說：「你唸了什麼？怪好聽的。」老太太說：

鴿鴇鴇，鴿樹皮，根娃拉馬梅香騎。根娃拿着花鞭子，打了梅香腳丫子。「嗯呀，嗯呀，我疼哩！」「看把我梅香能成哩！」

虞白心裡「咯噔」一下，立即聽出根娃的根字和梅香的梅字和夜字白字同韵，問：「什麼根娃梅香的？」老太太說：「我剛才夢裡，就是在花園裡見到一個女子騎着馬，吆馬的是個小伙子，他們互不叫名字，可我似乎知道他們一個叫根娃一個叫梅香的。」虞白看了書本，也沒趿拖鞋走過來看了，畫面上是剪了兩棵樹，枝葉交錯，但不是連理枝，是兩樹同枝，形成一個彩門狀，滿樹上結的不是柿子、石榴，也落的不是鳥，是魚，紅色的鯉魚。虞白就覺得新奇，再看樹下的人兒，左邊是一頭黑馬，馬上坐了個白衣白面的女子，正回了頭，一眼看馬蹄邊的一隻腳，一眼看馬後的一個穿黃衫男子。男子手裡握着一條鞭子，鞭子卻是一條蛇。虞白不知怎的，心裡惶惶地發顫，問老太太怎麼做這麼個夢？老太太說：「我也覺得怪怪的。——喜歡不？」虞白說：「喜歡。」老太太說：「喜歡了你就拿去。」虞白把畫捲了，獨自坐在臥室裡看了半會，心想這或許是什麼預兆，忽然就高興起來，在臥室裡開了吹風機吹起頭髮來。吹好了，又換了一身白裙子，出來說：「大娘，我這一身好看不？」老太太眯了眼看了半會，說：「男要俏一身皂，女要俏一身孝；你要出門了嗎？」虞白說：「你怎麼知道我要出門？」老太太說：「我覺得你要出門了。」虞白說：「大娘成了神婆婆了！」就叮嚀庫老太太她真是要出去的，晚上才能回來，廚房的冰箱裡有饅頭的，有豆腐，有排骨，有鵪鶉蛋，有黃花、木耳、菠菜、蒜苗，砂鍋在案下邊放着，可以在爐子上炖燴菜。一切叮嚀畢了，去臥室捲了那畫在袋子裡，出來抱了桌案上的古琴就出了門去。

虞白走到街上，搭上了一輛出租車，卻好笑自己怎麼就抱了古琴出來！這古琴從未借過人，自己也沒有抱出過門。這麼作想，臉先紅了半邊。司機問：「往哪兒去？」一時竟慌亂，隔窗望望外邊，太陽當空，天氣尚好，說聲「保吉巷」。車在路上走，虞白卻又爲難了：這麼早抱了琴去夜郎住處，夜郎會不會在？即使在，該怎麼解釋來得這麼早？那一日是要了小脾氣不辭而別，這一日卻是等不得天黑主動登門，夜郎的眼裡會是如何賤看了我？虞白急讓司機調轉方向，直奔丁琳家來。

丁琳對虞白的突然到來，顯得十分吃驚，因爲虞白有半年天氣沒有來過了，什麼事都是用電話要她過去。虞白見了丁琳的房子裝修得嶄然一新，但書籍、報紙、雜志到處亂放，便批評了她的拉沓，說起夜郎邀請信的事：咱們一塊去着好。丁琳卻並没有收到邀請，多少動了氣，說：「人家請你一人去的，我去了鷄嫌狗不愛的討什麼没趣？」虞白心下一陣喜一陣惱，喜的是夜郎畢竟只請了她一個人，足以說明夜郎對自己不是應付，惱的是自己一時竟没想到這一點而跑來要丁琳一塊去露了馬腳。但事情已經挑明，虞白硬了嘴說一定給丁琳發了信的，是不是郵遞員出了問題？但拿出明信片，指着上邊「作樂」二字，說「『作樂』在這裡應唸作『yue』，就是讓咱們去彈拉唸唱，哪裡會請我一個人去！」丁琳說：「『作樂』的樂字該讀『le』，就是尋歡作樂。」羞得虞白罵道：「你個流氓，原來看我和夜郎是狗男女了！你今日去得去，不去也得去，要不還真以爲我是夜郎的情人了！」丁琳說：「是情人又怕什麼？他没妻你没夫，誰也不是第三者麼。」虞白見她這麼說，就脫了鞋坐在牀上去，拿過牀頭一副跳棋說：「你不去，我也不去了。」要求下棋。

兩人下了五局，局局都是丁琳贏了。虞白不服，到吃飯時候了，也不讓丁琳出去買蒸餃，從冰箱裡取了兩張軟餅夾了一顆鹹鴨蛋一邊吃一邊還要下，問道：「幾點了？」丁琳說：「五點半。你走好啊，落子就不能動的！」虞白說：「我哪回反悔了？」結果又走了一步失着。丁琳就開了窗子，歪了頭往外看。虞白說：「你這不是欺負人嗎？故意心不在焉。」丁琳說：「我看太陽落了没有？《西廂記》裡鶯鶯不是恨過太陽嗎？她是恨不得有個繩兒把太陽扯下山去的。」虞白嘩啦把棋撥亂了，說：「我可没那份猴急！」丁琳說：「是我猴急了！」

六時十分，兩人收拾了出門，七點準時來到南門口，虞白卻遲遲不肯往城牆頭上去，偏要坐進了那家茶鋪裡吃茶，吃茶揀的是鋪門口的桌子，卻背身朝裡坐。丁琳說：「又拿大小姐架子，總要夜郎來接了你！可你背身坐了，夜郎哪裡能認得？」虞白說：「認不得了才好，咱們就可以回去了。」

夜郎和汪寬果然在城牆頭上等了許久不見人來，夜郎就先跑下城牆來接，忽見兩人背了身正在茶鋪裡吃茶，悄悄過去站在兩人背後中間，虞白坐右，丁琳坐左，用手伸過去拍了丁琳的左邊肩，丁琳頭扭向左邊，瞧着没人，一回頭夜郎站在右肩後，虞白已瞧見，嗤嗤地趴在桌上笑。丁琳說：「別拿我作幌子，有這親熱勁兒怎不給我發邀請信？」倒噎得夜郎好没個意思，吱唔道：「你們是籠離不了攀，攀離不了籠，邀請一個還不是邀請兩個？咱是窮人，能省一張郵票錢就要省一張郵票錢呀！」丁琳說：「你不請我，我偏要來，虞白請我是保鏢，我要負責她的安全，免得壞人一口把她吃了！」當下把琴讓夜郎抱了，喜得夜郎橫抱豎抱不成，生怕撞了什麼。

三人嘻嘻哈哈步上城牆，寬哥坐在那裡正用樹棍兒從後衣領塞進去搔癢，見了虞白、丁琳，將樹棍兒丟下城頭，伸手握了相見。虞白說：「夜郎說寬哥會樂器，我還懷疑，一瞧這手我是信了——寬哥能文能武！」寬哥說：「我哪裡算得上會，玩玩取樂罷了。夜郎，快讓我瞧瞧這琴，是那把古琴嗎？」夜郎說：「是的。」把琴抱了過來。寬哥雙手高高舉了，身子卻坐下來，盤了雙腿，琴就橫於腿上，操撥了幾聲，便又停了。夜郎說：「彈得好好的，怎麼就停了？」寬哥說：「彈琴有散聲、按聲、泛聲，我並没向名師學習，也不講究譜法，手勢更難嫻熟，彈這兩下，只是取個形式罷了。」夜郎說：「琴有這般講究，什麼是散聲、按聲、泛聲？」寬哥說：「泛聲應徽取音，不加按抑，法『天』之音，聲音清朗。散聲以律呂應於地，弦以律調次第，是法『地』之音，聲間渾厚。按聲抑揚於人，而人聲清濁兼有，所以按聲爲人之音，聲音既清朗又渾厚。」夜郎說：「琴的講究這麼多！我知道的只有一個成語『黃鐘大呂』是從琴上來的，怎麼就叫了『黃鐘大呂』？」寬哥說：「我說不完全的，虞白你說給他。」虞白說：「真不懂還是假不懂？」夜郎說：「真的不懂。」虞白說：「我也是一知半解……琴是五音十二律，應弦合調爲黃鐘、大呂等，黃鐘和大呂是這樣——」就在地上寫出來：

黃鐘	弦	一	二	三	四	五	六	七
	律	黃	太	姑	林	南	黃清	太清
	音	宮	商	角	徵	羽	少宮	少商
大呂	弦	一	二	三	四	五	六	七
	律	太	夾	仲	夷	無	大清	夾清
	音	宮	商	角	徵	羽	少宮	少商

夜郎看了，說：「嚇！這都是高雅人的樂器，我哪裡看得懂，我只懂得1234567。」虞白說：「這和現代的簡譜不一樣的。」夜郎說：「那你給死法兒教教。比如『陽光三疊』，第一下撥哪根弦，第二下撥哪根弦，學會了到人面前咱也是個彈琴的，臊臊那些只會泡卡拉OK廳的人呣！」寬哥就撥動了一曲「陽關三疊」，又一步一步分解着對他說了。夜郎即親自去撥，撥得聲不是聲，音不是音。丁琳在旁看了一遍，也將步驟默記在心，遂也彈撥，未彈完自已先笑了說：「糟踏，糟踏。」虞白說：「真的是糟踏，古人論琴，將琴稱之爲禁，意思就是禁止於邪，以正人心，哪裡是心中無德，腹中無墨之人彈的？」一句話說得丁琳和夜郎都不敢動起來。夜郎說：「這琴只有寬哥敢彈了！」寬哥說：「那爲什麼？」夜郎說：「你是警察呣！」虞白和丁琳都笑起來，說：「寬哥彈一曲。」寬哥說：「大家集到一處了，樂是都要樂的，虞白你彈，我吹口琴和你。」丁琳說：「我和夜郎當聽衆，沒有聽衆，你再好的音樂也只是和颳風一樣。」虞白就接過琴，輕輕在地上放了，卻讓夜郎去尋四頁城牆大磚來。夜郎不知其意，跑很遠的地方，抱了四頁磚。虞白一邊兩頁支了，將琴置上去，就從提包裡取了一筒印度檀香，抽出三支，插入地磚縫裡，點燃了，垂頭靜默許久，然後一揚頭說：「寬哥，彈『春江花月夜』吧。」寬哥點頭，琴聲就流動開來。果然聲韵美妙。丁琳側耳聽了半會，只覺得脖子在長，耳朵在大，後來看天，明月當頂，和風習習，才一悶住，瞧着了城牆的那一截女牆處有了一點光亮，光亮忽明忽滅，倏乎就在了身下，發覺是一隻螢火蟲，也不忍心去捉，熒火蟲就飛在了虞白的肩後長髮上。丁琳只覺得虞白十分地美麗。夜郎先是見虞白焚香默坐，心裡就暗暗讚嘆她的清雅高貴，待琴聲一起，身上便頓時起一股涼意，如水從腳心直往上漾，又輕又癢又極暢美，後來猶覺得這水從身上流出，流得四處皆是，自己又如泛舟於一平湖之中。一時陶醉，不知所以，竟從懷裡掏出塤來，又拿了剛才同寬哥喝過的一個空酒瓶子，暗示丁琳敲動，自己的塤就應和而鳴。四人合奏，聲韵高低緩急，粗細重弱，快樂是快樂了，卻失了雅正，虞白手一捂琴，其聲戛然而止了。夜郎一時還收不住，嗚兒又吹了一聲才止，說：「這多好的，怎麼就停了？」虞白說：「你們繼續吧，琴是用不着了。」夜郎疑惑，問道：「你不彈了，我們怎麼繼續？」虞白說：「彈琴要運動閑和，氣度溫潤，才能探高山流水之音於曲中。我原本彈得不好，而大家又是要作樂，這琴聲越發不和諧了。古人講過的，「樂」用七音而二變，與宮徵聯用，其聲淫而悅耳，琴用五音變化極少，又少聯用他詞，音雖雅正，卻難爲人樂趣哩。」丁琳說：「你那神經質又來了！我們都是俗氣，唯獨你雅正了。」虞白說：「我不雅正，是琴雅正——我算什麼？我爹在世的時候，無故都不敢琴瑟的。」寬哥說：「虞白的話是對的。我在音樂學院請教老師時，老師也是這般說的。」就蹲下來，抱了琴在懷，說：「說到你爹，我倒想起夜郎以前說過這琴上有字的。」細細看了，又一字一字唸出，問這琴的詳細來歷。虞白說：「上邊記載的歷史我是不清楚的，這琴到我爹手裡是我爹跟興慶寺的一個和尚習琴，和尚圓寂前把琴送我爹的。瞧這琴的樣子，年代是很古的了。」夜郎和丁琳也湊近去，琴漆光退盡，看上去儼然如烏玉，手按了又堅瑩如水。琴上有斷紋，紋呈牛毛狀。寬哥用手去摸那紋，又看合縫處，又看琴材，說：「琴真是古琴，當然還不是上品，但有這牛毛紋就屬中品了。這紋摸着沒有痕跡，合縫沒有間隙，斷紋過肩，琴材又是純用的桐木，桐的陽面爲面，陰面爲底，證明琴不是僞製的。看着這琴，我就想起再生人的那把琴了！那時我並不懂琴的，不知道琴有九德，但當時聽了再生人的彈奏，卻也聽得出有金石之韵，清亮不沙啞，不發燥，無閑散音。音樂學院的教授聽我說過再生人的琴，他也是感嘆不已。這些年來，我在西京城裡還未再見過類似那樣的琴，只說西京不會有像樣的琴，没想你家裡竟有，真是奇跡，也是緣份。」虞白說：「寬哥到底懂得多！琴雖在我家，我只是偶然煩悶時彈彈，也彈不出什麼名堂，只是要聽那個雅音，起個修身養性的作用。寬哥若喜歡，可借了你一月兩月。」寬哥說：「這我真要謝謝你，但我是不能帶回去的，我那媳婦最煩的是我在家吹吹拉拉不幹家務的，這琴放在家裡，說不定她嫌礙手礙腳會損壞的。」丁琳說：「虞白既然有這份心，肯將自己最珍愛的東西借人，那就讓夜郎抱回去，一是他也愛琴，二是寬哥與夜郎親近，有空也就去他那兒彈。」夜郎說：「這盼不得！只是虞白不肯交與我。」虞白說：「你是粗粗糙糙的人，只怕你不會善待了它。我家那庫老太太先頭見過你一面，就說你心性浮躁，不會珍惜所得東西，特還給你剪了一幅畫要治你的毛病哩。」說着從提包取了那畫，自自然然交付了夜郎。衆人看了，都說好，丁琳叫道：「夜郎是馬面，畫上還真有匹馬。夜郎是什麼命呀？得琴又得畫的！」虞白暗裡就擰了丁琳一下。夜郎說：「馬是野馬，你怎不見有鞭子調教哩？」寬哥說「真應該人人都來調教你才是！」夜郎喜出望外，就來抱琴，虞白說：「不要橫抱，免得碰上什麼傷損，護軫焦尾直抱。要彈時先洗手焚香，手不潔最容易污損琴弦，大熱天的中午最好不彈，別斷了弦。」夜郎說：「斷弦才好，有知音了嗎。」虞白說：「憑你那水平，哪裡會有知音？」夜郎嗆了口，應答道：「那我就不彈了，放在家裡只瞧着，當神敬着，也好修身養性吧。」虞白就拿眼窩了他一下，就又叮嚀怎麼掛琴，不要貼近牆，免得受潮，要掛在木板上，還要布囊盛着。又叮嚀若琴彈奏不出聲了，用布囊裝了炒出的熱沙覆蓋琴上，沙冷了又換，使汗出透，當風處吹開。又叮嚀琴最好放在牀邊什麼地方，要近人氣。兩人嘁嘁啾啾說個不完，丁琳就說：「好了好了，你們只圖說話，讓我和寬哥就這麼獃坐着。今夜月色這麼好，來一趟就是送個琴的不成？現在都做個俗人，隨便吹吹打打取個樂。」

夜郎說：「就是，我約你們來就說的要『作樂』，咱都愛樂器之類的，咱也成立個小樂社，定期到這兒作樂怎麼樣？」虞白說：「這主意倒好，只怕寬哥不肯教我們。」寬哥說：「我哪裡能教了人，咱這裡玩一玩麼。夜郎，你入了鬼戲班，又要組織樂社，那你就來一段塤吧。」夜郎說：「師傅在這兒，我怎能先吹？」寬哥說：「我早不吹那玩意兒了，那聲音太幽怨，我倒不喜歡哩。」夜郎說：「說你是正人越發正了！吹那口琴我死也不學的，口琴只能吹節奏快的快樂調，我不喜歡或許是我没你那麼多的快樂！」自個就吹起了塤。一時聲如裂帛，一時又如鬼哭，如泣如訴。一曲吹罷，衆人都無言語。寬哥說：「你這吹的是什麼曲子？」夜郎說：「我這是自己做的『風竹』。福薦公園有半畝竹，我常去那兒看，看得竹子多了，自己瞎譜了吹。」虞白說：「怕是常去那兒偷看談戀愛的人吧？」四人都笑了，夜郎說：「現在的公園人多爲患，人游園本該是爲清靜去的，可去了眼睛也没處看，到處是一對一對男女抱呀啃呀的，人家不難堪，咱倒難堪了，所以我要去總是颳風下雨天才去的。風雨中看竹子，才知道風是没形的，有竹子風才顯了形狀，所以這曲子，叫『風竹』。」虞白說：「你說是『風竹』，我倒覺得這曲子不錯，能聽出竹子在風雨中的瀟灑，得意，也聽得出竹子的尷尬和驚恐。」夜郎說：「我就是這麼想的，風雨一來，竹子總想適應於不適應的環境，但到底不適應，想在無爲中有所作爲，可努力到最後仍是無爲。」丁琳說：「這塤破了没有？」夜郎說：「好好的呀！」丁琳說：「有知音了這塤怎麼個沒破？」虞白偏說：「丁琳，你總是有發表慾，你爲何不配了詞，將這首曲子拿去報紙上發了？說不準還能獲得個什麼獎！」說完都笑。寬哥說：「虞白，你不能凝着面子只說夜郎的好話，這曲子沒個清正氣，有什麼好？年輕輕的意志消沉，你越這麼吹越覺得活得沒勁！大家是來樂的，你這一吹，氣氛都冷下來，怪不得有人向你打槍，我聽着身上也起雞皮疙瘩！」丁琳就問打槍是怎麼回事，夜郎說了過去的事，丁琳說：「那子彈還算長眼，要不我和虞白今生也認不得一個夜郎的。」夜郎說：「我那次要死了，我也會做個再生人來西京的。」虞白心裡沉了沉，卻說：「以後可不敢做再生人了，你才拿了我的琴，你要作再生人是想也焚琴嗎？」丁琳附了耳說：「那再生人可要來開你家的門了！」虞白忙羞得埋了臉。夜郎說：「你們說什麼來着？」兩人都不理他，只是吃吃笑。寬哥就吹起了口琴，一邊吹一邊身子退後去，脊背在牆垛上蹭着。夜郎知道他的牛皮癬又犯癢了，待一曲落下，說句「我解個手」，朝遠處黑影裡去。寬哥也說「我也去」，跟了過來。一到已看不見了虞白和丁琳身影的地方，寬哥說：「快給我撓撓。」夜郎說：「我知道你犯癢了，故意引你過來的。」就讓寬哥趴在跺口，剝了上衣，用樹棍兒在背上刮。那邊遠處的白茫茫月色裡，傳來虞白和丁琳的唱聲。夜郎悄聲問：「你覺得人家怎麼樣？」寬哥說：「是正經人。」夜郎說：「豈是正經人，你瞧人家的氣質；西京城裡少見吧？」寬哥說：「你三腳野貓的，倒能結識人家也是造化。跟這樣的人交往，我倒放心哩！」

兩人走過來，虞白就不唱了，寬哥說：「唱麼，多中聽的。」四個人就一起唱，唱着唱着，寬哥又來了興頭吹口琴，夜郎卻坐在地上不動了。虞白說：「你比寬哥小得多，倒沒他活躍。」夜郎說：

「你瞧他這陣活躍，平日在街上倒嚴肅了，動不動就是個警察臉。」寬哥聽了，「噗嗤」一下，口琴吹走了氣，說：「今日夜郎說你們要來，我說太好了，再忙也要見見，以前總說去看看的，就是忙得走不脫。本來我要把你們請到家去吃吃酒呀的，近日家裡不方便，只好免了來這裡。」夜郎說：「是嫂子又吵了？」寬哥說：「家醜不外揚，但大家都覺得還對勁，以後又都是朋友，也不瞞你們，老婆又和我吵架了。」夜郎說：「是不是房子的事？」寬哥說：「可不正是。房子原來是有把握的，現在卻沒分到。」夜郎就火了：「這明顯地是在打擊報復你了嘛，你沒有去找領導？」寬哥說：「甭說這些了。我再吹一段——」就又吹起來。虞白和丁琳不明底細，小聲問夜郎是怎麼回來，夜郎簡略說了，虞白和丁琳就悶不做聲，抬頭看寬哥還在那裡歡樂地吹口琴，要說什麼，到底什麼也沒說出。這一切，寬哥是用眼瞧見了，吹完一段，笑了說：「都是小事，讓夜郎一說七大八大的。哎，虞白，你那表弟辦飯店的事我沒有出上力，你給他解釋解釋……聽夜郎說現在一切辦好了，快開張了嗎？」虞白說：「你不說我倒忘了，那次你跑了路，沒功勞也有苦勞，我替清樸多謝你了！」夜郎說：「寬哥一生都是有苦勞沒有功勞。」寬哥說：「開張時叫叫我呀！」虞白說：「哪能不讓你去捧捧場！現在正整修門面，清樸高薪請了個廚師，要創個餃子宴出來，你以後有什麼客人了，只管領去。」寬哥說：「我倒沒什麼客人，吃瞎吃好我還有個家，只是夜郎沒家沒口，把他喂飽就是了。」夜郎說：「這不用寬哥說話，他吳清樸不給我吃，我還要討着吃的。夜郎現在是和尚化緣，誰給啥吃啥！」

說過一番話，四人又吹唱了多時，夜露就下來了。虞白怕古琴受潮，把琴抱在懷裡，寬哥說：「時候不早了，該送二位回去了。」大家才收了場。自然是夜郎叫了出租車，先一塊去送了虞白，後送了丁琳，下夜三點左右，才抱了琴回到保吉巷。

二十五日，北門裡丁字路口，凌晨五點清潔工發現了一隻大蜥蜴。大蜥蜴有柱子粗細，一抱多長，先是在馬路邊的水泥沿上一動不動，打掃衛生是兩個中年婦女，遠處的街燈朦朦朧朧，行人又沒有，持了大掃帚唰啦唰啦掃，還以爲是那些盲流人夜裡睡在馬路邊，就說：「哎，哎，起牀啦！」那人並不理會，便用掃帚去拍打，叫道：「塵土迷了眼睛你別尋我的岔啊！」蜥蜴就動了，從一個女人的身邊爬過了街面，鑽到一家單位門前的小花園裡去。這女人當下昏倒而死。蜥蜴後來被人圍了花園捉住，當晚在電視上與市民見面。劉逸山說了這是天下將要大旱的徵兆。很快，這種說法流佈全城。對於大旱，城裡人並不覺得可怕——吃的自來水，熱了有空調，路面始終乾淨——只是大旱莊稼枯死，糧油必然漲價，菜蔬必然漲價，而糧油菜蔬的價已經漲得快要使人難以承受了。可怕的是這個城整體形狀如船，城址在於古昔從秦嶺上下來的一條河道上，這條河未走到海裡就死了，大旱使這個城裡的人有一種遺傳性的恐懼，所以，人們都在關注着鐘樓彩繪工程的進度；每日都有人來看那些浙江來的工匠做工，企盼着這象徵船桅的鐘樓很快地金碧輝煌。但不久，就又傳來消息，是西京郊縣的玉田，農民在河上發現了一個盆子般大肉球狀動物，這動物誰也沒見過，誰也說不清是什麼，頭一晚上，電視上作了報導，生物研究所的人第二天就趕去考察，那肉球狀的怪物卻已被當地農民殺了，並且剁成碎末在鍋裡熬湯，一村人都來喝，說是災象，吃喝了方能免災消難。電視上又作了一回報導，指責了農民的愚昧和迷信，但玉田縣裡卻迅速地有了明年是災難年，人要死三分之二的謠傳，到處都在出售以黃絲綫編成的褲帶作爲禳治物。這黃褲帶成了最珍貴的禮品，老太太給外孫送的，女婿給丈人送的，親戚相贈，情人相贈；原本誰也不買的粗黃絲綫、棉綫、麻綫，一下子成了搶手貨。農村的老老少少腰裡繫了，縣城的機關幹部也是在皮帶上再繫一條黃帶子。開始有人就在西京城南區出售，虞白原在的機電公司一天之內許多人都繫上了，公司宣傳部長是在洗澡的時候，突然發現存衣室裡掛了那麼多黃褲帶，引起警覺，彙報給了廠黨委書記，黨委書記就彙報了西京市委，市委也得知了玉田的情況，使組織了人力在市場上收繳出售的黃褲帶，總算煞住了這股歪風邪氣。不巧的是，西京城裡卻發生了一場罕見的火災，鬧得人心都惶惶起來，使得戲班又紅火了多日。

火災到底沒有查清是泰安路那個劇場裡的觀衆吸烟引起的，還是劇場後的木器加工廠的電閘出了毛病，反正火是在下半夜，很快燒着了劇場和木器加工廠。木器加工廠沒有工人，只有值班的一個老頭，老頭赤身跑出來，被褥和衣服燒成了灰燼。劇場裡久不演戲，一年前就改成了錄像廳，夏日裡是整夜放映，火起的時候人都從門裡往外湧，門很小，又設了進場收票的柵欄，一齊湧擠人越發難以出來，有三男三女就燒死了。那一夜幸好無風，火勢燒着了劇場，旁邊的三個鋼架木板頂的衣亭也燃着了。這是一條服裝街，齊壓壓排列了個體服裝商的衣亭，街上沒有顧客，各家守亭的人都一片驚呼，幫着來滅火，後來就將睡覺的被子、褥子拿到公共廁所的糞池裡蘸濕，搭蓋了臨火的亭子。臭氣薰天，但火沒有再蔓延。第二天清早，城市的街頭上又是車水馬龍地一派熱鬧，當人們看到市中心地帶的一片焦土，驚駭不已，四處在議論這場火災。有人在高興這火燒得好，說劇場裡整日演烏七八糟的片子，後半夜在那裡與其說看錄像，不如說是男女情人在那裡幽會。因爲偌大的劇場裡全改造爲兩人一個高靠背沙發，燈光灰暗，誰知道那一夜都在幹什麼？據說每日早晨打掃衛生，總是要掃出許多衛生紙、衛生巾、避孕套之類的污穢東西。劇場成了藏污納垢的地方，天也不容的。有人卻說劇場裡放映黃色錄像，幹下流事體，應該是不能起火的呀，男女那事屬陰，陰爲水，以前藏書樓上防火災都要在樓的四角放春宮畫或淫書的；火災一定是服裝街的哪家衣亭引起的。做服裝的生意人從廣州、深圳、上海進貨，五十元的貨賣一百元二百元的，日進斗金，富得要流油的，有了錢就生邪事，許多小販都吸大烟的，是不是半夜裡吸大烟燒着了衣服引起的，而劇場是老房子，反倒燒得比這邊還厲害？各類說法紛紛揚揚，服裝街的大小老闆慶幸火未燒毀全街，但已經心驚肉跳，就各自掏高價請了——不叫買了——財神爺、菩薩的瓷像供在衣亭裡，日夜高香不斷。且聯合了掏錢，要在街正中的空場子上演出鬼戲。原來的計劃，整個服裝街停業，騰出地方搭台演出五天，後因演鬼戲需要大場地，報經街道辦事處，單是稅務部門就不同意，如果停業移亭，即使演出五天，加上移亭、建亭各一天，一禮拜時間裡要少收多少稅金？南丁山的戲班就只好演兩場花目連，即目連正劇外的折子戲《王婆罵鷄》、《賊打鬼》、《請巫禳災》、《靈界》、《雷打十惡》。

鬼戲一上演，夜郎就忙活了。先是服裝街的老闆選了代表來和戲班商談演出的場地、時間和酬金，商談好了請戲班全體人去怡祥飯店吃飯，席間卻碰着了寬哥。寬哥也是吃請者，原來發生火災那一夜正好他巡邏，發現火災就去搶救，在搭梯上到牆頭的時候，一股烟火燒着了頭髮，半個臉也熏成烏黑。夜郎見寬哥没有大傷，就取笑他什麼事都被他碰着，哪兒需要哪兒就有寬哥嘛！這次請客原是要吃五隻鱉的，但只坐了四席，多餘了一隻鱉，夜郎就沒有讓廚房剖殺，私自拿了要帶回去，就對寬哥說這兒離虞白家近，飯后去她那兒聊聊去。寬哥不去，嫌他成了烏面獸楊志。夜郎便一人去了，把鱉送給虞白讓熬了湯喝。虞白當然高興，但卻說她要養鱉呀，就買了一個瓷盆兒盛了水放鱉進去，說鱉是靈物，且長壽，養養吉利，還說：「你還可以常來看看，學習鱉的靜寂，你就不那麼浮躁了！」那日吳清樸和鄒雲也在，說夜郎來得正好，就交給了他一個帖子，約的是隔日要請客，因是飯店裝修到了一半，事先得請了街道辦事處、稅務所、派出所、衛生局以及地方上的閑漢和街痞頭兒，以保障日後開店順利。夜郎當下應允了，可回到戲班，南丁山卻分配了他幾宗張羅演出的事，未能在那日請客時到場。心裡過意不去，夜裡回到保吉巷，問小李和五順去不去飯店打工？小李和五順早因平日販菜和拾破爛辛苦，又掙不下錢，還常常受街頭潑皮欺侮，聽了去飯店打工，自然高興，第二天便去找了吳清樸。

吳清樸見夜郎這般關心飯店，心裡着實感激，又見小李、五順老實本分，說話伶俐，當下就接收下，安排着跟老師傅學配餡。

服裝街的鬼戲演了兩天，夜郎都是半夜兩點才回到保吉巷，小李和五順從飯店回來也不睡，和禿子、小吳打着麻將等他。夜郎自然問了飯店那邊的事，小李說，店門面已經裝飾好了，堂皇得很，一擺兒三家餃子店，鄒家的兩個哥哥都不如的；未開張先勝了一籌，鄒老二一心下發怵，已不想再賣餃子，改成包子店，店名也重新叫做「同福堂」，說是鄒家先祖就開過同福堂包子店的，當年西太后來西京聞香止輦，在西京唯獨的一次小吃就是吃了同福堂的包子。這廣告已在西京晨報上打了一個版面，鬧得風風火火的。鄒雲這邊一看，二哥這麼幹，是要和她競爭的，就把店牌也換了，原用楷書寫的「餃子宴樓」四字，現託人求到了市上領導的題字，但字寫得不好，吳清樸不滿意，只把那字裝裱了掛在店廳牆上，自己在顏真卿字帖裡集了字，匾額做得四尺高三丈五尺長，黑底黃字，威風得了得！目下店裡還缺一批餐桌，廚房裡的冰櫃也沒有買，廳裡的分體空調也沒有買，爲錢的問題，吳清樸和鄒雲吵鬧過幾次。夜郎又問虞白去過店裡沒有？五順說，好像去過一次，正是吳清樸和鄒雲吵鬧，她沒說幾句就走了。夜郎聽了，沒有言語，低頭沉悶了一會，說：「人家老闆的事，你們千萬不要多嘴，只把自己份內的事幹好就是。」小李說：「這個當然，咱出力掙錢，管得上人家毬長毛短！」

沒想第二天一早，夜郎騎了車子才要去戲班，保吉巷口外就遇着了鄒雲。鄒雲穿了件大紅裙衣，越發襯得臉面紅潤，見面叫道：「夜哥，我在這裡等你一個時辰了，只知道你在保吉巷，卻不知在保吉巷的哪樓哪院，剛才等得心焦，還暗暗打卦，說今日要等着你飯店就紅火了，若尋不着你飯店就失塌了——果然就尋着了你！」夜郎說：「什麼事這麼嚴重？！」鄒雲說：「店還沒有開，你知道花了多少？十五萬都進去了！現在空調沒有，冰櫃沒買，店一開張再要週轉，沒有幾萬元能行？我讓清樸去找他的朋友集些款，他是死人，硬是不肯，我把他收藏的一個宋瓷瓶子要賣出去，已經和人家說好了價，來取貨時，他不行了，說是他搞考古的，犯法的事萬萬幹不得，轟着那人走了。」夜郎說：「咱不要在這兒說話，來往的人男的也看女的也看，街對面路燈桿下那個，一眼一眼往這邊看的！」鄒雲說：「我這人一出門就顯眼，對面那人從鐘樓那兒就尾隨了過來的，剛才還來搭訕，要認識我，說交個朋友，瞧那賊樣子，腰裡竟也有個傳呼機，好像他也是個大款了哩！」說着還是和夜郎進了油茶店，一人買了一碗油茶兩根麻花來吃。夜郎說：「那你尋我有啥事？我可是窮得光腿打得炕沿響，幫不了你一個子兒的！」鄒雲說：「你就是給我錢，我也不要的，我造孽呀？只是你腿長，社會上跑得多，你幫我尋個換外匯的主兒。」夜郎說：「你有外匯？你怎麼能有外匯？」鄒雲說：「這你不管，我這裡有一萬美元，二千港幣，國家牌價是美元一比八，港幣一比一，但黑市價已到一比十和一比一點二五。」夜郎說：「我給你私下打聽打聽，萬一不行，也可託託南丁山。」鄒雲說：「那你可得當個事呀，時間要越快越好！」兩人吃完飯，鄒雲就去結帳付錢，夜郎要掏，鄒雲說：「這有幾個錢麼，推讓着多難看！」夜郎也便做罷，讓她掏了飯錢。

夜郎趕到戲班，南丁山已等他多時，告訴了服裝街演出後，社會反響很大，只是嫌戲班行頭不好。原來戲班的行頭是南丁山從劇團買的處理貨，許多服裝頭飾都是湊合着用的，去外地或私人邀請演出還可以，但在西京城裡大型演出就不行了。南丁山的意思是這次掙了些錢，要和夜郎去戲裝店定購一批貨的。夜郎在路上就試探着了問了南丁山有沒有認識要換外匯的人，南丁山說現在炒外匯的人多，他認識的幾個公司老闆，人家都是去一些賓館換的，別的人哪裡有多餘的錢換外幣？又問夜郎怎麼也炒起外匯了？夜郎說他給一個朋友打問的，沒有具體道出原因，吱唔搪塞過去。

一連三天，夜郎想去看看虞白，但換外匯的事沒有着落，也沒好意思去。第四日，南丁山從陝北買回一頭羊宰了，給了他一隻羊腿，拿着去給祝一鶴，顏銘也恰好在，顏銘說：「你是稀客了！」夜郎才知道自己是很久沒有來這裡，也沒有與顏銘聯繫了，心裡有了慚愧，說他還以為顏銘是去了外地表演了呢，自己近來也忙，没能及時過來，今日弄到一隻羊腿，還耽心顏銘吃不上了，顏銘說：「你現在紅火，還能記得我？」走近來悄聲說：「我是吃不上羊肉落一身膻哩！」夜郎只是笑，故意說：「阿蟬，你給咱剁餡包餃子吃，洗一枚分幣包進去，看看誰能吃到！」阿蟬喜歡地拿了肉去廚房洗，顏銘也繫了圍裙要去洗蓮菜，夜郎返身到了卧室，卻說：「顏銘，你來幫我釘釘扣子。」

顏銘拿了針綫進來，發覺夜郎衣上的扣子好好的。夜郎說：「不說釘扣子，你還不願來和我說說話哩！」顏銘拿了針屁股在夜郎額上按了一下，說：「要做飯了，我能不幫了阿蟬？這麼長的日子不來，我以爲你已經認不得這地方了！今日回來我還問阿蟬：夜哥來過没有？你要再不來，我就去保吉巷尋上門去！」夜郎說：「你心裡還有着我？」顏銘說：「這是什麼話？我這麼長日子之所以没去找你，是我心裡踏實着，你倒這麼說，是你心裡没了我了？瞧你現在多注意收拾，頭髮梳光了，鬍子也刮得乾乾淨淨。」夜郎心裡倒慌起來，不敢多看顏銘，對了鏡一邊看一邊摸了下巴，說：「癩蛤蟆再收拾還是個癩蛤蟆！你卻更美了，睫毛也長了，是用了睫毛油嗎？」顏銘說：「你也知道睫毛油？戲班裡美妞兒多，哪一個告訴你了用睫毛油來？」夜郎說：「戲班裡那幾個女的，哪裡能和顏銘比！」顏銘說：「你說得這麼好，怎麼離得那麼遠！」夜郎擠了一下眼，過來拿手戳顏銘臉羞她，顏銘卻將夜郎抱住。夜郎順勢親了，忙閃開，用手擦自己嘴唇，怕沾了口紅。顏銘說：「没口紅的，我紋了唇。」夜郎細細看了看嘴唇，果然是紋了的。顏銘說：「紋得好不？」夜郎說：「好像厚了許多。」顏銘說：「當然要厚了好，我原來又薄又白的，不抹嘴唇就好像不是了我似的。紋嘴唇那三天，我真害怕你來了，嘴唇腫得像豬八戒，腫消下去了就盼你來，你卻不來，剛才我心裡就說，他要真愛我，看他注意到我的變化不？——你卻没反應！」夜郎說：「我哪能不注意？只是没想到你爲了美受那份罪！」顏銘就偎在了夜郎懷裡，紅了臉說：「我是不幸哩！」夜郎說：「又怎麼啦？」顏銘說：「自……佔有了你，就老守候你，我不會守候的卻要守候，可守不住也候不來，幾個晚上我差點兒去你那兒了。」夜郎說：「那怎麼不來？」顏銘說：「我不敢的。」夜郎瞧她一臉嬌憨，手就在身上亂動起來，祝一鶴就在隔壁房裡大聲地咳嗽，顏銘立即掙脫了過去了。

夜郎也跟着過來，顏銘一邊尋藥，一邊告訴夜郎：前天她和阿蟬背了祝老去樓下了一趟，只說讓他看看外邊，没想倒招了風，回來就咳嗽了。夜郎扶起祝一鶴餵了藥，等安祥下來又昏昏睡了，再暗示顏銘到臥室去，顏銘朝廚房努嘴，兩人退出來坐在廳裡說話，夜郎遂詢問模特隊的事，顏銘說了許多奇聞趣事，便從口袋拿出一沓錢來，說她現在能掙到模特隊最高的工資了，讓夜郎去買衣服。夜郎不收，讓得緊了，倒生了氣，說：「你這不是糟踐我嗎？」顏銘見他這般說，也委屈了，怪夜郎不理解她，惱了去臥房抹眼淚，夜郎便又攆到臥房要那錢，顏銘卻不給了。夜郎說：「不給錢了，我託你辦件事也不肯辦嗎？」顏銘還噘着嘴，夜郎逗了兩下没有逗出笑，就訕訕地到廚房幫阿蟬。顏銘卻在喊：「你過來！過來——！」

阿蟬說：「你惹銘姐啦？」夜郎說：「人家是老虎屁股我敢摸的？」阿蟬說：「銘姐是老虎倒是老虎，卻是紙老虎。」顏銘在這邊聽了，自己先噗地笑了，過來倚在廚房門口說：「我說我說話你總不聽，你原來認爲是我是紙老虎哩！」阿蟬笑着說：「你不當紙老虎難道還真要當個母老虎！」顏銘說：「母老虎就是母老虎！」在阿蟬肥大的屁股上抓了一把，就奪了剁餡的刀自己剁起來，說：「有哈要託付我的？」用叉子叉蓮菜的夜郎沒想到顏銘問自己，愣了一下，說：「你們團那麼掙錢的，老闆換不換美元港幣的？」顏銘說：「我說不要錢了，原來換了美元港幣，哪裡還看得上我那幾百人民幣？」夜郎說：「哪裡是我的錢？一個熟人要換些急用。」顏銘說：「這我問問老闆。能換不能換，我怎麼給你回話兒？」夜郎說：「有情況了你到我那裡來。」

吃罷飯，夜郎要去戲班，顏銘也要去團裡，兩人就一塊出門。夜郎要給顏銘攔一輛出租車的，顏銘卻要夜郎帶了她走，夜郎就騎了自行車，讓顏銘從後邊坐上，人已經坐上去了，夜郎還在說：「上麼！快上麼！」顏銘說：「早都坐上了！」夜郎說：「就這麼輕呀！一點感覺都沒有！」顏銘說：「人沒社會地位，體重也沒了。」夜郎說：「人愛人了，再重也不覺得重了。」顏銘說：「油了！」車從一個小巷裡拐彎時，偏輕輕跳下來，夜郎並不發覺，還是弓着腰騎他的。顏銘捂了嘴蹴在路邊笑，笑着笑着嘴噘起來，恨夜郎心裡沒有她，竟然連她跳下車來也沒發覺。夜郎騎了一會，說：「顏銘，我敢雙手撒把哩！」見沒反應，又說：「你不信？」果然雙手撒了把，車子險些撞在路邊一棵樹上，忙捏了閘，雙腳也踩在了地上，回頭來要給顏銘解釋，顏銘卻不在後座，吃了一驚，忙掉轉車又往回走，巷口裡顏銘在那裡抹眼淚。

顏銘訓道：「你走麼，回來幹啥？」夜郎笑着說：「我故意試着你追我不追，你竟不追！」顏銘說：「得了吧，一個男人連老婆都能丟了，還算什麼男人？趕明日你連你也丟了去！」顏銘再不坐夜郎的車子，搭了出租車往團裡去。夜郎站在那裡，又可笑又可羞，發了半天的獃。

晚上，五順、小李吆喝着房東打麻將，禿子又支了大鍋宰雞煮雞，硬拉着上了桌。打一會兒，禿子的婆娘就喊得勝得勝，得勝是禿子的大號，禿子就出去，原來是鷄頭的毛不好褪，禿子就指點了怎樣把鷄頭在明火中烤，然後再回來碼牌。又一會兒，婆娘又喊得勝、得勝，這火怎麼滅了？禿子又出去檢查了鼓風機的接綫。禿子這麼停停打打，但手氣非常地好，連和了三莊，第四莊剛要出牌，婆娘又喊得勝，五順就躁了，大聲說：「你是一輩子沒見過個男人嗎？就你有個男人嗎？！」禿子說：「好了，好了，我不出去了，反正我把鷄錢已掙了回來，不在乎那一鍋鷄煮成糊糊湯哩！我知道我這會兒人緣不好了，是孤家寡人！」小李說：「你別逞能，我的錢只讓你暫時保管罷了。」禿子卻說：「實在對不起，又停牌了。」小李說：「起得早不一定拾到糞！」打出一張牌來，禿子便說：「和了！」氣得小李臉上不是了顏色。房東說：「狗日的口粗得很，打什麼吃什麼，我是飼養員了嘛！」五順說：「好了，今日這牌打不成了，禿子這兩口故意這麼着干擾咱們，趁機贏牌！禿子你去煮你的鷄去，喊夜郎來！」禿子巴不得溜場，就死狼聲地喊夜郎。

夜郎正沏了茶喝着看琴，聽見喊聲下來，禿子說：「夜郎你來，這個方位好哩，我把他們一繩都捆了！」夜郎替了位，房東的老婆也換了房東，四個人重新打牌，各就各位，聲稱誰贏了請客去夜市吃羊肉串。一邊三圈，夜郎竟不罡不和，直罵禿子牽了牛，讓他來拔樁哩！贏得最多的房東老婆，這女人就話特别的多，每抓一張牌都大呼小叫，要親上一口，說：「夾張！」氣得五順說：「你只會夾！來一個夾一個！我是來給你贊助來了？」小李嘟嘟噥噥個不停，警告自己要有平常心：「不急，我不急，咱是平常心。」房東老婆說：「你平常心哩，你平常的心就是狼心！」夜郎只是不言語，一口一口抽烟。房東就進來小聲說：「夜郎，實在不忍心讓你下來，可門口有人找你，是個黑粗男人也就罷了，偏偏是個美人兒！」五順說：「誰個？」房東說：「那個顏銘。」五順說：「熟人哞，讓她到這兒來。」房東就出去又回來，門口果然站着顏銘。五順就說了：「夜郎輸牌是有原因的，我輸的什麼牌嘛！」房東就替了夜郎要繼續來，五順、小李全不同意，一哇聲要房東老婆請客。女人說：「請客就請客。」眾人就往出去，夜郎不去，領了顏銘到樓上。

院子裡一陣吵鬧，好像是禿子也要去，被五順罵了個狗血淋頭，到後來就安靜下來。夜郎笑着說：「瞧這兒熱鬧吧？都是些光棍漢，晚上閑得沒事的。——你怎麼來了？是換外匯的事有着落了？」顏銘說：「老闆說有多少換多少，明天下午，你把錢帶到祝老那兒，我領了他去。」夜郎關門，就攬了她在懷裡。

兩人親熱了一番，夜郎驚異顏銘裡裡外外衣服都嶄然一新，又抽起了烟，抽烟的動作很有風度，就笑着說：「女人變化真大，等將來你越來越光彩了，我還混不出個名堂，那我就悄悄溜走了。」顏銘說：「你敢！是不是有了新的相好，開始給我打預防針了？」夜郎趕緊說：「那我就是熱蘿蔔黏在狗牙上，讓你甩不掉嘍！」把顏銘按在桌上，雙手揉搓那散下來的鬈髮。燈光下，鬈髮泛黃，擁了一肩一胸，越發襯得那脖下的肉白得鮮嫩。夜郎說：「頭髮又染了？」顏銘說：「哪裡染了，留長後越來越黃，真討厭！前天我騎車子在前邊，後面兩個小伙在說：『外國妞，洋妞！』我回過頭說：『誰是洋妞？』嚇得那兩個掉轉車頭就跑了，是不是我長得有些像外國人了？許多人都這樣說，你覺得呢？」夜郎說：「以前只是眼睛深，鼻子直，顴骨高，現在有了風度，就像是歐洲人的味了。——查沒查你的祖上是不是漢人？」顏銘說：「老家在山西晉北。」夜郎說：「要麼是匈奴人；要麼是洋人來……」顏銘虎了眼說：「來做什麼？我揍死你！」卻趴在夜郎胸前來咬，故意渾身在用勁，整個頭部都在發顫，說道：「我恨死你咬死你！夜郎，這是怎麼回事嘛，我怎麼這樣愛你！」院門口就有了說話聲，他們從夜市上回來了。夜郎忙推開顏銘。顏銘極快整好衣服。

有腳步聲從樓梯上響起，五順在門外一連咳嗽了三下，夜郎在屋裡說：「要進來就進來，小心把喉兒骨也咳了出來！」五順就笑着推門進來，手裡拿了一把羊肉串兒。顏銘說：「到底是朋友，還給夜郎帶來吃的。」五順：「夜郎出了力氣麼，該補養補養身子。」顏銘臉色彤紅，夜郎上去擂了一拳，說：「不說人話！我怎地不吃？這是我的錢買的，我吃我的哩！顏銘，你也吃幾串。」顏銘說「我不吃。」夜郎說：「吃！瞧你這樣子，好像咱們真有了什麼事。」五順說：「我可沒說什麼事呀！什麼事？」顏銘越發不自在，說：「你要這麼說，我就走呀；要不是等着你們回來，我早就走了。」說着出門就走。五順說：「走不得的，還有一件事要告訴的。」就問：「你來的時候，有沒有人給你做伴？」顏銘說：「沒有的，怎麼啦？」五順說：「剛才去夜市，大門外蹴着一個人的，當時倒沒在意，從夜市回來，那人竟還在那裡蹴着，我們問找誰？他說院裡住沒住個高個子的姑娘？我們問：你是誰？他說是朋友。我們不知道是不是你找的伴在那兒等你的。」顏銘說：「是不是個子不高，留個小鬍子？」五順說：「是的。」顏銘說：「我來的時候，在西大街他就跟了我，說要和我交個朋友，我沒有理，就發現他遠遠地還跟在後邊。我只說我一進這院子他該知趣走了，沒想他還在門外等我！」夜郎說：「流氓！我去看看？」顏銘和五順一把沒拉住，夜郎先下去了，在院子裡大聲叫喊：「誰個流氓無賴，三更半夜地倒敢跟姑娘到這裡來？禿子，禿子，把通條給我？」鐵通條先在門上「哐」地磕了一下。院子裡的人都跑出來，只見夜郎在門外罵道：「你跑什麼？有能耐的你蹴着不動嘛！你這一跑，我倒小看你龜兒子了！」五順就笑着對顏銘說：「顏銘，有夜哥在你就有安全感了！」小李說：「那人要是不跑，夜哥你真的就要打折他腿呀？或許人家並不是什麼壞人，只是癡心些罷了。夜哥你別恨人家，你應該感謝人家，更知道顏銘的價值了！」夜郎說：「噢，我怎麼忘了，咱小李就是上了街愛看漂亮姑娘，保不定也尾隨過什麼人呢！」說了一陣笑話，顏銘告辭要去，夜郎這時倒不好意思去送了。衆人說：「要麼就不走了，我們都不知道有這回事。」說得夜郎推了車子把顏銘送到祝老的樓下。

鄒雲換了外匯後，更是感激夜郎，過了幾日，就約夜郎一定去平仄堡吃飯。夜郎推託不過，又約了寬哥，晚上六點鐘兩人趕到平仄堡，鄒雲已經在大廳門口候着了。一見寬哥，就說寬哥在城牆上那麼作樂熱鬧，怎麼就不肯叫了她去？寬哥應酬不了這事，就推卸責任給夜郎。鄒雲埋怨了夜郎只和虞白她們來往，是瞧不起她，倒做出萬般的嬌態來，顯得很親熱，很隨便了。鄒雲徑直領二人到了餐廳，賓館經理正收拾了大包小包的東西要出門的樣子，一見面就說：「原本我是要作陪的，可突然有個急事我得去市府裡去的，今日鄒雲作東，改日了我來請客！」鄒雲說：「經理的眼睛在額上長着，只瞅着市領導，哪裡還看得上我的窮朋友？說得好好的你要在場，我請了我的朋友也巴結一下你，你倒不肯給我機會！」經理說：「市府叫我去，我能不去？可我有安排，書記市長有的，老汪老夜也有！」倒給鄒雲耳語，鄒雲笑道：「這好，這好——這樣的經理怎麼不多有幾個！」卻又說：「拿出來讓他們看看嘛！」經理就把那些大小包打開。夜郎說：「喃，這麼多驢鞭！」一一看了，有七條，上邊都繫有紙片，寫着口口口書記的，口口口市長的，口口口主任的……經理說：「這東西現在倒真珍貴的，別的餐館賣的都是青海一帶的小毛驢的，這是正經的西府大叫驢的貨，只有咱們賓館定向採購的，一年也只是給領導才一人一條的，我給你們也留了一條，已經讓廚師好好做上了。——我這可以吧？」鄒雲說：「夠交情！這一道菜那就記在你名下嘍！」經理說：「當然算我請客！」笑嘻嘻地告別了出去。

席間，果然上了一道「金錢栗子煲」，是驢鞭切成銅錢狀的熱菜，一道是「涼拌錢錢肉」，味道極其鮮美。寬哥和夜郎因礙着鄒雲面不便多說什麼，鄒雲卻開通大方，不停地給二人碟裡夾，自己一邊吃還一邊問這東西是不是說的那麼勁大？夜郎就忍不住，低聲對寬哥說了句什麼，寬哥只拿眼睛瞪夜郎。這當兒，鄒雲腰上的傳呼機就「嚁嚁」地響，她便說「我去打個電話」，起身到大廳的電話間去。如此數次，飯也吃得斷斷續續，夜郎就和寬哥說起派出所的那個警察欺負鄉下人的事，問房子解決了沒有？當然沒有解決。夜郎心情就沉重起來，覺得是自己給寬哥惹的麻煩！只是喝酒，菜也吃得很少。鄒雲打電話過來，見兩人已放下筷子，又寒暄沒有吃好，提議到二樓歌舞廳，要陪他們跳跳舞去。寬哥和夜郎都推辭着不會，鄒雲就說「不會也去看看嘛，今晚上還有模特隊來表演的」，硬拉了上去，三人就揀了一張桌子坐下，要了幾杯檸檬茶來喝。

歌舞廳裡場地很大，人也很多，鄒雲剛剛招呼他們喝過檸檬茶，就四處張望着與一些熟人點頭致意，並不停地走過去和人握手，說話，寬哥說：「我可從來沒到過這種場面，倒顯得咱成土老帽了！」夜郎說：「管他哩，咱坐一會就走人。」便要寬哥把警服脱了。脱了警服，裡邊的衫子經旋轉射燈一照，螢螢發光，而滿舞場也只有他的衣服反射了這種螢光，愈使寬哥不自在起來。突然，舞廳裡燈光輝煌，有人在台上宣佈時裝模特隊表演開始，隨即另一種情調的音樂聲起，八個模特緩緩從屏風後步出，盡是些美艷女子，寬哥輕輕叫了一聲：「顏銘！」夜郎定睛看時，第三名果然是顏銘。顏銘披了鬈髮，穿一襲極寬大米黃外衣，外衣裡子大紅，足蹬一雙黑色高跟皮鞋，一路一字步走過來：身子一走一躍，長鬈髮就隨之飄動，似乎是一切上足了發條，動作大方瀟灑，走到前台，目光回掃，扭腰送臀，那外衣就脱下來，露出裡邊一身米黃西式衣裙，兩條腿筆直如錐。夜郎還沒有見過顏銘在台上的形象，一時又驚又奇，將她與同台的模特一一比較了，只覺得她的體形、五官、氣質、風度，樣樣高出一籌。滿場的掌聲就鼓起來，有人在喊，「三號！三號！」寬哥說：「應該給顏銘掛紅被面的！」夜郎說：「時裝表演不像我們戲班，哪裡興掛紅被面！」一曲終了，一曲又起，顏銘第二次出場，是穿一件白色拖地長裙的，換了服裝，沒了剛才的瀟灑，卻又見出另一種高貴來，場子裡又是一陣歡呼聲。接連出場五次，次次服裝不一，風度各異，寬哥越來越欣賞不了服裝，認爲那樣的衣服生活中誰能去穿？便說：「你說這裡服裝好還是人好？他們那麼叫喊着，十個有八個怕不是來看服裝而是看人的吧？」夜郎說：「顏銘可是人和服裝都好！」寬哥說：「等表演完了，你去把她叫來。」夜郎已經不在座位上坐了，站着揚起脖子，一眼一眼往台上看。走過來的鄒雲說：「怎麼樣？叫你來你還不肯，這些姑娘漂亮吧？」夜郎說：「那個三號是我的一個朋友。」鄒雲叫道：「呀？夜郎，這可没看出，你土氣人還能交上那麼洋氣的朋友！」夜郎一臉得意，等表演結束了，卻不敢去後面找顏銘，說：「我這麼去，旁人會笑話吧？」寬哥說：「没出息！」夜郎才要走過去，主持人卻在宣佈：「現在，有一位尊貴的顧客願出資二千元給三號顏小組獻上一個花藍！」便見兩個女服務員笑吟吟將一隻大花籃抬到場子中間，顏銘就在一片歡騰聲中走出來，深深地鞠躬。她已新換了一身服裝，上衣是緊身黑色長袖汗衫，下着軟質喇叭型牛仔褲，蹬一雙白旅游鞋，身材修長，體形美好，連聲說「謝謝」。主持人就說：「我們向顏小姐表示祝賀！現在，讓我們認識認識願出二千元花籃子的尊貴的顧客寧洪祥先生！」話音未落，顧客席上站起一個黄胖子來。黄胖子一手還夾着香烟，一手拿着移動電話，給大家點頭致意了，將香烟和移動電動交給了旁邊一個人，款步走向場中，與顏銘握手，滿場上又是一片歡呼聲。黄胖子的腮幫很寬，從後身也能看得見，手揚着叫服務員：「給小姐來一杯人頭馬酒！」

夜郎站在那裡，一時愣住，鄒雲說：「能出兩千元買花籃，這在我們賓館還是少見的。你這朋友了不得的，這麼下去，錢來得像流水一樣了。」夜郎問：「那胖子是幹什麼的，這般有錢？」鄒雲說：「開金礦的，吐口唾沫都漂油花的。你瞧見那手了没？三個金戒指，真正的純金！可金子對他算什麼，那戒指上講究的是雕刻了一隻金錢豹的，工藝的價值倒勝過戒指的金價！在我們賓館包了一個月的房間了，——我熟的，要不要認識認識？」夜郎還没有說認識或不認識，鄒雲已經走過去了，在和礦主說話，笑得嘎嘎的；顏銘卻扭頭看見了夜郎和寬哥，就跑過來說：「你們怎麼來了？剛才就在這兒嗎？」寬哥說：「顏銘，你是這個！」翹起了大拇指。顏銘倒羞怯了，說：「多虧我不知道你們在這兒，要不這步子都不知道怎麼邁了！」夜郎說：「那個胖子你們認識？」顏銘說：「也才認識；有錢人常在這場合捧場。沒想今晚他倒肯捧我。」鄒雲就向這邊招手，三個人走過去，一一介紹了，那胖子說：「噢，是顏小姐的朋友，坐吧。」掏送了名片。夜郎有名片，寬哥沒有，夜郎回送一張，寧洪祥對戲班子產生了興趣。鄒雲說：「戲班好紅火哩，我們平仄堡先前爲獅子出過事，演過鬼戲後一切都安然了。前不久服裝街失火的事你們怕都知道了，他們去演了兩三天，聽說現在生意十分地好，那裡的一寸土都是百金哩！」寧洪祥說：「真看不出夜先生這麼年輕，還能演了鬼戲？」鄒雲說：「夜郎是大能人，先前是祝一鶴看中的人，祝一鶴你知道嗎？」寧洪祥說：「原秘書長是不是？我認得的，我辦公司的時候還去找過他——聽說人病了？」夜郎說：「現在病情穩住了。」寧洪祥說：「那就好。我還要拜託你領我去見見他哩。常言說，交朋友看朋友的朋友，你能認識祝一鶴，又和在座的汪警察、顏小姐、鄒小姐是哥兒姐兒的，就知道你不是一般人了！我也是個愛好朋友的人，你不拒絕咱們也做個朋友吧？」夜郎說：「寧先生太客氣了，如果願意交我這個窮朋友，我當然高興啦！」寧洪祥說：「窮朋友？哈哈哈，我以先也是身無一文的窮光蛋嘛，現在是有些錢了，可錢是身外物，我看得淡！有什麼困難，你給我說，上百上千萬的拿不出，十萬幾十萬的還是可以吧。」就提出是不是去下邊餐廳吃點夜宵什麼的？夜郎和寬哥忙說不用了。鄒雲也說：「我招待他們才吃過飯的。」手機就響了，寧洪祥對着手機說話，似乎是在訓斥對方，二千元怎麼拿得出手？只要保證手術做得好，主刀的和麻醉師每人五千元的紅包。就說：「吃過飯了？鄒小姐，那我就拜託你了，三天裡你給我聯繫他們，看他們的空，我做東咱再聚一聚好不好？今晚我還得去醫院，我堂弟在醫院要動手術，我得先見見醫生的。」當時起來告別，就匆匆走了。

夜郎和寬哥提出要送顏銘，顏銘說表演團還得集合，不必送了。夜郎和寬哥就出了平仄堡，賓館門前的噴水池前立着一個女的，拿眼睛不停地瞟着他們，夜郎小聲說：「那是個鷄！」寬哥說：「你怎麼看得出？」夜郎說：「我能聞出氣味的。——你還講究是警察哩！」寬哥就向那女的走去，夜郎拉住了說：「瞧你這一身衣服，早把人家嚇跑了！你要不信，你就獃在這兒，瞧我過去問問。」夜郎就走過去，果然就和那女的咕咕嘰嘰說着什麼。寬哥卻耐不住了，喊着：「夜郎！夜郎！」也走過去，那女的一貓腰從一片停着的汽車夾縫裡逃跑了。夜郎說「她開價一千元的，說她絕對衛生，還從口袋拿了一瓶『潔爾陰』讓我看的。」寬哥說：「年輕輕的，真不要臉！」夜郎說：「我正問她哩，是西郊工廠的，說企業要倒閉了，發不出工資……也怪可憐的……」寬哥說：「什麼怪可憐的？古人講貧窮志不移的，一窮就去爲娼！怎麼不把她抓住，倒讓她跑了！」夜郎說：「你真是個當警察的！要抓誰呀？現在該抓的人多着哩！」寬哥說：「夜郎，我可告訴你，你別在外邊拈花惹草的，瞧你那個熟練勁兒，我當警察的還看不出來，你倒一看一個準！」夜郎笑道：「這你放心，我就是有那麼個心，也還沒那個錢哩！」說到錢，兩人就議論起那個寧洪祥，寬哥是極看不上眼的，說：「國家現在到處都缺錢，錢全讓這些人得去了。他再請你，你還來嗎？」夜郎說：「這些人的話說過就完了，真的還會請咱去？不管怎樣，咱與他這麼一見面，他就不會糾纏顏銘了。」

然而夜郎沒有想到的，第二天，鄒雲就從平仄堡打來電話，寧洪祥要請夜郎帶他去拜見祝一鶴。夜郎倒感動他還肯去看望祝老，便趕到約定的地點，寧洪祥已經和他的馬崽提了大包小包的禮品在候着，到了祝家，祝一鶴是記不起了寧洪祥，寧洪祥如何自我介紹，祝老只是笑容可掬，夜郎覺得很尷尬了，陪客在廳裡坐下，說：「他病成這樣，人也顯得瞎了，寧先生不要生氣。」寧洪祥卻掉了兩滴淚下來，說道：「我哪裡生氣？只是傷心，祝老當年多英武的人物，病卻害成了這樣！」當下拿出一萬元來說讓給祝一鶴買營養品，阿蟬「啊」了一聲，被夜郎瞪了，退到廚房去，夜郎就把錢塞到寧洪祥的手提箱裡，說祝老本身工資高，就是祝老的錢不夠花，也有他和顏銘的，怎麼能收這一萬元？寧洪祥說：「我真没想到祝老會病成這般模樣，說心裡話，這筆小錢原是想讓祝老轉給市政協的。——你不會耻笑我吧？我不是政協委員，三年前我見祝老的時候，祝老曾提說要推薦我當政協委員的，但後來聽說他日子也不好過，後來又聽說他病了，也就没有來。這次來西京，路過市政協大院，我是瞧着政協那麼大的單位，院門竟還是老式小門，就有了心思要資助的。現在祝老成了這樣，這錢就讓祝老花吧。」夜郎聽了，越發對寧洪祥有了好感，但話裡是有話的，便試探着說：「寧先生辦實業倒關心政治，這樣的人現在也不多哩……政協那邊你還有没有可認識的人？」寧洪祥說：「我哪裡能認識？現在國家財政緊張，各單位什麼都有就是缺錢，我是想出些力卻有力不知往哪兒使。祝老以前說推薦的話，是提到他一個同學在政協是個副主席的，可我没有見過。」夜郎說：「是那個司馬靖副主席吧？」寧洪祥說：「你認識？」夜郎說：「以前祝老帶我去過他那兒，祝老病後，他也偶爾地來看看。你要認識他，我可以領了你去，這錢就不必給祝老，資助一下市政協，也算辦一個正經事。」寧洪祥說：「夜先生到底是經見大世面的人，比我久在山野之地的人强多了。可我不是政協委員，政協能收這筆錢嗎？」夜郎說：「有人給錢還不要嗎？政協要名正言順，可以吸收你當委員嘛！什麼人都是委員，像你這樣有貢獻的人怎麼不能當個委員？」就拿眼睛看寧洪祥，心里知道了他的全部動機了。寧洪祥說：「你說能行，我就有膽了！夜先生真是豪氣朋友——你如果有空，能不能引見引見？」夜郎說：「行的。」寧洪祥先謝聲不迭，然後一定要和夜郎去飯店吃飯。

到了一家生猛海鮮餐館，夜郎耽心戲班南丁山等他心急，要打個電話，寧洪祥就拿了手機給夜郎。打完電話，寧洪祥說：「你好像没有個傳呼機？」夜郎不好意思笑道：「還没有，其實也用不着的，我又不做生意，也不炒股票。」寧洪祥說：「到底方便哞，不做生意不炒股票還總得與情人相好的聯繫呀！」夜郎說：「我倒没那個福份！」寧洪祥卻對馬崽說：「你把你身上的傳呼機摘下給夜先生，回去我再配你。夜先生，這機子舊是舊些，你先用着，費用是交過兩年的，等過一段了我給你配個手機。這你一定要收下，再推辭就是瞧不起我這生意人了！」夜郎還要推辭，但已經鬧得臉上都下不來，只好收了，那馬崽也抄了台號和機號給夜郎，且幫了夜郎把機子別在褲帶上。

吃罷飯，寧洪祥卻還在問：「政協能收這錢嗎？」神色有些緊張，就又買了一瓶酒，並讓餐館殺了一條蛇取下苦膽摻在酒裡，喝了，兩人才去見司馬靖副主席。但是，連夜郎也未曾料道，見到司馬靖後，一萬元收得十分乾脆，並鑾有興趣地詢問起寧洪祥的情況。寧洪祥似乎早有準備，從手提包裡拿了一沓材料就雙手呈上。夜郎避嫌，先退出來在政協大門外的一家茶鋪子裡和馬崽吃茶。等了半天，寧洪祥滿面紅光地出來，直喊着馬崽去買幾條香烟去，馬崽就在商店裡抱了五條「紅塔山」，寧洪祥說：「怎麼没買個塑料袋兒提着？等會兒讓夜先生帶去抽。」頭彎過來說：「我該謝謝你哩，司馬副主席當了我的面便給有關部門打了電話，讓推薦增補我當委員的。」夜郎心下發笑，卻說：「其實呀，當個政協委員對誰也起不了什麼作用的。」寧洪祥說：「對別人没作用，對我們這些人意義就不一樣了！」夜郎心想：現在真是有錢買得鬼推磨的，這寧洪祥也不知有多少錢的，既然能出錢買得個政協委員，何不讓他資助戲班？於是就說：「寧先生真是福貴之人，現在又將要是政協委員，這事如果要賀一賀，我們戲班可要去熱鬧呀！」寧洪祥說：「我正要這麼對你說的，戲班真能去我那兒演上五天，我姓寧的包你們吃的喝的和來回路費，再給戲班八萬元吧。」夜郎心下高興，卻思謀道：他花錢這般手大，何不多宰他一刀？就說：「八萬元麼——這要給班主好好說的。在本市裡演一場也六七千元的，何況那只演折子戲，而去礦區那麼遠的，演五天五夜，怕班主嫌划不着的。」寧洪祥說：「十萬怎麼樣？我三個礦洞，日近萬元的，就十萬吧！」夜郎說：「是這樣，你在平仄堡等我的消息吧。」當下說定，兩人分手，夜郎就趕回戲班來。

南丁山卻又去紙紮店買了一些紙紮，認識了那家未婚女婿黃長禮——再生人的小兒子。黃長禮愛弄拳腳，在一家公司作保安員，有個哥哥又在一個派出所，南丁山有意要聘用，黃長禮也樂意，兩廂說好了一塊在戲班駐地吃酒。見夜郎回來，互相介紹了，夜郎就把黃長禮死眼兒瞧個不夠，問起再生人的事，黃長禮臉上青一塊紅一塊的不好意思，只罵了幾聲再生人是騙子，南丁山就打圓場說：「再生人的事我壓根也是不信，人死燈滅，誰不是化了一把土的？」夜郎說：「按你這麼說，咱演鬼戲，目連的母親最後變了獅子狗上世那都是哄人了？」南丁山說：「戲就是戲嘛！人死了都能再生的話，那我問你，你知道不知道你生前是什麼，死後又爲何物？這話不說了，黃長禮如今成了咱戲班的人，他家的事再不要提說。即使那再生人的事是真的，黃長禮敢轟走了他，以後演鬼戲有黃長禮在，咱啥也不怕的了？」夜郎也不再多說，坐下吃了幾杯酒，才把寧洪祥的事說給了南丁山，南丁山喜歡得手舞足蹈，卻不免埋怨這麼大的好事剛才一來怎不就說！戲班成立以來，在城郊雖是演出幾場，都因場地小或環境所限，僅演動了幾齣折子戲，排演的五本目連系列劇還未有實踐的機會，如今有主兒能包吃包住另外還賺十萬元，又可在外縣產生影響，這實在是難得的良機！南丁山就叮囑夜郎無論如何靠實寧洪祥，不敢夜長夢多，到嘴的肥肉又掉了去，要他連夜就去回話，並且有可能一定讓寧洪祥寫個合同。當夜，夜郎趕到平仄堡，寧洪祥正和鄒雲在房間吃酒說話，鄒雲穿了一件胸露很大的淺綠薄紗裙衣坐在沙發上，腰中間卻蓋有一件米黃色毛巾被，兩條肥白的腿翹着搭在牀沿上。夜郎嚇了一跳，以爲她沒有穿褲子，是在他敲門進來的時候急拉了毛巾被蓋在身上的，就覺得很不自然。他看了看鄒雲，鄒雲酒已上臉，艷如桃花，脖子上黃燦燦地繫着一條項鏈，而桌子上則是一隻空項鏈盒子，知道是寧洪祥才贈送了她。她笑着說：「夜郎來了，你陪寧先生喝吧。」隨手將那盒子拿了放到桌下去。夜郎一時嫌了鄒雲的輕薄，偏要出她的醜，坐下了，說；「鄒雲，你給我到洗手間取塊毛巾來。走得蠻熱的，一頭的汗！」鄒雲站起來。卻原來她穿着短裙，毛巾被蓋在腰裡，才誤解了以爲沒穿褲子。心下輕鬆，言語也溫和了許多，連喝了幾杯，才把南丁山同意去演出的的話說給寧洪祥，就具體起草了個去的日期、人數、車輛、費用等諸多項的合約。

從平仄堡回來，夜郎已經有八成醉意，獨坐在小木椅上怎麼也不願上牀睡去，他想着他離開了寧洪祥的房間，鄒雲還留在那裡，現在仍在陪菜吃酒嗎？在夜郎的接觸中，鄒雲的話多，臉上表情生動，她不會是一個那樣的人吧？可女人舉止隨便，容易使男人想入非非，何況寧洪祥是有錢的主兒，又是喝多了酒，寧洪祥會不會乘酒意對她不禮呢？——現在暴發的男子，看女人如是一頁錢的來消費的。夜郎後悔當時沒讓鄒雲先走，也想現在出去給吳清樸打個電話，讓吳清樸去平仄堡一趟。人已經站起來拉開門了，卻「噗」地一笑，笑自己也太多管了閑事，自己連自己的事都理不清，用得上操心別人嗎？再說，寧洪祥或許是正人君子，只是純粹朋友的關係聊聊天罷了，貿然讓吳清樸去，豈不人人難堪？於是又坐在那裡，極力身心放鬆，不意間目光就落在那琴上。琴安放在這裡很久了，自有琴後，夜郎每每從外歸來，一進保吉巷口就覺得有琴在家等他。他不知道這是不是一種家的感覺？恍惚裡，以琴代替了虞白，似乎躺在桌上的不是琴，是安臥入睡呼吸微微的一個人兒：「虞白——」夜郎輕輕地喚着，走近去伸了手，將手扶在琴身。這一瞬裡，夜郎的身上有了一股異樣的東西在流動，從心臟一直到每一條血管，所有的枝梢末節，使他不能把持，墜入到了另一個境界去。他迷迷糊糊起來，分不清是夢裡還是實有的事，只覺得他是把一隻手搭放在了她的肩上，意識到這樣的動作很危險，但她沒有說話，這讓他靜下心來，想長長久久地說出一大片話來，卻看見了她的一雙驚恐的眼，他極快的幾乎是含糊不清地問了一句什麼，他也沒聽清自己在問着什麼，話輕得如一縷騷動水面的風。夜郎就這麼扶着琴站在那裡，手扶摩到的是光潔滑膩的琴身和涼颼颼的五根弦索，手那麼一動，叮哩叮咚一串脆音，夜郎才怔住，驚醒自己站在這裡已經很久，有上百年歲月之久——頓時羞怯上身，滿脖子滿臉都通紅通紅了。琴能語，這是夜郎自信不疑的，他是每日回來聽這琴音而默默地訴說自己一天裡的所見所聞，他甚至在夢裡夢見過這琴自鳴的。聽過一串琴音，夜郎在燈下細細地端詳，琴身烏黑賊亮，但在琴頭發現了一絡暗紅的顏色，急急往後看，在琴尾的下沿處也有着一處紅的。夜郎守望了多回琴，全沒有留心到這些紅的，這是原靈木的顏色呢，還是在原靈木上塗了紅漆再復塗了黑漆，而日久年長紅色露了出來呢？可是，這露出的紅怎麼以前未發現，難道抱琴過來後發生了變化而露了出來？如果是在這房子裡變化的，那麼，爲什麼變化呀？夜郎自然要想到以前獨身孤處時夜夜盼着有狐精出現，莫非真是狐幻變了形狀來到他身邊了？「噢，噢，」夜郎在叫道：這是條狐，紅狐！牠是知道的，牠是獸，我是人，人獸是不能相見的，相見必是殘殺，世間那麼多狐皮的製品，該是枉殺了多少鍾情的尤物。但牠一定是爲了見到我，多少年裡苦苦修煉，終於成精，就寄身在這琴裡來相會了！夜郎一時又陷入了非非之想中，由琴及人，回憶起自己與虞白的偶然交往，回憶起虞白那身架，眉眼，心性，便認爲虞白是奇異之人，美麗和精明如狐……這狐是虞白呢，還是虞白爲狐？反正琴是了紅狐琴，琴全是虞白的精神所致了！

夜郎再一次扶摸了琴後就趕快上牀，將燈拉滅，他要靜靜躺下入夢，相信夢裡會演義出一齣美艷的故事來的：他這麼思念起了虞白，虞白是會有心靈感應的，如果心都有靈犀，他們就要在靜靜的夜裡情感交流了。

夜郎這麼躺下去，枕巾是揉作一團的，伸手去拉平，便觸着什麼繞着指頭，用枕邊的手電照了，是一根黃黃的長髮。這是顏銘的頭髮，顏銘那一晚留在枕上的頭髮。夜郎冷丁停在那裡，豁然清醒，他終於明白這麼多天裡自己總是心裡煩躁，原來一方面十分地暗戀着虞白，一方面又擺脫不了顏銘的感情！他原先以爲自己是幸福的，被兩個漂亮的女人喜歡着，自己又喜歡着她們，但哪知卻隨之而來的是隱隱的痛苦，這痛苦並沒有明顯暴露，每日早上起來只覺得情緒悶悶的，卻因是自己被兩個女人的情感所糾纏和折磨了！

一個是自己仍愛着的顏銘，雖然自己與她有過性的關係，第一次的性愛給過他不小的刺傷，顏銘是那樣解釋了，他也似乎相信了她，而腦子深處總難擺脱那一層陰影。但是，但是，他夜郎又是同她有了再二再三的關係啊！虞白呢，夜郎並沒有接觸過她的身子，連一次手都沒有握過，卻實心而論，不可否認，虞白是比顏銘更有魅力於他夜郎的。夜郎想，是我沒有接觸過她而有這種感覺嗎？他放下手電，黑暗裡睜大了眼睛，開始一一對照了起來……要命的不是以長比長，以短比短，而人的論比卻又都是我有的你沒有，你有的我沒有，長比短長而更長了，短比長不短也短。夜郎越是睡不着，樓下的鼾聲就更響。這是禿子在打呼嚕了，禿子的呼嚕平日還可忍受，一旦太疲乏了，呼嚕就震得整個樓都在響。隔壁的小李可能已被吵醒，有牀的吱呀聲，走路聲，開啓爐門聲，添水聲……夜郎想高聲問問小李，取笑一番，話到口邊卻咽了。正是這小李的響動，使夜郎明白了自己是睡在一個大雜院的西京城的一個最下層的地方，立即將剛才的衝動冷卻下去了——自己是什麼角色，倒要揀肥挑瘦呢？自己對虞白一廂情願，虞白是會與自己有同樣的想法嗎？她是一個大户出身的人，有才華有美麗，認識自己或許出於一種風度，或許是生活得無聊的一種解悶，或許僅僅是要作個一般的朋友罷了。似乎這也不對——夜郎再想，即使虞白對他是有了情感，將來肯嫁了他，他夜郎卻怎樣來安置她？跟他四處漂泊，到處受人白眼？生活習慣、性情愛好會合得來嗎？而且她想像豐富，感覺細膩，敏感多變，自己能配上她使她今後幸福美滿嗎？顏銘雖然現在紅火，可畢竟那是吃青春飯，幾年的光景，她就是將來有大的發展，而社會基層出來的人……可是，夜郎在心裡總是不甘心：我夜郎是下層人，好女人就不該是我這樣的人命中所有嗎？

夜郎說到底，放不下的仍是虞白，但放不下了又會怎樣呢？夜郎真正第一次懷疑起了自己的人品，卻又斷然否定了這是關於人品的事，頭就疼起來，蒙了被子說：「不想了？不想了！」可怎能不想，又坐起來，拉開燈，從衣袋裡尋分幣，在地上丟，默默地祈禱：一切都是可遇不可求的，看命裡有誰來定吧，顏銘是字，虞白爲面。閉了眼睛空中一揚，錢幣落下來，看時錢幣的字朝上。再丟一次，卻是面爲上。夜郎拿不定了主意，低聲說：「都不算的，這一次爲準，就以這一次爲準！」錢又一次高高丟起，落在地上，錢幣「嗶嗶嗶」地旋轉，但要看時，旋轉着的錢幣越旋越快，竟旋轉到了牀下去，牀下是一個臉盆，撞得「叮噹噹」一陣響。隔壁的小李就高聲說：「夜哥，夜哥，你也醒了嗎？他娘的禿子在開火車哩！」夜郎坐在牀沿上，歪了頭下瞧錢幣，看不着，嘆了一口氣，回應說：「禿子我口你娘喲！」小李就說：「睡不着了，我來和你下棋。」夜郎說：「你來吧，來吧！」爬下牀，一腳把臉盆踢到牀後牆根去了。

戲班要去礦區演出，鄒雲卻提出她也去的，吳清樸很是吃驚，說你一不是戲班人，二又是咱飯店即將開張，三再是正常在賓館上班，要游玩也挑不到在這個時候。鄒雲的理由是礦主寧洪祥邀清的，寧礦主是個大款，人又慷慨，和這樣的人搞好關係，說不定將來能爭取給餐館也投資一筆錢的。吳清樸當然反對鄒雲的說法，說這些大款錢是有了，常常是人品卑劣，他怎麼不邀請了別人偏要請你？鄒雲倒生了氣，說你是懷疑我與他不乾不淨嗎？我這麼大的人了，是十七十八的小姑娘？是沒見過什麼世面？他就是有心要佔我便宜，我便那麼容易讓他得逞？人家邀請戲班幾十人又不是帶了我天涯海角去逛，你怕的什麼？飯店差不多樣樣齊備，忙了這麼多日子，也不許我出外放鬆放鬆！吳清樸說不過她，只是不同意，還要告訴表姐虞白。鄒雲便哭了，道出另一層心病：平仄堡最近嚴查店職員工炒外匯的事，已經有人嘁嘁啾啾地議論她了，她得出去躲躲風頭。吳清樸聽了，緊張了半天，不再言語了。當鄒雲隨着戲班去了礦區巴圖鎮，虞白才知道消息，責怪這麼忙的她怎麼就閑逛去了，吳清樸吱吱唔唔，也不敢把事實真相說出來。

巴圖鎮在城東二百里的秦嶺深處，曾經流經西京城的那條河源頭就在那裡。這本是出了名的窮地方，自發現金礦後，國家的政策允許了集體和個人開採，數年間，生發暴富，小小的巴圖鎮户户農民成了百萬富翁，各自都有採金公司，都是經理，招募了幾十幾百的僱工在山上安營紮寨，鑿洞挖金，而爲了礦點、地盤時常鬥毆打架，人命案件便不停發生着。寧洪祥的堂弟就是在新近的毆鬥中的致殘者。圍繞着採金，鎮子流動人員成千上萬，採礦的民工從四面八方一批批湧來，一批批散去，有的發了財，有的喪了命，發財的除了大興土木建房修院外，就是吃喝嫖賭，各種商店、飯店、旅館、娛樂使鎮子擴大了四倍，地痞、惡霸、流氓、暗娼、吸毒者越來越多。戲班還未到，風聲已傳得鈴響，在到處的牆頭上、路燈桿上，甚至廁所裡，都可以見到演出的告示。戲班到達後集體住在寧洪祥的家裡，南丁山和夜郎他們猜想過寧洪祥是個揮金如土的大款，一到這裡才知道寧家的財粗氣壯遠遠超過他們的想像。寧洪祥的家是一片十畝地的大院，前邊的三層樓爲公司辦公處，樓後有廂房、花園、魚池假山，後邊是兩幢小樓，全在樓前用漢白玉修築着類如北京天安門前的金水橋模樣。戲班住在西邊的小樓上，特聘了三個廚師支鍋爲他們做飯。寧洪祥和康炳提前三天趕回鎮上，已按要求搭設了戲台，待演員住下後，他又一一去房間問候，且送上烟茶糖果之類，接下來，便領南丁山、夜郎和鄒雲去參觀他的公司，驚得鄒雲不迭聲地叫好，寧洪祥就拍了她的肩膀，說整個演出期間的攝影任務就交給她了。

頭一晚上，戲班的所有人都去裝台，直忙到夜裡三點。夜郎回來的時候，端了臉盆去院子裡打水要洗腳，卻見鄒雲從辦公樓上下來。夜郎問：「你還沒有睡？住在哪兒？」鄒雲說：「我在寧總的辦公室套間裡。」她得意地指着三樓亮着的一個房間，窗子上反映着一個頭影。夜郎說：「誰還在你哪兒？」鄒雲說：「寧總明日開演前要講話的，他拿不定主意穿什麼衣服好。夜郎，你說說，是西服還是牛仔裝？那些衣服我都幫他燙過了。」夜郎說：「最好穿棉綢中式白褂白褲……」鄒雲說：「你那是打扮地主老財呀，怎麼和他的老婆一個水平？」說着歪過頭來，「哎，你見過他那老婆了嗎？」夜郎說：「没見的。我還納悶，他介紹了公司那麼多人怎不讓他老婆出來招呼咱們？」鄒雲說：「中午來的時候，坐在大門口那個女人你看見了嗎？咱們一到，她就先小跑回屋去了。那就是他老婆！他是七大八大的人物，怎麼老婆那麼醜？醜不忍睹！我倒想不通他竟没有換班！」夜郎說：「或許有這麼個老婆，他在外面幹瞎事兒穩妥哩！」鄒雲說：「夜郎也是個瞎男人，虧你會這麼想。」轉身往樓旁的廁所去。

翌日午，演出開始。戲台搭在寧家門前的大場子裡，正好是巴圖鎮的東頭。早上八點，看熱鬧的人就在那裡佔座位，十點鐘人已擁集了黑壓壓一片，而圍繞着場子的四週，是各種小吃攤位，許多人在吃涼粉，先還是每個碗裡套一層塑料紙，後來就來不及了，賣主一手收錢一手抓粉條，緊張得那顆大鼻子尖上掛上了一滴清涕也沒空擦，欲掉未掉的。夜郎瞧着那涼粉是綠豆麵的，想給樂隊人買些，又嫌不衛生，買了一大包油塔餡餅帶上台去。太陽照到場中那棵彎脖子柳樹上，樂隊就開始吵台，這一吵，場子安靜了許多，可一氣兒吵了半個小時，叮叮咣咣，叮叮咣咣，人心倒吵得浮躁，滿場子就更亂了。突然鑼鼓停點，寧洪祥走向台中講話。寧洪祥是穿了西服，戴了墨鏡，還焗了頭髮，講的無非是，國家改革開放以來，農村解放了生產力。農民是社會地位最低的階層，在一般人的眼裡，他們是落後的，愚昧的，只能被政府的幹部來催糧要款，來刮宮流產。其實，農民裡真正藏龍卧虎，只要你能給他針眼大一個窟窿，他就能透出笸籮大一個風的。巴圖鎮原來是什麼樣子？打架在地上尋半塊磚都尋不到，光口打得炕沿子響！現在呢？城裡人能坐火車飛機，咱們也能坐火車飛機，坐火車還要坐軟卧，我到西京去，就包買了一節車廂的軟卧鋪！城裡人能吃魷魚海參，咱也能吃麼，西京城的大飯店我可是全吃遍了！以前講究萬元户，萬元户在巴圖鎮算什麼？呸！寧洪祥說到這時，是舉了個小拇指頭的，還對小拇指頭唾了一口。他說，十萬元不算富，百萬元還像個樣，誰家沒個樓房？沒個汽車？看看家裡擺設，市長也沒住到那個份嘛！巴圖鎮世世代代沒個秀才，現在人民當家做主麼，巴圖難道還沒有出個領導幹部嗎？出個人大代表、政協委員嗎？這時候，台下有人就喊：不是說你寧洪祥就要當政協委員了嗎！寧洪祥說：在沒有接到委員證之前，這話我是不能說的。——總之，我們是富了！巴圖鎮的富户多，我寧洪祥嘛，只是其中一個。但我寧洪祥不是只要物質文明，還要精神文明，正是這樣，我把西京城裡的戲班給巴圖鎮請來了！這個戲班一直是不出城的，他們都身懷絶技，都是藝術家，都是平日和凡人不搭話的人，我把他們給請來了！台下一片掌聲，「噢兒噢兒」有人起鬨歡呼。站在幕側的夜郎和鄒雲一直在聽着寧洪祥講話，寧洪祥剛一上台，夜郎就說：「這身西服倒合體，像個當領導的，卻要戴一副墨鏡，不倫不類，像個黑社會的。」鄒雲說：「那不是我設計的，他說他就愛戴黑鏡的。」夜郎說：「你這秘書不盡職。」鄒雲說：「誰是他的秘書了？」倒有些生氣，離開幕側，到台下去拍寧洪祥講話的照片了。

鄒雲這日是穿了緊身牛仔褲的，將兩個屁股蛋兒綳得滾滾圓圓，一會兒仰身一會作俯身拍照個不停，已惹得週圍的人目光都在她那里，鄒雲偏不在乎，一發兒得意，竟買了一個烤紅薯就靠在柳樹上吃起來。年輕的姑娘在人稠廣衆裡吃紅薯，這是極不雅的行爲，但這是對一般姑娘而言，漂亮而身着異服的鄒雲當衆吃紅薯，卻是一種瀟灑；鄒雲知道這種道理，把兩個有尖紅指甲的手那麼翹着，剝紅薯皮兒，然後用牙咬了，吞進舌後去嚼動，以防口上的唇膏褪去。這時候，寧洪祥的講話結束，鑼鼓大作，演出就開幕了。鄒雲從來没有看過鬼戲，頭道幕拉開，但見戲台東西兩側全部用黃布遮嚴，台頂用黑布幔住，每隔一米吊一朵白綢紮的團花，台口各吊一條寬約一尺長則貫通上下的白布，都貼了黃裱紙的符，符語用硃砂畫的，陽光下明滅燦爛。整個戲樓佈置得陰森恐怖，鄒雲先嚇了一跳，才要拍攝一張戲台景物照，但見一隊人走動矮步，打「粉火」跳雲牌，堆起「天下太平」狀，接着太白金星上場，台左側文武場吹打樂器，右側的一幫男女在幫唱「乾坤浩大社稷高，風雲雷雨空中飄。鴻君一氣傳三教，昆侖頂上樂逍遙。祥雲飄繞，見人間瑞氣千條」。太白金星就上場，是一個乾瘦老頭，一窩銀須，唸道：「吾！太白金星是也！奉了玉帝敕旨巡察五大部州。觀看西京地面，巴圖鎮上，可恨寒林這個野鬼的魂，隱入萬民之中，恐他騷擾，待吾稟奉玉帝。雲童，轉到靈霄殿！」接着就圓場，雲牌下，太白金星撞動玉點。內有聲說：「何人擊點？」太白金星說道：「太白金星。」內說：「有何本章？」太白金星說：「容奏？」就一片仙樂，奏章禮畢，內說：「了得！傳孤御旨，令王善前往西京東土巴圖鎮上鎮台，以壓百邪！」鄒雲一抬頭，瞧見夜郎也來到台下往上看，就咔地爲他拍了一照。夜郎察覺，抿嘴笑了一下，鄒雲招手讓過來，說：「戲裡怎麼也有西京、巴圖鎮呀？」夜郎說：「這是目連戲第一本《靈官鎮台》，演鬼戲前都要以天神來鎮的，因地因人因事，可隨意改動。注意拍王善的變臉，這可是個絕活哩！」鄒雲往台上看去，那靈官王善已領了旨出場，粉火之中，現出是一個白面小生，猛一甩頭，竟成了須生，再唸道：「化身咒，咒化身，吾當再變惡煞神，執鋼鞭，蕩妖氣，御風駕雲巴圖行。」變成一個紅臉綠髮的怪物。鄒雲連拍了三張，掌教師就上了台，打掃台前地，金爐焚寶香，坐下來唸詩，唸罷了，說道：「我乃目連戲掌教師也！巴圖鎮今日目連戲開台，爲保四方清淨平安，特請靈官鎮台。打雜師，擺開香案。」打雜師就白衣黑褲平常打扮上台擺香案。掌教師又說：「滿堂執事，主辦人上台入座。」就見戲班所有化了妝的劇中人上台在香案左邊木凳上坐了，寧洪祥的家人、公司頭目在香案右邊木凳上坐了，相互拱手問候，並向台下點頭致意，台上台下一價兒掌聲。忽然「咚」地一聲，接着急而短的鼓點，便見一探馬打扮的角兒從台下人群後一路小跑，人群自然分開一條道來。探馬舉了小旗，跪於台前高聲叫道：「報！神駕已到巴圖鎮綠水寺歇馬！」掌教師應：「再探！」又見二探馬又飛奔來：「報！神駕已到鎮西頭歇馬！」掌教師應：

「再探！」三探馬又來：「報！神駕已到鎮西客棧前歇馬！」掌教師應：「排隊迎接！」

鄒雲想也沒有想到，掌教師話語剛停，鼓樂齊鳴，戲台前兩根木柱上吊上了各三萬頭的爆竹點燃，又聽得「咚咚」三聲銃子炮響在身後，眾人回過頭，便見場子後的寧家大門敞開，湧出一隊人馬，寶蓋、彩旗、對馬、抬夫、提爐、回避旗、開道鑼、灑水盆，五光十色地穿過觀眾席，在台上繞了一圈，沿巴圖鎮街往西而去。而台子上，掌教師指揮了打雜師安桌擺椅，奉列神位。人群呼啦啦隨着迎接隊伍向鎮西走去，鄒雲也顧不得了夜郎，提了相機已跑到迎接隊伍前。夜郎知道這種迎接需要一個多鐘頭的，原本神駕就在戲台左兩千米遠的地方迎接，寧洪祥卻堅持到鎮西頭，橫穿整個巴圖鎮，戲班知道他要顯富游行，也是示威游行，也只好隨了他，這陣自己就到台後吃茶去了。

果然一個半小時後，迎神隊伍才返回，全鎮的人幾乎都攆了來瞧熱鬧。靈官王善已戴金冠佩金鎖，黃金甲扣了綾羅，坐於轎上，左是金童，右是玉女，緩緩在場上繞了一回，然後步上台去。那掌教師率了眾人敬香行拜，長揖長磕，然後端出一盆清水來，大拇指和無名指蘸了水向空中濺去莫天，向地上濺去莫地，口裡銜了一把明晃晃尖刀，將黑灰長衫撩起前襬別在絳色寬布腰帶上，抓起了早放於台上縛了雙足的一隻雄雞，雄雞翅膀張揚，掙扎得「撲撲啦啦」。掌教師就用嘴咬雞冠，流下血來，以中指蘸了，在靈官額上一點，在自己額上一點，然後在台上的符紙上全點了。滿場人都緊張起來，覺得害怕，恰巧一朵雲飄在空中，天頓時陰了，沒有風，卻淅淅瀝瀝落下雨點子來。人們卻並沒有騷亂，一價兒安靜着往台上看，掌教師就提了雞頭，一把一把地撕拔雞脖子的毛，黃里間白的雞毛從台口飄下來，突然「嘿」地一吼，雞脖在手中就扭斷了，掌教師在瞬間將雞頭用刀插着一齊向台口的右木柱上甩去，刀扎了鷄頭在木樁上，而没了頭的鷄身子就「日」地抛在空中，落在人群中，被一群人搶着跑走了。掌教師似乎並不理會，只在台上朗朗唸道：「巴圖鎮目連戲開台，請大聖鎮台，保佑礦業興旺發達，財源茂盛！」舉了一張卦圖又唸：「蕩穢開光華，順卦請來臨！」看了卦叫道：「順卦，請大聖開金口！」王善應道：「大吉！」台上所有的角色齊聲高喊：「大吉——！」掌教師就與場上執事、寧洪祥一行人退下。王善便還高高坐於台上，悠悠作唸：「吾！玉帝駕前左班首相，巡天都御史糾察善神，斗口星君王。——吾奉玉帝敕旨，巡察四大部州。觀東方麒麟馱瑞，觀南方火燄飄飄，觀西方麻姑獻壽，觀北方海水來潮，吾站中央紫微高照。今有巴圖鎮衆信弟子接吾金身到此鎮台，以壓百邪！待吾展開慧眼一觀！」一個亮相，叫道：「了得！觀看寒林隱藏在千千萬萬人之中，騷擾四方百姓，金童玉女，傳吾法旨，即令五猖，捉拿寒林！」

鄒雲看到這裡，疑惑不解的是：寒林是什麼惡賊？舉目就在台下尋夜郎詢問，卻怎麼也不見夜郎。再看台上，金音玉女已領了法旨下場，王善也做了一串身段下場，鼓樂之中有五人背身而出台，幕側有吹風機吹來烟霧，浸了滿台，再從台口往出溢流，勢如瀑布，那四人還是背了身在雲中翻各種筋斗，舉了火把，從口裡往外吹松香粉，松香見火起燄，有一口一個火串的，有一口數個火串的，竟也有一口吹出三十二個火圈來。吹火人轉過身來，是五猖現形，反復「變臉」，場上烏烟瘴氣，場下鴉雀無聲，遂有一女孩嚇得哭了起來。鄒雲也不敢多看，蹴下身假裝繫腳上一雙白旅游鞋帶，腮幫還嘩嘩地顫抖。她不知道了台上掌教師的又在讓打雜師怎樣設五猖台、焚香、行禮，只聽得高叫「開猖捉鬼！」起身看時，台上五猖「亮相」，個個提了雄鷄，扭斷鷄頭，從台上縱身跳下來。場下人群已亂，忽一片喊：「捉鬼！捉鬼！」如潮的人群擁得險些跌倒，忙跳上一個碌碡，見寒林是從觀衆席中間突然倉惶逃竄，五猖就在人群裡追攆。鄒雲没想到捉寒林是這樣的做法，也不知扮寒林的是何人，不戴帽，不避雨，立於碌碡上咕碌碌了一雙眼要瞧個結局。驀地，推倒數人，一個白衣白褲頭紮白帶之人直向碌碡而來，鄒雲看清了，那扮寒林的竟是夜郎！先嚇了一跳，再是差點笑出來，叫道：「夜郎夜郎，你是寒林！」寒林顧不得與她招呼，在一片捉鬼聲中，繞過碌碡，就向場子後的寧家大門方向逃去。寧家大門口卻站滿了人，寧洪祥也站在那裡笑得彎了腰，寒林就繞了寧洪祥轉圈子，五猖也繞着轉，低聲說：「往台上跑，往台上跑！」寒林便又跑向台子，五猖竟捉了寧洪祥，故意喊道「錯了錯了」，又跑向觀衆之中。

這時候，場上有人哄笑，南丁山過來扯了鄒雲，說：「跟我到台上去！」鄒雲跟他去了，南丁山說：「夜郎他們胡耍怪的。」鄒雲也笑了說：「讓五猖這麼抓錯人才有意思哩！」南丁山說：「雖是演戲，這戲不是常戲，天地鬼神會附體的，怎麼能隨便抓錯人？」台上没有抓到寒林，觀衆亂了一陣，稍稍安靜下來，台上古裝打扮的人物就出場了，演出的是舊時的地方勢力，有管事，有衆大爺，說的盡是幫會裡的行話，什麼嘩嘩子，飄飄子，到長街買些酒頭子，薑片子，擺尾子，殺了幾個長冠子。內容是講寒林被五猖窮追不捨，路經這裡，企圖保護雲雲。鄒雲哪裡聽得懂這些黑話，看得懂這些旗幟裝束？一時迷迷糊糊，只瞧着已在台上被待爲上客的寒林夜郎發笑，「咔咔咔」拍了許多照片。後來，五猖發覺，從場下上到台上，將衆大爺請寒林喝酒的青瓷酒碗當場摔破，赤腳從瓷片上踏過，與衆大爺箭拔弩張地對峙。一方要捉，一方要保，有掌標子的就從中調合，邪不壓正，寒林還是被五猖用鐵鏈捆了，壓下台退下。

台子上，王善出現了，掌標子上奏：「拿下寒林！」王善道：「裝入吊籠，押上來！」鄒雲舉了相機，偏要照一張夜郎被壓上來的狼狽相，卻見五猖抬了紙紮的吊籠，籠內鎖了紙紮的寒林。有人用手捅她的後背，回頭了，站着的卻是笑嘻嘻的夜郎。鄒雲小聲說：「把你鎖在吊籠裡就好了。」夜郎說：「偏不讓你拍個真照片！」鄒雲翹了拇指，說：「演的還好！」夜郎說：「都沒人演這角色，怕鬼魂附身真成了壞人，我就演了，只是瞎跑一氣罷了。」鄒雲就從台側的一張符上取那蘸着了的鷄血，鷄血没有乾，上邊還有一片鷄毛，就點在夜郎的額上，說：「可不敢讓鬼真附了你！」夜郎抿嘴點頭，示意多謝，又努了嘴讓看戲，台上王善還在說：「膽大寒林，竟敢趁巴圖鎮搬目連之時騷擾四方，觸及律條！五猖——！」五猖應道：「在！」王善說：「速將寒林押往花台示衆！」五猖領了法旨，抬紙紮吊籠下場，掌教師早在台下候着，在紙紮的寒林面前畫符、挽訣、噴咒水、貼禁符，然後將手中的符咒售給觀衆，同時台上的南丁山等也揭了台柱上、木板上的符，向觀衆出售。這樣的符有了神氣，五元一張，買了回去可以掛在屋裡鎮屋裡邪怪，佩在身上有消災祛禍。立時觀衆擁擠不堪，爭購神符，而雨卻駐了，烏雲散開，又是一派炎炎紅日。

晚上戲班集中，總結《靈官鎮台》的演出，南丁山分別給大家發了紅包，又叫來寧洪祥，共同準備明日中午的演出。目連正戲的第二本第三本裡有待客的場面，按演出通例，《劉氏出嫁》的待客要吃素食席，而《劉氏四娘開五葷》的待客要吃葷食席，而這兩場待客是象徵性的只讓重要人物當場真的吃席，還是讓所有的觀衆都入席吃飯，這是要主辦人拿主意的。寧洪祥說：「來的都是客，全部入席！場子就這麼大，人湧滿也是百十來席，再多我也沒地方了，鄉下席也簡單些，大不了就是三萬元嘛！」主意已定，寧洪祥就連夜去着人請廚師，安排人手分頭去鎮上、縣上乃至西京籌辦食品，搜集餐具和桌椅板凳。南丁山留下了扮演劉氏的女演員和扮演媒婆的丑角，再一次强調明日的重頭戲，比如媒婆在出嫁的路上怎麼即興發揮，劉氏在觀衆入席吃飯時又如何挨桌向來客敬烟敬酒。南丁山說：「明日的戲是風俗戲，力求紅火熱鬧，讓人覺得真是在出嫁人不是在演戲，不能像今日出差錯。」女演員說：「今日演出好着的麼，哪兒出了差錯？」南丁山說：「寧洪祥走了，我才敢說，夜郎今日繞了人家轉幾個圈子，讓五猖抓錯了寧洪祥，這對人家是不好的。虧得姓寧的不曉得這層意思，否則人家會變了臉的。夜郎，我問扮五猖的康炳了，他說是你們故意要出出寧的洋相的，有這回事？」夜郎說：「有這回事，他姓寧的財大氣也太粗，原本讓他開場講幾句話的，他說個没完没了，我就不愛聽的。」南丁山說：「演目連戲一定要注意安全，不敢太隨意。這事再不要說出去。」衆人都點了頭。南丁山又說：「晚上鄒雲好像没有來？」夜郎說：「她又不是戲班的人，來幹啥？」南丁山說：「她照了一上午相也夠辛苦的，紅包也該有她一份的。」夜郎說：「寧洪祥不會虧了她的吧？」說過一陣話，再没別事，散了分頭歇去。

翌日開演《劉氏出嫁》，台子前臨時又搭起一個小台，稱作陰台的，所有的觀衆都手執了黄裱紙三角小旗，踩着曲牌，在陰台上行走——這是要先演戲給鬼看的。觀衆順了秩序還未上台走完，一朵黑雲就飄來駐在場子上空，眼瞧着叮叮噹噹下雨，等「打報場」一結束，到第二場「發轎」，天上豁然開朗，又是赤赫赫一盤太陽。夜郎說：「真怪，昨日是這樣，今日也是這樣。」南丁山說：「我說演目連戲通神鬼，你還不信的。」夜郎心就噔噔跳，倒害怕了昨日的要怪。演到傅崇給媒婆發賞，那媒婆樂得一顛一顛在台上作耍子，夜郎就小聲問身邊的鄒雲：「我們昨日都有紅包了，你得了沒得？」鄒雲將手在臉前晃了一晃。夜郎說：「沒有？」鄒雲說：「你往那牆上看。」牆上有一圈光環明晃晃的，夜郎看了太陽，又隨光將眼目移動到鄒雲手上，發覺鄒雲舉手是把手指上一顆戒指反射了光在牆上照，叫道：「鑽戒？」鄒雲說：「他出手真是大方，送給我的，我都嚇了一跳！這事你不要給別人說。」夜郎氣罵了一陣，說：「下一輩子我也要做個女人。」鄒雲笑道：「就憑這這黑樣兒，能嫁出去就唸了佛了！」這當兒，台上家院在喊：「發轎！」這邊寧家大門被人推開鐵門，豁啷啷作響，喜樂頓作，走出花轎一乘，禮盒四抬，彩旗八面，鼓樂一堂，迎親客數人，吹吹打打穿過觀眾席往鎮子南一片空場子上，空場上已臨時改裝了那三間無人住的舊屋作了劉氏的娘家，劉氏新娘早在那裡披紅戴花的候着的。

迎親的隊伍一走，這邊場子上就擺開桌椅板凳，安放壇酒、香烟、瓜籽、糖果。早有小孩子在那裡偷着往口袋裡抓，寧家公司的幾個馬崽就如衛兵一樣四週守看，並且打了一個孩子的耳光。孩子一哭，孩子的娘就和馬崽吵，許多人又湧過來看熱鬧。夜郎忙讓黃長禮去兩邊熄火，場子裡才安靜下來。不論了迎親隊去了劉氏娘家，怎樣在那裡又擺了桌子迎親人吃酒，又怎樣設祖宗牌位行禮奠拜，劉氏又如何没完没了地唱哭娘歌，唱罵媒歌，衆伴娘又如何唱坐堂歌，唱添箱歌，直捱過二個小時，花轎啓動，媒婆手提了喇叭與追看花轎的觀衆逗趣取樂。單是迎親隊抬了轎走兩步退一步到了戲台的場子，進行着古老的嚴格而繁瑣的焚香、奠酒、拋豆、撒穀、扯灰、丟錢、跳火、踩毯、踢篩一系列規程，方由新娘的哥哥背了新娘到洞房，夜郎都覺得厭煩了。但觀衆卻蒼蠅一般擠着要看新娘，品頭論足，一直待新郎新郎上了台上的洞房。一對新人又在台上拜天拜地夫妻交拜，爆竹響得天搖地動，强烈的火藥味嗆得許多人都咳嗽了，家院才喊：「開——宴——嘍——！」所有的人全都入席，一時人人口裡叼烟，個個划拳對飲，四道乾果，四道涼菜，四道熱菜，四道湯羹，依次上齊，吃了個不亦樂乎。

吃飯人大亂，頭一撥吃過了，後一撥又坐上席去，竟有十多個討飯者囚首垢面也往桌上擠，寧洪祥立即讓馬崽攆了下去，專門用大粗碗一人一碗米飯，上面夾了菜讓坐於場的土台上去吃。這時就有人來對寧洪祥說：「魏家的一幫人也來了，讓入席不入席？他們狗日的搶咱的礦位，打咱的人，還真有臉來吃飯！」寧洪祥說：「魏家的？他滿肚子長了牙恨咱，他還得來嘛！來了就讓吃，也可讓全鎮人看看到底誰是龍誰是蟲嘛！」馬崽說：「我囑咐廚房了，給他們那一桌特做一道菜，上面是針菇，下邊是禾秸節兒——全當是喂牲口的！」南丁山趕忙說：「這使不得，有理不打上門客，那樣羞辱人家，一旦打鬧起來，演出就麻煩了！」寧洪祥就阻止了馬崽，讓一視同仁吧。寧洪祥就瞧着亂哄哄的場子喜歡地說：「熱鬧熱鬧，過去聽說過設粥棚吃捨飯的，今日我是體會到了！」南丁山說：「今日花銷不少哩。」寧洪祥說：「是不少，可你不知道我在飯場上走來走去的心情是多好的——巴圖鎮上誰能這樣？」三個小時後，席面結束，一個馬崽小跑過來說：「寧總，清點了餐具，碗少了二百個，筷子幾乎少了十把。」寧洪祥說：「這才胡說，飯場上我看見不小心摔破的碟子碗大不了有十幾個，怎麼會少了二百個碗？再清點清點，明日還有一頓的，不要像今日沒碗少筷！」馬崽低頭應諾而去，南丁山也覺得納悶，來吃飯的莫非吃了飯還把碗也帶了回去？

晚上戲班照例開會總結，鄒雲在門口悄悄給夜朗招手，夜郎出來，鄒雲說：「你去陪寧總喝喝酒吧。」夜郎說：「有你在，要我去幹啥？」鄒雲說：「他一肚子悶氣，也好去勸勸。」夜郎說：「他生悶氣？生戲班的氣嗎？」鄒雲更壓低了聲音說：「今日吃飯飯碗少了二百個，剛才有人去廁所，看見糞池子裡飄有筷子，用了竹竿去撥，偶爾發覺池下有什麼東西，拿了撈兜一撈，竟撈出一百五十六個碗來，又去寧家左鄰右舍的廁所裡撈了，又撈出三十個碗。這都是吃飯人在恨寧家，故意吃了飯把碗丟到糞池去的。你說這人心……白吃了人家的飯還要糟踏人！寧總聽了，發了一頓火，拿了酒來和我喝，我倒害怕他喝悶酒喝醉了。」夜郎聽了，一時覺得丟碗的人做得過份，卻又想這一定是寧家平日人緣不好，今日又這麼顯福暴富，忌恨不過。就說：「有這回事？可見人心並不是用錢能買通的，我去能勸說什麼？」鄒雲說：「他怎樣待鄉親，鄉親怎麼待他，這與咱無關，可寧總總是待咱們不薄的，去說幾句寬心話你也不肯嗎？」夜郎只好隨她去了。一到辦公室的套間，果然見寧洪祥一臉鐵青，夜郎裝做什麼事也不知道，只陪着吃酒，準備着一旦寧洪祥提起少碗這事他再勸說，沒想寧洪祥只字未提，夜郎就陪吃完那瓶酒後回去睡覺。

《劉氏四娘開葷店》，順順當當演出了，第四天，也就是最後一場，因爲《目連救母》裡有劉氏在陰間被下油鍋、上刀山、過血河，需要舞台燈光效果，白日露天場子是不能演的，只能安排在晚上，早晨裡夜郎就和黃長禮去過風樓鎮了。過風樓鎮上原是也有一個小戲班的，年初班主暴病死了，戲班也作鳥獸散，班主的家人就想處理行頭。昨天南丁山得知消息就交付夜郎去辦，夜郎偏要黃長禮和他同行，一路上夜郎就又詢問起再生人的事，黃長禮說：「到了戲班，我才知道還真有個陽間，我倒後悔不該趕了我那爹，讓他死了一次又死了一次！——聽說你得了我爹那枚鑰匙？」夜郎說：「是有枚鑰匙，可怎麼能是你爹的呢？」黃長禮說：「我不向你要的，只是問問罷了。你說，咱死了，也能做再生人嗎？」夜郎說：「再生人是轉世又做了人的，這不容易的，大多只能做鬼。」黃長禮說：「我不願做鬼，鬼是沒形，死鬼。」夜郎說：「鬼也有活鬼嘛，咱演鬼戲，還不就是活鬼！」夜郎就問那再生人的古琴，黃家以前是真有過琴嗎？黃長禮說：「我記不得以前的事，我娘說，真爹在世的時候是有過一把琴的，他拜過一個和尚師傅，可文革中就不知琴失到了哪裡？」夜郎不由想起虞白的爹和虞白爹留下的那把古琴，覺得蹊蹺，就不敢多問。趕到過風樓已是中午，原本要趕天黑運回，卻是雙方價格談不攏，直捱到天黑成交，夜郎想自己夜裡也無演出任務，也不急，僱了一輛拖拉機將行頭拉回，已是半夜時分。一到巴圖鎮，鎮上卻亂哄哄一片，戲場子裡已沒了燈火，心想：今日演出這麼早就結束了？卻聽得寧家大院裡有哭叫聲，許多人還站在大門口往裡看，公司的馬崽在粗聲叫喊：「都走開！走開！有什麼看的？！」用力把人往開趕。就發生了口角，有人罵道：「遭了孽了，還兇什麼？！」馬崽：「就兇了，你想怎麼樣？要來給爹吊孝嗎？」人罵道：「怎麼沒把你也死了？狗日的。你敢再罵！」就聽得寧洪祥在裡邊叫：「小陸，小陸，把門關了，關了！」兩扇鐵門就「咣」地關了。門口擠着的人便用腳踢門，用瓦片打門，叮叮咣咣如下冰雹，有人還在說：「多威風的人關什麼門？到廁所鏟些屎來，甩到這鐵門上去，讓這一個鐵圍城的惡鬼就永不出來！」果然就去了廁所，用鐵鏟鏟了屎尿，叫道：「來了來了！」衆人哈哈地笑。夜郎心下一陣緊張，知道一定是出了事故，第一個念頭倒是打叉傷了人嗎？見這班人鬧得不像話，就走過去說：「什麼事也不該這樣糟踐人吧？」黃長禮早紅了眼，手提了半頁磚，虎勢勢地要打人的樣子。衆人回頭見是戲班的人，倒不敢言語了，突然一人就跑，衆人遂也跑散。夜郎站在門外叫喊寧洪祥，又叫喊南丁山，半天裡鐵門打開，鄒雲一下子抱了夜郎嗚嗚嗚地哭。

原來，夜裡上演《目連救母》，已經到了最後一折「祖魔掛燈」，目連爲了救下其母，夜闖陰間鐵圍城，圍城打開，衆鬼外逃，獄官緊張，大叫夜叉：「夜叉聽爺令，把衆鬼與我叉回鐵圍城！」戲台的台板橫梁突然「咔」一聲折斷，台面就陷下去。台面一陷，台上台下一片驚叫，戲已是演不成了，南丁山嚇得面如土色，失了聲地喊：「拉幕！拉幕！」虧得台面塌陷，台棚因山柱還好，依然安全，幕便拉合了。卻聽得人叫：「王銀牛壓在台下了！」王銀牛是寧洪祥的馬崽，幾場戲他都在維持着秩序，這夜裡喝茶過多，在場邊喝斥了小商販不要連聲叫賣，就覺得尿憋，貪圖便當，站到台下小解，偏偏就壓在下邊。寧洪祥忙着人打了火把去橫七豎八的台下木料裡尋找王銀牛，王銀牛一條腿舉在那裡，身上壓着一截橫梁。抱了腿往出拉，拉不動，忙又返回家去找了鐵撬去撬，人總算拽了出來，但「吭吶」一聲，有股黑血從口鼻噴出，眼睛就閉上了。

夜郎聽鄒雲說過，渾身沒了一絲氣力，問南丁山呢，鄒雲說：「和寧總都在辦公樓上，王銀牛的老婆哭鬧着要男人，他們正解決後事的。」夜郎腦子裡想着去辦公樓的，身子卻往院子後頭走，鄒雲說：「你不要去看死人，死人齜牙咧嘴的害怕哩！」自個倒呃呃了幾聲，幾乎要嘔吐。夜郎折身又往辦公樓上走去。

樓梯上南丁山和公司的兩個人扶了一個瘦小的女人下來，南丁山見了夜郎，拉到一邊說：「你回來啦？」夜郎說：「真沒想到會出這事！」南丁山說：「這是撞着神鬼了，五三年在西京城裡演目連戲的花本《賊打鬼》，演賊上吊的時候就真的吊死過。」夜郎說：「是咱沒奠祀好鬼嗎？還是我頭天做錯了？」南丁山說：「這話什麼時候也不要說，好的是這回沒傷着咱的人。王銀牛一死，他老婆要的錢多，開口五萬，現在說到三萬，才勉强同意把人抬回去。王銀牛還有個老媽，事情還複雜哩。……寧洪祥能讓咱來演出，我剛才也才知道，他的採礦隊上半年塌過井，損失了幾萬元，和別的採金公司爲金洞的事鬥過一回，現在還有三個斷了腿的人躺在醫院，只說演鬼戲能禳治，沒想又在演戲中塌死了人。他也活該是正霉着氣，咱多一事不如少一事，明日一早就收拾回城。」夜郎點了頭，說：「演鬼戲都不保他也怕是他太富了吧？」南丁山說：「啥話都不要說了，你夜裡少睡會，經管着去裝戲箱。」夜郎就去了客樓上，組織人分頭拆台，南丁山自去同公司人幫着把王銀牛死屍用丈二白布裹了，運回鎮子南五里的王家莊。

第二天露明南丁山返回寧家，戲班的人馬已將戲箱和各自的行李搬上了卡車。最後一頓飯寧家是一人一碗白菜豆腐燴菜，半斤鍋盔。夜郎在飯廳裡沒見鄒雲，託人去喊，寧洪祥說鄒雲一早去王家莊王銀牛家辦些事去了。夜郎着了急，怕趕不上走，寧洪祥說你們先走吧，她要留下來還要幫我的。便見康炳提了一個塑料袋兒說：「鄒雲走得急，給我交待了，要你把這個捎帶回去。」夜郎打開袋兒，裡邊是一個麥飯石磁化保健口杯，還有一封疊成小鳥狀的便條兒。展了便條看去，上面寫道：「我在寧總這兒瞧見他用這個杯子喝水，説能開胃又能治便秘的，我就給你討要過來了。没本事給你買一把金顆子回去，卻專門要了個杯子，我對你怎麼樣？乖，你怎麼報答我呀？」便條的下邊還有一行字：「你要想我，我不在你身邊，想得太厲害，你自己去滿足吧，但堅決不允許接觸別的人！」末了没有署名，是用嘴吻了一下，印出一個口紅的圓圈。夜郎就笑了。康炳説：「我可没打開看的，寫什麼了好笑？」夜郎説：「她寫錯了一個字。」忙把便條兒又疊好成原樣的小鳥狀。

鄒雲没有回來，吳清樸給戲班來過三次電話問情況，夜郎因回來後去祝一鶴家，遇着顏銘感冒，又陪着去醫院一趟，剛返回戲班，吳清樸已打發五順來叫夜郎。夜郎直腳到了保安街餃子宴樓，兩層樓閣裝修得富麗堂皇，虞白、吳清樸、丁琳都在。虞白劈頭就問鄒雲怎麼没回來，家裡忙得火燒了腳後跟，她倒逛清閑，屁眼大把心也遺了！吳清樸面色憔悴，雙眼紅絲，説：「我也没了主意。你説咋辦？」虞白説：「給你們掙錢問我咋辦？你不知道飯店快要開張嗎？你能放了她去，你一個大男人家還能没主意？」丁琳也説：「清樸還没結婚先就怕老婆了！白姐也是逼清樸，鄒雲是董事長，清樸畢竟是僱用的經理嘸！」説得吳清樸臉色赤紅，一擰脖子説：「她回來也罷，不回來也罷，九月八號的日子是劉逸山先生選定的，離了她看我開不了張！」主意拿定，當下列了開張日邀請貴賓名單，無非還是派出所的張所長、王副所長，街道辦事處的劉書記、牛主任、上官瑩辦公室主任，税務所的吉所長、廉稅務員、米稅務員，電管所的朱所長和電管員戚某、楊某，衛生局的朱局長，工商管理所的苟所長、趙副所長、黃副所長，銀行的李科長，保安街東頭的閑漢劉貴、王老三、閻義君，街西頭的嚴寶寶兄弟四人。這些都得吳清樸單位的領導和相好。這些都得吳清樸一一親自去請。也安排了丁琳去請新聞界的朋友，如電視台的記者、攝像師，晚報經濟部的記者，工商報的記者，消費者報的記者。丁琳就提議要請市上的領導，市上的五套班子能請來的儘量請，當然爲一個小小飯店的開張，不可能邀請的都能來，但大紅帖子一定要都送到，即使不能來，也讓知道有這回事。那些退居二綫的老領導，也不要放過，他們是餓死的駱駝比馬還大，影響力仍存在，且賦閑在家，更容易請到的。但這些人由誰去請？夜郎說他可以請到東方副市長，請到人大常委會甄副主任，政協的司馬副主席。丁琳說：「那好，你請的我就不請了。別的我託晚報的記者，能請幾個是幾個。對了，我還可託人再請一些文化名流，譬如紅歌星龔維維，說相聲的王得，畫家李應道……哎，陸天膺是吳家世交，還有那個劉逸山，這得白姐去請嘍！」虞白說：「要叫我辦飯店，我誰也不請。」丁琳說：「你就辦不了飯店！」吳清樸說：「白姐不願去，也就算了；陸天膺、劉逸山是高人，也不一定能請了來的。白姐你到時候負責接待。」虞白說：「讓我去站門口笑臉相迎，端飯送水？」吳清樸說：「哪敢勞駕你？那日肯定亂糟糟的，聘的服務員都沒經驗，要有個丟三落四的，你得照看着。再說，你什麼也不幹，拿個凳子在那裡坐了，我心裡也就有了靠頭似的。」虞白說：「我準備册頁筆墨，讓人拿來簽名，有重要的人了，覺得對你有用了，能做棍子打人的，就題些辭掛在店裡。——我是不來的。」吳清樸說：「你要不說，我倒差點忘了！夜郎，我給你錢，你多買些花籃、玻璃匾，隨便寫些祝賀的話，可以造造氣氛。」虞白說：「清樸也會這樣了？」一句話倒使吳清樸不好意思。夜郎給虞白使眼色，虞白笑了笑，臉別到一邊。夜郎岔了話說：「哎，那隻鱉還活着沒？」虞白說：「還活着，只是瘦多了，從蓋上看，骨條子都顯出來了。我怕牠活不長哩！」夜郎說：「你没有餵？」虞白說：「那餵什麼？」夜郎說：「我想總得吃吧，放些肉末或者饃花。」虞白說：「鱉是仙相兒，怕不是吃這些吧？鳳凰之所以高貴是鳳凰只吃竹實和蓮籽，禿鷹吃腐屍才那麼醜陋和暴戾的。」丁琳說：「你哪裡見過鳳凰吃竹實和蓮籽？夜郎這人該是吃生肉的人吧？可他卻只吃素食；吃素食該長的漂亮吧？而夜郎的形狀……」虞白說：「馬就是草食動物嘚！」大家都笑。說過一陣閑話，吳清樸喊五順他們端幾籠餃子來吃，果然是水餃不同了平常的水餃，有的捏成船形，有的捏成菱角形，有的是元寶形的、三角形的、張口形的，餡也豐富，豬肉、海參、發菜、雞翅、茴香、蘑菇、豆腐、魚蝦，一一品嚐了，都稱讚着好。

出了飯店，夜郎就騎了車子分頭去找政協的司馬副主席，人大的甄副主任和東方副市長。——盡是些副的，正的請不來，夜郎也不敢請。司馬副主席卻三日前率領一批委員去郊縣視察水利建設了，只好把帖子放在辦公室。甄副主任和東方副市長在開會，接待的是各自的秘書。東方副市長的秘書夜郎是認識的，當下很客氣，雖同意負責讓東方副市長參加，但還是讓夜郎約時間再見一下面。而甄副主任的秘書則說某某歌舞廳也是此日開業，已經答應去人家那邊了，還掏出記事本來讓夜郎看。夜郎回來，就對吳清樸如實說了，吳清樸只好說能請到東方副市長就東方副市長吧，但一定得板上釘釘子，要扎實。夜郎說：「開業有没有給來賓的禮品？」吳清樸說：「哪能没禮品？除了吃飯，每人一份這個。」拿過一個已裝好的塑料袋兒，塑料袋上印着「保安街餃子宴樓」字樣，裡邊有一條玻璃紙做的紙盒，裝着一條意大利真絲頭巾，一個黑平絨方盒，裝着一塊西鐵城手錶，一個小紅絨小盒，裝着一枚金戒指。夜郎說：「都送一枚戒指的？」吳清樸說：「有十五個戒指，給重要來賓。」夜郎說：「天呀，不知開店能賺多少，這禮品就先花這麼多！」吳清樸說：「這沒辦法，各路神不敬，以後事就多了。這戒指還是人家寧洪祥資助的，你們去巴圖鎮，第三天夜裡鄒雲託人捎回來的。」夜郎沒有說話，心裡卻叫起來：鄒雲之所以不回來，原來拿了人家這麼多東西！就不免也覺得大家對鄒雲不回來一哇聲地埋怨有些不合適，吳清樸也在埋怨，吳清樸你埋怨的什麼？當下臉上不悅，丟開塑料袋兒，喊叫着服務員沏一壺清茶，先喝了一會兒，才說：「現在看來，別的領導請不來，最大的官也只有東方副市長了，也給人家這麼一份禮？東方副市長的秘書讓我親自再面談，這話裡怕是有話的。開業剪彩，總得有剪彩費的，與其到時候給，不如事先給他，也免得他到時候又不願意來了。」吳清樸說：「你說的有道理。不知剪彩費給多少？」夜郎說：「行情我不清楚，以前聽銀行的李貴說過，有一個個體醫藥店開業，請省上一個領導剪彩，是付了一萬元的紅包的。」吳清樸叫道：「一萬！」夜郎說：「當然人家財大氣粗。這是家治乙肝的大夫——現在是哪一種病治療沒有特效的，哪一種病的治療中就出名醫。——省上的領導剪了彩，就是做了一次活廣告，開業後人都信這家醫術高，藥物真，因爲省上領導不會給騙子去剪彩吧？」吳清樸說：「咱要的也是這種效果，可一萬元哪裡拿得出？」夜郎說：「五千怎麼樣？再少就拿不出手了！」吳清樸說：「那就五千吧。你走後我突然記起還要請旅游局的頭兒和導游，如果導游能把洋人領來，這生意就會好的。先給剪彩費五千，那就不請旅游局的頭兒了，只叫導游。」吳清樸從抽屜取了五千元讓夜郎清點，又說：「不要點五千，點四千八，圖個吉利數。」夜郎點出一沓，用紅紙包了，說：「你計算過了沒有？請一般領導就有司機的，給領導不給司機禮品？不給怕不行吧？可以把司機的禮品再簡單些。但請東方副市長，除了司機，還有秘書，秘書提出他事先給東方副市長說好時間讓我去面談，能避開人家嗎？」吳清樸嘴噘起來，說：「咱給秘書有禮品嘛。」夜郎說：「那當着秘書面我只把紅包給副市長？」吳清樸說：「夜郎，我腦子都昏了，你說呢？」夜郎說：「錢當然是你掏的，但我心裡哪裡又不是黑血在翻？既然要做生意，世事就是這樣，人家都這麼幹了，咱不這樣，事情不成嘚！要和領導牽上綫，不巴結好秘書你我連領導的面兒都見不上的。給他個紅包，也取個吉利數，一千八！你覺得不行，咱就往下減，給一千元。」吳清樸說：「那就給一千元吧。」又取了一千元，用紅紙包了。

夜郎在夜裡給秘書打了電話，約好時間兩人同去了東方副市長的家。開門的保姆，說市長身體不好，在臥室休息着，市長夫人則去看什麼歌舞去了。夜郎和秘書在客廳坐了，夜郎悄聲問：「東方副市長有病了？」秘書說：「老肝病，十年光景了，一直沒有挖根兒。年初有老中醫說讓吃四個月的胎兒對肝病有奇效的，已經吃了六個胎兒了，還真有效果，表面上看倒看不出像個病人。」夜郎嚇了一跳：「六個胎兒？」秘書說：「引產的市醫院婦產科每有引產下來的健康胎兒就拿來，回來清洗了，便用砂鍋清炖，營養豐富，只是難吃。哎，祝老的病也可以讓吃這胎兒麼。」夜郎說：「我給他弄過幾個胎盤，他都不吃的，還能吃胎兒？」保姆沏上茶後，說炖的胎盤已好了，稍等候，就去叫市長。夜郎趁機先將一千元的紅包塞給了秘書，邀請他開業日一定要去。秘書說：「咱是熟人的，我拿的什麼錢？這不是讓我難堪嗎？」夜郎說：「要是我辦的實業，我還要向你借錢的；這是我朋友的事，你要不收，我就不好交差了！」把紅包塞到秘書的口袋裡。秘書還要推辭，聽得保姆在卧室裡叫東方副市長，夜郎扯了一下秘書的胳膊，秘書就不再說什麼，先走進卧室和東方副市長說話。就見副市長說：「你們來了直接就叫我嘛！」走來，披一件真絲咖啡色夾克。夜郎以前對副市長的印象是整個臉就是一個鼻子，但現在鼻子依舊肥大，頭上謝頂，肚子突出，那褲子就把褲腰提得極上，幾乎到了胸前。和夜郎握過手了，坐下來說：「原來你就是夜郎，咱們見過面的，一直名字和人對不上號。——去剪彩的事小吳給我說了，還須得我去嗎？」夜郎握手的時候站了起來，現在還站着，說：「這你得一定去的！你……」東方副市長說：「坐下說，到我這兒隨便。」夜郎坐在沙發沿上，傾了身，再說：「你要不去，這飯店就開不了業的，你雖然忙，但大家都盼望你去，一是我們的光榮，二是咱西京還沒有開過這樣的飯店，你一貫關心市上的工商建設，社會上說你的人越來越多了——你得去的。」東方副市長說：「工作做得不好，群衆怎麼說的？」夜郎說：「說你主管的城建、工商、文衛工作，是歷年來發展最快的。說你平易近人，衣着樸素，自己身體不好又沒黑沒明地到處跑。」東方副市長嘀嘀大笑，說：「前邊有書記和市長，當副市長就是跑跑腿兒，不跑怎麼辦？可咱們的群衆多好，只要你給他們做一點事情，他們就會唸叨你的好處的！每想到這裡，我們還有什麼不好好工作的理由呢？」秘書說：「東方市長病了十年，肝炎是富貴病，要休息好的，可他從來沒有個囫圇休息日，晚上把中藥熬好，白日走到哪裡把藥湯裝在葡萄糖瓶子裡。」夜郎說：「東方市長，我對你有意見哩！」東方副市長說：「噢？提呀！」夜郎說：「你太不注意身體了！你現在的身體已經不屬於你的了，你怎能那樣糟踏呢？咱市上有個神醫叫劉逸山的，什麼奇病怪病他都能治的，是不是我幾時讓他來？」東方副市長說：「聽說過這人，只是沒見過；什麼時候需要了我去找他好了。身體現在強多了，正服一種偏方的——小琴，煮好了嗎？」廚房裡應道：「好了，我見你們說話，沒有端上來，你現在可以吃了嗎？」東方副市長說：「你端來吧，我邊吃邊說着，不要又放涼了。」保姆就端了一個砂鍋上來，放在木凳子上，東方副市長說：「藥我就不讓了！」砂鍋很大，蓋揭開，半鍋白糊狀的湯裡，仰面躺着一個小小的胎兒，胖得如棉花包兒。夜郎首先聞到一股腥味，胃裡就不安生起來，强忍了，說：「這不切碎的？」東方副市長說：「不切的，五臟六腑也不用掏，煮的時候是爬着放的，熬四個小時，竟能自個翻過身來，這也是怪事。」拿了筷子，夾胎兒的小生殖器，一夾就夾起來，吱地一下吸進了口去，又吮了吮筷頭，去撥胎兒的腦門，三下四下，撥開來，夾出腦漿什麼地又是吱地一聲吸進口去，然後才一筷子一筷子夾了軟乎乎的油肉來吃。夜郎的胃泛得更厲害了，一股東西往喉嚨裡湧。他憋着勁，說句有些感冒，就去廁所嘔了一口，重新坐到客廳，眼也不敢去看東方副市長的吃相，只歪了頭和秘書欣賞廳牆上的國畫。直到東方副市長吃完了一半兒胎盤，囑咐保姆明日一早八點前再熱一次，便用手帕擦了嘴，說：「開頭吃就是難下咽，吃過一個，倒覺得香了。」秘書笑着說：「倒吃出癮了？」東方副市長說：「還真好，先前胃口老不開，夜裡總失眠，現在病狀全沒有了，你們瞧瞧我這鬢角，蒼白顏色也黑了！」夜郎笑了笑，應着話說了幾句，把請帖拿出來，請帖裡夾了紅包，偏在請帖邊露出紅包的一角，放在了桌子上，說：「這是請帖，你一定要去剪彩啊！」東方副市長說：「那好吧，到時候，小吳你提醒着我。辦飯店就好好地辦，餃子宴都是些什麼品種？」說着要動手取請帖來看。夜郎立即意識到東方副市長是沒留意到請帖中的紅包的，怕當場亮出都尷尬，秘書忙使眼色，站起來說：「是這樣吧，時候不早啦，我和夜郎就先走呀，你早早休息吧。」東方副市長便也站起來送客，還讓保姆去把樓道的燈開開，自個去臥室尋老花鏡要看報紙了。

夜郎和秘書在樓區大門口分了手，夜郎還要叮嚀開業的日期，秘書說：「不用說了，到時候人没拉到你尋我好了！我得問一下，還請了哪些領導？」夜郎說：「恐怕市級領導只有東方副市長一個人吧。」秘書說：「請了東方副市長，就不要再請別人啦，你記着啊？」

夜郎一等秘書走開，就去電話亭給餃子宴樓打電話，吳清樸接了，喜歡得直謝夜郎，並要夜郎去那裡吃夜宵，夜郎没有去，卻徑直去了寬哥家。

吳清樸打電話要夜郎吃夜宵時，虞白也是在場的，等了半夜，夜郎没有來，虞白嘴上没話，心裡空落落的，幫着庫老太太把一幅剪紙畫裝在玻璃框裡又掛在廳裡，便覺得困得要命，遂同庫老太太回家去睡覺。

進門的時候，卻怎麼也開不開自家的門鎖，急得出了一頭汗水。庫老太太拿過鑰匙再開，還是開不開。虞白氣得就蹴在牆下，卻覺得腿根部什麼東西墊得生疼，在口袋掏着看了，自個就噗地笑了聲：「鑰匙錯了！」門上的鑰匙裝在口袋裡，開門的是她一路從脖子上卸下在手裡玩的鑰匙，竟迷糊得以爲是門上的鑰匙了。庫老太太說：「一把鑰匙開一把鎖的，你年輕輕的，倒這般糊塗！」虞白進門没有立即拉燈繩，直等臉上的燒退後，不想庫老太太看出什麼。燈亮後，就坐在沙發上，倒反省自己的荒唐，輕聲罵了：「不來就不來，誰稀罕着來？」庫老太太說：「你給誰說話了？」虞白覺得自己今日怎麼啦，盡失常，就趕緊說：「大娘，你嗅着什麼了嗎？」庫老太太說：「嗅着什麼？」虞白又皺皺鼻子，說：「哪兒有腥味？你快看看，鱉盆蓋得好嗎？」庫老太太踮了小腳去臥室，尖聲叫道：「鱉跑了，鱉又跑了！」鱉養在一個小瓷盆裡，曾經從盆裡跑出來過一次，她是在盆沿架了兩個木棍，木棍上壓了一塊石頭的。虞白過去，果然石頭和木棍掉在地上，鱉是不見了。歪了頭在桌下和牀下察看，没有踪影，心想一定是鑽到什麼雜物的下邊去了，但桌下和牀下以及房子的任何角落都堆着東西，查起來也不容易，更害怕的是在翻動雜物的時候，牠突然咬你一口怎麼辦？虞白又急了，說：「鱉咬住人是不鬆口的嗎？」庫老太太說：「天上打雷才鬆口哩！」虞白立即坐到牀上去。庫老太太笑着說：「你就在牀上睡吧，我不怕的，鱉咬人只揀嫩的咬哩。」去把廳裡的燈熄滅了，回自己的矮鋪上去睡，一會就嗡兒嗡兒地打起了鼾聲。

虞白緊閉了眼睛去睡，迷迷糊糊，似乎就覺得鱉爬上牀來了，她用手去捉，竟捉住了鱉頭。鱉的頭平日看上去極小極短，伸出來卻長若一乍，粗有一握。虞白死死地抓着鱉頭，鱉頭竟越來越大，明赳赳地睜着雙眼，且堅硬無比，口裡吐着白沫，後來就咬住了自己的肚皮。虞白手腳一陣亂打，忽地翻身坐起，窗外的月光明晃晃一片，廳裡的擺鐘「咔嚓咔嚓」均勻而有節奏地響。她才知道自己是做了一個惡夢。心想：哪裡會有鱉在牀上？牀腳這麼高的，鱉無論如何也爬不上來。這麼一時亂糟糟的尋思，卻聽得哪兒有「沙嚓沙嚓」的碎音，以爲是起風了，吹動小園中的幾株瘦竹。那碎響竟又似乎就在屋裡，沙嚓裡還有了銅的韵。虞白「咯噔」地扯動了電燈繩，叫道：「楚楚！楚楚！」楚楚臥眠在廁所裡的角落的，一時没有叫醒，虞白猛地看見了在没有吊門簾的臥房門口，那隻鱉正從客廳往裡爬，短短的四足，骨質的尖爪，在水泥地板上劃動，已停在那裡了，烏黑的頭長長伸着向她看。虞白啊地一聲就又叫起來，只是不敢下炕。狗子楚楚已經拱開廁所門跑出來，用前爪來抓鱉，鱉頭就一縮一伸，楚楚也一進一退。虞白說：「楚楚，不要抓！」庫老太太在矮牀上的就驚醒了，問：「怎麼着，怎麼着？」虞白讓她不要動，快把屋裡所有的燈都打亮。庫老太太說：「我不動怎麼去開燈！」還是下牀來把吊燈和台燈打開，發現了還沉靜不動的鱉。忙去廚房拿了擀麵杖，企圖把鱉掀個過兒來，再用手卡了後爪根的坑兒抓起來，但擀麵杖一戳沒翻過身，鱉卻「沙嚓沙嚓」掉頭又往客廳爬去，那快捷的樣子怎麼也不像個鱉了，直爬到大沙發下面去。虞白終於下牀，兩人皆不敢俯下身去看沙發底下的動靜。虞白說：「我只說牠要死了，沒了水這一夜就渴死了，沒想牠又回來了！」庫老太太說：「鱉才渴不死的！千年的王八萬年的龜。」把沙發抬開，鱉就又靜靜地伏在那裡。庫老太太從廚房取了簸箕，用擀麵杖將鱉撥到簸箕裡，再放到水盆裡去。虞白就用一個盤子在盆上蓋了，蓋了又怕不透氣，用硬紙疊成個墊兒支在一邊盆沿，盤子上重新壓上了石頭。

忙活了幾個時辰，兩人便沒了睡意。庫老太太就嚷道要剪一個神鱉，抱了彩紙坐在廳裡剪起來。虞白說：「你剪吧，我可一定得睡，明日下午兩點飯店開業，一早還要過去張羅，若沒精打采的，怎麼見人？」抱了楚楚去廚房水池上洗了四蹄，要楚楚和她睡一個牀上。楚楚乖巧，安安靜靜踡着卧在那裡，可愛的像個嬰兒，虞白看牠，牠竟也看虞白。虞白說：「睡！明日帶你也去店裡。」楚楚眼睛就閉上了。可一會兒又睜了眼看虞白。虞白伸手扶摸那頭，竟拿了胸罩戴在牠的眼上，如給牛戴了暗眼。她心裡仍覺得蹊蹺，在牀上問：「大娘，鱉真是神物嗎？」庫老太太說：「當然是神物。我剪你個後花園裡有鱉又有蜂——」卻嘰咕道：

八月裡來八月中，走到花園看營生，花園有個空空山，空空山，山山空，空空山裡有鱉蜂，蜂螫鱉，鱉咬蜂，把我𦡆（頭）鬧哩虛騰騰。

虞白說：「大娘，你唸叨些啥呀？」庫老太太說：「我唸叨啥了？我剪個鱉和蜂的。」虞白知道她一進入了她的剪畫境界裡就犯神經了，笑了一笑，卻尋思：剪個鱉和蜂的；今日也怪了，夢裡夢到鱉，醒來鱉就出現了，她卻怎麼想到蜂？就說：「剪個蜂？咋就想到剪個蜂？」庫老太太說：「蜂腰細哃！」不再多說。虞白心裡咯噔咯噔跳，不知怎麼就把手握到自己腰上去。卻問：「大娘，你說說，爲什麼鱉要從盆子跑呢？」庫老太太說：「跑了不是又要回來嗎？睡吧睡吧，你明日還要見人哩。」

虞白翻騰了一陣，直到窗户泛白時候才迷糊入睡，一覺醒來卻是半牀陽光。庫老太太已將剪好的畫貼在了牀頭的牆上，左一看右一看地自我陶醉。虞白直道着好，卻埋怨庫老太太没有及早叫醒她。庫老太太說：「你說太陽有多高了？」虞白朝窗看，一盤紅日在民俗館的山牆脊上邊，院中有兩隻鳥，一隻在空中飛，一隻停在白皮松上。說：「一竿子高。」庫老太太說：「我看着太陽才一臀高的，以爲早哩！」樂得虞白說：「這話好，這話好，應該說給夜郎，可以上戲詞哩！」

虞白收拾打扮了趕到宴樓，已是十一點二十分，丁琳在門口指着手錶羞她，然後說：「畫了眼影啦？」虞白說：「真討厭，眼圈老是發青。」丁琳把楚楚抱起來，在額頭上親了一下，放開去樓上了，說：「夜裡又幹什麼了？不去睡好？」虞白說：「幹什麼？想你來姆！」丁琳說：「你不想人，人倒想你了；夜郎已經和寬哥來了，一來就問你。——快上去吧，他們在上邊吃茶哩！」虞白往樓上去，見一女服務員往樓上桌子擺點心糖果，也就端了一盤上來，果然瞧見夜郎和寬哥幾個人坐在裡邊桌上，夜郎的雙腿間夾着楚楚，竟把自己的一副太陽鏡掛在楚楚的眼上，就想起昨晚的事，倒怨恨楚楚騷，怎麼就那麼溫順？她偏不去招呼，也不叫狗，只低了頭將盤子放到一桌，又把已擺好的又重新挪動擺好，卻又要故意大了聲叫道：「往這兒放呀，往這兒！」不出所料，夜郎就聽見了，抬頭見是虞白便叫了聲：「虞白，你現在才來呀！」虞白笑吟吟邊走邊說：「噢，寬哥也來了！我一直在樓下忙活，還不知寬哥來得這麼早！」寬哥說：「來得早多吃一點呀！——夜郎看見狗，說你來了，我還不信的……」和虞白握了手，虞白說：「寬哥似乎是瘦了？」寬哥說：「我不耐夏，這幾日又鬧胃病，哪像你反倒白胖了！」虞白說：「啥心不操的能不胖？怎麼不把嫂子也領來？難得有這個機會都聚一場認識認識。」寬哥說：「她哪兒能來？她是窩里躁，不大出門的。」兩人一來一往說話，夜郎就晾在了一邊，幾次要插個話的，虞白卻始終不看他，也不給個機會，只有把楚楚的耳朵提起放下再提起。虞白說夠了，將茶壺提了給各人倒茶，也給夜郎倒了茶，夜郎手一抖，茶水潑出來，虞白「啪啪」地直跺腳。夜郎說：「今日這身衣服把人震了！」虞白說：「夜郎跟誰學的會奉承人了？可奉承卻奉承不到點子上，你以爲奉承領袖就是喊萬歲，奉承女人就是說漂亮？今日這裡的女的都穿的是名牌高檔貨，偏我穿了一身幾年前的布衣布裙，說我漂亮是要嘲笑我嗎？」夜郎說：「哪裡是奉承？這藍底小白花布裙配無領棉體恤衫，價錢是不值錢，可特別合體，大家都穿得硬咯錚錚的有折有棱，倒越發顯得你隨意和大方——說的不講究，實際上大講究！」虞白心下歡悅，想夜郎眼毒倒能看穿她。臉上卻並不表現出來，拿抹布去抹桌沿的茶痕，乜眼輕聲說：「我要你說我好呀？」夜郎笑了笑，扭頭去觀寬哥用茶，心裡在想：有她這話，心裡就受活了，她是把我當自家人的；嘴上不讓我說，說不定這身打扮偏是爲我打扮來着。虞白已離開茶桌去收拾別的桌面上的碟盤，夜郎也就過去忙活，小聲說話。虞白就說：「你這幾天跑得歡呀，昨日晚怎麼不過來？你去吃茶吧，長嘴丁琳來啦！」夜郎只好過來又吃茶，就見丁琳走上來，大聲說：「虞白，你給我說，你在下邊廳裡怎麼掛那幅畫？」虞白說：「你就是很顯擺，今日人多眼雜的，穿個大紅衣服花蝴蝶般的跑來跑去，又那麼高聲叫喊，還嫌人不注意到你嗎？」丁琳說：「咋啦？咋啦？看我又不順眼了？」卻還是走過來放低了聲，說：「飯店都掛醉八仙的畫，你們掛『鍾馗吃鬼』？旁人畫的鍾馗還有個人形，這畫上竟只是一個惡煞的人頭，一隻手裡握了個小鬼在吃——你的構思，庫老太太剪的？」虞白說：「我剪的。開飯店不是請客就是吃請，我是看不慣的，要請客就請鍾馗，要吃請就吃小鬼——這有啥不好？」丁琳說：「你這麼說我倒想起一件事，前日我去搭公共車，車上兩個人說做生意的事，一個說現在什麼生意都難做，要掙錢只有去開妓院了！一個說開妓院呀，那才掙不了錢的！一個說這是爲啥？一個說開妓院總得請領導來吧，領導上去老不下來還掙誰的錢？」兩個人就嗤嗤笑。虞白說：「你這流氓，怎不嫌髒了口？」就嘀嘀咕咕說起昨日夜裡鱉走失的事，丁琳說：「我說個鱉的事考考你——兩個鱉在河灘上造愛，造愛完了，公鱉就走了，母鱉卻還躺在那裡不動，你說這是爲什麼？」虞白抬腳就走，靠到了二樓前道的窗口上，丁琳追過來說：「你以爲我說流氓話嗎？你心裡流氓才以爲我在說流氓話的，母鱉躲着不走，是没有誰給母鱉翻蓋兒嘛！」虞白也真忍不住笑起來。兩個漂亮的女人嘻嘻哈哈，戳戳打打，街面上的行人就抬頭往上看，有一個痞子一邊看還一邊吱兒吱兒打口哨，兩人才要閃開窗口，卻見一人挑了擔糞水走過門前吆喝「讓開，讓開」，並没有撞着那痞子，可身子一歪跌下去，兩桶糞水正潑倒在餃子宴樓大門口，刺鼻的臭氣就哄地撲上來。丁琳忙喊：「夜郎，那人故意要喪咱的！」夜郎過來看了，頓時惱怒，轉身就往樓下去，一陣咚咚的腳步聲，吳清樸卻推搡了夜郎又上得樓來，才知道那故意倒糞水的正是隔壁飯店的鄒雲的大哥。大家撫了撫心口，罵一番「小人」，才忍氣吞了聲，讓李小和五順用灰去撒了，打掃乾淨。

十二點内部人先草草吃些飯，以防客人來了，幫忙的人要餓肚子。每人一碗麵條吃罷，門口就有嗶嗶叭叭的鞭炮聲，有小工就小跑到樓上來說：「來了！來了！」吳清樸問：「哪撥的？」小工說：「是工商局苟所長一幫人。」吳清樸說：「快把桌上的飯碗收拾了，該到大門口去的都去！」先走了幾步，又返身從桌上拿了香烟和火柴，急急下去。虞白說：「工商局的倒這麼積極，莫不是要來檢查營業手續的吧？」接着樓下又是鞭炮響，聽得吳清樸和夜郎在大聲招呼：「來啦？歡迎歡迎！阿梅，快把匾接了！敬烟敬烟！」就一片喧嘩聲，四五個大大咧咧的人走上樓來，高聲說：「不錯麼，鄒家兩個兄弟是狼是虎倒不如妹子！現在是西風壓倒東風，女人勝過男人嘛！」寬哥已站起來，認得是街上一些閑漢潑皮，說道：「你們也來了？」那些人說：「一街的鄰居，没有我們哥們不熱鬧啊！警察兄還來得早，今日借花獻佛，兄弟可要把你大哥招呼好啊！」寬哥讓沏了茶給他們，他們接了說：

「嚇，正經龍井茶麼，夠意思！」虞白瞧着噁心，小聲對丁琳說：「清樸怎麼請這些混混子，那以後就不停地要餵他們了！」丁琳說：「正是怕他們搗亂才要請的，君子好待小人難惹哩！你過去，問候問候他們。」虞白說：「我才怕髒口的。」就走下樓去，下樓正好要經過那閑漢的桌邊，虞白目不斜視，聽着在說——「我已經飽了！」「還沒吃的就飽了？」「秀色可餐嘛！」虞白下了樓，見門口又來了幾撥人，是派出所的、衛生局的、街道辦事處的。有的來了提一串鞭炮，大門十米之外就燃着了，一邊走來一邊放，惹得街上的孩子跑前跑後地上撿未燃的遺炮。有的抱了一個玻璃匾，太陽在匾中跳躍，一片白光忽地射到街那邊鋪店裡，忽地射到街這邊門窗上。更多的雙手空空，胳膊下夾一個黑皮包。吳清樸和夜郎老遠就迎接了，握手呀，拱拳呀，甚至拍肩搭背地表示着熱情。所有的來客都是要立在門前指點一下門面上的字牌和裝飾的霓虹燈、彩旗、紅綢橫額，問誰提的店號，誰寫的牌字，然後在一張桌前放着的簽名冊上簽字，領取禮品袋，再然後到樓上或樓下的桌上去吃烟喝茶，互相介紹或自我介紹，交換名片。虞白就瞧見三個人在領禮品袋時低低地給發袋的阿梅說什麼，阿梅很爲難，跑過來對正拆一條整烟往烟盤裡裝的吳清樸悄聲說：「他們來了三個人要領四份禮品，說是一個副所長臨時不得來的，讓給提一份。」吳清樸說：「哪裡的？」阿梅說：「儲蓄所的。」吳清樸說：「發吧。」阿梅走過去就多發了一份。那些人抬頭看見虞白，就一直往這邊看，虞白倒覺得不好意思了，忙低了頭去裡間的廁所。卻聽得一牆之隔的男廁所有人在說：「讓我瞧瞧，袋子裡裝些什麼？」一個說：「剛才你怎麼不看，跑到廁所裡看？」一個就說：「啊，不錯，我正沒錶的。」一個說：「没見過啥！前幾天宏仁福酒樓開業，没這麼個袋，一人一個紅包，一背身打開，卻是六百六的。」一個便說：「我哪像你，你們是什麼部門呀！」虞白沒有解手，卻猛地把水箱的水拉得嘩嘩嘩地響。

虞白出來就坐到樓下的一個角落裡，掏了指甲刀修理指甲，五順就過來說：「老闆到處找你，你卻在這兒！副市長來啦！」虞白說：「是嗎，我上個廁所他就來了！上邊已經有人招呼了，我就不上去了。」五順說：「那些服務員都是青皮柿子沒發開，拿不出手的。」虞白倒有些小生氣，說：「我是一道菜了？」噎得五順很窘。樓梯上的客人就踢騰騰走下來，吵嚷着要剪彩。便見吳清樸彎着腰陪了一個大胖子，後邊呼呼啦啦一群人。人都在店門口站定了，吳清樸安排這個安排那個，宣佈開業典禮開始，就一一宣讀來賓名單，每讀一個名字，下邊就鼓掌。然後有兩個女服務員拉着彩帶，副市長就哈哈地笑着，走到那裡取了剪刀剪彩。綢帶粗，剪了好久剪不開，衆人都緊張得張了口，剛待剪開，掌聲即起。大門口兩邊的竹竿上盤繞了鞭炮震天動地價響，每個人都把耳朵捂住了。直響過了十分鐘，一切平息了，開始全體照相，攝影師指揮過來，又指揮過去，數次喊叫注意，數次注意了卻不是忘了裝膠卷就是燈光不閃，惹得都抱怨浪費感情了。照完全體相，都要和副市長照。吳清樸又拉着各個局長照，一扭頭察看還有誰未照，就發現了虞白，硬拽過來就對副市長介紹。副市長握手的力量很大，時間也長，虞白就不好意思了，待一個什麼所的所長彎腰上來要給副市長說話的當兒，趕緊逃上樓去了。樓梯口卻已佈置了一片小氣球，一架攝像機早伺侯在那裡——這是丁琳想出的花樣，意在重要客人剪彩完畢後上來踩過氣球，氣球破裂叭叭響，象徵「發發」之意。虞白忙踮腳繞過氣球到樓前過道的窗下，下邊的人就走上樓梯，黑狗楚楚卻不知從哪兒鑽出來，先一步出現在樓梯口。虞白忙叫：「楚楚，楚楚，挨打呀！」楚楚從氣球上跑過去，氣球沒有踩響，卻攝入了鏡頭。丁琳笑着說：「楚楚愛搶鏡頭，上一世一定是個風騷女人！」

所有的人都入席了，什麼人坐什麼桌，桌上什麼人是主席，一一都安排了。夜郎一時沒了事，就也到過道窗下，敞了懷涼快。虞白說：「諸神都歸位啦？」夜郎說：「安排座位夠費神的。——你怎麼一個人坐在這兒？」虞白說：「這兒清靜些。」夜郎說：「我一瞧着你這樣子，知道啥叫孤獨了。」虞白說：「我孤獨什麼？不是還有你在這兒嗎？」夜郎說：「我是逢場作戲慣了……」就齜牙咧嘴地在後脖子上抓着。虞白說：「怎麼啦？也害牛皮癬了？」夜郎說：「脖後根長了個肉瘊子，越來越大，一熱又發癢的。」虞白說：「原來背了個猴（瘊）子，我說不安生的！你要肯取掉它，我倒有絕招的。」夜郎說：「我割掉過一次，但又長上來了。」虞白拿眼睛就在屋頂上瞅，然後又趴在窗台往外看，就發現了窗外的台楞上有一個蜘蛛網，說聲「你命還好」，彎出身去抽了一根蛛絲，又抽了一根，邊抽下三根合成一根了，讓夜郎趴在窗台上，便用蛛絲去勒了脖根的肉瘊，說：「三天裡肉瘊就掉了，不流血，不疼，也不再長的。」丁琳就笑嘻嘻走過來說：「喲，真個最安全的地方是最危險的地方，最危險的地方是最安全的地方！我說席面上不見了虞白也不見了夜郎，才在這兒熱火了？」兩人趕緊分開，虞白說：「我是給他治病的……你來看看。」丁琳說：「清樸讓你去的，副市長也問你的，你來應酬着給副市長敬杯酒吧。」虞白說：「副市長那樣子怪可怕的。他晚上沒有睡好覺？」夜郎說：「他就是那紅眼睛。」虞白只好過去，果然東方副市長就要她坐在上席，上席已經坐滿，說：「加一把椅子吧，清樸是你表弟，作姐的應該坐上席！」秘書見狀，自個便退出來，加入到另一個桌子上去。席間，桌上的人都站起來給市長敬酒夾菜，虞白幾次想，自己應該也夾菜了，但卻不好意思，才鼓了勇氣，旁邊的人就隔了她把菜夾在市長的盤子裡，虞白就只好身子往後縮——坐得極不自在。在一邊桌上坐着的夜郎全看在眼裡，害怕虞白耐不住又要離席，扭過頭和她說話。虞白與夜郎說了，又和夜郎緊挨的寬哥說話，東方副市長也就扭了頭來說：「夜郎，蝗蟲吃過了地界，怎麼把我們桌上的人也拉過去了？」夜郎說：「市長，我們這都熟的。」東方副市長說：「說什麼話？讓我也樂樂。」和虞白都轉過身來。夜郎便把寬哥介紹給了副市長，副市長則問：「臉上怎麼啦，在哪兒蹭了？」夜郎替說：「兩口打架，被抓破了的，只說很快就好了，沒想指甲有毒的，破處又進了水，化了膿，就一時好不了了。」虞白見夜郎這麼說，也揶揄寬哥：「怕老婆哩。」寬哥不知怎麼回答，紅脹着臉說：「這糟踏我哩！虞白也糟踏我？」東方副市長笑着說：「怕老婆好麼，現在不怕老婆的家庭就沒有個安定團結的。汪寬你一定還沒資格進入怕老婆協會的，因爲真正的怕老婆了，就不至於被老婆抓成這樣！」夜郎說：「市長到底是市長，一眼就看出來了！寬哥單位沒分上房子，嫂子就成天和他過不去的。」副市長說：「單位分房有單位的規定，你那嫂子也太過份了。」夜郎說：「依我說，寬哥，單位不給你分房是應該的，誰叫你惹是生非？我是領導我也不給你分！」副市長問：「怎麼回事？」夜郎就將他怎樣在鐘樓碰見痛苦不堪的農民，怎樣讓寬哥領他們去派出所，又如何抓住罪犯，派出所又放了罪犯，寬哥又如何反映到局裡，分局就不高興了整他。一席話說得東方副市長想聽也得聽，不想聽也得聽，聽完了，夾了一筷子菜嚼了一會，說：「分局這次不是評了先進嗎？」夜郎說：「可不正是爲這個先進才發生這事！」副市長說：「那罪犯呢？」夜郎說：「罪犯現在是抓了，但派出所放人的那個警察卻屁事也沒有。」副市長說：「這怎麼行？知法犯法者沒事！德林，德林！」德林是副市長的秘書，正在另一桌上和人划拳，醉醺醺端了酒杯過來，以爲副市長要讓他代酒，說道：「市長身體不好，不能喝的，我是酒罐子，和我來是了！」副市長說：「今日不讓你代酒。德林，讓夜郎把事情給你說說，你給公安局打個電話，查一查事情到底怎麼樣？」夜郎趕緊提了酒瓶要給副市長敬酒，副市長不喝，卻不讓德林代，要虞白代。夜郎就拿過茶杯，咕咕嘟嘟倒了半杯，說：「市長，爲了表示我的誠意，我喝這麼多！寬哥，咱們都敬市長一杯，這下你的房子該解決了！」副市長說：「夜郎你這是逼宮嘛，我可沒給你說房子的事，分房要看局裡的具體情況。」夜郎說：「這我知道。」一仰脖先把酒喝了。德林說：「夜郎豪放，樊噲一樣！」夜郎說：「我也敬你一杯！」和德林又喝了一大杯，就陪秘書到了一邊去說話。虞白先代副市長喝過一杯，這會站起來要敬副市長的酒，副市長說：「咱喝酒，我象徵點，你可喝好。——你瞧瞧市長有什麼好，吃一頓飯都吃不安生嘛。」寬哥也站起來，拿酒瓶來給自己倒了三杯，再給副市長的杯裡添滿，激動得眼淚花花直轉，說：「市長，我沒有想到你會這麼快就解決這件事，我汪寬會好好工作，不辜負你的關懷的。要得到領導的支持，就得拿出第一流的工作成績贏得領導的支持。這杯酒我敬你，你隨意，我喝三下。我也是有病的人，不敢多喝酒的，但我今日要喝！」先把三杯喝了，雙手捧了一杯給副市長，副市長說：「這是我份內事麼，用不着感激。現在社會風氣不好，做了許多正常的份內事好像就不得了了，比如電視上常報道什麼領導下鄉了解情況呀，聯繫群衆呀，這些是領導幹部起碼的工作作風嘛，可現在作爲新聞來報道，這就不對了。當然，出現這種現象，也說明我們有些領導幹部已經很少去群衆中了解情況了。」寬哥見這麼說，越發激動，便說起年初他去郊縣一個大山溝調查一宗案子，和那裡的群衆聊起來，群衆反映解放初縣上領導是步行下鄉的，因爲步行，到村裡總要數天歇腳的，即使不想辦事也得辦事。七十年代領導下鄉是騎自行車，當天來了，當天不得回去，還得住一夜，可現在都是坐了小車去，吃頓飯就回去了。寬哥說：「社會越現代化，領導越難深入群衆的。」東方副市長說：「這你就極端了，汪寬同志。關鍵是人，而不是車！牛主任，你說是不是？」同桌的街道辦事處牛主任正在啃豬蹄，說：「沒有好車不行的，就拿咱們現在破案來說，罪犯做了案坐高級車跑了，辦案人員還騎個自行車，怎麼去追？」東方副市長笑着說：「你又是這麼個理？」虞白便說：「咱這不是吃席倒像在開工作會了！」副市長說：「喝酒喝酒。」寬哥又給自己倒了三杯，還要給副市長再敬一杯，自己又一次喝了，要虞白代副市長喝，虞白就喝得一時面如桃花。寬哥身子已搖晃起來，還要去抓酒瓶子，沒有抓住，扶在桌上，大家就笑起來。虞白說：「他太激動了，喝多了！」副市長說：「真是好同志！」話未落，寬哥已溜下桌去，虞白忙喚小李，兩人攙了寬哥去休息間，虞白就再也沒回桌席上去。

開業了十天，餃子宴樓的生意還好。常來吃飯的有一個女子，吃了飯曾經索要過餃子名稱單，說要幫助飯店宣傳宣傳的。吳清樸起初以爲她是哪個報社的，問她認識不認識丁琳？這女子問丁琳是誰？吳清樸說丁琳和西京所有報社的記者也熟哩。這女子卻說她不知道西京有什麼報，口氣很傲慢的，要求飯店能每日中午送一籠燕餃到她的寓所去。只要付錢，餃子宴樓有這個業務，小李就每日去送燕餃到一座小樓上去。回來卻說那女子是紅唇族。五順說：「什麼紅唇族，是金絲鳥。」吳清樸問：「你們兩個倒知道得多，什麼是紅唇族和金絲鳥？」五順說：「你連這些都不知道呀？紅唇族是那些歌舞廳裡做三陪的，金絲鳥卻是被來西京做生意的香港款爺包養的。」吳清樸聽了，心裡突然間不舒服起來，想起了鄒雲。又過了數天，鄒雲還沒有回來，吳清樸有些急，去平仄堡詢問有沒有鄒雲的消息，經理卻說鄒雲七天前就託人捎了辭職的口信，賓館已經與她沒什麼關係，只是她有三天的加班費還未領，有九元九角錢。吳清樸昏頭沉腦地給虞白說，虞白剛剛收到鄒雲的信，信上說她已在寧洪祥的公司正式上班了，是辦公室的秘書，信上還說，她怕吳清樸不同意，產生誤會，特寫信給表姐，讓表姐把情況告訴清樸，這樣，清樸辦飯店，她掙外快，日後會攢一筆錢的，並且問道飯店開業了沒有，生意是否紅火？吳清樸氣得嘴臉烏青，說：「她還操心飯店？早知道她要這樣，我也不停薪留職了！要掙錢靠咱的勞動去掙麼，給一個暴發户的當什麼秘書？白姐，你說這是不是傍大款？！」虞白也是窩了一肚子火，聽了吳清樸的話，卻說：「話說得這麼難聽，你是成心不想娶她嗎？一開始你就把她寵出了毛病，我說有你日後受的氣，現在怎麼着？當初去巴圖你管不了，這陣已經做了秘書，又辭了工作，你就讓她先幹着吧。——她是太得意了，以爲她想幹啥就能幹成，沒吃過虧的，讓她摔打去吧。」吳清樸勾了頭，長吁短嘆地說：「你說她不會出別的事吧？」虞白說：「她也不至於那麼賤吧。」

這話說過了半月，虞白聽飯店的小李講，他居住的院裡的禿子說在火車站賣燒鷄，看見了鄒雲和一個高個男子在軟臥包廂裡，那列火車是開往成都的。虞白心細，並沒問那高個男人的模樣，只問鄒雲穿的什麼，戴的什麼？小李說，禿子說啦，鄒雲穿的是緊身牛仔褲，腳上的鞋是意大利的那一種，特高特大的後跟，上衣是白色的緊身汗衫，脖子上是金項練，胳膊上是金手鏈，手上幾個鑽石戒指哩。虞白心裡說：完了。兩個人搭車路過西京而不下來，要不是去成都旅游就是去辦貨收款，即使辦貨收款，千里之行，十天半月，一男一女就難說得清了。虞白叮嚀小李此話不要再給人說，小李點頭稱是，甚至也告誡虞白同樣不要對誰提起，他是第一回對她說了是非。虞白自此有了心思，多去了飯店照看，瞧着清樸没黑没明地忙，便爲他操掛吃的穿的，無限可憐。誰知清樸也是知道了，小李把禿子的話同樣説給了清樸，也告誡清樸不要對誰提起，他是唯獨給清樸一人説的。吳清樸是兩個晚上没有合一眼，躺在牀上不敢作想。老實的人雖然嘴笨，內心卻豐富，一想像起來眼前盡是烏七八糟的圖象，嘆自己爲了鄒雲而下海掙錢，自己掙錢了，鄒雲卻去傍更有錢的主兒，離自己更遠，不覺腹內如焚，又氣又惱。平日有了愁悶，去給虞白傾訴，如今這事卻怕惹得表姐悲傷，數次强忍着也没把話説出來。要説的話不説出口，這話就在肚裡發邪氣，如火，如刀，如毒藥水，吳清樸飲食不振，肚子發脹，日漸削瘦起來，也不大再去虞白家了。

一日，天氣轉涼，街上的人已穿什麼的都有，虞白天黑時在衣櫃裡翻羊毛衫要穿，看見了吳清樸放在這裡的一件牛仔馬夾，就拿了去飯店。夜裡飯店是不賣餃子的，爲了多有收入，只在門口處由三個小工賣湯元，虞白進去，一幫人都在樓上包餃子。餃子宴裡新增了一道珍珠餃，是用鷄脯肉包指頭蛋大的形狀，在火鍋裡當場現煮現吃的。吳清樸見虞白來了，便把火鍋點燃，煮了珍珠餃要她嚐，自己仍是將一摞一摞的蒸籠端出來，把擺好餃子的蒸籠一摞一摞再端進去，累得滿頭的汗。虞白坐在燈影處看他，頭髮長亂，臉瘦得兩個顴骨突出，禁不住兩顆淚子就掉下來。火鍋的底爐透刻着菊花樣，火苗撲出來，艷艷地更是一朵偌大的菊花。她無心思坐着吃珍珠餃，拿蓋子壓滅了火，去門口喊了一個小工，讓到夜市上買了一個狗肉砂鍋給清樸端到辦公室去。砂鍋端來，清樸笑着說：「自己開着店，卻去端人家的飯！這個時候了，還吃的什麼飯喲？」虞白說：「賣啥的不吃啥，這砂鍋營養好哩，馬不吃夜草不肥，黑來不吃飯身體怎撐得住？——這忙什麼？掌櫃的當成夥計了！」吳清樸說：「我忙着心裡倒暢快哩。」虞白把馬夾給吳清樸穿上，清樸還在說：「大家都穿衫子，老闆穿馬夾。」虞白說：「我還不穿了羊毛衫？二八月亂穿衣，你和別人比不得的。飢了冷了，鄒雲不在，自己要學會經管自己。」原本是不說鄒雲的，卻順嘴說出，便把臉別轉到一邊去，用勺子在砂鍋裡攪，一邊吹熱氣一邊嚐了湯，說鮮。吳清樸見表姐說出鄒雲，努力笑了笑，說：「鄒雲一回來，瞧見飯店這麼紅火，她不知該怎麼驚訝哩！」虞白說：「要驚訝的。」清樸說：「天也冷了，她也不回來取取厚衣服的。」虞白說：「她怕這幾天會回來的。」清樸倒不吃了，問：「姐，你說她這幾天能回來？」虞白不禁上了氣，說：「她不回來，能死到什麼地方去？」清樸卻說了一句：「四川比這兒熱吧？」低頭又去吃砂鍋，一根粉條吸進口一半，一半卻黏在上嘴唇上，連嗆帶燙，一顆眼淚「撲嗒」砸在砂鍋沿上。虞白心疼了一下，說：「清樸！」清樸說：「嗯。」虞白就說：「清樸你知道了？」清樸身子一晃，竟一頭栽在虞白的懷裡抽搐起來。虞白抱了那頭，也淚水婆娑。兩人哽咽了一會，虞白抬了頭，替清樸把眼淚擦了，說：「我只說你不知道，你原來也知道了，這麼長的日子怎不說給我？清樸，事情已經這樣了，咱憋出病來也是划不着的。或許，咱把鄒雲誤解了，她心還在你這裡，只是去掙些錢罷了。但是清樸，咱做事要長，想事要短，即使她變了心，可你知道世上能箍了盆子箍了桶的卻是箍不了人的，這你得有個精神準備。畢竟這個飯店大家幫着辦了起來，其中也有她一半的心血，碌碡拽到了半坡鬆手不得，只能辦好，不能辦砸；世上的事情大哩，世上的好姑娘也多哩，關鍵是你的身體和情緒。你瞧你這樣子，頭髮這麼長了，也不去理，自己開個飯店，倒飢一頓飽一頓！」清樸說：「我是誠心過過苦行僧日子，她鄒雲回來了看她心理平衡不？」虞白說：「你好傻，這何苦呢？如果她能心理不平衡，她也不會跟姓寧的這麼跑逛了。你糟踏的只是你自己，你偏要吃好穿好心情好！」這當兒，小李在外邊叫：「老闆，老闆！」虞白低聲說：「小李這人精幹是精幹，卻是個長舌男，重要事不要太讓他知道。把眼睛再擦擦，男人要像個男人，讓他們看出破綻了，倒輕看了你。」自己把自己眼睛也揉了揉。吳清樸在辦公室門口問小李：「什麼事？」小李說：「是白姐來了嗎？我有個帖子要交給她，她來了就少我明日跑路了。」吳清樸說：「誰送的帖子？」小李說：「受人之託事小，誤人之事爲大，別的我不能告訴你。」說罷了，卻附在吳清樸耳邊要說什麼。虞白就出來笑道：「小李辦事神神秘秘的！誰的帖子，夜郎的，夜郎又組織樂社活動呀！」吳清樸說：「我聽丁琳說了，你們是四人樂社，不肯要我去熱鬧嗎？」虞白說：「你又不懂音樂，唱歌也跑調，不會要你的。」吳清樸說：「你們倒活得瀟灑，像小年輕們一樣！哎，白姐，能不能都到飯店裡來活動？我包吃喝！」虞白說：「瞧這是不是老闆的口吻？我們是來給你唱堂會拉生意呀？」吳清樸給小李扮着鬼臉說：「咱現在成俗人了！」

第二天，虞白按約在下午四點趕到城牆上，夜郎卻一個人仰天躺在那裡看雲，旁邊鋪着兩張報紙，報紙上放着一個熱水壺，四個杯子，一琴一塤。虞白走過去了，夜郎抬腳坐起，頭剃得青光光的，一臉油汗地笑。多久以來，夜郎第一回這麼死盯着她笑。好大的膽兒，看女人哪有這般賊的？虞白原本也是笑着的，見他放肆，偏不看他了，蹴下來噗噗地吹地磚上的土。卻想：我怕他怎的，你是錐子，我麥芒對了你！揚了臉直盯了夜郎。夜郎眼珠磁溜溜的，幾乎要跳出來，她說：「昨日又熬夜了？——把眼角屎擦擦。」夜郎露了短處，一下子沒了輕狂勁，紅了臉雙手都去擦眼睛。虞白就勢把琴抱在懷裡，並不彈的，嗤嗤地笑。虞白一笑，夜郎便醒悟她作弄了他，說：「你牙上怎麼黏着韭菜葉子？」虞白說：「羞死了，跟別人學沒意思！」夜郎說：「你就會戲弄我，有本事，寬哥來了你也這樣！」虞白說：「你也敢裝大麼。」夜郎沒有聽懂，問：「我裝大？」虞白卻再不理他，低頭撥弄琴弦。夜郎就坐端了等着聽，她又不撥了，把琴放在地上，一乜眼兒說：「樂社活動，今日竟這麼早的？」夜郎說：「吹吹唱唱那還是天黑下來的事，約着你早來，我請吃茶的。」從一個小菜盒裡撮了茶放在一個杯裡。虞白說：「什麼好茶待人的？」拿了茶看。茶是紫陽的一級富硒毛尖。夜郎說：「這是清明前三天的茶，是紫陽的一位朋友送給陸天膺，陸天膺的夫人又送給南丁山的。我喝過一杯，果然不錯，不敢私吞了，拿來讓你們嚐的。」虞白說：「是茶真的不錯，還是因了陸家那年輕夫人送的原因才有了味？」夜郎說：「我可不知道那小夫人的故事；你是知道的？」虞白說：「我只知道英雄難過美人關。」夜郎說：「過不了美人關的都是英雄了？——那我也是英雄！」虞白說：「你說什麼？」卻並不讓夜郎回答，端了茶杯，定定地盯那純正的綠，一層絨絨的白氣就浮在杯口，抿一口，說聲「好」。就揚了頭看夜郎說：「要是喝茶，請人去你家喝好了，偏來這地方，大天白日地招人顯眼？」夜郎說：「一男一女坐在城牆頭上，就是讓滿城人都看的！我是閑人，我怕了誰？只是怕你不敢來的。」虞白說：「夜郎賊膽兒大，我還怕啥的不敢來？又不是蝙蝠只能晚上露面！」夜郎說：「寬哥和丁琳都不來了，你敢和我在這兒喝一下午？」虞白說：「這陣把茶搬到鐘樓上去，我也去的。」夜郎說：「好好，冬天咱倆去南方浪去，我到時來約你，你不能拉勾啊！」虞白說：「我怕的什麼？只怕到時候你拉勾，說你的女朋友不同意啦！我不牽不掛別人，別人不牽不掛我，天涯海角哪兒都去的。」臉先自彤紅，卻拿了眼睛看夜郎。夜郎聽出她話中的話，一時不知怎麼回答，哈哈地笑。虞白平靜了臉說：「笑，你只拿笑搪塞我？」夜郎說：「人說寡婦門前是非多，其實鰥男門前是非也多，前日我同戲班一個女的去街上吃飯，路上遇見三個熟人，一見面就給我擠眼，悄悄問我：『不錯嘛，掐了嫩芽芽了！』」虞白說：「多難聽，你們這些男人就這樣說女人？」夜郎說：「我哪兒掐了嫩芽芽的？我說，去，那是一個熟人，小心人家搧你耳光！虞白，你想想，要是我真的和人家好，我又不是那些小痞子，拉拉扯扯溜大街呀？正是心裡沒鬼，我才領了她哪兒都敢去的。」虞白說：「没心病才哪兒都敢去？」夜郎愣了一下，明白了，笑道：「能約你來，心裡倒真有那個……我是給寬哥和丁琳的帖子上都寫着晚上七點的。」虞白倒一時羞了眉眼，低了頭用手在地上摳，地磚縫長着綠綠的小草，草尖子就掐了下來。夜郎脹着脖子，說：「虞白，真的，我說的是真話，這話我早就想對你說，可我又怕你誤解，給我難堪，把一場朋友的情份都丟了。不說我總憋得難受，幾天不見到你就特想去見你，什麼也慌得捉不住，去見了，回來能安然幾天，過上幾天就又不行了……你別笑我，我說的是真話。」虞白一直在笑着，一直在掐草尖，耳朵其實一字不漏地聽着。卻說：「我不管真話假話，你說要給我說話，是什麼話？」夜郎說：「我都說了。」虞白說：「我以爲你要說什麼驚天動地的話，原來要說的就是這話？」夜郎說：「我要對你說我愛你，愛你，你一定以爲我是神經病。」虞白一下子嘴噘過來，「噗」地吹了一下，說：「你以爲你不是個神經病！」夜郎倒冷靜了，說：「我要不說時，我真會是神經了哩。」虞白說：「我說你神經了，已經神經了，夜郎怎麼能愛了我？世上那麼多嫩芽芽不去掐，要掐我呀？我怕老得掐不動了！」夜郎說：「你算什麼老了？」虞白說：「三十多了還不老？」夜郎說：「你說這話讓我傷心，你這是拒絕我麼？誰都要老的，神仙都會老的。我一見到你，你的氣質風度就震了我，這話我不敢對別人說，可我給我說過幾次。如果兩個件放在這裡，一是僅僅與你認識，一是和三個花裡胡哨的女子發生關係——你原諒我說這種話——我要前者，不要後者！」虞白眼睛亮亮的，說：「是嗎？夜郎還有這境界？」夜郎說：「真的。」虞白就說：「那我謝謝你，親自給你沏一杯茶吧！」就俯身撮茶葉到杯子，提壺倒水，遞過來。夜郎接杯的時候也接住了一雙手。虞白說：「你要燙死我呀！」夜郎鬆手了，卻極快地在那雙手上吻了一下。虞白說：「這動作做過多少次啦？」夜郎才要說話，便看見城牆漫道口上冒出一個人來，急忙說：「丁琳來了！」

虞白回頭看去，上來的卻不是丁琳，而是一個胖滾滾的女人，渾身上下穿了寬寬大大的碎花布衣褲，頭髮挽着個髻兒，一綹卻撲撒下來，幾次往上別也沒別住，銳聲說：「夜郎，夜郎，我在城牆下喊沒聽着嗎？」夜郎忽地站起身，說：「你喊我了？一聲也沒聽見的！你怎麼到這兒來了，是找我嗎?」女人說:「不是找你又是找誰?我讓你給我打電話怎麼不打?」夜郎說:「你什麼時候讓我打電話？」女人說：「我打電話撥給康炳的，要他轉你……你是成心不給我打電話嘛！」夜郎說：「康炳那東西又什麼時候轉告了我？先喝杯茶吧，我介紹一下，這是虞女士，虞白。」女人看了虞白一眼，虞白已經站起來，女人卻看過一眼後頭並不再轉過來，視虞白爲一塊石頭或一截木頭，仍大聲對夜郎說：「你寬哥呢？」夜郎說：「我不知道的。有什麼事？」女人說：「他昨天說過你給他個帖子，我還以爲他到你那兒去了，我到他們單位，單位沒人，到你那兒，也沒人，你院的禿子說你可能在城牆上，你果然在這兒！這兒多好，又敞亮，又避人，眼又寬，你夜郎多美的！」夜郎趕緊又問：「怎麼這般急着尋寬哥？」女人說：「要是往日，他就是走十年八年，一輩子也不回來，骨頭朽在外邊，我作來回想也不想！可今中午人家通知讓搬房子的，有一家要住我們那老房子，這是狗攆兔的。我原以爲不急的，那幾件舊傢具慢慢往過移，可人家不行了，傢具都拉到門口了！這像什麼話嘛，領導退休也得有個交接班的，他這麼把傢具放在門外，是李自成兵臨城下要崇禎爺上吊哩嘛！可你寬哥倒好，兔兒蹬天，沒踪沒影！他要不是我的男人，我叫左鄰右舍的人就搬了，他偏是我的男人，我讓外人來幫我成什麼話？十九年了，夜郎，我和他就過的這種日子，若逢上任何一個女人，十個有十一個都和他離婚了！我也要離婚呀！當先進也不是這麼個當法，多虧他還是個警察，要是一個官兒，恐怕我見一次還要買票哩！」夜郎立也不是，坐也不是，笑着說：「你不急嘛。」女人說：「我不急，我急啥的！尋了這一圈，城裡大街小巷都是人，這人都是哪兒的，都幹啥的，天一黑都到哪兒去了？各人都知道各人的家，沒見過說誰尋不着自己的家了！——你寬哥就尋不着！他要不來這裡就罷了，他要來了，你就告訴他，說他老婆在家裡得了絞腸痧了，中了毒啦，挨了刀啦，瞧他還回來不！」說罷就走。夜郎說：「喝口水再走呣。」女人頭也不回地說：「我哪裡有你悠哉，茶水拿到城牆上來喝了！」虞白就說：「你去幫她搬家吧，我先走呀！」夜郎說：「我知道她氣在哪裡，你不要走，你一走，我就更說不清了！」便小跑去追女人，一直追到漫道下，女人卻在那裡一塊石台上坐了等他。夜郎說：「你不急麼，寬哥來了我和他一塊去，有什麼萬貫家產搬不完？」女人說：「就那些家產，放一把火燒了我也不心疼，我害氣你是個花花腸子，你有顏銘，你和那女子跑到這城牆頭上幹啥的？」夜郎說：「我就知道你爲啥發那麼大的火。人家是我們樂社的，是熟人，來教樂器的，你剛才理都不理人家，讓我難堪哩！你知道不，還是人家在市長面前說話，才爲你們要的房子的！」女人說：「是那個吳清樸的表姐？」夜郎說：「可不是的！」女人說：「那你給人家解解釋釋……你和顏銘遲遲沒進展，我早就害了氣哩，要是你和一個醜女子在那裡我也會火的，一瞧見她長得那麼好，不知怎麼心裡就竄火！你去吧。」夜郎要送，還跟着她往城門口走，女人又罵道：「你送我我尋不着路嗎？你別的沒學到，學會你寬哥的瞎毛病了，把女人不當人了，讓人家一個冷清清坐在那裡！」

夜郎就又上得城牆頭。虞白靜靜地坐那裡，問：「那是誰？好兇的！」夜郎說：「那是寬嫂，火爆脾氣，她以爲咱倆怎麼啦，是給我發火的，你別介意，解釋了，她還說要我向你賠個情的。」虞白說：「她以爲咱倆怎麼啦？她和你熟，你這麼大了，按常理她要見你和一個女子在一起一定會高興的，要想法促成的，怎麼發這麼大火？夜郎，你是不是平日和女人在一起的事多了？」夜郎說：「你覺得我是大流氓啦？」

無端的一場干擾，兩人的話題再沒有繼續，就從寬嫂說起，說到了寬哥，一壺水也喝完了。城門口茶鋪裡的小工上來換過一次壺，天也漸漸地黑下來，丁琳就提了一大包小食品先來，接着是寬哥。夜郎就說了寬嫂來找的話，三個人都說那就免了晚上的活動，都要去幫忙。寬哥很不好意思，最後只同意夜郎去，讓虞白和丁琳在這兒玩，丁琳說：「異性相吸，陰陽互補，剩下我們兩個在這裡有什麼樂趣？還不如到餃子宴樓上去吃他清樸一頓！」夜郎就和寬哥提了東西下來，擋了出租車要送他們先回飯店。四人站在城門裡公園邊，一時竟沒有出租車來，丁琳說聲：「哎喲，差點忘了！」從提包掏出一沓雜志，說：「這上邊有咱夜郎的大作，快都看看！」夜郎先看了，果然寫民俗館的文章變成了鉛字，但文中差不多每段都被刪改了，似乎覺得不滿意，又不便說出，虞白卻嚷道：「丁琳倒不是讓看夜郎的文章，她是要大家欣賞她的玉照嘛！」原來封面上正印着丁琳的頭像。丁琳說：「就是又怎麼樣？我不讓美編用我的照片，可人家偏是要用——怎麼樣？」虞白說：「好嘛，平面的比立體的好，臉上的三個白麻子不見了！」丁琳說：「你瞎灰！幾時把你照片給我一張，也讓你作作封面人物。」虞白說：「那我不小心成了名人怎麼辦？」丁琳氣得不理了她，拿了雜志讓寬哥夜郎評價，都說是好。夜郎輕輕地哼一首流行曲：「看你如看封面，哎喲，讀你如讀唐宋詩篇……」虞白一時無聊，拿眼看那邊的算卦先生，就走過去要測個字的。這邊的見虞白竟去測字，就都停止了說話，一眼一眼看着，過了一會兒，虞白過來，丁琳說：「瞧別人上了個封面，自己就覺得冷落了？測什麼了？測得怎麼？」虞白一臉陰鬱，說：「自我多情，我哪裡就嫉妒了你？——測了個『也』字，封先生說：他中無人，池中無水，地中無土，奔馳沒馬。今日個不是好日子哩！」夜郎聽了「奔馳沒馬」，心裡格噔一下，眉眼低下來，上嘴唇包咬了下嘴唇。寬哥卻說：「我也不知道你要測的什麼？可這野攤上的術士話怎麼信的？我去試試他，我没兒没女的，看他如何能測準？」幾個人就都走過去。寬哥果然問子嗣，以「章」字問。卦先生垂頭沉吟了片刻，突然揚了頭說：「你肯不肯買了我的藥？」寬哥說：「什麼藥？」卦先生說：「你這位警察同志似乎應生男的，但恐怕不會生育，因爲章爲童無根。我擺卦攤，卻也賣各種藥丸的，有一副丸藥專治難上孕的病的。」大家倒一時面面相覷。寬哥笑道：「好了，給你五元錢吧。」拉了衆人就走。這時攔擋了一輛出租車，丁琳已經坐上去了，喊虞白，虞白還在卦攤上說話，急急跑來，就把一大包東西塞給寬哥，鑽進車裡去。車開走了，寬哥看那東西，拆開來，竟是四包黑乎乎的藥丸。

寬哥的新居是三室一廳，一切安頓停當，寬嫂在家做重慶火鍋請客。請客半日忙的，顏銘早早過來幫着淘米洗菜，刷碗刷鍋。寬哥的任務是請客人，依老婆開出的名單，首先專請東方副市長，副市長太忙不能來，秘書也就不能來，半天没有收穫，最後還是託夜郎，夜郎馬不停蹄地跑了幾處，最後就到了虞白家。虞白很爲難，說她從没在別人家吃過飯的，若是你夜郎請客，我還可以去圖個熱鬧，而去寬哥那裡就純粹是做客，覺得身子大，不自在，何況滿桌生人她就更害怕應酬了。夜郎明知道虞白不肯去的，來邀請也只是個借口，實際上是想多見一面的，反倒吃了兩碗庫老太太做的蕎麵圪坨羊腥湯。說了話，又吃了飯，要去餃子宴樓請吳清樸，在街上卻見一個小販挑了一擔海裡的玩意兒在賣，就湊過去要買些海螺海貝的，卻發見其中有一枚十分漂亮的珊瑚，想：「珊瑚是大海的產物，西京很難見到，且這般白潔，虞白一定是喜歡的，買了送她，一是讚喻她的高雅，二也可暗表我對她的純正之戀。於是也不搞價，買了捧在手裡返身又來敲虞白的家門。虞白見夜郎捧了一枚大的珊瑚來送她，自然十分高興，雙手接了，就拿一個瓷盤兒放着擺在窗台上，說：「夜郎有錢，倒肯買這玩意兒送人了！」夜郎說：「每次來我原本不敢空手的，想買些點心呀罐頭的拿來，怕你當面扔出門去。夜郎也要學雅人嘛！這珊瑚多白淨的，只有虞白配收留它，我也是投其所好，巴結你哩！美不美？」虞白說：「美是美，可珊瑚是因爲死亡了而美的，世上的狐狸人人都說美，但也是美了就有獵人的。你瞧那葉子——」窗子正開着，後院裡的海棠樹上葉稀了許多，一片葉子紅得像喝醉了酒，在微風裡不停地搖着，似乎如搧動的蝶翅，終于葉柄搖脱，左一下右一下斜滑着落下去，就軟軟地伏在地上了。夜郎原本輕狂狂的一顆心，經虞白這麼一說，一時竟無措，不知該說些什麼，臉上就尷尷尬尬下來。虞白卻笑了，說：「哪兒有我這種人不落情的？多謝你了，夜郎，難能到我這裡來，珊瑚能到我這裡來，這也是我的緣份，我會命一樣的善待的。你還沒見到清樸吧？」夜郎說：「我走到半路，碰着珊瑚就返回來，還沒去餃子宴樓哩。」虞白說：「那我也不再留你。客沒請到，寬哥那邊不知怎麼急的。」就送出來，一直送到樓區大門口，搖搖手，讓夜郎去了。

果然不出虞白預料，汪家的客人除了幾個熟人外，寬嫂還請了她們單位的幾個領導，寬哥也請了派出所的人和分局的幾個頭兒——房子畢竟最後還是人家把鑰匙交給他的。席間雖然都嘻嘻哈哈，心裡卻不知己，說了一些昨日晚電視上報道的新聞，話題很快便轉到了黃顏色的內容。——若是沒身份的男人聚在一搭，興趣的就是說女人，似乎女人就是下酒菜，罵誰誰是死貓爛狗都吃的，怎麼就不患上個愛滋病；笑某某有賊心没賊膽，有了賊膽了，卻没了賊力氣，讓婊子如何羞辱了一番。而席上坐了七長八長的領導，當然也要說黃色的段子，但相互攻擊的卻是你出差回來了給老婆不買東西，偏偏給兒媳買了個髮卡；他又是親家母來了比兒子還要獻殷勤……說一句就笑一聲，不產生笑料的話也乾乾在笑。顏銘先是坐在席上，不聽不行，聽了也不行，就又到廚房去幫寬嫂，寬嫂還是不讓她動手，顏銘說：「他們盡是髒話，我哪裡坐得住？」寬嫂說：「男人麼，還能說什麼！」顏銘說：「咱們女人在一搭，倒没見說得這麼髒口的。世上没了女人，這男人怕都得死，没了男人咱也活得旺旺的。」寬嫂說：「你說這話外人會笑你的，世上的事就是男男女女的事，你没結過婚，結了婚你就知道男人煩是煩，没了男人卻日子不整端了！」顏銘笑道：「是嗎？」寬嫂說：「哎，你和夜郎到底咋回事嘛？這麼長時間了，好像不冷不熱的，多少男女我都見過了，誰個不是乾柴見烈火，燒得昏天黑地的，你們還嫌不老，要等到七十八十嗎？」顏銘就臉紅了一片，說：「我也是忙，他也是忙，十天半月難得碰上一回——誰知道他咋想的？」寬嫂說：「他是不是花花了心，另有所愛了？」顏銘說：「這我不敢說，我想他不至於是那種人吧？或許他覺得自己處境不好，要過些日子再說的吧？」寬嫂說：「你都不彈嫌他，他還拿捏什麼？男人家都是花腸子，你別光老老實實等他，他現在處境不好，綠頭蒼蠅一般地亂鑽，碰上個壞女人勾他，是最容易安妥他躁烘烘的心的。你別以爲饃饃不吃就在籠裡放着，泥鰍抓到手裡了也有溜脱的。」顏銘就不言傳了。寬嫂說：「我問問他！」就朝客廳喊：「夜郎，夜郎！」夜郎提着酒壺進來說：「是嫌我們喝酒忘了你嗎？來，兄弟敬你一杯！」寬嫂說：

「顏銘，你瞧瞧，油腔滑舌地多了，人常說，學坊戲坊，瞎娃的地方，你再不抓緊改造，歪歪腳穿什麼鞋都拐哩！」夜郎說：「跟啥人學啥人，寬哥整日教訓我，嫂子也要挽救失足青年呀？」寬嫂定平了臉，說：「你別給我打哈哈，我是正經問你的——你和顏銘的事到底怎麼樣？顏銘哭哭啼啼給我訴冤枉的。」顏銘說：「我哪裡就哭哭啼啼了？」寬嫂說：「你不要說話！我問你夜郎，你倆的事怎麼樣？」夜郎說：「好着吶。」寬嫂說：「好，男人這說話算話，我再問你：既然好着吶，這一個月裡你請她吃了幾次飯？買了什麼衣服、項鏈、小零碎、一針一綫？什麼時候結婚？購買什麼傢具？房子怎麼裝飾？你是怎樣安頓她的？」夜郎先是笑着，見寬嫂一句逼一句過來，也不敢了輕佻，待問道「你是怎樣安頓她的？」一句話也回答不上。顏銘說：「嫂子，我是有胳膊有腿的，我需要誰安頓！現在也不是說這事的時候，他還提着酒壺，客人要喝酒的。」寬嫂說：「我也不問你了，吃完飯，你把顏銘帶到你那兒說去！」夜郎趕緊點頭，從寬嫂撐在牆上的胳膊下鑽過，到了客廳裡去敬酒。

吃過火鍋，夜郎果然要顏銘到保吉巷，顏銘晚上卻與人約了去照像的，答應改日再去，夜郎就留下來和寬哥陪客人打麻將。

顏銘在時裝團裡和團長的表妹蕓蕓相好，蕓蕓是會計，個頭不高，臉盤卻生得俊俏，認識玄武路個體攝影部的朱斗，朱斗幾次要蕓蕓去照像，蕓蕓一直沒去，總想找一個伴兒一同去，就說給了顏銘。兩人去了，朱斗的攝影部很小，但設備高檔，技術也好，當下拿出許多漂亮姑娘的照片，指點說某某的掛曆像是他拍攝的，某某的封面照是他拍攝的，盡是些知名的影星、歌星和選美小姐，然後就誇獎顏銘體形好，氣質好，說得顏銘也害了羞。蕓蕓也不無醋意地直撇嘴：「當然好啦，你以爲你把西京城裡的美女都拍攝完了？你給我們看這些照片幹什麼，脂粉那麼重的，顏銘一來，『三宮六院無顏色』了！」朱斗說：「也是，也是。」百般的殷勤，拿了全部拍攝服裝讓她們穿，聲明能拍多少就拍多少，全部免費。顏銘見朱斗不迭聲誇獎自己，嘴上雖在否認，心裡畢竟爽意，又是第一回遇着專業攝影師，便對朱斗有了好感，當下和蕓蕓就化起妝來。攝影部有兩個小化妝室，朱斗就讓她們一人去一個室裡，他就坐在顏銘這邊的凳子上。顏銘對着大鏡子，鏡子裡的朱斗就死眼兒盯她，目光異樣，便有些不好意思，借故要蕓蕓的睫毛油，去了蕓蕓那邊再没出來。化好了妝，朱斗拍照了幾張，又讓換穿不同的服裝再照。後來蕓蕓去更衣間，攝影室只剩下顏銘一人，他反復幫着說袖子没有扣好，腰帶繫得太緊。就走近去，用手提胸的衣服，有意無意地撞着顏銘的乳部。顏銘一個哆嗦，渾身都發僵，忙說自己來，眼睛不敢看了朱斗。朱斗小聲說：「顏銘這麼靚啊！」顏銘說：「我靚什麼，蕓蕓才真正靚的。」朱斗說：「蕓蕓是美人，但屬於中國傳統型的美，街上都處都是，而你是西歐人的美法。——你是混血兒嗎？」顏銘說：「我哪兒是混血兒？」朱斗說：「不是漢民族吧？」顏銘說：「是漢族。」朱斗就說：「這就怪了，西京城裡我還是第一回見到你這個樣兒的……」蕓蕓就從更衣室出來，一邊走一邊說：「怎麼回事嘛，腰老是負不起重量，真討厭死了！」顏銘趁機揶揄道：「自己腰細就說腰細吧，你不自誇別人也能看得出來的！」朱斗說：「蕓蕓腰是細，如果再配上顏銘的兩條長腿，就傾國傾城了！」蕓蕓說：「你這是說我腿短嗎？你懂不懂相學？女人鷺鷥腿是貧賤命，古時候連嫁都嫁不出去！」朱斗說：「蕓蕓要是生在唐朝，該選入宮了！」他們在說笑着，顏銘卻心情暗淡下來，勉强又拍了一張，推說頭暈再也不肯照了。顏銘不照了，朱斗也没有心緒給蕓蕓照，草草率率拍攝了幾張收場。臨走時，朱斗就留下兩個人的傳呼機號，說照片一等洗出來就通知來取。第二天，顏銘就接收到朱斗的傳呼，顏銘問蕓蕓，蕓蕓卻沒有收到消息，顏銘就沒有去取照片，回電話說是病了，改日來取。過了一天，蕓蕓才收到傳呼，兩人雙雙去取了照片。照片照得很好，顏銘就拿了來保吉巷給夜郎看。

顏銘以前的照片，差不多都是夜郎或阿蟬用祝一鶴家的傻瓜相機拍的，還埋怨顏銘不上相；等看到專業攝影師的作品，夜郎也驚呼顏銘的照片比本人還漂亮，對着照片就是一吻。顏銘說：「活人立在跟前，你只愛那一張紙！」夜郎說：「把底片放大一張，我好掛在這房子裡。你人是你的，照片卻是我的，我天天能看見。」顏銘說：「喲，說得那麼乖的，我成了你房子裡的鏡子？可看鏡子看到的不是我了，而是你！」夜郎好像做賊被捉住了一樣，一時心虛，臉也紅了。顏銘說：「你對着我，讓我瞧瞧說的真話還是假話！」夜郎直了面，顏銘在他眼裡看見了一個小小的顏銘，說道：「我在你眼裡就那麼點兒位置呀？怪不得十天半月也不見你一面的。」夜郎說：「正因爲窮忙見不上的才要掛照片，底版給我，我去放的。」顏銘說：「沒底片。」便把照像的經過說了一遍，夜郎也肚裡竄火，說：「防人之心不可無，要是那樣，再別理他！」說話間，顏銘的傳呼機就響起來。夜郎驚道：「你有傳呼機了？」顏銘說：「團裡給配的。寬哥請客那天我就戴上了，原本要告訴你的，卻忘了。」就看看傳呼機，說：「又是那個朱斗打的，這已經是第八回了。」夜郎說：「新傳呼機還沒給我留號碼就留給他了？以後不要隨便把住址和電話什麼的留給生人，社會上有這樣的閑痞呢，死纏硬黏，就沒個清正日子。不要回他的傳呼，記住了沒？」顏銘說：「記住了。」表情和聲調像小姑娘受了委屈了，在接受大人的教導。夜郎一把攬了她，說：「多會撒嬌，二十四五的人了，還以爲你小哩！」顏銘越發嬌氣，踢騰着腳說道：「就是小嘚，人家就是小嘚！」一隻鞋就踢騰掉了。

兩人玩了一陣，窗上的光綫暗了許多，院子裡哐哩哐嘡有響動，是禿子回來了，和房主在那裡說髒話，夜郎就讓顏銘重新梳好頭，說去買些熟食來吃，拉閉了門下了樓。顏銘把被罩枕巾取下來，壓在一個盆裡用洗衣粉水浸泡了。

夜郎在巷口的店鋪裡買了幾個燒餅，一包熟豬頭肉，一包油茶麵，心想顏銘不大吃豬肉，卻喜歡吃用豬腸製作的梆梆肉，就去對面的梆梆肉店去買。不料這家店鋪的梆梆肉剛剛賣完，得到另一條街上去買，卻見虞白和丁琳一人手裡拿了個烤紅薯，一邊吃着一邊走過來。夜郎笑道：「多文明的人紅嘴白牙在街上吃紅薯！」丁琳說：「西京這地方邪，說鱉就來蛇，正說你，你就在眼前了！文明人就不喝不吃啦？」虞白說：「他懂得什麼？要是個醜八怪在街上啃紅薯是不雅，這麼漂亮的女士敢當街吃紅薯，就是時髦了呢！」丁琳說：「對着哩！只有你敢日嚼他！」虞白搗了丁琳一拳，說：「你不知好歹，我向着你哩，你倒揶揄我！你說我敢日嚼他就是敢日嚼他——夜郎，我要你把這半個紅薯吃了！」夜郎說：「吃就吃，你說讓我去殺誰我就殺誰呀，還不敢吃？」丁琳說：「吔，吔，吔，你們再要肉麻，我就避開呀！」夜郎笑着說：「你們快先到我房子去吧，我去買些梆梆肉。哎，你們還愛吃什麼，一人一包擀麵皮怎麼樣？」丁琳問：「房子裡有沒有人？」夜郎格噔一下，才覺得她們和顏銘見面不好的，但不讓她們去房裡又說不過去，不如大大方方作了介紹，免得將來自己說不清，兩頭受氣。就說：「說對了，房子裡倒真有人。不礙事的。」虞白說：「什麼人，該不會是金屋藏嬌吧？」夜郎只是笑，騎上車子已經走了。

虞白和丁琳嘻嘻哈哈進了保吉巷七號院，禿子正把一隻鷄頭夾在翅下，用刀劃脖子，血流一灘。見門口進來兩個氣度不凡的時興女人，先自慚形穢，丟下鷄就走回自家屋裡去。那流了血的鷄卻沒有死，在地上撲撲拉拉了一陣，搖搖晃晃竟又在院子裡跑動，嚇得虞白尖聲驚叫。房主老婆在屋檐下喊：「禿子，禿子，你這是灑鷄血逼小鬼嗎？」禿子跑出來，一掃帚把鷄打倒，踩在了腳下，說：「沒事了，沒事了。」虞白沒怪禿子，倒對房主老婆反感，小聲對丁琳說：「不理那女人，她罵禿子，其實是暗裡罵咱們的。」丁琳說：「女人見不得女人，她嫉妒咱哩！」就偏偏問禿子：「夜郎的房子在樓上幾號？」房主老婆說：「五號——尋夜郎的女的這麼多啊！」虞白和丁琳不看她的臉，故意高昂了頭，挺了奶子往樓上去。

顏銘在房裡揉搓了一遍髒枕巾，聽得樓下問夜郎，就先把門關擰開，虛掩了，急在鏡裡看了一下髮型，坐在凳子上。虞白和丁琳推門進去，沒思想準備的，坐在屋裡的竟是一個年輕漂亮的女子，當下怔了一下。顏銘站起來說：「找夜郎嗎？請坐，夜郎出去了，過會兒就回來。」丁琳說：「我們在巷口見過他了——你來得早哇？」顏銘說：「也才來。」丁琳說：「是戲班的？」顏銘說：「不是，是老早的熟人。」顏銘讓虞白和丁琳坐在那兩把短椅上，自己就坐在牀沿上，一時雙方都沒了話。顏銘覺得不妥，又站起來要倒茶，但夜郎房裡只有一個茶杯，拿了兩個碗先用開水燙過，放茶衝了，端在桌上說：「喝茶。」又回坐在牀沿上了。虞白欠欠身說：「謝謝。」丁琳回頭道：「你什麼時候這麼客氣過？」虞白說：「咱是客人麼，見主人當然要致謝。」顏銘要說什麼，口張了張，又合上了，頓時手腳没處放，就又蹴下身去搓揉髒被罩；一仄頭，瞧見虞白在一眼一眼看她。她笑着說：「夜郎這被罩都泡出黑水了！」虞白卻没有接話，身子後仰，使矮椅一條腿着地，轉過來又轉過去，顯得落落寡合，一副超然世外的模様。丁琳說：「這夜郎怎麼還不回來？」虞白哼哼地笑了一下，走過去用手彈弄古琴，彈了三下，給丁琳說：「你瞧瞧，夜郎鼓琴也焚香呢，你聞聞那是什麼香？」琴旁有個小小的銅鑄的香爐，香爐四週散落着白的香灰節兒。丁琳從旁邊的紙筒兒抽出一支香來聞，說：「我也不知道是什麼香，玫瑰味的。」虞白說：「玫瑰味的？琴合適的清馥韵雅，艷香之類不入琴供的！」丁琳說：「商店裡什麼都有，他倒偏偏買這類香？」虞白說：「夜郎没看出還愛個艷的！」丁琳說：「艷香不入琴供，可琴上用瑩白螺蚼徽、玉軫也夠艷了。」虞白說：「用金徽、玉軫不是艷而是貴，玉軫有花則容易轉動，還不易受污損，瑩白螺蚼徽，在燈前月下取音能一目了然。」丁琳說：「你來一首吧。」虞白說：「我才不彈的。你知道吧？古人把彈不叫彈，叫鼓，鼓琴講究對月，對花，對水，對竹，對知音，對月對花對水對竹對知音又有研究，你願意不願意聽？」丁琳說：「我洗耳恭聽。」虞白說：「古人講究洗耳就是聽琴。」丁琳說：「這我知道。」虞白說：「對月鼓琴，要在二更人靜時分，萬籟無聲時最佳。對花鼓琴，花宜於岩桂、玉蘭、雪梅，香清色素爲雅。對水要臨軒窗，對竹要竹月坐蓆……」兩個人一說一對，有逗有樂，全然不顧了顏銘在那裡，似乎顏銘就是個洗衣服的保姆婆子，或者壓根兒就不存在。顏銘言短，又不知琴事，一時插不上話，搓揉了一會，還不見夜郎回來就有些坐不住，站起來說：「夜郎怎麼還不會回來？時間不早了，我得先走啦，你們坐吧，他回來了就說被罩我搓過了，再用水擺擺就行了。」丁琳說：「急什麼呀？不要我們來了你就走的？」虞白也說：「你一走，夜郎回來向我們要人，我們倒不好交待哩！」顏銘笑着說：「沒事的，你們在吧。」挎了紅皮包出門走了。

顏銘一走，丁琳就把門關了，嘎地笑了一下，說：「你真壞！你把人家硬趕走了！」虞白說：「這與我什麼事？怎麼是我趕走了她？」丁琳說：「哄得了別人能哄得了我？你瞧你剛才多有學問，對個琴說古論今，一口雅語，不着了人間烟火；你要那麼着，我也只能順你，讓人家姑娘坐冷板凳尷尬。」虞白說：「這女的一定是夜郎的對象。」丁琳說：「別瞎猜測！」虞白說：「我有感覺，我相信我的感覺。男人說的再好，都是那驢的秉性。」丁琳說：「驢的秉性？」虞白說：「愛吃嫩草。」丁琳嘎嘎大笑。虞白平靜的臉卻問：「你覺得她怎麼樣？」丁琳說：「個頭有些像你，長得也好，那劉海一溜一溜的，衣服也是平常衣服，一臉沒文化。」虞白說：「是嗎？咱臉上刻了字了，不是俗人了？」丁琳說：「咱是大俗大雅嘛！」虞白咧咧嘴，喝了那碗茶，又拿水壺添了水，說：「不說了，喝茶！夜郎那一級毛尖呢，咱給他喝光喝淨！」

夜郎在另一條街上買了梆梆肉，又買了三包擀麵皮子，卻偏巧馬路那面有人叫他，瞥見是康炳，本不想理，康炳卻三躲兩躲着車輛橫穿過來，說：「叫你你沒聽見？」夜郎說：「需要熟人的時候，狗大的影子都沒有，想泡妞兒了，到處都有眼睛！」康炳說：「把我們都累死了，你倒自在地泡妞兒？哪一個？讓我瞧瞧。」夜郎說：「那個！」一家屋檐下，坐着一個蓬頭垢面的女瘋子，一邊在懷裡捫虱子一邊唱《夫妻雙雙把家還》。康炳嘿嘿笑。夜郎說：「吃過飯沒有？怎麼在這兒？」康炳說：「東倉巷有個姓李的，一年裡家裡死了三個人，請去唱唱鬼戲禳治的，你去不去？」夜郎說：

「既然我不在，我也不去了，今晚都誰去了？」康炳說：「玫、秀秀、老騫、張老三、小吳、小陸。你知道不知道，阿根和士林炒班主魷魚了。」夜郎說：「班主可以炒被招聘的人的魷魚，怎麼還有下邊人炒班主的？」康炳說：「阿根和士林今早留給老南一封信就不辭而別了。從巴圖鎮回來，阿根和士林因工資太少和老南吵過幾次，他們就都到寧洪祥的公司去了。據說在巴圖時寧洪祥就有心挖他們去的，只是包藏得嚴，誰也没有發覺。他們這一走，氣得老南睡了一下午，尋你也尋不着，說以後要給大家買傳呼機的。」夜郎聽了，就想去看看南丁山，又覺得家裡有客人，去不了，拉了康炳又詳詳細細問了許多事情，最後才叮嚀康炳，見了南丁山不要說把事情告知了他，他明日一早便去見南丁山的。

送走了康炳，夜郎才急急往回走，一進門，虞白劈頭就說：「你這不是糟踐我們嗎？讓我們在家等着吃飯，你跑得卻没踪没影！」夜郎笑道：「街上碰上戲班的人，說了些話，實在對不起。先吃擀麵皮子吧——顏銘呢，上廁所去了？」虞白說：「顏銘是誰？」夜郎說：「你們没認識？」虞白說：「你那個小姑娘啊——她走了。」夜郎聽說顏銘走了，心理倒犯嘀咕：一是顏銘是專來要和他說些事的，二是顏銘不等他回來先走了，一定是顏銘生了氣。就說：「她走了？你們怎麼讓她走了？」丁琳說：「夜郎，咱把話說清，是她要走的，可不是我們攆了她。」虞白說：「既然屋裡藏了嬌，你爲啥偏要叫我們上來？是成心要顯示嗎？是要笑我們老了？你帶新女人到舊女人這裡來，你就這樣不顧及那個顏銘的感情嗎？丁琳，咱給夜郎看了半天的門，他人回來了，人家還要去找那個顏銘，咱就該回家了吧。」說罷就要走。夜郎没想到虞白竟會這樣，忙說：「這是什麼話——說走就要走？多獃一會兒麼。」虞白說：「衝了你一場好事，實在對不起了。」夜郎說：「人家是時裝表演團的，原在祝老家做保姆……你們這才怪，生的什麼氣嘛！」虞白說：「噢，模特呀，怪不得蠻靚麼！」已經走到過道，夜郎追出來還要說：「真的要走啦？」虞白說：「是該走了。」丁琳卻遲疑起來，說：「虞白……」虞白說：「夜郎是永遠不滿足身邊的朋友，總是換的，人家恐怕認爲是朋友就得趕走吧，咱還是要當他的朋友的，那咱還不走嗎？」夜郎便生了氣，說：「好吧好吧，要走就走吧。」看着她們噔噔噔地下了樓，從院門出去了。

三天裡，夜郎沒有給虞白打電話，也沒有給丁琳打電話，他堅持認爲是她們在發神經，不近情理，事情做得過火；偏要等着她們來回話。但是，虞白沒有消息，丁琳也沒有消息。等過三天，再等一天，再再等過一天——夜郎在和自己發咒誓——又等了最後的一天，夜郎的心涼了一層，扼腕長嘆，禁不住在屋裡淚潸滿面。他硬纏着小吳、禿子和房主打麻將，甚至買了燒酒給他們喝。小吳過日子仔細，只拿了五十元的本兒，講好贏了陪着打，輸了便收場。上來三圈不和不罡就死也不肯再打，夜郎親自登門，去請樓後的信貸員李貴，李貴卻是要打十元的底數，將那麼一包錢壓在屁股下，一沓一沓往出抽。禿子見狀，和房主兒使眼色，上手將李貴盯了個難吃難碰，這邊又暗中鋪排使巧，三圈過去，李貴竟輸了數百。夜裡四點，禿子說：「結束吧，明天還要去東郊收購鷄的。」李貴說：「你贏了錢要走，那不行的！」一直打到天明。天明了，也不讓走，不讓走的是夜郎，黑着臉激李貴，訓禿子，又讓五順來替禿子。五順要去飯店，夜郎說不去飯店就不去飯店，吳清樸那邊由他去說的，又直打到中午。既然已過中午，褲子濕了就立着尿，誰也不肯下場，讓禿子拿幾隻熟鷄子，又買了數瓶啤酒，連着打到第二天清晨。場子一散，夜郎癱坐在那裡，摸摸下巴，前天下午刮淨的鬍子，一天兩夜竟長得扎手，手伸出來，瘦得卻像鷄爪，而鼻子上生出個疔來，摳了一下，生疼生疼的，趴在牀上就睡着了。

一覺醒來，鼻子疼得厲害，對鏡照了，整個鼻子都成了紅的，腫得又大又亮，也不再出門，悶在屋裡自己生自己氣。五順耽誤了一天時間，吳清樸發了脾氣要辭掉他，五順說了原因，吳清樸饒了，卻不知夜郎這裡怎麼啦，打電話說給丁琳，丁琳火急火燎就到保吉巷來。

丁琳一見夜郎的模樣，嚇了一跳，才要數說鼻子上的疔怎麼敢摳的，是不要命了嗎？夜郎卻板着臉，只冷冷地說：「你來了？是找我的嗎？你怎麼還能來找我？」丁琳說：「這就好了！我只說夜郎還在喝他的酒，唱他的戲，没想夜郎也是糟踏自己的。」一句話把夜郎逼住，倒不明白她話的意思。丁琳說：「真的生氣啦？」夜郎說：「夜郎再是個没相的人，夜郎總還是人吧？誠心誠意讓你們在家等我，又買了這樣買了那樣，你們說走就走了！我能讓你們去屋裡，我也是有心讓你們和顏銘見見面的，你們肯定是不理人家，人家走了，而又給我說那麼些熱諷冷刺的話，也不管我受得了受不了。這就是知識女性的脾氣？小姐脾氣！」丁琳說：「你說，只管往下說，把火泄一泄，鼻子上的疔就好了。我只說女人脆弱，男人比女人更脆弱嘛！」夜郎氣咻咻地說：「不說了！」窩在矮椅上抽起烟。丁琳說：「夜郎，我問你，你得給我說實話，那個顏銘和你到底是什麼關係？」夜郎說：「是好過，寬哥兩口一直在撮合這事，顏銘也有那個意思的。」丁琳說：「虞白那賊狐子感覺就是好，她一見顏銘就認爲你找了顏銘，所以她吃了醋了。你和虞白陰不陰陽不陽的，什麼話她也避我，憑她這醋勁，我才看出她心裡真是愛上你了，你知道不？」夜郎說：「你把話捅開了，我給你說。自見了虞白，我真的喜歡她，我明明是清楚我對顏銘好過，寬哥他們仍在撮合這事，顏銘也等我最後的話，可我不知怎麼就喜歡了虞白。我矛盾過，痛苦過，指責過我是不是對不起顏銘，是個壞人？可是我控制不了去愛虞白，又沒勇氣去對顏銘說明。說卑鄙些，我有佔有慾，我嚮往虞白的那種生活，我要追求，我又怕那樣的生活不屬於我，不肯丟棄顏銘……我無法理順我的思維，我想順自然發展，如果虞白也真的愛我，那我將來就和她結婚，但是……我心裡又慌，我覺得我是不是高攀了她，她是真心愛我還是一時的精神寄託？我是這麼想的，我又不願面對現實，盼望這種狀況能永遠持久下去。但虞白呢，卻是一顆豌豆心，一會兒就變了……丁琳，丁琳，我怎麼對你說呢？我說不清楚……」丁琳說：「夜郎，你不用多說了，我都明白了，你說的全是真話，真話假話我聽得出來。你和虞白這事，開初我是開心逗樂子的，見你們陰一會陽一會的，倒還笑過你們活得太累，可現在我着實有些感動，甚至覺得我的瀟灑其實並沒有什麼刻骨銘心的東西留下來。虞白是我的好朋友，我們在一起的時間也長了，我是了解她的。她是個靈透了的人，內心豐富，感情又細膩，你沒見她近來越來越瘦了嗎？她條件似乎比你好，一般人以爲她肯定要找一個家庭條件好的，文化高的，人長得帥的男人，可虞白偏不是這樣的人，她愛你是真的，這我看得出來。但女人有女人的弱點，正是因爲她愛上你，她又自尊慣了，總有不放心的地方，就自尊到了自卑的地步，老認爲自己年紀大了，又不是艷乍之人，不能再有個什麼傷害。所以，一見顏銘，人又年輕，又漂亮，她能不失態嗎？她這失態也正好表明她在愛着你，這你就不能理解？」夜郎聽了，不言語了，悶了半晌，說：「她這小性子不是一次了，老是這樣，倒叫人害怕呢。」丁琳說：「我給你說的意思也在這裡，她就是太敏感，善於想像，並不是個好的操家過日子的人，這你得拿主意。現在你面對虞白，還有那個顏銘，到底找誰，你要瞅準一個，否則當斷不斷，害人害己——感情這事折磨起人來是狼是老虎的。」夜郎說：「丁琳，你說呢？」丁琳說：「你要和虞白好，將來虞白會讓你過另一種生活，這是肯定的，問題在於那種生活，你能不能適應和配合？」夜郎說：「一個人要是愛一個人，那他就會愛這個人一切的。」丁琳說：「那好，我把這話說給虞白去。」夜郎就心平氣和下來，在臉盆裡倒了熱水。浸了毛巾，用熱毛巾敷鼻子，問那日夜裡回去，路上虞白是怎麼說的，一一問過了，就要丁琳去吃飯。下樓去了街上，竟大方的去了一家蝎子宴酒樓吃蝎子。丁琳早聽說過蝎子宴，卻從未吃過，見端上來有油炸的乾蝎和亂跑亂動的酒泡的醉蝎，嚇得不敢吃，夜郎卻稱蝎子宴是英雄宴，將活蝎一隻一隻丟進口裡嚼着讓丁琳看。買單的時候，一掏口袋卻缺一百元錢，丁琳就掏了，羞得夜郎說：「是我來請你，倒讓你請我了。麻將場上我輸了五百哩。」丁琳說：「牌場上失意，情場上要得意哩！你記着欠我一頓飯的！」

丁琳去見虞白，没想虞白卻也是病了，眼圈烏黑，腮幫子也塌了許多；長長的沙發上，這頭窩坐着虞白，那頭窩坐着狗子楚楚，都不說話。沙發前生着一個煤爐，上邊坐個砂鍋，咕咕嘟嘟熬着藥。丁琳嚇了一跳，問怎麼啦？虞白說病了，丁琳說：「前日我走的時候還精精神神的，怎麼就一下子成了這樣？一個在那邊病着，一個在這邊病着，得病也像是商量了似的！」虞白說：「誰個也病了？」

丁琳說：「夜郎呀。」虞白說：「他得了什麼病？他精神頭兒多好還得病？」丁琳不接她的話，兀自抱了楚楚玩，楚楚的情緒卻怎麼也活躍不起來，氣得丁琳罵道：「你主人病了，你也裝着要病，真是個走狗！」虞白鬱鬱地笑了一下，說：「人爲靈，狗爲半靈，這世上哪個是靠得住的？只有我這楚楚待我真心。」丁琳說：「我没病，我就是同你不一心了？你幾時要死了，那我也死去！可夜郎倒是心有靈犀一病通，你卻罵人家得的什麼病！」虞白說：「他還真有病？」丁琳就把見到夜郎的情況以及和夜郎的對話說了一遍。虞白靜靜地聽着，後來就去揭了砂鍋上的紙，用筷子攪着攪着，眼裡噙了淚水，卻說：「誰讓你給他說這些！你這是成心丟我的臉，看我的笑話麼。」丁琳說：「你別給我耍心眼，事不說破，各自都受折磨，你又該罵我不關心你了！」虞白鼻子一皺，兩顆三顆淚子就掉下來，說：「你要真關心我，你就不該去多嘴多舌，他要是真有那心，就不會讓顏銘到他那裡去，去了也不會讓咱們再到屋裡去。他熱火着顏銘，你又去說那麼多，你是讓他害了我也害人家顏銘嗎？」丁琳說：「你這是什麼話？婚姻愛情是相讓的事嗎？夜郎已經愛了你，你卻三心二意的，你這才是成心折磨人家的，哪個男的受得了你這種折磨！」虞白抬起淚眼，看着丁琳，一把把她摟住，說了一句：「你聲小些，大娘在睡哩！」丁琳才發現庫老太太在廳角的矮牀上睡着，聲低下來，說：「難道你又没那份心思了？」虞白說：「我是老了，再年輕十年，我不會讓誰的，可我現在人老珠黃……男人的心思我知道。我讓劉逸山也算過命了。」丁琳說：「你去劉逸山那兒了？他怎麼說的？」虞白說：「劉先生一見我，就說你是來算婚姻的吧？——真是神人！我才要說讓他算算和夜郎的事，他說，你不要說，我在手上寫個字你瞧瞧，他就在手心寫，竟寫了個『夜』字！我當時嚇昏了。他說，你們是有緣份，但這事我勸你最好不要那樣做，他雖然也愛你，但他還會愛別人，他心氣浮躁，無法安頓了自己，那愛能專一嗎？就是你們硬要成，將來日子並不像你想的那麼好。他還教了我一手『諸葛馬前課』，讓我有了事自己去測，我回來測了幾次都不好。剛才去街上抓藥，碰上第一輛車，以那車號來測，也是不好的。」丁琳說：「怎麼個測法？」虞白說：「你報來個三位數兒——隨口報。」丁琳說：「三六九。」虞白一邊扳動指頭，從右手食指開始先數一，往上到食指尖，中指尖爲三，再從中指尖爲一，經無名指尖、無名指根、中指根、食指根……依次數到六，再到九，落在無名指尖了，說：「這是『赤口』。赤口事不成，口舌有災殃。你瞧瞧，還是不成的。」丁琳說：「神秘文化這一套，不可不信，也不可全信，事還在人爲的。」虞白說：「他現在有兩個女人，讓他去拿主意吧，他要真心愛我，等過一段時間再說。」牀上的庫老太太說：「你是要再看看，他也是要再看看。」驚得虞白和丁琳都眼睜得老大，說：「太娘你沒睡着？」庫老太太說：「我聽着你們說話的。」虞白臉彤紅，說：「大娘要笑話我了。」庫老太太翻身坐了，說：「那個夜郎來送鱉的時候我就知道你們戀愛了，可鱉原本是靜物，卻總是跑，我就疑惑了，那日他來我看了他，他是個馬變的，你又在臥房裡貼着萬馬奔騰的畫，馬不是安生的頭口。」虞白說：「你是說心猿意馬？」庫老太太說：「我說不了你那話。你也是個狐子心，疑神疑鬼的，針尖對了麥芒了。」虞白說：「依你說，我和他也是不成的？」庫老太太說：「我怎麼知道？藥溢了你也不管！」丁琳「哎喲」一聲就去揭藥鍋上的紙，藥湯已溢下來，煤爐上噗地騰了一團烟水霧氣。庫老太太下了牀，卻到後院裡剪她的剪紙去了。

虞白一病，認識她的人都去探望，虞白說：「生病也真好，幾天裡把幾十年不見的朋友都見到了。」庫老太太就不斷地往廚房的櫃子放水果、糕點、奶粉、各種保健飲品。虞白並不吃這些，庫老太太又吃不完，說：「天神，這麼多好東西，我到街上擺攤子給咱賣了去！」虞白也說：「別人做生意下海賺錢，那咱生病下海了！」便扳指頭計算誰都來過了，說一個人就給庫老太太講這人的一段故事，庫老太太聽着笑着卻突然落下淚來。虞白問怎麼啦，庫老太太說：「都是一樣的活人哩，我在家病人，狗大的人都不來看一看的，只有一次我那死老漢給我買過半斤紅糖。」虞白聽罷，噗地笑了，才要安慰老太太，心裡卻不知怎麼也疼起來，想到親戚熟人都來過了，不該來的也都來過，偏偏夜郎沒來，話又說不出口，眼淚也掉下來。

又等了幾日，夜郎仍未閃面，又下起了雨，閑着無事，虞白織起毛衣，卻也是織了拆，拆了織。蹲在廁所裡，從那一面小窗子去望天，心情又黯淡下來，發一陣長歎，坐在馬桶上織一根綫，怎麼也織不盡，那尿也是尿不完，直到雙腿困得疼痛了，才意識到那不是尿，是雨水在窗上咚咚地流，禁不住罵了夜郎，決意不去想他，叮嚀庫老太太把門也關了，誰來敲也不開的。可不去想，怎能不想，每有敲門聲，先是虞白暗示老太太不要開，末了又讓去開，開了不是夜郎，應酬了客人一走就在家又給老太太發煩。一日，吳清樸端來一砂鍋鷄翅，又提了一條剖好的魚，一包四川特製的酸菜，讓做酸菜魚吃，虞白就詢問飯店生意，吳清樸說生意還好，連着接待了幾批來旅游的洋人。虞白說：「還行，掙起美元了！」吳清樸說：「那導游認識夜郎，夜郎推薦來的，我還尋思着給導游提成了也該給夜郎也提些成的。」虞白說：「你給他提成他倒不肯收的，他只要到飯店去，你好好招待他就是了。」吳清樸說：「我也對他說過，有什麼朋友來，就領來我替你招呼了，可他見外，從未領過人來吃飯，好些日子連他影兒也不見了。」虞白說：「他要來了，你把這鑰匙給他。」就從脖子上取了那枚鑰匙。吳清樸說：「這鑰匙他不是送你了嗎？」虞白醒悟到鑰題的事吳清樸是知道的，一陣慌，忙改口道：「他捎過話來，說寬哥的一個外地朋友想看看這鑰匙的，你交給他就是了。」

吳清樸把鑰匙帶回飯店，兩日裡仍未見到夜郎。鄒家的老大和老二因當時分財產的事來店裡尋事，吵鬧這飯店原是鄒雲開的，而鄒雲不在，全成了外姓人，得讓吳清樸退出一部分錢財的。吳清樸當然不肯，去找過劉逸山，劉逸山卻和陸天膺去外地旅游未歸，又託五順去南門口卦攤上測字，寫個「公」字，推斷爲：「公乃一言成訟，且公字末筆爲玄武之形，主小人刁唆，將見官司。」吳清樸就惶惶起來，不敢多離開飯店，把鑰匙交給了小李，讓小李夜裡回保吉巷轉給夜郎。

夜郎其實一直在等着丁琳來反饋消息，卻等不來，戲班就發生了一樁重大的事情，再也無暇去顧及了。戲班組建以來，演出活動是沒有斷過，錢也賺了一些，但南丁山畢竟在管理上不善謀略，惹惱了一些人，自在巴圖鎮演出後，也是寧洪祥在挖牆角，小陸和小吳就因紅包的事與他嘔氣吵鬧，不辭而別。小陸、小吳一走，人心開始渙散，南丁山要加緊演出多掙錢來維持戲班，就想出了一個名利雙收的招兒來，即：扶貧義演。先是初夏，市圖書館將一批多餘的書捐贈給西京北三縣貧困區的學校，又以此倡議發動了幾家出版社贈書。這宗事先後宣傳了個把月，廣播、電視、報紙上宮長興出盡了風頭。南丁山遇到困境，就有意要效仿，提出戲班義演的事，可心裡總不踏實，夜郎就說：「他宮長興能搞假的，買政治資本，咱爲啥不掙錢？」就同民俗館和石牌巷的古鑼鼓社聯合了要扶貧義演，遂設立了辦公室，以此號召捐款贈物。而戲班去幾個郊縣聯繫了，果然處處歡迎，包吃包住，夜郎便隨戲班先去了東勝縣。臨出發前幾個小時去保吉巷住處取換洗衣裳，正好遇見小李，小李就交給了那把鑰匙，夜郎「呃」了一聲，當下面如土布袋摔過一般。去東勝縣演了三天，又轉到黃義縣，夜郎就病了，整日迷迷怔怔，約了三人去縣城南關外河裡釣魚。河灘上蘆葦成片，蟬鳴聲聲，遠近沒有人影，只在三五株柳樹下的渡口橫着一隻小舟。四個人跳上舟安竿釣了一個時辰，太陽就曬得脖臉冒油，夜郎獨自爬上岸，去一叢蘆葦裡撒尿。先還是要惡作劇，撒尿書寫一行字的，突然一頭栽下去。在舟上的三人聽見響聲，問怎麼啦，連喊數聲不見回應，過去看了，夜郎的屁股蹶着，頭卻像犁鏵一樣往沙裡戳。三人嚇了一跳，忙過去拉起他，人已昏迷不醒，鼻裡嘴裡已經滿是沙了，就叫道：「這是中了迷糊鬼了！」忙用指甲去掐人中，折了桃木條在背上抽打。夜郎醒過來，面色灰白，大汗淋漓，第一句話卻說道：「我想吃肉！」三人又氣又笑，說：「人都快沒救了，還只知道個吃！」但還是將他背了，飛也似地到縣城南關一家飯店，買了盤帶把肘子讓他吃。夜郎竟一口氣吃了一半，也不用筷子，也不讓旁人，嘴角兩股油水往下流。飯店裡飼養的那條狗一眼一眼看着那根頭骨，他就是啃來啃去不肯丟。三人中有一個就是再生人的小兒子黃長禮，瞧着夜郎的吃相難看，便突然想到夜郎原先並不吃葷的，怎麼現在這般吃肉？他是經過再生人的事的，心下疑惑，小聲對另外兩人說夜郎莫非是饕餮附體？說得那兩人也害怕起來，當下奪了筷子。夜郎說不吃也就不吃了，卻精疲力竭，連腦袋也懶得舉起。回到戲班，黃長禮把經過告知南丁山，南丁山詢問夜郎在河灘的事，夜郎竟不知道發生了什麼事體。眾人自不敢與夜郎相處，只有黃長禮來陪他。過了兩天，南丁山瞧他這副模樣，就讓黃長禮送回西京，爲了有個照應，直接將人交付給寬哥。

寬哥領着夜郎去了一次醫院，醫院診斷卻是沒有什麼病的，但人依舊發癡。奇怪的是喜吃肉食，一旦談論起社會上的事，便異常亢奮，言語過激，粗話滿口。寬哥不明白他的心態已經平和了那麼長時間，怎麼又退回到以前的境地，免不了指責他。夜郎以前但凡被指責，心服與不服，口上是不大爭辯的，現在卻寬哥說東，他說西，寬哥燥了，他比寬哥還要燥。寬哥就去找了顏銘來，暗中叮嚀顏銘去時裝團請了假，好好陪陪夜郎，說：「他如果真有什麼病，那也就是偏執病，這只有你們女人慢慢來調整了。」顏銘說：「寬哥這麼說，女人是藥方子了？」寬哥說：「現在不興了思想工作，我也不會作思想工作，但我知道，人病了要吃啥補啥，核桃仁補腦，豬肝補人肝，夜郎這病是心理上毛病，一個大男人，到結婚的年齡不結婚，陽得不到陰，就要犯問題了。——這你不必介意，我早就說你們該結婚了，你們誰也不聽我的話，缺女人就得吃女人嘛！」顏銘臉唰地彤紅。寬哥說：「我也不多說了，他人在我這兒到底效果不好，你接到祝老那兒去住，事情或許會好些——我意思你明白了嗎？」顏銘點了頭，眼卻羞得不敢看寬哥。當天晚上就勸說夜郎搬住到了祝一鶴的家裡。

夜郎並不想在祝一鶴家住。但住回保吉巷，一是怕見到五順、小李，二是怕戲班在外縣，自己沒有事，獨自在房裡不知會難受成什麼樣兒。與虞白矛盾後，盼望着虞白會來說明情況的，而期望過高了，失望太大，連那枚鑰匙也被退回來，回想她當初討要鑰匙時是多麼迫切，如今竟讓別人退回來，是虞白把他從心裡要完完全全地抹去了。到這個時候，夜郎爲自個的多情而羞恥得臉面發燙，明白了自己畢竟是一個無權無勢無錢無職甚至也無才無貌的社會上浪蕩的閑人，原本是不該與虞白有非份之想的。人到底是和物一樣地要類分，自己是和顏銘屬於一類的，雖然自己對顏銘三心二意過，顏銘還在愛他，在這個時候也並未嫌棄他，玉女就要住在天庭，土地爺就得獃在地上，神該歸其位的。夜郎就這樣同意了在祝一鶴家住一段時間。

夜郎住在了祝一鶴家，顏銘又因爲請了假，阿蟬就趁機提出她來城裡這麼久了，還沒有去西京週圍的名勝點看看的——想出外玩幾天。阿蟬一走，顏銘是睡在臥室的，夜郎睡在客廳的沙發上。第一天夜裡，顏銘是把臥室的門插了，卻一夜沒睡好，聽見門響了幾次，以爲是夜郎來敲她的門，迷糊中坐起，沒有了什麼響動，就認作是夜郎去廁所了吧，倒笑自己的可恥。重新睡下，竟怎麼也睡不着了，渾身火燒火燎的，覺得這兒癢那兒癢，卻也不好意思開了門去客廳。赤了腳悄悄下來，輕輕抽開門插，想夜郎若是有那個膽兒，他要敢進來，她也就敢接待了他的。但夜郎沒有進來。翌日她早起，夜郎睡在沙發上還未起，嘴角流着涎水。靠着廚房門看了他一會兒，卻想：夜郎乃是賊膽兒大的人，怎麼就會一夜老實？涎水流得那麼多，看來睡得死沉，是壓根兒就沒有那種衝動麼？怎麼沒有衝動，心裡淡漠了我嗎？好長時間裡，夜郎是沒來找我了，那一夜在保吉巷碰着的兩個女子，會是夜郎的什麼人呢？顏銘想得心亂起來，已經走到沙發旁了，要叫醒他來問問，可她沒有，退到廚房裡來摘韭菜，哭不得笑不得，竟輕輕地唱起來。她唱的是一首古老的歌謠，歌謠名叫《嘆四季》，但顏銘沒有唱詞，只哼曲兒：

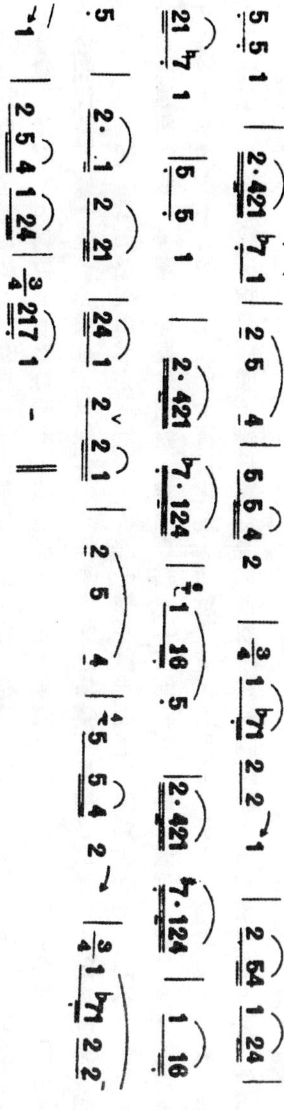

　　顏銘唱着，無比深情。夜郎就醒了，坐起在沙發上，問：「顏銘顏銘，你唱得感人哩！」顏銘沒有回答，只是唱她的，夜郎就又說：「這是哪兒的歌謠？」顏銘在曲兒的間歇裡說了句：「我老家。」夜郎說：「你老家？」顏銘再不作理，唱到最後，放緩了節奏，淚水就溢流在臉上，卻沒有再說什麼，燒了熱水去給祝一鶴穿衣洗臉了。

　　白天裡，顏銘陪夜郎去逛街，夜郎明顯地没有興趣，每到一個商店門口，總是蹲在那裡吸烟，讓顏銘進去買了東西出來，跟着又走。顏銘就提出到一家劇院看歌舞，因爲夜郎畢竟愛音樂，而在這裡演出的都是新近紅爆的歌星，可進去了，夜郎没有看到三分之一就要出來。顏銘不解地問：「你不是喜歡音樂嗎？」夜郎說：「我没有看到音樂，我只看到扭捏作態！社會都成什麼樣子了，一個個油頭粉面，甜兮兮地唱那些曲兒……尤其是那個肥胖女人，穿一身綴滿珍珠的旗袍，她以爲展示了她的美麗和富有，其實只是淺浮和庸俗！」顏銘笑了一下，說：「嚇，說這話哪裡符合你的身份？是不是和高雅的女人獃在一起久了，自己也高雅了？」夜郎沒有理會。兩人出了劇院門下了台階，夜郎突然「哼」一聲，說：「你說什麼？我和什麼高雅女人獃得久？」顏銘說：「那天夜裡來找你的兩個女人多高雅的……」不提則罷，提說了，夜郎的心揪了一下，想道：女人真是見不得女人！就準備着要對付着顏銘的一套話了，說道：「什麼高雅不高雅，是熟人麼。」顏銘說：「我也沒說是你什麼人，熟人也好，比熟人更熟的人也好，人往高處走麼，你不是也能說這一席雅話啦？」夜郎一時不知說什麼，見顏銘再不說了，自己也沒了話。兩人默默往西走，正路過一家公園。幾十年前西京曾發生過一次戰爭，當敵軍鐵桶似地圍困了西京城，一批英雄者爲了保衛這座城犧牲過萬，人們爲了紀念他們，就在這裡修建了陵園。因爲陵園的松竹清翠，環境優美，幾十年來日漸演變，竟成了公園，假山、池溏、樓亭台閣代替了那一座一座墳墓，只保存了一座烈士紀念塔獨獨地豎在那裡。夜郎每經過公園門口，總是要大罵一通。當顏銘提出進去玩玩時，夜郎一揮手就走開了，顏銘說：「公園不去，今日有時間，咱到南郊曲江池去，聽說那裡又開發了幾個景點。」夜郎說：「罷了罷了，那是多好的地方，這幾年又修些洋不洋古不古的房子和橋，盲目化裝，肆意改造，面目全非了！」顏銘也生了氣，說：「你這人才怪了，指責這樣，指責那樣，難怪寬哥說你偏執！在家悶得慌，出來哪兒都不去，你想到哪兒去？」夜郎一梗脖子說：「西藏！」顏銘說：「去布達拉宮朝拜呀？」夜郎說：「棲息靈魂。」顏銘氣得沒言傳，蹲在馬路邊上喘息。一位姑娘就從對面一跳一躍走過來。姑娘穿着高檔，收拾清雅，明眸皓齒，秀髮長腿，顏銘不自覺地瞧着人家，一直目送了走出很遠，夜郎見顏銘生了氣，也覺得那個，辜負了一片好意，但夜郎不是違心就能認錯的人，偏也這麼僵着；瞧顏銘癡眼兒看那姑娘，也就「哼」地笑了。顏銘一回頭，說：「你還笑？你笑啥的？」夜郎說：「在街上都是男人看女人哩，沒想到還有女人看女人的！」顏銘說：「少見多怪，只要是美，男男女女都會欣賞的。」夜郎便說：「你是不是又想到服裝街曉席那兒買衣服了？你去吧，我在前邊那個醫院門口等你。」顏銘問：「你哪兒不舒服了？」夜郎說：「好着的，你去吧，一個小時後你可要來的。」

顏銘也真就去了服裝街，先在各個衣亭裡看了一遍，並沒有發現剛才那個姑娘穿着的上衣，便去了曉席的精品屋。一進去，正牆上正好掛有一件那樣的上衣，她沒有立即表示出驚喜，拿起櫃檯上放着的一串糖葫蘆就吃起來，說：「怎麼就知道我要來的，吃的也買好了！」曉席說：「狗東西有口福，也不問問那是幹什麼的。」曉席是昨天或者前天做了隆鼻手術的，鼻子胖得圓溜溜的，就同時瞧見屋角那邊還站着一個男子，男子說：「吃吧吃吧，一會再給曉席買的。」顏銘才知道糖葫蘆是這男子殷勤給曉席的，忙又咬了一口，交給曉席。曉席就咯咯地笑。偏這時候，一個女人走過來，黑着臉訓那男子：「你沒攤位嗎？跑到這兒幹啥了？一天幾趟往這兒跑，這兒有啥勾魂的？」那男的紅着臉就走了，女的跟在後邊還在罵：「你說上個廁所，就上到這兒來啦？這裡是公共茅坑？」曉席低聲罵一句：「母老虎！」顏銘見那女的走遠了，問怎麼回事？曉席說那男的是大廳裡邊攤位上的，這幾日有事沒事愛過來跟她拉話，她也是煩着哩，不想那母老虎還要吃醋。曉席說：「我真是看不上眼的，要是我看上眼，母老虎你哭都來不及的，你敢罵人！」顏銘就笑道：「甭生氣了，心裡其實也得意吧？」曉席說：「他死貓爛狗的我哪裡放在眼裡？」顏銘說：「被人愛着也不是壞事嘛……幾時做的鼻子？」曉席說：「三天了，這次再做不好，我就準備去上海做呀——看着怎麼樣？」顏銘說：「看上去是好。我也得紋眉哩，我這眉毛淡，到晚上一卸妝就顯得貧氣。」曉席說：「是不是夜郎嫌棄了？做女人真可憐，爲着人家男人好看，把肉皮罪受扎了，下輩子我是再也不當女人了！」顏銘說：「我下輩子偏還要當女人！」曉席一戳她的腰，說：「你是美不夠的！你要下輩子還是個女的，我就還要開服裝店。」顏銘說：「說得好麼，那怎麼不打六折七折賣給我？」曉席說：「哪一件不是八折賣給你的？你要六折七折，你來拿針綫把我的口縫上就是！你瞧瞧這批貨怎樣？讓小張去廣州幫着進的，進得太高檔了些，誰來誰都愛，一問價卻都走了。早上來了一個軍人，領着一個女的，看上一件問價，我說一千元，那軍人說：『甭開玩笑！』我就不理他了，我和他開什麼玩笑？這批衣服只求賣給那些大款兒養着的妞兒……」顏銘說：「你恨不得西京城裡都是些妓女！」曉席嗬嗬嗬地笑。顏銘說：「我幾時也去傍大款，有錢了就來買你的這批貨。」曉席說：「好哟，這話我告夜郎去！哎，顏銘，你和夜郎的事到底怎麼樣？遲遲不見結婚，是不是又有新歡啦？老實給我說！」顏銘說：「和夜郎好是好着的，但誰說得來結果呢？没個好衣服穿麼，哪裡還有自信心？你要把那件衣服賣我個進價，我就領你個夜郎哥來，你敢不敢？」曉席說：「你總是來揑我的大頭！你要穿着合適，你拿去吧。」顏銘果真就取了那件上衣穿了，真的得體了得，喜歡得在鏡前照來照去，然後過來翻進貨單，如數付了錢，說：「你別心疼，哪一次不是我穿了衣服在店裡，別人看着都來買的，這也算是做了模特廣告費的。」就把舊衣裝在塑料袋裡。曉席說：「我要再認識一個像你這樣的朋友，我只得上吊死了！」顏銘嫣然一笑，從店裡就出去了，惹得進店來的一群姑娘小伙回頭看了許久。

顏銘從服裝店出來，一看錶，早已超過一小時，急急趕到醫院門口，瞧見夜郎蹲在對面馬路邊的一堵圍牆根低頭吸烟，悄聲過去。夜郎在地上用石頭砸死了許多細腰螞蟻，就叫道：「你這麼狠的，砸死牠們幹啥？」夜郎說：「我想起我爹啦！」顏銘莫名其妙。夜郎說：「剛才我去醫院買感冒藥，看見醫院裡有個花園，許多老人在散步，旁邊一座樓門口停了許多車，我不知道醫院裡怎麼會有這麼好的樓房和花園，近去問了，才知道那是高級幹部病房。從一層的窗裡看去。裡邊有電視室，有健身房，有康樂球室，還有一個舞廳，一些人在裡邊跳着舞……以前只知道有那些做領導的，單位一出現問題，或是級別、待遇上鬧了別扭就去住院，可沒想到他們在醫院裡是享這種清福的！同樣的老人，我爹活着的時候，背駝得厲害，從我記事起他的腰就彎着，他受了一輩子苦，從未生過病，可他想也沒想過別人住院享的福也比他多十幾倍。他那駝背……我一提起他的駝背就想落淚，似乎是天生下來就是給人屈腰的，老子是這樣，到了兒子，難道……」他幾乎又要哽咽，顏銘說：「夜郎你要總是這麼個心態，那怎麼行？你真的是有了病了，祝老病後你說你情緒不好我還能理解，不是現在一切都好好的嗎？怎麼一下了又成了這樣？人和人比不得的，你以爲醫院裡那些老人活得幸福？可讓他們說起來，也是一肚子牢騷。他們算什麼官兒？比起省上的，中央的，人家都不活了！你還講究在戲班演目連劇的，陰間裡還有閻王和小鬼的。你比起五順、小李他們，他們還眼紅你哩！」夜郎說：「……你不了解我。」顏銘說：「我不了解你？或許是我不了解你，可你就了解我了？我不了解你你也能了解我吧！不說了，回吧，回去我給你做紅燒肉吃。」

這一夜裡，阿蟬竟沒有回來。夜郎倒操心起來，會不會出了什麼事？顏銘說阿蟬鬼着哩，丟不了的，你知道她是和誰出去玩的？夜郎問還有誰？顏銘就說她發覺了，阿蟬是和那個小翠一塊去的，她們兩個有那個關係，平日裡她在家裡就看出來了，這一回肯定是去野了。夜郎覺得心理怪別扭，兩個男人在一起的事他還可以想像到，也聽說監獄裡常有發生，但女人和女人會怎麼樣呢？夜郎去關窗子，窗外起了風，一張廢紙鳥一般地飛過來，嘩地拍在玻璃上，卻貼住了，許久才脱下去。夜郎說：「阿蟬嘴唇上茸茸的倒有鬍鬚，也不説刮一刮。」顏銘說：「哪裡敢刮，越刮越多的。」就笑着在客廳的沙發上給夜郎鋪被褥。

兩人分別洗了手臉，顏銘照看着祝一鶴睡了，拉了燈，也讓夜郎去睡，自己去廁所裡倒水洗身子。夜郎一直在聽着那嘩啦嘩啦的水聲，後來又聽見顏銘進了卧室，怎麼也睡不着。但夜郎不敢起來，他知道這是在祝一鶴家裡，上一回顏銘拒絶他，一提說祝一鶴三個字，他就什麼激情也沒有了的。廳裡的擺鐘不停地響。顏銘卧室的燈亮了很久很久，似乎在牀上讀什麼書吧，有牀墊咯吱聲和紙聲，後來燈就「噔」地滅了。燈滅的時候，夜像一個大被子，猛地連頭帶身地捂住了他，夜郎的心涼了許多，急逼得呼哧呼哧直喘氣，心裡說：「睡吧睡吧。」閉了眼睛去睡。不知睡了多久，卻是睡不着，一睜眼，夜卻並不怎麼黑暗了，月光從窗子裡照進來，能看清屋裡的一切。就這麼睜了眼睛看了一會，竭力伸長了身子要把一種急逼分散到四肢，但怎麼也是不行，只有起來去廁所自我解決一下了。趿了鞋去廁所，正經過顏銘的卧室，輕輕地用一個指頭推了一下門，門是關着的，他便去了廁所。從廁所出來再經過卧室時，門卻半掩了。夜郎心裡騰地上了火，想：剛才推門時門絕對是關了的，而現在卻半掩，必是她聽見我去廁所故意拉開門插的，就從門縫往裡一看。半明半暗的臥室裡，顏銘在牀上仰躺了，兩條椽似的腿直直地擱在那裡，一件毛巾被只搭在腰部，上身白花花的。夜郎頓時英雄，覺得有碩大無比的翅膀從肋下呼呼出生，就往裡走。牀上的沒有動靜，一直走到牀頭，牀上的人眼睛閉着，還是一動不動。這時的夜郎倒疑惑了，以爲那門一直没有關的，就害怕他去動她，她會突然驚叫而吵醒了祝一鶴，一時倒猶豫起來了。但顏銘卻在說：「賊膽大，還不把門快關上！」夜郎一下子上去用嘴堵住那嘴了。

阿蟬第二天沒有回來，第三天還是没有回來，夜郎和顏銘安然度過了兩夜。第四天的中午，阿蟬從口口打來電話，說她在口口發高燒，病倒了，估計三天後方能返回。顏銘接的電話，並没有責怪她，倒勸她好好去醫院看病，不要操心這邊，等病好了再回來。可是，就在這天夜裡，睡得迷迷糊糊的顏銘突然覺得夜郎起身下牀去了。她以爲夜郎是上廁所，半醒不醒的狀態裡還想了一下：去個廁所還穿衣服的怕感冒嗎？但後來就睡着了。幾乎是她已睡過了長長的一覺，夜郎才回來。她翻了個身，迷迷糊糊地說了一句：「你去屙井繩了？」似乎夜郎並沒說話，鑽進被窩就睡着了。清晨起來，夜郎還在沉睡，忙把他推醒，以防祝一鶴聽到什麼動靜。她悄聲問：「你上火了嗎？」夜郎說：「沒有。」顏銘說：「我以爲你上火乾腸了，夜裡上廁所那麼久！」夜郎說：「我從不起夜的。」顏銘說：「不起夜？昨晚蹲廁所去聞香氣了？」夜郎說：「我夜裡去廁所？上廁所我能不知道！」顏銘瞧着他一臉真誠，便疑心自己是夜裡睡迷糊了，或者是做了什麼夢。

又到了夜裡，半夜時分夜郎又起來穿衣穿鞋就出去了，顏銘也醒了過來，心想：還說不起夜，看你回來怎麼說！但聽見夜郎並未去廁所，大門卻在響動着。顏銘覺得奇怪，趕忙也穿了衣服來看，遂尾隨了夜郎下樓，出樓區。夜裡的街上靜悄悄的，路燈半暗不明，夜郎搖搖晃晃在前邊走，顏銘一直跟着要看個究竟；夜郎竟一直走到了竹笆街，站在了曾經是戚老太太住過的那間房門前。顏銘藏身在街對面的路燈桿後，瞧那門上貼了封條，又有粉筆寫成的「此房出售」的字樣。夜郎從脖子上取了鑰匙，開始在門上鎖孔裡捅——怎麼捅也捅不開——癡癡地獃了一會，就又返身往回走，一直走回祝一鶴家來。顏銘就害怕了，不知這是爲什麼。等她返回來時，夜郎已經在牀上沉沉地又睡着了。她忙把屋裡的燈全部打亮，推醒夜郎，夜郎睡着了渾身稀軟，軟得如泡開的土塊，濃濃地散發着石灰味。她把他扶起來，看見了那後頸處的肉瘊沒有了，問他出去幹什麼去了，夜郎只是說他没到哪兒去，他是在牀上睡着哩呀！

驚慌失措的顏銘心裡覺得夜郎一定是有了什麼害怕的病了，又不敢說破，只問：「你這兒的肉瘊呢？」夜郎說：「掉了。」猛地就全醒了，趕忙問：「天明了吧？哎呀，還黑着麼，這麼早就起來？」窩下去又睡。顏銘顫兢兢地到廚房去，隔着玻璃，瞭看夜空中的星星，星星没一顆，操心天要下雨了。

白天裡天果真淅淅瀝瀝有雨，雨不大，雨卻是黃雨，電視上報告說是西部的黃塵瀰漫，雨裡才帶有了黃泥。顏銘催督夜郎去醫院看病，夜郎不去，催督了三次，夜郎甚至發了火，說：「不去就是不去！——誰病了？」顏銘說：「又不是我說你是病人，你没病，戲班怎麼送你回來？」夜郎說：「是我是病人，還是人都病了？」顏銘没法，獨自去一家醫院詢問醫生。從雨地裡走過，白衫子上落着黃雨點，像印着了重重疊疊的菊花瓣兒。醫生說：是不是那人患有夜游症？顏銘想了想，可能就是。她以前聽人說過有夜游症的人，可夜郎的夜游症這麼可怕，竟能走那麼遠的路，開人家的門！她問醫生夜游症怎麼個治法，醫生說醫學界還沒有什麼好辦法，有一個偏方——找一塊水晶石，夜裡放在病人的枕下——或者能有作用，不妨試試吧。

顏銘去時裝團詢問了所有的人，要借或買水晶石，但都沒有。她再去服裝街找曉席，曉席說見到隔壁一個服裝店老闆前幾日拿過幾塊水晶石，叫嚷着要去打磨一副眼鏡啊的，遂即就去找那個老闆。老闆見到顏銘，笑成一團，說：「這麼美麗的姑娘我咋能要你的錢？我送你就是了！」顏銘好不高興，千謝萬謝的。老闆說：「水晶石放在家裡，你明日能去我家取嗎？」留了家的牌號。翌日下午，已經從外地返回來的阿蟬在家包花捲餅，要顏銘幫她，顏銘推說有重要事的，自個便去了老闆家。老闆見顏銘來，顯得十分地激動，又是沏茶，又是拿水果，又不住地讚揚顏銘的美麗。顏銘聽得這樣的好話也多了，又覺得老闆長得白白淨淨，不像街上那班閑痞，就也應酬着說了許多話。老闆去裡間屋取了三塊水晶石出來，讓顏銘挑。一塊非常大，晶瑩透亮，一塊是橫七豎八地不規則的晶石塊，一塊最小，是平板狀的，上邊橫出着三個水晶柱，如出土的小笋。顏銘拿了那最小的一塊，說家裡人失眠，有水晶石放在枕下可以治療的，用不着最好的。老闆就感慨顏銘的好，說他見過的女孩子多了，都是謀着要佔些便宜的，他卻是怪脾氣，越是要佔便宜的越什麼也不給，越是不要的越願意送，就又去裡間取了一顆指頭蛋大的石頭，要送顏銘。顏銘看了，見是暗紅的，拿起來耀了耀，裡邊泛着紅的亮色，不明白是什麼質地。老闆說：「這是紅寶石，如果加工了，值錢就不是幾百的數兒了。」顏銘說：「就是戒指上嵌的石榴籽寶石嗎？」老闆說：「就是，如果嵌戒指，起碼可以嵌五副吧。」顏銘說：「那我就不敢要了！」老闆說：「我這兒多哩，你去裡間看看就知道。」顏銘進去，沿着三面牆是特別的架子，一層一層擺滿了奇形怪狀的石頭，老闆似乎很得意，一件一件指點了給顏銘看，這是什麼化石，採自哪兒，那是什麼石質，何年何月得到。顏銘不懂什麼炭矸石、綠松石、鷄血石、田黃石，只覺得那些石頭上的花紋古怪，就大呼小叫那一塊石頭像羊，這一塊活脫脫是卧虎，那一塊花紋太像狐了、鳳了。顏銘見過許多有錢的老闆，但從沒有見過這種雅興的老闆，從裡間出來，一時高興，就把自己單位的電話、傳呼機號寫給了老闆。老闆也送上名片，歡迎她有空來玩。末了，又在名片上加上一個電話號碼，說他因爲生意常去外地，若手機電話撥不通，那他就暫不在西京，可以撥他叔叔的電話，他的任何去向他叔叔全知道的。又叮嚀，給他叔叔撥電話不要撥到圖書館，直接往他家撥。說到圖書館，顏銘問了一句：「你叔叔在圖書館？」老闆說：「是館長。據說上邊正在考察，要提拔他到文化局當局長的——你們時裝團也屬於他要管的吧？」顏銘有了心思，臉上笑着把話引開去。老闆先是坐在對面沙發上，不時激動着站起來，後來就站在她身邊，又坐在緊挨着的沙發上，問顏銘身上的衣服在哪兒買的，驚呼着上當了，哪裡值那麼多？他可以送她一件真正的意大利時裝的。顏銘看他臉色脹紅，目光灼灼，尤其在問她身上衣服時，還伸手來抓了衣服摸了摸，就不好意思起來，瞧瞧窗外光綫暗下來，便要告辭。老闆卻留她一塊去飯館吃飯。顏銘說：「得了你這些寶貝還能再吃飯？實在謝謝你了！」老闆說：「那怎麼個謝呢？」顏銘說：「我給你打電話，請你去吃飯吧。」伸了手來握。老闆抓住她的手，卻放在嘴上吻了一下，顏銘嚇了一跳，臉都紅了，老闆就整個身子靠過來，酒醉了一般說：「我，我……讓我吻吻，行嗎？」顏銘立即後退，慌不迭地說：「這不行，這不行的……」手將門拉開了。老闆獃住了，臉上刹時發黑，顏銘已走出了門，還跟了出來，說：「顏銘，你聽我說……你不說聲再見嗎？」

老闆的舉動，顏銘並沒有特別的反感，男人都有這麼個毛病麼，心裡也不免還有那麼一點得意。回到祝家，把一切並沒有說給夜郎。這一個晚上，因爲阿蟬和她睡，夜郎的牀依舊在客廳，她爲夜郎鋪牀時將水晶石悄悄放在了枕下。但是，顏銘在半夜仍是聽到了夜郎開大門的聲音，一直有一個小時後才回來，知道了水晶石並沒有起作用，就默默地在被窩裡流淚。天明，夜郎收拾牀鋪，一掀枕頭發覺了水晶石，喊叫顏銘這是哪兒來的？顏銘不忍心說他患有夜游症，只道枕下有水晶石可以治失眠的。夜郎悄聲說：「你是不讓我想你嗎？放了水晶石我還是一個多小時想你睡不着哩！這石頭哪兒弄來的？」顏銘就說是一個人送的，突然想起老闆說圖書館長要提拔的事，說給夜郎。夜郎當下臉就變了。大喝館長什麼東西，竟然還要提拔！顏銘見他發火，嫌他罵得聲高，夜郎卻更大了聲咒罵，罵出一口粗話，氣得早飯也没吃就出去了。

虞白在家等着夜郎，設計着他再來了，自己怎樣地不去理睬，或者，劈面一句話將他噎住；這樣的設計每天都有新的方案，但每天夜郎都没有等來。忽地想：總是認作夜郎會來的，怎不想到夜郎是不會來的呢？——一股涼意就上了身。決心定了，要讀《金剛般若波羅密經》。這本經書購買得早，因爲難讀，遲遲不敢開卷，如今心煩意亂，硬着頭皮去啃，說不定還能守捱着心性。於是窗簾拉開，拂去案塵，淨手焚香，端坐了桌前翻開經卷，第一頁的第一段，默聲唸道：

如是我聞。一時佛在舍衛國。祇樹給孤獨園。與大比丘衆。千二百五十人俱。爾時世尊。食時。着衣持鉢。入舍衛大城乞食。於其城中。次第乞已。還至本處。飯食訖。收衣鉢。洗足已。敷座而坐。

虞白想，如果照唸經的方法，要敲個木魚，嘟嘟嘟嘟……一路唸下去。爲什麼敲木魚呢？恐怕和尚難於入靜，口裡唸着佛經，腦子卻不知游到哪裡去，不停地敲着一個節奏才能靜定吧。那麼，敲什麼不行，偏要敲木魚？魚是晝夜瞪着眼睛的，魚睡覺就是停在那裡不動了，休息一下就算睡覺了。敲木魚，要的是和尚精進，修道要效法魚的精神，晝夜努力不停。唸完這一段，倒納悶《金剛經》是最高深的一部佛經，怎麼這般開頭，只是從吃飯開始？以往的觀念裡，佛走起路來一定是離地三寸，腳踩蓮花，騰空而去，這本經記載的佛卻同我們一樣，照樣要吃飯，照樣光着腳走路，所以回來還是一樣要洗腳，還是要吃飯，就是那麼平常！虞白遂醒悟了平常就是道，最平凡的時候是最高的，真正仙佛的境界，是在最平常的事物上。於是抱了書離開桌子，回坐到沙發上來讀。沙發上卻早坐了楚楚，兩條後腿壓在屁股下，兩條前爪抬起來垂在胸前，眉眼下垂，似乎也墜入了到什麼境界裡去了。虞白就說：「瞧你這樣子，也要學佛不成？」一掌拍牠下地去了。楚楚無聲地鑽過後門竹簾去了後院，虞白思想又到了夜郎的身上，驀地兜出個念頭，就將腳上的一隻紅色軟底的栽絨拖鞋丟過窗口，落到後院，嚷道：「楚楚，楚楚，你把拖鞋叼回來！」心裡默默祈禱，如果楚楚叼回來鞋將鞋面朝上，是能與夜郎交好的，底兒朝上，則是一場虛空。楚楚便把鞋叼進來，看時，底兒朝上，上嘴唇把下嘴唇咬住了，卻想，剛才是沒有祈禱完楚楚就叼鞋了，重來一次，又將鞋拋出窗去，叫狗再叼，楚楚叼回來是鞋面朝上。虞白暗暗高興，畢竟是不踏實，如果命該如此，能叼回一次鞋面朝上，就還會叼回鞋面朝上的，便低聲說道：「前邊兩次都不算的，以這一次爲準，就這一次！這一次是什麼就是什麼，絕不再拋了！」將鞋又拋出窗外，楚楚叼回來，鞋底兒朝上。虞白渾身都抖了起來，下了沙發，癡獃獃地站在鏡子前，鏡子裡的人面色黑暗，一撮頭髮鋪撒在左眼上。虞白想，原來要讀《金剛經》來安妥靈魂的，我卻來拋了鞋，着實是與佛越學越遠。可又一想，平常就是佛，人道完成，也就是出世、聖人之道的完成，我這麼多的事不去了結，也正是要完成人道哞！就對了鏡中的她，嘆惜是老了，醜了。把頭髮攏後去，重新別好卡子，幽幽地自己對着那一個自己苦笑了一下，又苦笑了一下。

心徹底地是涼了，虞白這個中午沒有吃飯，說是頭昏，就上牀去睡了。庫老太太當然不知道虞白的心事，但究竟是怪異之人，從街上買菜回來，瞧她已睡了，猜出是又有沉重的心事，也不去埋頭剪紙，鬼魂一般地踮着小腳從這個房子出來，又悄沒聲地到那個房子，然後把所有的窗都關了，窗簾拉嚴，獨自也一動不動盤腳搭手坐在廳地的中間。

虞白蒙了被子睡了一覺，這一覺感覺睡了百年千年，待醒過來，覺得渾身在癢，坐起來挽了襯衣襯褲，蓬頭垢面地就往廁所去，又用「潔爾陰」藥劑塗洗了下身，走出來，猛然看着庫老太太枯木一般坐在廳地上，黑暗裡兩隻眼瓷一樣放光，嚇了一跳，說：「哎呀，你嚇死我了！」庫老太太說：「嚇死了還能說話？」虞白說：「你在那兒做什麼？真的嚇死我了！」庫老太太說：「那好，嚇死一個虞白還活着一個虞白。」虞白笑着往臥屋去，坐到牀上了，卻問道：「你說什麼？該死的就讓死了？」庫老太太「嗯」了一聲再不答她。虞白想了想，說：「就是，就是。」穿了衣服起來梳頭，頭梳得光光的，還抹了唇膏，描了眉毛，又翻箱倒櫃取了一套新衣服穿了，走出來說：「你瞧瞧，我這身衣服好看不？那身衣服穿久了，癢得不行了。你怎麼把窗簾全拉嚴了？」庫老太太站起來打開窗簾，虞白把髒衣褲就丟在盆子裡，庫老太太已從廚房爐子上提了一壺熱水去澆燙，說道：「哪能不癢？有虱子哩！」虞白說：「有虱子？我有虱子！在鄉下生過虱子，十幾年了我還沒有見過的，我能有虱子？」走近去，庫老太太從水面上撿起一個燙泡死漂着的虱子。虱子很白，胖胖的。庫老太太說：「這麼好的衣服上生虱子？我身上可多年不生虱子了，真的，這虱子不是我帶來的。」虞白並不懷疑虱子是庫老太太帶來的，但自己竟生有虱子，她簡直不敢相信，這虱子——中國的古老的蟲子——怎麼就生在自己身上？是西京城裡還存在着這類蟲子呢，還是自己的血和氣味適宜於這類蟲子的滋生？虞白噁心了自己，打開淋浴器從頭到腳洗了一遍，並且要把那堆髒衣扔掉，庫老太太不願意，把泡衣服的盆子端到後院的樹下去了。

兩天裡，虞白心裡不乾淨，趁庫老太太出去的當兒，就把盆子裡的衣服扔到了垃圾桶，回來只是觀察庫老太太的那一堆剪紙。不知怎麼，她決定跟庫老太太學剪紙呀，每日或坐或臥地讀幾頁《金剛經》，先是讀不進去硬讀，後來讀進去了，又常常讀得什麼也沒有了，連自己都沒有了，趕忙打住，學起剪紙，剪得滿地的魚蟲花鳥、山水人物。一個夜裡，突發奇想地拿了一些廢布來剪，就躲到卧屋去，越剪越有興趣，然後用漿糊把剪出的布和圖案往一塊大布上貼，隨心所欲地剪來貼，竟然是布上層層加布，顯出色彩複雜、質感極深厚的效果來。她就異常興奮地開門出來讓庫老太太看，庫老太太也是在廳裡剪紙，當下看獃了，說：「虞白，你咋這能的？」虞白說：「我這是學你佬的，卻怎麼也學不會你疊一沓紙一剪子剪下去。」庫老太太說：「你這是布堆起來的畫嘛，你這鬼女子，你這要比我强呀？」虞白說：「大娘說哪裡話，你是剪紙，我這就叫布堆畫，布堆畫還不是從剪紙脫胎出來的？你就是我的師傅哩！」庫老太太轉憂爲喜，說：「你肯給我當徒弟？」虞白說：「這畫只要外邊認可，我當然是你佬的徒弟。」庫老太太說：「咱師徒二人以後就弄這項，剪法上的竅道可不敢往外透的，你瞧，這一刀就沒剪好，花這麼掏着剪才是。」兩個人都激動不已，一直剪到天亮。天亮了，民俗館山牆處透過來一片白光在窗玻璃上，兩人坐在一堆紙剪的五毒、布剪的五毒旁邊，差不多都累得没了站起來的力氣，相對着，無聲無語。後來就扭頭看窗外，看着了那棵白皮松的頂端，星星都墜落了，一輪月還在，殘缺不全——十五的月亮是圓滿，才是十七日，月亮卻殘了，而且很快就要落下。一老一少的女人都懷了各自的心事，還是不説話，將扭犟的脖子轉過來。虞白說：「大娘，咱怎麼都不說話呢？」庫老太太說：「還說什麼，這紙這布都說了。」虞白突然想到《金剛經》上的話：如語。遂即摸了剪刀，嚓嚓嚓地剪出兩個字，說：「大娘，咱也是藝術家了，咱也得有個畫齋名吧？」

跟庫老太太學會了許多刀法，虞白就專門去買了一捆粗白棉布，回來以自己的愛好，染成各種顏色，又到布匹布場上收購鄉下醋染的石染的條格的土布，布堆畫越做越奇，色彩越來越艷。月裡的二十三日，庫老太太拿了一幅布堆畫和一卷剪紙在街兜售，一張剪紙五十元，賣了四張，布堆畫賣了一百元，私自扣了二十元，回來給虞白交了八十元。虞白沒想到老太太做零花。老太太會拿了畫去街上賣，心下有些不悅，但既然已出賣了，也沒有再多指責，只把錢給了老太太。老太太見虞白不高興，心想自己那麼高的價推銷了布堆畫，倒一肚子委屈，也不肯要那錢。師徒兩個鬧了一場小小的肚皮官司，吃飯時也少了往日那麼多話。

吃罷飯，虞白讀了一會《金剛經》，就午休了，不覺做了一夢，夢見自己突然穿上了一身男裝，那帽子是那一種工廠裡常見的勞動帽，帽沿挺長，她是把長長的頭髮盤起來，劉海也窩上去，顯得臉盤也大了許多。腳上穿着一雙高跟厚底的牛皮鞋，有點像電腦裡出現的美國兵的裝束，但鞋帶勒得沒有那麼密。腰裡是繫着一條真牛皮腰帶的，寬寬的，沒有掛短槍，也沒有長劍，哐嚐哐嚐的是一把藏刀，刀有些彎，如牛的牴角，刀把上嵌着紅的黃的瑪瑙。刀使勁拔才能拔出來，有一道明顯的血槽，她隨便捅，捅倒了一頭羊的。——她就是這身打扮，去遠方流浪。她似乎一直在往西走，山高月小，水落石出……有了茫茫的草原，一望無盡的綠，在想：如果有一輛車，她是可以駕駛的，因爲到處能開車，也不可能與別的車相撞，只是到了那天邊和綠色，「咕咚」，車就掉下去了。但後來，不知怎麼又是在荒原上，縱橫着溝溝壑壑，月亮真是如刺兒一樣停在溝腦，黃麥菅的草叢裡臥着崖鷄，一動不動的似土石疙瘩，有一隻老狼在一棵樹下嚎哭。狼的哭如婦人哭，險些迷惑了她，她故意說：「狗！狗！」狼就向她走來，蹣蹣跚跚，她立即驚叫：「狼！狼——！」一經識破，狼掉頭而去了。

這一切她都不怕，甚至還唱着，在一條很窄的路上走，路邊就有了一些原木做成的小客棧，所有的人都在看她，誇獎她是一個英俊的少年。在經過了一個大石滾碾盤，一隻叫驢在塵土裡翻身打滾，騰起的土霧裡，她回頭一瞥，瞧見了在一座木屋的半開半掩的門邊，一個漂亮的女子正在看她，眼光裡她看出了一種羨慕。她越發來了精神，故意昂了頭往前走。一直走。一直走。可能是天要黑了，或許是兩邊的山太高擋住了太陽，她剛剛從一塊石頭上跳到另一塊石頭上，有一聲喝：「站住！」便從左右兩邊跳出兩個大漢，明晃晃地舉了刀。她意識裡是這兩個漢子一直藏在那一片茅草中的。她沒有驚慌，不停地提醒自己不敢驚慌，故意並不立即將手按到腰裡的刀把子上去。漢子問：「幹什麼的？」她說：「流浪。」說完了覺得不妥，不妥就不妥，說出口就不能改變。漢子明顯地愣了，喝聲也比先前軟了許多：「流浪？到哪兒？」她說：「西藏。」她不知怎麼開口就說出西藏？但她看見了兩個漢子在交換眼神，然後一個已跳在她面前，說：「你知道不知道高大王的領地？」她說：「高大王是誰？」一個漢子笑了一下，似乎嘲笑她的無知：「高大王你都不知，算什麼流浪漢？大王的領地，鳥也飛不過去的，你是尋死來了？」這時候她倒有些害怕了，卻一梗脖子說：「你們算什麼東西！——大王呢？我要見他！」那漢子說：「大王是你能見到的？砍了你的頭去見大王吧！」刀就舉起來，白花花一道亮，在石頭上閃着一串碎花，卻聽得山頭上一個悶聲：「誰個要見我？」她仰頭看去，卻是在前面的一個屋般大的黑石頭上，坐着了一個人。這人並不像持刀者的兇惡，臉面光潔，沒有鬍鬚。一個漢子就抱了拳說：「大王，這是個流浪漢，他說要見你的！」過來推搡她，一叢棘荊絆了她的腳，身子一前蹌，帽子掉下來，一頭長髮撲湧一下撒下來，她明明白白地看見山大王和那兩個漢子都驚獃了，幾乎同聲叫道：「是個女的！」在這一瞬間裡，她意識到了是自己的美麗驚獃了這些土匪——美麗在這個時候能戰勝邪惡，她的自信心陡然而增，就站在那裡，頭顱高仰，讓風吹動了長髮，臉上平靜如水，她覺得她那一陣美麗極了，也高貴極了。兩個小匪的刀是「哐啷啷」掉在了石頭上，濺着火星，又滾到草叢，如兩柄月亮一樣在草裡閃耀。他們在說：「大王，她能做壓寨夫人的！」大王就走下來，繞着她轉，每一次轉到她的面前，她的目光對着他，他就怯了，趕忙看到一邊去。大王說：「簡直是美神麼，我怎麼能配得上她做壓寨夫人呢？姑娘，如果你願意，咱能做個朋友嗎？能到山上坐一坐嗎？」大王是那樣的謙恭，動作也文質彬彬起來，似乎還彎了腰，做了一個請她的手勢，她拿做的架勢一下子軟下去，撒腿兒就逃，没想怎麼也跑不動，回來看看，是她的衣服後襟掛在了一棵樹樁上，而且也掛住了影子。影子怎麼也掛住了？一納悶，就醒過來了。

醒過來的虞白，睜眼發覺自己是睡在軟和和的牀鋪上，做了一場夢的。抹着臉上濕淋淋的一層汗，回想回想夢境，倒覺得有意思，獨自在屋裡笑了一聲。這時候，庫老太太在廳裡說：「你睡醒了嗎？睡醒了快出來，有人等你多時了。」

虞白穿好衣服從臥屋出來，廳裡沙發上果然坐着餃子宴酒樓的禮儀小姐小史。小史把自己的墨鏡戴給楚楚玩，忙說：「白姐，我是來叫你去飯店的，大娘說你正午休，讓你多睡一會的。」虞白說：「什麼事，這時候清樸讓你來叫？」小史說：「那個丁琳姐姐來酒樓了，她一定要讓你也過去吃飯的。」虞白說：「她來就來了，又不是皇帝娘娘，倒要召見我去？飯我吃過了，大娘，你說去不去？」庫老太太說：「丁琳她久不見來了，能去就去吧，不吃飯也說說話兒，你要去了，把布堆畫也讓她瞧瞧。」虞白也便進臥屋去換衣服。

去了餃子宴酒樓，丁琳請了三位杭州來的朋友已經在那裡吃涼菜喝桂花稠酒，虞白去了，互相作了介紹，吳清樸就招呼店員上餃子。杭州來的一個女的一直在看虞白，看得虞白也不好意思了，只把壺裡的稠酒給客人添，言道多喝，這是當年楊玉環喝的酒，有美容作用呢？那女的就說：「你一進來我就注意到了，男的看你，女的也看你，人見人愛的！」虞白說：「老了老了，你瞧我這眼角紋。」兩人說開來，消除了生疏感，說服裝，說髮型，說首飾，虞白應酬了一陣，就覺得無聊了，說：「咱們真是女人，丁琳都在嘲笑咱們了，快吃些——你嚐嚐這個。」餃子是上了一籠又一籠的，每一籠都不同，吃過了一品香、海發、玲瓏翠，四喜、鷄汁菱角、蝦米雪蓮、玉蝶、如意……五十四種，最後端上火鍋煮珍珠餃。店員介紹說，相傳八國聯軍攻打北京，慈禧太后西逃，在西京的一天夜裡，提出要吃餃子，御廚便用鷄脯肉包成這珍珠餃，慈禧見餃子包得精巧，心緒大好，就吃了三個，這火鍋珍珠餃從此便傳了下來。店員介紹完，客人都一哇地叫好，說這故事優美，吃飽了也想再嚐嚐的，就問：「慈禧心情好了，才吃三顆？」丁琳說：「這你問虞白。」虞白笑而不答。丁琳說：「鬼知道慈禧吃沒吃過這樣的餃子，這解說詞是虞白的作品哩！」虞白說：「你又怎麼證明慈禧沒有吃過這樣的餃子？」大家都哈哈笑起來。虞白覺得丁琳噎她，在衆人笑時就偏了頭去聽簫。酒樓新近請了二位樂師，一個是十八九的女人，穿一身旗袍在彈琵琶，一個是短衣打扮的男子吹簫。衆人見虞白側耳聽樂，也都停着聽了一會，丁琳有心要給虞白台階下，故意翻她的背包，說：「這又是什麼剪紙，讓遠路朋友開開眼界兒。」展開來，卻是一幅彩布畫。丁琳叫道：「你給客人講講，庫老太太怎麼做這剪紙畫！」虞白說：「你好好看看，這是剪紙還是剪布？」丁琳笑道：「好，好，我不識畫，你說吧」」虞白就介紹了這是她剪的布堆畫，才學着做的，要大家提提意見。衆人驚嘆不已，那杭州女的就當下要虞白和她手拉了畫讓照像，並提出能不能多做一批這樣的布堆畫，她們公司要高價收藏呀！虞白剛要說什麼，卻突然附在丁琳耳邊小聲說：「他來了，我得避一避。」就閃進廚房那邊去了。

丁琳還莫名其妙，就聽得樓下一片吵嚷，是吳清樸與人寒暄，隨即嘻嘻哈哈，樓梯口就冒出個黑腦袋來。丁琳看時，來的正是夜郎和兩個陌生人，心裡就暗暗驚訝虞白的精靈，怎麼夜郎才一進店就感覺到了？過來說：「恭喜恭喜，夜郎當了官了！」夜郎臉色脹紅，說：「我怎麼當了官了？」丁琳說：「那怎麼老見不上你的面呀？」夜郎說：「這就叫賊喊捉賊！是你見不上我還是我見不上你？我在家裡也尋思，什麼地方得罪了人家呀，怎麼像瘟神一樣被人避着，難道友誼就像玻璃棒兒一樣脆，說斷就斷了？」丁琳說：「好了，不說了，咱們只圖打嘴皮官司，冷落了你的朋友！我告訴你，樂社再活動，你必須一如繼往地要通知我們的，我給你留個傳呼機號吧——機子已經買了，還未辦手續，過幾天就能用的。」夜郎當下記了傳呼機號，把兩個陌生人介紹給了丁琳。丁琳說：「原來是圖書館的，夜郎的老同事呀！」一個就說：「你可不敢把傳呼機號給夜郎的。」丁琳說：「這我不怕，夜郎看不上我當他的情人，我想當人家的傳呼女郎還當不上的。」那人卻說：「他不傳呼你卻小心他整你！」丁琳說：「這話我不懂。」夜郎就笑，一邊喊吳清樸，說：「上三葷三素六盤菜，提一瓶好酒來，餃子各樣來一籠，今日不要你免費也不要折價，我請客的！」一邊低了頭對丁琳說：「我今日用傳呼機出了一回惡氣哩！」吳清樸就招呼店員端上酒菜，笑着說：「今日口氣這麼大，莫非在哪兒發了財了？」夜郎說：「你來也聽聽。」就眉飛色舞說道開來。原來夜郎得到顏銘說圖書館長要提拔爲文化局長的消息，肚裡一股氣就發脹，去圖書館尋找以前的兩個朋友，獲得了圖書館的集體傳呼機號，就給每一個人打了傳呼，內容一律是：「館長將要提陞局長，今日在西京大酒店二樓設宴，請你去祝賀！」一個小時內，一百五十個館員都收到了傳呼通知，一時議論紛紛，館長怎麼要提陞呀？要提陞了讓人去祝賀這不是硬逼人去賄賂嗎？夜郎見陰謀得逞，便攔了兩個朋友來酒樓吃飯。夜郎敘說一遍，吳清樸和杭州來的客人都一時無語，丁琳抓了糖果盤裡的一顆奶糖吃了，糖膠在牙上，攪了攪舌頭，說：「夜郎，你牆高馬大的人，我只說你是撂原子彈的，卻使這小伎倆，倒有些缺德了！」夜郎正熱着，怔了一下，說：「對這號人還有什麼道德可言？生殺陞降的權利咱沒有，只能這麼出出氣了！」丁琳說：「我的傳呼機號給你了，我可警告你，不許在我的傳呼機上做什麼壞事情！」夜郎說：「你現在看我真成小人惡人了，我哪裡敢對你使壞？以後我每日給你傳呼機上留一首讚美詩呀！」丁琳說：「社會上像你這樣的人多哩，我在家裡，常常收些莫名其妙的電話，最近一個時期，老是晚上有人打電話，接起來又沒了音。」夜郎說：「這我教你個辦法，你整日不洗臉，不梳頭，穿爛些，人太漂亮了就有人性騷擾的。」丁琳說：「去去去！」夜郎正經說：「你捨不得漂亮了我再給你教個法兒，有不明不白的電話打來，你不要生氣，就扣電話耳機，也不要對罵，而心平氣和地說：我給你唸咒。就咕咕嘟嘟隨便唸些什麼，對方不明你是真是假，也就不敢再來電話了！」在座的都說這是好辦法，喜得丁琳說：「夜郎到底有經驗，黑道紅道的事都知道！」夜郎說：「我是小人壞人嘛！」丁琳說：「說是小人真是小人，剛才說了你一句，你還記在心裡啊？你給我教了好法兒，我回報給你個東西！」夜郎剛問是什麼，圖書館的兩位客人一前一後身上的傳呼機響了起來，掏出看了，上面分明打出字樣：「館長設宴之事純係造謠，請勿上當。宮長興。」兩人頓時臉色灰暗，夜郎也細細看了字樣，說：「把他的，剛才咱們疏忽了，搞集體傳呼，也傳到宮長興的傳呼機上了。這也好，咱們要的也不是讓館員們去西京大酒店，就是要糟踏糟踏他姓宮的，讓他也知道你館長群眾基礎差着哩，有人在反對你的！來來來，咱喝酒，讓姓宮的這陣兒在家生氣罵老婆打孩子去吧！」三個人端了酒杯喝了，夜郎還是笑了笑，已顯出尷尬，就問丁琳：「你回報我什麼東西？」丁琳頭伸過來悄聲說：「虞白也來啦。」夜郎急問：「人呢？」丁琳拉夜郎往操作間來，操作間卻沒有虞白，廚師說她來獃了一會兒就從後門出去了。

虞白没來見夜郎，是虞白認爲夜郎並不是來看她的，而且在酒樓這樣的場合相見，也不是說話的地方。她在操作間獃了一會兒，聽見夜郎在與丁琳說笑，估計丁琳肯定會告訴她也在酒樓上，她就在操作間等着夜郎，也準備了見了面奚落他一頓的言語，但是，虞白在操作間獃了十多分鐘，夜郎並没有來找她，虞白就在心里說：這好，這好，從後門走回家去睡了。

此後的三天，虞白只是買布、染布、剪裁、堆貼，製作了一幅一幅布堆畫，而且一邊製作還一邊放了錄放機唱盤，唱的是姜白石的曲，自己還跟着唱：

……問後約、空指薔薇，算如此溪山，甚時重至。水驛燈昏，又見在、曲屏近底。念唯有、夜來皓月，照伊自睡。

庫老太太聽不懂唱的什麼，音調卻是心慌，說：「你不要唱了好不好？你一唱我就犯胃疼，要吐酸水。」虞白住了聲，笑着說：「是嗎？」老太太說：「不怕天，不怕地，就怕婦道唱個曲。常言說，男愁哭，女愁唱，我在老家的時候走夜路，心裡越是害怕，嘴裡越要唱唱曲兒的。」一句話，虞白的眼淚骨碌碌滾下來，歪了頭就去後院取小矮凳了。回來關了錄放機，也不再唱，也不說話，悶了半日，才說：「大娘，下午了咱們出去看看傢具去；天漸漸也要涼了，得給你買一張沙發軟牀哩。」老太太說：「你還叫我在這兒過冬呀？」虞白說：「只要你不嫌棄，你在我這兒住一輩子吧。」老太太知道虞白心緒不好是什麼原因了，便試試探探地說：「就是住一輩子，這折疊牀也好嘛，那沙發牀倒睡了腰疼；幾時夜郎來了，讓他幫着把傢具挪挪地方，折疊牀支到那邊牆角就是了。」虞白說：「要他來幹什麼？挪傢具咱倆能挪的！」口氣粗粗的。

庫老太太沒有再言語，第二天虞白去街上買布料子，回來說困，抱了《金剛經》在牀上讀，後來就瞌睡了。老太太開火燒滾水，將盛鱉的的盆子端來，用一根筷子去逗鱉，鱉咬了筷子，脖子伸出四指餘長，老太太就提出來立即拿刀剁，鱉頭掉在地上，沒頭的鱉則塞進鍋裡去煮了。

虞白睡下不久就開始了白日夢，夢見自己又是一身牛仔服，腰裡別着一把小藏刀，去流浪了。她這次仍是要去西藏的，翻過了幾座雪山，突然就見到了太陽。她意識裡似乎覺得自己是在做夢，夢書上講，人是輕易夢不到太陽的，但她卻夢見了太陽，夢見太陽又預示了什麼呢？她還在暗暗地說：我這不是做夢吧？但願不是夢的。就繼續往西走，天就黑下來。天黑得特別的快，立即就是漆黑漆黑的了。她又發現了火，火像紅綢子一般飄，而且離木柴很高，裡邊是白色，再是紅，再是黃，外邊是一圈藍。走近去了，原來是一群乞丐繞着篝火在吵鬧，他們都穿着皮大襖，是陝北牧羊人穿的那種光羊皮，羊毛不朝內，朝外，用草繩繫着腰，露着髒兮兮的肚皮子。乞丐們就看見她了，其實他們都沒有先扭頭，皺皺鼻子說：「來人了！」虞白想，我身上有氣味嗎？是他們聞到了氣味才發現我的嗎？我之所以身上生過虱子，虱子也是聞到了這種氣味吧！乞丐們驚疑的眼光在看她，她看見他們的手在懷裡抓，一定是在抓虱子，她身上也就癢癢起來，但她鎮靜着自己，故意做出賴賴的樣子，撲沓就坐在那灰土上，伸手在火堆邊抓了一顆烤熟的土豆吃起來。乞丐們叫起來：是個乞丐，又多了一個乞丐！……似乎他們相處得很好，並沒有發覺她是一個女的，就有人立在那裡從褲襠裡掏東西尿尿，她把臉扭過去不看。他們叫嚷你爲什麼不尿？說在火堆邊尿尿不怕凍的，如果沒有火，你一尿就凍成冰棍兒要把你撐在那裡了。這時候她有些耽心，害怕這一夜如果和他們住在一起，狼是不用怕的，怕的是他們要脫了衣服和她打對兒睡。她就在假裝去找柴禾的當兒，悄悄地溜掉了，她聽見他們在許久不見她了而大聲吶喊，不知道她的名字，喂喂地叫……她拚命逃跑，終於看見了一個村莊。說是村莊，言過其實了，這僅僅是一個獨户人家。她開始敲門——月下僧敲門——梆梆梆地敲，開門來的是一個白鬍子老頭。她當然在說自己是路過的，要投宿，可以付出比住一般客店多一倍的錢的，那老頭就說這房子就他一個老頭子。她希望的就是只這一個老頭子！他安排她住在廚房的茅草窩裡，茅草窩很暖和。她弄不明白這茅草窩實在比家裡的沙發牀要軟和和溫暖！她很快就入夢了，但夢的是什麼，她記不起來，後來就聽見一片吵叫，有人在打門，有老頭在苦苦哀求，更有人在嚇唬，在抽打，門就「嘎喇喇」踢開了，一群人舉着火把圍着她站了一圈。這伙人竟然是那幫乞丐，他們用得意的眼光瞧她，嗤笑她，咒罵她，一把揪了她起來，同時有人從案板上抄起了一把菜刀向她脖子上砍來……

虞白在夢裡大叫了一聲，已從牀上撲下來，鞋也没穿就跑出了卧屋，她是喊庫老太太的，卻正好看到庫老太太剛剛剁下鱉頭。夢在瞬間被驚得没踪没影，虞白急問：「你把鱉殺了？你怎麼把鱉殺了？」狗子楚楚也從後院白皮松下跑進來。庫老太太用雙腿夾住了狗頭，說：「這鱉該殺的。還留着這鱉幹什麼？」老太太並没有犯了錯誤的驚慌，很坦然，甚至面帶微笑，好像替虞白辦了一宗好事。虞白一時怔住，便平靜下來，心想老太太一定有什麼感覺了，或是老太太知道她的心思了。而庫老太太殺掉了夜郎送給她的鱉，這預兆着什麼呢？倒使她多少有了幾分悲痛又有幾分解脱。庫老太太擦了擦濺在手指上的鱉血，蓋好了鍋蓋，還壓了一塊石頭，說：「你已經瘦得多了，女子！這鱉湯是大補，你該養養自己精神頭兒呢！」虞白没有言語，走過來癡眼看着掉在地上的鱉頭，用手抹了抹案板上的血水，就走過去打開窗子，没想到一開窗就瞧見後院子的假山下卧着一隻貓。這貓是民俗館那邊飼養的。牠威逼了民俗館的老鼠，也威逼了她家的老鼠，還常翻牆過來同楚楚戲耍。虞白就返身過來，說：「這鱉頭讓貓吃了罷。」彎腰去捏，没想掉在了地上的鱉頭竟没死，一張嘴就咬住了她的中指。虞白嚇得一聲厲叫，用另一隻手去摳，越摳鱉頭咬得越緊。老太太忙說：「我只說鱉頭生性見什麼咬什麼，没想剁掉了還能咬！這一咬天不打雷牠是不鬆口的，你快把手指伸到熱水裡，看牠鬆不鬆！」就舀了一勺滾水，虞白將指頭連鱉頭伸進去，老太太使勁敲打鍋蓋，鱉頭的口鬆開了。虞白看那中指，深深地印着兩排牙痕。

服裝街的老闆不停地給顏銘打電話，使得阿蟬也不耐煩了；阿蟬因小翠要回家去定婚，兩人鬧過一場，甚至動了手腳，撕爛了衣服也撕爛了臉，阿蟬的心情就極不好，一接電話又是乾渣渣的一個男人聲要找顏銘，就砰地把耳機按了。顏銘最後見到小翠，是小翠從城隍廟會上買了一枚桃核刻的小猴兒來送阿蟬的。阿蟬不在，撩起衣服讓她瞧被阿蟬擰得青一塊紫一塊的臀。顏銘正色數落過阿蟬，阿蟬說她愛小翠，就像那個小老闆也愛你顏銘。顏銘氣得臉都白了，她警告了阿蟬不許將電話的事告訴祝一鶴，更不得告訴夜郎，還當着阿蟬的面把並不起作用的水晶石扔到垃圾箱去。時裝團老闆的情人是一個服裝設計師，多年來，設計了新的時裝就讓時裝團的模特試穿，參加過數次比賽，已經有了聲名，就開辦了一家全市最高檔的服裝精品屋。爲了配合開業，時裝團日夜排演着老闆情人的系列作品，顏銘既要去排演又要回來照顧夜郎，忙得心力交瘁，而小老闆偏要糾纏，顏銘就找到曉席告苦。曉席把此事告訴了同居的根成，根成還好，領了顏銘去尋着一個叫張煦，張煦又帶了顏銘直接去小老闆家。小老闆不在，其爹顫顫兢兢，問：「你是誰？」張煦說：「我是誰？說出名字你就知道了，張煦！你告訴你兒子，識相些，他再糾纏我的女朋友，老子就卸下他一條腿來！」隨手拿走了桌上的一條香烟。顏銘並不知道張煦是什麼人，但此後那小老闆再也沒有打來電話。待到服裝精品店開業的那天，展示表演中，顏銘穿着的是一件家織土布製作的服裝，大俗大雅，極富特色，博得滿堂喝彩，自個心裡也十分得意。開業典禮完畢，正往家走，一條巷裡卻遇見了小老闆，小老闆擋住了她，說：

「顏銘，你没良心，你哄了我！」顏銘說：「就是的。」小老闆說：「鮮花插在牛糞上了！」顏銘扭頭就走，小老闆可憐兮兮地說：「顏銘，顏銘，你真是個狠心女人，你拿了我的水晶石，又浪費了我的感情，你就這樣走了？」顏銘就站住，從懷裡掏出五十元錢要付給他。小老闆伸手來接錢的時候，卻抱住了顏銘，而且立即將舌頭塞進她的嘴裡，顏銘手腳並用地揮打，就又逃回時裝表演團，趴在水龍頭那兒七遍八遍地漱洗着口舌。這時候，團裡一個女孩就過來叫她，說：「顏銘，你又換班子了？」顏銘說：「你這是欠掌了嘴！真個是七十年代人見人問吃了没有，八十年代人見人問發財了没有，九十年代人見人問離婚了没有！」女孩說：「你和夜郎的事我當然知道，可已經是第三次了，一個留小鬍子的男人聲稱是你的未婚夫來找你，現在又來了，在門口打問你哩！」顏銘說：「是哪個不要臉的？我瞧瞧，抓了他的人皮下來！」方轉過牆角，就瞧見張炯在大門口和人說話，當下變臉失色，閃到牆後，叫苦道：我這是怎麼啦，總惹這些事，這個張炯可比不得那個小老闆！立即往院子後樓上跑，讓女孩去大門口哄說顏銘不在。

張炯瘋了一般地尋找顏銘，常常在表演團表演時他就出現在台下，有一次就闖到後台，來和顏銘說話，顏銘因在後台便壯了膽斥責他，張炯憤怒起來就抽了她一個耳光，罵道：「你走着瞧吧，我要看上的人誰也別想再娶，除非你老死不嫁人！」顏銘到了這一步，只得把事情的經過說給夜郎。夜郎當下把一把菜刀揣在懷裡，要去找張炯，顏銘一把抱住，流着淚說：「我不給你說是嫌你好衝動，我已經把事情没處理好，你難道再要惹出亂子嗎？他張炯就是再大的街痞流氓，他總不敢把我殺了剮了，我要去表演，晚上你來接我就是了。」夜郎終没有去找，卻以後出門腰裡繫一條鐵鏈子腰帶，又從寬哥那裡哄說自己早出晚歸不安全，借了一把防身的BS—二微型電警棒讓顏銘裝在背包裡。

顏銘有了電警棒，自己給自己壯了膽，幾次表演完也沒讓夜郎接她。一日中午，她去街上排隊買羊排骨，又瞧見旁邊有賣烏鷄的，心想烏鷄湯是大補，便過去問價錢，不想鷄攤後的門面房裡，正坐了喝茶的張炯，她忙不買了烏鷄，低了頭藏在買排骨的人的背後，但張炯還是發覺了她。她只好跟他走到一座樓的側邊，張炯說：「顏銘，我真的愛你愛瘋了，夜夜都叫着你手淫，若是要孩子，我也是糟踏了幾個了！」顏銘說：「流氓！」掉頭就走。張炯一把扯過了她，吼道：「我沒說完你就走？」顏銘說：「你要怎麼樣，你個臭流氓！」張炯一腳便把顏銘踢倒在地上，倒在地上了，顏銘才記起背包裡裝有電警棒，但肋條疼得她爬不起來。週圍的人立即圍上來，叫喊爲什麼打人？張炯吼道：「誰也不要管，她是我老婆，我怎麼教訓她是我的事！」上去又揪了顏銘的頭髮。恰好阿蟬也出來買髮卡，一下樓瞧見有人打顏銘，跑近來要幫忙，跑近了又不敢動手，返身飛也似地跑上樓喊夜郎。夜郎一時緊急，隨手抄了一根拖把下來，和張炯就打在一起。夜郎力氣大，又在火頭上，一拖把打在張炯的肩上，張炯一個趔趄撲倒在地上，夜郎撲上去再打第二下，張炯爬起來就跑，衆人一聲喊地往前攆，那廝竟橫穿了馬路，搶先一步躍過一輛出租車，出租車嘎喇一聲急煞車，罵道：「尋死呀，尋死呀！」張炯翻過路中間的隔離柵欄，擋了另一輛出租車逃跑了。

夜郎返身回來看顏銘，顏銘靠了樹坐着，淚水汪汪。扶着上了樓，解衣看時，左肋部一大片紫紅，手已不敢去摸。夜郎耽心肋骨斷裂，陪顏銘去醫院檢查，整整忙活了兩個小時，醫生讓顏銘在候診椅上休息了，叫夜郎進去，說：「還好，還好，那一腳是踢在肋子上的，如果再往下低一點，孩子就保不住了。」夜郎說：「什麼孩子？她是二十多歲的大人了。」醫生說：「你倒幽默！」夜郎才醒悟是怎麼回事，再沒敢多言，退出來攙了顏銘往回走，雖然竭力地要心平氣和，仍控制不住，問道：「你感覺怎麼樣？」顏銘說：「好多了。」夜郎說：「你瞞我什麼了。」顏銘說：「我怕你又往別處想，所以没及時告訴你，今日你也看見了，就是那個流氓樣。」夜郎說：「我不是說這個，還有哩。」顏銘說：「還有什麼？」夜郎心裡悲哀起來，說：「没有了也好。」路過一家飯店，就進去買了一包紅糖。夜郎這時細細打量着顏銘，顏銘的身體並没有什麼異樣的變化，腰肢依舊苗條，便懷疑起醫生的診斷了。但他還是說：「醫生囑咐了，明日讓你去婦科檢查的。」顏銘說：「我也想去檢查的。」夜郎說：「也想去的？得了什麼病了？」顏銘說：「女人的事。」夜郎心裡又沉起來。兩人到家，顏銘和阿蟬做煎餅，夜郎吃了半碗就飽了。

第二天，顏銘去醫院了，夜郎哪兒也没有去，就在家裡等消息，心裡亂得如麻。他想，如果再作婦科檢查是真的懷孕，這孩子是誰的呢？他是顏銘有那麼三四次，可除了第一次，後邊的都排在體外的，那唯獨的一次就那麼準嗎？既就是那一次就應了，顏銘怎麼没有給他說過？……是誰呢，是時裝表演團的某某？似乎不可能。是那個小老闆還是張炯？張炯敢在人多廣衆之前如此打她，口口聲聲顏銘是他的老婆，莫非是他？顏銘厭惡他，多半是顏銘並没有與他主動過什麼，是那賊東西强暴過她嗎？

直到了中午，顏銘回來，一見夜郎的面就哭起來了，說：「醫生說我懷孕了，這是怎麼回事呀？怎麼我就懷孕了？」夜郎說：「是嗎？——昨天醫生就告訴我你是懷孕了。」顏銘說：「那你怎麼不說明?」夜郎說:「我是要聽你說哩。」顏銘說:「可我絲毫沒有感覺,幾個月沒有來月經,我還以爲是患了什麼病了……怎麼我就懷孕了,這個時候怎麼能懷孕呢?」夜郎說:「是誰的孩子?」顏銘睜大了眼睛,說:「這你問誰?我說不敢不敢,你說沒事沒事——這下丢人死了!」夜郎說:「不管是誰的,你放心,我會照顧你的。」顏銘的眼淚唰地流下來了,說:「不管是誰的?這就是你說的話嗎?你說是誰的?除了你還能有誰!」跑進卧室嗚嗚地哭起來。

夜郎見顏銘這麼發脾氣,倒覺得顏銘是惱羞成怒,因爲心虛,才這般厲害,就也竄了火,要說出一堆挖心的話來嗆她,又念及畢竟有孕,怕她受不了傷了身子,呼呼呼喘了幾聲,一甩手出門就走。他走到樓下食品店,買了一大袋人參蜂王漿、桂圓精、奶粉、果珍之類又提上來,放在門口就走了。他去了戲班一趟,戲班還沒有演出回來,與看門的老頭搭訕了兩句,也没甚心情,又極力想找人說話,趕腳去了寬哥家。寬哥沒在,胖嫂子在一間房子裡踏縫紉機,問了,腳也不停,拿嘴往對面的房間努。對面房間支着一張單人牀,一張桌子,還是沒人。過來再問胖嫂,胖嫂說:「人不在呀?人不在就不在了。」夜郎說:「到哪兒去了?」胖嫂說:「這我問誰去?他的事你不要問我,我的事你不要問他——我們分居了。」夜郎這才注意到這間房子裡也是一張單人牀的,噗地就笑了,說:「好!現在有大房間了,有條件分居的!冬天也快來啦,四隻死死腳看誰給暖呀?」胖嫂說:「夜郎,我總想不通,他這號人怎麼還能評上先進?常言說愛國家,那也就是愛國愛家麼?咱的男人在外幫這個買煤呀,幫那個去醫院呀,可給這個家買過一顆糧還是買過一根菜?掙的錢還比我少一元五角,這我甭說了,你掙了錢總得交我吧?今日碰上一個人需要錢你掏三十二十,明日來人哭個窮,你掏三十四十,招了多少騙子到門上來！上一禮拜日，一個人來找他，八桿子打不着，僅僅聽人家說和他是同鄉，要借錢，他就掏了五十，鬼知道過後還不還，肉包子打狗去了能回？這號事他不是只經過一次兩次了！我說他，他倒和我犟，你知道他犟起來是個什麼樣？我煩得很哩，他能糟踏錢，我也浪費呀，你當我不會豪華嗎？星期一我就去買布給我做衣服呀，這個家咱就蹋蹬着過！往世上看麼，哪一個男人不是挖扒顧家？人家像人不像人的當個小官兒，家裡什麼不是人送麼？你講究是警察，自己沒個架子，別人誰還把你放在眼裡，送你東西？哼，豬沒個身架子都不長哩！他就又犟了，大道理一套一套的，我把他的警察帽摘下來扔了，我是嫁了個丈夫還是夜請了個黨委書記？我們就鬧翻了，牀也一分爲二，各過各的。」夜郎一直笑着說：「活個寬哥也不容易，書上說一個有成就的男人後邊總是站着一個偉大的妻子的，你這不是成心給先進人物的脖子下支磚嗎？」胖嫂說：「夜郎你碎仔也教訓我了？」夜郎是小，在胖嫂面前老是長不大，當下還是涎着臉笑，卻不得再說什麼。胖嫂又罵了一通，見夜郎已不接話，氣也慢慢消了，說：「你有啥事？」夜郎要說自己的心事，想了想，話到嘴邊卻止住了，說：「沒事。」胖嫂說：「沒事了到廚房尋吃的去，冰箱裡有酸奶，籠裡有包子，豆沙餡的。」夜郎去吃了兩個豆沙包，就告辭回來，但他沒有回祝家，在保吉巷同禿子他們又玩了一下午麻將，直至天黑又天亮。

一個下午和晚上，夜郎不歸，顏銘發愁了，她知道夜郎在懷疑了她的不貞，可孩子確確實實是夜郎的，她要等着夜郎來了，細細地說給他，夜郎卻不回，看樣子暫時不會再來了。顏銘一肚子的委屈沒人訴說，只好來找寬嫂，連羞帶氣訴說一通，寬嫂才明白了夜郎來的意圖。她又氣又恨，先訓斥沒有結婚怎麼就敢同牀共枕?到底是夜郎主動了還是你顏銘主動?顏銘吱吱唔唔說不出口，寬嫂說：「我知道了，都是不要臉的!」顏銘就嗚嗚地哭，寬嫂說：「哭啥哩?圖一時受活哩還想得到現在難過?哭得那麼高聲讓外人知道了捂住嘴拿屁眼笑呀!不哭啦!既然敢做了，就不要吃後悔藥，幾個月了?」顏銘說：「醫生說四個月了。」寬嫂驚道：「都四個月了，你竟然不知道?沒噁心嘔吐過?肚子沒脹過?沒想吃酸吃甜?」顏銘說：「沒有哅，誰知道我沒踪沒影地就懷了四個月，你瞧瞧腰!」撩起衣服，腹部仍是平平。寬嫂說：「我沒見過你這號女人，生老鼠還是生跳蚤呀!四個月了，你想想，是和夜郎在一搭的，你要說實話，還有沒有人?」顏銘說：「就是那第一回的，在租的房子裡……我哪裡是那號人，若是和別人，天打雷擊我了!夜郎他就是不信，若是孩子能說話，他就會說出他是誰的孩子。這事我給誰也說不成，一肚子的委屈，我來給你說了，死了我也能死個清白!」寬嫂一下子唬了臉，手指了顏銘厲聲說：「顏銘，我今日可把話給你說清，夜郎他不信，我是信的，他就是不信了你他也得信我的，你要胡思亂想做出別的事體來，我就半個眼兒看你，你就背個不潔的名聲去見鬼吧!」顏銘還是哭着，說：「就是不死，我還怎麼工作，怎麼出門見人?嫂子，上一次他就是不信我，偏偏又有這一次，我在他心裡成什麼人了……你說有什麼藥沒?吃了把那冤孽打下來。」寬嫂說：「四個月了，我可不敢保險!頭胎孩子你就打掉，以後再要孩子就難保住胎了。你讓我想想，你個死女子，我怎麼就逢上你這死女子!」

寬嫂畢竟是女人家，拿不出個好主意來，送走了顏銘，心慌手顫地一條綫捏不到手裡來。傍晚寬哥回來，鍋裡煮着餛飩，寬哥卻從外邊買了蒸饃，刀切開夾上辣子，拿進自己的臥屋去吃。寬嫂氣得在那邊屋裡打貓：「吃，吃，從哪兒偷的腥吃，養了你不如養了狗，狗不捨窮家的，你走到哪兒吃到哪兒，你還回來幹什麼？」寬哥也不理睬，在燈下記日記，記下了東羊巷一個姑娘騎車上班，突然有人將一團棉紗甩向車子，棉紗攪在了軸承上，姑娘下車取棉紗，車兜裡的皮包被人就趁機搶跑了。記下了興水巷又發現三人抽大烟的。記下了西二路中段三號院姓張家的孩子失踪，西二路已經失踪過三個孩子，據分析多半被人拐賣，同院居住的那個臨時房客最有嫌疑，兩天前也突然不知去向。記下了軍屬老王家的煤塊快燒完了，煤塊又漲價，是繼續幫着買煤塊還是買煤氣，煤氣要買平價，平價得辦證。記下了口口舉報某胡同菜場有賣注了水的鷄，這得去查查。把要記的都記下了，寬哥熄了燈睡覺。睡下不久，覺得有人進來，從那短而粗的呼吸裡知道是誰——不言傳，閉了眼睛裝瞌睡。被子被揭開一角，一堆肉溜進來。他仍是不理，翻過身給個背，背是盔甲一般。老婆一把扳過來，說：「我叫你裝睡！你是我的丈夫還是旁人世人，你不盡你的責任你給我睡？」寬哥說：「幹啥嗎？幹啥嗎？」老婆呼地把被子全揭了，說：「幹啥，你說幹啥？你想得倒美！我告訴你，我不是來要你那二兩肉的，要不是顏銘的事，我十年八輩子也不會理你！」寬哥支了腦袋，說：「顏銘怎麼啦？」老婆說：「一說年輕的，你臉上就活泛了，没瞌睡啦？」寬哥氣得又轉過身去睡了。老婆再次把他拉起來，將顏銘白日說的事體一五一十敘述了一遍，寬哥就在椅子上抓衣服，從衣袋裡掏出一根烟點上吸。老婆說：「咦，你也學會了吸烟了？好事學不來，吸烟倒會了！」奪過來自己吸。吸了兩口，說：「你怎麼不說話了？你在外邊嘴那麼快的，主意那麼多的，是粱山智多星，現在我討你個主意卻啞吧了？」寬哥說：「我早就說了，大男大女的在一起没個好事，怎麼着？果然就出事了吧？夜郎就是那號人……」老婆說：「啥號人？」寬哥說：「這和鷄狗一樣，狗一吃一盆子的食不下蛋，鷄刨着吃哩，吃一半料一半石子，鷄卻下蛋的，你不讓她下蛋她倒憋得活不了。夜郎是下作人，顏銘怎麼就也這樣？」老婆說：「啊，一有這事就怪女人啦？」寬哥說：「世上的事真是……該生的不生，不該生的卻落籽就長苗……」老婆說：「你這是說誰呢？是誰不能生？是地不行還是籽兒不行？你拔出蘿蔔帶出泥，你要嫌棄就寫離婚書嗬，我又不是熱油糕黏住你的牙了！」寬哥說：「又來啦又來啦，你是來說事的還是來尋事的？給我撓撓——」自個手就在後心搔。老婆尖叫着別噁心人，下牀去取了筷子過來，寬哥已趴在牀沿上，一邊刮着那銀屑下來，一邊論說着顏銘和夜郎的難題。

第二天，寬哥特意請了假，專門去夜郎的住處逼着夜郎回話：顏銘的孩子是你的，你是個男人，是孩子的父親，就得有做男人的氣派和做父親的責任；沒結婚有了孩子，做兄長的可以原諒你，包穀有收了麥才種的包穀，包穀也有麥子沒收就回茬地裡種的；但是，有了孩子不承擔責任，口娃不管娃，這就是流氓，是下三賴，是犯罪！性就是傳種接代的，快樂也只是傳種接代工作中的附加品，難道只要快樂而不顧後果嗎？孩子是四個月了，打胎已有危險，那怎麼辦？讓一個沒結過婚的女人抱個孩子，顏銘還怎麼生活和工作？現在最好的辦法就是結婚！

寬哥的臉嚴肅着，一字一板地講，他不允許夜郎一會兒去沏茶，一會兒又去拿瓜籽，粗聲粗氣地要他靜靜坐在那裡。他認定了一個理，就得按這個理往下去，容不得夜郎說明和反駁，似乎鐵板已釘上釘了，顏銘的孩子就是你夜郎的，時間就是四個月前的那個星期五。而且說：這是絕對的，不得懷疑的，將來看吧，孩子的生產一定十分順利，因爲野合的孩子不會難產，孩子也一定聰明，長得身體好，像你夜郎的，誰當時慾望最高，熱情最大，孩子就像誰，你夜郎絕對是這樣！夜郎無法抵抗他，他執拗得像一根牛筋，以一個警察和恩兄的身份，要得到的就是兩個字：結，不。

夜郎說：「要是不結婚呢？」寬哥說：「不結婚？我認不得你，你認不得我，你害了顏銘，你一輩子心不會安寧，你就是上天入地，你都是不可救藥的流氓！」夜郎皮肉動了一下，似笑又非笑，說：「是嗎？要結婚呢？」寬哥說：「這我和你嫂子已經商量過了，既然孩子已四個月了，就不必大張旗鼓地舉行婚禮，那樣了，結婚六個月就生娃娃，別人當面不說背後也戳脊背。再是你現在經濟不行，顏銘也沒那麼多錢花在排場上，咱要的是過日子，過日子是實實在在的事。你們就住在一起，把結婚證壓在桌子玻璃下，對外是早領了結婚證，已經結婚了，實際上你們兩個去什麼地方旅游一下。房子不能在保吉巷，那大雜院誰不知道你的根柢？你們要願意，我騰出一間房子，要不願意，就住到祝老先生家，他反正是活着和死了一樣，没兒没女，你們住過去權當是他的兒女，也好照料他，將來為他送終，我想，他要是能說話，有思維，他也會高興的。衣服買上幾套，花不了多少錢。被子、單子、枕頭，我們包了，兩牀踏花被子可以了吧？單子我那兒有兩條新的……好男不在家當，好女不在陪妝，憑你二人的能耐，好日子在後頭的。日子由你們挑定，越快越好！」夜郎悶了半天，最後說：「你讓我再想想。」寬哥又生了氣，說：「前幾個月就催督你們結婚，要是聽了我的話，也不會出了今天的事，現在屎到屁股眼了，你還要想想，想什麼呢？」夜郎蹭磨了半會，先漲紅了臉，後來一梗脖子說：「寬哥，這事我誰也没有說過，今日給你說——不管你怎麼看，我也只能給你說了。我只求你把這事不要給任何人說，連嫂子也不能說的，說出來我是無所謂，死豬不怕熱水燙了，可就得又害了人家的。」寬哥疑惑起來，小眼睛眨了又眨，抹了眼屎說：「你說。」夜郎說：「自從認識了虞白，我心裡是有些亂了，但你相信，我沒有給虞白挑明，人家也沒給我說明話，更是沒有過什麼事，這你要相信，寬哥！但我心確實亂了，我都奇怪我怎麼會心就亂了……我常常感到不安，覺得這樣對不住顏銘，可一見虞白我又由不得那個，當然，當然……」寬哥沉着頭，從夜郎的烟盒裡抽一支烟來點了吸，手顫抖着，卻說：「你說，你往下說。」夜郎不看了寬哥的臉，往下說：「就是這事。」寬哥把烟吸完了，說：「夜郎，這就對了，要不我怎麼都納悶：夜郎怎麼會這樣呢？你這一說我明白了，我再問你：你有那意思，虞白有沒有意思？你們真的沒有那種事？」夜郎說：「沒有，絕對沒有！我有那個意思，虞白我覺得也有，怎麼個有法，我給你又說不出個條條道道，反正是有的……可我們又鬧翻了，好久誰沒見誰了。」寬哥點點頭，說：「夜郎，你甭怪我說話難聽，你將來真要娶虞白，你得回老家去把你家的門樓往高着修，看你祖墳裡有沒有那股脈氣！咱是什麼人，咱心裡有底，別吃了碗裡看在鍋裡，甭說虞白和你鬧翻了，不來往了，就是虞白死着心眼非你不嫁——這類事也不少哩——她那號人太聰明，女人聰明了心小，過日子累死你了！聽我的，我是不指望你日子好過嗎？我是要把你往崖裡掀嗎？酒是好東西，可患了肝病的人卻就是喝不得！多少人我都挽救過來了，我對你是有信心的！」夜郎頂他不是，不頂也不是，咕噥了一句：「我總是錯的嘛！」就不吭氣了。寬哥嘿嘿笑了笑，一拍手說：「去給我到街上端一碗拉麵去，我到底爲了啥？說得口乾舌燥的，肚子也飢了——湯放寬些，辣子要汪！」夜郎拿了小鋁鍋下了樓。

寬哥逼着夜郎同意了結婚，心理又害怕夜郎變卦，抽空就又去見虞白，別的什麼話都沒說，一切事情裝得糊塗，只強調是在附近辦了個事隨便來坐坐的。虞白當然熱情接待，問這問那，他便於無意之間，毫無痕跡地說出夜郎要結婚呀的話頭。虞白少不得發了一陣獃，卻立即表現得很高興，詢問是哪位姑娘，做什麼工作，年齡多大，長相如何？寬哥就勢把顏銘說成一朵花，虞白噢噢地應着，寬哥已經不說了，她還頭一點一點地「噢」、「噢」地應着。狗子楚楚這個時候相當浮躁，從廳裡跑到後園，從後園又跑進來，汪汪叫，虞白抬頭看了一下寬哥，寬哥捏了盤子裡的核桃酥在吃，才明白自己失態了，就不禁又問起婚期在什麼時候，怎麼個操辦？寬哥說了大概情況，而且說以後咱們的樂社又會多一個人呢的話，虞白說真好，站起來把楚楚抱在懷裡，那麼咳咳地笑了，說：「夜郎卻不給我說，是怕我去吃喜糖哩。夜郎啬皮，虞白卻是大方的！」楚楚並沒放下，一隻手去拿了一幅布堆畫要寬哥轉交過去恭賀。寬哥從虞白家出來，倒怨怪夜郎是多情了，人家虞白毫無什麼異常表現嘛。

等寬哥寬嫂把兩牀被子抱過來，又送來了兩條單子，兩個枕頭，兩個裝滿了白米的小瓷碗，一面菱花鏡子和一隻搪瓷便盆，阿蟬得到的消息是顏銘和夜郎算是結婚了。阿蟬第一個反應是驚喜，幫着寬嫂在卧室牆上用紅絨綫紮空心喜字，隨後眉心卻皺了起來。夜郎從此名正言順住過來，多一張嘴吃飯，阿蟬是無所謂的，阿蟬計較的是以後卧室作了新房，她得去睡客廳，可惱的是家裡會常來人，她不能約了同鄉過來，也不得隨便去同鄉那裡。於是就提了要求：小翠那邊是獨自睡一個房子的，她晚上可以睡過去。顏銘聽了，爲難了半天，怕鬧出什麼事來，背了身與夜郎商量，夜郎說：「不是說她和小翠鬧翻了嗎？」顏銘說：「小翠原先在鄉下有個男朋友的，一直催着回去定婚，阿蟬知道了不許人家再好，打鬧過了一場，又没事了，恐怕兩個人誰也離不得誰了。」夜郎說：「既然這樣，她要過去住就讓過去，咱又不是她的父母，管不了那許多。」阿蟬此後就晚出早歸，情緒尚好，日子平和安然。阿蟬一走，家裡没有個耳朵偷聽，夜裡的顏銘就放肆了姿勢，沾着没沾着地叫。但在後半夜裡，夜郎仍是夜游，鬼魂一般地去竹笆街七號開人家的門鎖，當然還是開不開，低了頭又往回走。顏銘把這些悄悄說給過寬哥的，寬哥說這是一種病，没什麼大不了的，過一陣可能會好的，只是千萬不要對夜郎說破，說破了會嚇壞他，就是嚇不壞，也會添了心事，生出別的病來。顏銘更是操心他這麼去開人家的門鎖，若被人發覺了，當作小偷來抓來打，如何是好？只好啥話也不敢說，夜夜跟他出來，遠遠隨着保護。

夜郎作了新郎，除了吃喝穿戴有了照應外，已没了特別新奇的感覺，對於領不領結婚證，顏銘說過數次，卻並不表示急切，推說選個好日子要出外旅游走時再辦吧。這一日天氣晴朗，夜郎陪伴了祝一鶴在家裡洗澡，洗好了，把祝一鶴抱上牀，替他撲朔按摩，窗外的陽光也灑照了半個房間，祝一鶴體白肉嫩，比婦人還要嬌好，回想病前那個模樣，病後竟是這樣，真是一場奇跡。原本是不想把自己的事告知他的，一時高興，就對他說了，祝一鶴卻毫無反應，也没要筆紙來寫出自己的態度，便知道老頭已經完全没有了思維，心裡一陣難過，就坐在那裡發獃。才一悶時，太陽已收了一半，祝一鶴竟蹺在那裡睡着了。夜郎一時有些懶意，頭一歪亦趴在牀沿上打了盹。不知過了多久，忽聽見那邊臥室裡顏銘在叫「夜郎，夜郎」！睜開眼來，似乎覺得剛才一打了盹就有了夢，夢裡是他進了祝一鶴的臥室，發現牀上睡着的不是祝一鶴，而是一隻白胖的大蠶，口吐白絲，製作着一隻將要成形的巨繭。急忙就往牀上看，祝一鶴還是祝一鶴，睡着的臉面有無語而笑的神態，已經沒有了鬍鬚的嘴流着一汪涎水，他拿了毛巾去擦，涎水卻黏黏的，拉出很長的一條來，就驚了一下：莫非也吐絲了？那涎水條就斷了，自己笑了自己：看見祝老身子白胖就做出蠶的夢，這想像力蠻不錯嘛！走過這邊卧室來問顏銘叫他幹什麼？顏銘卻在埋頭看書，笑嘻嘻的，說：「你也看看。」夜郎接過書看了，原來是自己帶過來的《目連救母戲全本》，顏銘看的正是第二本第五場「喜堂」，翻開的那一頁上正寫着：

〔喜樂聲中二官相讚禮〕。

二儐相

（唸）

東方一朵紫雲開

西方一朵紫雲來

兩朵紫雲放異彩

華堂引出新人來

男出華堂，女踩花氈。奏樂！

〔「吹牌」中儐相，劉氏上，男站左，女站右〕。

二儐相

（唸）
珠聯合璧，舉案齊眉
交拜天地，福壽昌齊
拜天地！
（唸）
一根紅綫撒江中
未釣鯉魚先釣龍
有緣千里來相會
無緣對面不相通
拜祖宗！
（唸）
喜洋洋，笑洋洋
父母恩深不能忘
夫妻今日成婚配
新人轉身拜高堂
拜父母！
（唸）

喜哈哈，笑哈哈
華堂高照龍鳳蠟
今年今日偕連理
明年生個胖娃娃

夫妻交拜！

（唸）
男習經文道翰墨
女習針綫性賢德
一對鴛鴦比翼鳥
夫妻雙雙拜百客。

拜來賓！

化緣和尚（台下大喊一聲）阿彌陀佛！（手捧一根帶葉子的大蘿蔔快步上台）今乃傅員外貴子大喜之日，貧僧敬獻仙根蘿蔔一根，為你砍除三災八難，以示慶賀，請拿刀來。（家院遞刀。）

化緣和尚（拿刀在手，邊砍蘿蔔邊唸）
姻親有前緣（砍蘿蔔一刀）

千里一綫牽（又砍蘿蔔一刀）

娶妻今夜晚

生子在明年（再砍蘿蔔一刀）

〔化緣和尚示三刀八塊，塊塊相連的蘿蔔，送到劉氏面前〕。

傅相　多謝大師吉言，倘若來年有子，更名傅蘿蔔，以酬大師良願。

化緣和尚　阿彌陀佛！

傅相　請大師進來素席！

二儐相

（唸）

門前廣場設喜宴

諸親百客請用餐

家院　開宴！

夜郎合了劇本，說：「你是不是看了人家結婚熱鬧排場，要羞恥我的？」顏銘說：「一人一命，我倒不眼紅了別人，可這天地要拜，祖宗父母要拜，咱夫妻倒沒交拜過！」夜郎把頭往下一磕，正碰在顏銘的額上，笑了說：「這不就拜了？過會我去劉先生那兒討個好日子，咱出外了，選個山頭，買上酒肉，你說拜誰就拜誰，咋拜就咋拜！」又笑了一下，「不拜還不是有了娃娃了嗎？」顏銘說：

「我還給你要説的，戲本上寫了化緣和尚三刀八塊地切蘿蔔能免災，傅員外的孩子能叫傅蘿蔔，咱的孩子也就叫蘿蔔。」夜郎説：「由你吧，蘿蔔也行，白菜也行。」説出了白菜，卻想到了虞白，就悶住不語了。顏銘説：「怎麼不説了？」夜郎説：「快做飯吧，吃罷飯我要去劉先生那兒。」顏銘去了廚房，卻説：「那咱幾時去領結婚證呀？」夜郎已坐到桌前又翻看《目連救母戲全本》了。

飯是米飯，三菜一湯，才要吃的，寬哥卻來了。寬哥硬不吃，説他事先没有打招呼，四個人的飯五個人怎麼夠吃，他早上上班時帶了乾糧的，就從提包裡掏出兩個餅子來，到廚房剝了兩根葱。夜郎説：「你就這麼剋苦自己？」寬哥説：「這好着呀！」夜郎奪了餅子，把一碗飯塞給他，顏銘就先拿了餅子咬了一口，説：「没有好的給你吃，一碗甜飯就把我們吃窮了？還應該給你大魚大肉吃一場的，你是媒人嗨！」寬哥説：「好，吃就吃！要説媒人，其實是祝一鶴先生，你們老早就是他的金童玉女嘛！」吃罷飯，寬哥把夜郎叫到卧室裡，從背包取了布堆畫，説了他見虞白的事，笑嗬嗬道：「這下你放心了吧！幾時你和顏銘出去呀？走前給我個口信，你嫂子叮嚀我説，出門前一定讓到我家去，她要給你們包一頓餃子吃，餃子是囫圇的，吃了出門整整端端，又無牽無掛。」説完就出來向顏銘告辭，去上班走了。

夜郎把那布堆畫展開，畫面上是一間房子的裡邊結構，有四面的牆，有天花板也有地面，房子裡卻没有人，是無數的鞋印在那裡排列組合，似乎又像是在走一個什麼迷宮，經過了四壁和天花板。每一個鞋印又都有眼睛，滑稽地在望着什麼，夜郎看着笑着，卻突然有了一種恐怖感，覺得這鞋印就走出了畫布，而整個卧室裡到處也都是鞋印在走了。他趕忙把布堆畫收起來，就放在抽屜裡，心想虞白怎麼送了這畫給他？而寬哥去見了虞白又是怎麼說的？虞白現在情況又會是怎樣？心裡一時不暢快起來。連着吸了幾支烟，出門要走，顏銘說：「到劉先生那兒不帶些禮嗎？」夜郎說：「不帶。」就下了樓。悶着頭穿過兩條街，再過一條巷就到劉逸山家了，卻不知怎麼路過一家酒樓門前，順腳就趄進去了。要了一瓶扎啤，立在桌前喝了，本該要走的，卻又再要了一瓶，還來了一碟五香花生米，坐下來獨酙獨飲了。喝到一半，似乎聽得旁邊有人嘰嘰咕咕說什麼，又好像覺得有人從酒樓外邊將一張臉貼在玻璃窗上，臉貼得像一塊柿餅，裡邊的人有向柿餅臉招手的，但夜郎並不理會，琢磨着去了劉逸山家了，還去不去虞白處？手蘸了酒就在桌上畫一個人臉，再畫上一對眼睛，看着那眼睛在凝視了自己，又擦了那眼睛去，就舉筷去夾花生米。筷子已經伸到碟裡了，碟子卻被人用指頭勾到桌子邊去，抬頭看時，面前站着一個人，這人一臉的橫肉，笑而不語，兩眼盯着他，卻輕輕吐了一口痰到碟裡，夜郎立即意識到來者不善，酒醉全醒，便身子往桌沿上一靠，將繫在腰帶上的那條鏈條鎖的扣兒碰開，同時身子坐直了，說：「吐得好！」那人說：「是嗎？」又吐了一口。夜郎微笑道：「好像在哪兒見過？」那人說：「好記性！」夜郎就證實面前的是那個流氓張炯了！把吐髒了的菜碟端過來看了看，忽地一顫手，菜碟向張炯飛去，湯湯水水扣在臉上。旁邊桌上撲過來三個小賴子，立即從懷裡掏出砍刀，夜郎跳將出一步，離開了桌子，右手中已提着了那鏈條鎖，噼哩叭啦地打起來。酒樓裡一時大亂，顧客紛紛逃走，走到大門口了，卻又站了要看熱鬧，沒人出言喝斥，更沒有人來上前勸架。夜郎並無武術，只是憑了義憤和蠻力，那一條鏈條鎖或者像皮鞭一般地使，或者就轉圈輪掃，也不知打着了哪個，自己也挨了什麼打。桌子凳子咔哩咔嚓地響，碟子碗盤擲過來又扔過去，「乒叭」，「嘩啦」，是寫着生猛海鮮的門窗玻璃碎了。矮矬的老闆油焗的頭髮完全紛亂，隨着鬥毆人的進退而進而退，護了桌子又護巴台，後來立在放着彩電和音響的那根柱子前，唯恐戰火燒過去。偏偏張炯過去以柱子爲掩體，繞着柱子和夜郎兜圈，夜郎左兜了幾圈，忽地刹腳向右，老闆卻撞着了，拉了那一條艷紅的領帶往後一甩，老闆禁不住身子，前衝到巴台上，撞倒了台面上一排高腳酒杯。他爬起來，罵道：「打吧，今日不把這酒樓砸了都是姑姑的養的！」把勒得臉紫紅的領帶扯了扯，跑下樓去喊警察了。夜郎一鏈條抽在張炯的背上，背上的衣服破了，張炯「哎喲」一聲從桌下往過鑽，桌角就把破了的衣服掛開一半，露出後肩上紋着的一隻蝴蝶，蝴蝶下一道傷，傷口出着血，十分地艷紅，往下流着，緩慢如蚯蚓蠕動。夜郎受到了刺激，感到十分的振奮，再揚起了鏈條去抽，但用力過猛，鏈條「咵」地打過去，一頭卻纏在了桌子腿上。拉了一下，没有拉開，再去拉，頭上就落下一個酒瓶，忙一偏，酒瓶砸在右肩上，而同時瞥見有什麼東西再向頭頂飛來，跑不及，雙手就去護頭。這時候卻聽一聲呼嘯，張炯已飛快地從樓梯上跑下去，那三個撒腳也跑。夜郎已顧不得去撿那鏈條，爬起來去攆，跑在最後的那個蹬翻了一張桌子，正好卡在樓梯口，他躍過了桌子，下得樓來，四個人早衝在了街上，敏捷地閃躲着車輛，而老闆和一位警察正堵在門口，警察舉着警棒向他一戳，夜郎「咚」地就栽倒在地上，口鼻裡湧出血了。

清醒過來，夜郎是在派出所的長條子木椅上的，矮矬的老闆給警察遞過烟了，一邊計算着酒樓損失的桌椅板凳、碟盤碗盞的件數，一邊用腳踢着夜郎罵流氓。夜郎叫道：「誰是流氓？你眼睛長到褲襠裡了嗎？是他們打我，還是我釁事？我是自衛，自衛反擊！」警察說：「你醒了？」夜郎說：「醒了。」警察說：「醒了好——咚！」照面一拳頭，罵道：「大天白日的鬥毆打架，能把你說到好人地方去！」鼻血再一次流出來。夜郎用手去抹，抹了個大紅花臉。警察又罵道：「你把臉抹得那麼紅，還想賴我打了你嗎？狗東西，你這樣的人我見得多了，你給我往院子裡的水龍頭上洗去！」夜郎睜着血糊糊的眼看着警察，警察一臉的青春痘，嘴唇極厚，有兩撇小鬍子；他呼哧呼哧出着氣，還是站起來往院子的水龍頭走去，走到門口，他站住了，遂「撲沓」一聲跌坐在了地上。警察說：「怎麼啦，還欠揍嗎？」夜郎舉了左手，說：「沒了。」舉着的左手是四個指頭，沒了一根無名指，但沒有血，指根齊楞楞一個骨肉茬。警察和老闆都獃住了，警察問：「疼不疼？」夜郎說：「不疼。」警察再問：「幾時砍斷的？」夜郎再說：「不知道。」警察又問：「那半截呢？」夜郎又說：「在酒樓吧。」腦袋沉起來，覺得支持不住，昏在地上了。

老闆也慌起來，拖了夜郎往長條椅上躺，掐夜郎的人中，掐開了眼，又用手擦夜郎臉上的血，然後把血手在夜郎頭髮上蹭蹭。警察就又來問夜郎什麼單位的，什麼名字，家庭地址，電話號碼。夜郎聽得見警察的話，卻沒有力氣來說。警察在他衣服口袋掏東西，掏出個小電話號碼本，指點着問了夜郎，就對老闆說：「你去撥這個號碼吧，讓家裡人來送他去醫院。憑這號本事還來打架？腦袋掉了還不知怎麼掉的！」撥通的電話正好是祝一鶴家，顏銘接了，當下臉色灰白，披了外套邊往樓下跑邊繫扣子，已經走到街上了，才記起身上分文未帶的，想返回去取，又怕耽誤時間。趕到派出所，夜郎還是坐在那木條長椅上的，警察已經筆錄了審問。顏銘大概問了情況，又往酒樓上去尋找砍斷的那節指頭，酒樓已經停業，一片狼藉，終於在桌子下發現了那截指頭，忙用手帕包了，返回派出所，再僱了車去醫院。醫院裡能斷指接植的，但醫生看了那手帕裡的指頭，指頭卻發了黑，就責怪爲什麼不立即到醫院來？夜郎說：「我在派出所，我不得去找呣。」警察說：「你是什麼英雄了！」夜郎氣得不再說話，拿了那截指頭看了看，「日」地從窗口扔了出去。

包紮了傷口，又打了破傷風針，夜郎依舊被帶回了派出所。夜郎問爲什麼還要扣留他？警察說：「你以爲事情就完了？就依你說的，是張炯釁事，一面之辭誰信的？你有本事把張炯抓來，事情落實了放你回去！」夜郎說：「怪誰不怪誰，老闆在場他能作證的。」老闆卻說：「我只要賠償我的損失。」顏銘聽說是和張炯毆打的，心裡越發不安，對警察說：「同志，夜郎是好人，好青年，他傷成了這樣了怎麼還不放人？」警察問：「你是他什麼人？」顏銘說：「我是他老婆。」警察說：「你咋有這麼好個流氓老公？」夜郎一時性起，吼道：「顏銘，你不要給他們說啦，我是流氓，我就是流氓，我是流氓我還怕什麼，我就在這裡好了！」警察說：「好嘛，好嘛！」掏了手銬「咔嚓」把夜郎雙手銬在了屋門口的立柱上，趕着顏銘和那個老闆出門，說馬上他就要下班呀，有問題明日再說處理。

顏銘在大門外的槐樹上嗚嗚地哭了一場，忽然就想到了寬哥，急去電話亭給寬哥撥電話，又沒錢，說好話向別人討要了幾角，電話撥了，寬嫂在而寬哥上班還沒回來。搭了出租車就去寬哥家等，又得讓寬嫂掏了出租車錢，一等等到晚上八點人還未回，顏銘又操心了夜郎沒吃飯的，從籠裡抓了幾個包子說她要去派出所看看。寬嫂罵了顏銘遇事慌慌張張，但還是留了言在門上，也和顏銘一塊往派出所趕去。剛到巷口，寬哥騎了自行車過來，寬嫂一見就罵：「你死到哪兒去了？六點下班，現在幾點啦？」寬哥說：「東四路菜市場一個女孩被搶了包，頭上又挨了一磚，昏倒在地，圍了那麼多人就是沒個管的，我送她到醫院去，再過半個小時她就連命都沒有啦！」寬嫂說：「你救別人哩，誰救咱的人？你還講究是警察，大水衝了龍王廟，夜郎現在就在派出所裡生死不明的！」寬哥登時臉色大變，問怎麼啦？顏銘粗粗說了一遍，寬哥卻蹴在那裡不言語了，從口袋摸了烟吸。寬嫂一把把烟奪了，說：「火燒眉毛了，你還有心思吸烟？」寬哥說：「我耽心就耽心他惹亂子，果然繩從細處斷，怕啥啥就有鬼！怨人家警察什麼？我要是遇着，我也要先把人扣起來的！社會風氣不好，就是他們這麼鬥毆打架！少了個指頭：命沒搭進去就燒高香啦！沒個指頭也好讓他得個乖！——要結婚的人了，說得好好的去辦結婚證呀，選旅游的日子呀，爲啥卻去喝什麼酒？爲啥就與人家打架？」顏銘說：「這都怪我，是我給他惹的禍根。」就又嗚嗚地哭。寬嫂罵道：「我們等你，是要聽你訓話嗎？現在人在派出所裡被銬着，一口水沒喝，一粒米沒吃，又受着傷，還不知這一夜是死是活，我可告訴你，我不管你怎麼說，今晚上，我要夜郎回來，夜郎要是不回來，你就不要回來，永遠不要回來，我就是當寡婦也不落個警察老婆的名招人恥笑！」說罷，拉了顏銘的手就往回走。寬哥看着他們走了幾十米遠了，就喊顏銘，顏銘過來，他說：「夜郎的事我能不管？總得有個管法呀！依你嫂子的話，我去派出所要人，我不是個領導，就算是個公安局長，也是不敢徇私枉法！讓我去走後門，不論三七二十一讓放了夜郎，人家派出所能不能同意，就是同意着，我便好臉面去啦？這類事的法規我知道，人是能放回來，可罰款是少不了，多不罰也得少罰，酒樓總不能白白遭損失，當衆鬥毆，擾亂社會治安，過去了就過去了？現在最關鍵的是抓到那個張煦，抓了他才能澄清事實真相，你知道張煦家住在哪裡？」顏銘說：「我知道。」寬哥說：「那你跟我走。」又走過去對寬嫂說：「你別給我黑臉，好像你關心夜郎，我是旁人外人？你有本事你怎麼不去把夜郎領回來！我告訴你，你回去拿上千把元，立馬先到派出所去，我和顏銘去找個人。」寬嫂說：「我不兇你兇誰去呀？不兇你你還不肯想個辦法哩！你身上還有多少錢？」寬哥說：「每月大頭都給你了，我哪兒有錢？」寬嫂瞪了一個白眼，從自己口袋掏了二十元，說：「你瞎狗不知人好，我是怕你沒了錢一會兒吃不上飯！拿上，先去一人吃一碗羊肉泡饃，顏銘還沒吃哩！」顏銘不好意思，但又不知說什麼，寬哥卻把二十元一把拿了，說：「不拿白不拿的，得她的錢也不是容易的事哩！」

兩個人去了張煦家，張煦正在家看電視，一見來了警察便怯了，讓座，遞烟，沏茶。寬哥不坐不吸不喝，黑着臉只問打架的事。張煦脫了衣服讓看背上的傷，寬哥提了警棍，說：「我一看見紋刺的蝴蝶就知道你該跟我走一趟了。」張煦說：「這與蝴蝶什麼事？紋身是一種藝術呀！」寬哥一撩衣襟，露出褲帶上的一副銬鐐，說：「用不着使用這玩意兒吧？」

帶着張煦到了派出所，派出所辦公室燈黑着，偌大一個院子裡，只是那排平房頂頭的窗口亮着燈。顏銘先自起了哭聲：「夜郎是銬在辦公室的，那裡沒了燈，會不會被抓到牢裡去了？」寬哥阻止了，兀自去敲那亮燈的房子，值班的已不是那個滿臉青春痘的警察，寬哥就進了屋子，在裡邊嘁嘁啾啾地說話。顏銘戰戰兢兢立在院子裡，只一眼一眼看着坐在台階上的張煦，生怕他突然起身從大門口逃走。張烔似乎没有逃的意思，恐怕也明白逃不掉，抬了頭拿兇狠狠的眼光看顏銘。顏銘覺得那雙眼睛像狗眼，黑暗裡發放綠光，就使勁敲窗子，寬哥就出來了，叫張烔進去，張烔還吸着烟，寬哥一把將烟就打掉了。過了一會，四個人一塊去辦公室，推門一拉電燈開關繩兒，顏銘第一眼看到的竟是夜郎仍銬在柱子上，滿頭滿身都是水淋淋的。顏銘先叫了：「這怎麼啦，滿是水？」夜郎說：「他拿洗腳水澆的。」警察說：「你要喊叫嘛，你不喊叫我給你澆了！」過去把銬子開了，還讓夜郎把吐在柱下的痰用腳蹭了，就勾着手招張烔，張烔走過去，「哼」地就把他按在柱子上銬了雙手。四個人重新到了那間小房子，寬哥就開始訓斥夜郎，一定還讓夜郎向警察承認錯誤，警察似乎並不稀罕這些，拿着筆在桌面上敲，說道：「該罰五百元的減免三百吧，錢呢？」寬哥說：「錢馬上就送來。顏銘，你去看看你嫂子來了没有？」顏銘走出來，才到門口，便見寬嫂滿頭大汗地跑了來，卻提着一個舊籃子，裡邊放着一些土豆，顏銘說：「你捎帶着買菜了？」寬嫂說：「哪裡是買了菜？」瞧瞧四下没人，從籃子底下掏出一個飯盒，飯盒裡放着一千元。顏銘也不禁笑了：「你這麼小心的？」寬嫂說：「我還没有帶過這麼多錢在身上出門的，剛才在公共車上，有個男子不停地擠我，我真嚇得出了一身汗，懷疑那是個小偷——夜郎呢？夜郎出來了嗎？」

事過兩天，戲班從外縣歸來，南丁山到處找夜郎，找不着，在時裝表演團見到顏銘，顏銘拿了一包水果糖招待他。南丁山不吃，顏銘說：「喜糖你也不吃嗎？」南丁山並不驚奇，說：「結婚啦？幾時結的？」顏銘說：「前天。」南丁山倒有些埋怨地說：「好急的，等不得我們回來。改日我要去賀賀的！」顏銘回來，就把這話給夜郎說了，夜郎沉吟了半天，說：「我成了這個模樣，你還真的要和我結婚？」顏銘說：「瞧你那傻勁，你受傷還不是爲了我，我哪裡就又嫌棄你没個指頭？原先安排出去旅游的，看來是去不了了，我就說前日是喜日子。」夜郎說：「你倒會選日子。」臉上顯着奇怪的笑，又說：「該我的怎麼都會來的，不該我的怎麼也不是我的。」當天下午兩人就去領了結婚證，悄無聲地在門上貼了個紅喜字，結婚證壓在桌子的玻璃板下。天未黑嚴，南丁山和戲班的康炳他們提早來了，一串鞭炮在樓下響得天搖地動，上得樓來，抱的是玻璃字匾、榆林毛毯、高腳酒具、茶盤茶碗、礦泉壺、電飯煲、一截白絲綢、一袋花生和核桃棗兒，還有給夜郎的一頂麻呢小禮帽，顏銘的一雙細高跟皮鞋。夜郎說：「怎麼不把商店也背了來？」趕快拉客進屋。指派阿蟬飛也似地去街上買些熟食，啓了一瓶酒就來喝。南丁山當然責怪夜郎不提前告訴他們，猴急了，戲班不回來就突擊辦事，是不是有了什麼情況？叫了顏銘過來，當面走過來再走過去。顏銘心虛，扭捏着不來，說：「哪有你這樣當領導的審查部下，買騾子馬嗎？——有什麼問題？」南丁山說：「嗯，還遵守紀律。那我就知道了，夜郎在鄉下害病原來是假的。」顏銘說：「這你又錯了，病是真的，回來才慢慢好了。」南丁山說：「夜郎害的是愛情病，回來吃女人就好了！」衆人笑了一會兒，夜郎說：「真怪的，我在鄉下怎麼就得了那種病，現在那病是没有了，可夜裡還是盜汗，襯衣都是濕透的，你瞧，是不是瘦多了？」康炳說：「當然瘦了，將來怕還要成藥渣子哩！」顏銘在廚房裡洗蘋果，臉已彤紅，削了蘋果過來先給康炳，說：「把你嘴佔住就没臭話了！」阿蟬把熟食買回來，三下五除二地擺上桌，是一盤五香鳳爪、一盤醬豬腳、一盤臘羊肉、一盤海菜、一盤鹽煮杏仁、一盤涼兔肉、一盤撕開的燒鷄。入席吃喝，舉杯相碰，夜郎象徵性地用舌頭舔了一下，南丁山說不行，夜郎就推託自己有傷不敢喝的。南丁山說：「那夜裡幹事了没？幹事都不怕的還怕喝？受的什麼傷？」顏銘說：「我們出外旅游，他把指頭傷了，真的不敢喝的。我代他喝這一杯吧。」碰過杯。夜郎大杯小盅地只讓客人痛飲，顏銘也陪着喝了一圈，再到廚房去經管阿蟬炒熱菜時，夜郎借故也去了，悄聲說：「你怎麼敢那麼喝的，你要生個癡傻兒嗎？」顏銘說：「我杯子裡是白開水的。」夜郎便放心出來勸酒，不一會兒，所有人都臉色紅起來，尤其康炳，紅的像塗了油彩，說：「再要演出，就不要給我上妝，班主給我買三兩白酒就是了。」南丁山說：「你酒還少喝啦？」康炳就嘿嘿地笑，不好意思。夜郎問怎麼回事？康炳便說前十天演《賊打鬼》，他扮的是那個赤髮鬼，出場前偷的喝了酒，等到台上演鬼上吊，繩子繫在脖子上吊往半空，原本我要雙手去拉繩子的，但醉得迷迷糊糊，差點真的上吊死了。夜郎笑着說：「人死了托變鬼的，鬼不會死，鬼死了托變什麼？」南丁山說：「鬼嚇不死，死了又托變人嘛。我看你夜郎就是鬼變的——嗜人都是鬼變的，你，康炳，我，還有咱們文化局的領導。」夜郎說：「哎，說到這，我要給你們告訴一宗事哩，知道不知道？你們走後，吵吵嚷嚷着要提拔宮長興到文化局當局長呀。嘻，他能當局長，我也就能當個市長的了！可人家不知走的什麼門子，偏偏就要提拔！」便把在傳呼機上搗亂的事說了一遍，得意得手舞足蹈。南丁山卻說：「原來傳呼機上的事是你幹的？」夜郎說：「怎麼樣，漂亮吧？」南丁山說：「你這才是火上加油！你只圖結婚哩，顛鸞倒鳳地受活哩，啥事倒都不知道，宮長興已經是副局長了！又專門分管的是群衆文化工作。」夜郎急了，說：「這不可能，傳呼機的事在圖書館反應大得很，大家好不痛快；群衆基礎這麼差的人怎麼這般快就當上了？」南丁山說：「我是回來聽說的，正是傳呼機的事，連上邊領導都知道了，說是現在風氣不好，只要說要提拔誰，誰的告狀信就多起來，要聽下邊的反映，但一定要分析情況，要保護幹部，傳呼機的事純粹是一種陷害人的作法，所以原來還準備再考查考查的，後來就立馬下文，任命了宮長興。我們一回來，當然少不了去局裡彙報，人家還算支持戲班的扶貧演出，但有了新規定，上繳的管理費高出了一倍。」夜郎說：「憑什麼讓繳那麼多管理費？」南丁山說：「他說局裡困難，幾個正式戲曲團連工資都發不下來了。」夜郎說；「他們發不下來與咱屁事！現在什麼都按市場經濟管理，就是戲曲團國家還要着！說起來没有不認爲那些團太多了，是累贅，可哪個領導都不願承擔在他手裡砍掉幾個團的責任，一個團養活那麼多人，在城裡没人看，到鄉裡去又不願放下所謂藝術家的架子，那就只有餓着去吧。這宮長興一上台就出餿主意，給咱們不貼一個子兒，倒收那麼多錢，還不知以後怎樣勒刻着咱哩？」南丁山說：「人真是没長前後眼，爲了祝老咱惡了宮長興，只說桶往井裡掉，没想如今井要掉到桶裡去了。」夜郎說；「走到這一步，也只能惡他，傳呼機的事没能弄倒他，我偏不信再弄不下他來的！你和信訪局的人熟不熟？」南丁山說：「那局長認識是認識，還是當年通過祝老介紹的，有什麼事？」夜郎想了想，卻說：「還是先不給你說，我是個臭狗屎，能不牽連你就不牽連你。」顏銘插了話說：「南哥，夜郎性子烈，你得給他拴條繮繩，他幹的那些事，都是些小人之術。」夜郎說：「明火執仗地我能弄了誰去？我本來就是小人嘛，不搞些陰謀又能怎麼樣？」南丁山就笑了笑，說：「現在像夜郎這樣的人也是少了，都不聲不吭的，壞人越發當道了。」從懷裡掏出一大沓錢來，數了數，交給夜郎，講明是下鄉的補貼。夜郎說：「錢還是要的！」捏了一角，在桌沿上摔得嘩嘩地響，然後，扔給顏銘，說：「怎麼樣，錢比你來得容易吧？往后你得把老公看重些呢！」顏銘卻冷着臉，轉身往廚房去。廚房裡烟霧騰騰，阿蟬正在煎魚，案板上、窗台上湯湯水水到處淋着。顏銘用抹布抹了，阿蟬悄聲說：「拿來那麼多錢的？」顏銘没搭理，推了窗子放烟，一股二胡聲就咿咿呀呀鑽進來，對面樓上的涼台上，那個乾癟的老頭又在拉胡琴了，便把窗子又關上。客廳裡南丁山和夜郎還在談話，夜郎說：「怎麼能有這麼多的？」南丁山說：「這次收入不錯，有福同享，有難同當嘛。」夜郎又問：「不是扶貧義演嗎？」南丁山說：「實話也就對你說了，原本咱是將收入扣過花銷外贈給貧困區的，可去的最後那一縣，縣上的人都敢把國家救災款挪用貪污，咱還老老實實幹啥？那些京城裡的歌星、影星報紙上不停地報道義演，而其實大部分的錢還不是裝了自己腰包？你現在病好了，婚也結了，如果顏銘肯放你，再過半個月，咱們還要到北邊幾個縣去義演，打這樣的旗號演出方便，收入又高，過幾年咱也給大家買些居住樓，咱爲啥就不能富起來！」阿蟬說：「班主這樣的人都搞小人之術了，夜哥那點動作算什麼事？」顏銘說：「鬼戲班嘛，都是鬼嘛！」客廳裡，南丁山又問結婚那日誰操辦的，請了多少客，是在餃子宴樓上請的嗎？夜郎說：「客是不請一個的；要請客的話我哪裡就不等你們回來？」南丁山說：「是寬哥操辦的了？」夜郎說：「就是。」南丁山就嗬嗬地笑：「我估摸着是他，果然是他，別人也不會給你出這餿主意，要是我，總得紅紅火火熱鬧一場不可！」夜郎說：「像我這號人，鬧騰那麼大的算個什麼？」南丁山說：「正因爲活得不順氣，才要鬧騰的，寬哥那呆板，多虧是個小警察，他要是個市長，這西京城怕人逃走的只有一半了！前日我們一下火車，在南大街就碰上他，瞧他那個臉，青得像秋後的茄子！」顏銘聽到這裡，便把廚房門開了一半，就聽得夜郎在問：「寬哥怎麼啦，病啦？」南丁山說：「南三環一輛招手停中巴車上被人搶了，强盜下了車，司機把中巴開到派出所門口來報案，正好遇着寬哥，寬哥讓乘客申報各人被搶的錢數，乘客就一一申報數目字。没想這些人還未散，那罪犯就被抓住了，搜出的錢比申報的數目大出七百元，寬哥就讓乘客重新清點各自的錢包，列出被搶的準確數字，更没有想到的這回申報的數目竟比罪犯所搶的數目大出了一千五百元。寬哥當場就火了，駡這些乘客是狗熊，被搶的時候没有一個敢出來鬥爭，怕連累自己，多搶了也說少搶，一旦罪犯抓住，卻都想趁勢發財！現在的人就是這樣麼，你生什麼氣！要是我，抓住了罪犯就是立了功，還發放被搶的錢幹啥？留給派出所自己花了算了！可他卻較真兒，硬要乘客老老實實又寫清單，一邊把錢退還人家一邊訓這個斥那個。你氣了白氣，氣得有肝炎了，你自個到醫院吃藥去！」顏銘把廚房門就關了。煎好的魚阿蟬要端出去，她偏讓先放在案上。南丁山在客廳叫顏銘去陪喝，叫了三聲顏銘没過去。夜郎說：「怕是正煎魚哩！」走進廚房讓顏銘過去再敬一杯酒的，顏銘說：「你們是怎樣地活鬼鬧世事我倒不管，可你們嘲笑寬哥我不愛聽的。」夜郎說：「你没見他是喝多了嗎？」顏銘就給阿蟬嘰嘰咕咕了幾句，自個先出去又給南丁山和康炳他們敬了酒，阿蟬才將已放涼了的魚端出來。

吃罷飯，夜郎隨南丁山他們就出去了，直到天黑嚴才回來，卻提了大包小包的東西，還有兩牀榆林純羊毛毯，一牀踏花被，一紙箱奶粉，拿進來往客廳的屏風後一堆，就去祝一鶴房間去了。顏銘看了看那些東西，覺得蹊蹺，跟進祝一鶴臥室來，夜郎正趴在牀沿上和祝一鶴説話，不管説什麼，祝一鶴的臉似笑非笑着，口裡流着涎水。顏銘說：「誰叫你去買那些東西了，這一月花銷大，阿蟬的保姆費還没給哩，阿蟬已給我說了三回，說小翠的保姆費已提高了三十元，她話雖没明說，那意思我知道，也是要提高工資的。」夜郎說：「那不是買的。」顏銘說：「不是買的，誰個送的？」夜郎說：「這你不用管。」顏銘說：「誰送的這麼多……」夜郎說：「我交給你錢，瞧你那個鄙夷樣兒，好像我是偷了搶了來的，你不愛錢的，還管這東西多的少的？」就趴到桌前寫起什麼。顏銘笑道：「說你是小人之術還不高興，怎麼着，就用小伎倆報復起我了！——哎喲，我老公真是能行的主兒，今日在家坐着，得了那麼多錢又得這麼重的禮，我咋是這麼有福的娘子嘛！」夜郎也噗地笑了，說：「這還像個老婆！」就讓顏銘找一張祝一鶴的名片。顏銘也不問要祝老的名片幹啥呀，自去了祝一鶴的卧室翻尋了半天，尋着一沓落滿了灰塵的名片，拍打着給了夜郎，夜郎瞧瞧上邊仍印有秘書長的頭銜，詭秘地笑笑就出門走了。

夜郎去了市信訪局路局長家。因爲以前見過幾面，又提了烟酒，還拿了祝一鶴收藏的一幅陸天膺的《虎嘯圖》。路局長很熱情，當場把《虎嘯圖》懸掛了廳裡欣賞了一會兒，側過頭來問夜郎有什麼事？夜郎說：「我没事的，來看看局長。局長你胖了哩！」局長說：「是嗎？出門在外，有人說是胖了，有人說是瘦了，我也弄不清我是胖了瘦了。你肯定有事的，没事的人很少到我這裡來，記得那年中秋節，祝一鶴到這我兒來了，他說今晚上人都去領導家殷勤了，我來找你，咱倆下一盤棋怎樣？我那時拱了拱手，開玩笑說你我同僚是一個脾氣，咱就不稱什麼長不長了，我叫你一聲祝大人吧，他也抱拳說路大人，兩個人清清淨淨下了一盤棋。我交了這麼多朋友，祝一鶴算是一個真朋友！」夜郎說：「我今日就是代祝老來的。他走不動了，言語又短，卻常常唸叨你，託我過來看看你的，你瞧，他還讓我帶一張名片。」局長說：「他倒心細，怕我不相信你？他還讓你來看我，我倒慚愧了，他病了這麼久，我還未去看望他哩。這烟酒要是你拿的，我還不肯收，是祝一鶴的我倒要收了。」就拆了那條烟，取一包自己吸一支，給夜郎一支。問道：「祝老病情如何？」夜郎說：「没惡化也没好轉，人有些癡獃。」局長說：「這就好，這就好，人生難得糊塗，我想癡獃還癡獃不來哩。正經好部門咱幹不成了，到信訪局這閑差單位，一天到晚竟也忙得昏頭脹腦的，上訪的信件見天那麼一摞，不上交吧，有人做的事實在看不過眼，上交吧，勢必得罪人，現在誰又得罪得起！」夜郎說：「信訪就是信任，民情就是民心，信訪局說是没權，其實權大得很的。」局長說：「這倒也是，上邊了解下邊實情，信訪局是一個大渠道的，現在各部局領導，還没一個人不被人反映的，情況極其複雜哩！」夜郎就說：「有没有反映文化局領導的？」局長說：「怎麼没有？大前天還收到三封反映宮副局長的信哩。」夜郎說：「是不是？有些話我本不想說的，你提到宮副局長，我在下邊可也是聽到了許多不滿的話，昨日文化局幾個幹部去看望祝老，給祝老也訴說宮副局長的不是，祝老氣得指頭在桌子上嘣嘣地敲。」局長說：「祝老也生氣了？生什麼氣的，誰往上提拔都有內幕的，自己已經不在位了，氣也是白氣。」夜郎說：「話是這麼說，可這些人的問題不讓上邊知道，會破壞黨和政府的形象的。據我所知，可能還會有人寫信反映情況呀。」局長說：「有什麼都可以寫嘛，寫上來我給往上送嘛。」夜郎說：「怪不得祝老與你友誼真……也不是我當面給你說好聽的，現在的領導幹部真正爲人民服務的能有幾個了，難得你還這樣！」局長說：「別人咱不好說，我只是於心無愧罷了；在什麼位置上總得盡些什麼責吧，我想也不想再陞個一級半級了，但求下場不要和祝老一樣就燒了高香。」

說到這兒，有人敲門，保姆把門開了，進來了局長的大兒子，還廝跟了一位，竟是銀行的李貴，見了夜郎，「啊」地一聲，握住了手。李貴說：「你來得早？」夜郎說：「來看望局長的。你近來好？」李貴說：「老樣吧。」局長就問：「情況怎麼樣？」李貴看看夜郎，卻吱唔不語。局長說：「不妨的，都是自己人。」夜郎便知趣，問廁所在哪。局長指指大門側左邊的小門，夜郎進去了，聽得李貴在說：「西靖巷有幾間門面，價很便宜，但地方太背，現在倒有一家，原是開了飯店的，不想幹了，價卻開得高，我和曉光去看了，當然咱有治他的招兒，他有些鬆口，看樣子問題不大的，但這需街道辦事處開綠燈。」局長問：「那是屬於哪個區的？」是曉光在說了：「北城區的。」局長說：「我約北城區長明日中午來，有人告他的事了，我讓他先看看舉報信再說……我可告訴你們，年輕人有三分能耐去撲騰七分的事，這我都支持的，卻得把握個原則：可以坑蒙拐騙但不能偷，可以吃喝嫖賭但不能抽。」曉光說：「是這樣的，那飯店爲啥倒閉？就是家裡有幾個抽鴉片的。」夜郎拉了水箱繩放了水，出來故意去廚房水池上洗手，過來說：「局長，廚房門口的這盆橡皮樹長得真好，你施的是城牆根老土，還是馬蹄掌的？」局長說：「是豆餅。」李貴還在和曉光在說話，轉過頭問：「夜郎恐怕也知道那家的。」夜郎聽出他們是在籌辦什麼公司要做生意的，偏裝出一派糊塗，說：「哪家？」李貴說：「鄒家的老大。」夜郎腦子「嗡」了一下，說：「你問鄒家老大呀？這我認識，但不熟的，有什麼事嗎？」曉光說：「你知道那家生意怎樣？」夜郎說：「聽說是兄妹三個相互競爭，鬧得烏眼鷄一般。老三那兒與老大老二不多摻和，街痞流氓騷擾得少，老大老二卻是滋事不斷，傳說他們各有一幫黑道上的人互相整的，而老二會做廣告，宣傳搞得好，老大就不如老二的了。」李貴說：「老大家有沒有抽鴉片的？」夜郎說：「這倒沒聽說到。」李貴說：「這你知其一就不知其二了……夜郎，剛才我們說的話你聽到了？」夜郎說：「說什麼？」曉光說：「咱是光明正大的做生意呀，有啥見不得人的，只是一切還都在籌劃中，饃不蒸熟怕氣不圓的。」夜郎笑道：「做生意好嘛！那有什麼保密的，即使秘密，我嘴那麼長的？這又是誰對誰，你們發財了，我也能沾個光哩姆！」夜郎說罷，也明白自己不能久獃，知道了不該知道的事，就告辭出來。

屋外已經起風，淅淅瀝瀝有了雨點，天顯然是冷了——秋後的雨落一場冷一截，明日早晨起來得加外套了。夜郎站在了十字路口，一時拿不準該往哪兒去，想去戲班見南丁山，連夜把那一場舉報宮長興的信再補充，商量着怎麼去交給信訪局，又想趕快得回去，顏銘在家裡等着。但走了幾步，卻決定順路去餃子宴酒樓看看吳清樸，鄒家老大發生了倒閉關店的事，不知道吳清僕曉得不？趕到餃子宴酒樓，人已經淋得落湯鷄似的。吳清樸趕忙讓脫了衣服，將自己的西服給他穿上，說：「天上飛個鳥兒都留影的，這麼大的事能保住密？前日我去白姐家，她讓我給你帶一幅對聯，說你辦喜事肯定會邀我去的，或許就在我這兒待客，可我左等右等沒見你來，也沒個口信。昨日在街上碰着寬嫂，我問你幾時辦事呀，她說你已經辦過了。夜郎，這你就不對了麼，這麼大的事竟不給說一聲，兄弟我沒得罪你麼，這麼見外的！」夜郎說：「我年紀這麼大了，已不是小年輕，悄悄一辦就算了，誰也沒叫的，一顆水果糖也沒買的！」清樸說：「新嫂子是哪一位？我這麼問過白姐，白姐說，什麼新嫂子，年紀比你小得多！我就說了，人家再小，嫁了夜郎就是嫂子嘛！」夜郎乾笑一笑，說：「虞白刻薄……對聯呢？」清樸去辦公室的抽屜裡取了兩條紅紙，展開了，上邊竟是：

平平仄仄平平仄

仄仄平平仄仄平

吳清樸說：「她這人怪，對聯也做得與人不一樣。我也解不開是什麼意思？但這字還寫得好，她還能寫了毛筆字！」夜郎没有言語，十四個字的對聯如一組鼓點在心裡敲，又像是目連戲裡「唰唰」地打來十四把叉；低頭把對聯收好，疊小，裝在懷裡，慌亂裡只問餃子宴酒樓的生意如何？鄒雲的兩個哥哥來過没有？人家的生意又如何？清樸說：「鄒雲的兩個嫂子已打鬧過幾次了，前日二嫂來訴苦，鼻涕一把淚一把的，脖子上被抓得一道一道的傷，我也不敢問……不管怎樣，我畢竟是外姓，人家再有矛盾，鬧得天漏地陷的，對外卻是一心，尤其見不得我這邊有動靜。你生意做不好了，他們嘲笑你，你生意紅火了，又嫉恨你。常常捉摸不透人家，有的在門口碰上了，好熱情的，問這問那，有時見了，人家卻臉一揚就過去了。我也知道，我這邊生意還好，多虧是靠了你們都在幫扶我，寬哥有事没事來，他那一身衣服，給我鎮住了閑人二混兒，那老大老二也不敢待我太過不去的。我也希望有個安寧，給鄒雲去信，一次一次都叮嚀她多給兩個哥哥去信問候，有便宜點的金銀首飾也給兩個嫂子買些，人嘛，能過去的都讓過去，錢有個什麼多少？」夜郎就問：「鄒雲還不準備回來？」清樸說：「我想她會很快就回來的吧。」笑了笑，又說：「她在外邊也好。你知道她那脾氣，隨心所慾，嘴上又没遮攔；我現在一切都擺得順順當當的了，她要回來，平仄堡那邊丟了工作，只能在酒樓上，不知要惡多少人，反倒添亂哩。」夜郎說：「這倒也是。」窗簾被風吹着像帆一樣鼓，雨點子打在半開的窗玻璃上，叮哩梆當地響。夜郎起身去關窗扇，窗台上一本影册被撞跌了，唏哩嘩啦掉出一堆照片，全都是鄒雲的。把家裡的照片全都帶到酒樓的辦公室來，夜郎就明白清樸的心思，一邊撿着，一邊說：「鄒雲照什麼樣兒都好看的。」清樸說：「是嗎？」臉卻紅了，忙過來撿，說：「夜裡没事，把影册帶來整理的。」夜郎便說：「你們年紀也不小了，也該計劃着結婚了。」清樸說：「這我也想了，到年底吧，年底不行就放在明年春上。掙些錢了，鄒雲獃在家裡有吃的花的，我還想幹我的老行當呀，今日下午考古隊的幾個老同事來這裡，說了許多那邊的情況，說得我心怪發癢的。你見不見？他們還都在樓上客房裡歇着……」夜郎說：「時間不早啦，我就不見了。我要給你說，這邊事再忙，一定要抽空去你白姐那兒，也代我問候問候她。再是，你雖然是未過門的女婿，畢竟鄒雲的哥哥也是你的哥哥，應去看看人家，有什麼難處，能幫的就幫，如果一家過得不好，那也是鄒家所有人的負擔嘛。」清樸說：「這個我知道。——突然說這話，莫非那兩家有了什麼不好的事了？」夜郎說：「我也說不準的。有什麼需要我辦的你給我打電話，我現在住在祝老家裡。」當下留了電話號碼就走了。

夜裡十二點，夜郎回到家裡，顏銘還在家裡等着未睡，她買了一包毛綫給夜郎織毛衣，心裡操掛着外邊的人，針腳一會兒多了，一會兒又少了，拆了織，織了拆，自己也煩起自己來。夜郎用鑰匙開門，一肚子訴說要說出來，一見夜郎冷得瑟瑟抖抖，倒忙着就去廚房燒薑湯，卻說夜郎穿誰的西服，穿了西服好看，幾時也買一件的。夜郎頓時感到有家的溫暖，喝了薑湯，打了兩個噴嚏，一時精神亢奮，洗漱過了，就攙了顏銘上牀睡覺。顏銘怕影響到腹中的孩子，又不願傷了丈夫的激情，坐在那裡玩了一陣，夜郎才把鄒家老大的事說給顏銘聽。

一連十天，西京城裡陰雨不絕，一日夜裡似乎沒有聽到屋檐水的嘀嗒，天亮醒來，庫老太太已經在菩薩像前燃上了藏香，虞白在牀上問：「今日要放晴了吧？」庫老太太說：「又有雨了，還掃着風，你加件馬甲吧。」虞白登時情緒不好起來，撩了窗簾一角往外看，果然後院裡一片的水潭，麻花一片，雨腳又都斜着，那簇竹子枝葉翻飛，滿地都是軟沓沓的古槐的碎葉。虞白罵了一句，想牆外街兩旁的古槐能吹落到院裡來，這一定颳的東風，東風在颳，雨還是不能一日兩日就駐的。就在毛衣上套了一件馬甲，鼓鼓臃臃地下了牀出來，不去梳頭也不洗臉，坐在沙發上發獃。庫老太太跕着小腳收拾這樣收拾那樣，嘟囔着夏天不下雨，入秋了雨水卻没死没活地下，才這個時節就這般冷，到冬天了不知怎麼過，石頭都要凍爛哩。嘟囔畢了，卻又說：「冬不冷，夏不熱，五穀都不結的。」虞白就嗤地笑了一下，這笑聲是嘲笑她老太太，也是自嘲，說道：「也好，也好，天不晴了咱好剪畫。」胡亂去洗了臉，就抱了一堆彩布在那裡剪起來。她剪的是一堵牆，牆的下半部是黃布，牆的上半部是綠布，牆前有一簇竹子，竹葉全是一個一個的「个」字。竹子就坐了個女子，頭梳得光光的，一身素白。剪好了。也用漿糊貼在一面黑布上，便去廁所小解。廁所的地板上有個泥腳印，五指分開，清清楚楚，是自己昨日從外邊回來，踩着雙腳泥水，在那裡洗腳前踩留在地上的，卻猛然覺得那腳印像一個女人的半邊臉。靈機動了，就往外跑，把貼好的那個女子揭下來，赤了腳合着在布上踩，以腳印就剪出一個留有劉海的女子頭像來。她很得意自己的這般創造，心想，這女子該是她哩，以人腳組成的頭部似乎顯得臉長，於是就想到那個夜郎：赤腳這麼走着，往哪兒走？別走上荊棘叢，三十多歲的女人不敢動的，動了不成，就如秋後的風，風過天就一天冷了一天，是冬天了。這麼想着，再看那一個一個「个」字的竹葉，有些淒涼。不覺悶了一會，卻總覺得怪委屈，生出些許怨恨，動手又貼了那竹葉，讓竹子沒葉，只在每一桿竹的頂尖剪個三角，類如一桿一桿的箭頭。虞白就在肚裡醞釀詞兒，竟是如此順溜，一口氣剪出四句詞兒來：好綠牆上苔，佳人竹下影；有竹風顯形，無日天混沌。又看了看，似嫌出現兩個「竹」字，一時又作想不出更好的，跑過來看庫老太太的。庫老太太已剪好也貼在大紙上，畫面的中間是一個大紅圓塊和一個大白圓塊，圓塊和圓塊平面交叉了一角。虞白看出那是太陽和月亮，老太太要說的恐怕就是白天和黑夜的交錯，要表現這陰不陰陽不陽的灰濛濛的天氣嗎？繞着太陽和月亮，畫面上部是一群鳥，往下飛着都成了鳥頭魚身，再下就是魚，又往上是魚頭鳥身，到上部完全又成鳥。虞白說：「喲，你這魚鳥互變的！」老太太說：「我在想了，鳥在天上飛，魚在水裡游，其實是一樣的，一個划水一個划空氣嘛。」虞白叫了好：「妙！妙！」卻慚愧自己不如老太太。受了啓發重新過來再剪，剪出了畫面的上部是一個螺旋狀的大紋，紋下有幾隻鳥，表示了紋是天上的雲，畫面的下部是一個螺旋狀的大紋，紋下有幾條魚，表示了紋是地上的水。天有了，地有了，天地的匯合靠了這雲這水；古人講雲雨，莫非有雲有雨就是天地在交合感應嗎？虞白卻一時不知道這畫面的中間該剪出個什麼來好了。

躊躇着，歪了頭往遠處看，廚房的門洞開，一直看到廚房的窗口。一扇窗子關着，一扇只亮着窗紗，大樓的那邊看見了整個樓區的存車棚，一個女人推着自行車，皺巴巴的雨披的一角頂在頭上，往後拖得老長，裡邊咕咕湧湧像裝了顆流動的西瓜，到了車棚門上，雨披卸下來，後座上趴着的是一個小兒。又一個縮着頭急急地往過跑，經過車子時，半個身子已經出了窗格，卻伸回來一隻手擰那小兒的臉，小兒哇地哭了，聽得「不識耍，不識耍」！自行車就推動了，哭着的孩子沒有了畫面，只有哭聲。窗台上那盆虞美人卻開花了，小小的一朵，是很紅，悄悄地開着。

虞白輕輕地說了一聲：「虞美人開花了！」花的旁邊卻出現了一張臉。虞白初以爲又是去車棚的人，那臉卻生動起來，彎彎地擠眼，分明也是從外邊看到屋裡的她。虞白坐着沒動，等來人推門進來，丁琳穿着一雙米黃色高筒雨鞋，一件米黃色風衣，頭髮越發剪得短如男人，將雙腳咚咚咚地在門口跺。虞白說：「這是誰？」丁琳說：「看上這風衣了？」虞白說：「我認不得你是誰。」丁琳說：「認不得就認不得——不是我長久沒來，你又不裝電話，我讓清樸轉話請你給我打個傳呼，你又不打，自己架子大麼，倒還怪別人不來！」虞白說：「今日是在附近辦什麼事嗎？」丁琳說：「大娘你說說，哪有這麼刻薄的人？多虧我是粗枝大葉的人，是誰能受得了？」虞白說：「我是活獨人哩，雞狗都不上門了呣。」丁琳說：「今日專門到你這兒來的，又怕你在餃子宴酒樓上，水嚓嚓地去了餃子宴酒樓，清樸卻在辦公室裡哭得鼻流涎水的。我問他到你這兒來過沒，他說沒的，我就讓他一塊來，他到郵局拍電報去了，一會兒就來呀。」庫老太太說：「他哭什麼？鄒老大不爭氣，吃喝嫖賭喪了江山，他哭着有什麼用？」丁琳說：「那邊的事你們也知道？」虞白說：「沒開飯店前，他是沒吃飯記不得到我這裡來，掙起錢了，没什麽煩心的事他是不來的。前日來讓我去勸說鄒老大，我去勸說啥呀？他把飯店賣了還賭債呀，烟債呀，我能不叫人家賣？又已經賣出去了，就是他要反悔，買方還能同意！鄒家兄妹幾個，都是太精太能，你看那鄒老大能掙錢也能花錢，改革開放了最適應的是他這號人，可往往事情幹得差不多了，就要出亂子……說到底還是素質太差，人没個品兒！」丁琳說：「倒還不是這等事！是鄒雲的事，鄒雲來了信，信上提出要退婚的，說念及相好過一段，餃子宴酒樓就全給了清樸，她只收回她投資的那筆現款。你說，鄒雲這是怎麽啦？他們好着時熱火朝天的連我都看着生嫉恨，說不行就不行了，這愛情就是玻璃脆兒？」虞白說：「你還以爲是金剛鑽了！」丁琳吃驚地看着虞白，虞白也就看着她，丁琳說：「你說這咋辦的，清樸哭得嗚兒嗚兒的……」虞白說：「他哭啥哩？這世上的錯誤都是自己製造出來的，給誰哭的？鄒雲一去巴圖鎮，我就預感她不會回來了，清樸還向着她說話哩。一個太實誠，一個太精明，原本不是配對的緣份，早分手了早好，弄到結婚生子再分手才遭罪哩！」丁琳說：「咱是岸邊的人，清樸卻在水裡，他總不信鄒雲是壞了心的，他去給鄒雲發電報，讓她回來好好談談，或許鄒雲是一念之差，外邊看得多了，少不得三心二意，勸說勸說又回心轉意了。他們兩個相好了那麽久，年齡也不小了，這一分手，清樸即使再有錢，找個合意的也不是說找就立馬找得着，咱作姐姐的這會兒不撮合也和旁人世人一樣看笑話嗎？」虞白說：「我不管！」丁琳和庫老太太一時怔住，不知所措。虞白並不看她們，陰着臉去開了錄放機，然後就回坐下來，眼光不願碰着近處的人與物，便穿過廚房門洞，又看見了窗台上的虞美人花。錄放機上流瀉出來的又是姜白石的詞曲：

綠絲低拂鴛鴦浦，想桃葉當時喚渡。又將愁眼與春風，待去。倚蘭橈更少駐。金陵路，鶯吟燕舞。算湖水，知人最苦。滿汀芳草不成歸，日暮。更移舟，向甚處？

樂音浸漫，從髮梢到腳跟都是涼的，眼眶裡是盛了淚，誰也不敢說的，誰也不敢看的，說了看了就滾下珠來。虞白並沒有起身去關錄放機，卻拉下了身後那個電盤上的總閘，沒有了姜白石，也沒有了燈光，屋子裡陡然灰暗起來。虞白說：「我去找劉逸山！」丁琳和庫老太太沒有反應，虞白又說了一句：「我去找劉逸山！丁琳，你不願陪我去嗎？」

兩個人默不作聲地去了劉逸山家，雨腳嘁嘁嘈嘈地跳舞，頭上頂着傘，鞋和褲角都濕了。陸天膺正在劉家畫虎，丹青手是剛剛喝罷了酒，酒碗還沒有撤去，滿臉的紅和汗；一張八仙漆木桌上鋪了大的宣紙，劉逸山立在桌側，手裡端着宜興茶壺抿着，一個小伙立在桌對面，陸天膺一手扶了桌，一手提着淋淋欲滴的墨筆，腰躬着，頭幾乎埋在桌子底下去，就那麼靜着，靜着，突然「唰」地一聲，提着的墨筆在紙上一甩，往下一揮，筆就在紙上飛走，口裡急叫：「快！快！快！」那小伙就雙手往前拉紙。丁琳是第一回見陸天膺，也是第一回見陸天膺畫虎，當時被氣勢震住，一迭聲叫好！劉逸山取了蓋碗茶盞，沏了三碗端過來，瞧着丁琳的憨樣，笑着說：「這是老瘋子，你越叫好他越來勁！」一隻小猴子就躍到了陸天膺的左肩上。丁琳嚇了一跳，揮手去攆，猴子卻跳到了桌面，竟拾了墨碇在硯台裡磨動了，一邊磨還一邊給她扮鬼臉兒。虞白說：「丁琳，丁琳，這是墨猴哩！你什麼也不要動，好好看畫就是。」丁琳羞澀了一回，果然只看不說不動了。劉逸山便問虞白又有了什麼事？是不是他以前的話投準了，那個姓夜郎的男人和你不合緣法？虞白臉色一下子赤紅，忙看丁琳，又使眼色給劉逸山。丁琳聽着，偏不反應，只瞧着那虎的尾巴生出如棍。劉逸山就和虞白到屏風後的房間去說話。丁琳仍做不理會，見陸天膺畫完了虎，坐下了又喝酒，就掏了名片遞上，說陸老大名如雷灌耳，今日有幸是親眼見了，她這輩子太是幸福，竟能與大畫家同住一個城裡！陸天膺喜歡人奉承，又見漂亮的女孩在奉承，一頭鶴髮，臉上便顯出童顏，說：「那我給你也畫隻虎吧！」丁琳喜出望外，卻說：「那我不敢的，畫虎太費勁了，您畫個小玩意吧。」陸天膺說：「那好的，畫虎不成反類犬，畫一個小狗給你。」就畫起來。丁琳說：「陸老，你這畫是不是帶功做畫？看了你的畫能治病的？」陸天膺說：「没那麼玄乎。現在流行氣功，把氣功說得無所不能，其實我認爲人人都有功的，你只要投入到一個境界去你就產生了功。比如我做畫，歌唱家唱歌，棋手對奕，越是發揮得淋漓盡致，看着聽着的人身心都有益。常言說，人逢知己千杯少，話不投機半句多，不投機就是没對應，没對應也便没了氣場。咱們現在就有了氣場，——瞧這小狗，腦袋多出效果，很久未畫出這般效果了！」丁琳說：「那我以後常來，我的冠心病怕也慢慢會好的，陸老你不嫌棄吧？」陸天膺說：「歡迎歡迎哩！」小狗就畫好了，掛在牆上，陸天膺端了酒杯看了半會兒，滿意地笑着，就取下畫來在上邊題款落印，那小伙早已拿筆去水池裡涮了。這當兒虞白和劉逸山出來，虞白叫道：「陸老，我見過你幾次了，你還没給我畫的，丁琳初來乍到你就畫上了！」陸天膺說：「筆都涮了，下次吧。」虞白癟癟嘴，說：「陸老愛給漂亮女孩畫，下次我得美容去呀！」陸天膺就嗬嗬笑起來。丁琳說：「誰漂亮？我有你漂亮？越是漂亮，陸老才不畫的，給醜女孩畫了不落閑話的。」劉逸山說：「都漂亮，都漂亮！」大家又笑了一回。虞白說：「丁琳，陸老的畫現在值幾千元哩，你現在發財了！」丁琳說：「我才不賣的，裱了掛在屋裡，專氣那些得不上畫的人呀！」五人坐下來喝了茶，丁琳就伸了手到劉逸山面前，說：「劉老你給看看。」劉逸山說：「現在一說算卦，都以爲是看手相的，那算法是多了，我倒偏不懂了手相。」虞白說：「好人不求卦，你汪洋闊步的算什麼卦？」丁琳說：「你別攪和。劉老你觀觀面相，我和虞白誰個有福？」劉逸山說：「當然你有福，虞白骨氣消縮，精神寂寞。」丁琳說：「那我爲啥總得聽她的？」虞白說：「劉老你是不知，丁琳是個官迷哩，她要問的她幾時能有個一官半職了，也好指派我！」丁琳說：「我才不謀官的，我也知道謀不上，劉老你瞧，我額上這兒一個疤的，小的時候就破了相。」劉逸山笑着說：「你也懂面相嘛，還讓我說什麼？有疤礙不了事的，天有缺之像，地有陷之形，日月……」話未說完，門口有汽車聲，便見有人進來和陸天膺說話，陸天膺似乎神情不悅，那人還在說：「主任的夫人已經在家等候，你愛吃兩摻麵，主任的妹妹特意去鄉下弄了些綠豆麵的。」陸天膺說：「你給他打招呼了，怎麼事先不給我打招呼？我是隨叫隨到的？」那人幾乎在求了：「這……你老還是去一趟吧。」陸天膺說：「不去！」倒坐回這邊，氣得呼兒呼兒地喘。劉逸山起來打圓場，和顏悅色說天氣不好，陸天膺不去就算了，那人卻是不走。虞白估摸是什麼領導要陸天膺去做畫的，見雙方僵着，也不可能再說什麼，就和丁琳使了眼色，起來告辭了。

回家的路上，丁琳說：「劉先生給你算了什麼？瞧你剛才的逞能勁，像變了個人似的！」虞白說：「說你腳小，你就扶了牆走。是我逞能還是你輕狂？我讓劉先生把清樸和鄒雲的事預測了一下，劉先生說，事情是有些不好，現在關鍵要讓鄒雲回來。他教我一個法子，是把鄒雲穿過的鞋不要洗，裡邊寫上她的名姓和生辰年月，再裝上一個秤錘包好，五天裡她就要回來的。如果五天裡仍不回來，就要人去找她，找她的人若順順當當出門，這婚事就能成的。」丁琳說：「這就好，清樸去拍電報，鄒雲不能不心動的，再用這法兒，真說不定是山窮水盡疑無路，柳岸花明又一村了。」虞白說：「但願如此。」丁琳說：「你不是說不管了嗎？」虞白說：「我能不管？我心能掏出來，你就會看見全都急成豆腐渣了！——咱是不是進去轉一轉？」丁琳抬頭看了，原來已到了蓮湖公園的門口。丁琳說：「只要你心情好了，你說到哪兒就到哪兒。怪不得陸老給我畫了個狗，我這是走狗的命嘛！」

這是一家極小的公園，公園裡只有各類假山和一個小湖，湖裡長滿蓮荷。因爲說說笑笑從劉家出來，一時倒沒注意到天雨早已住了，直到進了公園，虞白瞧見湖面上平平靜靜一片，卻依在一棵樹下了，說：「雨曾經熱烈過，現在寂然了。」丁琳說：「好不容易高興了，傷的什麼感！」拉了虞白在假山叢裡轉游了。到處都是濕淋淋的，地上又滿是嫩綠綠的草，從九曲石橋上往湖心島上，兩人就坐在那亭子裡。湖面週圍的垂柳，枝葉下垂，距離遠了看去如女背立，湖面上的蓮荷已經沒有花了，葉子也半黃半綠，破爛如冰雹下的傘，只有那靜浮着的浮萍和水葫蘆綠得深深淺淺。虞白似乎又興奮了，說她真想跳到那浮萍上伸個懶腰，美美地睡一覺，後來又說想喝酒，又想作布堆畫。丁琳說：「神經質！你真可以做藝術家的。」虞白說：「我才不當藝術家，現在的藝術家我見過些，藝術沒創造出個什麼，人卻藝術化了，張口閉口就是藝術，好像活着就是藝術，忘了他還是人。人是分爲詩人和非詩人的，但不管是詩人還是非詩人，我要做我的人和過我的生活哩！」丁琳說：「喲喲，你還要實在的人和生活？我也真盼你能這樣！現在心緒好了吧？那我給你說，我這麼久沒來，不是我不想來，是我不敢來，我真怕來了對你沒話說。你知道夜郎的事嗎？」虞白說：「我知道你會說到他的，就一直等着。你說吧，他怎麼啦？」丁琳說：「你當然知道的，我見過你送他的對聯了……夜郎他瞞着我，你也不給我吭一聲。」虞白說：「哦，你是說夜郎結婚的事嗎？」丁琳說：「你很冷靜？」虞白說：「朋友結婚是大好事麼，他能結婚，他一定感到對方合適，能有幸福，咱做朋友的不但應當冷靜，還應爲他高興的。」丁琳說：「啊……虞白，這我很放心了。這麼說起來，夜郎真不夠了意思，他竟不給咱個口信！那日我去找他，在門口見了你送的對聯，才知道他結婚了，他只是問你，問你的情況。」虞白說：「他這會兒還能有空問我？上次我說肯定是那個小姑娘了，你還不相信，怎麼着，三十多歲的女人沒人時還輕狂的，一見到小姑娘，咱就知道是該安份了。」丁琳說：「上次我倒沒大注意那女的，這次去才看清，穿的也不好，上衣是件混紡毛衣，鞋也不是真皮的，那頭髮也沒吹，曲裡拐彎的不順通。」虞白說：「聽說她是個模特？」丁琳說：「在藍夢時裝表演團。原先西京城只有一個時裝表演團，那還正正經經，現在十幾家，哪裡是表演時裝，露得越多越好，只圖掙錢的，去看時裝表演的人又有幾個看了時裝？全看了人哩。夜郎怎麼就偏偏看中了她！」虞白臉又陰下來，又眼盯着綠得發銹的湖面，喃喃地說：「怎麼不起風哩！」丁琳說；「起風又讓下雨呀？」虞白說：「不起風水不流動，水裡的魚沒氧，要死的。」話未落，「嗖」地一聲，果然掃過一股風，接着湖邊的柳枝就搖起來，浮萍看着未動，愣一愣神，一片綠卻已離開亭前有一米了。丁琳說：「他夜郎會後悔的，絕對會後悔。男人是不是都愛小的，漂亮的？我去見他，他手上纏着紗帶，說是一個指頭沒有了，保姆悄悄說是為了那顏銘和人打架了。剛剛結婚就少了指頭，以後還不知要出什麼事！」風把浮萍吹遠了，滿湖裡荷葉翻白，發着嘶啦啦的碎響。虞白說：「咱回吧。」說完就走。

回到家裡，庫老太太說清樸來過，坐了一會便走了。丁琳說：「他真猴急了！」虞白就讓丁琳回去時一定順路到餃子宴酒樓一趟，告訴劉逸山的預測，並尋一個秤錘拿過來。丁琳又說了許多開心的話，還和楚楚玩了一陣，直到虞白氣色稍好了些方走。丁琳一走，虞白卻覺得孤單，沒個說話的地方，也沒心思去做畫，一會兒在書架上抽一本書看，看半頁又放進去，再翻別的書，末了看着書架上自己寫的那對聯「有茶清待客，無事亂翻書」，自己笑起自己來。後來坐下來記日記，原本要記記蓮湖的景色的，卻寫成一首詩：

秋蟬聲聲軟，綠荷片片殘，人近中年裡，無紅惹蝶戀，靜坐湖岸上，默數青蛙喚，忽覺身上冷，返屋添衣衫。

寫完，就嘿嘿地笑，走到大院車棚那兒的電話室裡，直撥通了祝一鶴家的電話，大聲說：「我要夜郎，我要夜郎！」

夜郎這一日正好在家。上午，他和南丁山、康炳、文秀、江珂將修改了數遍的檢舉宮長興的材料交送了信訪局長，五個人十分興奮，買了三斤熟狗肉來家吃酒，又議起再次去北邊數縣扶貧義演的事，電話鈴就響了。顏銘去接的電話，裡邊叫嚷着要夜郎。顏銘一手捂了耳機聽筒，說：「夜郎，要你哩！」夜郎說：「正忙着的，就說不在！」康炳說：「是男的還是女的？」顏銘說：「是個女的，聲脆脆的。」南丁山說：「差點把好事誤了！」康炳說：「什麼誤了，是事情瞎了，犯到顏銘手裡了！」大家一片哄笑。夜郎就接了電話，聽出是虞白。夜郎說：「啊，是你呀，你還好嗎？」虞白說：「不好，没你好！給你祝賀了！蜜月度得怎麼樣？做了新郎感覺如何？」夜郎心裡疼了一下，没有作聲。虞白問：「怎麼不出聲了？是不是不敢打電話了？旁邊有個人管事嗎？」夜郎說：「你說吧。」虞白說：「剛才接電話的是不是新娘子呀？是那個姑娘嗎？」夜郎說：「她也不小了哩。」虞白說：「是嗎？也近三十了嗎？聽說你現在精神好得很，穿的西服，紫的領帶，還戴了戒指，傍晚了還去一塊散步的？夜郎真瀟灑！你現在搬住祝老家了，把我那琴還放在保吉巷的破房子嗎？一定是在地上放的，雨下了這麼長時間，琴怕也要壞了，你能不能讓五順把琴給我帶過來？」夜郎說：「琴我早就帶到這邊來了，每天没事也彈彈的，那琴夜裡還自鳴的。」虞白說：「是嗎？金空則鳴嘛，可你不要忘了水空則流，火空則發，土空則崩！你們盤龍臥鳳的，讓琴給你們奏樂呀？你記着，讓五順給我帶過來。」夜郎說：「我偏不，我要再借用些日子，你若硬要，我要你來取的。」虞白說：「我才不去的。」夜郎說：「……事情你該明白……難道不肯見我了嗎？友誼就没有了嗎？咱們樂社就要散了嗎？」虞白說：「你還有興趣辦樂社呀？」夜郎說：「辦的，當然辦的。」電話裡半天没了聲。夜郎說：「喂，喂」虞白突然在問：「我給你打電話覺得很煩吧？是不是家裡有人？」夜郎說：「是來了幾個朋友，正說個重要事的。」虞白說：「我不管的，我偏要多說，讓他們都走，走不了就冷坐在那裡，我不管你煩不煩，我就要多說的！聽說你把我送的對聯貼上了？」夜郎說：「拿回來當天就貼了，都說字寫得好。」虞白說：「你覺得怎麼樣，嗯？」夜郎說：「你取笑我……本來……我怎麼說呢？我倒看作是我一生的遭遇……你幾時來吧，我詳細給你說。」虞白說：「來幹什麼？我恨死了你，你是壞人，世上最壞的人！」裡邊突然又是笑聲。夜郎不知道該怎麼說了。虞白卻又在電話裡叫：「夜郎，夜郎！」夜郎說：「你說話。」虞白說：「你就是這種口氣呀？」夜郎說：「我是說你說，我聽着的。」虞白說：「你知道我在哪兒打電話？」夜郎說：「在電話亭？」虞白說：「是我家裡，來了一個朋友，是個大款，用人家的手機。」夜郎說：「你交上有錢的朋友啦？」虞白說：「交的都是有錢有福的麼，夜郎沒錢夜郎卻有艷嘛！」電話「咔」地一下，沒了聲。

南丁山說：「呀呀，我還沒見過打這麼長的電話！把我們晾在這裡還罷了，顏銘卻要吃醋了！」顏銘說：「我才不吃醋的，女孩子愛夜郎，夜郎卻是我的老公，那就更顯得我比她們强嘛！」起身去了臥室。夜郎就笑笑地坐下來，大家又商議起去義演的事，最後決定去演十天，夜郎也得去的，明日一早先把再次義演的報告呈交給文化局。然後說起西門口新開了一家劇裝店，要去購幾套蟒袍的，夜郎就推辭他不去了，送下樓來就折回去。樓梯口的垃圾箱後卻閃出一個人來，諂諂地對着他笑。人是刮刀臉，梆子頭，卻有一雙極濃的掃帚眉，夜郎意識到此人是找他的，正躊躇着，那人說：「夜先生，你好？」夜郎也熱情起來，說：「啊，你好！」那人說：「你怕把我忘了哩！」夜郎確實記不起是誰，卻說：「咋能忘了……吃烟吧。」那人更是死牛筋，說：「肯定忘了！你說說，我是誰？」夜郎當下僵住，臉也紅起來。那人說：「我真悲哀，你果然記不起我了！我是發祥，鄒發祥！」夜郎說：「鄒二哥嘛，燒成灰我也認得出的！走，到家裡喝杯茶吧。」鄒老二說：「我今日是來踏路的，只說打聽到你的住址了再來的，没想卻碰上了，我空手怎去家裡？我說兩句話，改日拿水禮來，我不要喝茶要喝酒哩！」就拉了夜郎到樓側一處蹴下來。夜郎拗不得，又知這是難纏的惡人，心想鄒家兄妹一向不和，他平日幫着鄒雲、清樸，老二能來找他，多半該是要尋清樸的什麼麻煩的，就先下手爲强，說：「二哥生意還好吧？鄒雲不在，清樸又没經驗，全仗二哥大哥幫貼了他，我們這一群清樸的朋友都感激不盡的。往後，還要靠二哥你，勤勤過去指導哩！」鄒老二說：「我這心有一半都在爲清樸操着的，他還真行，創了個餃子宴，生意倒比我和大哥做得好！我也籌劃着要開個小吃宴呀，人家南方有粵菜，四川有川菜，山東有魯菜。咱這麼大個西北倒没個菜系，若集中些小吃卻有特點，比如油塔、麵皮子、泡兒油糕、柿子餅、涎水麵、餄餎麵、辣子疙瘩、粉蒸肉……一樣上一道，蠻夠豐盛的。」夜郎說：「人說二哥是空空腫果真這點子好！」鄒老二說：「你也說好，我就幹呀，一言爲定，你得幫哥哥哩！」夜郎說：「這不用說的，我夜郎没官没錢，卻是閑人，還識得些狐群狗黨，有些事正經八板幹成還得這些人哩！」鄒老二說：「正爲這個，我來要拜託夜郎你的。你知道不知道老大把店賣了？」夜郎說：「前兩天我好像在哪兒聽說過這話。怎麼回事嘛，你們鄒家開三片飲食店，聲名在西京城裡才搖響，怎地他就不幹了？」鄒老二說：「我那哥能提起？他心不正嘛，先頭是鄒雲一走，清樸在那邊幹得紅火，他就害了氣，聯我要去收回清樸的那一股錢的，都是親兄親妹的，一個奶頭吊下來的同胞，咋能那樣缺德？我不去的。當然他也没弄成，卻從此惡了我，兩家店是緊鄰的門面，我那嫂嫂三天兩頭來尋事，妯娌們不知黑臉紅臉了幾次！這我都忍了。但他這回把店一賣，就成心把我給坑了！」夜郎說：「聽街上人說，老大是抽了烟，又愛賭個錢，真的染了那毛病，那誰也救不了他了。」鄒老二說：「你不是外人，說了你甭笑話，老大愛抽口烟，引逗得我那侄兒也看了樣。他不但是抽，還搞賣的，跟甘肅過來的烟販子掛了勾，甘肅的那個人在東門外開了個乾果鋪，動不動就在電視上做廣告，那廣告每次一做，便是烟到了，販烟的就去那裡批發。這不是犯法嗎？這樣下去還了得？我去告訴了派出所，派出所人去他那兒查了幾次，但沒搜出個東西。——我這是給他敲個警鐘，老大不領情，卻惡了我。他賣店一方面是欠的烟款賭債過多，另一方面派出所搜過幾次，名聲倒了，也辦不成了。」夜郎聽了，心裡倒颼颼發涼，說：「噢，原來是這樣。」鄒老二說：「賣你就賣吧，你不辦了，倒對我生意好哩，可你不能害我呀！原來買這門面房時，後院裡是一個廁所，就在他的地盤上，可現在他賣了門面，後院也賣了，買主辦了公司，竟不讓我們用廁所！人有吃喝就得屙尿，我店裡十多口人往巷口公廁去怎麼能成？這不是也害我幹不成嗎？夜郎你是能認識銀行那個李貴的？」夜郎說：「能認識。是不是李貴他們買的店？」鄒老二說：「你什麼都知道！老大把後院一賣，按理說廁所是公用的，可李貴他們不讓用，那心思很明白，就是也要買我這地皮的，而且人家勢大，鼓動得稅務局三天兩頭來查我偷稅漏稅了没有，硬逼着我賣地皮哩！你與李貴熟，我來搬你，你讓他心不要太大，你幹你的，我幹我的，相安爲是，就是想要這地皮，你也讓我再幹幾年，手裡有些錢了好另尋個地方哩。廁所麼，我月月給他交些錢總可以了吧？」夜郎低頭想，李貴是曾經幫過清樸的，現在又和信訪局長的兒子做事，就是得罪李貴也得罪不起信訪局長呀，而且自己也正要借着信訪局長的手掀翻宮長興的！就說：「二哥，李貴他們實在太過份了，可這事我不行。我夜郎是能辦的事才敢應承，應承了的就要辦成；應人事小，誤人事大，我不敢應承這事的。」鄒老二說：「夜郎你不肯幫我，這我就沒門了！」夜郎說：「我和李貴僅僅是一面之交，我說話是不頂用的。」鄒老二說：「是不行？」夜郎說：「不行。」鄒老二就垂了頭，卻咬牙切齒說道：「老大害了我了，老大害了我了！」夜郎站起來，說：「二哥，還是到家去坐會兒吧，我陪你喝幾盅！」鄒老二說：「不去啦，既然事情不行，我就回去啦。」夜郎也不硬留，送他拐過樓角，握握手，讓他走了。

夜郎回到屋裡，屋裡的酒桌並沒有收拾，顏銘卻鐵青着臉在椅上獃坐。夜郎說：「怎麼還沒收拾？」顏銘沒理，返身到卧室。夜郎覺得奇怪，跟進去，顏銘卻半仰在牀上點着烟吸。夜郎笑道：「你也吸烟？」顏銘說：「學哩！」夜郎說：「烟可不是美容品，把臉要吸烟黑了。」顏銘說：「吸烟了世上仍有白臉臉的。」夜郎說：「咦，和阿蟬執氣啦？」顏銘說：「夜郎，我可給你說，以前不管你有什麼事，那時咱沒領結婚證，現在你要傷害我，我可是受不了了！」夜郎說：「什麼事這麼嚴重的？我送了客人原本立馬就回來的，誰知卻遇着鄒老二，漿漿水水說了許多事，耽擱了一會時間你就成這樣子了？」顏銘說：「你只要有事，就是忙你的一年兩年我不管的，我只問你，那電話是誰打的，你明明說在家裡有人有事，她還是在和你說話，她怎麼就有這麼大的勢？你有什麼短處在她手裡捏着？沒有什麼關係她敢這樣待你，你又肯這樣的聽話？」夜郎怔了一下，笑了。顏銘說：「你笑什麼，沒話說了用笑掩飾？我再老實，可我也是有血有性的，不至於就這樣欺負吧？」夜郎說：「那是虞白打的電話，虞白你知道吧？就是吳清樸的表姐……清樸就是鄒雲的男朋友，這下清楚了吧？」顏銘說：「我當然清楚，就是那一回我在你房裡，來的那兩個女子吧。她們見了我那副傲慢的勁兒，好像她們與你是真熟，翻這樣看那樣，根本不把我放在眼裡，當時我心裡就犯疑惑，知道你們關係不一般。你們是不是過去有過什麼，你對她許過什麼話，現在咱們結婚了，她是氣不順還是暗裡還和你來往？」夜郎說：「什麼事也沒有的。」顏銘說：「你看着我。」夜郎直了眼睛看顏銘。顏銘說：「真的沒事？」夜郎說；「真的沒事。」就把同虞白的交往原原本本地說了一遍。顏銘說：「噢，你和我都有了那段事情，你還愛過人家，這還不是事了？」但夜郎說；「我能這麼說給你，我心裡就沒個鬼的。正因爲咱們有了那一段事情，我心裡不暢快，遇見虞白，她確實是好人，但我們相處了又都覺得做朋友是好朋友，要成那事卻不行的。說真的，我也生氣過她，我是經過一番比較後和你結婚的⋯⋯和她在一起只覺得累的。」顏銘說：「我瓜嘛，好哄嘛。」說完了，噗嗤笑了一下。夜郎說：「笑了，沒事了。」顏銘說：「你能把啥話都說出來，我就信着你。虞白在電話裡說那樣的話，她是在你和我不成的時候，猶豫這樣，拿做那樣，一旦得知我和你結婚了，她就又心裡不暢，若是現在你和我又不行了，再去和她，說不定她又是豌豆心兒拿不了主意呢！我是沒本事的人，要跟你就跟鐵了心，你也別把到手的東西不當一回事。既然結婚了，我也不論你以前，只注重你以後，你不要毀了我！」夜郎說：「這我知道，青菜配豆腐，我只有尋你，你只有尋我。可話說回來，虞白確實是好人，她比我好，我倒盼望你不要吃醋，她要來了，你該以禮相待的。」顏銘說：「我再沒文化，我也懂得這個理！」就走過來讓夜郎抱了，說：「你說我愛你不？」夜郎說：「愛的。」顏銘就在他臉上親吻，喃喃地說：「你是我的，噢，你只是我的。」夜郎便抱了她往牀上去，在身上胡摸亂揣，解扣撕帶的。顏銘說：「門，門沒關！」翻起身來，一指頭戳在夜郎臉上，說：「你是個惹不起！你不要命啦？也不要孩子命啦？」過去把門開了，去客廳收拾殘湯剩菜。夜郎沒有動，兀自地仰頭看天花板，天花板是五合板裝修的，上面鑽有整齊的小圓孔，他數了一遍，又數了一遍，一遍和一遍數目不同。

戲班去了城北三個縣扶貧義演，第四天的晚上，演的是「夜魔掛燈」的一場。說的是目連戲的主角見佛賜寶後，急急奔到鐵圍城，打破了鐵門，衆鬼在神燈照耀下紛紛逃走，蘿蔔之母即劉氏也在餓鬼中慌不擇路，那獄官見此狀，驚慌失措，連呼何因？便有一老鬼卒，似乎是什麼小小頭目之類，面黑如鐵，眼小似豆，踉踉蹌蹌上來，先跌了一跤，跪在了台子左邊秉告——

鬼卒　老爺！不好了！

（唱）

不知何來一怪僧
口兒唸着彌陀經
手裡擎了佛前燈
被他照破鐵圍城
獄中之鬼皆逃遁

此事將來怎施行

獄官（唱）

看來收鬼最要緊

事後再來查原因

叫夜叉！

〔夜叉率衆上〕。

獄官（唱）

夜叉聽命令：

把衆鬼與我叉回鐵圍城！

〔夜叉率衆按名姓叉那紛紛外逃之鬼〕。

〔劉氏奔跑，夜叉追〕。

劉氏（唱）

阿鼻地獄苦受盡

神燈照射見光明

偏是夜叉緊緊跟

夜叉 （內喊）哪裡走！〔跟上窮追不捨〕

劉氏 （唱）

前堵後截不放行

〔劉氏奮力前逃，夜叉舉叉後跟。蘿蔔尋母上，金毛獅子狗迎着劉氏奔來。〕

劉氏 （唱）

驚懼鐵叉寒光冷

此心一念求轉輪

〔夜叉向劉氏發叉，她驚惶避躲入金毛獅子軀體內；蘿蔔接着夜叉投出的鐵叉。〕

〔獄官、鬼卒上。〕

夜叉 你是何人，竟如此大膽妄爲？

蘿蔔 （唸）

西方大目犍連僧，

爲救我母劉四眞。

獄官　原來聖僧到此，可惜你母已經轉輪。
蘿蔔　投向何處？
獄官　〔用手一指〕那便是她！
蘿蔔　金毛獅子狗？我娘在地獄受盡千般磨難，我佛都以慈悲爲本，諒解於她，難道你們就不能把她轉化爲人？
獄官　禪師，這只有待他日慢慢超度脫化了！
蘿蔔　我受苦的娘哇！〔撲向金毛獅子狗痛哭〕

夜郎站在戲台幕側處正監台，一女演員還未卸了青面獠牙的鬼妝，走近說：「班主叫你哩！」夜郎在後台的一間屋裡，南丁山正扭曲着臉向一個人發脾氣：「爲什麼不讓演了？這活動是報請了市文化局的，錯在哪裡？」那人說：「南先生你不要給我發火，這是市文化局發的電報，又不是我們縣爲難你們。」南丁山攤了攤手，未說出話來，給夜郎說：「這位是縣文化局的同志。」兩人握了手，夜郎一邊問「什麼事」，一邊拿了電報看。電報是市文化局發的，意思要鬼戲班立即停演，盡快返回西京城。夜郎就問：「幾時收的電報？」那人說：「一收到我就拿來了。」夜郎說：「文化局出爾反爾，他說不演就不演了？戲班的損失誰承擔？就是別的縣不再去演了，在這裡只剩下兩場，總得有始有終啊！」那人說：「實不相瞞，市文化局發來兩份電報，這一封是轉給你們的，另一封給我們，說戲班執意繼續上演，就要求縣文化局禁演的。」南丁山悶了半會兒，說：「好吧，明日一早我們就回！難道文化局是潘仁美，要演風月亭不可！」

翌日，戲班拆台裝箱，人馬返城，南丁山、夜郎即去了文化局，接待他們的卻是演出處，說宮副局長責令他們來查處戲班的，理由是戲班以扶貧義演之名，將收入的十分之二只作了捐資，十分之一上繳管理費，十分之七裝入私囊，並要求戲班把會計帳目拿來，再要南丁山詳細寫一個義演的全部經過材料。兩人聽了，嘴頭上還十分强硬，口口聲聲這是污衊，要親自見宮副局長面談。但演出處的人說宮副局長不在，一出文化局大門，南丁山的臉面就煞白了，說：「局裡怎麼知道這內幕？上次回來，沒什麼動靜，這次外出，申請書又批得挺順利的，怎麼才四天他們就知道這麼多？」夜郎說：「會不會是戲班裡有了內奸？」南丁說：「這不可能，每個人都得了紅包，是自己和自己過不去嗎？是不是哪個縣的文化局協作人員告的密？可咱都是給他們回扣的呀！」夜郎說：「知人知面難知心，咱現在受宮長興直接管，是不是告他的事泄了？若沒泄，現在哪一類義演不是這樣，他也睜一眼閉一眼就過去了，文化局還落個政治上的好名聲；若是泄了，那他聽了誰一句半句饞言就要整咱們了。」南丁山點着頭說：「夜郎，咱會不會栽在他手裡？」夜郎說：「晚上你我去找找信訪局長摸摸情況再說。他宮長興就是成心要整治咱，咱有信訪局長，一物降一物，還不知到底是咱要栽還是他要栽！」

晚上，南丁山和夜郎正詳細地列了應付回答的幾個問題，才要起身去信訪局長家，民俗博物館長卻急急火火趕來，把南丁山叫出去了。夜郎覺得蹊蹺，也有些生氣，嫌館長眼裡瞧不起他。正取了酒喝，偏巧顏銘也來了。夜郎說：「今日這是怎麼啦？一個接一個的都來了？」顏銘說：「聽說你們中午回來，飯做了那麼多，左等右等卻沒人影，我就放心不下了。別人提心吊膽的，你倒悠閑得在這兒喝酒！」夜郎說：「心才煩哩！」南丁山就進來，向顏銘打個招呼，就說：「事情更糟了！」夜郎問：「館長鬼鬼祟祟的又說什麼了？」南丁山說：「你拿回去的毛毯、踏花被都用了沒有？」顏銘說：「還沒用的，怎麼啦？」夜郎說：「顏銘你甭多嘴，我們說戲班的事哩。」顏銘說：「你們忙，我是不是出去一會兒？」南丁山說：「顏銘，這事也不避你；你就坐下吧，只要你不恨我們就是，有什麼事情了，我南丁山頂着，與夜郎沒關係的。」顏銘聽南丁山這麼說，知道出了什麼事，也不言傳，心揪成了一疙瘩。南丁山就對夜郎說：「那些東西沒用的好……文化局已經派人去民俗館查了，館長是個怕事的人，把分的東西全都往回收，是他們那兒漏的風……」夜郎也就抱了頭，悶了半會兒。兩人就嘰嘰咕咕商議起來，最後還是拿定主意去找信訪局長，讓信訪局長出面向宮長興施加壓力，至於拿回去的東西，明日一早先送回民俗館，一口咬定咱是沒有拿的。兩人越說越神神秘秘，顏銘並不知底細，聽着聽着，聽出些門道，就說出她所知道的一宗事來，當下讓南丁山和夜郎從頭頂到腳底全涼了。

原來，時裝表演團裡，有一個長得小巧玲瓏的出納，人稱袖珍美人的，與人談了戀愛，團裡人都知道每天下班有個騎摩托的男人來接她，卻並不知道那男人是誰。前日，突然離開表演團，說是有了正式工作，而且是文化局演出處的。全團就議論起來，模特們無不熱羨，團長就告訴大家，人和人是比不得的，看別人吃肉，自己就不要流口水，人家的男朋友的爹是信訪局長嘛！並說了內情：那男的想讓女朋友去文化局工作，曾託人說了數次，未能成功，不想信訪局長收到了反映宮長興問題的信件，信訪局長就給宮長興打了電話，讓宮去他那兒一趟。宮長興去了，信訪局長嚇唬說群眾有了檢舉信，是八條問題，一條一條都列出來，宮長興渾身就軟了，信訪局長便說你宮長興才提拔上來，下邊怎麼就這麼多意見，材料呈送上去怎麼了得？正是因爲都是熟人，偷偷先犯着紀律讓你看看這材料，你要覺得這些問題都是事實，那我們就呈送上去；不是事實，是一些人要陷害誹謗你，信訪局當然要保護堅持改革的領導幹部了，這材料到這兒就爲止了。這話當然是說給宮長興聽的，宮長興也當然說這些材料全是誹謗之辭，現在是上邊不提拔誰誰就是好人，一提拔誰誰就成了臭狗屎。信訪局長就笑着說：「好啦，這事天知地知你知我知就對了。」宮長興千謝萬謝告辭回去，第二天信訪局長兒子就去找了宮長興，又說起未婚妻的工作之事，事情自然而然的便解決了。

南丁山和夜郎罵了一通信訪局長，罵過了便垂頭喪氣，長吁短嘆，南丁山就軟下來要坦白，先寫一份檢討，又要把分給戲班成員的錢和物再收回來上繳。夜郎卻不，說讓他再想想辦法，便打發顏銘回去，他要和南丁山睡在戲班，得專心處理這麻煩事了。顏銘一走，即給寬哥打電話，問寬哥認識不認識文化局別的頭兒？但寬嫂回電話，寬哥已去了巴圖鎮，去幹什麼，幾時回來，人家没說，從來做事都不給她說的。事到如此，兩個相對看着，突然都是笑了一下，南丁山說：「兄弟，熊管了，明日砍頭今日還是要吃的，我請客，南門外環城中路上新開設一家蒙古飯店，賣烤羊腿，酥油茶，還有驢鞭、牛鞭、狗鞭三寶湯的。」夜郎說：「吃個飯用不着跑那麼遠，我給清樸打個電話，讓小工提幾籠蒸餃來。」遂電話打過去，半小時後，果然一男一女小工提了三籠蒸餃，一保溫飯罐的八寶稀粥，兩人分着吃起來。送飯的一男一女第一次到戲班來，看見了房子裡各種劇裝和樂器，十分稀罕。南丁山見那女的眉清目秀，心裡愛惜，說：「好玩吧？好玩了也穿着玩玩。」就過去把一副鬍鬚戴給那男的，從衣架上取了鳳冠讓女的戴了，又取了裙衣、霞披讓她穿了，女的連熱帶羞，臉色白裡透紅，儼若施了粉妝。女的也是個好輕狂的，學着拋了幾下水袖，拋得不開，卻嚯嚯有風，後來還做了個蘭花指來，坐到那古箏前竟撥了一曲《康定情歌》。喜得南丁山一顆餃子在嘴裡，還未嚼爛咽下，口齒不清地說：「好的，好的，叫什麼名字？」女的說：「艷艷。」南丁山又問：「艷艷十幾歲啦？」艷艷說：「十七歲零三個月，我生日小。」南丁山說：「有扮相，人又伶俐，如果願意到戲班來我可以要你的！」艷艷說：「我願意的，真能到戲班，那我就辭那邊的工啊！」夜郎見南丁山感情用事，就說：「艷艷，你別聽他的笑話，戲班要招聘也是明年招聘，你要愛唱戲，有空練練身段和嗓子，到時候來應聘，現在還是好好在酒樓工作，別一頭抹脱了一頭又翹了擔兒！」南丁山笑笑說：「夜郎說的也是，但古箏彈得不錯，該獎勵哩！」夾了一顆餃子讓艷艷吃，艷艷竟也身子從古箏上彎過來，張嘴把餃子吃了。夜郎桌下用腳踩南丁山的腳，南丁山還要再餵一顆的，夾起來，就送到自己口裡，說：「世上的事分分合合，得得失失，都是有緣份的，艷艷有演戲的素質卻在酒樓上做工，這也是命運所定。我小的時候，一個道師看我的相，說我銀盤大臉，濃眉闊嘴，是能當官的，官還不小，不是五品就是三品。長大了沒有當成官，卻演了戲，都演的是官……！」夜郎說：「這話你不知說過多少遍了！當不了官就認個沒有官命罷了，還掩飾着讓艷艷他們笑話了！」艷艷說：「我不笑話，你們在南郊機電公司演出時，我還沒到酒樓的，去看過南先生演的甘脱身的——那演得真好！」南丁山說：「我演的不是甘脱身，是代理閻王聶正倫。甘脱身在陰間的鐵圍城裡作鬼，目連打破鐵圍城，甘脱身趁機溜脱，吹牛撒謊説他的外公是玉皇，外婆是王母娘娘，真武祖師是舅父，何仙姑是舅母娘，我嚇得顫顫兢兢，手足無措，尊其爲上司的。」艷艷説：「我記起來了，是代理閻王的——你能唱一段嗎？」南丁山説：「唱哪一段？這代理閻王上場是唸引子的——」就長聲唸道：

休説官吏有區別，
七十二者皆一脈，
千里爲官只爲財，
哪管殺人遍地血。

唸完，張口要唱，眼睛卻紅紅的，喉嚨發哽，説他去擤擤鼻涕——去了屋左邊的洗手間去。夜郎忙給艷艷和男小工使眼色，讓他們趕快回酒樓去。艷艷還要説把籠拿上，夜郎説不必了，過後我送過去，推着讓他們走了。南丁山擤完鼻涕回到屋裡，問：「人呢？」夜郎説人家忙人忙事的，你囉囉嗦没個完，就都走了。」南丁山很有些遺憾，説：「夜郎，我是不是説得多了？」夜郎説：「今日没喝酒，倒像是醉了；你給他們説那些幹什麼？我看你是累了。」南丁山説：「是累了，是累了。」兩人又吃，直到籠乾罐淨，草草洗了手臉，就搭鋪睡覺。南丁山説：「兄弟，啥事都不要想了，明日的事明日再説，咱睡，睡着了全當是死去了！」

但是，夜郎很快就入睡了，睡不着的卻是南丁山。他先聽着屋外不斷地有響聲，是車駛過去嗚着喇叭，是鄰近哪一家打麻將，牌洗得「嘩啦嘩啦」響，是有人從窗外走過，女的，鐵釘的高跟踏着水泥路面……他翻了個身，面朝這邊睡一會兒，又翻了個身面朝那邊睡一會兒，就聞着臭氣，罵夜郎腳洗過了還這麼熏人！後來就把枕頭抱過來和夜郎睡在一頭。這麼折騰了半夜，才要迷迷糊糊睡着，似乎感覺夜郎起身去廁所了，但沒有聽到廁所的馬桶水響，他睜了眼才要問：「你也睡不着嗎？」好像夜郎在開屋門。一時清醒，覺得奇怪，起身看時，便見夜郎開了門竟一直往前走。南丁山不知道他這是要去幹什麼，也就跟了，一直穿街過巷，到了竹笆街，夜郎又在貼了售房字樣白紙的門上掏鑰匙開鎖，開不開，又不言不語地返回去。等到南丁山再回來，夜郎卻已在被窩裡噝兒噝兒發了輕輕的鼾聲。

南丁山就拉了燈，叫夜郎，叫了數聲，夜郎醒來，說：「天亮啦？」南丁山說：「你裝什麼洋相？半夜四點半。」夜郎說：「才四點半你起來幹啥？你不睡我還要睡的。」南丁山說：「是我害得你睡不成，還是你害得我睡不成！」夜郎說：「你……」就又起了鼾聲。南丁山驀然醒悟，過來一把拉起夜郎，說：「夜郎，夜郎，你有夜游症！」夜郎清醒了，說：「我有夜游症？胡說！」南丁山就把剛才的一幕原原本本說了一遍，夜郎倒害怕起來，說：「我去開戚老太太家門？我怎麼會去開戚老太太家門？我是那再生人啦？」就從脖子上取下繫着的鑰匙，疑惑不已地看着。南丁山說：「真是怪事！這一定是這鑰匙有什麼異處。你不敢再繫這鑰匙了，脖子上什麼戴不了，偏戴這玩藝兒，你在鄉下得那怪病，恐怕也是這鑰匙作祟哩！」就把鑰匙收了，裝在自己口袋裡。夜郎卻不，說這鑰匙不是他的，他就是不繫，也要還給人家的——從南丁山口袋裡又掏了回來。

清樸拍過了電報，又用劉逸山的辦法，將鄒雲的鞋裡裝上秤錘，鄒雲仍是人不歸，信不來。清樸到虞白和丁琳處哭訴過幾次委屈，兩人除了勸說也無能爲力，尋夜郎，夜郎又去義演了，便約了寬哥商議，寬哥自告奮勇，要去尋鄒雲。爲了不惹人顯眼，寬哥換了一身便服，當天搭車去了巴圖鎮。在鎮東七里鋪的彎道處，有人穿了孝服跪在路邊焚冥錢，路面上還用石頭圍了一個圈兒，似乎還看得見圈兒裡有發乾的血跡，便知道前幾天這裡出過車禍了。車上的人都伸了頭往出看，口裡呸呸地吐唾沫。寬哥瞧着那穿孝服的人又焚紙又奠酒，眼裡便有些潮了，卻並未吐唾沫，旁邊人還說：「你不吐的？鬼怕唾沫的，莫讓橫死鬼尋了替身去！」寬哥哼了一下，心裡說：牠要不嫌牛皮癬，牠來尋我來！

到了鎮上，打問着去了寧洪祥的公司，大門口裡卻有一個老頭和一個穿西服的小伙吵鬧，似乎已經爭執了許久。老頭說：「我要見他的，他爲啥不肯見？他心虛嘛！我可是唯一的證人，我正蹴在石堰後屙屎哩，小車就像喝醉了酒一樣從拐彎處開過來，我瞧着是女的開的，那人往左一跑，車子也是往右一下又往左去，咚地就撞上了，車輪是從那人的腿上碾過去的，車就在前邊停了。我只說車上的人要下來救人的，可那車卻又發動了，而且還往後倒，端端往那人身上倒去，那人也是急了，拖着斷腿往路邊爬，一邊爬一邊還喊：『別再碾我，別再碾我！』但車還是倒後去，就把那人軋死了。我看見倒車的是寧洪祥，我眼睛沒瞎，就是他寧洪祥！」小伙說：「你再胡說，我告了你去！」老頭說：

「告了好嘛，公堂對質，看判了誰的刑去！」寬哥聽着是是非之事，立即意識到自己此時是不宜前去的，忙掩身在旁邊一個廁所牆後。聽得老頭又在說：「私了不成，那咱就公了嘛！那女的那陣尖聲叫，不讓倒車，我聽着寧洪祥說：你甭管，要軋就軋死着好，他不受罪了，咱也安生。軋個殘廢，你一輩子得養了他，那是花錢的無底洞，軋死了，出萬把元的命錢，什麼事也沒有了——你當這話我沒聽見？我聽得清清楚楚的！」小伙說：「鬼信着你！既然看着聽着，現場處理事故時你咋不說？」老頭說：「我不說就留着現在說嘛，我也是能人，我難道不知道我該怎樣發財呀？」小伙子說：「老無賴！滾！」老頭說：「我就不滾，寧洪祥不給我錢，我就到處說呀！」小伙說：「我告訴你，事故早處理了，人也埋了，你胡說八道頂了屁用？」將老頭推開去，老頭又撲過來，打不離的狗一般，老頭後來就抱住了門框不丟手，一隻鞋被小伙子拽脫了，「日」地擦到丈外遠的場地去。寬哥聽說個八成輪廓，心裡也嘭嘭直跳，作想路上見到的那個現場莫非就是寧洪祥出的車禍嗎？才要走近去說話，門裡又出來一個人，一顆賊光賊光的大頭，便又躲到牆後，聽着說：「老頭，你是瘋了，要訛錢也不該胡說，這可是人命關天的事！」老頭說：「天上油盆大的太陽照着，我說謊？」那人說：「已經給你說了，寧總不在，他回來了你尋他好了。」老頭說：「他有錢他能去坐了牢？你別誆我！」那人說：「寧總當然不會坐牢！死者橫穿馬路出了車禍，賠了一萬二千元，已經夠他的了！說不定他是拿老命給兒子換錢的。」老頭說：「話說到這個份兒上，那我就天天來，我不走的，我也死在這裡掙錢的！」那人就召了小伙在一邊，嘰嘰咕咕了一會，過去說：「老頭，這樣吧，你說怎麼辦？」老頭說：「滅口有兩條，一是把我弄死了，二是掏這個數。」乍了五個指頭。那人說：「五百？」老頭說：「再加個零！」那人說：「付了錢你還要胡說咋辦？」老頭說：「我是地上爬的！讓我人經三代都是啞巴，行了吧？」那人拿眼瞪着老頭，呼呼出氣，從口袋掏出一沓錢來，數過了，數出是三千二百元，抽回二百，說：「算你發財，拿走吧，拿走吧。我可警告你，你要再敢說一個字兒，啥下場你會明白的？」老頭說：「我是豬狗啦，拿碌碡打月亮，不知輕重呀！」忽地奪了那人手裡的二百元，撒腳跑了。那兩人罵了數聲，砰地把門關了。寬哥知道此時還不宜過去，在場邊轉了一會，才去敲門，開門的還是那個小伙，就問起寧洪祥。小伙倒盤問了他多時，才說寧洪祥領人在山上礦洞，不在家的。寬哥忙問鄒雲，小伙卻說鄒雲病了，指點了讓到鎮上門牌一〇一號去找。

寬哥心就急起來，不知鄒雲害的什麼病。在鎮上尋到一〇一門號，窄窄的一個門洞進去，裡邊卻是一幢小樓，進去又問了人，上到二層中間房裡，果然鄒雲在裡邊，臉子寡白白的，一見寬哥，順門出來就走。寬哥還以為她是出去喊人提了茶水來的，或是去拿什麼東西，在屋裡坐了一會，卻再不見鄒雲的影，就出來到隔壁的房子也看了，也到樓下看了，鄒雲都不在。最後上樓梯到樓頂，平台上，鄒雲靠在欄桿上發獃，身邊臥着一隻怪模怪樣的短腿長毛狗。寬哥說：「鄒雲，你記不得我嗎？我是汪寬。」鄒雲說：「寬哥，你是到巴圖鎮有公務？」寬哥說：「我是特意來找你的——清樸讓我來的。」鄒雲說：「清樸讓你來的？我已經給他去了信，又拍了電報，他還叫你來？寬哥，那我認不得你了，原諒我不能接待你。」寬哥說：「鄒雲，我遠遠趕來，你不問吃不問喝，擰身就躲開了，你怎麼冷落我我不在乎的，可你得回去呀！你和清樸鬧什麼意見，你回去好好談談嘛，一封電報過去，說退婚就退婚了，清樸受得了嗎？他現在的樣子，誰見了誰都可憐……」鄒雲說：「所以我不能回去。」寬哥說：「這到底是怎麼回事嘛？聽你白姐說：你和清樸原本好好的，已經在籌劃着結婚了，事情咋就弄成這樣？」鄒雲就嗚嗚地哭。寬哥說：「你這一哭，我也看出你和清樸的感情並沒斷的。既然沒斷，你回去，寬哥給你作主，這破鏡就又重圓了！多匹配的一對，誰不說好的，當然年輕人誰沒個脾氣，一個哭的就得搭一個笑的嘛！」鄒雲是不哭了，頭還趴在欄桿上不抬。寬哥說：「鄒雲，你怎麼不說話？你恁犟的！你認識夜郎吧？他牛筋一樣的人，他也聽我的，你難道耳朵裡裝不進我一句話？我勸你回去，並不是說你不愛清樸了非叫你和清樸結婚，不是的，你寬哥是警察不是家庭老太太，思想還不至於那麼封建保守，我只覺得你處理問題太草率。你老獃在巴圖鎮幹什麼？給寧礦主當秘書？當秘書也不是不對，你回去和清樸把事情處理好了再來不是雙方都安心嗎？還是你看不上清樸了，要嫁給礦主？你要嫁誰，我無法限制你，可如果你爲的是金礦主有錢，是爲錢而要嫁他，鄒雲，這你就錯了！人活在世上沒錢是不行，可光有錢就幸福嗎？我接觸過多少傍大款的——這話或許你不愛聽——有幾個是好下場的！若是旁人，我只有一份挽救的社會責任，但你是熟人，我和虞白、清樸又都是朋友，對你我不僅有社會責任，還有一份感情責任！你還年輕，以後的路還長，我不能看着你犯錯誤！鄒雲，你說話呀，你要是我的親妹妹，我早就火了，或者拳頭都上去了，可我不打你，不罵你，你總該回答我的呀！」鄒雲始終不言語，趴在那裡一動不動，後來，就轉身往樓梯口走去。寬哥從沒受到這種待遇，氣得嘴臉烏青，還是强忍了；說：「鄒雲，牛頭用武火煮不爛，咱就用文火慢慢煮，我這次來了，我就要把你叫回去，我是請了假的，三天四天可以在巴圖鎮上住着等你。」鄒雲的腳步聲一直響到樓下去，寬哥連吸了三支烟，灰沓沓也下來，往鎮上尋旅館吃喝歇息。

下午，寬哥又來小樓上找鄒雲，鄒雲房間的門關着，死活敲不開。寬哥無法，去寧洪祥的公司了解情況，鄒雲的事，問誰誰也不說話。公司樓後的水池邊，有一個醜陋的女人坐着，黑黃胖腫，一件大紅的衣服緊繃繃地裹在身上，腳上一雙白色高跟鞋，肥肥的肉埋沒了鞋沿。寬哥過去，女人很熱情，問起公司的經營，以爲寬哥是來私收金子的販子，就指着嘴裡的兩顆牙說：「你瞧瞧這是什麼成色？別人的金牙只是包個皮兒，我這可是純貨的！」寬哥笑道：「是金口！早聽說你們巴圖鎮上，在地上撿東西，不小心就撿出個金豆豆來的。」女人說：「叫包穀顆！我們都叫那金豆豆就是包穀顆，我家掌櫃的打麻將，一輸一把包穀顆的。你是哪裡人？是收貨的就等掌櫃的吧，他明日不回來後日回來。」寬哥說：「我是來找鄒雲的，鄒雲在這兒幹得還好嗎？」女人當下變了臉：「你是她什麼人？是她娘家的哥嗎？吆——吆吆——！」她一聲尖叫，後邊小樓裡便衝出一隻狼狗，呼嘯着向寬哥衝來，寬哥忙向大門口跑，跑到門外了，拾了一塊石頭站住，那女人一跨腿將狗夾住，罵道：「你告訴你那賣口的妹子，她有本事佔那街上的樓，卻休想得到這裡的一根稻草！我還是守家的老婆，她再能行，她還是個小的！」寬哥冷丁又受了一場辱，已下不了台，心裡明白了鄒雲在這裡的所作所爲；卻走也不是，不走也不是；狗還是汪汪地咬。大門口有人就把他拉開了，悄聲地說：「你也不看看陣式，都鬧成什麼樣了，你還在她面前說鄒雲？」寬哥把手中的石頭扔了，一時覺得丟人，蹲在牆角吸了一支烟，待旁邊的閑人都走散了，渾身散了架似地回到旅社。

旅社服務員卻將一瓶酒一條烟，還有一袋水果，交給他，說有人送來的，並叮嚀飯錢店錢讓他不要付，最後有人統一結算的。寬哥知道這是鄒雲來關照了，卻並不領情，返身又到小樓找鄒雲。鄒雲在的，聽他說了剛才的事，咬牙切齒說道：「這醜婆娘越是這樣，我越要跟她較個勁的；她有毬能耐，自己吸引不住自己的男人發什麼兇！」寬哥說：「鄒雲，事情你不說我也明白八九，惹出這麼大的難堪，在這裡還有什麼意思？聽我的話，回吧！」鄒雲眼睛又紅了，撲嗒撲嗒掉眼淚，說：「寬哥，你回去，我是不能回去了。我實話全說了吧，我和寧洪祥早都同居了，這小樓就是他給我買的，我也給他懷了娃娃，你瞧我病懨懨的，就是刮了宮，又受了一場驚嚇，心身還沒恢復過來……寧洪祥答應了我和那醜女人離婚呀，離了婚我們就結婚啦，我本不想讓你知道這些，可你硬要叫我回去，我只好全說給你，你怎麼看我都行，怎麼罵我也行……寧洪祥是能幹的人，又有錢，又風趣，他也愛我，他會給我幸福的！」寬哥雖然想到了她與寧洪祥有不明不白的關係，但鄒雲能親口說出，他渾身都顫抖了，發急道：「鄒雲你真糊塗！現在鬧成這樣就是幸福？」鄒雲說：「好事多磨嘛。」寬哥仰天長嘆，說：「鄒雲，這麼說我是白來啦？你寬哥在西京城是挽救了多少失足青年，到你這兒就失敗啦？」鄒雲說：「寬哥，你的好意我領了，但我不是失足青年，我這是追求我的幸福，是我用青春賭我的明天……我給你說這些幹啥？說這些你不會理解……我也知道我這樣做有些自私，要傷害到清樸，可我沒更好的辦法。我是愛過清樸的，離開清樸我心裡也難受過，我現在雖然和寧洪祥在一起，他百依百順地待我好，我心裡時不時還是想着清樸，我從沒夢過和寧洪祥，一做夢就是和清樸那些事，也正是這常常走神，我浞能學開汽車，才出了事故。」寬哥叫道：「軋死人的事果然是你和寧洪祥了？」鄒雲驚了一下，說：「車禍的事你也知道了？」寬哥說：「軋死了人的事知道，怎麼軋死人的也知道！」鄒雲渾身哆嗦起來，雙手捂住了臉，慌不迭地說：「寬哥，你不要說，你不要再說……」就蹲在了地上，還是不敢看寬哥的臉。慢慢平靜下來了，說：「你讓我回去，可我怎麼能回去？一步踏出去了，前邊是崖是澗我只有往前走呵，寬哥！回去了，清樸心裡有了陰影，他是知識分子，什麼事都認得真，心又細，這日子能過好嗎？就是他能忍我容我，我又怎麼對寧洪祥說？他即使再壞，他對我沒壞過，我又給人家說了結婚的話，我這不是又要害了他？……我怎不知道清樸會傷心？我想過了，我會補償他的。我給他的電報上說得明白，酒樓全交給他，我只要我投資的那筆現款，現在我決意什麼都不要了，就全給他。」寬哥哼了一聲，說：「鄒雲，錢能補償感情嗎？真可憐！」鄒雲說：「你是說清樸嗎？他會找一個更好的女子的。」寬哥說：「我是說你！」寬哥跺跺腳，離開了小樓回到旅社，結帳收拾行李，便去車站買票要回西京城了。

候車室裡的人亂糟糟的，寬哥窩在牆根，腦子裡一片空白，心裡卻有一肚子悶氣，又無人訴說，只是輕輕地哼。他哼的是一支很悲傷的曲，他無意識地就在地上劃出簡譜，突然有人一抱後腰叫道：「汪警察，你在這兒執行任務嗎？」寬哥看時，卻是鄒雲的大哥。寬哥說：「我在這兒候車去城裡的，你坐車才來嗎？」鄒老大說：「我看你穿着便衣，還以爲你執行任務哩！有你在這兒就好了，汪警察，你和鄒雲、清樸都是朋友，有事還要求你的。」寬哥以爲鄒老大也是爲鄒雲的事來的，就說：「你說鄒雲的事嗎？」鄒老大說：「是鄒雲把我那兒子帶到這裡玩了幾次，就認識了鎮上姓張的一家的女兒，兩人戀愛上了。孩子的事作大人的總得支持吧？可我家老二心卻瞎了，盡壞這門親事！咱那兒子排排場場的人材，喜歡的人多，跟幾個朋友學了點瞎毛病，偶爾吸幾口大烟的，沒有癮，真的沒有癮，領了女朋友，姑娘覺得好玩，也偶爾吸幾口，我知道了，正強令他們戒哩，已經戒得差不多了，可老二對我有仇，偏在兒女身上報復，竟跑到我那親家母處胡說八道，親家母婦道人家，知道什麼？又是個狠毒婆子——女人狠起來比男人兇殘呢！她竟然出大錢買烟讓我兒子吸，把烟癮一天天往大裡惹？昨兒夜裡，我兒子的一個朋友跑來說，那母老虎使的是惡計，她知道我兒子帶壞了她女兒，故意自己拿錢害我兒子，讓他毒癮更大了，戒不了了，再要退這門親事的。你瞧瞧這惡婆子壞不壞！我趕緊就跑來了，要把我那傻兒子領回去。汪警察，你說天下怎麼有這樣毒的女人！你在這兒就好，你沒有帶那一身警服嗎？你穿上警服和我一塊去她家，警告那婆子，怎麼樣？吃的喝的還有補助我全管了。」寬哥聽了，惱得說：「你們鄒家的事我懶得管了！」站起身就去檢票口，頭也不回地進去了。

從巴圖鎮到西京的汽車走兩個多小時，寬哥一上車就閉了眼睛一言不發。前排座位的兩個婦女，一直在尖聲銳語地排說她們的孩子，滿車的人都側目而視，司機也不停地打哈欠，喊道：「不要嘰吱嗚哇得那麼高，煩死人啦！」旁邊人就說：「你們說低些吧，司機好像昨晚打麻將沒睡好。」婦女聲低了，喊喊咻咻地，不一會兒聲又高了。司機罵了：「就你兩個會生孩子嗎？！吵吵嘈嘈地還讓我開車不？」婦女終於住了口，車上別的人也不敢多說。車到一小站，其中一個婦女到司機那兒買票，司機收了錢不扯票，婦女硬要票，一個小伙就上了車，坐在了婦女空出來的位子上。旁邊的一個婦女說：「這兒有人啦！」車猛一開動，小伙說：「人呢？」那要票的婦女卻走不過來，車開動的一顛，跌在過道裡，好不容易爬起來，過來說：「哪有不扯票的？他就是不扯！」這個說：「人家要貪污錢的。咱是農民，也沒人給報銷，要不要票無所謂。」那個說：「那錢他就私吞了？這一天幾趟要白賺百十元吧？哎，這是我的座位！」小伙子冷冷地說：「你的座位？你先人留的？」婦女說：「我掏了錢呀！」小伙說：「你掏了錢我也是掏了錢！」婦女說：「總有個先來後到。」小伙說：「我就坐了你把我咋？」那個說：「絨絨，甭說了，咱倆坐一個座位。」兩個婦女擠在一處，擠不下，說：「小伙子你往出挪一挪，太擠了。」小伙說：「炕上不擠，你來坐車幹啥？」蠻橫無理，出言不遜，車上的人都看着，卻都不言傳。寬哥一直閉眼養神，睜了眼說：「哎，你這小伙子怎麼這樣說話？後邊有空座位你怎麼硬要坐人家的座位？」小伙子罵道：「我躁着哩，甭理我！」寬哥一肚子火正没處泄，嚯地站出來，說：「我就要理理！你給我往後邊坐去！」小伙也站起來，忽地從懷裡掏出一把小刀，說：「老子就不去！你是欠見血嗎？」舉了刀就斜刺過來。寬哥身子一避，一把抓住了那手腕，刀子「哐」地掉下過道。車上人見刀子掉下，臉上都換過了顏色，七嘴八舌地說：「抓得好，這小流氓說不定過會兒要搶錢了！」就有人過去撿了刀扔到車窗外去了。小伙的胳膊被扭到了背上，疼得連聲喊，寬哥一鬆手叫道：「乖乖坐到後邊去！」小伙老老實實坐到了後邊。

寬哥坐下來，他有些得意，脖子一梗一梗地挺得很高，甚至有了感激這個小流氓的意思了。十幾年來，他習慣了社會對一個警察的尊敬和順從，習慣了他做人的自信和威勢，但是，鄒雲卻使他失敗了，丟盡了臉面，現在，小流氓的服服貼貼，讓他多少恢復了些剛愎自用！他坐下來了，感覺全車的旅客都在看他，都在心裡說這輛車上有這樣一個人，一路上就有安全了。前排的兩個婦女已經擰過身來，笑着向他致意，甚至還拿出一包核桃酥讓他吃。寬哥說：「我不吃零嘴。」婦女說：「一點心意麼，你不吃，帶回去給你家孩子吃吧！孩子幾歲了？一定是男孩的，愛學武，手腕子有力……」婦女羅羅嗦嗦地說，寬哥應酬了幾句，便側了頭看起窗外。

車在通過一個彎道，旅客隨車的搖晃忽地傾斜過來，忽地又傾斜過去，後一排的一個老頭就暈了，「哇」地噴出污穢，恰好噴在了寬哥的肩上。老頭立即用手去抹，連聲道歉。寬哥皺了眉頭，也無可奈何，掏出手帕擦起來。這時候，有人在路上擋車，車停下來了，坐在後排的小伙也要下車，已經下去了，卻又極快地跳上來，誰也沒有留意，他手裡卻提着在車下揀到的半塊磚，在寬哥的頭上砸了一下，撥開上來的人就衝下車門，車門也恰好關上，忽地開動了。寬哥並沒有喊，手捂着頭，血從手指中流出來。車上的旅客完全證實了小流氓已經在車下的路上，車上再沒有同伙，就叫道：「打人啦！打人啦！」寬哥血淋淋地走到車頭，要求司機停車，他要去抓住小流氓，司機頭也不回地說：「你敢抓，我不敢停的，這一路的流氓多了，我常走這一路，你得讓我安生！」寬哥氣得又回到座位上，血仍流得不止，司機能做到的只是加速開車，後排的老頭就又吐起來，吐在了過道上，許多人開始在罵。車進了城，兩個婦女叫道：「司機同志，車往醫院開，直接往醫院開！」差不多有七個八個旅客卻反對了，說車是大家的車，都是忙人，怎麼能到醫院去？該在哪兒停就在哪兒停。司機也就順着原定路綫行駛，寬哥只好讓車停了，他先下車，攔擋了出租車獨自去了醫院。

夜郎得到消息，趕到醫院探望寬哥，看見牀頭堆放了幾包水果，牆上掛了一幅布堆畫，就問道：「虞白來過了？」寬哥說：「虞白現在搞布堆畫了——人聰明，會推磨子也就會了推碾子！這畫好吧？」畫面上密密麻麻貼着壁虎、蜈蚣、蝎子、籦箕蟲、蛇等各類爬物，中間卻是一隻挺足昂首的雄鷄，鷄是銀白色的，羽毛一片一片整齊有序。夜郎說：「這好嘛，說寬哥是隻鷄，鷄能吃五毒哩！」寬哥笑着說：「我看這鷄身上的羽毛倒像我生的牛皮癬。這傷倒不要緊了，煩我的是牛皮癬，癢得心慌意亂的。」說着手就在衣服裡抓。鏗哩鏗郎價響。夜郎就把門窗關了，讓寬哥趴在牀上，用半截筷子刮屑片。寬哥就又笑了說：「你瞧像不像她畫的鷄毛？她在作踐我哩。」夜郎說：「你這得的啥病喲，穿了盔甲一樣；寬哥前世怕是個將軍！」寬哥說：「我也躭心將來渾身一層硬殼，人就整個僵住了！虧清樸有心，到西京飯莊買了蝎子讓我吃，說吃蝎子敗毒的。」夜郎刮遍了全身，洗手去揭開桌上的一個盒，裡邊果真有半盒油炸蝎子，當下用手捏了一隻丟在口裡嚼起來。寬哥說：「你行，還敢吃！」夜郎說：「這有啥不敢的？」寬哥說：「你要敢，把那另一盒的都吃了！」夜郎揭開另一個飯盒，裡邊是一灘酒，酒裡浸泡了一窩活蝎子，還張牙舞爪地生動。寬哥說：「這是醉蝎子，我不敢吃的，試了幾次沒敢動的。」夜郎用筷子夾了一隻，也丟在嘴裡嚼起來，寬哥趕忙說：「要先咬尾巴尖的！蜇着舌頭沒有？」夜郎嚼着，嚼成一團渣，用舌尖頂在嘴邊，搖着頭。寬哥說：「嚼爛了就咽下去。清樸說活蝎子嚼着是兩張皮，沒味的，卻很敗毒的——你簡直是惡人嘛，活蝎子也敢吃！」夜郎咽了蝎渣，說：「怕啥的，上次咱見副市長吃胎盤肉，要是我有病，能吃活人，我也就敢吃活人哩！」

寬哥還咧着嘴，吸冷氣，說：「清樸把這蝎子帶來，虞白瞧也不敢瞧的，她要見你這個樣，也不知該怎麼看你哩！」夜郎說：「在她眼裡我早是壞人了……」卻不願再說下去，問清樸現在的情況。

寬哥告訴說人已瘦得失了形，看着都讓人心酸；即使鄒雲對他如此不忠不貞，他還是忘不了她。寬哥說過了，又勸夜郎多去關心清樸，讓顏銘也留個意，有合適的姑娘，得很快給清樸物色一個——只有新的人物出現才能逼退鄒雲給他留下的陰影。兩人正說着，丁琳帶着一束鮮花來了，夜郎取笑道：「丁琳學洋玩意兒送花的，費那筆錢不如給買一瓶罐頭實惠！」丁琳說：「夜郎什麼都實惠了，娶了個年輕的媳婦，又穿起這一雙皮鞋！」夜郎穿的是一雙人造革平底單鞋，髒了用水布擦擦就成。「真會過日子，省鞋油了！」夜郎知道她在挖苦他，也不臉紅，說：「我看這就好的！」丁琳說：「結婚了，男人的衣裳就是老婆的臉面哩，這小媳婦就不管了？」夜郎說：「女爲悅已者容，丁琳在家邋裡邋遢的，出了門收拾得花枝招展，是給誰看呀？」丁琳說：「喲喲，才一說你那小媳婦，就護短了！怎麼着，讓你看的，專來勾引你呀！」夜郎說：「我不敢高攀的，丁琳真有外心，清樸現在空着，去勾引他一勾一個準！」都笑了笑。寬哥說：「丁琳，你來得正好，我和夜郎還說到給清樸物色個對象的事，你交際廣，有沒有中意的？」丁琳說：「我來就對你說這事的，我是剛才去了婚姻介紹所給清樸登記了，清樸的條件好，應徵的會不少，說不定其中也有圖着他的錢來的，咱就要先過過關，我留了我一個地址，又怕我整天跑動，還留了你家一個地址。」寬哥說：「女同志到底心細。」夜郎說：「女人不會看女人的，你和寬嫂物色的不一定有我們男人物色的放心。」丁琳說：「讓你物色我倒不放心哩！」逗得三人又笑。

夜郎說：「好，這事不說了。丁琳，你以前說過你們單位勞司開了個歌舞廳，現在還營業不？人熟不熟？」丁琳說：「想去跳舞呀？」夜郎說：「如果人熟，我們要實施一個行動哩！」丁琳說：

「熟是熟得很，可我告訴你，你是才結了婚的人，結了婚就安安份份和人家顏銘過，如果還有個什麼情人要去跳舞呀，包單間唱卡拉ＯＫ呀，那可沒門！」夜郎說：「你現在戴了有色眼鏡。」寬哥說：「她怎麼對你是戴了有色眼鏡？」夜郎避而不答，說：「都不是外人，說給你們了只求守個秘密就是。」於是將文化局宮長興收繳戲班的演出款，並通報了全市文化系統，要求戲班整頓的事說了一遍，又說了他和南丁山如何咽不下這口氣，準備尋個歌舞廳，邀宮長興去娛樂，再用一些妓女去拉宮長興下水，然後突然襲擊，當場現醜，讓他姓宮的副局長當不成。夜郎說得有些激動，把每一個步驟都考慮得很週全，似乎是宮長興已經被他們抓住了。寬哥的臉就黑下來，說：「你們戲班是不是私分了義演的錢？」夜郎說：「分的也沒有多少。」寬哥說：「要收拾別人，自己屁股下就得沒屎，你們假義演之名，去給自己掙錢，還不說罰款通報，就是逮了去坐牢也該！義演就是義演，社會上對你們是個尊重，實際上搞這一手，人們怎麼看你們？咱講究一天不滿這個，咒罵那個，咱也是一路子貨，烏鴉和豬都是一個黑的，你還有臉面說得那麼激動！」當下把夜郎、丁琳愣住。夜郎尷尬地說：「丁琳你瞧瞧，寬哥又認真起來了。」寬哥說：「夜郎，我可給你說，我和你相處這麼久了，能處這麼久，我也一心盼你做個正經人哩。南丁山是能幹，但也一身的閑漢氣，你要學他的好處，不敢讓他的閑漢氣引逗了你的閑漢氣，日鬼舞棒槌起來，你就別怨我睜眼不認你這兄弟了！」夜郎說：「我哪裡就敢？只是現在都成了什麼風氣了，當官的以權謀私，各行業的又以行業方便營利，有幾個像你這號人？你正義，正義着卻被人打了，挨了打一車的人怎不幫你？那司機如果還行，他停了車你也不至於讓流氓跑了，車能直接開往醫院，也不至於流那麼多血吧！」寬哥說：「正是這樣，我才給你說，貪官並不怕的，鐵打的營盤流水的兵，他作惡多了，總有被罷免或調走的，可有了污吏，咱這國家就完了！什麼是污吏，就是各行業的工作人員也都胡來麼。」夜郎說：「我想當個小吏還不要哩，我現在是在戲班，是個體的。」寬哥說：「你一個戲班都以義演的名義去掙私錢，要都這樣還有什麼讓人相信的？還有什麼好風氣？」夜郎說：「都成這樣了，你乾淨哪兒還有你？」寬哥說：「我奪了流氓的刀子，車上人還不都振作了？你沒有在現場，你不知道大家的眼光，那眼光我永遠也忘不了的！他流氓打了我，我就怕了他了？」夜郎說：「你不怕的，你是黨員麼，有人說過黨員是特殊材料製成的嘛？」寬哥生了氣，說：「油嘴滑舌！」丁琳就給夜郎使眼色，說：「跟啥人學啥人，南丁山的丑角演員，你也嘴裡沒個正經詞！」夜郎就說：「好了！聽寬哥的，饒那宮長興一次。只是南丁山氣不出，讓他憋出個病，去住一回醫院罷了。」

三人都不提說了歌舞廳的事，只說了一會別的閑話，但怎麼也說不到熱火處，丁琳就沒話找話，問寬哥最近有沒有什麼歌子譜出來？寬哥哼一遍他在巴圖鎮哼的曲調，哼了一半，說不好，就又玩起以紙片兒作譜的游戲，寫出來是一首極難聽的曲子。丁琳直撇嘴，寬哥也羞恥了，叮嚀丁琳不要把這游戲告知外人，倒說出個想法來：清樸心情不好，南丁山也不好，什麼時候樂社熱鬧一下。夜郎和丁琳就說要得。

樂社的活動沒有再到城牆上去，天氣冷了，城牆上的風太大，垛口裡只有寒鴉在暮色裡聚集，哇哇數聲，拉下白花花的稀糞來。吳清樸接到邀請後，一定要安排在餃子宴酒樓上，半下午就關門停業，專等着朋友了。南丁山去得是最早的，穿着那種電影導演才穿的滿腿是口袋的軟布仔褲，上衣卻是城裡養鳥兒的老頭愛穿的老式對襟藍布襯，不洋不土，頭髮極長，卻也極稀，尖鼻細脖的像一隻好鬥的公鷄。清樸在門口接了，叫「南先生」，伸了手去握，南丁山雙手一拱，胸前抱了拳說：「稱大人——吳大人好！」吳清樸正笑着，顏銘騎車而至，說：「南哥，瞧你這樣子，講究的是什麼打扮呀？」南丁山說：「丑角。哥哥本來就是演丑角的，現在真正是丑角了！」

三人先上了樓坐下喝茶，寬哥就來了，帶的一把二胡，一支簫，一個口琴。他頭上的綳帶已經拆了，傷口才愈合，還怕凍着，頭頂上就剃去了一塊頭髮，貼上了綿紗。南丁山趕忙去問候傷情，反復說明着他要去看望的，卻瑣事纏得實在走不脫身，就扳着指頭說：「要生氣，領一班戲，確實是這樣，幾十號人要吃的要喝的，還有生病住院的，你瞧瞧，康炳他岳母腦溢血，治療一半没錢了要停藥，向我要工資，我得先給他借呀，小王家没錢買過冬的煤，鬧着要發補助呀，紫娟又要離班，樂器店來催債，房東已經和我吵了幾次，說再不交房錢他就鎖門呀！過去的班主不知是怎麼當的，我現在是日理萬機啦！」寬哥說：「你就是國家總理，我不管的，我只問你：歌舞廳的行動實施了没有？」南丁山說：「寬哥的話都不聽，我是朽木不可離啦！」寬哥說：「這就好！你記住，君子愛財，取之有道。」南丁山說：「對着哩，錢有什麼多少？天空那麼大的，鳥就是再飛，落下來只歇着一枝樹股！我也常常拿了人民幣作想，如果人民幣能記錄的話，每一張人民幣都有無數個人的故事，都是一部長篇小說。」

兩個人親親熱熱說着，夜郎和丁琳就上來了。丁琳給夜郎打了電話，讓在家等她，夜郎便把那架古琴也抱着。丁琳一上來，先問「虞白來了沒有」？吳清樸說：「昨日晚上我去她那裡說好了的，她還問今日誰都來的，我說了新吸收了我，南先生和顏銘嫂，她說她一定去的，恐怕快到了。」丁琳說：「瞧清樸嘴多乖，一口一個顏銘嫂，顏銘比你還小的多！」南丁山說：「狗兒站在糞堆上了就顯高嘛！」夜郎笑道：「我成糞堆啦？」

話未了，樓梯口有人說：「可不是糞堆，一朵鮮花插在糞堆上了！」衆人看時，正是虞白，她燙了頭髮，隨意地披在肩上，卻穿着一件似灰似藍似紅的薄呢大衣，大衣是香蕉領，直着下來，腰裡繫着一條寬帶，人顯得很精神。丁琳首先跑過去拉了她，說道：「天還不咋凍的倒穿上大衣了！」虞白說：「我哪有你年輕，要風度不要溫度！」丁琳說：「我年輕？你二月生我八月生，賣什麼老？我也穿了厚毛衣哩。要說俏，顏銘俏的，虞白，這就是顏銘！」虞白故意把眼直盯了顏銘，伸了手來握，喜歡地說：「名字知道，人也見過，做了新娘，越發地年輕漂亮了！夜郎，你過來過來，我說是鮮花插在牛糞堆上了，你不高興，你過來立在一起比試比試！」夜郎正窘着，熬煎虞白和顏銘相見要有別扭，瞧她這麼說，就嘿嘿地笑，人不過去，卻從懷裡掏了照相機「咔嚓」爲她們照了一下。虞白說：「你這不是作踐我嗎？你給我和顏銘妹妹合影，她襯得我越發醜了，我襯得她越發美了！」南丁山說：「你倒叫顏銘妹妹？」虞白說：「我這般老的，叫她嫂子，顏銘也不肯哩，是不是？」摟了顏銘，把顏銘頭上的一綹亂髮還理了理。顏銘說：「車走車路，馬走馬路，我要叫你白姐的。白姐哪裡就老了，光你這氣質，我八輩子都趕不及的！」虞白也更喜歡，握了顏銘的手，問這問那，親熱得了得。丁琳之所以首先和虞白說話，耽心的也是虞白來了不自然，耍了小脾氣，使顏銘難堪，也掃大家興，没想虞白卻和顏銘一下子那麼親近，自己也暗暗吃驚，悄悄對夜郎說：「虞白可以吧？她今日心平氣靜。」夜郎没有言語，心裡卻隱隱有一些疼。

吳清樸讓大家到酒樓上來，一是這裡暖和安靜，二是借機讓大家吃喝，當下見人已齊，就呼喚着上酒端菜，呼呼啦啦，四素四葷八個冷盤，水陸雜陳六個熱菜，白酒啤酒稠酒飲料一應上齊。夜郎和丁琳坐在一起，虞白早拉了顏銘坐在她下手，吳清樸就斟了酒，讓寬哥說話。寬哥說：「原本是來玩的，來了卻吃喝，吃喝就吃喝吧，看來樂社要吸收些有錢的主兒！——都端了酒，謝謝清樸，也各自謝了，喝吧！」眾人笑着，說：「喝吧，不喝白不喝！」一齊飲了。清樸又站起來輪流斟第二杯，一齊端了再喝，顏銘就把杏仁露打開在玻璃杯裡倒滿，遞給寬哥，說：「寬哥，你傷還未好利，你喝飲料吧。」寬哥說：「不礙事的，今日大家高興，又没公務，多喝些。」吳清樸說：「多喝些，都在一個城裡，哥兒姐兒的，平日卻難得見面，我總想把大家聚一聚，可不是你有事就是他有事，老是湊不齊。多喝多喝，我敬過三杯後，咱就自斟自飲，喝得痛快了，一會兒吹的唱的才放得開。」

南丁山說：「真没看出，清樸文質彬彬的像個學者，很能做生意，做得這麼紅火！」吳清樸說：「我是學考古專業的，哪會做生意，資產是人家的，辦起來又靠他們幫我，比不得你拉出個戲班來成氣候！」南丁山說：「你甭提戲班，正害頭疼哩。這麼大的酒樓，誰投資的？看來我們戲班也得尋個投資人才行。」夜郎在桌下踢南丁山的腿，南丁山低頭看了一下，收了自己的腳，卻並不理會，說：「這酒樓資產不少哩！」夜郎就說：「喝酒喝酒，你酒量大，怎麼也學丁琳的樣兒，抿那麼一點？是點眼藥水嗎？」南丁山就笑着要和丁琳碰杯，丁琳說：「夜郎知道我不能喝，卻出我洋相，讓我醉了瞧熱鬧呀！」扭捏不喝。夜郎說：「你們三個女性就你能喝點，南兄已經端起杯子，你不陪嗎？」丁琳和南丁山碰了杯，還是只抿了一下。虞白見南丁山又喝下一大杯，鼻尖紅起來，就笑，大家都不明白笑着什麼，她也覺得那個了，說：「你們戲班的生意還不好嗎？夜郎到你手下才幹了多久，就有錢有臉兒的把顏銘也勾到手了！」衆人都笑了，顏銘一臉羞紅。南丁山說：「那是夜郎的本事！說實話，現在你要個體幹什麼事，就得把政治上的一套用到經濟上來，戲班紅火也是得了政治的利，戲班受挫也是吃了政治的苦，那宮長興不是個東西！」夜郎也急了，說：「虞白、清樸你們怕不知道，宮長興這次把我們整慘了！」舉了酒杯再說：「南兄，咱碰一杯，爲了戲班再翻上來碰上杯，看他宮長興的兔子尾巴有多長！」顏銘就使眼色，說：「用得着嗎？喊那麼高的聲！」夜郎說：「我不怕的，當着他的面我也是罵的，他宮長興，哼！」偏站起來喝了酒，伸了小拇指，「呸呸」唾了兩口。虞白說：「二桿勁又來啦。」寬哥說：「你坐下坐下，三杯酒就把持不住了！」南丁山說：「寬哥，你以爲我們再翻不上來了？能翻上來的，只要戲班不取消——他也沒法取消——我就不信戲班生存的長還是他宮長興在位上獃的長！你信不？」寬哥說：「我信的。」虞白說：「戲班有你和夜郎在，會有好戲看的。」南丁山說：「你的意思是——？」虞白說：「牛頭馬面麼！」衆人先愣了一下，立即看夜郎和南丁山，夜郎面長，南丁山頭大，額角又高，就嘩地爆了大笑。南丁山說：「說我牛頭，我也真是有牛勁的，他誰要强按牛頭喝水，我偏不喝的！」丁琳說：「不喝水了喝酒，再喝兩杯了，清樸上餃子！」清樸說：「讓大家喝美哅。」丁琳說：「男人們喝酒話多，一杯酒半天喝不到肚裡，等喝美了都醉倒在那裡，樂社成酒社了！」南丁山說：「對對，清樸你上餃子，吃了我還要聽丁琳唱哩。——聽夜郎說流行歌曲你一套一套都會哩！」丁琳說：「聽夜郎糟蹋我，虞白是彈一手好琴的！」虞白說：「我要彈，南先生不要在場。」眾人又大笑。南丁山問：「這笑啥的？」催督清樸上餃子，猛地醒悟過來，笑着指虞白說：「對牛彈琴，好，好，你這虞白，怪不得夜郎整日在我耳邊提說你——」虞白說：「夜郎說我壞話了？」夜郎忙看顏銘，顏銘裝着没看見，低頭問丁琳的耳環多少錢買的。夜郎再看虞白，虞白也正看他，目光碰了一下，虞白遂去端杯抿酒，慌忙忙卻端了菜碟來喝。南丁山說：「夜郎說你精靈，我很不信的，女人麼，都有四兩豬腦子；而果真是狐子變的！哎，咱倆碰一杯，你怎麼喝醋湯了？」虞白臉紅了，就說：「真是，狐子也有四兩豬腦子！」逗得南丁山噗地一下，酒噴出來，星星點點濺到了顏銘的臉上。

餃子端上來，一籠八個，一人吃一個，剩下一個，寬哥夾給顏銘。顏銘說她吃不了的，夾給了夜郎。夜郎再夾給虞白，虞白說：「人家顏銘要苗條，你讓我成八斗瓮呀！」顏銘笑了笑，臉上不自然。再上一籠來，剩下的一個寬哥就不夾了，夜郎也不夾，虞白便說：「看來還得我吃！」夾過去吃了。連上了八籠，虞白多吃了八個，一仰身說：「再上金餃子銀餃子，我也不吃了！」顏銘卻給虞白碟子裡夾了一個說：「白姐，這是黑米鷄脯餡哩！」虞白說：「謝謝，我吃到喉嚨眼兒了，夜郎，你把顏銘這個吃了吧！」又夾給了夜郎，還說：「你給我夾了一個，我還你一個，咱倆誰也不欠誰的了。」夜郎臉上笑着，又瞥了顏銘一眼，顏銘捂了一下嘴，似乎要吐痰，起身往洗手間去。夜郎遂也說：「怎麼没餐紙了？我去取去！」離開桌子到服務台取紙，一閃身也去洗手間，顏銘已在水池邊洗手，夜郎說：「你怎麼啦，是不是不高興我了？大家在一處，隨便些熱鬧嗨。」顏銘說：「這我知道。我只覺得噁心，泛酸水。」夜郎說：「我看你捂了嘴……來時不是好好的嗎？」顏銘說：「是不是有反應了？不知要生個什麼龍鳳的，卻到這個時候了才泛酸水。」夜郎說：「難受得厲害嗎？如果太厲害了，你去後過房間休息休息。」顏銘說：「不打緊的，我才不讓人看出來。你快去吧，免得他們又笑話你。」夜郎就出來，重新坐下，把餐紙一一散了，虞白卻說：「這紙是從洗手間拿的吧？」夜郎說：「哪裡！」虞白就說：「還行！」眾人都不知其意。南丁山就離了席，說：「你們吃着，我給大家唱一段。」張口就唱——

身陷洪波，再歷艱辛過血河。兩岸霧障愁雲鎖，腥風四起鬼唱歌。河裡溺嬰眼前過，失語啞子苦難說。見婦人開腸把肚破，一老者眼被挖半死不活。凄慘人見凄慘心更難過，流淚眼眼觀零涕淚雙落。嚇，見前面湧浪翻波，點點綠光閃灼灼。是銅蛇！來勢迅猛如穿梭！鐵犬兒張牙咆哮，甚兇惡。我還須善藏身把牠避躲……

唱的是《目連·血河》，還未完，寬哥說道：「不好不好，大家熱鬧哩，唱你們那鬼戲不好！」南丁山收了聲，說：「不唱鬼戲我倒沒啥唱了，夜郎你來吹你的塤吧。」夜郎說：「塤吹起來比鬼戲還瘮人的，寬哥讓熱鬧，咱來熱鬧的，虞白你彈琴吧。」虞白說：「我的琴被冷落多久了，我是該彈彈的。」就來抱琴，乜視夜郎。夜郎一時不知說什麼好。恰巧顏銘過來，虞白便往那長椅前走，還在說：「那我親自彈呀！」顏銘歪了頭對夜郎小聲說：「她真鬼，暗地刺你跟我去洗手間的……」夜郎嘿嘿地笑。顏銘說：「別人倒没注意你，她卻只是留神你！」夜郎說：「快坐好，別又讓她瞧見作踐的。」正襟危坐了，虞白放下琴，卻令人將早放在樓下的一個袋子拿來，取出一個赭色原石刻就的香爐，一撮香，恭恭敬敬地點上，一時二樓廳中一股香氣瀰漫開來。南丁山拍手叫道：「虞白撫琴還是老架勢，高貴人對高貴琴了，這是什麼香？」虞白說：「前三日我和庫大娘去清月寺送畫，求得那裡的供佛香。清月寺的香是按二十四節氣配的，香不但高妙，而且焚燒後再不斷滅。」就盤腿坐了，將琴橫於膝上，哐朗朗撥動開來。丁琳低聲對南丁山感慨道：「她那琴聲一響，我心就唰地有一股冷氣從頭頂上出去了。我記起一句詩的：『數聲古琴是非外，一個閑人天地間』。也真是這種味。」南丁山說：「她現在從事什麼工作？」丁琳說：「病休在家裡。」南丁山說：「她是個藝術家哩！」那琴聲就急促地響起來，誰也不再說話，都屏了聲息來聽。音韻清正，婉轉可人，但不識是什麼曲調，寬哥便說：「她又彈姜白石的詞曲了，這虞白這麼喜歡姜白石？」那琴越彈越凄切起來，虞白已完全進入了境界，竟隨着音調唱起來：

好花不與殢香人，浪粼粼。又恐世風歸去夢成陰，玉鈿何處尋？木蘭雙槳夢中雲，小橫陣。漫白孤山山下見熬熬，琴凰啼一春。

唱罷了一回，又彈起復唱，丁琳知道這是《鬲溪梅令》，也近去坐了合着唱，越唱越入情，清樸卻在椅子上哽咽了。衆人都不知如何是好。虞白突然雙手按在琴上，琴聲戛然而止，清樸一時悲不能禁，又哽咽了一下，捂着嘴起身走到樓角處。大家都不再說話，氣氛頓然冷涼。虞白苦笑了一下，說：「我不該彈這個曲子的。寬哥你來吧。」寬哥說：「叫清樸來。清樸！清樸——」吳清樸從樓角過來，已揩了眼淚，手裡提了一壺熱水，說：「一邊唱着，一邊喝茶吧。」寬哥說：「清樸，咱倆合奏一個《百鳥朝鳳》。」清樸說：「我什麼樂器都不會的。」寬哥說：「你打節奏，就用筷子敲盤子，行吧？」清樸說：「那得換個簡易的曲子，《百鳥朝鳳》我還不會的。」寬哥說：「行。」把拿起的笛子放下，取了二胡拉，竟拉起了《我是一個兵》，清樸就敲盤子，竟配合得還好，衆人一齊鼓掌，接下來，寬哥又拉了《西邊的太陽落山了》、《紅梅讚》，夜郎也禁不住手癢，操了那口琴吹起來。夜郎吹的時候，眼睛就閉上了，越發顯得臉長。虞白對丁琳不知說了什麼，兩人嘻嘻哈哈笑成一團。顏銘就叫道：「夜郎，你把眼睛睜開麼，你又迷糊要瞌睡嗎？」南丁山就過來對顏銘說：「你說瞌睡，我倒想起一件事了，回來就忙得提了褲子尋不着腰，一直要問夜郎的病的，他在鄉下犯病時，成半夜失眠，白日卻老迷糊，現在怎麼樣？」顏銘說：「失眠倒不怎麼厲害了，卻患了另一種病的，那幾日晚上在你那兒睡，你没發覺嗎？」南丁山說：「你是說夜游症？」顏銘說：「他這病怪哩，每天半夜都去竹笆街開人家的門鎖。給他說吧，怕他後怕，越發添别的病來；不說吧，三更半夜要是遇着外人，還當他是小偷的。」南丁山說：「我也跟隨了幾次，不知是什麼毛病，只拿自己的鑰匙開人家的鎖。」顏銘說：「那鑰匙是再生人拿過的鑰匙，我疑心鑰匙上有怪處，可鑰匙繫在脖子上，他取都不取的。」南丁山說：「過會兒我再要了鑰匙，看還犯不犯病的？」這時候，寬哥和夜郎的合奏結束，大家叫好。南丁山說：「夜郎，來一曲笛子。」夜郎說：「你不知道我少了個指頭嗎？笛眼兒捂不全了！」寬哥說：「像你這螃蟹橫行的人，爪爪子都剁了才安生！」虞白說：「哪使得的，顏銘要哭了！」顏銘說：「我不心疼。」虞白說：「那摟不住人了麼！」衆人又笑。夜郎就得意了，解起外套，說他可以用口琴再吹一曲的。脫了外套，脖子上的鑰匙就露出來，南丁山上去取了鑰匙繫兒，說：「慢着慢着，一個大男人倒帶這麼個玩意兒，讓我瞧瞧。」拿過了，又說：「銅是好銅，送給我是了。」夜郎卻一把奪過去說：「這是虞白的，我得物歸原主！」寬哥就疑惑了，說：「這是再生人的那鑰匙吧？是我給你的，怎麼成了虞白的？」夜郎臉紅了一下，卻大聲說：「虞白愛收藏的，我借人家古琴時，作爲條件換的，後來我又捨不得，借了回來玩玩，說好得還人家的。虞白你說話呀！」虞白吃了一驚，見衆人都看她，一時不知所措。夜郎就盯了她，又問一句：「你還要不要，不要，我就給南兒呀！」虞白說：「該我的我怎麼不要？」夜郎就笑了，把鑰匙交給她，自個忙掩飾着吹口琴。口琴吹得好，大家都跟着唱起來。

這麼一直玩到深夜，在一旁伺候着的幾個服務員已經困了，張口皺鼻子。寬哥提議：時間不早了，明日都要上班，咱們集體來個節目結束。大家說好，但選什麼歌曲卻意見不統一，爭來爭去，大家都熟悉《陽關三疊》，於是寬哥拉二胡，虞白操琴，南丁山和丁琳男女二重唱，還是清樸敲盤子，顏銘拍桌面作鼓。夜郎說：「寬哥，我還得吹塤呀，塤孔兒少。」演唱起來，烏合之衆，紛雜之音，演唱畢，大家笑一回，說：「散伙，散伙！」各自尋自己的行李。清樸卻說：「咱多玩一會嘛，急什麼？往天亮着玩嘚！」夜郎說：「算啦，下次還在你這兒，只要你捨得出酒菜！」清樸卻突然掉下淚來，說：「再一次樂社活動怕就沒有我了！」寬哥說：「今天到的都算是樂社人，你有相好的還可以加入，下一次我把你胖嫂子也叫來，讓她也來嚐嚐你的餃子宴！」清樸說：「我是不想開酒樓了。」寬哥說：「說笑話！爲什麼不開了？生意正紅火着爲啥不開？聽哥哥的話，一定把酒樓開下去，開好！有什麼難處，只管說話，每個都會幫你的。」衆人呼呼啦啦下樓，清樸在門口相送。

夜郎留在最後，裝琴時，虞白說：「這琴你不需要了，我得抱回去了。」夜郎說：「你不願它放在我那兒嗎？——虞白，你今晚能來我真高興，我耽心你還不肯見我哩！」虞白說：「你運氣真好！」夜郎說：「嗯？」虞白說：「遇上我了嘛！」夜郎倒疑惑了，說：「嗯！」虞白也說：「嗯？」夜郎說：「你總不說正常話——」虞白說：「你以爲你就正常嗎？」夜郎笑笑，自己也笑得莫名其妙了，說：「你真的不願意再借我琴了？」虞白說：「我願意，琴不願意了。」夜郎低頭沉吟了，看着虞白把琴抱在了懷裡。樓下南丁山在喊：「夜郎！夜郎人呢？顏銘，是各人走各人的，還是咱合搭一個出租車？」虞白說：「下邊喊哩，快下樓吧。」卻輕輕說：「謝謝你！」夜郎抬起頭來，問：「謝我？」虞白說：「謝你送了我鑰匙。」樓下的丁琳又在銳聲喊虞白了。

自從餃子宴酒樓回來後，顏銘反應一日比一日地厲害，噁心，嘔吐，身子也急劇發生變化。上台做時裝表演是不可能了，又不願讓表演團的人知道，夜郎就去請了假，謊說要到上海治病的。顏銘奇怪自己怎麼和別人就不一樣，偷偷去醫院作過B超，但孩子在宮中是蜷着又背着身的，分不清是男是女，醫生倒批評她不該再有房事，孩子生下來一定是渾身很髒，頭髮也要稀少，羞得顏銘回來只怨怪夜郎。

戲班經過整頓，而演出證還遲遲不發，幾個人已經離去，南丁山託丁琳找了一些記者，記者們又尋找了有關領導，戲班總算保留了下來，南丁山卻病下了。南丁山是太累的緣故，歇了三天，趕緊就聯繫幾個大國營企業單位去演出，已不敢抬高價錢，只急着要挖現成。出發的那日，天陰沉沉地要下雨，還掃着風，戲班的人都不穿大衣，一律西裝領帶，頭上焗了油，吹打着樂器從街上招搖而過，一是示威，一是自己給自己衝喜。夜郎要照顧顏銘去不了，留下來協助新請的一位老先生編新的鬼戲，白日跑民俗館查資料，訪問一些老角，或在家陪陪顏銘，夜裡去幫老先生圓故事，湊情節，謄抄，複印，夜靜才回去。那日顏銘在酒樓上眼見得夜郎將鑰匙給了虞白，心裡多少有些醋意，卻事情也是蹊蹺，夜郎幾個晚上睡眠安靜，未有走動，就寬了心，倒耽心虞白得了鑰匙會不會發生怪異，想去提醒，但最後也沒去。

事情就這麼蒼茫而來，無序而去，顏銘身子笨得已不能出門見人。阿蟬的情緒不好，因爲那個小同鄉終於回去結婚了，她也哀嘆活着没意思，終日吊個臉，發脾氣，要求給她加些工資的。顏銘考慮自己快要坐月子了，阿蟬得照料祝老先生和她，就沒有給夜郎說，偷偷多給了錢付她。太陽暖和的時候，兩人燒了熱水給祝一鶴擦澡，取笑着祝老渾身白軟如棉，手與腳沒了皺紋，每個指頭胖胖的，指根還有着小肉窩兒，甚至睡在那裡，蜷着，將手指還塞在口裡吮。阿蟬說：「你瞧瞧，人活到這麼個歲數了，倒像個孩子。」顏銘也說：「人恐怕活得最好的是嬰兒狀態，無慮無憂的。」她們怎樣地說，祝一鶴没反應，臉上慈祥着，非笑似笑。阿蟬也放肆起來，没有羞恥，擦洗祝老的下半身，說了一句什麼話，說得顏銘又臊又笑，從房子跑了出來坐到客廳。阿蟬忙畢了過來還說：「他真的倒像個女人……我伺候得他嫩了，我倒老了！」在鏡子前照自己的臉，喪氣地用手拔嘴唇上的毛。阿蟬的嘴唇上開始有了一層茸茸的鬍鬚，動不動就到鏡子前去照的。顏銘說：「不敢拔的，越拔越多的。」阿蟬說：「抹粉也抹不住，明日我去理個男人頭去。」顏銘說：「有鬍鬚是內分泌不好，慢慢也會消失的。」阿蟬說：「要長鬍鬚就把什麼都長嘛，我當個真正的男人也好，那就出去闖蕩呀，何苦伺候人的！」顏銘瞧她埋怨又來了，没有接她的話茬，坐在那裡織起毛衣。

夜裡，顏銘說了阿蟬的脾氣越來越不好，是不是在外邊有合適的人了給她也物色一個，女的到了年紀，没個男人心裡空落落的。夜郎說餃子宴酒樓的小青倒般配，只是阿蟬和小同鄉那個樣兒，怕是愛女的噁心男的哩。顏銘說，她就是有那個毛病，社會上即使能容了她，豈不也一輩子都毀了？明日把小青叫過來見見面，事情或許還能成的。翌日，顏銘還催督着夜郎去給小青打電話，門敲響着，丁琳卻來了。丁琳沉沉地說：「你們知道不？吳清樸走啦！」夜郎和顏銘當下愣得透不過氣來。

丁琳說，婚姻介紹所介紹過來了幾個姑娘，她看了一下，覺得其中的一個蠻不錯的，領了先到虞白那兒，讓清樸過去見見面，虞白卻害了病，訴道清樸留給她一封信，頭一日已經離開餃子宴酒樓回考古隊去了。她問餃子宴酒樓那麼一大攤子，撂下都不要啦？虞白說鄒家兄弟倆把酒樓拿過去了。鄒老大的店倒賣之後，那信訪局長的兒子一直在謀算老二家的地方，老二抗不過他們，被欺負得只好便宜賣給人家，兄弟兩個仇很大，但知道鄒雲與清樸退婚，卻又合起來要餃子宴酒樓，說是他們鄒家的，清樸被鬧得不過，再加上自個也無心思開店，就一個蘿蔔三頭切，自已拿了一份錢款回考古隊去了。

丁琳哽哽咽咽流了淚，接着說：「這鄒家都是些狼麼，清樸就這樣讓他們毀了！」夜郎說：「清樸也是個孱頭，這些事爲什麼不給咱們說？那鄒家兄弟惹不起硬的欺負軟的，清樸後邊不是有咱哩麼？就是正道上扳不過他，咱黑道上也有人的，他自已先這麼一走，算是什麼事嘛！不說是人走財散，空空一場，清樸往後這精氣神兒怎麼提起來，如何過呀？」顏銘說：「清樸不知道你脾氣，能給你說？紅道上没什麼能耐，黑道上去打砸一頓，還不知要鬧出什麼人命來哩！」夜郎說：「我就是死了，也不做窩囊鬼！」顏銘說：「得了得了，你好強咋還是這個樣子？」夜郎被嗆住，氣得眼白一翻一翻的。丁琳說：「事情已經到了這一步，說什麼都没用了。話說回來，走了也有走了的好處，清樸的興趣原也不在開飯店上，他重新回去考古，將來或許能幹出個氣候的。只是我操心虞白氣病了。」夜郎說：「虞白病得怎麼樣啦？」丁琳說：「她心情一直不好，稍稍有些精神了，卻遇到這事……人還是不能才份高，才份高了天也嫉妒，讓你多事多災的。」顏銘說：「那日看起還精神的。」丁琳說：「別瞧她人面前什麼都大大咧咧，其實也脆弱，女人麼，能剛强到哪裡去？她有顏銘這份福份，你才看她光彩哩！」顏銘說：「我有什麼福？倒不如白姐十分之一。」夜郎說：「顏銘，我今日還得去老先生那兒處理些事，你是不是帶些東西先去看看她？事情處理完了我就來。」顏銘說：「我該去的，只是這樣子……」丁琳說：「我才要問的，你是懷孕了嗎？才幾天就變成了這樣？」顏銘說：「難看得走不到人前去了！」丁琳說：「這有啥難看的，臉面如盆子大的！」拿眼睛直盯顏銘的肚子。顏銘不好意思，就坐在沙發上，拿過毛衣在懷裡問起丁琳領口怎麼收針。

夜郎上午忙活複印，吃過午飯就騎了車子往虞白家來。民俗館裡不知舉辦什麼活動，門前湧了許多人，兩邊的巷道上也買賣着西京城裡的傳統小吃，如五香豆腐乾、洋芋糍粑餅、泡兒油糕、鹹鴨蛋、糝花麻糖。緊時着，鑼鼓傢伙咚咚嚓嚓響，從大門裡走出一隊頭紮白毛巾、腰繫着筒子鼓的年輕人，在場子裡演動一種舞蹈。夜郎一看那陣式，知道是陝北安塞的腰鼓舞。督製平仄堡門口的石獅時，夜郎去過陝北的安塞，在黃土高原的塵土地上，看過當地農民跳過這種舞，那是黃塵滚滚，鼓聲震耳，人如瘋狂般的野性美，現在，城裡人也學着樣兒，也在跳腰鼓舞作爲旅游點上的一種招攬，夜郎就想起那些野生的猛獸從山林走向公園的情景。它們還叫什麼野獸呢？在公園裡有吃有喝成爲獸中特殊的一類，活着的作用只是供小孩子懂得一點動物知識。夜郎看了一眼那些白臉長身的年輕男人，踢腿彎腰，每做一個動作還給旁邊的什麼人擠一個飛眼，十分好笑，週圍的人卻也不住地叫喊：「好！好！」他就在人窩裡瞅了瞅，防備虞白和顏銘也來看熱鬧。瞅着没有，過去買了六個塔兒餅用紙包了，卻發見狗子楚楚在攤位旁啃一根骨頭。夜郎叫道：「楚楚，楚楚！」楚楚撒腿就跑，夜郎還以爲虞白她們在館內，楚楚跑一截卻停下來往後看，待他走過去了，抬腳兒往前跑，一直帶他到了家裡。

虞白和顏銘已經獃過了一個上午，顏銘仰着身子靠在沙發背上，虞白卻盤腳搭手坐在那裡，面前是一個爐子，爐子上架着砂鍋熬中藥。夜郎進去的時候，見她們很平靜，低低地叙説什麼，並没有難堪和尷尬，猶如親的姊妹。夜郎緊張的心放鬆，嘿嘿地只是笑。顏銘説：「白姐你瞧，傻不傻的？進門不說話只會笑！」虞白說：「提什麼好吃的？是給病人還是給顏銘的？」夜郎說：「是油塔兒。我還耽心你病倒在牀上，瞧你這樣兒就高興了！」虞白說：「是顏銘來了我才起來的。你講究和我認識的時間長，倒不如顏銘關心我。」夜郎還是笑着，打開紙包，讓她吃油塔兒，虞白就取了碟子，砸了蒜泥，用筷子夾了油塔兒一抖一抖，抖成了一窩細麻似的，蘸了蒜泥，給庫老太太吃了一個，顏銘吃了一個，再讓夜郎吃，夜郎不吃。虞白說：「拿來就是我的，我招待你——也不吃嗎？」夜郎吃了一個，動手去攪湯藥。虞白說：「用一根筷子，兩根就是吃飯，把藥要當飯了吃！」自己去攪，再將一張紙蓋在上邊，又把身子端坐好了。夜郎說：「瞧你這得病倒雅致的。」虞白說：「病着好呢，一是得了病如讀一本哲學書，能悟出好多事體，二是一得病，幾天裡把十幾年不見的朋友都見了。這不，不得病，顏銘不來，你夜郎也不來的麼。」夜郎笑道：「這麼說，得病是人生的財富了？——那我也去生病呀！」顏銘就看虞白，說：「你現在相信我說的是真情吧？他一點也不知道的。」夜郎問：「你們說什麼了，神神秘秘的？」虞白說：「也不必再瞞你，我和顏銘正說你的病的，你就來了！」夜郎說：「我有什麼病？在鄉下那病早好了，還有什麼病？有病我還不知道？」虞白說：「你夜裡做不做夢？」夜郎說：「是人怎不做夢？夢醒來卻全忘了。怎麼啦？」虞白說：「你知道你夜裡幹的事嗎？」夜郎說：「……顏銘給你說什麼了？我早就……」夜郎以爲顏銘說夫妻的事，自己先臉紅了，顏銘也知道他誤以爲了什麼，說了句：「夜郎你……」臉色炭燒，起身去和庫老太太拉家常。虞白笑了，說：「好不要臉喲！」便收了笑，說：「你夜裡常去開戚老太太家的門知道不？你害的是夢游症。」夜郎說：「是不是？」臉色一下子蒼白下來，卻說：「顏銘，這是真的？我去開戚老太太的家門了？」顏銘說：「我怕說破嚇住你，你果然後怕了，白姐，白姐！」虞白說：「這有啥怕的？是病就治病嘛。」夜郎說：「這不可能，不可能，一定是顏銘在做夢，夢見我是這樣的吧？」夜郎這麼一說，顏銘也迷糊起來，還真以爲是自己在做夢，一時不敢肯定了。夜郎就說：「一定是她做了夢，分不來是真是假的了。我就是夜游，能跑那麼遠的路自己還不醒來嗎？」越發不信。虞白說：「沒有了更好。咱下午吃火鍋吧，你出去給咱買些菜，顏銘第一次到我這裡，中午隨便吃了頓便飯，我總得招待招待呀！」掏錢給夜郎。夜郎說：「我來請客，權當你去我們那兒了。」出門就走了。顏銘過來說：「我想了想，他夜游是真的。」虞白說：「他不承認就權當是假的吧！這麼當面說破了，或許會好的。」顏銘說：「白姐，我真耽心他的，你給我這麼說說，心也寬展了，我以後要常到你這裡來呀！」虞白就摟了顏銘，愛惜地說：「這夜郎哪兒來的這個福，真是造化，也應了『男不壞，女不愛』的話了！」自己眼裡卻潮潮的。顏銘在虞白的懷裡，覺得什麼東西墊了頭額，抬頭看了，是那枚鑰匙繫在脖上，想說出這鑰匙的怪異處，不知怎麼終沒有說出來。

夜裡，夜郎在牀上對顏銘說：「你今日怎麼給虞白說我夜游了？怪嚇人的，我那麼噁心地三更半夜去開人家的門，我真的是再生人啦？」顏銘說：「或許那是我做夢裡的事，白姐問你的情況我才說的。」夜郎說：「你現在了解她了吧？那其實是一個很好的人哩，我進去見你兩個親親熱熱的樣兒，我好高興，真盼望你們做長長久久的朋友。」顏銘說：「我和誰都合得來，只要你屬於我就是。」夜郎說：「哎喲，我這麼醜的，還有這魅力！你放心吧，你夜裡貓兒似的睡在身邊，聽着嗡兒嗡兒的呼吸聲，我就知道我該對你負責了。」正說着，夜郎便有些難以把持，要輕舉妄動，顏銘說：「你是個惹不起！——不敢的，你要不行，自己解決去。」夜郎去了廁所，回來躺下，卻說：「咱在這裡熱乎，虞白一個人，倒怪可憐的。」顏銘說：「你想她啦？」夜郎說：「別說二話，睡吧。」把燈拉滅了。顏銘緊緊偎在他懷裡，喃喃地說：「這是我的，你不能給別人呀……」就睡着了。顏銘這一夜心極踏實，也是白日走了許多路累了，一覺就睡到天大亮，天亮醒來卻覺得渾身發癢，一揭被子上爬着一隻虱，嚇得叫了一聲。兩人把虱捉下來捏死，面面相覷，卻覺得奇怪：從來沒在這裡發現過虱子，這虱子是從哪兒來的呢？顏銘說：「昨日去白姐家帶過來的？」夜郎說：「才是笑話，就是咱生虱了，虞白也不可能生的！」顏銘起來就把被子拆洗了。

雖然發現了虱子，顏銘的情緒也還特別的好，如此三日，拖着很笨的身子幫阿蟬做這樣做那樣。阿蟬依然對她的鬍子煩惱，理了一個短髮型，又買了一身男式服裝，穿着要顏銘評價。顏銘說：「像一個帥哥兒！」阿蟬說：「晚上咱倆去舞場，看我也掛一個妞兒來。」顏銘說：「我才不去的。讓夜郎說我這個模樣了還瘋！」阿蟬說：「光讓他瘋？昨兒夜裡那麼晚回來，幹啥去了？」顏銘說：「他哪兒也沒去的，我倆出去買了一件衣服，回來你已經睡了，其實才九點半。」阿蟬說：「你也包庇他。半夜了他開門進來吵醒了我，我一看錶已下半夜四點了。你有身子，可別閑下他在外邊吃野食。」顏銘吃了一驚，笑着說：「他還有那個膽兒呀！」心裡卻忐忑不安的。這一夜就沒有睡穩，到了後半夜，果然發覺夜郎又起來穿衣，開了門往出走。顏銘暗暗叫苦：他的病又犯了！起來尾隨他下樓，過街。夜郎像個木偶似地，不言語，無表情，幽幽地往前走。昏暗的路燈下，顏銘挺着肚子跟在後邊，遠不得近不得，一會兒看他步履沉重像一個老頭，過馬路邊的石階時幾乎磕絆了一下要摔倒，那樣子簡直是一旦摔下去，稀哩嘩啦關關節節就都會散了架子，一會兒卻身輕如飄，猶如一個剪紙。顏銘害怕起來，想大聲地叫喊，又怕驚了他，也怕驚了自己。這麼尾隨了一段，卻發覺夜郎並不是去竹笆街，而是還一直往北走，又向西拐，最後走到的竟是虞白居住的樓群。顏銘心裡緊起來，莫非他是和虞白有幽會嗎？等夜郎走進了那並沒有大門的樓區內，她藏在車棚的陰暗處，夜郎就已站在了虞白家的廚房窗下，月光半明半暗地照着，他在那裡站了許久，用手在掐窗台上那盆虞美人花瓣，後來就又木木地轉身往回走。等顏銘返回來的時候，夜郎已睡在牀上，呼呼地發着鼾聲。

顏銘第二天就去了虞白家，把一切告訴了虞白，虞白駭了一跳，去看廚房窗台上的虞美人花，花真的被人掐去了三四個瓣兒。她站在那裡發了半天的獃，過來就不讓顏銘走，要她夜裡就睡在這裡，要親眼看一看夜游的夜郎。下午，虞白給阿蟬去了電話，告訴了顏銘在她這兒住的話，到了夜裡，三個人都没有睡，下半夜拉了燈就聽着動靜。果然四點左右，看見了夜郎鬼魂一般地出現在廚房窗口外，在那兒獃立，掐了一個花瓣就無聲無息又走了。夜郎一走，顏銘就哭起來。虞白說：「他真的害了病了！……怎麼就到我這兒來？」顏銘說：「他有鑰匙的時候是去竹笆街的，没鑰匙了，卻到你這裡……」虞白說：「他把鑰匙給我了，莫非怪處都在鑰匙上？」就從脖子上取下鑰匙，似乎鑰匙上真有了鬼魂，三個女人都驚慌失措起來。庫老太太說：「我再看看，我再看看。」把鑰匙又拿了看，若有說：「再生人的鑰匙你們稀罕地戴來戴去，不招鬼才怪的！」問虞白和顏銘身上來没來紅的，紅，用那紙包了鑰匙壓在牆角會避邪的，在鄉下有了怪異的事都這麼辦的。鬼魂是怕紅的。但是，虞白和顏銘都沒有。

一直坐到天亮，虞白便領了顏銘去劉逸山家討符去。劉逸山家的院門緊關着，敲了半日才開了，卻走出三個人來，見是虞白和顏銘，其中一個就又拉劉逸山到一邊耳語，劉逸山說：「這當然，當然。」那三人就走了。劉逸山又關了院門，對虞白說：「不知道是你，讓你在外邊久等了。」虞白說：「那是些什麼人？鬼鬼祟祟的。」劉逸山笑着說：「他們以為保密，其實早上外邊就有人傳開了。進來說吧。」入了內庭。虞白問：「什麼新聞？」劉逸山說：「剛才那一個說話的是市府的一個秘書。」虞白說：「怪道哩，我說面熟的，是不是那個東方副市長的秘書？」劉逸山說：「你認識東方副市長？」虞白說：「清樸的飯店開張時他們來剪彩過。東方副市長一直有病，莫非也來求到你了？」劉逸山說：「你也知道他有了病？看來已經不是什麼能保密的事！外面都傳說那副市長犯了事了，被抓起來了，是犯了經濟問題。實際上為了政治影響，並不是經濟問題，是他殺了人了。」虞白和顏銘叫了一下：「殺人？他殺了人了！」劉逸山說：「他害了肝病，不知誰的主意讓他吃胎兒肉，他有權勢，醫院婦產科一有引產下來的四個月前的胎兒就送給他，身體是吃得好了起來，可卻逗發了吃胎兒的癮。前幾天醫院一時未送去胎兒，他吃饞了，竟把鄰居一個嬰兒偷偷抱回去掐死要蒸吃，嬰兒還沒有蒸熟，被人發覺了……」虞白未聽完，哇地一下就吐出來，趕忙用手捂了去衛生間。劉逸山說：「不說了不說了，說了也真夠淋人的。這一兩年城裡盡出怪事，前三日東門口那家姓魯的，家裡發現了一隻老鼠，竟是碗口粗細，讓我去看宅子，那是座新宅子，宅子的屋梁上楔着一個大橛的，這是木工蓋房時使的拐——這我倒能治的，可一個堂堂的副市長竟出這事，恐怕是這個城鐘樓上有了問題。」虞白說：「我今天來也是爲了避災。討幾張符的。」劉逸山說：「現在要符的人多，我劉逸山禳治個小災小異可以，若是鐘樓上有人做了手腳，關乎這麼大個西京城的事，我就無可奈何了！什麼事？」虞白看看顏銘，顏銘說：「是家人不安。」劉逸山說：「現在家人不安的多。前一段，民俗館長來測卦，就說害了心慌意亂的病，要了幾張符去了；昨日圖書館一個科長來了，也說是家人不安，連測了幾個字都不好，又替人測字，還是不好，唉聲嘆氣地去了。你今日又是家人不安！」劉逸山異樣地笑了笑，返身去後室將幾張符拿出交給了虞白，說了一句：「其實用不着的。」

虞白和顏銘拿符回來，顏銘突然說：「白姐，你不覺得劉先生怪怪的嗎？他既然給咱們符，又說『其實用不着的』，是他嫌咱們没說實話嗎？」虞白說：「或許他什麼都知道了吧。」一張包裹了那枚鑰匙，壓在了後院的假山下的石頭底下，叮囑顏銘貼一張在廚房的窗欞上，自個立在假山下怔了半天，看見水池子裡落下一片樹葉，樹葉未動，池水也安然不動，綠得發了銹。剩下的一張，顏銘帶回自家去，悄悄壓在了夜郎的枕頭下。

夜郎竟再没有夜晚出游的事了。

顏銘心裡禁不住地高興，又不好對夜郎説明。一日起牀，夜郎出去忙活了，阿蟬也去買菜未歸，側了身子在牀上看一本電影畫報。她聽說過，懷孕的時候多看看美人照，將來孩子就長得漂亮。阿蟬就提着一條魚回來，説樓前的丁字路旁有一個女的，是打工的，怪可憐！説着就嘀嘀嗒嗒掉眼淚。顏銘倒有些生氣，說：「打工的可憐了什麼？你是打工的，我何嘗不也是打工的！」阿蟬擦了眼淚，說：「我倒不是猩猩惜猩猩，對你們有了什麼意見。那女的年紀輕輕的，卻抱了一個嬰兒，說是到北京去打工的，在北京生的孩子，母子倆要返回陝南的，卻沒有了錢，求爺爺告奶奶地在那裡討要。」顏銘說：「你說誑話，她去打工，卻怎地抱了小孩子？莫非是在鄉下逃計劃生育，以打工的名義到城裡生產了再要回去的？」阿蟬說：「來城裡逃計劃生育的我見得多了，那都是稍有些年紀，生過一胎兩胎的人，這女人年輕輕的，要生就是頭胎，用得着跑出去生？」顏銘說：「這倒也是，莫非又是一個做了什麼小老闆的暗妾的又被人家遺棄了？」阿蟬說：「懷裡孩子瘦得貓兒似的，只是頭大，又是扁的。有人問孩子怎麼是這個樣兒，那女的說生孩子時難產。難產很像真的，或許是她和誰野合了，生下的孩子。」顏銘說：「你說的好難聽！」也沒了心情看畫報，身子在被子裡往下一溜，面朝牆睡了。

過了許久，阿蟬卻在推她，叫：「銘姐，銘姐，你是不理我了嗎？」顏銘說：「我怎是不理你！」阿蟬說：「你不理我，也不肯理客了嗎？」就聽着有人說：「嘔氣了？要嘔氣也不揀個時候，成心要生個醜崽的！」顏銘轉過身來，牀邊站着的卻是寬哥和寬嫂。寬嫂墨綠色毛衣上套了一件格子布馬甲，手裡提着黑米，一隻烏雞；寬哥則笑嘻嘻的。顏銘就翻下牀下，笑了說：「哪裡是嘔氣了？我只覺得困，倒一下，阿蟬就犯心思了。」阿蟬說：「我是保姆，爛心子人，什麼事愛往身上攬。」顏銘說：「你是保姆，我連個保姆都不是的。」寬哥說：「能進一個門，都是前世修的緣份，都是姊妹，分什麼保姆不保姆的。」阿蟬就在廚房裡沏茶，叫嚷着沒開水了，又拔開爐門燒水。寬嫂就問起顏銘的身子，看了看，用手再揣揣，邊聲說：「笨了。」顏銘卻問道：「嫂了，我這骨盆小，會不會難產的？」寬嫂說：「再小的骨盆。到時候就發開了，沒事不要胡思亂想！」顏銘又說：「我年紀有些大，防止難產，到時候我做剖腹產的。」寬嫂說：「萬不得已不要剖腹產，人來到世上要走人路的，剖腹產的孩子不是匪氣就是刁鑽。年紀有多大？他不出來拽都拽得出來！」顏銘說：「阿蟬剛才說，樓下有一個女的，年紀倒比我輕得多，都是難產的。」寬嫂說：「她盡胡說——阿蟬，阿蟬！」阿蟬進來。寬嫂說：「顏銘有身子，不要說些不順耳的話，是誰個難產了？」阿蟬說：「樓下真有個討飯的女的難產過，年紀小小的，怕是野合的私生子。」寬嫂說：「你記着，天下沒有野合的孩子是難產的！」就臉上不悦，又不能說阿蟬，對寬哥說：「你還站在這兒幹啥？說女人的事，也需要個警察嗎？」寬哥就退出來，卻叫了阿蟬問樓下那女人是不是要飯的，年紀那麼輕的要什麼飯？阿蟬便又說了一遍，寬哥說：「我下去看看。」就出門下樓去了。

阿蟬燒了開水，也沏了茶，寬哥卻不見回來。顏銘拉了寬嫂的手問這麼忙的還來看她什麼，又不是坐上牀了。寬嫂說買了烏鷄已幾天了，總說來看的，卻是抽不開身，鷄再放着，一身肉也快延乾了，正好寬哥今日也要來問個事的，才一同來了。顏銘說寬哥問什麼事？寬哥說昨日鄒雲從巴圖鎮打了個電話，讓他去向劉逸山測個字的。顏銘說：「鄒雲來電話了？怎地不給虞白電話，虞白與劉先生熟呢。」寬嫂說：「你寬哥也惱得不想理她，可想想，她和清樸的事一完，哪裡還有臉面去求虞白？一定是什麼緊要的事，萬不得已了才求上他的。你寬哥又不認識劉先生，就來說給夜郎，讓夜郎或虞白去找劉先生的——應人是小，誤人是大，他是個認真的，就來了。」顏銘問：「要測個什麼字的？」寬嫂說：「一個『滑』字。」顏銘說：「這麼個怪字！」

說着，寬哥就回來了，一臉苦愁，說：「可憐。」寬嫂說：「我就見不得唉聲嘆氣，沒事唉聲嘆氣就是賤命，不窮都窮了！」寬哥說他去丁字路口見着那女人了，果然可憐，去北京打工，錢沒掙多少，還被賊偷了，母子倆不得回老家，他一去，那女人就給他磕頭，讓他幫些路費錢。寬嫂說：「你就給了？」寬哥說：「我身上哪有錢？有多有少你都掏去了，我就給車站開了個證明條，證明她從北京打工回來被賊偷了，讓車站照顧她，坐個免費車回老家去。」寬嫂說：「把你說得牛皮的，你是什麼省長市長？你的證明誰認？」寬哥說：「我是警察，我落着我的名字、單位，車站就會認的，怎麼着？」寬嫂就笑道：「喲，真沒看出，我嫁的還是個能行的男人哩！那好麼，你是雷鋒，我們倒盼不得你永遠是雷鋒——你去殺了那烏雞吧。」把寬哥推到廚房裡去。

夜郎回來，聽寬哥說了那個「滑」字，下午便去虞白家。庫老太太不在，虞白才熬了藥，把爐子提到後院，抬頭就看見牆外不停地有落葉飄過來，心裡就想：有一片葉子落到窗台來就好了！這麼企盼着，卻沒有一片能落在窗台，就聽得屋裡夜郎在叫她。走進來，夜郎還在喘氣，鼻翼一閃一閃地，說：「今日我不敢多獃的！」虞白倒有些生氣了，說：「我幾時把你扣了人質了？」夜郎一下子噎住，忙笑着說：「不是那意思，戲班後晌要回來，來電話說買了許多東西，要我去車站接的。」虞白也緩下勁了，偏還冷冷地說：「都忙，你忙你的鬼戲，我忙着生病。哼哼，你要不這樣說，我或許放你走了，你這樣說了，我偏不放你。——你坐過來！」夜郎從對面椅子上坐到沙發上，不知怎麼就說了一句：「大娘不在？」虞白說：「你害怕了？」夜郎說：「我怕啥的？」虞白就說：「那我給你個怕怕看！」便忽地抓住了夜郎的手。夜郎確實是震動了一下，兩人都沒有說話，那震動傳遞到了另一雙手上，兩雙手在那裡握着，摳着，或輕或重，或緩或急——手是能說話的，越說越急促，遂就一起抖起來。不知過了多少時候，感覺裡是百年之久，兩個人變成了一個人，這個人有四條腿四隻手，像一隻螃蟹從沙裡被突然地丟出在沙灘上，橫着豎着地掙扎翻騰，空空的房間裡，只有喘息聲，後來有腳撞倒了剛剛整好的藥罐，罐子碎了，藥湯澆在地上，燙着了一直坐在旁邊盯着看的楚楚的前爪，汪地一聲，起身跑去了臥屋。夜郎在說：「藥罐碎了。」虞白在說：「楚楚看見了。」夜郎爬起來去收拾藥罐，但他沒能起來，虞白緊緊地纏裹了他，頭在他的肩上說：「有一個故事，你聽不？」夜郎說：「聽！」虞白說：「兩個和尚出外，在一條河邊遇見了一個女人，水很大，女人過不了，大和尚就抱了女人過河。過了河把女人放下，兩個和尚就又繼續走路。小和尚說：『咱出家人不近女色的，你怎麼能抱了她過河？』大和尚說：『我早放下了，你還放不下。』夜郎，咱倆的事你是忘了，我卻是那個放不下的小和尚。」夜郎聽了，渾身酥酥地顫，把虞白的臉端過來，說：「我哪裡就放下了？你已經把我害了，這後半生我怕永遠會想着你，沒個好日子了！」就跪在了沙發上，雙眼盯着虞白自己的眼裡卻流下淚來。虞白努力地抬着脖子，嘴唇顫着，錯開了部位，像待哺的一隻鳥。夜郎即送上去，一陣喃喃低語，他的手開始蛇一般地在那裡亂鑽，摸到了肥的地方，也摸到了瘦的地方，一根一根數那肋骨，當碰到胸部的時候，她掙扎着，要竭力翻起來，但是不能，卻側了身，用手緊緊地也在那裡擁着，說：「蔫了，都蔫了。」這一刹那間，夜郎知道她仍在悲哀自己是老了，她不願意平面地讓他摸到失去光彩的東西，她的側睡爲的是讓能有豐滿的表現。但夜郎没有言語，掀起她衣服時候，虞白卻突然坐起來用手死死按住，說：「夠了，夜郎，這已經夠了，咱們再往下去，過後只能更是痛苦，過去咱們没有這樣，現在你有顏銘了，你更不能啦！」就把衣服穿好，自己又坐到了夜郎坐過的椅子上，說：「我老了，我是不如顏銘了，我認識你的時候，我心裡說過，不管我們結局如何，我一定要和你抱一次的，你就是和別人結婚，我也一定要約你出來，我當一回壞女人的。」夜郎還跪在沙發上，默默地看着虞白，眼裡噙着淚水。虞白說：「別這樣，你別這樣，你瞧，咱倆的褲管上都蘸着藥湯了！」夜郎站起來，一邊揩着褲管上的藥湯的痕跡，一邊說：「這是一場什麼結局呀，這是一場什麼結局嘛！」虞白笑道：「原來你也是個不怕的。」夜郎說：「我啥也不怕，你如果說咱們現在私奔，我馬上會跟了你走的！」虞白說：「你這胡說，這麼說我又真害了你！我今天這樣，我並不是要害你，是爲你也爲了我，或許咱們就是這些緣份吧，我在你……」她原本要說夜郎夜游到她這兒來的事，但又不說了，改口道：「我買了一個戒指送給你的，值錢倒不值錢，我卻什麼也不給你，就給你這戒指，從此要戒了你，也戒了我。」就去抽屜取了一個匣子，從匣裡拿出一個景泰藍的戒指，套在了夜郎的中指上。夜郎說：「戒指都是定情物，無始無終的一個圓滿。」虞白說：「我只取字意。你是忙人，你現在該走了吧？」夜郎說：「我是有事着的，差點倒忘了。鄒雲給寬哥來了電話，說她最近有個麻煩事，讓測個字看結果。寬哥不認識劉逸山，又讓我來託付你。」虞白說：「她鄒雲還有麻煩事？字是什麼字？」夜郎說：「一個『滑』字。」虞白聽了，低着的頭突然揚起，問道：「出什麼人命了？」夜郎說：「怎麼是人命事？鄒雲並没說什麼的。」虞白說：「字中有骨，見了骨不是傷就是亡，又是與水有關，而且，你來問這字，咱又是才發生了那事，這在測字中叫外應，必是鄒雲那邊出了事故，可能直接與她的感情有關。我看過幾本測字的書，這是個簡單的字，用不着去問劉先生。不管她做了什麼對不起清樸的事，畢竟也是熟人一場，你得回個電話，問問到底是怎麼啦？」夜郎說：「這個當然。有了情況，我會來告訴你的。」夜郎才要走，庫老太太回來了，一見破碎的藥罐，卻說：「這下好了，虞白病要好了呢。」虞白說：「是嗎？這麼說，夜郎一來這藥罐就碎了，夜郎該是治我病的藥引子了！」庫老太太就拿了那水盆中的珊瑚，只是看着，說：「夜郎你常來麼，你常來着好。」夜郎說：「常來常來的，本來就常來的麼。」小聲卻對虞白說：「再常來我成藥渣子了！」虞白笑而不答。

夜郎從虞白家出來，看看時間，急急火火去了車站。南丁山貪着鄉下菜價便宜，每人竟給買了一麻袋洋芋。夜郎幫着把行李、道具、洋芋運回來，便到戲班辦公室裡給巴圖鎮的鄒雲掛通電話，鄒雲聽說了測字的結果，哇地一聲就在那邊哭了。夜郎忙問到底出了什麼事，鄒雲才哽哽咽咽地說：「是寧洪祥失踪了：前不久和一家公司爭奪礦洞，械鬥了一次，對方是徹底輸了，而且所有人馬都離開了巴圖鎮。這邊的生意極紅火，幾乎是日進萬元，可寧洪祥卻七天裡沒了踪影，不知爲生意外出了還是發生了意外不測。」夜郎聽她哭得傷心，要安慰又没詞，就說測字畢竟是測字，不見得就那麼準，組織些人四處尋找，或許是一場虛驚，如有了結果就來個電話，這邊的朋友還都操掛着。鄒雲在那邊說：「還操掛我？」喃喃不絕，哽咽了一通才放下話筒。夜郎打完電話，癡獃獃地在那裡坐了半天，飾劉四娘的演員喊他出去吃餛飩，喊了數聲喊不應，噘了嘴和別人出去了。夜郎掏了一支烟叼在嘴上，尋不着火柴，好不容易尋着火柴，卻又尋不着了烟，心想真是鬧鬼了，剛才把烟叼在嘴上的，怎麼就不見了？等扔了火柴，雙手來搓臉，耳朵上卻掉下一支烟來，原來尋火柴時把烟又架在耳後了。自己又生自己氣，就給寬哥撥電話，要把鄒雲的事告訴他，但寬嫂回話說，天擦黑局裡來人把寬哥叫走了，等回來了讓他來找夜郎。

夜郎就在辦公室等到夜裡十一點，寬哥沒有來。回到家問顏銘，顏銘也說沒見寬哥來的。

第二天，寬哥仍是没來。

夜郎不免有些生氣，無奈戲班回來，南丁山需要拉他一塊去文化局彙報工作，不想見宮長興，但身在屋檐下還得低了頭，便提了些烟酒去見他。烟酒是康炳去街上買的，一瓶五糧液老窖，兩瓶雀巢咖啡，三條紅塔山香烟。南丁山認爲烟太多了，當下拆了一條讓大家吸，可一吸卻發現是假的，問康炳在哪兒買的，康炳說在假烟市場上買的，現在南八路專門有個假烟市場，明明白白說是假的，價錢少了一半，專爲送禮人提供的。南丁山就火了，說給宮長興送禮，並不是一棒子買賣，以後不停地要與其打交道，送上假烟去得罪他，還不如不送哩。讓康炳重去購買，夜郎說不用的，他去換換，就讓康炳脫了身上的夾克給他穿了，將兩條假烟塞在裡邊騎車就出去了。走到一個小烟攤上，人並不下車子，一腳蹬在地上，叫嚷來兩條紅塔山，賣烟人遞給了兩條，他塞在了夾克懷裡，就在褲子口袋裡掏錢，錢給了人家，卻說：「這麼貴的？會不會是假烟？」賣烟人說：「我常年在這兒擺攤，要是假的，你來把攤子砸了！」夜郎說：「好！真貨就好！但我只給你一百元一條，上星期二在豐户路我買的就是一百元一條的，哪裡有一百二十元一條的？」，賣烟人說：「笑話！一百元一條，你有多少我要多少！」夜郎說：「就是一百元，你還不信？」賣烟人說：「你不買了拉倒，菠菜都一元五一斤了，哪有一百元一條紅塔山的，小伙子，把烟退給我，你看哪兒便宜你去買吧！」夜郎說：「退給你就退給你，不在你這兒買我還不吸烟了？」把錢收回來，從夾克裡掏出兩條烟扔給了賣烟人，騎車一溜回來了。回來排說了一遍，康炳還是弄不明白，夜郎說：「真笨，兩條假烟塞在懷裡左邊，兩條真烟塞在右邊，我退的時候就從左邊取了假烟退他，他哪兒就注意了！」康炳說：「好呀夜郎，能行是能行，我可害怕你了！」夜郎說：「你以爲我是好人呀？」笑了一回，就去了文化局。

宮長興的情緒明顯不高，更奇怪的是，原來一頭黑油油的頭髮幾乎全白了，没說上幾句，便打發他們去演出科彙報。到了演出科，夜郎特意留神辦公室有没有個信訪局長的兒媳婦，果然見窗前桌邊坐着一個漂亮女子，個頭小小的，正在用蔻丹染指甲，兩隻手血滴滴的，就心裡犯噁心，說突然頭痛，讓南丁山和康炳彙報，自個出來到街口在路欄桿下的台階上坐了。不想就遇見了先前在圖書館相好的那位同事，自行車後帶着個長眼闊嘴女子過來。夜郎喊了一聲，那人「哎喲」一聲就停下來，讓女子原地撐了車子，自個跑過來說：「我換了班子啦，你瞧怎麼樣？」夜郎說：「好嘛，嘴要再小點就更好了！」那人說：「這你就土包子了，現在興大嘴，嘴大了性感，你没見她笑起來嘴大，不笑了卻小的？能大能小就是好女人哩！你在這兒幹啥？」夜郎說：「窩囊得很，向宮長興彙報工作嘛！」那人說：「他媽的，上次咱用傳呼機整人家，没整下來反倒上去了，火大了潑不得水，水就成油了！」夜郎說：「當官怕也不是好當的，他才當了幾天，今日我瞧他頭髮都白了。」那人說：「頭髮白了？會不會是搞基建的事牽扯出他了？」夜郎說：「什麼基建設的事？」那人說：「這你不知道？

他還在館裡的時候，興建圖書大廈，基建處長連貪污和吃回扣發了許多黑財，前一度清查出來了。大家都懷疑宮長興也吃了黑食，他不吃黑食那處長不敢那麼膽大妄爲的，可去調查宮長興，宮長興一口咬死，他分文没得，而那處長也守口如瓶。現在館裡議論紛紛，説宮長興不知給處長許了什麼願了，斷然否認宮長興拿了錢，大家雖是懷疑，但没個證據你又能把他怎樣？」夜郎説：「光他突然頭髮白了就是證據，心裡不吃緊，他白的什麼頭髮？」那人説：「你要是上級領導就好了，可惜你不是。」夜郎笑了一下，捅他一拳頭。那人説：「現在成什麼世道了，修一座樓就私吞幾十萬，人心都瞎了！」夜郎説：「是都瞎了，多賢惠的一個老婆，説不要就不要了！」那人説：「説低點，別讓她聽見。」但那女的還是聽見了，在説：「阿璉，你再不走我要走啦？我腳都站困了！」那人就説：「我得走啦，幾時到家來喝幾盅，你這新嫂子是上海人，燒一手好魚哩！」走過去了，又返身過來，説：「上海人到底不一樣的，你一定來家看看的！」兩人騎一輛車子走了，夜郎氣得罵：「上海怎麼啦，西京人的尿還不是流到吳淞口去的？」

南丁山在身後説：「你罵誰的？説人家上海人不豪氣，罵上海就豪氣啦？」夜郎回過頭來，見南丁山和康炳氣色蠻好的，就問彙報得怎麼樣？南丁山説：「咱再没把柄讓抓住，他白頭翁還能説什麼？」夜郎説：「我剛才碰着個人，才知道宮長興爲啥白頭了！」南丁山説：「爲啥？」夜郎把聽到的情況説了一遍，南丁山直擺手，説：「賊没贓，硬如鋼，宮長興不會爲那事白頭的！」就把在演出科得到的消息説了，原來，市政府正在籌備一個經貿洽談會，邀請了國內外上百家企業參加，便動員了全市力量要把這次活動辦得熱鬧而富有成效，文化局負責的就是文藝宣傳工作。因洽談主會場設在香池公園對面的天澤賓館，文化局採納了有關人士的建議，要在公園裡舉辦一次什麼大地藝術，以幾萬把紅傘裝飾在湖的四週及所有公園的建築物上，取「走紅」之意。這項工作由宮長興具體領導，費了大量的人力財力，忙活了半月，總算裝飾完畢，宮長興便給市領導送簡報，作彙報，吹噓得天花亂墜，又在市報、電視台上接二連三地報道。就在洽談會召開的前三天，宮長興爲了能多增加收入，指示預先開放一天，惹得游園的人蜂擁而至，没想成千上萬人的進去，看見了到處擺着的紅傘又驚又喜，就有人拿了傘照像，治安人員前去制止，雙方爭吵，以至發生毆打，游人與治安人員形成對抗，一時秩序大亂，幾萬把傘被人哄搶和踏踩，三個小時内公園裡狼藉不堪，紅傘被搶去十分之七，所剩無一完整，整個到處是被撕碎的紅布和折斷的傘骨。事件發生，市上領導大爲光火，宮長興只知責任重大，一夜之間頭髮就全白了。夜郎聽了，撫掌大叫，嚷道要去買酒，說：「世風日下，人心不古，這咱不去管他，宮長興只想着邀功，這下他頭髮不白讓鬼白去！」南丁山說：「要喝，也不要在這裡喝，你去買一瓶染髮油去，就以咱的名義送他宮長興，或許他還以爲有人安慰他的。」夜郎真的去買了染髮油，託大門口收發室轉交給宮長興。

三人一回到戲班辦公室，也不要菜，開瓶喝酒，南丁山要打電話叫寬哥也來喝，夜郎把電話按住，說：「他肯定不在家，我讓他來找我，幾天不見面的，說不定這幾日幾夜都在公園裡，他是個認死理的人，來了見咱們喝酒，又該罵咱個狗血噴頭了！」三人越喝越開心，想像着宮長興是怎麼一副可憐樣兒去向市領導檢討的，市領導又是如何惱火着訓斥，夜郎就叫道：「上次咱想借歌舞廳弄他没弄成，這次他要瞌睡，咱何不送他枕頭？」南丁山說：「送什麼枕頭？」夜郎說：「電視台不是開設有點歌台嗎？每晚上什麼人只要交錢都可以給親朋好友點一首歌曲的，上邊正煩着他宮長興，咱化個名偏專給他點歌，連點三天，上邊還以爲他爲推卸責任故意讓熟人點的，豈不對他影響更壞？」南丁山說：「你演鬼戲不行，做人鬼還真有兩下子。這個錢我來掏了。」乘着酒勁，當下寫了一個單兒，取了錢，連夜讓戲班一年輕人去了電視台。

第二天晚上，電視上果然出現口口街口口號口口口爲朋友宮長興點出的歌曲《小草》，其中的歌詞是：「……没有悲傷，没有煩惱，我的朋友遍佈天涯海角……」第三天晚上，戲班數人在一家生意不好的公司演出鬼戲，演到九點三十五分，夜郎便讓主人打開電視，正是點歌台欄目開始，又出現口口單位口口等三人爲老同學宮長興點出的歌曲《好人一生平安》。第四天晚上，夜郎早早坐在電視機前要看電視，點歌台的欄目裡卻没有了爲宮長興所點的歌，而是三個兒子爲其父壽辰點的歌。夜郎打電話給南丁山，問是不是交了三支歌的錢？南丁山說錢絕對是三支歌的錢，恐怕上邊已經發覺了，責令電視台不准給宮長興點歌了！兩人就約好，是不是這回事，明日星期天，咱去見見寬哥就知道了，而且說：「我把虞白、丁琳都叫上，就去他那兒舉辦樂社活動！」

翌日夜郎拖了顏銘乘出租車去虞白家叫了虞白，又去丁琳家接了丁琳，往寬哥家來。寬哥家的門半開半閉，屋裡狼藉一片，寬哥一身便服卻坐在桌邊喝酒哩。夜郎一見，就樂了，說：「寬哥獨個喝起酒了，瞧，汾酒！事情你全知道了？」寬哥說：「什麼事我知道？喝幾口鬆鬆筋骨，這幾天太累了。」夜郎說：「是要累了，這幾日都在香池公園？」寬哥說：「你說公園的事呀，真不像話，太丟西京人的臉面了！這精神文明喊了多少年了，竟然就出現這等事！住在這個城裡，我都覺得没臉面了！」夜郎就給南丁山擠眼，說：「寬哥到底覺悟高！」寬哥說：「那天你們也去了？」南丁山說：「我們哪兒有這閑空？就是去了，也會和那些害群之馬作鬥爭的！」寬哥說：「那就好，我還耽心夜郎哩。」夜郎說：「你怎麼就不想到我的好處來？我就是什麼時候爲救他人犧牲了，你也不會追認我爲烈士的！香池公園事件不好是不好，可你想沒想責任在哪裡？總指揮是他宮長興，瞧他事先宣傳得多凶火，他是想投機，一下子就要走紅的。」寬哥說：「喪氣的是竟然還有人給宮長興點歌，在這個時候點的什麼歌？是爲他表功哩還是要叫屈哩？電視台辦成什麼樣兒了，只圖掙錢，什麼人都去點歌，什麼影響嘛！」寬哥生氣起來，夜郎、南丁山一時接不住話碴，動手拿了酒瓶各人先喝了一口，顏銘就過來打圓場，說：「嫂子呢？」寬哥說：「不管她！」顏銘說：「你不管她，她不管你才怪的，她不在家，瞧你把房子搞成什麼樣兒了！」就把地上的衣服、鞋子，還有一個枕頭撿起來，幾個人就圍着桌子坐了。夜郎還在問：「上邊是不是追究了宮長興，爲什麼要給他點歌的事？」寬哥說：「這我不知道。」夜郎說：「這又不是什麼機密給我們保守？你是警察，又一直在公園處理那事，你能不知道？」寬哥說：「我不是警察了。」神色沮喪起來，卻問虞白：「清樸他們考古隊是在西府那兒？」虞白說：「原先說是在子午嶺考查秦直大道的，現在我倒說不清。他一走再沒個音訊……」寬哥怎麼問起他？」寬哥說：「我要回西邊老家一趟了，原本要去見你們的，沒想你們都來了。來了好。顏銘，你嫂子回來，你告訴她，我去散心了。」說着就眼睛紅紅的，吸吸鼻子，去廁所裡大聲擤鼻涕。

大家都莫名其妙，但已經知道了氣氛不對，待寬哥重新過來坐在桌邊，顏銘說：「你和嫂子吵架了？」寬哥看看衆人，嘆了一口氣，說：「都是熟人，也都了解我家的事，人呀，不逢個好老婆就沒個安生的日子過！」顏銘就說：「又怎麼了嘛，你不會忍一忍嗎？她脾氣是不好，什麼事都讓過她了，偏偏這一次不讓？你這麼一走，她回來不又要傷心嗎？」虞白說：「誰家夫妻不吵架？我昨日吃飯，牙倒把舌頭也咬了。今日來，趁機都樂一樂。」寬哥卻一下子流下淚來。虞白說：「喲，我還沒見過寬哥流淚哩！笑啦笑啦，一笑什麼也都沒有啦！」寬哥真的「嗤」地笑了一下，說：「這一次不比往常，我犯錯誤啦，我真的犯錯誤啦，你嫂子鬧着也好，她也是有頭有臉的人，回了娘家，就是這一次她要離婚，我也說不上人家什麼，我是得出去散散心，這對我也好哩。」衆人瞧他這般說，忙問出了什么事，寬哥終於說了，頓時把大家震住，臉上都不是顏色。

夜郎在那個晚上給寬哥打電話的時候，寬哥是被公安局派人叫了去的，去了立即被審查，他才知道清早給那個帶小孩的女人開的證明犯了大錯，那女人是個人販子，在北京一户人家當保姆，趁主人上班了將孩子抱走了的。那户主人對她的情況不摸底，單知道她是陝西人，一方面翻印了她的照片，着人四處尋找，一方面讓孩子的母親搭飛機來西京，聯繫公安部門，要求在各個車站把關檢查。所以，當女人帶着孩子到了東門長途汽車站，已經坐到車上了，車站派出所的人來檢查，發現那女人似乎像照片上的人販子，問她時，她掏出了寬哥寫的證明。已經放她要過去了，怕也是天不容她，偏巧孩子的母親也到了這個車站，就發現了她。女人被帶到派出所，派出所已將此事呈報公安局，公安局惱火的是寬哥竟爲女販子開了證明，叫去審查。當然查來審去，寬哥不是同伙，也未從中獲利，完全是爲了學習雷鋒，但他還是犯錯誤了，犯的是很大的錯，聯繫他以往的錯誤，已不適宜於再作人民警察，除名於警察隊伍，具體再做什麼工作，等過一段時間另行分配。寬哥一去三天兩夜，穿着便服回來，寬嫂就和他吵鬧，罵他窩囊，沒出息，是二百五，扛竹竿橫着進城。寬哥當然不愛聽，一接上火，寬嫂就在家裡摔東西，要離婚，一氣之下到東關娘家去了。

寬哥說完，大家都沒言語，臉上灰得沒了顏色，寬哥卻笑了，說：「我現在已想通了，你們卻是這個樣子，這不是更讓我難過嗎？犯錯誤了，咱就認真總結教訓，怎麼能不處理呢？試想想，要是別人這樣，我也是不會饒的！哪兒跌倒哪兒爬起，我之所以難受，就是不讓我幹警察了，不給我個改過立功的機會。我相信組織上會安排一個合適我幹的事情的，所以我說回老家去走走，多年都忙得回不去了，如果清樸在子午嶺一帶，說不定我能見到他的，我倒也操心他哩……」他說着，大家還是緩不過神來，沒有人說話，寬哥又說：「都帶了樂器，不要爲這事影響大家，大家玩吧，夜郎帶個頭。」夜郎說：「南兄你唱一個吧。」南丁山說：「我唱的都是鬼戲，寬哥不愛聽的。」夜郎說：「鬼戲無妨，像寬哥都遭這樣的事，還不是鬼作了祟，唱吧，唱吧。」南丁山就「嗨」地吊了一下嗓子，唱道：

劉青提事不堪提，提着令人怒氣起，她的罪過，南山竹罄書難記，東海波墨惡尚遺。

顏銘說：「不好不好，你怎麼唱這詞兒？」南丁山說：「這雖是目連戲裡的詞，你聽後邊麼——那劉氏有了惡後，去下地獄游一番，逝去了一些時光，十王見到目連，言說本欲賜其超生，奈她屍首焚化，魂魄消磨，必假血類，方可回生，母已到此，變犬去也。這劉氏青提只因固有的屍首壞變，借助了血肉之軀的犬再經衆佛弟子的超度成人，在那『盂蘭盆』會中，衆佛門弟子是這樣超度而唱的。」便又唱道：

虛見今朝法筵，人喜神歡。乾旋坤轉，願阿母，早脫離三災八難。花散處人人笑喧。花散處天天胎鑒。花散處地獄門開。花散處天堂路見。花散處裝點錦綉乾坤。花散處引動蕊宮仙眷。

唱畢，顏銘說：「這個好！」虞白說：「好什麼呀，你這聲聲超度，是要把一隻犬超度成人的，你怎不唱那劉青提被金神剝去犬皮，又受玉帝賜封『勸善夫人』而成仙眷呢？」南丁山說：「咦！你對目連戲還這麼熟的？」虞白說：「没吃過豬肉也還見過豬走路的。」衆人就笑，丁琳卻不見了寬哥，正要問寬哥，寬哥卻在廁所裡喊夜郎。夜郎聽了，皺皺眉頭，便拿了一根木筷子又去了廁所，大家都不知何故，過會兒夜郎先出來，南丁山說：「搞什麼鬼，同性戀啦？」夜郎做個停止的手勢，說聲：「虞白，你彈個曲子吧。」卻低頭給顏銘說：「寬哥那病越發重了，一身皮就像盔甲，敲着都響哩。」

寬哥回到了子午鎮，子午鎮是關中西北角的大鎮，汪家卻在鎮東的一個塬上，居住地窖。汪家父輩一生的輝煌是在地上挖下了一個四四方方的大坑，沿着坑的四邊鑿有六孔大小不一的窰洞；在他們還未去世的時候就爲兩個兒子分了家產，哥東弟西，東邊的三孔窰是寬哥的，雖然寬哥那時已在城裡工作。父母過世後，十幾年裡寬哥的窰歸於寬哥，卻三年五年回去一次，平時弟弟家就佔用着。寬哥一身便服、一個提包從地窰的門洞裡進去了，兄嫂以及三個侄子正在天井的場子裡曬打豆子，喜歡地迎接了他，趕忙起火做飯，熬茶取烟。老家用鐵皮罐兒熬成的能吊綫的茶汁，寬哥已不能適應，喝上兩口頭就暈，胃裡犯噁心，但用水烟袋吸桐木匣子裡的烟末兒，卻一連吸得使一根紙媒也燃盡了。弟媳埋怨着三年不回來了，回來了嫂子怎麼不廝跟？就騰空東邊第一個窰，把裝在裡邊的糧囤、農具、蓆卷兒一古腦搬到天井處，掃炕鋪蓆，擺了小炕桌在炕角。寬哥感到了多少年裡從未有過的親切，他喜歡柴禾燒鍋時冒出來瀰漫了滿窰的烟味，喜歡四面天井上散發的潮潮的土腥味，喜歡腥油熗出的醬水酸味，喜歡那狗咬鷄叫。當一隻叫花媳婦的七星瓢蟲飛在他衣襟上時，他甚至希望見到窰地上出現臭蟲和蝎子——這一切的一切，西京城裡都沒有！在夜裡，寬哥睡在土窰的土炕上，使勁地伸展着手腳、脖子和腰，張嘴出氣，發着長長的呵欠聲，似乎這呵欠聲來自關關節節，帶出了所有的疲乏酸困。對面窰裡的小侄兒在尿桶裡「咚咚咚」地撒尿，自己就想起了小時候在這裡發生過的一切。他睡着了，夢醒來卻迷惑，伸手去拉電燈開關繩，沒有抓到，瞬間裡清醒了自己錯以爲還睡在城裡，便一時感覺到西京離他是那麼遙遠，那麼不真實了！他點了煤油燈坐起來，環顧着一切，依稀還看得清牆壁上還是小時用炭寫成的一道算術題，算術題並沒有答案。他嘆息了一下，想到自己是老了，離開這裡已十多年，這窰屬於他也並不真正的屬於他。一時又陷於茫然，竟糊塗了自己到底是西京的人呢還是子午鎮地窖裡的人，還是自己是個什麼？

在老家住過了七天，寬哥卻漸漸地明白自己已不適合於這裡，家裡的氣氛似乎也發生了變化，弟弟和侄兒雖然一有空就和他說這說那，而弟妹臉上的笑容卻不是那麼軟和。她開始打鷄、罵狗，吃飯的時候，由米麵說到天氣，由天氣說到年饉，那突出的露着黏有包穀糝的黃牙的嘴撮一個橛兒，哭窮着家裡的油鹽，孩子的學費和未能買來的化肥、地膜。寬哥隱隱地體會了話中之話，但他的提包裡只裝有自己的換洗衣服，初到時掏給了弟弟二百元後，袋裡已澀於再能掏出多少。終於在一個晚上半夜醒來，聽見對面窖裡的弟弟和弟媳在低聲地吵架，他雖未能聽個全部，但畢竟聽出是因了自己的原因。寬哥決定他得離開這裡了！翌日清早，弟弟拉車去五里外的溝裡接飲用水，弟媳也提了尿桶到麥田潑生尿，孩子們還睡着，每人被窩裡抓了一把柿皮在吃，他就提着那個提包走了。他去了後溝的一個坡根，在那裡跪下磕頭，坡根一層層上去是無數的墳丘，這裡睡着的都是他的祖先，他告別他們，發誓他從這裡走出了，就要在遙遠的西京城裡做一番事業，他說：「爹，娘，你兒沒有出息，你兒不應該犯錯誤，你兒不應該這樣地回到這裡來！」然而從地上捏起一粒黃土，在嘴裡嚼着，默默地走掉了。

寬哥走到了鎮上，又遲疑起來：這麼快地回到西京，他去幹什麼呢？他是十多年忙忙碌碌習慣了的人，獃在家裡他會急瘋了的，那肥胖的老婆從娘家回去住了還是沒有回去？回去了接待他的是怎樣的嘴臉和言語呢？他就在鎮上打問附近有沒有個考古隊，有人告訴，當然有考古隊，考古隊已經在這裡一年多了，他們考證出了從子午鎮一直通往北邊沙漠地帶的一條秦代的官道，隊部就設在清華宮裡。寬哥喜出望外，因爲清華宮他是知道的，就在鎮北十里路的一個村子，那是歷代皇帝的避暑行宮。寬哥步行到那裡，已是中午，清華宮依然舊時模樣，宮前的石虎石獅還在卧着，苔斑如錢。那一排一排的石人，雖無頭，卻還在站着。旁邊的場子裡栽着一個籃球板，四週卻開了一片園子，種了白菜，茄子已經摘掉了，稀稀落落的葉子，枯黃的赭色桿兒。考古隊就在這裡，但清樸卻隨隊去了秦直道，他已不是了隊長，原本秦直道的考古工作也告結束，一部分人前日已回來，清樸得知就在子午嶺左側的山裡有一個寺院，寺院已廢多年，聽說那裡發現了晉畫像磚，又領人去那裡察看了。隊部的同志得知寬哥是清樸的朋友，又打西京城來，要他住下來：說不定明日或後日清樸就回來了。但寬哥卻來了興趣，也要去看看那個寺院，隊部就差一個小年輕領他當日下午走五十裡山路來見清樸了。

一路上山高林深，寬哥背了幾瓶白酒，太陽落山的時候到了山頂寺院。清樸依舊是那麼單單薄薄，只是頭髮長亂，半個下巴都是鬍子，他蹲在一個崖根下正在拓崖字，另外七個隊員在不遠的一個土堆上用望遠鏡看着什麼，一個個衣衫不整，蓬頭垢面。兩人相見，喜歡得抱在一起，眼睛都紅了。坐在那裡說了一陣話，頭上的蚊子就打鑼似地響，寬哥不停地用草把子去撲打，清樸說：「這地方就是蚊子多，你要解手，可一定要點一堆烟火，要不就會被叮得像害了瘡的！」寬哥說：「那我倒不怕，牠要叮動牛皮癬才算能叮哩！」清樸笑了笑，就問了的病情，問虞白，問夜郎，最後問到鄒雲，說道：「她沒有回來嗎？也沒個電話？」寬哥想說鄒雲來過電話，話到口邊卻咽了，搖了搖頭。清樸就沉吟了，喃喃地說：「她真不該跟寧洪祥的，寬哥，你說是不？她要嫁誰都可以，怎麼就跟寧洪祥不三不四的？寧是暴發戶，這種人有了錢就會揮霍……」寬哥見他仍牽掛鄒雲，就說：「人各有志，事情過去了就讓過去……你還沒有找個實在過日子的人嗎？」清樸只苦笑了笑。這當兒，那土堆上的人就一片叫嚷，而且你爭我搶那望遠鏡，朝這邊喊：「清樸，你快來，你快來！」清樸走過去，那些人將望遠鏡給了他，清樸看了看，只是笑着指點隊友，就返了過來。寬哥說：「什麼事，這麼興奮的，遠處有什麼野物？」清樸說：「那邊山頭上有個女的。」寬哥搭眼看去，灰濛濛的山頭上似乎有一小點紅，看不清人的。清樸說：「那是個穿紅衣服的女子。這些人在山裡跑了一兩個月沒見過女人了，饞得見了母豬就當了貂嬋哩！」扯嗓門喊道：「別丟人現眼了，讓我寬哥看見，咱這像什麼考古隊員！」那伙人嘻嘻哈哈地過來，一邊走一邊尿着，說：「這有啥的？再鑽一個月的山，我看咱真成野獸了，野獸也有個發情期哩！」就有人說：「你別那麼搖着尿，蚊子把它叮爛了，明日回去瞧你成半夜跪搓衣板！」打打鬧鬧了一番，天就黑下來，大家回到寺裡來。寺果然廢得只剩下一個大殿，殿頂也坍了一角，但門頂上的磚雕卻完整無缺，人一進去，野鴿子就撲撲楞楞往出飛，一層白屎便落下來，清樸正仰了頭指點那木梁寫着的「明萬曆年十二月十二日再造」的字樣，一粒鴿糞正好掉在他的口哩，呸呸地吐了幾口。

在殿裡生了火，掃出一塊乾淨地方鋪一張帆布篷，亂七八糟放着了幾條被子，大家坐上去吃餅乾和罐頭。有了寬哥帶來的酒，瓶子輪流着往口裡灌，清樸笑着對寬哥說：「像土匪吧，實在是土匪！」可就是這些土匪一樣的人，整半夜給寬哥講着秦直道的故事，又從殿角抱一堆磚頭來，說這些磚頭就是在寺前那個坑裡發現的，這些磚頭上都有文字和圖案。寬哥看不懂，他們就說是晉畫像磚，至今國內發現的都是漢畫像磚，而漢畫像磚皆是陰刻的圖案和文字，晉磚上卻是浮雕！又拿出拓成的一沓拓片，講述這拓片上記載的西晉時的古寺，曾經在兵荒馬亂中毀過三次，現在看到的是明代重建的殿。説得高興了，就又叫道：「寬哥，更有個稀罕哩，寺前的銀杏樹下，你注意那個土崖了嗎？崖裡有一個土瓮，瓮裡……」清樸忙説：「你先不要説的，你要嚇着寬哥。」寬哥説：「你清樸不怕，我怕甚的？」清樸説：「就不先説的，明日一早讓你看個驚喜！」寬哥到底猜不透有什麼稀罕，那伙人就要他碰杯，喝了一杯復一杯的，五瓶酒差不多就喝乾了。三個已經倒在那裡呼呼入睡，一個卻醉了並不沉睡，話越説越多，説他是兄弟三個，老大在縣上作了局長，蓋了一院子小樓，出門是小轎車，論起來是個科長，可威風得了得！説他的小弟弟是個農民，以前還靠他接濟的，現在當了鄉鎮建築隊包工頭，嗯，家裡什麼没有呀？結婚的時候，新房裡的電視上、冰箱上、洗衣機上，都用一百元貼滿了，鬧新房的孩子可以去揭，誰揭了是誰的。地板上鋪的什麼？是用五分錢硬幣齊刷刷鋪了一層，進去，銀光燦燦的，人家叫銀屋藏妖。可咱呢，咱講究是大學畢業，是研究員哩，今日發掘這個價值連城，明日考證了那個國之瑰寶，咱卻是個窮光蛋嘛！清樸説：「你去幹個體户麼，你以爲個體户就好當嗎？要不你不幹了，憑你那本事當個盜墓賊，偷販文物，就發得虛騰騰的了！」那人説：「就是，就是，」卻嗚嗚地哭起來。他一哭，清樸不言語了，寬哥也不言語了，那人就又去摸酒瓶，寬哥不讓他再喝，清樸説：「讓他喝，再喝些他就醉得没勁哭，讓好好睡一夜，明日他的任務還要往山下背這些畫像磚的。」果然那人又喝乾了剩下的酒，倒在那裡睡着了。清樸把一條毯子給他蓋好，又往火堆上添了樹枝，笑着説：「你没瞌睡吧？咱們烤着説吧。」一直説到天亮。

天亮起來，那些人臉不洗牙不刷各自就忙開了，似乎昨晚上任何事也没發生。清樸領了寬哥往銀杏樹下的土崖去，寬哥看到的竟是土瓮裡坐着一個乾縮的光頭和尚，清樸說：「嚮導說他小時候就知道這和尚在土瓮裡，文革期間，寺裡的小和尚跑了，有信徒曾背了這不腐的和尚供奉在家裡，文革後又背回寺裡，已經有百年時間了，這屍體沒腐爛的。」寬哥說：「前年西京城裡展出過木乃伊，可那是西部大沙漠的乾屍，這裡風風雨雨，林深潮濕，怎麼還有不腐的？莫非真有人常說的金剛不壞之身嗎？」清樸說：「都這麼說的，說是這和尚功德好，修行到家的緣故，我們拍了照片，回去要請這方面的專家來看的。還有一件事呢，你看不看？就在寺後那個石林子頂上。」寬哥說：「看的，那石林子能爬上去嗎？」清樸說：「我昨日中午爬上去看了，聽嚮導說：『文革後，這裡有一個游醫，自視自己德性高，也想學這和尚，就做了個木箱，着人吊上石林頂，自己坐進去，讓人用長釘釘了蓋。不想三個月不到，木箱就腐爛了，那游醫成了一堆白骨。』」寬哥說：「什麼人都想成仙哩！」笑了一通，就要爬上去看個究竟，清樸卻沒有陪他，自個便拿了相機去拍攝殿的建築了。

寬哥攀援上了石林頂，果然上邊分裂了一個木箱，木板手一捏就碎了，長長的鐵釘已銹得快要斷了，一堆骨頭白慘慘地在那裡。寬哥用腳踢了踢那頭骨，牙還在的，有一枚門牙似乎補過金牙，金皮已沒了，有一鐵環已銹成一點暗紅。寬哥笑了幾聲，才要再爬下來，卻聽見寺那邊幾個聲在喊：「不敢跑，不敢亂打！」舉頭看時，清樸從寺後檐下兔子一般地往前跑，他的身後有一道黃顏色的旋風緊追不舍，幾個人差不多都在喊了：「趴下，快趴下！」清樸在草窩裡滾了幾滾，叭下不動了，身上的黃風停留了一陣，漸漸又收烟似地到了房檐。寬哥立即明白這是清樸撞着了葫蘆豹蜂了，山裡的葫蘆豹蜂能蜇死牛的，你越亂打牠越叮你，清樸不懂這些，那麼亂跑亂打一氣，一定被蜇得不輕。寬哥叫喚着爬下石林，跑近去，大家已經把清樸抬回殿裡，清樸頭上臉上已經腫起來，人有些昏迷不醒了。有人便大聲擤鼻涕往清樸臉上抹，鼻涕能治蜂蜇的，有人又尿，用尿往清樸頭上塗，寬哥說：「一般蜇了這還頂用，這是葫蘆豹蜂蜇的，怕不頂用。有藥嗎？有藥嗎？」但他們只備有蛇藥，沒有防蜂的藥，清樸的臉眼看着越腫越大，皮肉已經黃亮得透明，眼睛幾乎成一條綫了。寬哥說：「快往山下送，快送醫院！」有人就背了清樸往山下跑，後邊又緊跟了三個，剩下的人氣紅了眼，去撿了一堆乾柴禾點燃去燒馬蜂。寬哥放心不下，跑過去，那三人已燒開了，緊挨殿後檐的一棵松樹上盆大一個土球，上面密密麻麻爬滿了二指長的細腰黃蜂，火忽地燎上去，嗶哩叭啦掉下來沒了翅膀的黃肉疙瘩在地上蠕動，一邊用腳踩一邊日娘搗老子的罵。寬哥喊了聲「小心燒了房子」，心裡又耽心清樸，就又拔腳去攆背清樸的人，急得在毛毛道上跌了幾跤。

趕到了子午鎮醫院，清樸已失了形狀，幾處腫得皮肉開裂，流淌黃水，醫生說他們無力搶救，用救護車急趕往地區醫院，車還未到，人已經沒了氣息。

清樸一死，寬哥留下來幫考古隊料理後事。給虞白拍了電報，虞白和庫老太太連夜趕去地區醫院。清樸的父母早已下世，又是獨根孤苗，繩從細處斷了，唯一能拿事的也只有虞白，考古隊就和虞白商量：清樸是好同志，為考古工作做出了重要的貢獻，雖然留職停薪下過海，取消了考古隊長的職務，但他又返回來，且以身殉職，還是要以考古隊長的級別來安葬，開隆重的追悼會，報道他的事跡。虞白哭了一場，卻一概謝絕了，只要求能在地區火化，買一個較好的骨灰盒盛殮骨殖，讓她帶回去就是了。火化的那日，寬哥要打電話通知西京城裡的夜郎、丁琳他們，虞白說，人已經死了，告別不告別已無意義，何況清樸離開西京時也是誰也沒打招呼地走了的，就讓他悄無聲息地走了好。再說，人活着的時候是一個形象，現在人死了，面目模糊，讓朋友們見了心裡更難受，就不讓任何朋友來了。她親自去街上購置了三身新衣，回來哭着說：「人活得這麼脆弱，小小的蜂就能把他蜇死！可憐他跟着我，我連給他娶個媳婦都沒能娶成，他就死了。」淚流滿面。庫老太太連夜為他剪了一副畫：眼大大的，一個如花似玉的美人兒，盤腳坐地，雙手合於腿前捧着蓮花。寬哥看了，吃了一驚，圖上的女人竟酷似鄒雲，就悄聲問虞白：「大娘是見過鄒雲的？」虞白說：「大娘到我那裡時，鄒雲已經去巴圖鎮了。」寬哥說：「這倒奇了，她剪的幾份像鄒雲哩——是不是也該給鄒雲通知一下？不管怎樣，他們總相好一場的，她不至於不來吧？」虞白說：「算了吧。」和老太太一道為清樸擦洗了身子，換上新衣，梳頭化妝，覆蓋了剪紙，讓屍爐工運去火化了。

骨灰燒出來後，竟出一宗怪事，骨灰裡竟有了一枚特大的金戒指！虞白認得，這戒指是鄒雲當初給清樸買的，自兩人事情分裂後，清樸就沒見戴過。虞白還以為清樸是將戒指退寄給鄒雲了，沒想他還保存着。但是，焚屍前是虞白和庫老太太一塊擦洗的身子和換衣，並沒有見到清樸的手上戴有戒指，那這戒指是從哪兒來的呢？虞白抱着骨灰盒「哇」地哭了一聲，人就昏倒了。

慌得寬哥又喊又叫，庫老太太卻讓把虞白放平，掐了人中，又掐中指，在湧泉百會穴上用嘴哈熱氣，虞白蘇醒過來，便在賓館裡守了她三天三夜不敢離開。眼看着虞白這般模樣，庫老太太提出都去她老家住一段時間，那裡貧困是貧困，卻山青水秀，空氣也好。寬哥就送了一老一少去車站，他自己沒有去，獨自回了西京。

虞白在庫老太太的老家住了一月零二十天，爲清樸過了「五七」。按當地的風俗，在外亡故的人屍體不能入家門，何況清樸又不是庫老太太親屬，骨灰盒就存放在村後的一個寺廟裡。每到七天，去奠祀一番，餘下的時間就陪了老太太在家剪紙鉸布，琴也不得撥，經也唸不成，卧在打穀場上的柴禾堆裡看天上的雲，日子平平靜靜地過去。只是夜裡，門外落着雪，和老太太煨在炕洞門口的火塘邊，一邊燒着洋芋，喝着紅薯稠酒的時候，一邊說些西京城裡的往事，掉下一顆兩顆的淚子來，那雪就擁了門坎，塘裡的火氣哈得流進一汪水。

這個冬天，庫老太太的家鄉下大雪，西京城裡的雪下得更大，往年的雪落下來就消，到處是水嚓嚓地骯髒，今年的雪卻落得駐得，人踏車碾，隔夜凍成硬層，幾乎與街面兩邊的水泥台兒齊平。城裡每天有人在街巷滑倒，一個滑倒，撞得一倒一溜，所有醫院裡都住了骨折的腦震蕩的傷員。市政府三令五申各單位各掃門前雪，鏟子、鐵鎬、鋼釺，能用的工具都用上了，舊冰還未清除，新雪就又凍住——後來就傳出風聲，說天是生病了，天患的是牛皮癬病，要没完没了地蜕着雪的皮屑，得繫一條黃的腰帶可以免災難的。一時間，城裡的黃毛綫、黃絲綫、黃布銷售一空，都做了腰帶繫上，親朋好友走動也是以黃腰帶相贈禮品。竟然一次產品新聞發佈會上，主辦人給與會者發了產品介紹單後，還發了皮箱、毛毯和一條黃真絲腰帶。這事宣傳部得知後，決定要大張旗鼓地反迷信，打擊謠言惑衆者，公安局就拘捕了一批人，其中便有劉逸山。

公開審理劉逸山時，寬哥是去了，他參加了一會兒就走了。他並不相信繫黃腰帶的話，雖然已不是了警察，但凡見街上有人出售黃腰帶就去阻止，甚至也扭送了兩個拒不收攤的小販到派出到所。但是，寬哥的牛皮癬一日重似了一日，他的內褲全做成燈籠褲管，白日下邊紮得緊緊的，每到夜晚就抖出一堆白屑。從子午嶺回來後，組織上已經決定讓他到公安局勞動服務公司去工作，公司開有酒樓一座，木器加工廠一家，還有一個汽車配件經銷部。寬哥當然不能當經理，他又有病，不宜於酒樓上班，就在汽車配件經銷部做推銷員。入冬之後，他穿着臃臃腫腫的衣服，清早出門，天黑而歸，辛辛苦苦跑動，卻因不能胡說冒撂，不能同意回扣，不能滿足少賣多開發票，不能請客送禮，不會陪人去打麻將，所有的推銷員唯有他完不成任務。完不成任務，獎金是沒有的，基本工資還要扣，寬嫂是從娘家回來了，爲此又三天兩頭吵架，後來就住回娘家誰勸也不回來。寬哥苦惱的時候，倒提了酒來找夜郎喝。

在大雪下過的第五天裡，夜郎的孩子降生了。按時間，分娩期並未到，阿蟬去街上買菜了，一等不回，二等不回，顏銘操心不下，拿了一節麻繩下樓去看，讓阿蟬用麻繩繫在鞋底防滑。但阿蟬卻站在馬路口的路燈桿下正與一個同樣提了一捆白菜的姑娘說話，眉裡眼裡生動着，還拉着人家的手，用自己的臉去偎人家的臉。顏銘心裡就生氣，她知道阿蟬的毛病，又是瞄上誰家的小保姆套近乎哩。顏銘畢竟沒過去驚動，直待阿蟬和那姑娘互留了電話、住址，分了手過來，她才說了一句：「什麼人嘛，你隨便要約她到家來？」阿蟬不悅意，說：「是小賊，要來偷你的東西的！」竟不理顏銘，小跑着往樓上去。顏銘挨了嗆，又見她小跑，心裡發恨卻還耽心阿蟬滑倒，沒想自己剛要叫喊阿蟬，話未出口，卻「吱溜」一下，仰八叉跌倒在地上。旁邊人要扶她起來，只覺得一陣肚子疼，唏溜了幾口涼氣，也不怎麼疼了，趔趔趄趄才回去。回去後就覺得不舒服，坐也不是，站也不是，肚子又疼起來。心裡說：「總不會驚動了胎兒吧？」脫了褲子看青了一塊的腿，卻發現下邊破了羊水。阿蟬也嚇壞了，忙給夜郎打電話，夜郎回來急送醫院，當日雪夜，白光瑩瑩，孩子就生了下來。

孩子是個女孩，雖不足月，醫生說看着還健壯。夜郎見母女平安，自然高興，去醫院送過了鷄湯後，第一個報喜的就是寬哥。寬哥高興得拿了酒乾杯祝賀，問：「順利吧？」夜郎說：「順利。我問顏銘，她說就像拉大便一樣！」寬哥說：「瞧她那身架，我還真耽心到時候要剖腹產的，沒想到這麼便當！五天後出院，到那日你來叫我，咱一塊去接她和孩子，孩子一定像她媽媽一樣漂亮哩！」喝了酒，夜郎往回走，腦袋暈暈糊糊的，作想寬哥的話，也覺得奇怪，顏銘怎麼就生產得這般順利？到家又熬了江米粥，盛在飯罐去送醫院，再經過產房，樓過道裡站着蹲着一堆男人都面色緊張地守候在那裡，隔着產房的門，裡邊傳出痛苦的叫喊聲，一個男子終於受不了了，敲打着產房門。有醫生就出來訓道：「幹什麼？幹什麼？」那男子說：「她在喊我的，讓我進去，我握着她的手她就會好些。」醫生說：「婦產科裡又不是你老婆一個，站遠些吧！」那男子說：「她那喊叫聲我受不了，大夫，求你了！」醫生說：「誰生頭胎不艱難，生娃不疼做什麼疼？」門重新關住了。夜郎怔了一下：生頭胎都艱難，顏銘卻是那麼順當？

第五天，接顏銘出院了，夜郎從醫生手裡接過了孩子，急切切地揭了被角來看，夜郎看見的卻是一個醜陋不堪的嬰兒！頭髮幾乎沒有，滿身滿臉的鬆皮皺着，單眼皮，塌鼻梁，一個眼角下墜，下嘴唇還是個豁豁，手腿的骨關節倒長長的。夜郎從來没見過這麼醜陋的嬰兒，一下子愣住，脱口說：「這是十七號牀位產婦的孩子嗎？」醫生說：「當然是的。」夜郎還在說：「是不是搞錯了？」醫生就生氣了，說：「你這是什麼話？我們婦產科幾十年還没發生過搞錯嬰兒的事故，也從没見過孩子的父母這麼說話的！」夜郎趕忙賠情道歉，走開了，還聽見身後的醫生在長長地發着恨聲。顏銘在牀上看到了孩子，第一眼也是愣了一下，接着一摟在懷就低頭流了一股眼淚。寬哥在旁，說：「是個兔唇，這可以修補……這小傢伙肉乎乎可愛！」顏銘就笑了，說：「寬哥，孩子的名字就託付你了，你得起個好名字哩！」三人收拾了帶來的行李往出走，夜郎先小跑去上街叫出租車了。

這天夜裡，阿蟬炖好了豬蹄肉湯，夜郎端着給顏銘喝了一碗。第二碗時，顏銘讓夜郎也喝喝，夜郎不喝，坐在一旁吸烟。顏銘說：「孩子嗆的。」夜郎滅了烟火，獃坐了。顏銘說：「夜郎，你不高興？」夜郎說：「高興着哩。」又趴近牀看了看孩子，說：「顏銘，孩子怎麼是兔唇呢？」顏銘說：「我也没想到會這樣，難道又是個苦命人……這不要緊，是能修補的。現在到處有美容院，手術後不會有痕跡的。」夜郎說：「要美容就得全部美容。」顏銘說：「你說孩子醜了？」夜郎說：「你這麼漂亮，我也看得過去吧，孩子怎麼這個模樣？一個女孩子，即使没本事，長得好也一輩子會享福的。」顏銘說：「你是嫌孩子醜嘛！別人說她醜還能說過去，你做父親的倒也嫌孩子醜了？你們男人家怎麼都是這德性！」夜郎没有再言語，默默去打水洗臉，洗腳，就上牀睡下。

夜郎清楚做父親的應該喜歡自己的孩子，而且是第一個孩子，但夜郎每每抱了孩子，卻怎麼也喜歡不起來。他極力做到的是一個丈夫的責任，父親的責任，一日五餐爲顏銘端吃端喝，七次八次地給孩子換尿布，洗屎墊，但到夜裡，他的夜游症就犯了，總是鬼魂一樣地出去，一兩個小時後又幽靈似地回來。顏銘發覺了，又不能跟着出去，在家恐懼不安，終於忍不住，在一次夜游回來，她在他的頭上拍了一下，將他拍醒，問到哪兒去了？夜郎清醒過來，瞧着鐘錶的時針指在下夜四點，而自己穿得整整齊齊，雙腳又沾着泥雪，知道自己是真的夜游了，但全然記不得去了什麼地方，後怕得臉色也煞白了。再到夜裡，他就讓顏銘用帶子拴了他的手，免得再去夜游。不能去夜游了他卻害頭痛，迷迷糊糊裡連續做夢，甚至是今日做的夢和昨日前日的夢一樣，都是自己的鞋丟了。整個白天裡，又萎靡不振，只有去找寬哥，寬哥也來找他，兩個人就來來往往喝酒。

一日，寬哥不但未推銷出產品，且讓一幫小老闆們戲弄嘲笑了一回，心裡不暢，邀夜郎去喝酒。喝到七成，寬哥說：「夜郎，你又犯夜游病了？聽顏銘說以前犯病去虞白家，這次還是去那裡了嗎？」夜郎說：「我哪裡知道？你想想，我去那兒幹啥？虞白又不在家。」說完了又問：「虞白還沒有消息嗎？她走了不短日子了。」寬哥說：「沒有。昨日丁琳還來打問消息。」夜郎就把腦袋沉下來。寬哥說：「夜郎，我要問你，你是不是和顏銘鬧別扭了？上次我見顏銘，她生了孩子似乎變得軟軟弱弱，又愛抹個眼淚水兒，眼腫得爛桃一般。」夜郎說：「她給你說了什麼？怎麼說？」寬哥說：「我問她，她只是不說，問得緊了，說你犯病了。我看倒不僅僅爲犯病的事。顏銘在月子裡，你和她製什麼氣？尋着讓孩子没奶吃嗎？」夜郎說：「寬哥，說到孩子，我真想不通，人常說別人的老婆自家的孩子，可我的孩子就生個那樣？」寬哥說：「什麼樣兒？你不照照鏡子看自己是什麼樣兒！嬰兒在月子裡有什麼好看的？那臉上的皺紋……等出了滿月你再瞧嫩胖勁兒吧。」夜郎說：「我倒不是嫌那皺紋……你說說，孩子都是父母的影子吧，我長得不好，可孩子要是長成我這馬面也就好了，偏偏那副模樣，沒有一處像我的。」寬哥說：「或許她把你和顏銘的缺點都綜合了——現在看不出來，出了月就有個大概了。」夜郎說：「我倒懷疑這孩子不是我的呢。」寬哥睜大了眼睛，同時吃驚地站了起來，說：「你說什麼，夜郎？你再說一遍！你咋會這樣懷疑？你平日不信這個，疑心那個，現在懷疑起你的孩子了？懷疑起你自己了？你瞧瞧坐在你面前的是不是你的寬哥？」夜郎自知失言，說：「我信誰呢，現在啥事能讓我信？誰都認爲宮長興當不了局長吧，但他就當了；鄒雲和清樸有愛情吧，說吹就吹了！小小的蜂竟把清樸螫死，你又是這麼就混到勞司去……不說了，喝酒喝酒，這酒是真的還是假的，我這會兒舌頭也嚐不來了，喝醉了倒是真的。喝吧，喝！」自己先端了一杯就倒在嘴裡，又倒了一杯。第三杯再舉起來，寬哥來奪，酒還未奪過來，夜郎溜到桌子底下，軟作了一攤泥。

捱過了孩子的滿月，孩子臉上的鬆皮飽滿起來，但形狀並未有絲毫改變，似乎一隻眼角更斜，鼻子塌得差不多和面頰齊平了。夜郎的情緒愈發地壞，顏銘的眉頭當然不展，一個月子，人又發了胖，總耽心小腹要凸起來，讓阿蟬去買了緊腰短褲來穿，又讓夜郎瞧她是不是胖了？夜郎說：「說不像我也罷了，連你也不像！世事這麼不公平，別的咱佔不住，連個漂亮女兒老天都不賜給咱們？」顏銘說：「你一天不說孩子醜就沒話說了，你嫌醜你來把她捏死麼！我不會生，你怨怪我，怎麼就不想想自己的種籽瞎麼好麼！」夜郎說：「好種籽種在薄土上也長不出好苗哩！」兩人鬥一回嘴，一夜無話。半夜裡，夜郎就做了一個夢，夢醒來似乎記不完整，但肯定的是夢很長，好像又是尋不着鞋了，怎麼找還是找不着，他就赤了腳從一個什麼地方往家裡走。感覺裡，他是出了相當長時間的門了，走着走着好像還有父親，父親的腰依舊彎着，但還精神，他們終于尋到了家門。一進門，家裡的中堂廳裡坐着母親和顏銘，兩人都在各自搖着紡車，一盞燈在櫃蓋上光亮如豆。父子倆的突然歸來，一高一低的身影就投映在牆壁上，婆媳的紡車都停住了，張着驚喜的嘴，但卻沒有叫出來——那神氣是誰也不好意思，各自都紅了臉，又更快地搖着紡車。他和父親就坐到裡屋的桌子上喝酒，同樣在等待着娘和顏銘能很快收拾了紡車去鋪被，但紡車還在搖着，綫穗如腫了似地往大裡長。他就怨恨顏銘了，走過去將顏銘的紡車用腳踩了。父親在裡屋也喊：「給我把你娘的紡車也踩了！」這麼一說，顏銘和娘卻都笑了，罵一句什麼，各自到臥屋去。他說：「你不急嗎？」顏銘說：「娘在哩。」他就壓倒了她，但是無論怎樣都不能成功，兩人急得滿頭大汗，聽見了另一個廂房裡的響動，顏銘在哭了，說：「我是處女！我是處女——」能記得的就是這些，但這絕不是夢的全部，往後只覺得是鞋丟了，怎麼丟的，尋着了沒有，夜郎是一丁點也回憶不起來。黑暗裡他睜大了眼睛，心想怎麼會有這樣的夢呢？爹娘早已經死了，顏銘連他們的照片都沒有見過，且顏銘是城裡人，哪裡又會紡車？夢荒誕不經，暗示了什麼？啓示了什麼？就猛地拉開燈繩去看桌上的鐘錶，時針指在下半夜的五點。又想：人常說後半夜的夢是反着的，我和顏銘怎麼也行不成房，她在說「我是處女」，莫非顏銘……

顏銘在電燈拉亮的時候醒過來，迷迷糊糊嘟嘟囔道：「夜郎，夜郎，你醒醒！」夜郎說：「我醒着哩。」顏銘睜大了眼，笑道：「我還以爲你又夜游了！幾點了？天還早着就起來了！」夜郎說：「顏銘，我要問你一件事的：這孩子是我的嗎？」顏銘又捲作一團睡去，說了一句：「狗的。」夜郎說：「狗的？顏銘，你給我說實話，她到底是誰的孩子？」顏銘怔了一下，突然坐起來，說：「你說什麼？你不睡覺，原來整夜裡又懷疑這孩子了？——你說這孩子是誰的？」夜郎威嚴地說：「你瞧着我的眼睛！」顏銘就盯着夜郎。夜郎說：「我的孩子不會這麼醜的！我們結婚的時候你就懷孕了，我們第一次做愛時你没有出紅的，頭胎的孩子你竟然生產得那麼順利，顏銘，你不能哄我，不能哄我！」顏銘一下子臉色發黑，渾身也抖起來，說：「你就是這樣一直在懷疑着我？過去的事情已經向你解釋了十遍，你怎麼一有事就又帶出來，那我這輩子都說不清了嗎？」就哭起來，夜郎說：「你哭什麼？你心不虛哭什麼？你有理由你說麼。」顏銘說：「我要知道你是這樣的人，我天天記日記了！我没理由，我的理由就是我對得起你，我婚前没有和任何人好過，婚後也未找過任何人！」夜郎說：「你是說我和虞白嗎？我不是那樣的人，虞白更不是那樣的人。」顏銘說：「那我就是流氓，是破鞋，是騙子！」孩子驚動了，「哇哇」地哭鬧，顏銘一摟了孩子更大聲地哭起來。睡在客廳的阿蟬已穿了衣服，敲打卧室門，夜郎去把門開了，坐到了客廳沙發上一根接一根地抽烟。

一張紙已經捅開來，夜郎和顏銘就有了隔閡，顏銘愈是反感夜郎對她的懷疑，夜郎愈是懷疑加深，又扯進個虞白，說不清，道不白，吵鬧起來，又都想噎住對方，揀了重話說，矛盾就更是嚴重。差不多的一個星期裡，阿蟬成了風箱裡的老鼠，兩頭受氣，頓頓將飯做好，叫這個吃，這個不吃，端給那個，那個不理，她說：「你不吃，也得給孩子吃，不吃飯哪裡有奶？」顏銘說：「没奶了她死去，她那個醜樣兒一出世就遭人恨，長大了不知更受什麼罪！」顏銘是說給夜郎聽的，阿蟬肚子飢，盛了飯自己吃，嘴唇咂得梆梆響，卻想起自己的處境，說：「人醜了將來當保姆麼。」眼淚掉下來，放下飯碗，嚎兒嚎兒地哭，夜郎氣得又說不成，一怒之下又回到保吉巷原先的房間去住了。

夜郎這一走，兩天未見回來，顏銘就去尋寬哥說原委，寬哥說：「這是怎麼回事嘛，你嫂子她和我分居了，夜郎也學樣兒？家窩這事難說清，原本我也沒個自信去勸說別人，可夜郎我得去管管的！他得了病，你們總說是夜游症，現在看來他得的是疑心病，誰都不相信了，自己連自己都懷疑了！」寬哥真的往保吉巷去了三次，每一次談半天，每一次都不歡而散。夜郎就不願意再住在保吉巷，託五順在附近重尋房子。五順又操起販菜的舊業，尋了幾處，不是條件太差，便是房價太高，煩得天天喝酒。喝酒又不能邀了寬哥，竟在一夜提了酒去和圖書館的那兩個老相識喝，便得知圖書館管基建的人已被逮捕了，但大家都懷疑宮長興從中也得了好處，宮長興卻安然無恙，繼續做他的副局長。而且，宮長興還在圖書館的時候，下邊掛靠了許多經營部門，差不多又都是所謂的與香港合資，現一一查了，這些合資單位全是假的，還是西京城裡的人，因與港人有點親戚關係，就以代理人身份來辦些小企業，而企業全無實質性生產，僅僅從中將免稅的車輛進行倒販。這些掛靠的單位當然是宮長興批准的，宮長興從中又得過多少好處呢？兩個老相識越說越激動，將寫好的足足有一指厚的檢舉材料交給夜郎，希望他能轉給信訪局。夜郎不提信訪局還罷，提起信訪局長一肚子黑血在翻騰，但又想：「先前的事情就不說了，信訪局長的兒媳婦已經安排了工作，他老傢伙還會繼續包庇了宮長興！」就接了檢舉材料。

沒想到那一夜三人都喝多了，第二天沉睡到下午，夜郎搖搖晃晃回來，才走到保吉巷口，偏巧碰着了李貴。李貴大聲地招呼他，親熱得像多年未見的知己，硬拉了他去家吃飯。夜郎說：「才要大便就有了廁所了。」李貴沒聽明白，說：「還沒請你吃哩，就大便呀！」夜郎只好往旁邊的公廁去，說：「把肚子騰空了，能多吃你麼！」到了李家，飯菜簡單，是那種扯麵，夜郎直吃了兩大碗，李貴卻僅吃了半碗，只是喝酒，問夜郎還在戲班沒有？夜郎說：「不演鬼還能幹啥？」李貴說：「瞧你這飯量就知道你是鬼托生的！俗話說，早晨能吃的人是神變的，中午能吃的人是人變的，晚上能吃的人是鬼變的。我先前晚上能吃的，現在胃壞了，吃多了克化不過，可酒不喝不行麼。」笑了笑，又說：「還在戲班就好，我得請你們給我們廣仁貿易公司演一場戲了。」夜郎說：「什麼廣仁不廣仁的，是買鄒家兄弟的那個店吧？鄒家前世一定是欠了你們的。」李貴說：「得鄒家的利，也吃鄒家的虧，要不公司生意紅紅火火也不用着唱鬼戲了！」夜郎說：「這是怎麼回事？」李貴說：「鄒雲的事你真不知道還是裝不知道？」夜郎說：「她回來了？」李貴說：「從巴圖鎮回來了，明明知道她是操皮肉生意的，可曉光偏讓她勾了魂……」夜郎說：「曉光是誰？」李貴說：「他是公司的董事長，信訪局長的兒子呀。」夜郎說：「鄒雲和他相好了？」李貴說：「曉光在賓館裡給她包了房間養着的。一對一倒還說得過去，可鄒雲竟還叫一個鷄婆，三個人在一張牀上，事情就敗了，一輛警車裝着走了。」夜郎驚得目瞪口獃，說：「這不可能，鄒雲是嫁了寧洪祥的，那開金礦的比不得你們公司有錢？」李貴笑着說：「這你真是不知道她的事了，姓寧的早死了！他在礦區是一霸，常和別人爭礦點，一幫打手帶着器械，抬上棺材去打架，也是積惡太多，數月前騎摩托車去巴圖鎮東邊的柳林鎮，被人事先在路上拉了鐵絲故意要害他，摩托速度快，人身子還在車上前衝了幾百米，頭卻咕碌碌留在路邊。結果，害他的人還不解恨，將頭顱砌在了一條石堰裡，身子丟在污水管道裡，等發現的時候，身子在管道裡的閘門處泡得白花花的骨頭出來。姓寧的一死，生前的那些狐朋狗友，借了人家錢的不吱聲，卻有十多個主兒說姓寧的生前借了他們的錢，一夜裡把家裡值錢的東西都拿去抵債了。公司裡的那些人更是烏眼雞，貪污的貪污，毀帳的毀帳，捲着財款也鳥獸散了，只苦得鄒雲被那原老婆趕出了巴圖鎮。鄒雲也是水性楊花的人，好日子過慣了，哪裡受得清苦？就破罐子碎摔做了鷄。那一夜警車抓了他們三人，原本要罰錢可以放的，曉光罰五千，鄒雲罰一萬，曉光當然交了款第三日放了，鄒雲誰給她出這份錢？她的兩個哥哥看也不去看她一眼，她就被關到城南勞教所去了。」夜郎聽了，想起以前鄒雲測「滑」字的事，知道李貴說的可能是真，唏噓了半晌，口裡說：「真想不到……誰能想到她會是這樣！」心裡卻不禁堅信了自己對顏銘的懷疑：人披有一張人皮，知了面哪裡能知心；世上最不了解的是夫妻，一方有了什麼隱私，誰都瞞不過，卻就能瞞過對方的。而今裡，這還有什麼真的，除了娘是真的什麼都靠不住了！就說道：「不說這些事了！你們公司要演鬼戲，幾時演的？這回演戲可以不收你們分文報酬。」李貴說：「夜郎這麼義氣？」夜郎說：「我倒沒這義氣，這得有條件的，你把這份材料讓曉光交給他爹，盡快的編發了，送閱給市上領導。」把材料給了李貴，李貴說：「這算什麼事？」夜郎說：「有結果了，你們說什麼時候演就什麼時候演，要是無聲無息，對不起，出十萬八萬也不去演的。」

過了「七七」，因爲大雪封山，又滯留了一個月，虞白才和庫老太太抱着清樸的骨灰盒回到西京。丁琳接到虞白的電話，就通知了寬哥、夜郎、南丁山一塊去車站接。數月前，去的是活生生的吳清樸，如今回來的卻是虞白背在背上的一個藍花包袱包着的骨灰盒，四個人都流了眼淚。虞白說：「這就不必了！你們能來接他，清樸若地下有靈，他已經深謝不已，再要傷心落淚，他就不安了。」丁琳說：「白姐，聽寬哥說骨灰裡燒出枚戒指，這是真的？」虞白說：「戒指倒是他以前常戴的那枚，我奇怪的也是他後來藏在哪兒？要麼去了考古隊後把身子的什麼地方剖開了，埋了戒指又縫上，或者是蜂蜇後背他下山，他知道是不行了，怕將來別人拿走戒指，就偷偷塞在口裡。」說着就要打開骨灰盒讓大家看。寬哥說：「骨灰盒不能打開的吧？」虞白說：「不給外人打開，還能不對你們？」開了盒，果然一推骨灰裡有一枚黃燦燦的大戒指。夜郎只說了一句：「他死了也沒忘了鄒雲……」寬哥就拉他的衣襟，不願說出鄒雲來，偏巧這時候從車站月台的那邊悠悠地旋過來一股風，倏乎到了眼前，竟把骨灰一盡兒吸收而去，又歪歪扭扭的旋着柱兒往月台另一頭捲去。大家都獃了，直看着那旋風下了月台，在軌道上嘩嘩啦啦吹着一團廢紙、樹葉，消失了，才愣過神來，臉色都嚇得沒了血氣。虞白雙腿一軟，跪在地上就哭：「清樸，清樸，你是回來也了要把骨灰撒在城裡嗎？」大家都跪下來，一齊說：「清樸，清樸！」就全哭了。

回到家裡，楚楚蹲坐在門口，楚楚是託付了民俗館的人餵養着的，但楚楚每天每晚吃過食了就蹲坐在門口守望的，這陣見虞白回來，只是「嗚嗚」叫，如哭一般，流着淚水。大家看着都感動，讓虞白和庫老太太歇着，動手收拾起房子。丁琳忙了一陣，在後園裡和虞白嘰嘰咕咕地說話，虞白頓時變臉失色的喊夜郎，夜郎出去，站在那白皮松下，虞白問：「你離婚啦？」夜郎說：「丁琳嘴怪長的。」說完了，那麼笑了一下，虞白說：「你還笑哩，你咋恁能行喲，要結婚忽地結婚，要離婚忽地又離婚了？幾時離的？」夜郎說：「前日去寫了協議書，明日讓去領正式證的。」虞白說：「你快給我收拾了吧，明日誰也不能去領，你把顏銘帶到我這裡來，有什麼事大不了的鬧到這一步？既有今日何必當初？你領她來，來了到樂社再玩一玩，就算給你們重歸於好樂一樂。」夜郎說：「你不知道這其中原因。……我不能連我的老婆都在欺騙我……全世界都可以算計我，但我不能讓老婆也算計我！」虞白說：「這我不管，我只要你領了她來！」

南丁山在廚房裡擦洗鍋盆碗盞上的灰塵，給寬哥說起廣仁貿易公司請演戲而沒有去演的事，因爲檢舉宮長興的事泥牛入海，沒個消息。寬哥才說了一句：「你別聽夜郎的……」就聽得後園裡傳來吵聲，跑出來，知道了是關於顏銘的事，惱得寬哥咬牙切齒地瞪夜郎，一拉南丁山胳膊說：「咱站在這裡幹啥？夜郎哪裡還聽咱的？咱說話是放了屁嘛！」轉回到屋裡去，坐在沙發上抹眼淚。

收拾好了屋子，丁琳提議大家都走，要讓虞白好好歇歇。寬哥叫了南丁山和丁琳就先走了，唯獨不理夜郎。虞白說：「你瞧瞧，你現在活成獨人了！明日不把顏銘高高興興地領來，你以後也別上我這裡來！你走吧——」夜郎卻說：「你把琴再借給我，我夜裡靜靜心。」虞白悶了一會兒，說：「你拿走吧。」夜郎抱了琴，踽踽出門。虞白砰地關了門，卻又跑到廚房窗口去看他，夜郎一肩高一肩低的走過樓區院子，走過存車棚，後來在大院門口停了停，背影晃過了牆頭。

夜郎一夜守琴未睡，第二天雙眼紅腫去了街道辦事處，但顏銘並没有如期而至，辦事員把夜郎叫進辦公室，告訴說顏銘昨日已來過一趟，她不願今日在這裡再見到夜郎。夜郎急問：「她没有拿證嗎？」辦事員說：「已經拿走了。你簽了字也可以領了。」夜郎在一張表上簽了字，一份按有鋼印的離婚證書就疊起來裝進了口袋。辦事員卻說：「你們走到這一步，我十分遺憾，但你堅持說她不貞，孩子不是你的，要離婚，按婚姻法你的理由是合理的，離婚也是合法的。但昨日我和顏銘談了話，我們作了記錄，你願不願看看？」就把一沓談話記錄推到夜郎面前。夜郎覺得奇怪，拿眼看去，上面是有問有答——

問：你同意離婚嗎？如果不同意，我們可以再作調解。

答：他那脾性我知道，我越是不同意他就更堅決，既然到了這一步，就是再和好，他死也不會相信我的話。

問：我們可以爲你保密，你能否告訴我們，這孩子到底是誰的？

答：夜郎的。

問：你這樣說夜郎是不信的，我們也難以相信，孩子確實是一點也不像你丈夫。

答：孩子不像父親，卻像母親，這也是常有的事吧？

問：那更不像。你這麼漂亮，孩子那麼醜，如果孩子有你十分之一的形象，我們也能相信你的話。

答：孩子確實像我。……你們能爲我絕對保密嗎？

問：請相信我們。

答：我相信你們，但可以說我更是爲了我的人格和尊嚴，我才這樣說給你們的：孩子的形象和我小時候幾乎同一個模子裡倒出的。我是整過容的。

問：不要哭。這話眞讓我吃驚，整過容的怎麼一點也看不出來？你丈夫知道嗎？

答：他不知道。這個世界上只有我知道，我的整容師知道。我不是西京城人，也不是什麼縣城的人，我的家在陝南的口縣口村。我原名叫劉惠惠，生下來和這孩子一樣奇醜，長大了誰也不喜歡，沒有小孩子同我玩，上學同學們不願和我坐同桌，老師上課也從不提問我。別的女同學身邊總有男生圍繞，我沒有。在家我的父親也見不得我。我吃盡了人醜的苦愁，我做什麼事都比別人多付出十分的辛苦，得到的卻是比別人少十分的回報。我發誓要改變我，這個世界上人活的是一張臉，尤其是女人。既然女人除了臉面一無所有，我就要把我的臉變得漂亮而去享受幸福。當我得知大城市裡有整容的事後，我偷偷拿了家裡的存款悄然離家出去，我跑了許多大城市，也見了許多世面，最後得知上海整容好，就去那兒尋到最好的整容師整了容。整過容後我在鏡子裡認不出了我，我又有身材，就改了名字，來到西京。我重新起名叫顏銘，我要忘記我的原名原姓，要忘記我的醜惡的過去。我當過保姆，販過衣服，在賓館當過服務員，後來到時裝表演團。我的命運從此改變了，我走到哪兒都有男人圍了轉，都獻殷勤，一出台就有掌聲，有鮮花。我爲我的容貌和身材得意，但我更害怕這個只認臉的男人社會，我完全可以去傍大款，但我沒有，我才決定要嫁給夜郎。可哪裡能料到我的女兒竟又全是我的遺傳，夜郎就懷疑

（顏銘掩面大哭）

孩子不是他的。

問：噢，原來這樣。這些你完全可以對你丈夫說明的。

答：我不能。我能有今日的光彩全是我由醜變美，這秘密我說破了我會做夢一般又回到過去；即使夜郎我也不能說。他畢竟是男人，他會覺得原來我的美是假的，他會以什麼樣的心情對待我呢？

問：你難道爲了這秘密而寧願承擔作風不好的名譽嗎？

答：時代不一樣了，同志，這個時代興的是人的一張臉，而作風不好的觀念改了，笑貧不笑娼的，我說破了眞相，我會全完了，不說破，夜郎不要了我，我更看透了現在的社會和人，我以後就去傍大款呀，我相信有那些有了大錢而追求美貌的男人的。

……

夜郎看到這裡，渾身劇烈地顫抖着，呼吸急促，鼻涕和眼淚都湧了下來，說：「這是真的嗎？她是這樣說的嗎？」辦事員說：「我爲什麼要哄你？」夜郎站起來，說：「這記錄能交給我嗎？」辦事員說：「這不行。」夜郎坐下去，又要站起來，竟沒有了絲毫氣力，腦袋重重地磕在桌沿上。

就在當天下午，夜郎搭上了去□縣的火車，下了火車又乘坐汽車，一路打問着到了□□村。他詢問着一個叫劉惠惠姑娘的家在哪裡，村人說：「劉惠惠呀，不是已死了好多年了嗎？」夜郎問怎麼死了？村人說，聽說是去親戚家害了病死了。夜郎就拿出自己孩子的一張照片，問像不像劉惠惠小時模樣？村人說這就是劉惠惠麼，你有她的照片？你是她家什麼親戚？那醜女的爹就是村口那家殺豬的，你要我去喊他嗎？」夜郎沒有讓人去喊屠夫，也沒去屠夫家，掉頭就去車站要返回。第三天一到西京，徑直奔到祝一鶴家，顏銘卻不在了。阿蟬說：「她走了，她抱着孩子走了，可能去北京，也可能去上海。」夜郎大聲吼道：「不可能，不可能，絕不可能！」瘋了一般衝進卧室，卧室裡的櫃門打開着，沒有了顏銘的一件衣服，一雙鞋襪，那些化妝品也一樣都沒有了。他終於撲沓地坐在了地上，喃喃地說：「她真的走了，她去北京了，她去上海了，她重新去尋她的舞台了……」眼癡起來，盯着門外。門外的另一幢樓，一個涼台上的鐵絲上掛晾着五顏六色的小兒尿布。夜郎突然叫道：「那孩子呢？孩子呢？阿蟬，孩子呢？」阿蟬說：「她是抱了孩子走的，她走時一邊擰着孩子，一邊又摟了孩子哭，她說她要給醜女美容的，要掙很多的錢給醜女美容的，她就抱着孩子走了。」夜郎說：「孩子那麼小的，能做什麼美容？做什麼美容嘛！孩子有什麼錯嘛？醜有什麼罪嘛！阿蟬，你在騙我，她不會帶了孩子的，帶了孩子怎麼出去闖蕩？你們一定是把孩子寄養在哪裡了，你告訴我，孩子寄養在哪裡？阿蟬，阿蟬，我求求你了！」他使勁地抓着阿蟬，搖晃着，逼視着，但他看見阿蟬的目光是那麼陌生，那麼冷漠，只是在說：「我也疑心她會寄養孩子的，可寄養在哪兒，我不知道。」夜郎「哇」地一聲，竟抱了阿蟬嚎啕大哭，鼻滋眼淚流了阿蟬一脖子。

那一刻裡，祝一鶴突然翻身，從牀上重重地跌下來，被子掀到了一邊。他赤身裸體地在地上掙扎，皮肉卻是亮的，幾乎能看見裡邊的五臟六腑，而且口裡有一條涎水扯成的絲，從牀頭掛到地上。阿蟬說了一聲：「蠶！」夜郎淚眼看去，也怔了一下，看祝一鶴胖胖嫩嫩，如嬰一般。

寬哥終於辭退了勞動服務公司推銷員的工作，要去看病，因爲牛皮癬已經使一雙手如在泥巴裡伸過了，泥巴又涼乾，結着一片一片的痂，而掌紋卻裂得極深，縱縱橫橫地含了血。先前最耽心的是癬上了頭，現在滿脖子都是，頭上也有了，後脖子的頭髮裡攪着麥麩似的屑。他去買菜，賣主討厭他翻來倒去的挑揀，他去飯堂吃飯，別的桌子人都坐滿，唯獨他單人獨桌，洗澡堂就更不允許他進去了。偶爾的一天，他在城河沿上走，聽見有「甲蟲、甲蟲」的說話聲，回過頭去，兩個孩子在樹根下捏着一隻蟲子在鼻前聞，一個說氣味兒是腥的，一個說不是腥，是草味兒。寬哥聽了，第一回聯繫到自己：我也有個硬殼了，我也像個甲蟲了嗎？手裡當時正拿一根拐杖——是爲隔壁的馬老太太買的——握了拐杖往前一個馬步，作一個刺殺狀，瘦高高的身子，樣子有點像小說的堂吉訶德。但作過了刺殺狀，心裡畢竟傷感：我真要成了甲蟲了嗎？他才下定了決心要治治病了。

西京城裡沒有治牛皮癬的名醫，他得到河南的駐馬店去，據說那裡有個醫生，用炒熱的鹽巴埋住全身一天一夜，再在自製的藥水瓮裡浸泡一天，然後服九九八十一天的湯藥，病是可以根治的。他給單位請了長假，單位允許了，卻講明去治病期間沒有固定的獎金，沒有補助，基本工資也只能領百分之七十。他去了岳丈家和老婆告別，胖老婆把一筆存款給了他。去駐馬店他不坐車，要沿着黃河徒步而行。他已經給丁琳說過了，要丁琳在報紙上爲他宣傳，他要以一個病人的徒步走黃河的行動引起社會募捐，而將錢在各地爲雷鋒修廟——關公有關公廟，孔子有孔子廟，雷鋒爲什麼不可以有廟？世風日下，人心不古，雷鋒精神靠報紙上那麼每年提一次，真不如在民間有廟來敬奉着能深入人心？胖老婆「哼」了一聲，沒有再說知疼知熱的話，推他出去，重重地把門關了。寬哥罵了一聲「有二兩豬腦子！」就一定要與夜郎見見面的，但是怎麼也找不着夜郎。他去祝一鶴家，阿蟬說夜郎早不住這裡了；去保吉巷，已經重操舊業的五順、小李，也說好久不見夜郎回來住了。寬哥去戲班裡找南丁山，戲班還在那排演廳裡排演鬼戲，鑼鼓打得叮叮咣咣，粗聲細聲都伊伊呀呀唱，甚至還請了一些皮影藝人、木偶藝人、魔術藝人，也在那裡演動。南丁山情緒十分地高漲，一定要讓他看看排演，說民俗館要舉辦大型活動，邀請了戲班去演出，他們特意在目連戲中要花插皮影、木偶和魔術，準備大演一場，一是大展一次戲班的實力，二也是爲上次和民俗館合作義演時的倒霉衝衝喜。寬哥說：「鬼戲班也要安頓鬼的！」南丁山說：「這個當然，你已經是雷鋒了，還不張揚着要修雷鋒廟？」寬哥說：「你看過報紙了？」南丁山說：「今早報紙送來就看到了。丁琳的那個文章寫得真好，寬哥這樣的人是該宣傳的！可是，寬哥，你那個募捐能募捐下嗎？病得這麼重的，恐怕徒步走黃河，走不到駐馬店人就走不動了，蹬腿兒死了。」寬哥說：「死了也好，這可以更激勵世人，恐怕募捐比我活着還要多的。走不到目的地死了你以爲是惋惜嗎？那才是悲壯！你講究在西京城裡生活了幾十年，你知道不知道西京城的歷史？西京城址就是建在秦嶺上流下來的一條河上的，這河只是後來乾涸了……兄弟，你記着哥哥一句話：不是所有的河流都能交匯到海裡，不是所有的許諾都能得的印證，還有……」南丁山笑道：「還有：作爲每一個人的選擇，就是認真做事，積極做人，存一股清正之氣在人間。是嗎？」寬哥說：「你怎麼知道這些？」南丁山說：「報上寫着的嘛！你該把這些話記得滾瓜爛熟麼！」寬哥不好意思地笑了笑，說：「夜郎呢？我到處尋不着他，我要走了，總得見見他吧！」南丁山說：「夜郎真不知道你要走的，他還說要找你的，要給你說一件大事的，可現在到底在哪兒，我也說不清，戲班讓他拒門謝客寫一個鬼戲的，不知躲到哪兒去寫了。」寬哥說：「說誑話，夜郎能寫戲？」南丁山說：「這可是真的，是他要求去寫的，他詞兒可能寫得不好，但他能編情節的。」寬哥就說南丁山瞞他，一定是夜郎叮嚀了偏不讓他見的，南丁山就發咒，說他夜郎誰都可以不見，難道不見寬哥？戲可能也編好了，就在這一天半天裡夜郎要回戲班排演，人一回來，立即讓給寬哥掛電話的。寬哥只好回家守了電話，守過了兩天，仍是沒有夜郎的消息。

夜郎的確是在編一個小小的鬼戲，他是在完成了一宗大事後，萌發了寫戲的念頭的。顏銘走後，他萬般地羞愧，白天裡喝得醉醉醺醺的，夜裡就在城中游逛。他已經沒有了夜游症，是整夜整夜地游逛，抬腳在街兩旁的廣告牌上踹泥腳印，將十字路口的行車隔離墩挪個方位，揚頭把痰吐在路燈桿上，甚至趁無人又以尿題字在街面上，百無聊賴着把身子搞得精疲力盡了，才回去死豬一般地睡去。但是，圖書館的那兩個老相識又來找他，說遞上去的檢舉材料什麼作用也不起，如放了一個屁，臭也不臭。三個人就預謀了一宗惡作劇，於是，由夜郎出面，找着了再生人的小兒子黃長禮，黃長禮認識西京城裡的名偷米貓子的，給米貓子如此這般地說了一番，在三日之內連偷了七位局級以上領導幹部的家，盜去了大量的現款和存摺。一時間，七位領導幹部紛紛報案，其中就有宮長興。公安局集中力量加緊偵破，沒想米貓子沒有抓到，而米貓子卻將全部偷來的現款和存摺一一列出各家的清單，在一個晚上用提包裝了塞進紀檢委大門裡。數天裡，西京城裡到處在傳說這件事，並且說宮長興報案是丟了三萬元，而小偷退回紀檢委的卻是偷了宮長興五萬現款，二十萬存摺。夜郎將這事守口如瓶，卻提了兩瓶酒給南丁山，就要求他去編個戲呀，隨後就去平仄堡包了一間房，一邊寫他的戲，一邊觀察社會上的動靜，看紀檢委如何處理這宗事，而宮長興又如何說得清他的這批錢款的來源！

寬哥等不及夜郎的電話，疑心虞白是不是知道他的去向？但寬哥原不肯去見虞白了，因爲病情嚴重，虞白又是心細人，見了自已頭上手上的癬會影響了她的心理，可爲了能找到夜郎，寬哥仍是戴了一頂帆布帽去了。虞白說她也是到處找不着夜郎，自她回城後，民俗館已招聘了她和庫老太太去那裡做畫師，也知道民俗館修整彩繪了數月，重新開館，要舉行大活動，已談妥了請鬼戲班來演五天鬼戲的，到時候夜郎還能不露面嗎？寬哥只好推遲了出行的日期。

到了陰曆的十一月初七，西京城裡卻又下起了一場大雪，撕棉扯絮了一天一夜，一切都覆蓋成銀白。民俗館的民俗博展活動如期在初九日拉開序幕，裡外牆樓門窗被粉刷得煥然一新，又增設了許多展室，十四面彩旗就插在門樓西邊的牆頭，巨幅橫額一道一道掛在民俗館的那條街巷上空，而八個大氣球凌空昇起，垂着長長的標語。舞台是設在主樓後的大庭院裡，開幕的頭天晚上，就叮叮咣咣地演動鬼戲了。

丁琳早早就來到虞白家，她們猜想夜郎久不露面或是在寫戲排戲，可今晚演出在民俗館，與虞白一牆之隔，他說什麼也會來送戲票的吧，就是不送戲票，也是得來看一看的。但是，兩人在家直等到天黑，夜郎沒有來，民俗館的大院裡已經緊鑼密鼓地吵台了，又咿咿呀呀有聲在唱了，夜郎仍沒有來。丁琳說：「他不來了？」虞白說：「不來了。」說過這話，兩人幾乎同時想到了一個可怕的念頭：夜郎是不是不在了西京？就急急火火地從家裡出來，直奔了民俗館。

這一個夜裡，雪是駐了，整個民俗館都爲玉琢了一般，裡裡外外的彩燈照着，又晶瑩剔透得好看。戲台下黑壓壓地站滿了人，每一層樓的欄桿上也趴滿了，演的是目連折子戲，每一折戲與一折戲之間，就是皮影和木偶，或者耍各種魔術，能刀鋸活人，能把一把白紙變成了人民幣，或者在一個小匣子裡不停地抓出水果糖來撒向觀衆，觀衆就亂起來。虞白和丁琳在台下看了一會兒，沒有見到夜郎，台下沒有，台上的戲裡也沒有。兩人就擠出來往台後去，才站在前樓西南拐角，丁琳一撞虞白的胳膊，悄聲說：「那不是！」虞白仄頭一看，夜郎臉畫得十分難看，束着頭，還穿着平常衣服正從樓後的廁所裡出來，她「啊」了一聲，瞧見夜郎扭過頭來了，自己卻仰了頭往天上看，一雙腳在雪上踩着，聽「嚓嚓」聲，看着天上並沒有月亮，但天還是白的。她聽見夜郎小聲叫了一句「虞白」！她還在看天，天上是一個空白。夜郎又叫了一句「虞白」！她低下了臉，才做出剛剛發現的樣子，說：「喲，這不是夜郎嗎？」夜郎走近了竟拉住了虞白的手，丁琳趕緊往戲台上看，就聽得夜郎說：「我知道你會來找我的！」虞白說：「我賤嘛！」夜郎似乎嘿地笑了一下，笑得很低，說：「我錯了！」兩人就無語，接着是夜郎在說：「可我一直在等着你……你知道我的情況了嗎？我要等着你……」虞白卻在說：「我錯了，你還等什麼？你等着我更是錯中錯了。」丁琳忙回過頭來，說：「虞白，你……」戲台的後邊有人叫：「夜郎，班主叫你哩！」夜郎嗯了一下，對丁琳說：「見着寬哥了嗎？見着了你們都等着，戲完了咱們說話！」就貓身往後台跑去，聽見了跑上後台梯板上使勁跺了一下腳上的泥雪。丁琳對虞白說：「好不容易碰上他，又是搗嘴，你們兩個只會個搗嘴！」虞白說：「你聽見他說的話嗎？我是錯了，錯了我愛過他，可他說要等我，他等我就更是錯上加錯了嘛！」

兩人在原地獃了一會兒，都沒了話，虞白說：「你還看嗎？」丁琳說：「看不看無所謂，可夜郎讓咱等他的。」虞白說：「那我領你到二樓會議室喝杯茶去，戲完了再下來吧。」兩人就上到二樓，丁琳卻要到一個展室去看看，那個展室展出的就是虞白和庫老太太的剪紙畫和布堆畫，其中一幅，虞白說她要送給夜郎的，這是一幅《坐佛圖》，畫面上是一棵枯樹，枯樹下坐着一個寬衣寬袖之人。旁邊密密麻麻寫了字，丁琳湊近讀了，寫的是：

有人生了煩惱，去遠方求佛，走呀走呀的，已經水盡糧絕將要死了，還尋不到佛。煩惱愈發濃重，又浮躁起來，就坐在一棵枯樹下開始罵佛。這一罵，他成了佛。

三百年後，即冬季的一個白夜，□□徒步過一個山腳，看見了這棵樹，枯身有洞，禿枝堅硬，樹下有一塊黑石，苔斑如錢，□□很累，臥於石上歇息，頓覺心曠神怡。從此秘而不宣，時常來臥。

再後，□□坐於椅，坐於墩，坐於廁，坐於椎，皆能身靜思安。

丁琳說：「這倒寫得好，枯木作菩提，隨地可坐佛了！只是這□□是指誰？」虞白說：「原是寫了我的名，後來成心要送夜郎，就又空下了。」丁琳便把布堆畫取下來疊了裝在懷裡，說戲完了她送給夜郎。兩人出了展室，才要到辦公室，辦公室卻走出了南丁山。丁琳說：「戲演得叮叮咣咣的，做班主的倒來辦公室清閑喝茶了？」南丁山卻一臉死灰，連連擺手，回頭看看辦公室的門，急拉了二人下樓，一直到了廁所那邊。丁琳說：「什麼事，說話揀這麼個好地方！」南丁山說：「不好了，出事了！你們瞧見我是從辦公室出來的吧？辦公室坐着公安局的人，他們是來找夜郎的！」虞白啊了一聲，南丁山忙捂了她的嘴，悄聲說：「都說夜郎咋咋唬唬，這事他卻做得一聲不吭，也難得是他不想牽連着我。……你們是都聽說小偷偷了七位領導幹部的家了嗎？是都聽說宮長興報案了三萬而小偷實際偷了二十五萬的話嗎？那就是咱夜郎他們幹的。上邊現在是正清查宮長興他們的經濟來源的，可對於這樣的小偷豈能放過？已偵破出是一個叫米貓子的人偷的。這米貓子手藝是高，卻膽兒不大，公安局抓住後審問誰是幕後人？因爲一般小偷偷了東西不會再送回去了，而米貓子偷了那麼多巨款竟又全部退了紀檢委，必定有什麼原因。嚴刑拷問了米貓子三天，他吐了實，供出是夜郎和圖書館的兩個人幹的。圖書館的那兩個已抓了，晚上來找夜郎。我說今晚演戲，夜郎還有角色，現在找他，演出就會炸場，等夜郎演完再說吧。你們剛才見到夜郎了嗎，真是有幸還見了他一面，寬哥也不知來了没有？他是幾天裡一直要見夜郎的，只怕他今天難以見了。」說着，自己的眼淚先流下來。虞白說：「那我們就去戲台下尋寬哥，見着了讓他去後台見夜郎一面。」南丁山說：「這使不得的，公安局的人叮嚀我，不得走漏絲毫風聲，如果夜郎逃跑了，就拿我問罪的，寬哥要去後台，萬一說失了口就麻煩了。這樣，如果寬哥没來，明日你們去告知他夜郎的事，夜郎原本見了寬哥還要說一件大事的，讓寬哥過後來找我吧。」丁琳說：「寬哥可能這一兩天就要走了，夜郎要給他說什麼事？」南丁山說；「夜郎也知道寬哥要走了，他要勸寬哥不要走，快去治了病，說他和一家企業主商談了一個工程，就是和動物園合伙改造動物園，把動物全部放出鐵籠，讓他們在公園裡自由活動，而把參觀的人裝進鐵籠，用車開着進去，這樣變換了思維，叫着什麼空間物理。寬哥可以幫助籌建，到時候了他還可以當動物園的警察的。」虞白說：「虧得夜郎這麼想！寬哥即使今晚見不上了夜郎，我明日去找他來見你，你知道那企業主的名姓嗎？」南丁山說：「知道。」趕急就走了，走了又走過來，叮嚀道：「千萬要守秘密呀，夜郎是咱的兄弟，可國有國法，咱不敢枉了法！」虞白和丁琳點着頭，眼淚唰唰唰地流下來。

戲台下，虞白和丁琳並沒有碰着寬哥。但是，寬哥是真真正正地來了。寬哥沒有好意思去台上尋夜郎，在台下轉了一圈，卻被一個人拉住，熱情地又是遞烟，又給點火。寬哥疑惑地說：「我不認識你呀！」那人說：「你不認識我，我卻認識你的，我叫尤啓事，先前在餃子宴樓上見過你的。」寬哥不願再提起餃子宴樓，說：「有什麼事嗎？」那人說：「我在□□街開了個古董店，新近弄到幾把舊琴，但我怕上了當，需懂得的人幫我看看。去餃子宴樓找吳經理，餃子宴樓卻不辦了，尋不着吳經理，卻沒想到在這兒碰着你。」寬哥說：「好了，好了，我們誰也不懂的。」那人受了冷落，瓷在那裡，還在說：「我會付鑒定費的……」寬哥掉頭往人窩裡去，卻想，自己要出遠門了，何不讓虞白去看看是什麼舊琴？就又過來，說：「你真有舊琴？」那人說：「我哪敢誆你？」寬哥說：「那我介紹個人，你去找她。」就寫了虞白的住家樓號和門牌號。那人又遞給了寬哥一支烟，點頭哈腰地去了。

寬哥擠進人群中去，戲就開始了。他雖然在台下沒有看見夜郎，卻終於在戲台上最後一個折子戲裡看見了夜郎。夜郎這一晚扮演的不是雲童，也不是打雜師，而是一個鳥鬼，鳥鬼有着鳥的尾巴和羽毛，頭卻是鬼頭，披頭散髮，臉上塗着紅與黑的顏料。寬哥先是並未看清鳥鬼就是夜郎，但鳥鬼的臉挺長，樣子滑稽，不覺嗤地笑了一下。那鳥鬼在台上跳來跳去，似乎是目連在尋找其母的路上，走到茫茫的大海邊，遇着了這鳥鬼的，鳥鬼卻是叫精衛，不停地銜木填在海裡。那海是後幕上有海浪的佈景，精衛抱着長長的一節枯木又一次走到台中。

目連：（唸）萬事有不平，

爾何空自苦？

長得一寸身

銜木到終古？

精衛：（唱）我願平東海，

身沉心不改。

大海無平期，

我心無絕時。

目連：精衛，我問你，你吃的魚哪裡來的？

精衛：（把枯木拋往海裡）大海裡來的。

目連：你喝的水裡哪裡來的？

精衛：大海裡來的。

目連：（怒目）那麼，沒有了大海，你能活命嗎？你這可惡的恩將仇報者，快停止你的蠢笨吧！

精衛：（怔了怔，掉下兩滴飽含委屈的眼淚）如果它不溺死我的女兒身，我是以人的形象享受人的歡悅與煩惱，可它卻把我變成現在這個樣子，非人非鳥！

目連：眞是一個奇怪的異種！

精衛説完，就從戲台一側取過了一架古琴來，她撥動着的是鳥的聲音，象徵着是牠傲然決然地在鳴叫着，在憤怒之中正飛往發鳩之山。而後幕的佈景就在變幻，是海浪中的山石，是一隻鳥在浪中飛渡。音樂也同時轟響，效果是排浪衝天，驚濤裂岸，捲起千堆雪。那古琴的聲音沉而重，最後似乎只聽見了一種節奏。寬哥驚異的是那形象多像自己看到的再生人自焚的情景，區別在於一個是坐在火裡，一個是站於海裡，而節奏也正是再生人彈的節奏：

平平仄仄平平仄

仄仄平平仄仄平

寬哥像被猛擊了一下，身子向前倒去，一個趔趄站住時，聽着了低低的硬咽。回過頭來，發現了就在他身後的不遠處，正站着虞白和丁琳。虞白這晚上穿着一身黑衣服，在白夜裡愈發凝重，淚流了滿面，隨着肩臂的抽搐，那脖子前繫着的長長的項鏈，一晃一晃閃着亮光，項鏈上吊着的是那枚鑰匙——再生人的鑰匙。

一九九四年十一月十四日中午草稿落筆

一九九五年二月十五日晚上第二稿落筆

一九九五年三月十六日第三稿落筆

國家圖書館出版品預行編目資料

白夜／賈平凹著. --初版. --臺北市：風雲時代出版；[臺北縣]新店市：學欣總經銷，1996 [民85]
面； 公分. --(現代系列；13)
ISBN 957-645-735-1(平裝)

857.7 85001581

現代系列 13

書名 白夜

作者 賈平凹
發行人 陳曉林
出版所 風雲時代出版股份有限公司
地 址 台北市民生東路五段178號7F之3
服務專線 (02)7560949
郵撥帳號 12043291

主編 陳曉林
責任編輯 項懿君
封面設計 風雲工作小組
版權授權 賈平凹
法律顧問 永然律師事務所
印刷所 世和印製企業有限公司
出版日期 1996年3月初版
訂價 280元

總經銷 學欣文化事業有限公司
地 址 新店市中正路四維巷2弄5號5F
電 話 (02)2187307

ISBN 957-645-735-1

行政院新聞局局版台業字第3595號
營利事業統一編號 22759935

Printed in Taiwan
※如有缺頁或裝訂錯誤，請退回本社更換。

人生就像一本書。愚蠢的人，一頁頁很快地翻過去。但是，聰明的人，會仔細的閱讀。因爲，他們知道，這本書只能讀一遍。（德・金保羅）